中国现代文学馆馆藏珍品大系

信函卷

第一辑

文化艺术出版社
Culture and Art Publishing House

中国现代文学馆馆藏珍品大系

信函卷 第一辑

主　　编　陈建功
副 主 编　李荣胜
执行主编　许建辉
释　　文　许建辉
编　　辑　徐　俊　邱俊平　辛昭瑞
　　　　　刘鲁燕　侯若愚　吴文红
　　　　　朱蔼昭　邢　琪

中国现代文学馆
馆藏珍品大系

总序

中国现代文学馆是巴金先生等老一代著名作家倡议、由中国政府支持建成的文学博物馆。无论从建筑的规模还是从藏品的数量来看，均可排在世界的前列。因此，它也就成为了北京乃至中国文化建设的地标性设施——络绎不绝的参观者无不赞颂它所展示的文学的自信与尊严，赞颂它展示了一个国家一个民族对文学的爱护与推重。

我们固然为此而自豪，同时也清醒地意识到，文学馆远不仅只是一个展示的窗口、一个地标性的建筑。文学馆的价值，或许更在于它可能为研究者提供一个通往作家作品乃至文学流派的通道，在于它可能为更广大的民众开启一扇走近作家走入文学的大门。近年来，我馆积极进行“作家版本图书馆”、“数字文学馆”、“手稿珍品馆”的筹建，坚持开办“星期日免费讲座”，以及这次编选出版《中国现代文学馆馆藏珍品大系》丛书，都是我们朝着既定的办馆方向的努力。

自1986年巴金先生在北京西郊万寿寺宣布中国现代文学馆开馆以来，文学馆已经伴随着国家的发展和文学的繁荣走过了二十寒暑。在党和政府的高度关怀下，在一代一代馆员的努力下，在成千上万的作家及其亲属的殷殷关切和慷慨襄助下，文学馆既变化了容颜，也丰富了馆藏。我们倍感欣慰的是，拜金主义的风行，似乎侵袭不到人们心中的文学净土。许许多多的作家及其亲属仍然继续无偿地向文学馆捐赠珍贵的手稿、藏书乃至作家的各种遗物。如此热情甚至感染了海外，不少海外著名的华文作家，也都携其重要文稿资料来归，其对丰富我馆馆藏乃至扩大我馆影响之贡献，是不言而喻的。

作为一个作家，其文稿、藏书对于文学馆的重要价值是不消说的。难得的是，不少作家——特别是老一辈作家，多是国学功底深厚、艺术修养全面的饱学之士，有的本身就是藏书家和书画家，更多的人，则由于声名显赫，或得以广交书画界朋友，常得遗赠丹青；或自身喜爱书画赏析，不惜重金持购。聚沙成塔，集腋成裘，于不知不觉间成了艺术珍品的持有者。另有作家之间的唱和、赠答、翰墨往来等，也在不经意间成为了寄寓着文坛佳话的珍品。这些，都使得作家遗存物品并不止于文稿藏书，而呈现出更为缤纷多样的特点。令人感动的是，不论手稿、藏书还是其他珍品，不论这些珍贵物品得之如何不易，藏之如何难舍，也不论它们是否价值连城，我们的作家及其亲属们都视之为民族文化的财富，当他们发现有现代文学馆可以信赖托付时，毫不犹豫慷慨与赠。由此成就了中国现代文学馆蕴含丰厚的馆藏，有的甚至成为了我们的“镇馆之宝”。

这些珍贵的藏品既取之于社会，就要回报于社会。与捐赠者的无私与慷慨相比，作为文学馆的管理者，我们总是觉得自己对这些珍贵藏品的编目、保管、展示等工作都过于迟钝了。随着收藏日多，已有不少有识之士对我馆提出建议。当代藏书家谢其章在《老期刊收藏》一书中就曾专门撰文讲到唐弢先生的收藏，他说：“唐弢先生是大藏书家……逝世之后，毕生所蓄期刊一千多种，一万五千多册，全部捐献中国现代文学馆，其中精品罕品甚多，可惜……仅见到七种象征性地摆在那里。……惜哉！唐弢收藏的杂志，就那么‘深锁环琅饱蠹鱼’了吗？至少应该出一本图册，以怀念唐弢先生一生的辛勤收集。”

是的，唐弢先生有知，决不会同意我们将“唐弢文库”束之高阁。应该说，回应这种批评和呼吁，反省我们的工作，就是这套《中国现代文学馆馆藏珍品大系》丛书编纂出版之缘起。

因此，这套丛书的出版，既是中国现代文学馆二十年间收藏珍品的巡礼，也可以看作是我馆向慷慨的捐赠者和坦率的批评者的汇报。

是为序。

2006年10月6日

编辑说明

信函卷 第一辑

中国现代文学馆馆藏信函，皆为受赠所得。遵循“珍贵藏品既取之于社会就要回报于社会”之宗旨，择其精华编为《中国现代文学馆馆藏珍品大系·信函卷》多辑，陆续推出以飨读者。

本辑为第一辑。所录信函原件，皆为巴金先生收藏并捐赠。按照以“函”为单位，每单位包括图片、释文、相关人名注释三部分内容的编辑体例，收录于此。

本辑正文由前后两部分组成。前者为巴金致友人信，后者为友人致巴金信。正文后另设附录（一）、（二）。其中（一）为亲属致巴金，（二）为外国友人致巴金。

本辑所收信函，巴金致友人部分以收信人姓氏拼音排序；友人致巴金部分以写信人姓氏拼音排序。若同一人名下有两封以上信函者，则以信函之“文物编号”从小到大排序。

本辑所有释文，均按信函原件抄录。偶有“逾矩”者，不外以下几种情形：

原件中有明显笔误或缺漏之处，酌情予以补、正，补、正内容放［ ］内。原件中残缺或无法辨认之字词，以“□”替代。

原件中的繁写文字，一律以简体代之。

原件无标点者，代为添加了通用的标点符号。

原件长而又“一气呵成”者，代为划分了自然段，目的是方便阅读。

本辑所有注释，多由本馆所编《中国现代作家大辞典》相关词条简化而成。旨在提供“索引”，故而不求全备；笔触所涉，点到为止。阙漏之处，祈盼谅解。

本辑内容中，凡关涉外国人名、书名者，如原件译音与现在通译不尽一致处，保留原译。

本辑所录信函图版，版权属中国现代文学馆所有，未经许可，任何人不得随意刊用。

目录

巴金致友人

友人致巴金

附录一

附录二

中国现代文学馆馆藏珍品大系

信函卷　第一辑

巴金致友人

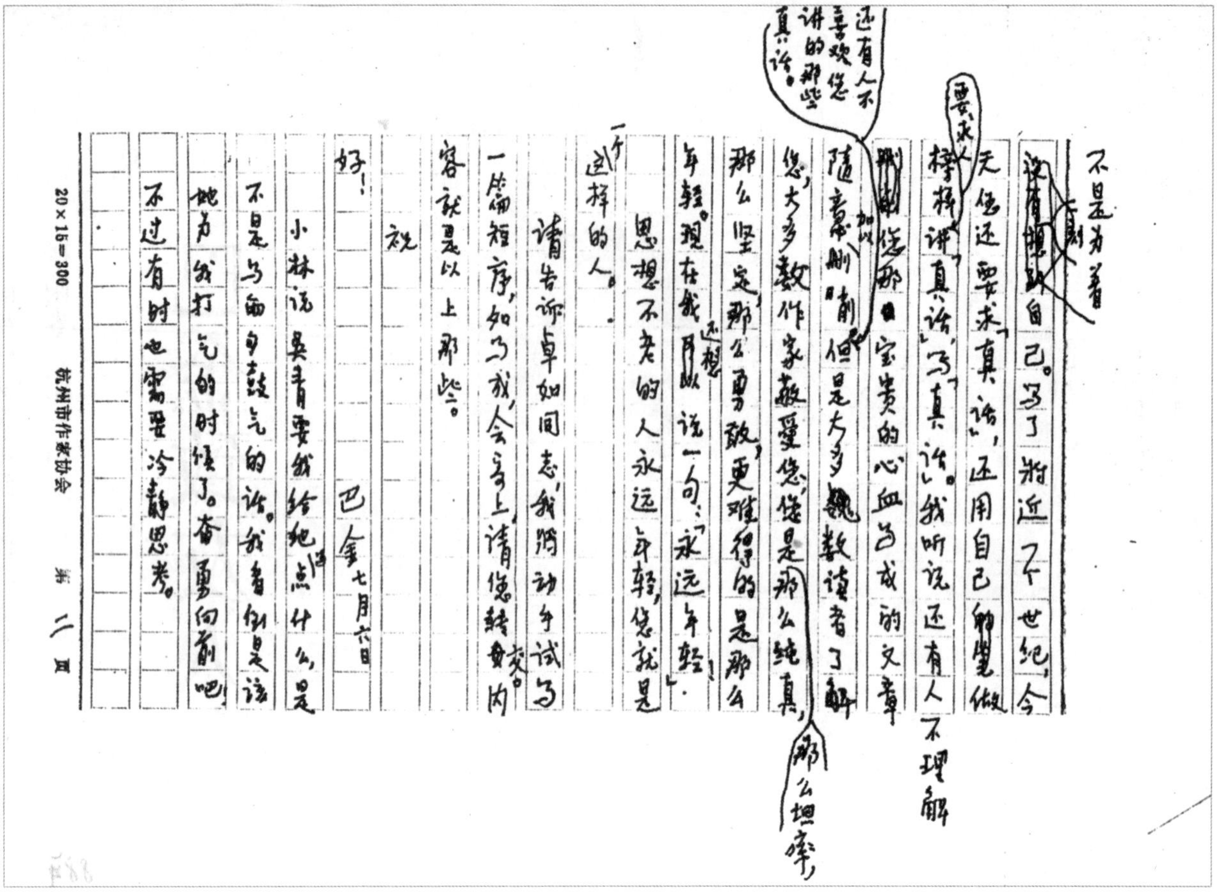
不是为着
没有掩饰自己。写了将近一个世纪，今
天您还要求"真话"，还用自己的笔做
榜样，讲"真话"，写"真话"。我听说还有人不理解
您那宝贵的心血写成的文章
加以随意删削，但是大多数读者了解
还有人不喜欢您讲的那些真话。
您，大多数作家敬爱您，您是那么纯真，那么坦率，
那么坚定，那么勇敢，更难得的是那么
年轻。现在我还想说一句："永远年轻"。
思想不老的人永远年轻，您就是
一个这样的人。
请告诉卓如同志，我将动手试写
一篇短序，如写成，我会寄上，请您转交。内
容就是以上那些。
祝
好！
巴金 七月六日
小林说吴青要我给她点什么，是
不是写两句鼓气的话，我看倒是该
她为我打气的时候了。奋勇向前吧！
不过有时也需要冷静思考。
20×15=300 杭州市作家协会 第 二 页

巴金[1]致冰心[2]

冰心大姊：

信早收到。每天一大早我就对自己说：今天一定要写好回信。可是正要拿笔，便会有人来、事来干扰，结果连一封短信也写不出来。我天天疲劳不堪，却什么事也做不了。有时烦躁起来，坐卧不安，最近大热，又开始感到日子难熬。我真该搁笔了！我写字多么困难，安排时间又多么不容易。卓如[3]同志要我为您的传写序，在病中我不能从容构思、从容执笔，写不出像样的序文，我不敢答应下来。我一直在踌躇。但是后来看到您给魏帆的信我想通了。您说："只要几句真话。"的确有几句真话我非讲不可。您这个五四运动最后一位元老，一直到今天还不肯放下笔，为着国家民族的前途不停地奉献您的心血。您这个与本世纪同龄的人，

①巴金（1904—2005）：作家。原名李尧棠，字芾甘。四川成都人。著有"激流三部曲"《家》、《春》、《秋》，"爱情三部曲"《雾》、《雨》、《电》，《憩园》，《第四病室》等小说及《旅途随笔》等大量散文作品。曾任全国文联副主席、中国作家协会主席、全国政协副主席等职。

②冰心（1900—1999）：作家。原名谢婉莹。福建长乐人。著有《两个家庭》、《斯人独憔悴》、《寄小读者》、《小橘灯》、《春水》、《繁星》、《超人》、《南归》、《往事》等大量小说、散文和诗歌作品。曾任中国作家协会书记处书记、全国政协常委、中国民主促进会副主席、全国文联副主席等职。

③卓如（1934—　　）：学者。福建福州人。著有《何其芳传略》、《冰心传》等。曾任中国社会科学院文学研究所现代文学研究室主任。

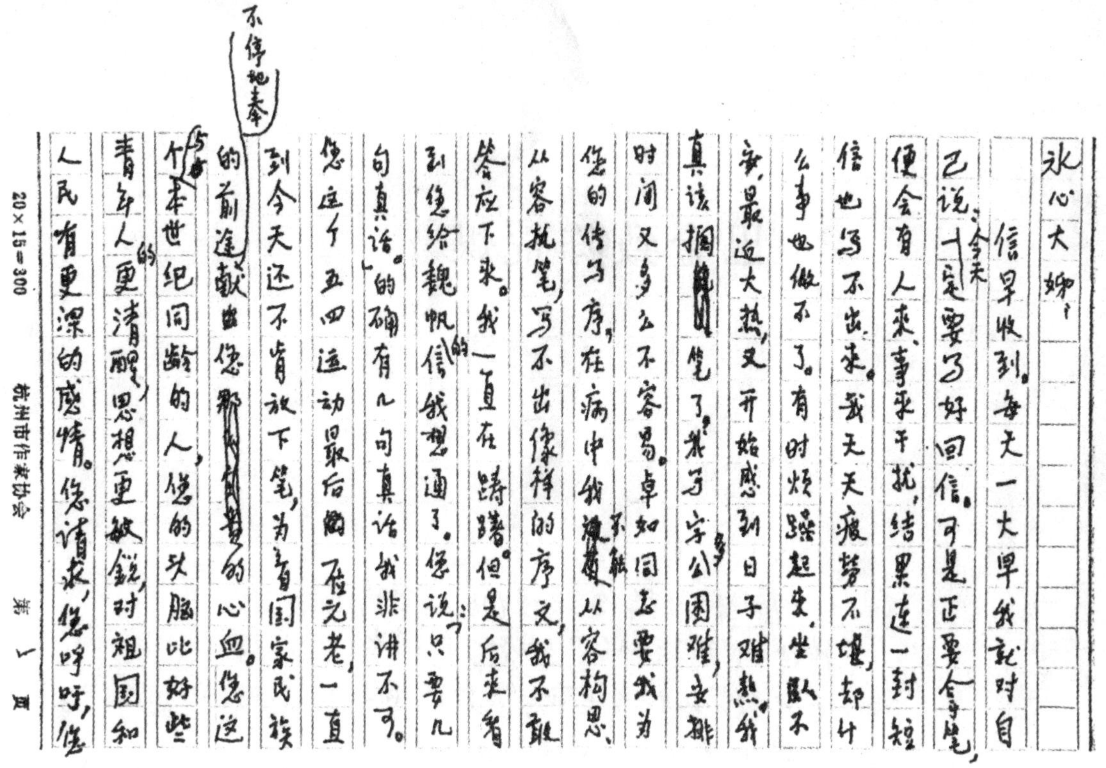
冰心大姊：

信早收到。每天一大早我就对自己说，今天一定要写好回信。可是正要拿笔，便会有人来，事来干扰，结果连一封短信也写不出来。我天天疲劳不堪，却什么事也做不了。有时烦躁起来，坐卧不安，最近大热，又开始感到日子难熬。我真该搁笔了。我写字多困难，安排时间又多么不容易。卓如同志要我为您的传写序，在病中我不能从容构思、从容执笔，写不出像样的序文，我不敢答应下来。我一直在踌躇，但是后来看到您给魏帆的信，我想通了。您说：“只要几句真话。”的确有几句真话我非讲不可。您是个五四运动最后的元老，一直到今天还不肯放下笔，为着国家民族的前途不停地奉献出您的心血。您这个本世纪同龄的人，您的头脑比好些青年人的更清醒，思想更敏锐，对祖国和人民有更深的感情。您请求，您呼吁，您

20×15=300　杭州市作家协会　第 一 页

文物编号
DX002382

您的头脑比好些青年人的更清醒，思想更敏锐，对祖国和人民有更深的感情。您请求，您呼吁，您不是为着自己。写了将近一个世纪，今天您还要求“真话”，还用自己做榜样要求人讲“真话”，写“真话”。我听说还有人不理解您那宝贵的心血写成的文章随意加以删削。还有人不喜欢您讲的那些真话。但是大多数读者了解您，大多数作家敬爱您，您是那么坦率，那么纯真，那么坚定，那么勇敢，更难得的是那么年轻。现在我还想说一句：“永远年轻！”

思想不老的人永远年轻，您就是一个这样的人。

请告诉卓如同志，我将动手试写一篇短序，如写成，会寄上，请您转交。内容就是以上那些。

祝

好！

巴　金

七月六日

小林说吴青要我给她写点什么，是不是写两句鼓气的话。我看倒是该她为我打气的时候了。奋勇向前吧！不过有时也需要冷静思考。

巴金致陈荒煤①

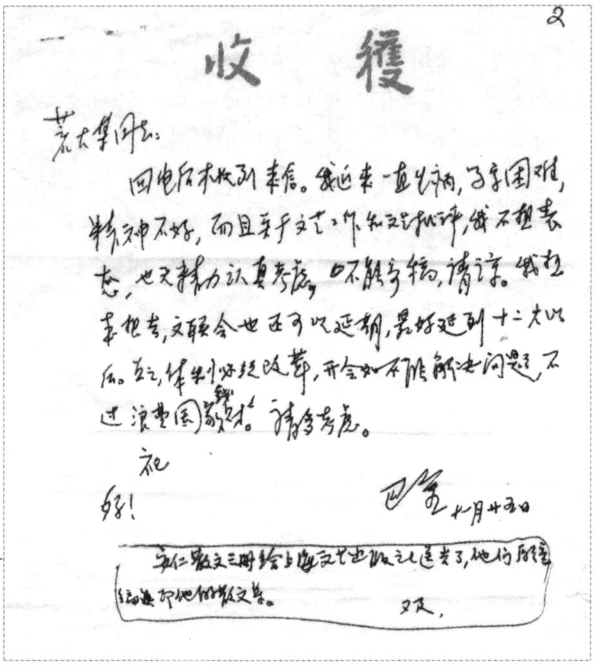
2

收 穫

荒煤同志：

回电后才收到来信。我近来一直生病，写字困难，精神不好，而且关于文艺工作和文艺批评，我不想表态，也无精力认真考虑，不能寄稿，请谅。我想来想去，文联会也还可以延期，最好延到十二大以后。总之，体制必须改革，开会如不能解决问题，不过浪费国家钱财。请多考虑。

祝

好！

巴金 十一月廿五日

安仁散文三册给上海文艺出版社送去了，他们愿意编印他的散文集。又及。

文物编号
DX002443

荒煤同志：

回电后才收到来信。我近来一直生病，写字困难，精神不好，而且关于文艺工作和文艺批评，我不想表态，也无精力认真考虑，不能寄稿，请谅。我想来想去，文联会也还可以延期，最好延到十二大以后。总之，体制必须改革，开会如不能解决问题，不过浪费国家钱财。请多考虑。

祝

好！

巴 金

十一月廿五日

《安仁散文》三册给上海文艺出版社送去了，他们愿意编印他的散文集。又及。

①陈荒煤（1913—1996）：作家。原名陈光美。湖北襄阳人。著有《忧郁的歌》、《荒野中的地火》、《新的一代》、《解放集》等小说、散文、报告文学以及文学评论作品。曾任中央电影局局长、文化部副部长、中国社会科学院文学研究所副所长等职。

巴金致方殷①

方殷同志：

信收到，谢谢您还记得起我。我今年虚岁七十，体力差了些，不过身体还好，精神也不错。现在除了每周二三次到机关参加学习外，就在家看书、做家务劳动、搞点翻译工作。准备译赫尔的《回忆录》，打算边学习，边翻译。估计要花四五年的工夫。只要不生病，总得搞完它。

知道您回北京，等待重新分配工作，身心都好，我也高兴。我想将来总有机会见到您。

孔罗　并未“去世”。他仍在靠边，每天全天上班，同吴强、杜宣等一起参加挖防空洞的劳动。我看他身体还不错。（现在劳动不多，他们经常自学。）他仍住原处，只是住房减少到一间，别的都在五六年前让给机关同事了。他的小儿子在江西插队落户。他的爱人早已退休。

别的话以后再谈。

祝

好！

巴　金

十月卅一日

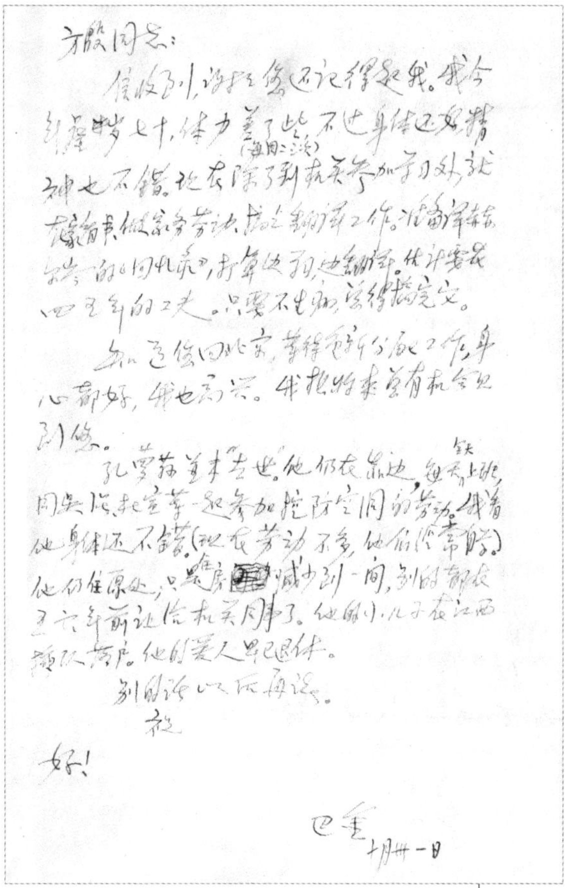

文物编号
DX002515

①方殷（1913—1982）：作家。原名常钟元。河北雄县人。著有《平凡的夜话》、《诛魔记》等作品。曾任《大众文艺》编辑、人民文学出版社编辑。

巴金致孔罗荪[1]

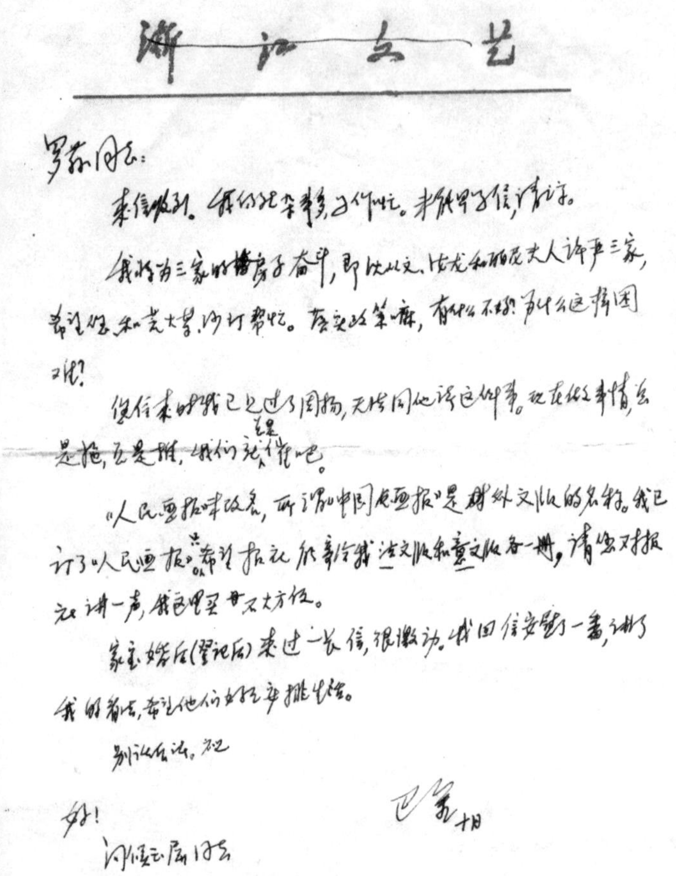

文物编号
DX002985

罗荪同志：

来信收到。我仍然杂事多，写作忙。未能早写信，请谅。

我将为三家的房子奋斗，即沈从文、汝龙和丽尼[2]夫人许严三家，希望您和荒煤、沙汀帮忙。落实政策嘛，有什么不好？为什么这样困难？

您信来时我已见过了周扬，无法同他谈这件事。现在做事情，总是拖，总是推，我们就总是催吧。

《人民画报》未改名，所谓《中国画报》是外文版的名称。我已订了《人民画报》。只希望报社能寄给我法文版和意文版各一册，请您对报社讲一声，我这里买不大方便。

家宝婚后（登记后）来过一长信，很激动。我回信安慰了一番，讲了我的看法，希望他们好好安排生活。

别话后谈。

祝

好！

巴 金

十日

问候玉屏同志

①孔罗荪（1912—1996）：作家。原名孔繁衍。笔名罗荪、叶知秋等。上海人。著有《野火集》、《文艺漫笔》、《寂寞》等杂文、文艺评论以及短篇小说作品。曾任《文艺报》主编、中国作家协会书记处常务书记等职。

②丽尼（1909—1968）：作家。原名郭安仁，笔名丽尼。湖北孝感人。有《黄昏之献》、《鹰之歌》、《白夜》等作品。曾任武汉中南人民出版社副社长兼总编辑。

巴金致李健吾①(之一)

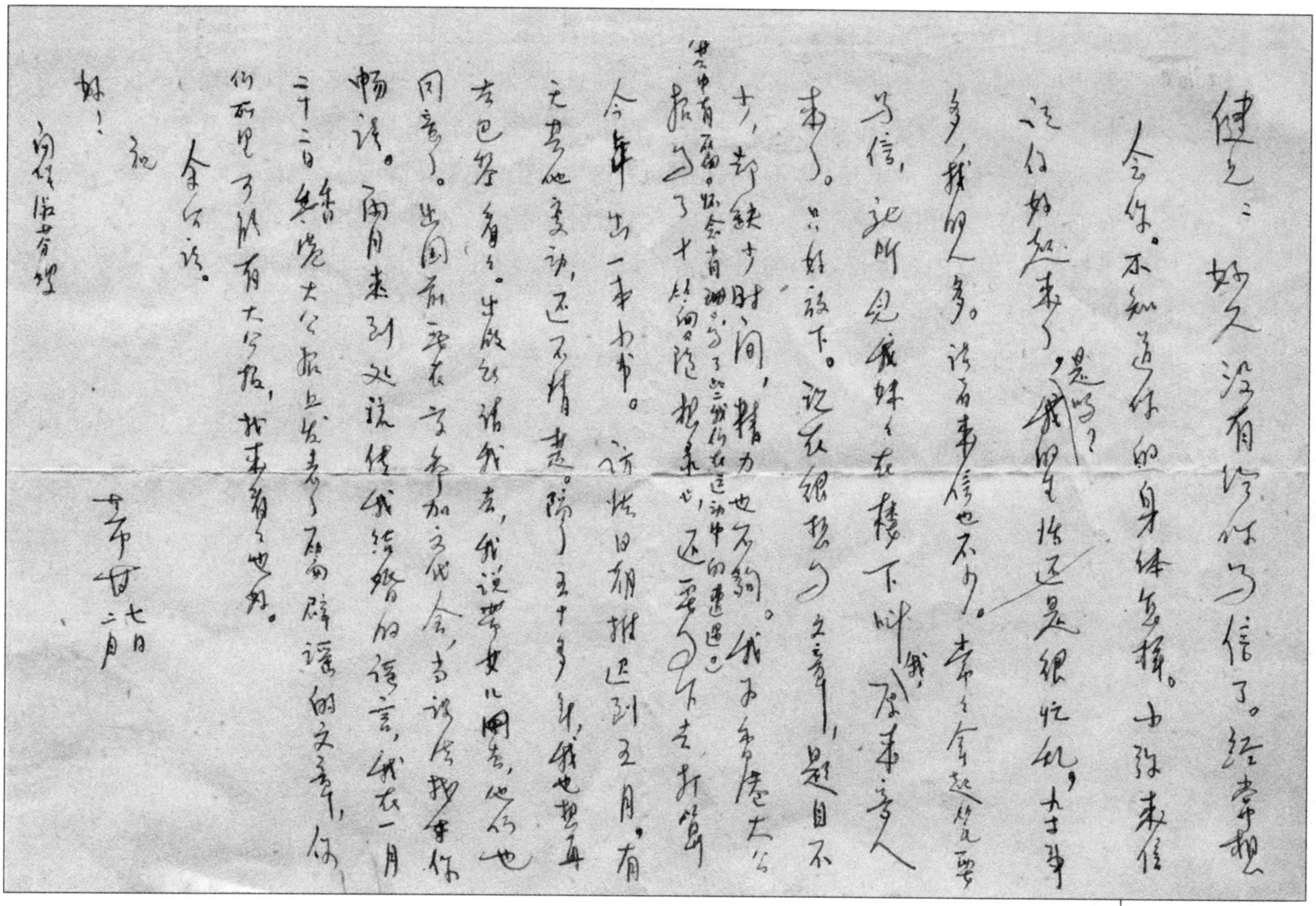

文物编号
DX002376

健兄：

好久没有给你写信了。经常想念你。不知道你的身体怎样。小弥来信说你好起来了，是吗？我的生活还是很忙乱，杂事多，找的人多。读者来信也不少。常常拿起笔要写信，就听

①李健吾（1906—1982）：作家、翻译家。笔名刘西渭。山西运城人。著有《西山之云》、《坛子》、《这不过是春天》、《意大利游简》、《咀华集》等小说、剧本、散文及文艺评论作品；有《包法利夫人》、《莫里哀喜剧六种》等译作。曾任北京大学文学研究所、中国科学院外国文学研究所研究员。

见我妹妹在楼下叫我，原来客人来了。只好放下。现在很想写文章，题目不少，却缺少时间，精力也不够。我为香港《大公报》写了十篇《随想录》（其中有一篇《怀念肖珊》写了些我们在运动中的遭遇），还要写下去，打算今年出一本小书。访法日期推迟到五月，有无其他变动，还不清楚。隔了五十多年，我也想再去巴黎看看。出版社请我去，我说带女儿同去，他们也同意了。出国前要在京参加文代会，当设法找你畅谈。两月来到处流传我结婚的谣言，我在一月二十二日香港《大公报》上发表了一篇辟谣的文章，你们所里可能有《大公报》，找来看看也好。

余后谈。

祝

好！

芾 甘

二月七日

问候淑芬嫂

巴金致李健吾(之二)

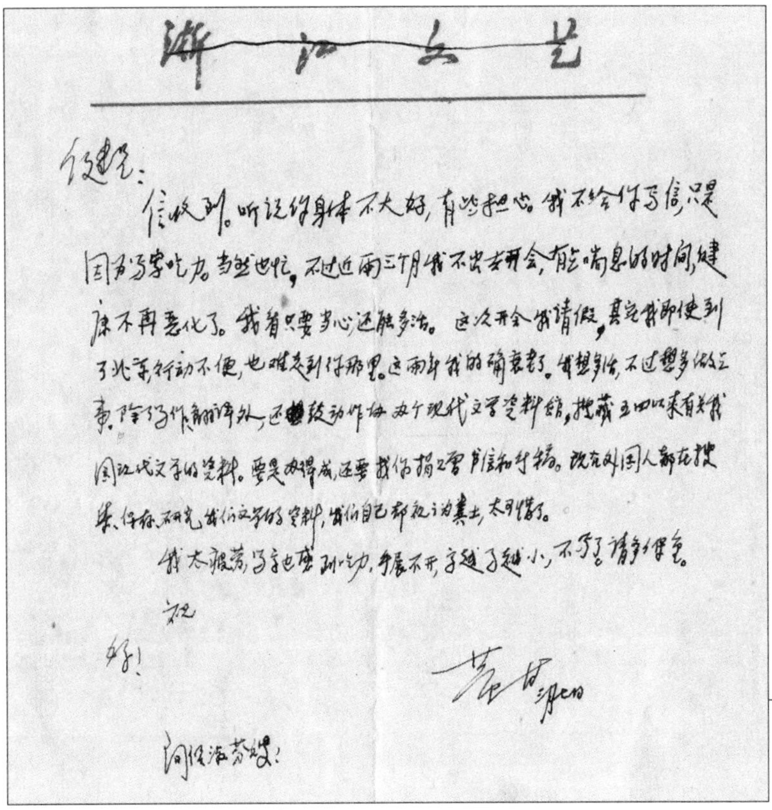

文物编号
DX002378

健兄：

信收到。听说你身体不大好，有些担心。我不给你写信，只是因为写字吃力。当然也忙，不过近两三个月我不出去开会，有点喘息的时间，健康不再恶化了。我看只要当心，还能多活。这次开会我请假，其实我即使到了北京，行动不便，也难走到你那里。这两年我的确衰老了。我想多活，不过想多做点事。除了写作、翻译外，还鼓动作协办个现代文学资料馆，搜藏五四以来有关我国现代文学的资料。要是办得成，还要找你捐赠书信和手稿。现在外国人都在搜集、保存、研究我们文学的资料，我们自己却视之为粪土，太可惜了。

我太疲劳，写字也感到吃力，手展不开，字越写越小，不写了。请多保重。

祝

好！

芾 甘

三月七日

问候淑芬嫂！

巴金致李健吾(之三)

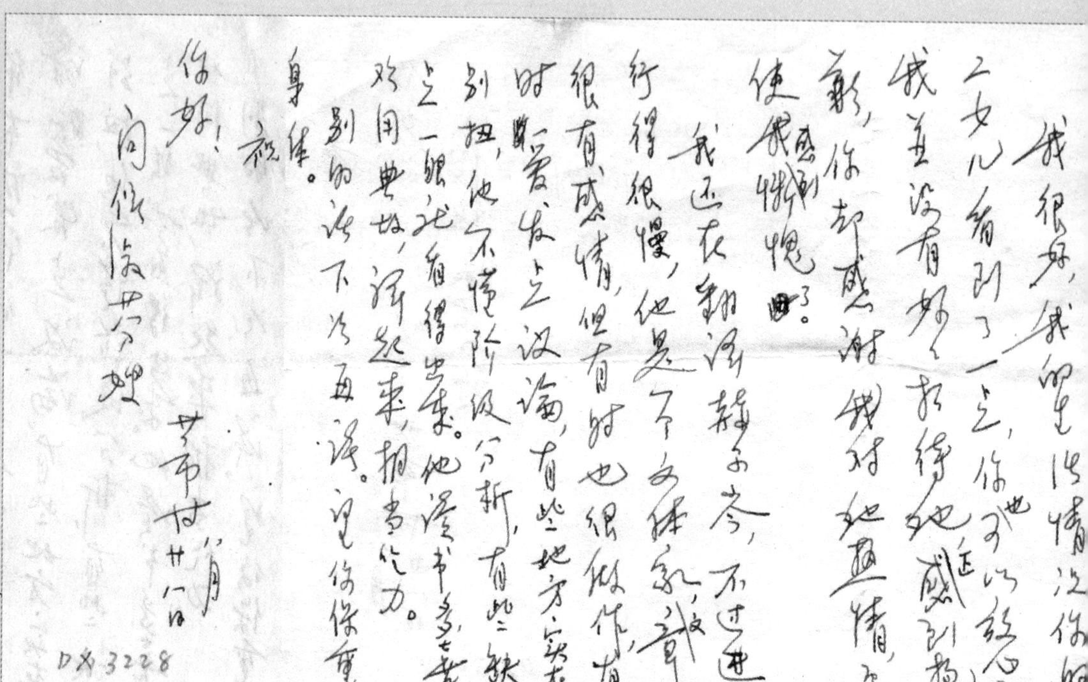
我很好，我的生活情况你的二女儿看到了一点，你也可以放心了。我并没有好好招待她，她还感到抱歉，你却感谢我对她热情，更使我感到惭愧了。

我还在翻译赫尔岑，不过进行得很慢，他是个文体家，文章很有感情，但有时也很做作，有时喜发议论，有些地方实在别扭，他不懂阶级分析，有些缺点一眼就看得出来。他读书多，喜欢用典故，译起来相当吃力。别的话下次再谈。望你保重身体。

祝好。

芾甘 八月廿八日

向侬姣嫂

你好！

DX3228

文物编号
DX003228

健吾兄：

谢谢你的信，方瑞去世，的确是一个不幸的消息，它使我想起许多事情，我替家宝[①]难过，我自己也不好过。我得信后第二天就写信托一位在北京的朋友去看家宝，代我向他致意，并希望他节哀。今天得到了回信，说是见到了家宝："还是那样，倒并不很颓丧，但还是很难过，因为……这多年来他们二人一直相依为命似的。两个女儿这次都回来了，小的一个打算复员回京，估计问题不大。""据说方瑞只是虚弱和关节痛，去世前几天就不大吃东西，但也不愿服药。这次去世还是有些突然。医生说是因为给痰堵住了。"她的女儿能回京就好了。因为他生病，一直要人照顾，我知道他的岳母已经死了一年多了，家里再没有别人。

你自己身体也不好，暂时不必去看他。据说他记忆力差，谈话有些颠倒。

我很好，我的生活情况你的二女儿看到了一点，你也可以放心了。我并没有好好招待她，

①家宝，即曹禺（1910—1996）：剧作家。原名万家宝，字小石，笔名曹禺。湖北潜江人。著有《雷雨》、《日出》、《原野》等剧作。曾任中央戏剧学院副院长，北京人民艺术剧院院长。

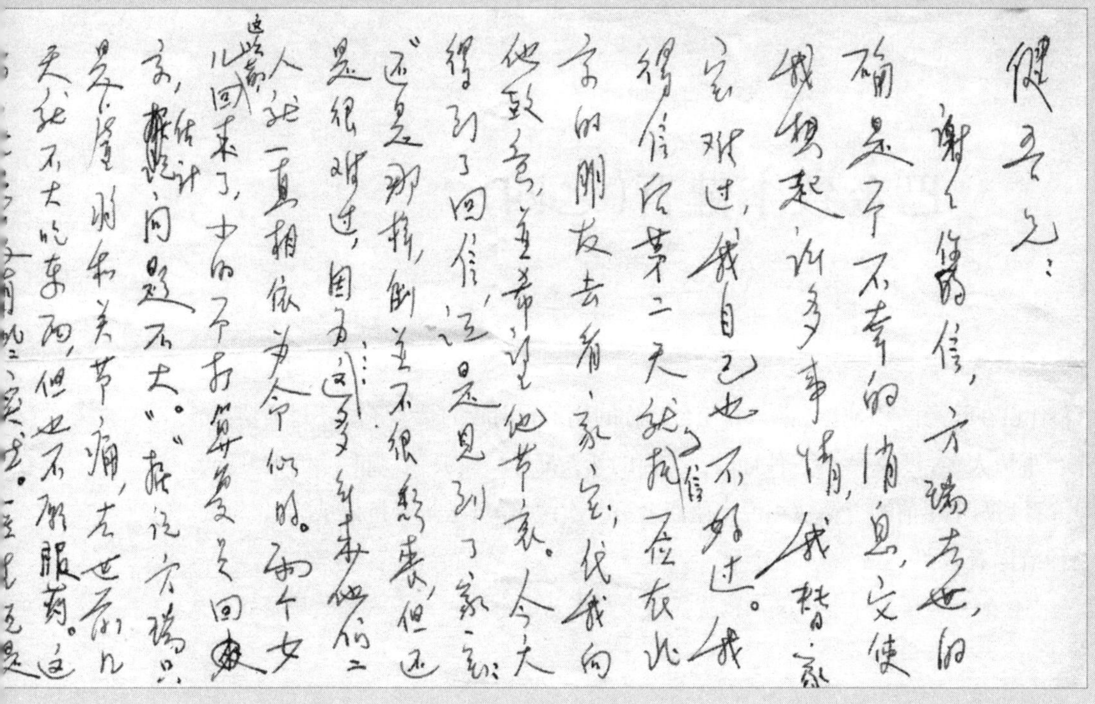

健吾兄：

谢谢你的信，方瑞去世的
确是个不幸的消息，它使
我想起许多事情，我替家
宝难过，我自己也不好过。我
得信后第二天就托在北
京的朋友去看家宝，代我向
他致意，并希望他节哀。今天
得到了回信，说是见到了家宝，
还是那样，倒并不很悲哀，但还
是很难过，因为这多年来他们二
人就一直相依为命似的。两个女
儿回来了，也许不打算马上回
家，据估计问题不大。据说方瑞只
是肾脏和关节痛，去世前几
天就不大吃东西，但也不肯服药。这

正感到抱歉，你却感谢我对她热情，更使我感到惭愧了。

我还在翻译赫尔岑，不过进行得很慢，他是一个文体家，文章很有感情，但有时也很做作，有时爱发点议论，有些地方实在别扭，他不懂阶级分析，有些缺点一眼就看得出来。他读书多，喜欢用典故，译起来，相当吃力。

别的话下次再谈。望你保重身体。

祝

你好！

芾甘

八月廿八日

问候淑芬嫂

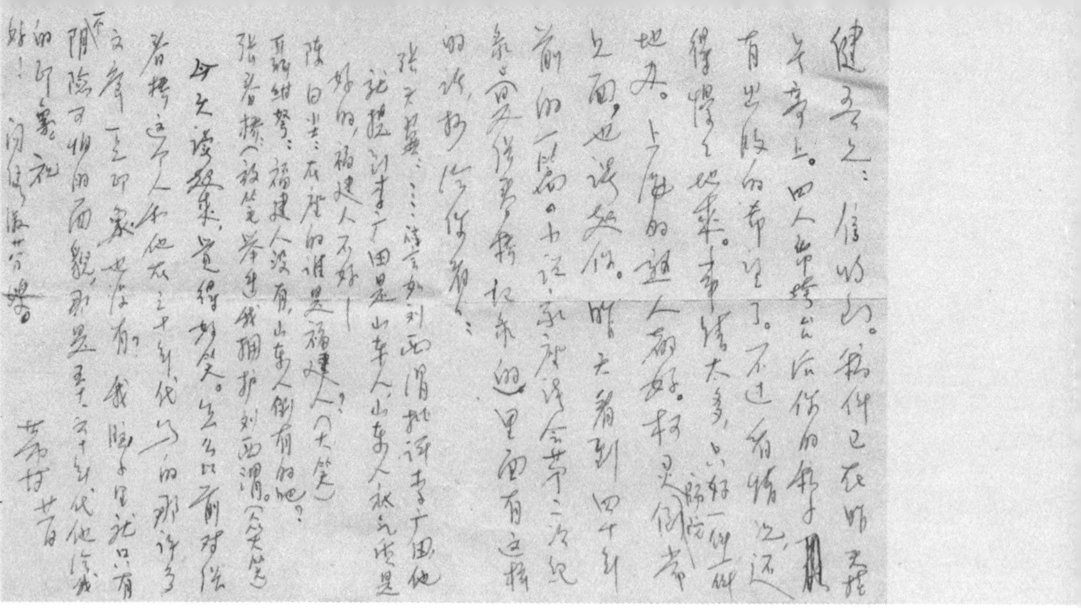

文物编号
DX003233

巴金致李健吾（之四）

健吾兄：

信收到。稿件已在昨天挂号寄上。四人帮垮台后你的稿子有出版的希望了。不过看情况，还得慢慢地来。事情太多，只好一件一件地办。上海的熟人都好。柯灵[①]、师陀[②]倒常见面，也谈起你。昨天看到四十年前的一篇《小说家座谈会第二次纪录》（是张春桥记录的），里面有这样的话，抄给你看看：

张天翼：……譬如刘西渭批评李广田，他就提到李广田是山东人，山东人底气质是好的，福建人不好——

陈白尘：在座的谁是福建人？（大笑）

聂绀弩：福建人没有，山东人倒有的吧？

张春桥：（放笔举手）我拥护刘西渭。（众大笑）

今天读起来，觉得好笑。怎么以前对张春桥这个人和他在三十年代写的那许多文章一点印象也没有？我脑子里就只有一个阴险可怕的面貌，那是五十、六十年代他给我的印象。

祝

好！

芾 甘

廿一日

问候淑芬嫂。

①柯灵（1909—2000）：作家。原名高季琳。浙江绍兴人。著有《晦明》、《市楼独唱》等作品。曾任《文汇报》副社长兼副主编，《大众电影》主编，中国作家协会上海分会书记处书记等职。

②师陀（1910—1988）：作家。原名王长简，笔名芦焚、师陀等。河南杞县人。著有《马兰》、《历史无情》、《结婚》、《无望村的馆主》、《大马戏团》等作品。曾任上海出版公司总编辑、上海电影剧本创作所编剧。

巴金致李健吾(之五)

健吾兄：

信收到。我还是写字困难，一直有“太累了”的感觉。但是各种事情都找上门来，不让休息。明天上午由孩子陪同去杭州休养五、六天。你劝我不要上京走动，很好。但看来我结束杭州之行后，还得到北京住三、四天。不会久，那时也许无法去看你，像从前那样同你聊天，请你不要生气。在北京我有不少美好的回忆，我还记得你的婚礼。人老了，实在没有意思。不过脑子不糊涂，胆子更大，倒是万幸。最好能多活几年，多讲点真话。听说这次从文出国，很受欢迎，他总算抬起头来了，我很高兴。请多多保重。

祝

好！

巴 金

廿一日

问候淑芬嫂！

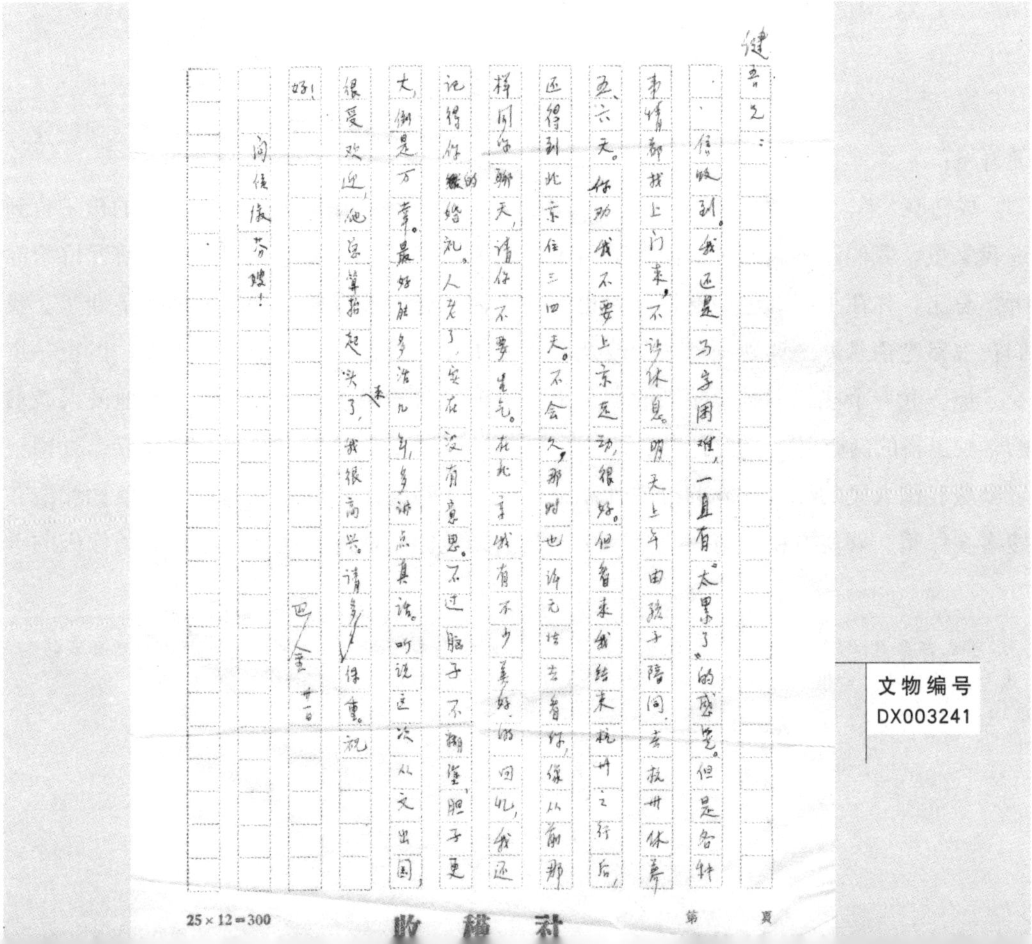
健吾兄：
信收到。我还是写字困难，一直有“太累了”的感觉。但是各种事情都找上门来，不让休息。明天上午由孩子陪同去杭州休养五、六天。你劝我不要上京走动，很好。但看来我结束杭州之行后，还得到北京住三、四天。不会久，那时也许无法去看你，像从前那样同你聊天，请你不要生气。在北京我有不少美好的回忆，我还记得你的婚礼。人老了，实在没有意思。不过脑子不糊涂，胆子更大，倒是万幸。最好能多活几年，多讲点真话。听说这次从文出国，很受欢迎，他总算抬起头来了，我很高兴。请多多保重。祝
好！
巴金 廿一日
问候淑芬嫂！

文物编号
DX003241

巴金致李健吾(之六)

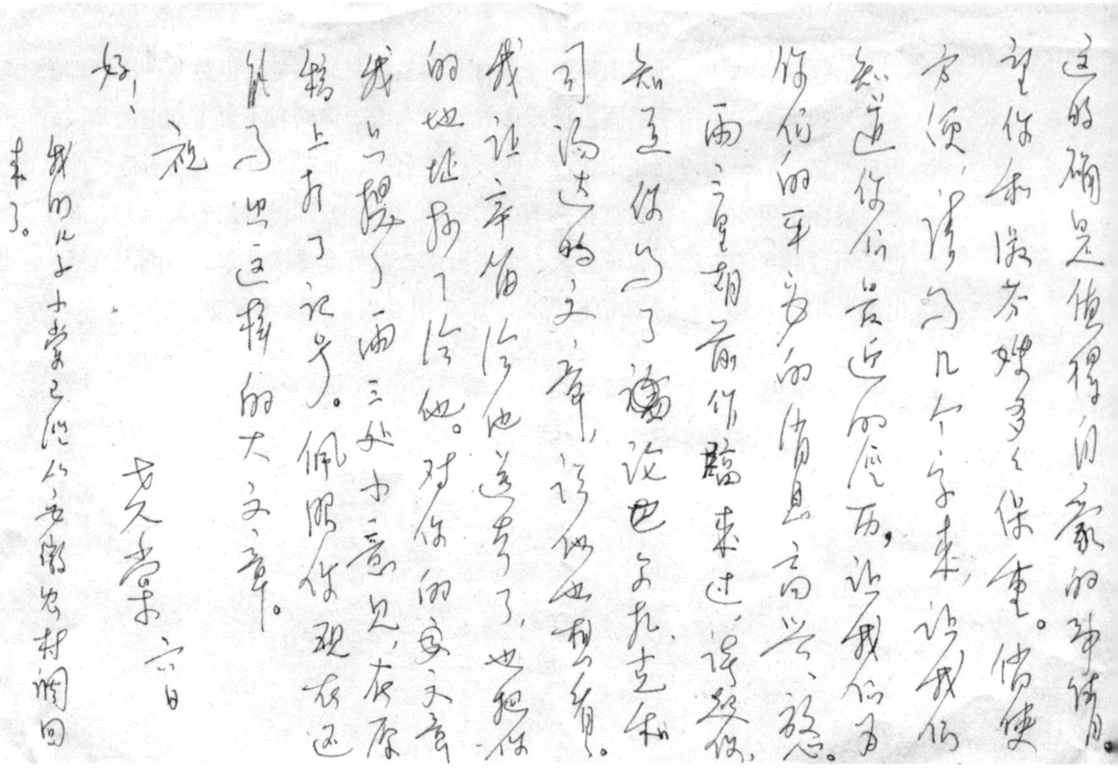
这的确是值得自豪的事情。望你和淑芬嫂多多保重。倘使方便，请写几个字来，让我们知道你们最近的经历，让我们为你们的平安的消息高兴、放心。

健吾兄：

成钰亭[1]来，带来你给我们的土产，还讲起你的近况，谢谢你的关心。你的孩子也到过我家里，我们还一起逛了公园。听西禾说他要回京了，他会把我们这里的情况讲给你听。总之，你在上海的老朋友都好，也都关心你。唐山地震发生后，一个多星期了。我们在《参考消息》上读到一点关于波及北京的报导，我猜想你全家一定平安，但也一定受了惊。我有个在比利时学酿酒的朋友来信说他的房子塌了，他们一家住在他爱人教书的学校里搭的窝棚里面，他女儿在郊区医院作[做]大夫，这次抢救伤员倒立了功。外国记者佩服我国人民的沉着冷静的组织性和纪律性，这的确是值得自豪的事情。望你和淑芬嫂多多保重。倘使方便，请写几个字来让我们知道你们最近的经历，让我们为你们的平

①成钰亭（1910－1982）：翻译家。笔名众志。河北大名人。译有《巨人传》、《达拉斯贡城的达达兰》等作品。曾供职于平明出版社、上海文艺出版社、上海译文出版社等。

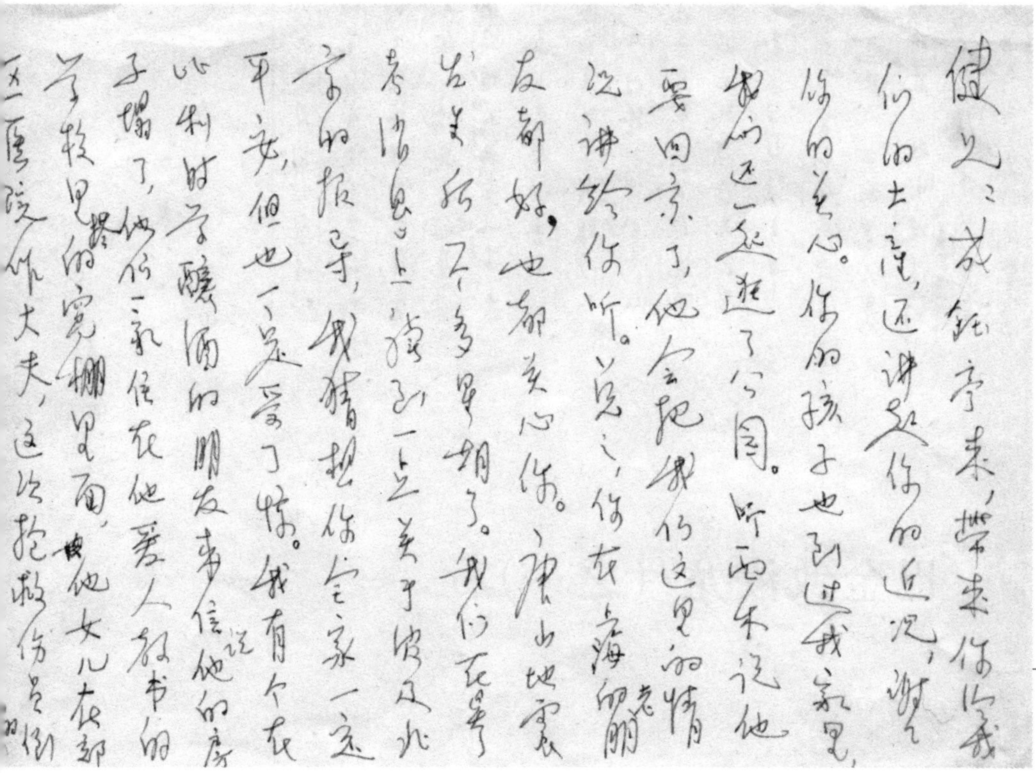
健之：[illegible]来，带来你给我
们的土产，还讲起你的近况，谢谢
你的关心。你的孩子也到过我家里，
我们还一起逛了公园。听西禾说他
要回京了，他会把我们这里的情
况讲给你听。总之，你在上海的老朋
友都好，也都关心你。唐山地震
后，我们在那里的不多几个朋友
[illegible]一点关于北
京的报导，我猜想你全家一定
平安，但也一定受了惊。我有个在
[illegible]酿酒的朋友来信说他的房
子塌了，他们一家住在他爱人教书的
学校里的宽棚里面，他女儿在郊
区一医院作大夫，这次抢救伤员[illegible]

文物编号
DX003244

安的消息高兴、放心。

两三星期前作[佐]临①来过，谈起你，知道你写了论巴尔扎克和司汤达的文章，说他也想看看。我让辛笛②给他送去了，也把你的地址抄了给他。对你的文章我只提了两三处小意见，在原稿上打了记号。佩服你现在还能写出这样的大文章。

祝

好！

尧棠

六日

我的儿子小棠已经从安徽农村调回来了。

①佐临，即黄佐临（1906—1994）：导演。原名黄作霖。广东番禺人。一生导演话剧、电影如《黄浦江的故事》、《陈毅市长》等百余部。曾任上海人民艺术剧院院长。

②辛笛（1912—2004）：诗人。原名王馨迪。江苏淮安人。著有《珠贝集》、《印象·花束》等诗集。曾任《中国新诗》编委。

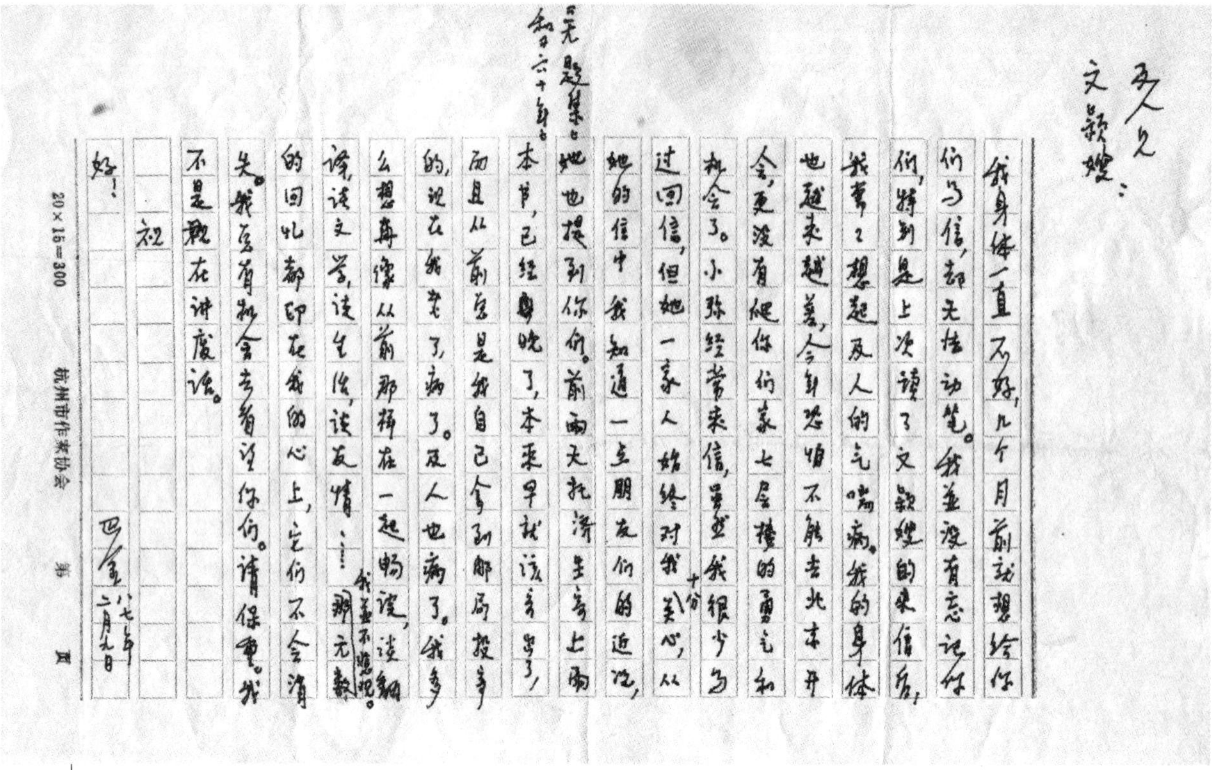

文物编号
DX002483

巴金致汝龙[①](之一)

及人兄
文颖嫂：

我身体一直不好，几个月前就想给你们写信，都无法动笔。我并没有忘记你们，特别是上次读了文颖嫂的来信后，我常常想起及人的气喘病。我的身体也越来越差，今年恐怕不能去北京开会，更没有爬你们家七层楼的勇气和机会了。小弥经常来信，虽然我很少写过回信，但她一家人始终对我十分关心，从她的信中我知道一点朋友们的近况，她也提到你们。前两天托济生寄上两本书《无题集》和《六十年》。已经晚了，本来早就该寄出了，而且从前总是我自己拿到邮局投寄的。现在我老了，病了。及人也病了。我多么想再像从前那样在一起畅谈，谈翻译，谈文学，谈生活，谈友情……我并不悲观。那无数的回忆都印在我的心上，它们不会消失。我总有机会去看望你们。请保重。我不是在讲废话。

祝

好！

巴金

八七年二月九日

①汝龙（1916－1991）：翻译家。字及人。江苏苏州人。译有《契诃夫小说选集》、《复活》、《亚玛》、《决斗》、《总督大人》、《七个绞刑犯》等作品。曾任苏南文化教育学院、东吴大学中文系副教授、上海平明出版社编辑部主任。

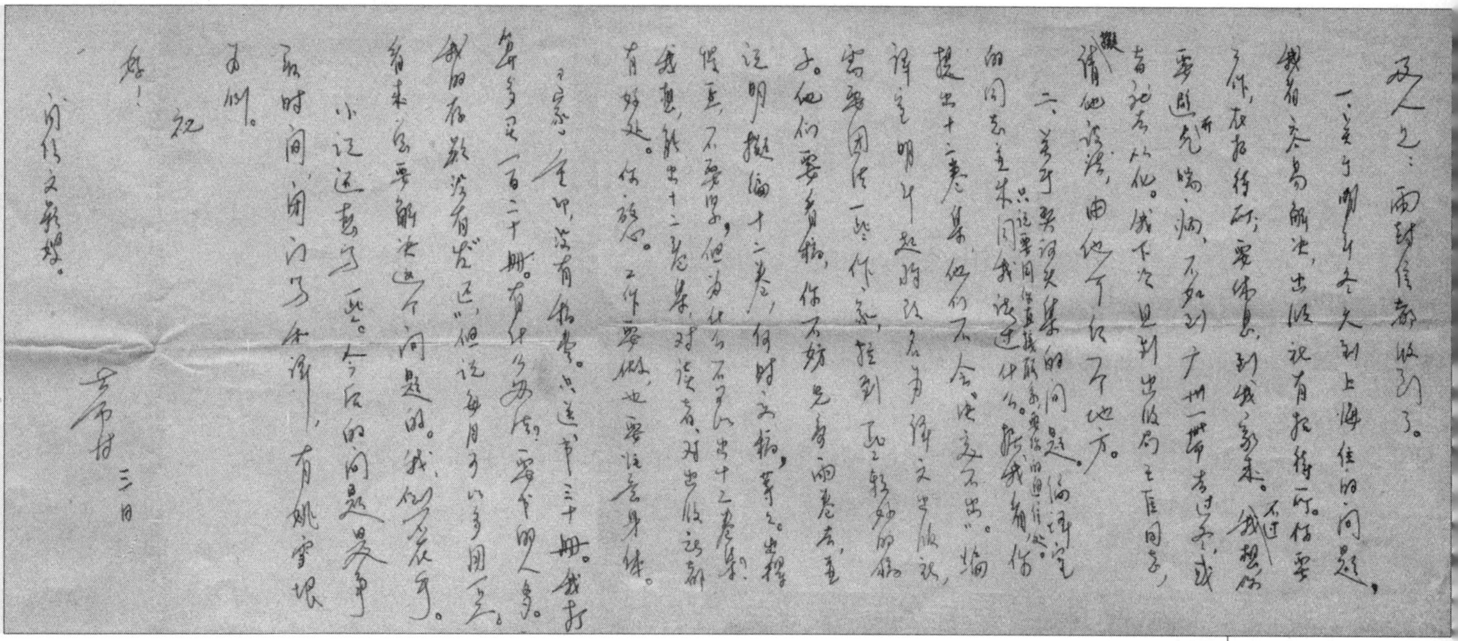

文物编号
DX003136

巴金致汝龙(之二)

及人兄：

两封信都收到了。

一、关于明年冬天到上海住的问题，我看容易解决，出版社有招待所。你要工作，在招待所；要休息，到我家来。不过我想你要避开气喘病，不如到广州一带去过冬，或者就去从化。我下次见到出版局王匡①同志，拟请他设法，由他介绍个地方。

二、关于契诃夫集的问题，编译室的同志并未来同我谈过什么。只说要同你直接联系，要你的通信处。据我看，你提出十二卷集，他们不会“决定不出”。编译室明年起将改名为译文出版社，需要团结一些作家，拉到一些较好的稿子。他们要看稿，你不妨先寄两卷去，并说明拟编十二卷，何时交稿，等等。出得慢点，不要紧，但为什么不可以出十二卷集？我

①王匡（1931－　）：新闻记者。原名王卓培。广东东莞人。曾任国家出版局局长、新华社香港分社社长、全国政协常务委员。

想，能出十二卷集，对读者、对出版社都有好处。你放心。工作要做，也要注意身体。

《家》重印，没有稿费，只送书三十册。我打算多买一百二十册。有什么办法？要书的人多。我的存款没有“发还”，但说每月可以多用一点。看来总要解决这个问题的。我倒不在乎。

小说还想写一些。今后的问题是争取时间，闭门写和译，有姚雪垠[①]为例。

祝

好！

芾 甘

三日

问候文颖嫂。

①姚雪垠（1910—1999）：作家。原名姚冠三。河南邓县人。著有《李自成》、《春暖花开的时候》、《差半车麦秸》等作品。曾任湖北省文联主席、中国作家协会名誉主席。

巴金致汝龙(之三)

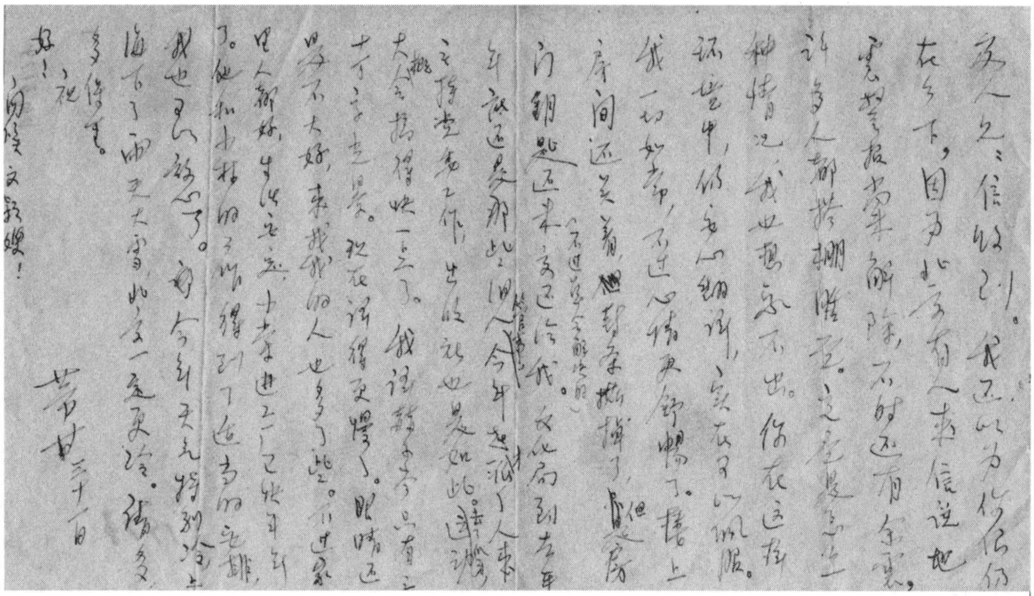

文物编号
DX003174

及人兄：

信收到。我还以为你们仍在乡下，因为北京有人来信说地震警报尚未解除，不时还有余震，许多人都搭棚睡觉。究竟是怎么一种情况，我也想象不出。你在这样的环境中，仍安心翻译，实在可以佩服。我一切如常，不过心情更舒畅了。楼上房间还关着，封条掉了，但房门钥匙还未交还给我（不过总会解决的）。文化局到去年年底还是那些旧人管事，今年起才派了人来主持党委工作，出版社也是如此。去了爪牙，运动大概会搞得快一点了。我译赫尔岑只有三十万字光景。现在译得更慢了。眼睛还是不大好，来找我的人也多了些。不过家里人都好，生活安定，小棠进工厂已快半年了。他和小林的工作得到了适当的安排，我也可以放心了。今年天气特别冷，上海下了两天大雪，北京一定更冷。请多多保重。

祝

好！

芾甘

三十一日

问候文颖嫂！

巴金致沙汀①(之一)

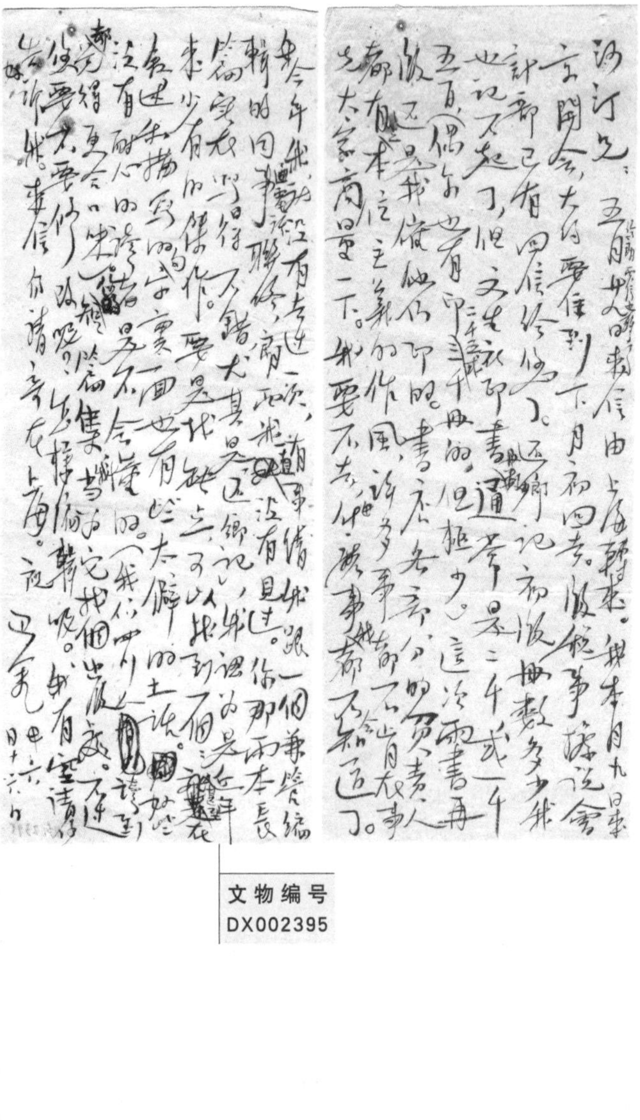

文物编号
DX002395

沙汀兄：

五月廿九日来信由上海转来，给朗西②信也转了。我本月九日来京开会，大约要住到下月初回去。版税事据说会计部已有回信给您了。《还乡记》初版册数多少我也记不起了，但文生社印书册数通常是二千，或一千五百，（偶尔也有印二千五或三千册的，但极少。）这次两书再版还是我催他们印的。书店各部分的负责人都有点本位主义的作风，许多事都不肯在事先大家商量一下。我要不去，什么事我都不会知道了。今年我就没去过一次，有事情我跟一个兼管编辑的同事通电话联络，朗西我一直没有见过。你那两本长篇实在写得不错，尤其是《还乡记》，我认为是近年来少有的杰作。要是找缺点，可以找到一个：甚至在叙述和描写的句字[子]里面也有些太僻的土话。好些没有耐心的读者是不会懂的（我们四川人读到[倒]都觉得更合口味）。你的短篇集，我当为它找个出版处。不过您要不要修改呢？怎样编辑呢？有空请你告诉我。来信仍请寄在上海。

祝

好

巴 金

六月十六日

①沙汀(1904–1992)：作家。原名杨朝熙、杨子青。四川安县人。其岳母黄敬之。沙汀在绵竹睢水小学避难时与外界通信一律用“敬之”落款。著有《淘金记》、《困兽记》、《还乡记》、《青枫坡》、《木鱼山》、《土饼》、《苦难》等作品。曾任中国作家协会创作委员会副主任、四川省文联主席、中国作家协会四川分会主席、中国社会科学院文学研究所所长等职。

②朗西，即吴朗西（1904–1992）：出版家。四川开县人。1935年5月与友人一起创办文化生活出版社并自任社长，与巴金合作，推出《文化生活丛刊》、《文学丛刊》、《译文丛书》、《文学小丛书》等，其中不少系中外名著。

巴金致沙汀(之二)

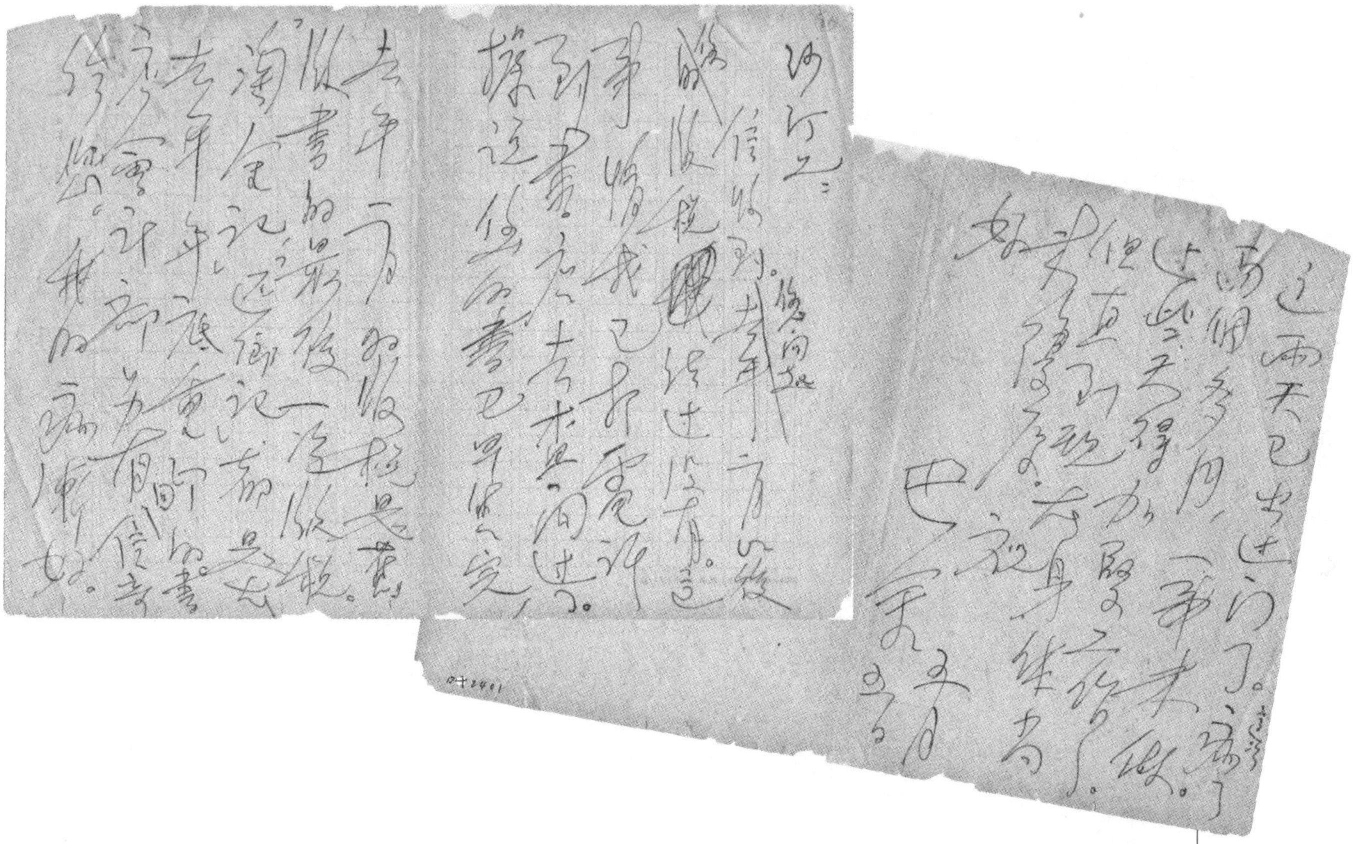

文物编号
DX002401

沙汀兄：

信收到。您问起去年二月以后您的版税结过没有。这事情我已打电话到书店去查问过了。据说您的书已早售完，去年二月的版税是旧版书的最后一次版税。《淘金记》、《还乡记》都是在去年年底重印的。书店会计部另有回信寄给您。我的病渐好。这两天已出过门了。这次病了两个多月，一事未做。过些天得加紧工作了。但直到现在身体尚未复原。

祝

好！

巴 金

五月五日

巴金致沙汀(之三)

文物编号
DX002411

敬之兄：

前信想已收到。昨天清理信件，发觉你寄稿来的信封，的确有四个，于是我又细查从沈先生[处]拿回的稿子，才知道，原稿完全，并不缺少。不过你误将最后一章写作二三章，所以沈先生看错了。我又翻原稿里面，每章数目字也有一些写错了的。全书发排时还需花点功夫整理一下，并打人名标等等，我会做的。余后谈。

祝

好！

芾甘

九月一日

巴金致沙汀(之四)

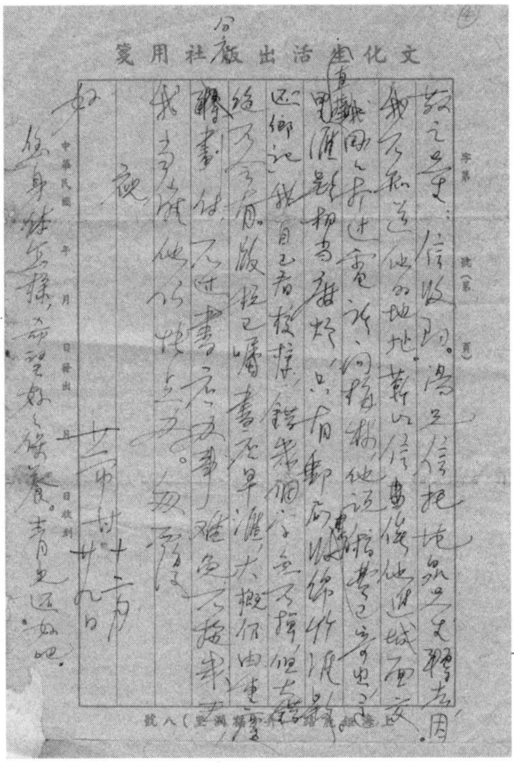

文物编号
DX002432

敬之先生：

信收到。汤兄信托范泉先生转去，因我不知道他的地址。靳以信俟他进城面交。我刚刚打过电话问梅林①，他说稿费已寄出，这里直接汇款相当麻烦，只有邮局里肯收绵竹汇款。《还乡记》我自己看校样，错几个字免不掉，但大错绝不会有。版税已嘱书店早汇，大概仍由重庆分店划付，不过书店办事难免不拖几天，我当催他们快点办。匆覆

祝

好！

芾甘

十二月廿九日

您身体怎样，希望好好保养。青兄还好吧。

①梅林（1908—1986）：作家。原名张芝田，笔名穆林。广东大埔人。有《烟台烽火》、《疯狂》等著作和《黄色魔王的城市》等译作。曾任上海新文艺出版社和中华书局上海编辑所编辑、副总编辑。

巴金致沈从文[1]（之一）

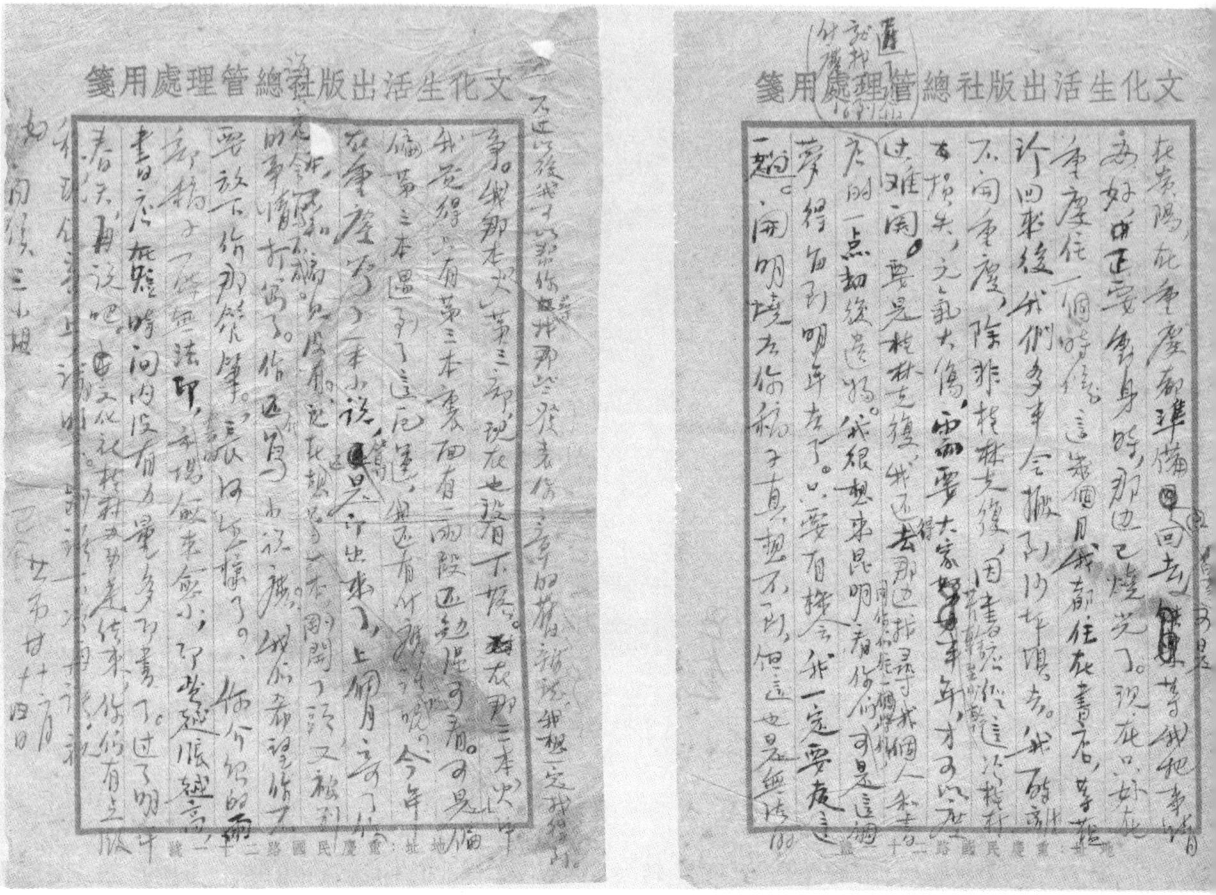

从文：

信收到好些天了。天天对自己说要写信给你，却始终没有机会动笔。这两个月我相当忙，虽然并没有做过什么了不起的事情，只做了一些苦恼的工作——看校样，而且大半是疙里疙瘩的译文，要改，不知从什么地方下手改；不改，又觉得连自己也看不懂，更不好意思拿去折磨读者。最近这里印了一本熟朋友的译稿，以为一定很好（他从前著译都很不错），想使

①沈从文（1902—1988）：作家、学者。原名沈岳焕。苗族。湖南凤凰人。著有《边城》、《湘西》、《中国古代服饰研究》等作品。先后执教于青岛大学、西南联合大学、北京大学等，后任中国社会科学院历史研究所研究员。

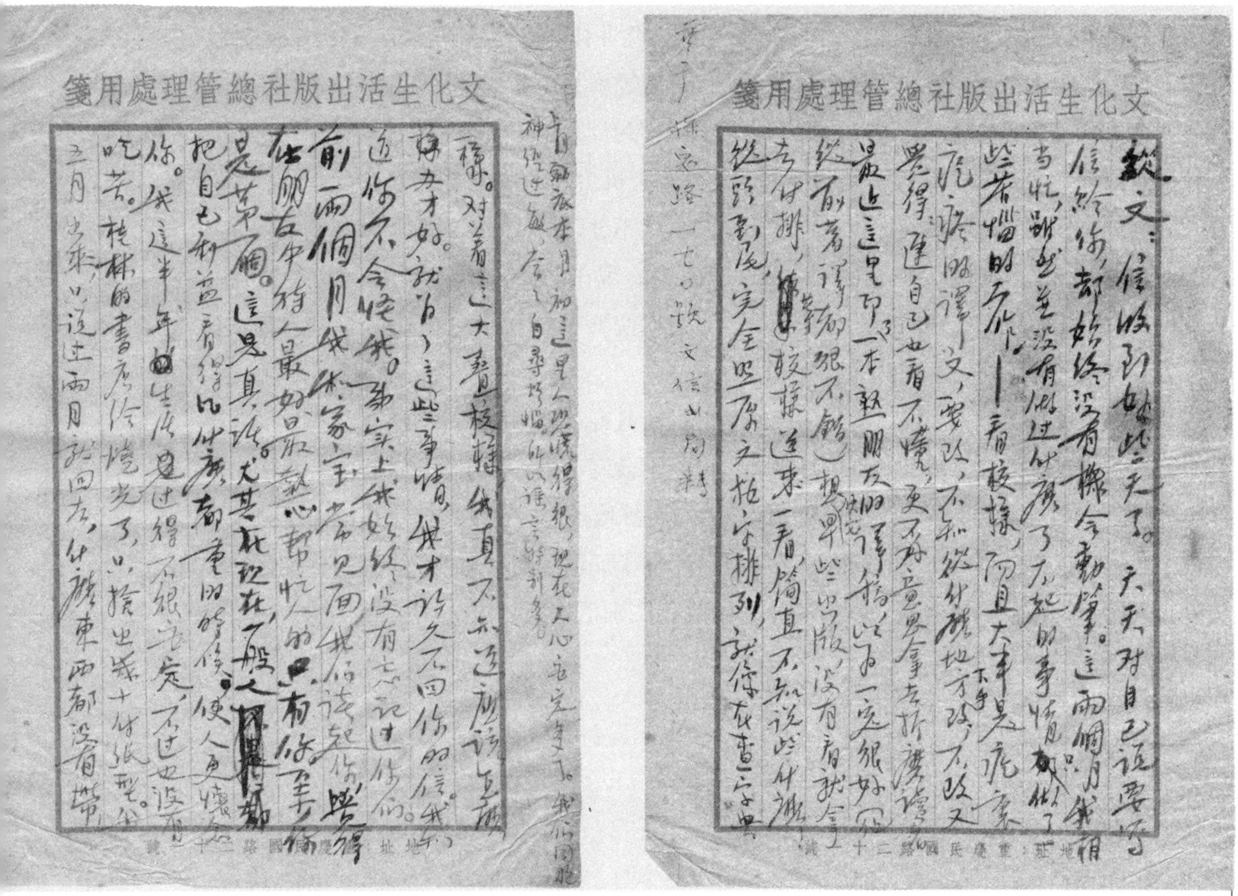

文物编号
DX002362

它早些出版，没有看就拿去付排，等校样送来一看，简直不知说些什么！从头到尾，完全照原文按字排列，就像在查字典一样。对着这大叠校样，我真不知道应该怎么办才好。就为了这些事情，我才许久不回你的信。

我知道你不会怪我。事实上我始终没有忘记过你们。前两个月我和家宝常见面，我们谈起你，觉得在朋友中待人最好、最热心帮忙人的只有你，至少你是第一个。这是真话。尤其在现在，一般人把自己利益看得比什么都重的时候，使人更怀念你。我这半年生活过得不很安定，不过也没有吃苦。桂林的书店给烧光了，只抢出几十副纸型。我五月出来，只说过两月就回去，什么东西都没有带。在贵阳、在重庆都准备回去的事，可是等我把事情办好，正要动身时，那边已烧光了。现在只好在重庆住一个时候。这几个月我都住在书店，等蕴珍回来后我们多半会搬到沙坪坝去。我一时离不开重庆，除非桂林克复，因书店经这次桂林损失，元气大伤，需要大家苦干至少干半年，才可以[渡]度过难关。要是桂林克复，我还得去那边找寻我个人和书店的一点劫后遗物。迟了恐怕就找不到什么了。我很想来昆明看你们，同你们住一个时候，可是这个梦得留到明年去了。只要有机会，我一定要走这一趟。

开明烧去你稿子真想不到，但这也是无法的事。不过以后我可以帮你寻找那些发表你文章的旧杂志，我想一定找得到。我那本《火》第三部，现在也没有下落。在那三本《火》中，我觉得只有第三本里面有一两段还勉强可看。可是偏偏第三本遇到了这厄运，我还有什么话说呢？

今年在重庆写了一本小说，算是印出来了，上个月寄了你一本，不知看见没有？现在还想写一本，刚开了头，又被别的事情打岔了，说不定会写不成。你还在写小说么？我们希望你不要放下你那管笔。《长河》怎样了？你介绍的两部稿子一时无法印，书店的市场愈来愈小，印费越涨越高，书店在短时间内没有力量多印书了。过了明年春天，再说吧。文化社桂林办事处结束，你们有点版税，现在寄上，请收下。别话下次再谈。

祝

好！

问候三小姐[1]。

芾甘

十二月十四日

上月底本月初这里人恐慌得很，现在人心安定多了。我们同胞神经过敏，常常自寻烦恼，所以谣言特别多。

①三小姐，即张兆和（1910—2003）：作家。沈从文夫人。著有《湖畔》等小说。

巴金致沈从文（之二）

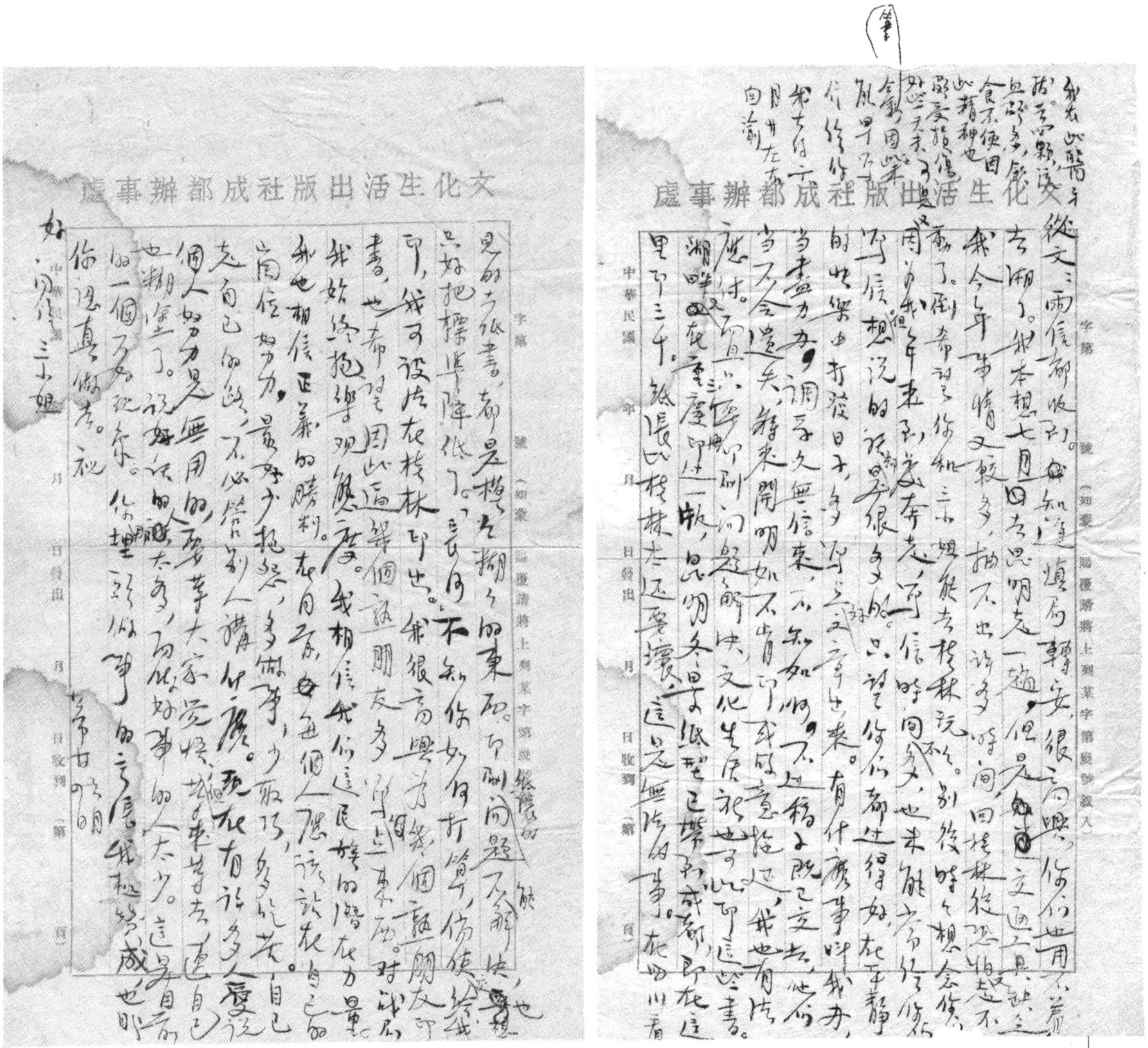

文物编号
DX002363

从文：

两信都收到。知道滇局转安，很高兴，你们也用不着去湘了。我本想七月去昆明走一趟，但是交通工具缺乏，我今年事情又较多，抽不出许多时间，回桂林后恐怕又走不动了。倒希望你和三小姐能去桂林玩玩。别后时时想念你们，可是又因为我年来到处奔走，写信时间不多，也未能常给你们写信。但想说的话却是很多的。只望你们都过得好，在平静的快乐中打发日子，多写点好文章出来。有什么事叫我办，当尽力办。

调孚[①]久无信来，不知如何，不过稿子既已交去，他们当不会遗失，将来开明如不肯印，或故意拖延，我也有法应付。而且只要印刷问题解决，文化生活社也可以印这些书。《湖畔》又在重庆印过一版三千册，《昆明冬景》纸型已带到成都，即在这里印三千。纸张比桂林本还要坏，这是无法的事。在四川看见的土纸书，都是模模糊糊的东西。印刷纸张的问题不能解决，也只好把标准降低了。《长河》不知你如何打算，倘使交给我印，我可设法在桂林印出。我很高兴为几个熟朋友印书，也希望因此逼几个熟朋友多写点东西。

对战局我始终抱乐观态度。我相信我们这民族的潜在力量。我也相信正义的胜利。在目前，每个人应该站在自己的岗位努力，最好少抱怨，多做事；少取巧，多吃苦。自己走自己的路，不必管别人讲什么。现在有许多人爱说个人努力是无用的，要等大家觉悟，但等来等去，连自己也糊涂了。说好话的人太多，而做好事的人太少。这是目前的一个不好现象。你那埋头做事的主张，我极赞成，也盼你认真做去。

祝

好！

问候三小姐

芾甘

六月四日

我在此医牙，拔去四颗，流血颇多，饮食不便，因此精神也颇受损伤，好些天未拿笔，因此也未能早写信给你。我大约六月廿[日]左右回渝。

①调孚，即徐调孚（1900—1981）：作家。原名徐名骥，笔名蒲梢等。浙江平湖人。著有《中国文学名著讲话》、《英吉利文学》等。曾先后任职于开明书店、中国青年出版社、中华书局。

巴金致沈从文（之三）

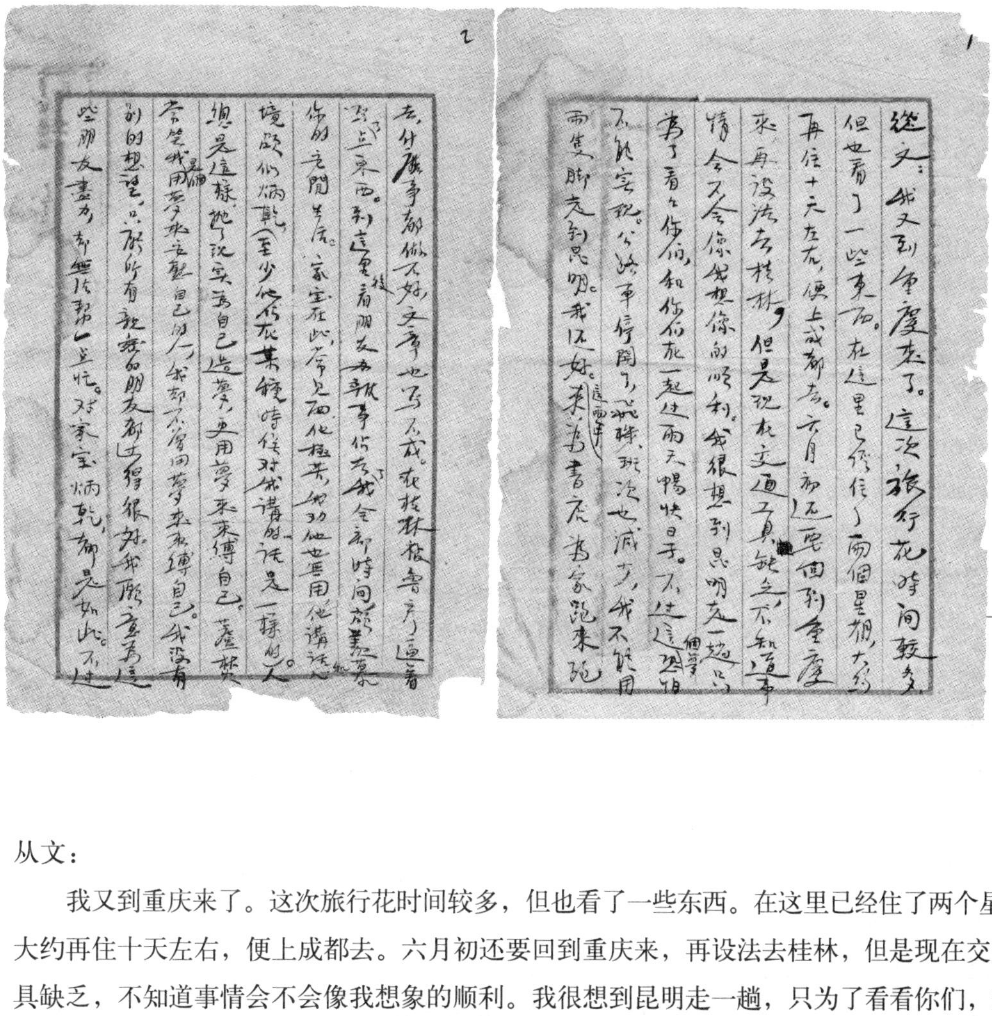

文物编号
DX002364

从文：

我又到重庆来了。这次旅行花时间较多，但也看了一些东西。在这里已经住了两个星期，大约再住十天左右，便上成都去。六月初还要回到重庆来，再设法去桂林，但是现在交通工具缺乏，不知道事情会不会像我想象的顺利。我很想到昆明走一趟，只为了看看你们，和你们在一起过两天畅快日子。不过这个梦恐怕不能实现。公路车停开了，飞机班次也减少了，我不能用两只脚走到昆明。我还好。这两年来为书店，为家跑来跑去，什么事都做不好，文章也写不成。在桂林被鲁彦[①]逼着写了点东西。到这里后看朋友办杂事占去了我全部时间，颇羡慕你的安闲生活。家宝在此，常见面，他极苦，我劝他也无用，他讲话和心境颇似炳乾[②]

①鲁彦（1902—1944）：作家。原名王衡。浙江镇海人。著有《柚子》、《黄金》、《屋顶下》等作品。抗日战争后期曾主编大后方最有影响力的文艺刊物《文艺杂志》。

②炳乾，即萧乾（1910—1999）：作家、翻译家。原名秉乾。蒙古族，北京人。有《梦之谷》、《篱下集》、《栗子》、《小树叶》、《创作四试》、《人生采访》等著作，有《好兵帅克》、《尤利西斯》等译作。曾任人民文学出版社编辑，中央文史馆馆长等职。

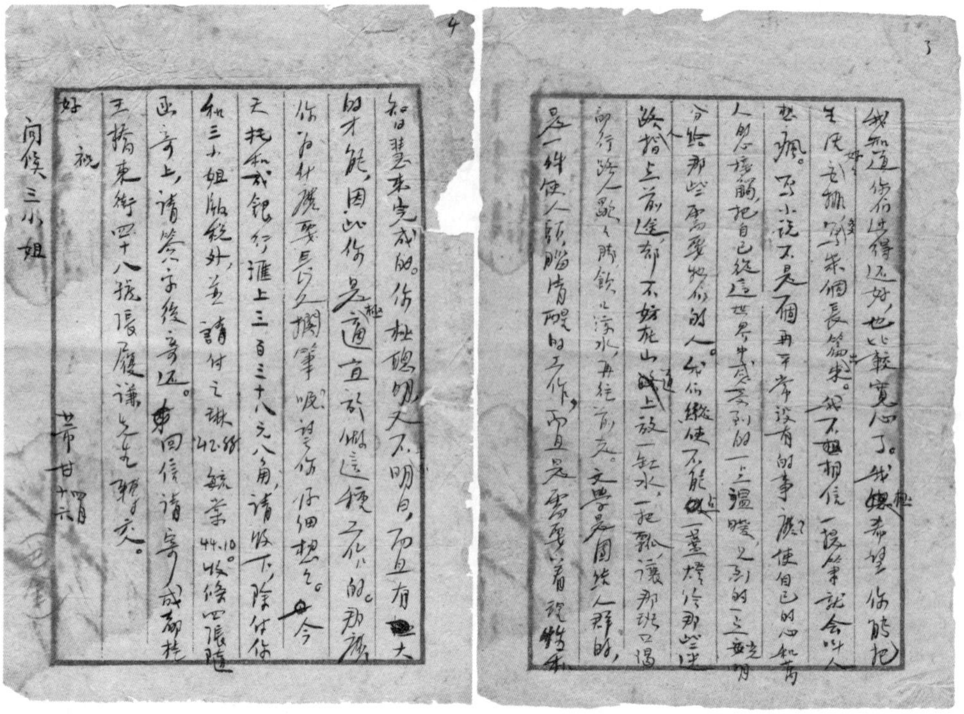

（至少他们在某种时候对我讲的话是一样的）。人总是这样，抛了现实为自己造梦，更用梦来束缚自己。芦焚常笑我是个用梦来安慰自己的人，我却不曾用梦来束缚自己。我没有别的想望，只愿所有亲密的朋友都过得很好。我愿意为这些朋友尽力，却无法帮一点忙。对家宝、炳乾，都是如此。不过，我知道你们过得还好，也比较宽心了。我极希望你能把生活好好安排，多写几个长篇出来。我不相信一提笔就会叫人想疯。写小说不是一个再平常没有的事么？使自己的心和万人的心接触，把自己从这世界中感受到的一点温暖，见到的一点光明，分给那些需要它们的人。我们纵使不能点一盏灯给那些迷路人指点前途，却不妨在山道上放一缸水，一把瓢，让那班口渴的行路人歇歇脚，饮口凉水，再往前走。文学是团结人群的，是一件使人头脑清醒的工作，而且是需要着理性和智慧来完成的。你极聪明，又不是不明白，而且有大的才能，因此，你是极适宜于做这种工作的。那么你为什么要长久搁笔呢？望你仔细想想。今天托和成银行汇上三百三十八元八角，请收下，除付你和三小姐版税外，并请付之琳42.88、瓿棠[1] 44.10。收条四张随函寄上，请签字后寄还。回信请寄成都桂王桥东街四十八号张履谦先生转交。

祝

好！

芾甘

四月十六日

问候三小姐

①瓿棠，即孙瓿棠（1910－1985）：诗人。江苏无锡人。著有长篇史诗《宝马》，有《梦乡曲》、《海盗船》等诗集留世。

巴金致索非[①]

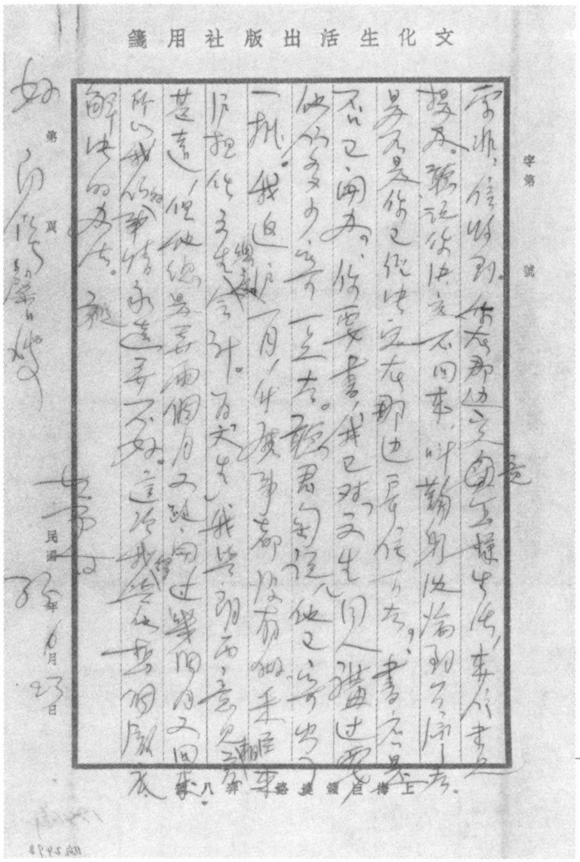

文物编号
DX002498

索非：

信收到。你在那边究竟怎样生活，来信未见提及。听说你决定不回来，叫鞠躬沈伦到台湾去。是不是你已经决定在那边长住下去？书店是否已开办？你要书，我已对“文生”同人讲过要他们多少寄一点去。听君匋[②]说，他已寄出了一批。我返沪一月，什么事都没有做。采臣来沪担任文生总店会计。为“文生”，我与朗西意见相差甚远，但他总是弄两个月又跑开，过几个月又回来，所以我们的事情永远弄不好。这次我得与他想个澈[彻]底解决的办法。

祝

好。

问候馨嫂

芾 甘

民国 35 年6 月23 日

①索非（约1900—？）：原名周索非。安徽绩溪人。巴金友人。曾任职于开明书店。

②君匋，即钱君匋（1906—1998）：篆刻家、书画家。浙江海宁人。一生治印两万余方。曾任西泠印社副社长、中国美术家协会上海分会理事等职。

巴金致唐弢①

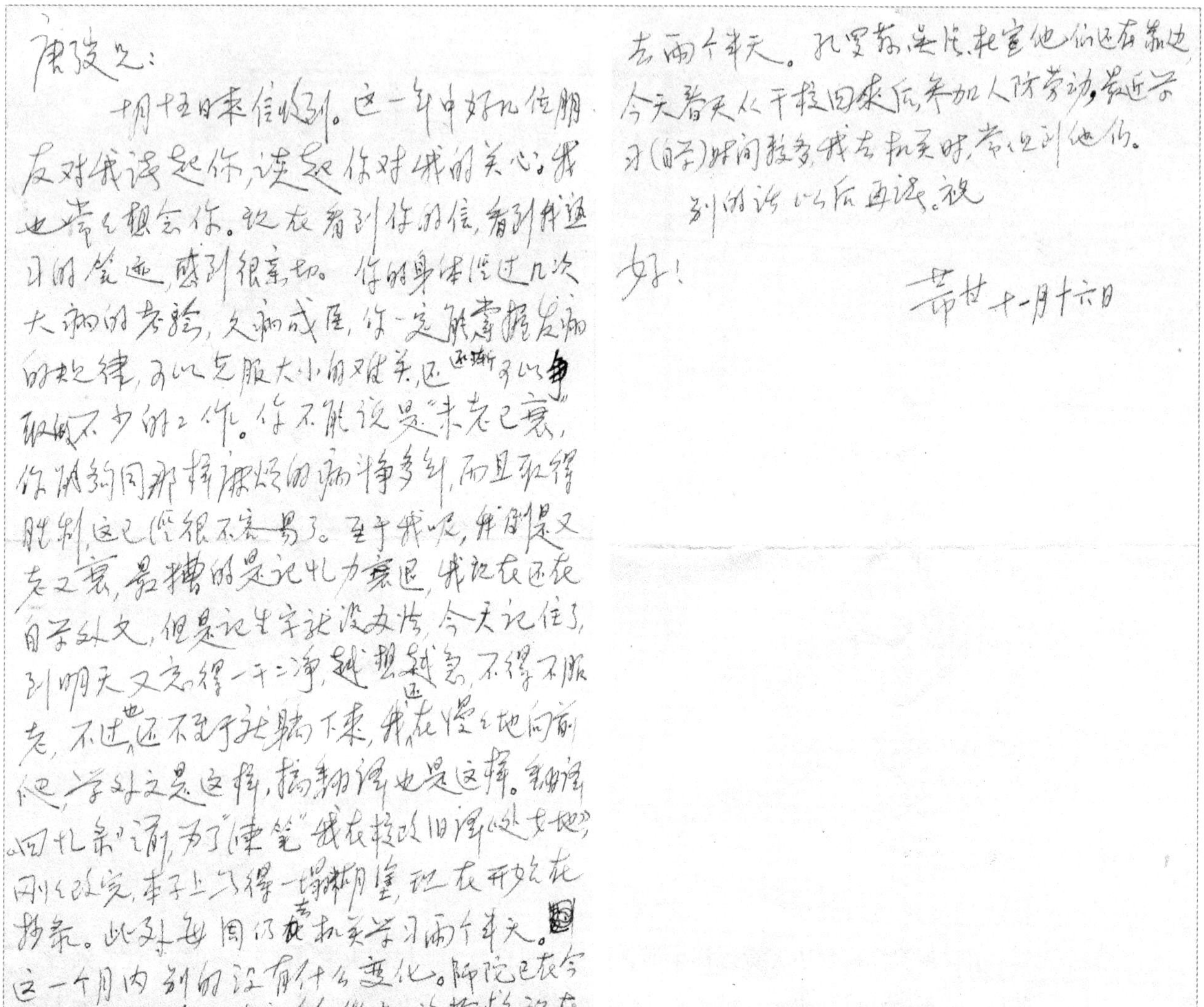
唐弢兄：

十月十五日来信收到。这一年中好几位朋友对我谈起你，谈起你对我的关心。我也常常想念你。现在看到你的信，看到我过去的笔迹，感到很亲切。你的身体经过几次大病的考验，久病成医，你一定能掌握生病的规律，可以克服大小的难关，还可以争取做不少的工作。你不能说是"未老已衰"，你仍然同那样厉害的病斗争多年，而且取得胜利，这已经很不容易了。至于我呢，我倒是又老又衰，最糟的是记忆力衰退。我现在还在自学外文，但是记生字就没有办法，今天记住了，到明天又忘得一干二净，越想越急，不得不服老。不过也还不至于就躺下来，我还在慢慢地向前爬。学外文是这样，搞翻译也是这样。翻译《回忆录》以前，为了练笔，我在校改旧译《处女地》，刚刚改完，本子上涂得一塌糊涂，现在开始在抄录。此外每周仍去机关学习两个半天。这一个月内别的没有什么变化。师陀已在今年六月得到解放，他大病多年，经过几次抢救，现在可以拄着手杖出门逛街，上机关学习了。他也是每周去两个半天。孔罗荪、吴强、杜宣他们还在靠边，今天暑天从干校回来后，参加人防劳动。最近学习（时事）时间较多，我去机关时，常遇到他们。

别的话以后再谈。祝

好！

芾甘 十一月十六日

文物编号

DX002365

①唐弢（1913—1992）：作家、学者。原名唐瑞毅。笔名晦庵。浙江镇海人。著有《推背集》、《海天集》、《投影集》、《识小录》、《落帆集》、《晦庵书话》等作品。主编《中国现代文学史》。先后任教于复旦大学、震旦大学、上海戏剧专科学校等，后为中国社会科学院文学研究所研究员。

唐弢兄：

十月十五日来信收到。这一年中好几位朋友对我谈起你，谈起你对我的关心。我也常常想念你。现在看到你的信，看到我熟习[悉]的笔迹，感到很亲切。你的身体经过几次大病的考验，久病成医，你一定能逐渐掌握发病的规律，可以克服大小的难关，还可以争取做不少的工作。你不能说是“未老已衰”，你能够同那样麻烦的病斗争多年，而且取得胜利，这已经很不容易了。至于我呢，我倒是又老又衰，最糟的是记忆力衰退。我现在还在自学外文，但是记生字就没办法，今天记住了，到明天又忘得一干二净，越想越急，不得不服老，不过也还不至于就躺下来，我还在慢慢地向前爬。学外文是这样，搞翻译也是这样。

翻译《回忆录》之前，为了“练笔”，我在校改旧译《处女地》，刚刚改完，本子上写得一塌糊涂，现在开始在抄录。此外每周仍去机关学习两个半天。这一个月内别的没有什么变化。师陀已在今年六月得到解放，他大病多年，经过几次抢救，现在可以拄着手杖出门逛街、上机关学习了。他也是每周去两个半天。孔罗荪、吴强②、杜宣③他们还在靠边，今天[年]春天从干校回来后，参加人防劳动。最近学习（自学）时间较多，我去机关时，常常见到他们。

别的话以后再谈。

祝

好！

芾甘

十一月十六日

②吴强（1910—1990）：作家。原名汪大同。江苏涟水人。著有长篇小说《红日》、《堡垒》（上部）、散文集《心潮集》等作品。曾任上海市文联副主席，中国作家协会上海分会副主席等职。

③杜宣（1914—2004）：作家。原名杜苍凌。江西九江人。著有话剧剧本《无名英雄》、《难忘的岁月》、《动荡的年代》、《五月鹃》等作品。曾任中国作家协会上海分会副主席，上海市文联党组副书记、副主席，中国戏剧家协会上海分会主席等职。

巴金致萧乾（之一）

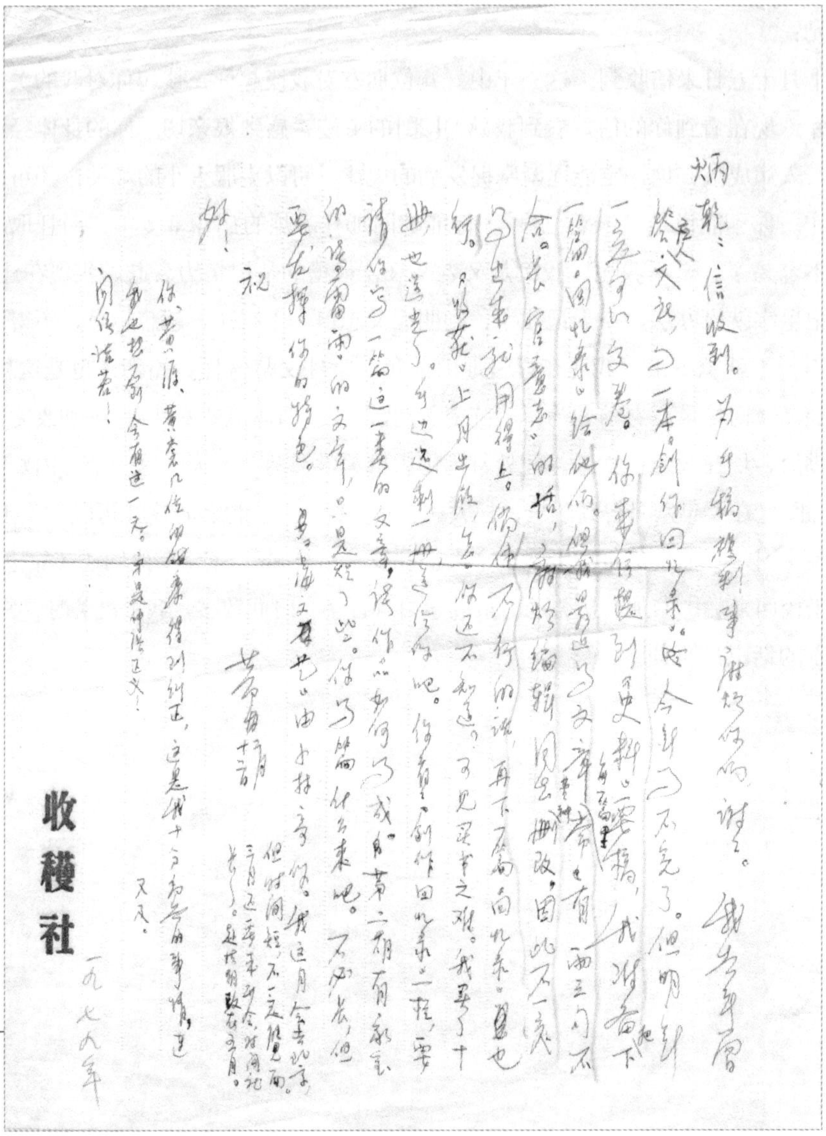

文物编号
DX002458

炳乾：

信收到。为手稿复制事麻烦你们，谢谢。我去年曾答应人文社，写一本《创作回忆录》。今年写不完了。但明年一定可以交卷。你来信提到《史料》要稿，我准备把下一篇《回忆录》给他们。但我最近写文章每一篇里常有两三句不合“长官意志”的话，麻烦编辑同志费神删改，因此不一定写出来就用得上。倘使不行的话，再下一篇《回忆录》也行。《收获》上月出版，怎么你还不知道？可见买书之难。我买了十册，也送光了。手边还剩一册，送给你吧。你看看“创作回忆录”一栏，要请你写一篇这一类的文章，谈作品如何写成。第二期有家宝的谈《雷雨》的文章，只是短了些。你写篇什么来吧。不必长，但要发挥你的特色。《上海文艺》由小林寄你。我这月会去北京，但时间短，不一定能见面。三月还要来开会，时间就长了。赴法期改在五月。

祝

好！

芾 甘

二月十二日

你、黄源[1]、黄裳[2]几位的错案得到纠正，这是我十分高兴的事情，连我也想不到会有这一天。这才是伸张正义！

又 及

问候洁若！

①黄源（1905—2003）：作家、翻译家。原名黄河清。浙江海盐人。著有《怀念鲁迅先生》、《随军杂记》等作品，有《三人》、《高尔基代表作》、《屠格涅夫代表作》等译作。曾任华东军政委员会文化部副部长、中国作家协会浙江分会主席、浙江省文联名誉主席等职。

②黄裳（1919— ）：作家、翻译家。原名容鼎昌。山东益都人。著、译有《锦帆集》、《银鱼集》、《翠墨集》、《榆下说书》、《猎人日记》等作品。曾任上海《文汇报》记者、编辑、编委。

巴金致萧乾（之二）

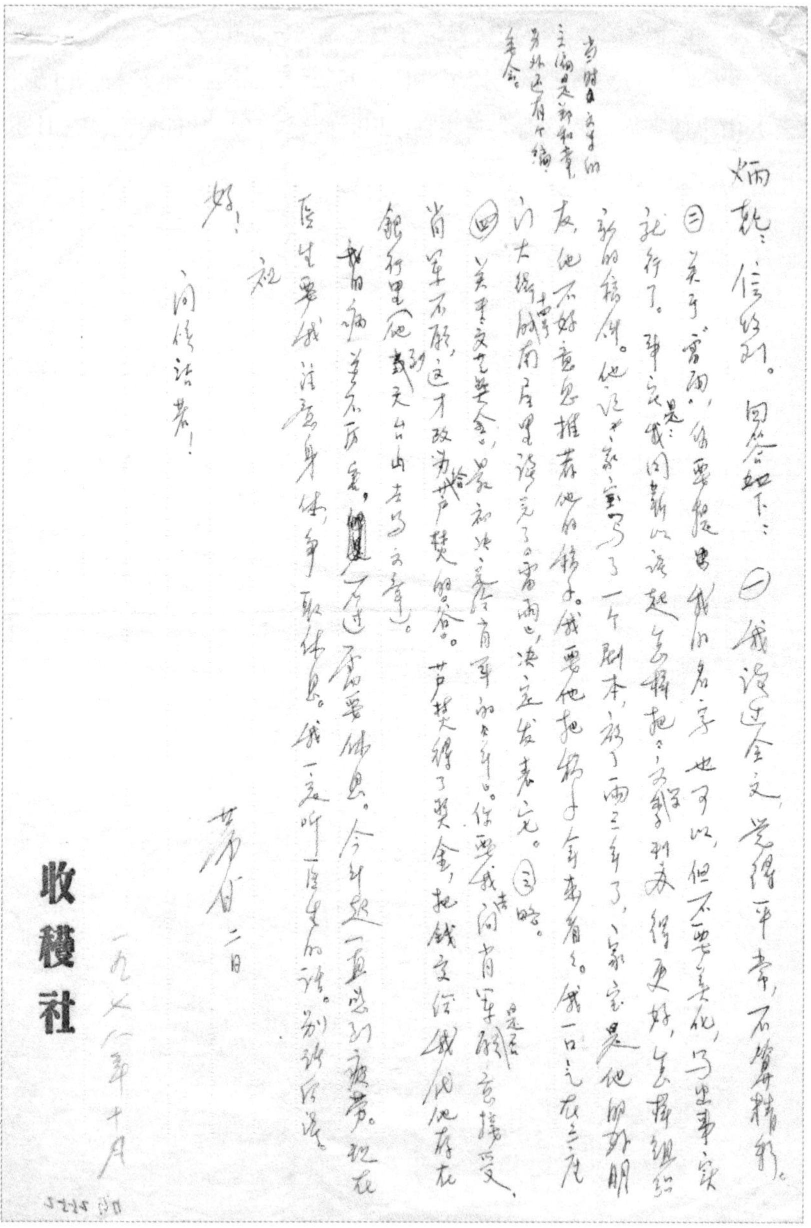

炳乾：

信收到。回答如下：㈠我读过全文，觉得平常，不算精彩。㈡关于《雷雨》，你要提出我的名字也可以，但不要美化，写出事实就行了。事实是：我同靳以谈起怎样把《文学季刊》办得更好，怎样组织新的稿件。他说，家宝写了一个剧本，放了两三年了，家宝是他的好朋友，他不好意思推荐他的稿子。我要他把稿子拿来看看。我一口气在三座门大街十四号南屋里读完了《雷雨》，决定发表它。㈢略。㈣关于文艺基金，最初决定给肖军和芦焚。你要我问肖军是否愿意接受，肖军不愿，这才改为给芦焚的奖金。芦焚得了奖金，把钱交给我们，他存在银行里（他到天台山去写文章）。

我的病并不厉害，不过需要休息。今年起一直感到疲劳。现在医生要我注意身体，争取休息。我一定听医生的话。别的后谈。

问候洁若！

祝

好！

芾甘 二日

一九七八年十月

当时《文学季刊》的主编是郑振铎，另外还有个编委会。

收穫社

DX 2552

文物编号
DX002552

炳乾：

信收到。回答如下：（一）我读过全文，觉得平常，不算精彩。（二）关于《雷雨》，你要提出我的名字也可以，但不要美化，写出事实就行了。事实是：我同靳以谈起怎样把《文学季刊》办得更好，怎样组织新的稿件。他说，家宝写了一个剧本，放了两三年了，家宝是他的好朋友，他不好意思推荐他的稿子。我要把他的稿子拿来看看。我一口气在三座门大街十四号的南屋里读完了《雷雨》，决定发表它。(三）略。(四）关于“文艺奖金”，最初决定给肖[萧]军①的《羊》。你要我去问肖[萧]军是否愿意接受，肖[萧]军不愿，这才改为给芦焚②的《谷》。芦焚得了奖金，把钱交给我代他存在银行里（他到天台山去写文章)。

我的病并不厉害，不过需要休息。今年起一直感到疲劳。现在医生要我注意身体，争取休息。我一定听医生的话。别话后谈。

祝

好！

问候洁若！

当时《文季》的主编是郑[振铎]③和章[靳以]④，另外还有个编委会。

芾 廿

二日

①萧军（1907—1988）：作家。原名刘鸿霖，笔名田军。辽宁义县人。著有《八月的乡村》、《过去的年代》、《五月的矿山家》等作品。曾任东北大学鲁迅艺术文学院院长、北京市文物组研究员、戏曲研究所研究员、中国作家协会北京分会副主席等职。

②卢焚，即师陀。

③郑振铎（1898—1958）：作家、学者。笔名西谛、郭源新。福建长乐人。有《文学史大纲》、《插图本中国文学史》、《中国俗文学史》、《中国文学研究》、《近百年古城古墓发掘史》等学术论著，以及《取火者的逮捕》、《桂公塘》等文学创作和《印度寓言》、《高加索民间故事》、《希腊神话》、《俄国短篇小说译丛》等译作。曾任中国科学院文学研究所所长、文化部文物局局长、文化部副部长等职。

④章靳以（1909—1959）：作家。原名章方叙，笔名靳以。天津人。曾与郑振铎合编《文学季刊》、与巴金合编《文季月刊》、与叶圣陶合编《中国作家》等刊物。有《群鸦》、《残阳》、《火花》、《红烛》等小说、散文集多部留世。曾任中国作家协会上海分会副主席，去世前主持《收获》的编辑工作。

巴金致萧殷①

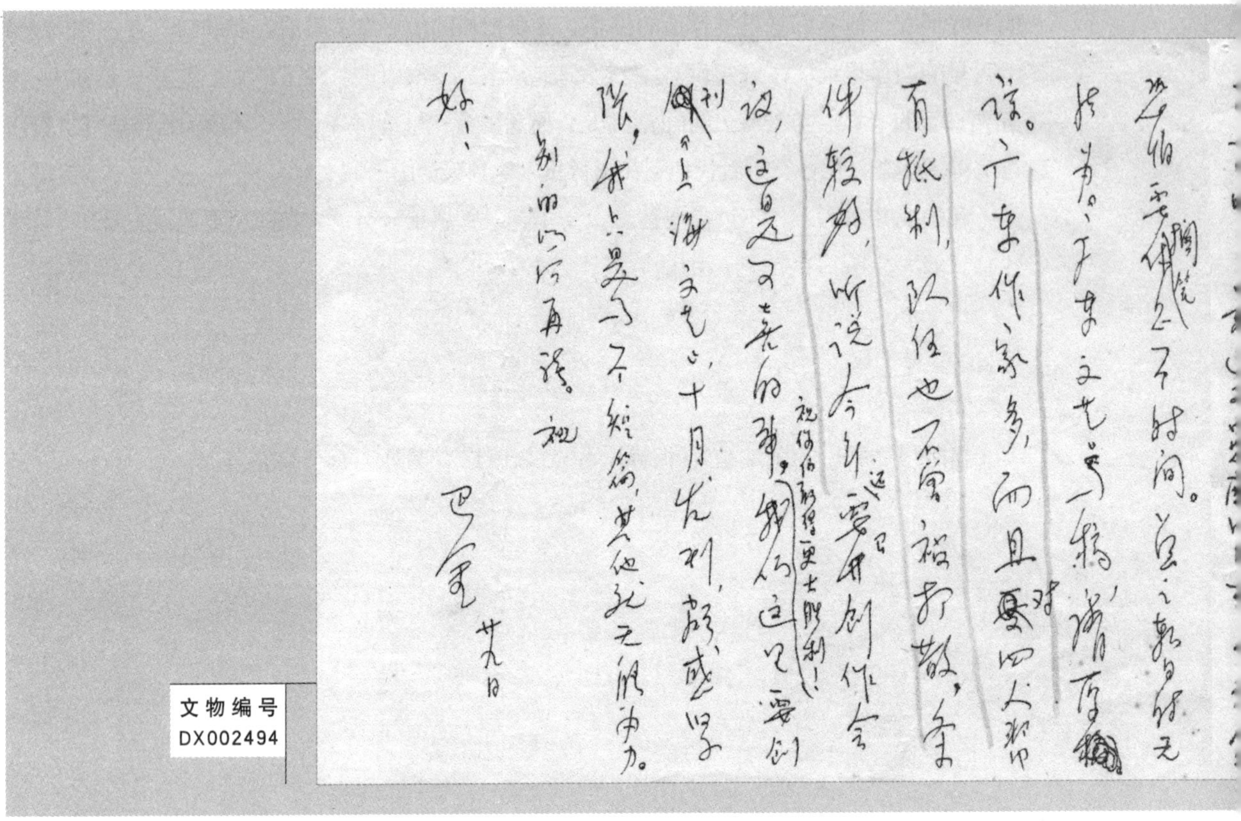

肖[萧]殷同志：

有一天我在马路上遇见吕蒙②同志，他说你有信给我，果然过两天就收到了你的信。谢谢你的关心。我也是很忙，来找的人较多，社会活动也较多，白天拿笔写信写文章，总是有事情来打岔，因此也难在信里同朋友们畅谈。你要我给《广东文艺》写稿，我记得于逢③同

①萧殷（1915—1983）：作家、文艺理论家。原名郑文森，笔名萧英。广东龙川人。著有《月夜》、《翻身诗谣》、《论生活、艺术和真实》、《创作随谈录》等作品。曾任中南局宣传部文艺处处长，广东省文联副主席，广东省作家协会副主席、党组副书记，中国作家协会理事等职。

②吕蒙（1915—　）：画家。原名徐京祥，字徐华。浙江永康人。与莫朴、亚明合作连环木刻《铁佛寺》，另有《菊花》、《皖南风光》等版画作品。历任上海美术出版社社长兼总编，上海市美术家协会秘书长、副主席，中国画院院长等职。

③于逢（1915—2008）：作家。广东台山人。有《乡下姑娘》、《富良江的黑夜》、《螺丝钉》、《金沙洲》等小说作品。曾任《华南文艺》月刊编辑、广东省作家协会副主席、广东文学院院长等职。

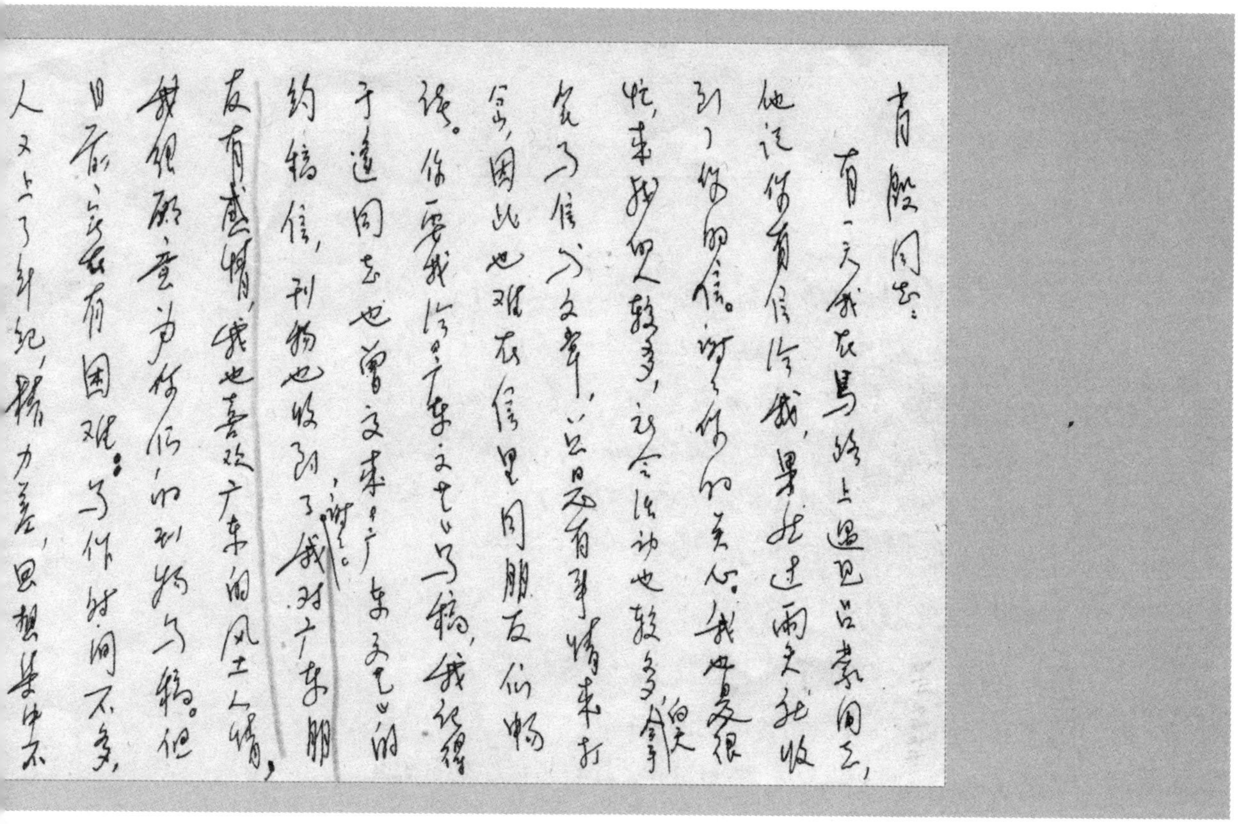
[illegible]同志：
有一天我在马路上遇见吕[illegible]同志，他说你有信给我，果然过两天我收到了你的信。谢谢你的关心。我也很忙，来找我的人较多，社会活动也较多，每天写信，写文章，以及忙其他事情来打扰，因此也难在信里同朋友们畅谈。你要我给广东文艺写稿，我记得于逢同志也曾交来广东文艺的约稿信，刊物也收到了。谢谢。我对广东朋友有感情，我也喜欢广东的风土人情，我很愿意为你们的刊物写稿。但目前实在有困难：写作时间不多，人又上了年纪，精力差，思想集中不

志也曾交来《广东文艺》的约稿信，刊物也收到了，谢谢。我对广东朋友有感情，我也喜欢广东的风土人情，我很愿意为你们的刊物写稿。但目前实在有困难：写作时间不多，人又上了年纪，精力差，思想集中不易，这四个月一共写了四篇文章，已经感到吃力；最近又患感冒，至今未愈，恐怕要搁笔休息一个时间。总之暂时无法为《广东文艺》写稿，请原谅。广东作家多，而且对四人帮有抵制，队伍也不曾被打散，条件较好，听说今年还要召开创作会议，这是可喜的事。祝你们取得更大胜利！我们这里要创刊《上海文艺》，十月发刊，颇感紧张，我只是写一个短篇，其他就无能为力。

别的以后再谈。

祝

好！

巴 金

廿九日

巴金致臧仲伦①

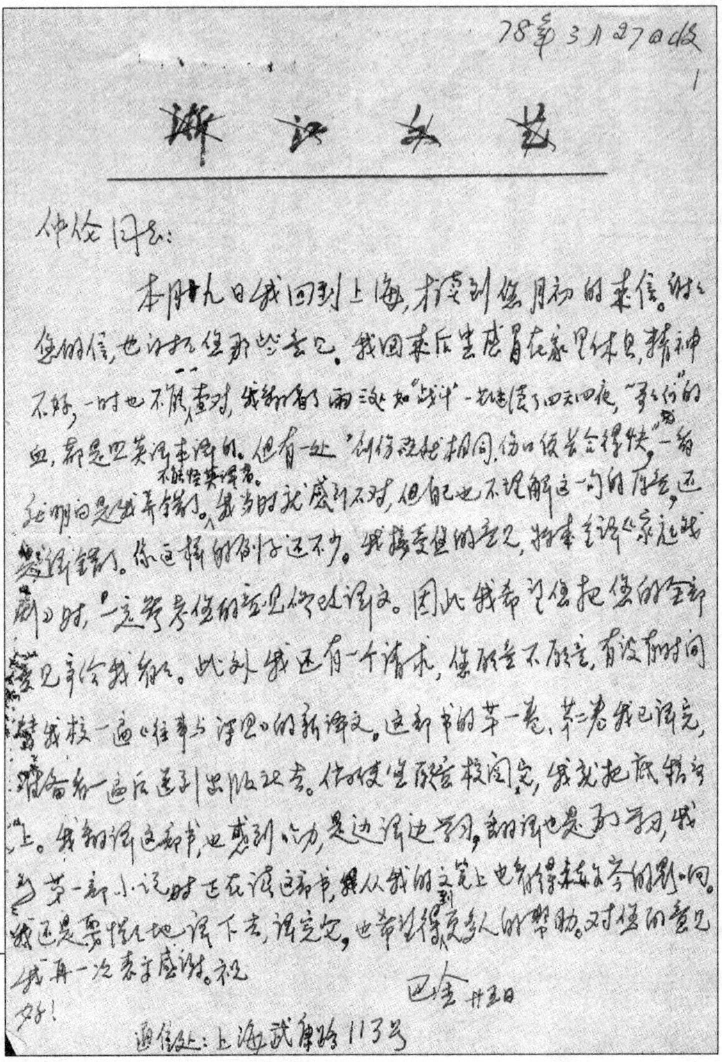
78年3月27日收
1
浙江文艺
仲伦同志：
本月十九日我回到上海，才读到您月初的来信。谢谢您的信，也谢谢您那些意见。我回来后患感冒在家里休息，精神不好，一时也不能一一查对，我翻看了两三处，如"战斗一般地继续了四天四夜"，"多么好的血"，都是从英译本译的。但有一处"的确跟他相同，伤口很快会愈合"一句，我明白是我弄错了，不能怪英译者。我当时就感到不对，但自己也不理解这一句的用意，还是译错了。你这样的例子还不少。我接受您的意见，将来重译《家庭戏剧》时，一定参考您的意见修改译文。因此我希望您把您的全部意见写给我。此外我还有一个请求，您能否不厌烦，有没有时间替我校一遍《往事与随想》的新译文。这部书的第一卷、第二卷我已译完，准备看一遍后送到出版社去。你倘使肯替我校阅，我就把底稿寄上。我翻译这部书，也感到吃力，是边译边学习，翻译也是学习，我写第一部小说时正在读这部书，我从我的文章上也看得出来这本书的影响。我还是要慢慢地译下去，译完它，也希望得到更多人的帮助。对您的意见我再一次表示感谢。祝
好！
巴金 廿五日
通信处：上海武康路113号

文物编号
（无）

仲伦同志：

本月十九日我回到上海，才读到您月初的来信。谢谢您的信，也谢谢您那些意见。我回来后患感冒在这里休息，精神不好，一时也不能一一查对，我翻看了两三处，如"战斗"继

---

①臧仲伦（1931－　）：翻译家。江苏武进人。有《驿站长》、《钦差大臣》、《白痴》、《罪与罚》、《被侮辱与被损害的人》、《卡拉马佐夫兄弟》等译作。北京大学俄语系教授、研究生导师。中国作家协会会员。

续了四天四夜，“哥哥们”的血，都是照英译本译的。但有一处“创伤既然相同，伤口便长合得快”，一看就知道是我弄错了，不能怪英译者。我当时就感到不对，但自己也不理解这一句的原意，还是译错了。像这样的例子还不少。我接受您的意见，将来重译《家庭戏剧》时，一定参考您的意见修改译文。因此我希望您把您的全部意见寄给我看看。此外我还有一个请求，您愿意不愿意、有没有时间替我校一遍《往事与深思》的新译文。这部书的第一卷、第二卷我已译完，准备看一遍后送到出版社去。倘使您愿意校阅它，我就把底稿寄上。我翻译这部书，也感到吃力，是边译边学习，翻译也是为了学习。我写第一部小说时正在读这部书，从我的文笔上也看得[出]赫尔　的影响。我还是要慢慢地译下去，译完它，也希望得到更多人的帮助。对您的意见，我再一次表示感谢。

祝

好！

巴金

廿五日

通信处：上海武康路113号

中国现代文学馆馆藏珍品大系

信函卷　第一辑

友人致巴金

A

艾青①致巴金

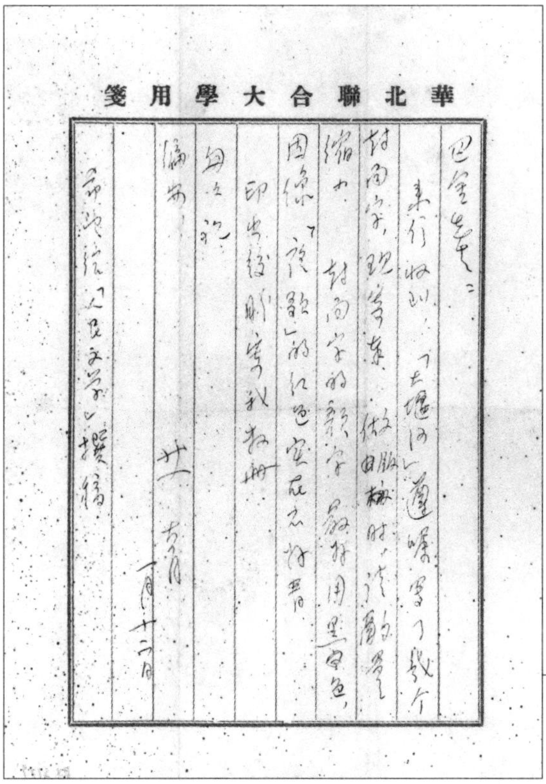

華北聯合大學用箋

文物编号
DX002739

巴金先生：

来信收到，《大堰河》遵嘱写了几个封面字，现寄奉。做版时请酌量缩小，封面字的颜字[色]，最好用黑白色，因像《夜歌》的红色实在不好看。

印出后盼望寄我数册。

匆匆祝

编安！

艾 青

一月十二日

希望给《人民文学》撰稿。

①艾青（1910—1996）：诗人。原名蒋正涵，号海澄，笔名莪伽、克阿。浙江金华人。著有《大堰河》、《北方》、《火把》、《归来的歌》等作品。曾任中国作家协会副主席、《人民文学》副主编等职。

艾芜[1]致巴金

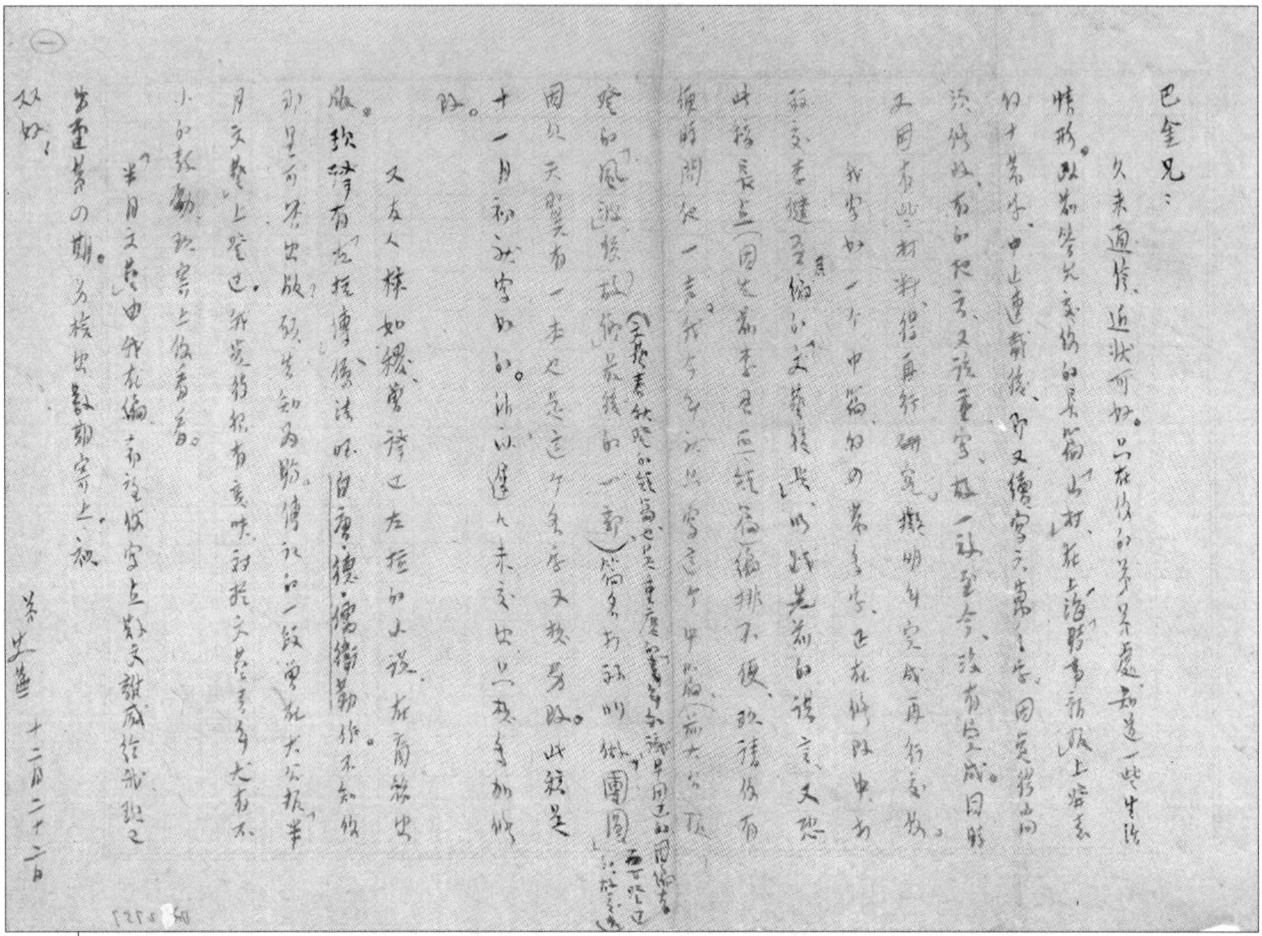

文物编号
DX002757

巴金兄：

久未通信，近状可好。只在你的弟弟处，知道一些生活情形。以前答允交你的长篇《山村》，在上海《时事新报》上发表的十万字，中止连载后，即又续写六万多字。因觉得尚须

①艾芜（1904—1992）：作家。原名汤道耕。四川新繁（今成都）人。著有《南行记》、《丰饶的原野》、《故乡》、《山野》、《百炼成钢》等作品。曾任重庆市文化局局长、中国作家协会四川分会主席、中国作家协会理事等职。

修改，有的地方，又该重写，故一放至今，没有完成。同时又因有些材料，得再行研究。拟明年完成再行交你。

我写好一个中篇，约四万多字，正在修改中，打算交李健吾君编的《文艺复兴》，以践先前的诺言。又恐此稿长点（因先前李君要短篇），编排不便，现请你有便时问他一声。我今年就只写这个中篇（前《大公报》登的《风波》系《故乡》最后的一部），篇名打算叫做《团圆》（《文艺春秋》登的短篇也是重庆的《青年知识》早用过的，因编者要登过的，故交去），因见天翼[1]有一本也是这个名字，又想另改。此稿是十一月初就写好的。所以迟迟未交出，只想多加修改。

又友人林如稷[2]，曾译过左拉的小说，在商务出版。现译有《左拉传》，系法国白唐·德·儒卫勒作。不知你那里可否出版？愿告知为盼。传记的一段曾在《大公报·半月文艺》上登过。我觉得很有意味，对于文艺青年尤有不小的鼓励。现寄上你看看。

《半月文艺》由我在编，希望你写点散文杂感给我，现已出至第四期。另检出数期寄上。

祝

双好！

弟　艾芜

十二月二十二日

①天翼，即张天翼（1906—1985）：作家。原名张元定。湖南湘乡人。著有《华威先生》、《包氏父子》等小说，以及《大林和小林》、《宝葫芦的秘密》等儿童文学作品。曾任中央文学研究所副主任、《人民文学》主编、中国作家协会书记处书记等职。

②林如稷（1902—1976）：作家。四川资中人。有《夜渡》等著作及《卢贡家族的命运》等译作。曾任四川大学中文系主任、成都市文化局副局长等职。

B

毕奂午①致巴金（之一）

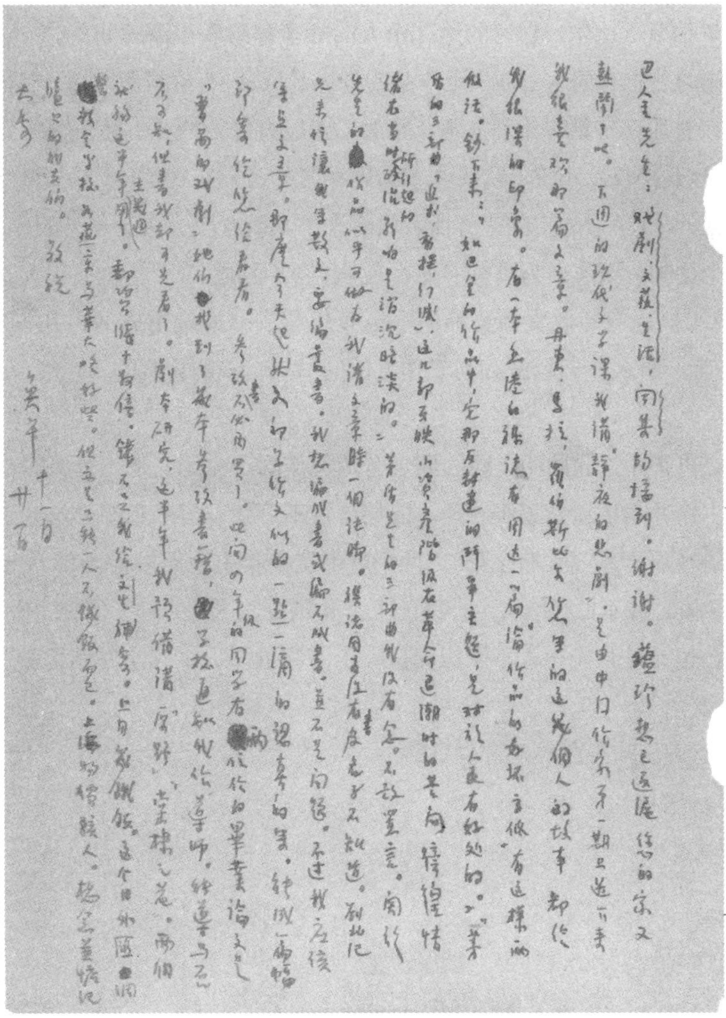

文物编号
DX002970

巴金先生：

《戏剧·文艺·生活》、《闻集》均接到。谢谢。蕴珍②想已返沪，您的家又热闹了吧。下周的现代文学课我讲《静夜的悲剧》，是由《中国作家》第一期上选下来，我很喜欢那篇文章。

①毕奂午（1909—2000）：作家。又名毕焕午、毕桓武。河北井陉人。著有《掘金记》、《雨夕》、《金雨集》等作品。曾任武汉大学中文系教授、湖北省文联副主席、武汉市文联副主席等职。

②蕴珍，即萧珊（1917—1972）：翻译家。巴金夫人。原名陈蕴珍。浙江鄞县人。有《别尔金小说集》、《阿西亚》、《初恋》、《奇怪的故事》等译作。曾任《上海文学》、《收获》编辑。

丹东·马拉，罗伯斯·比尔，您写的这几个人的故事都给我很深的印象。

有一本香港的杂志有周达一篇《论作品的好坏高低》，有这样两段话，钞[抄]下来："如巴金的作品中，它那反封建的斗争主题，是对于人民有好处的。""茅盾①的三部曲《追求·动摇·幻灭》，这几部反映小资产阶级在革命退潮时的苦闷彷徨情绪，在当时所引起的政治影响是消沉暗淡的。"茅盾先生的三部曲我没有念，不敢置言。关于先生的作品似乎可作为我讲文章时一个注脚。杂志因为没有书皮，名子[字]不知道。

刘北汜②兄来信让我写散文，要编丛书。我想编成书或编不成书，并不是问题。不过我应该写点文章，那么今天起就如初学作文似的一点一滴的认真的写。能成一篇幅即寄给您看看。

参考书不必再买了。此间四年级的同学有两位作的毕业论文是《曹禺的戏剧》，她们找到了几本参考书籍，学校通知我作导师。能导与否不可知，但书我却可先看了。剧本研究，这半年我预备讲《原野》、《棠棣之花》。两个就够这半年主题周用了。

邮资涨十数倍，钱不足我给文生补寄。上月几饿饭。这个月外汇调整，教会学校如燕京与华大略好些，但亦是只能一人不饿饭而已。上海物价骇人。想念并惦记沪上的朋友们。

敬祝

大安！

奂 午

十一月廿一日

①茅盾（1896—1981）：作家、翻译家。原名沈德鸿，字雁冰。浙江桐乡人。著有《虹》、《蚀》、《子夜》、《三人行》、《路》、《春蚕》、《清明前后》、《腐蚀》、等作品，有《人民是不朽的》、《俄罗斯问题》等译作。曾任中国文联副主席、中国作家协会主席、文化部部长、全国政协副主席等职。

②刘北汜（1917—1999）：作家。笔名冯荒、董桑。吉林延吉人。著有《山谷》、《曙前》、《荒原雨》等作品。曾任《紫禁城》杂志主编、紫禁城出版社社长、中央文史研究馆馆员。

毕奂午致巴金（之二）

尧棠先生
　　　　　：
蕴珍小姐

好久没有给你们写信了。前数日接到文化生活出版社寄来五万余元的版税，又惭愧又高兴，想不到如《掘金记》那样的书还有人买，而且在那时候五万元对清华人还是很有用处的。清华有一班课外读物由午指定的是《憩园》，另外翻译作品也全是文化生活的。学校购买多在一家叫朝华书店的。北京书店也买些。清华七月初放暑假，一年算给人家教下来了，下学年就还教下去。一个没有享受过学校教育培植的人，在大学里没有惹人笑话，想起有点惶惧。下学年功课熟了，余裕的时间多，想着练习写点东西。北方在旱灾与战灾的熬煎中，很想念上海的友人们。朱自清先生对我还好，这是健吾先生的介绍，前曾寄一信表示感谢。

专此敬颂

大安！

问候小妹妹。

毕奂午上

六月卅日

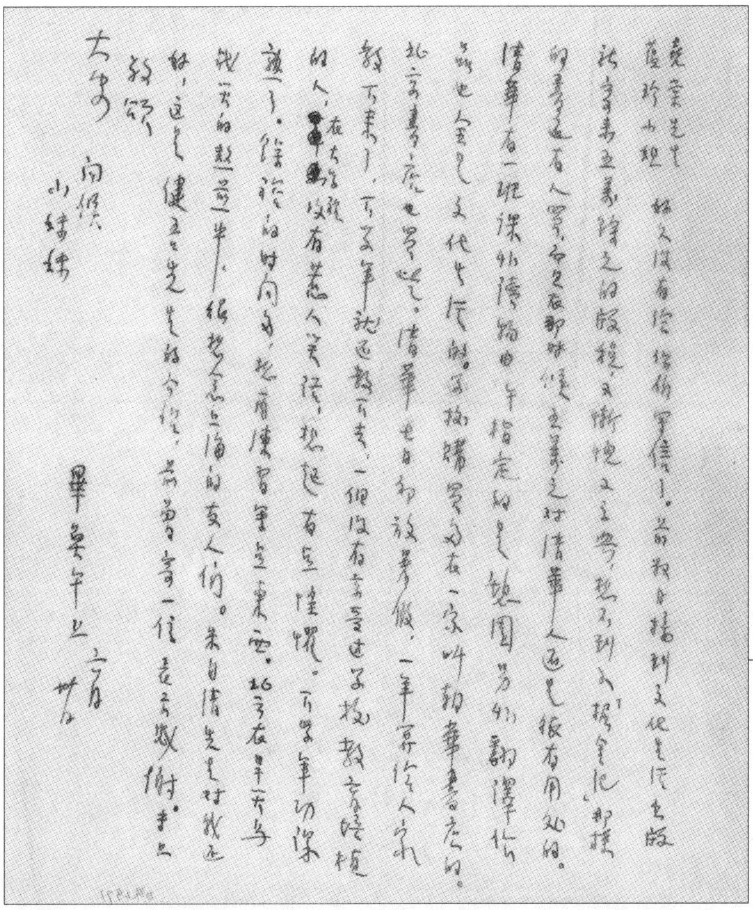

尧棠先生
蕴珍小姐

好久没有给你们写信了。前数日接到文化生活出版社寄来五万余元的版税，又惭愧又高兴，想不到如《掘金记》那样的书还有人买，而且在那时候五万元对清华人还是很有用处的。清华有一班课外读物由午指定的是《憩园》，另外翻译作品也全是文化生活的。学校购买多在一家叫朝华书店的。北京书店也买些。清华七月初放暑假，一年算给人家教下来了，下学年就还教下去。一个没有享受过学校教育培植的人，在大学里没有惹人笑话，想起有点惶惧。下学年功课熟了，余裕的时间多，想着练习写点东西。北方在旱灾与战灾的熬煎中，很想念上海的友人们。朱自清先生对我还好，这是健吾先生的介绍，前曾寄一信表示感谢。专此

敬颂

大安

问候小妹妹

毕奂午上 六月卅日

文物编号
DX002971

卞之琳[1]致巴金（之一）

巴金：

懒了这么久，昨晚才一气抄出正误表十五六份，附一部分在这里，请你为我随书分配一下。再给我自购十六本吧。三本请寄或带交其美路新陆邨五号周煦良[2]处（正误表我直接附去）。其余熟人如已将书拿去，就再补送正误表（表中只是列出已发见的我较在乎的错误而已）。只是太麻烦你了。《浪子回家》封面上作者名与书名请注意叫他们多隔开一点，书名能再大就好。十年的约会终于不得践行，真是可哀。我记得清清楚楚是五月二十五日，你若说是四月廿五日，那就是今天了。你们路近，何妨去杭州玩几天，你跟靳以都把太太带去，也就凑足了四个人了。住得很闷，我今天下午去北平过周末。

匆匆，祝好。

之琳

①卞之琳（1910–2000）：诗人、翻译家。江苏海门人。著有《十年诗草》、《翻一个浪头》、《雕虫纪历》等作品，有《阿道尔夫》、《哈姆雷特》等译作。曾任北京大学教授，中国社会科学院文学研究所、外国文学研究所研究员。

②周煦良（1905–1984）：翻译家。笔名文木等。安徽至德人。有《福尔赛世家》、《刀锋》、《活命的水》等译作。曾任华东师范大学外语系主任，中国作家协会上海分会书记处书记等职。

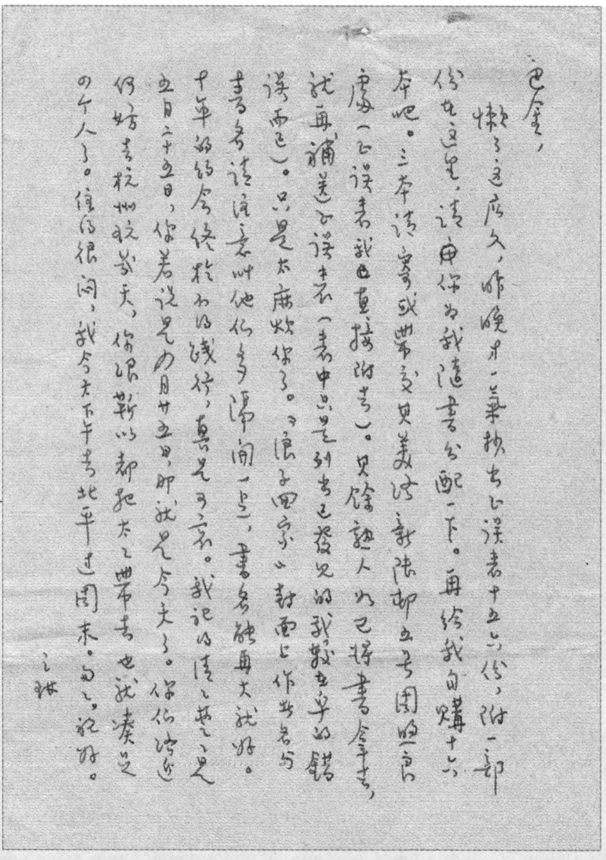
巴金：
懒了这么久，昨晚才一气抄出正误表十五六份，附一部分在这里，请你为我随书分配一下。再给我自购十六本吧。三本请寄或带交其美路新陆邨五号周煦良处（正误表我直接附去）。其余熟人如已将书拿去，就再补送正误表（表中只是列出已发见的我较在乎的错误而已）。只是太麻烦你了。《浪子回家》封面上作者名与书名请注意叫他们多隔开一点，书名能再大就好。十年的约会终于不得践行，真是可哀。我记得清清楚楚是五月二十五日，你若说是四月廿五日，那就是今天了。你们路近，何妨去杭州玩几天，你跟靳以都把太太带去，也就凑足了四个人了。住得很闷，我今天下午去北平过周末。匆匆，祝好。
之琳

文物编号
DX002799

卞之琳致巴金（之二）

巴金：

谢谢你代为送书。物价涨得凶，你们在上海如何过日子，真叫人担心。文生社想也还撑得过去吧？不管演变如何，我们能活一天，总得做点工作。文生社如要译点新书，我可以特别推荐朋友罗大刚[冈]。他刚从法国回来，现在这里与我同事。他在法国和瑞士一直待了十三年半，法文学得极好，出版了两本翻译的中国的唐诗和唐宋明小说，译得好，印得好，在欧洲颇受欢迎。写的一本《中国诗人传》正在巴黎付印。我这样说倒像做广告了。我劝他译一本号称在今日法国文学界与马克思和基督并为偶像的Jean-Paul Sartre 的戏剧，写一篇介绍，你说文生社能接受吗？还有最近在兰心演的那个法文剧Antigone 他也有书，要不要译？《海的沉默》全本要译，他也可以很快译出。王还译的那本小书也希望能早些印出。我来此后成绩极坏，一共只理出一章多小说，看来暑假前顶多能再理出一二章而已。出国事倒已经决定，住牛津Balliol College，名义是Fellowship，现在就等正式通知，办理手续。所以七月底大致又可以在上海和你们会面了。祝好，并候蕴珍。

之 琳

六月二日

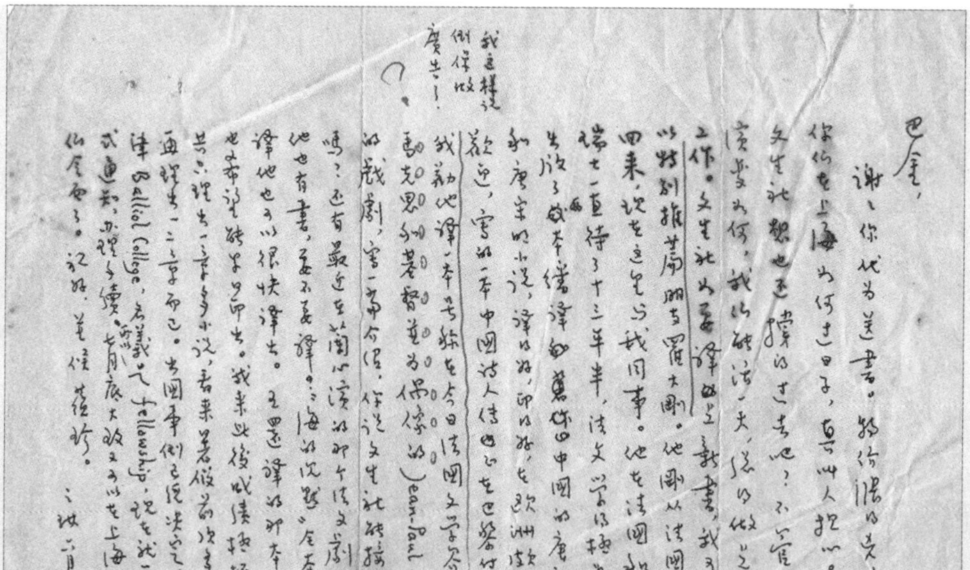

文物编号
DX002801

卞之琳致巴金（之三）

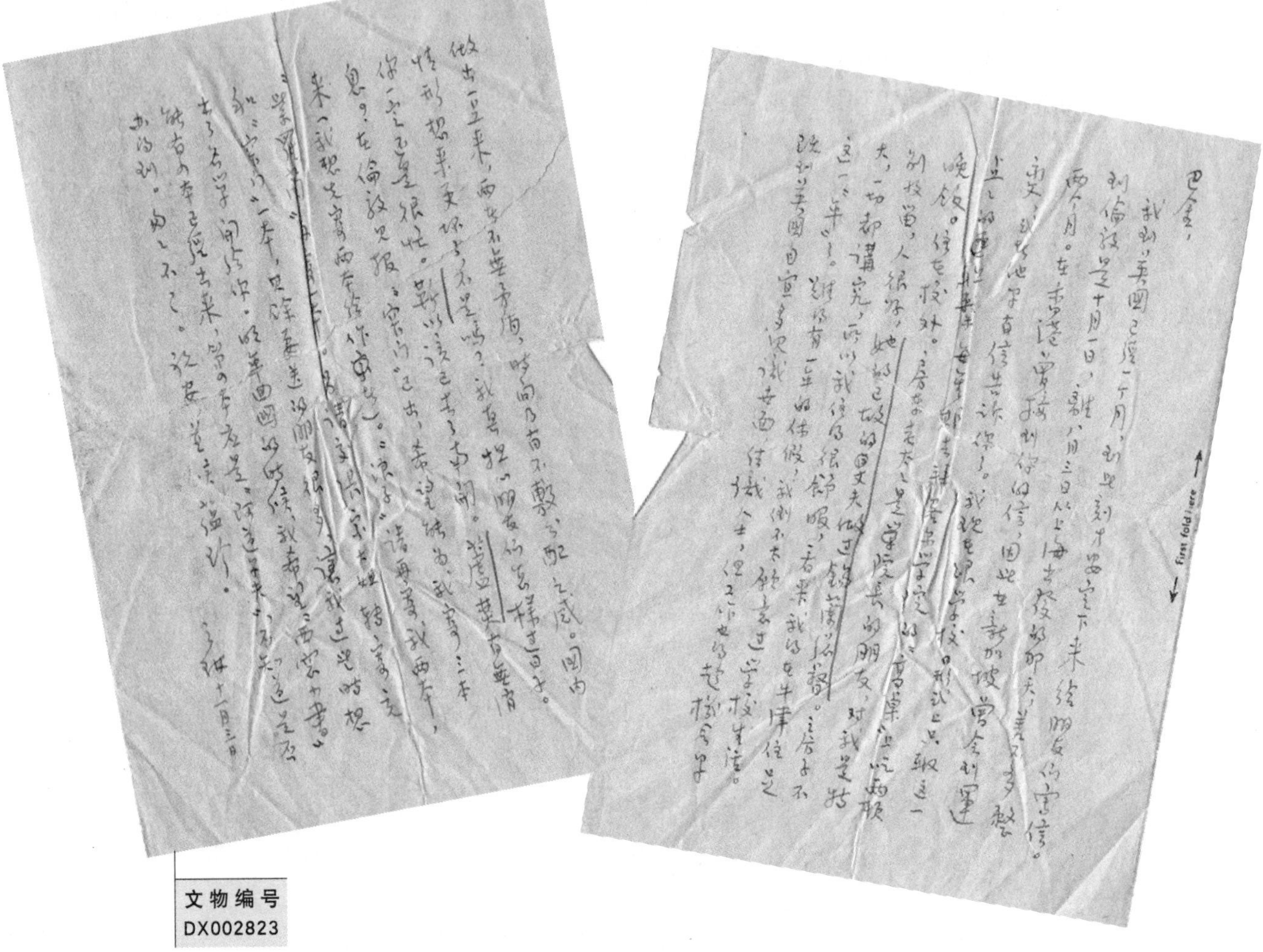

文物编号
DX002823

巴金：

我到英国已经一个月，到此刻才安定下来给朋友们写信。到伦敦是十月一日，离八月三日从上海出发的那天，差不多整两个月。在香港曾接到你的信，因此在新加坡曾会到运家文，或者他早有信告诉你了。

我现在跟学校形式上只取这一点点的联系，每星期去拜客尔学院的“高桌”上吃两顿晚饭。住在校外。房东老太太是院长的朋友，对我是特别收留，人很好，她的已故的丈夫做过锡兰总督。房子不大，一切都讲究，所以我住得很舒服，看来我得在牛津住足这一“年”了。难得有一年的休假！我倒不太愿意过学校生活。既到英国自宜多见识世面，结识人士，但工作也得趁机会早做出一点来，两者不无矛盾，时间乃有不敷分配之感。

国内情形想来更坏了，不是吗？我真担心朋友怎样过日子。你一定还是很忙。靳以该已去了南开。卢焚有无消息？在伦敦见报《窄门》已出，希望能为我寄三本来（我想先寄两本给作者）。《浪子》请再寄我两本，《紫罗兰》再寄一本。另请交张家大姐转寄充和[1]《窄门》一本，其余要送的朋友很多，让我过些时想出了名单开给你。明年回国的时候，我希望《西窗小书》能有四本已经出来，第四本应是《阿道尔夫》，不知道是否办得到。

匆匆不已。

祝安。并候蕴珍。

之琳

十一月三日

①充和，即张充和（1914－ ）：作家、艺术家。安徽合肥人。1949年赴美定居，执教于哈佛、耶鲁等大学，传授书法和昆曲。

冰心致巴金（之一）

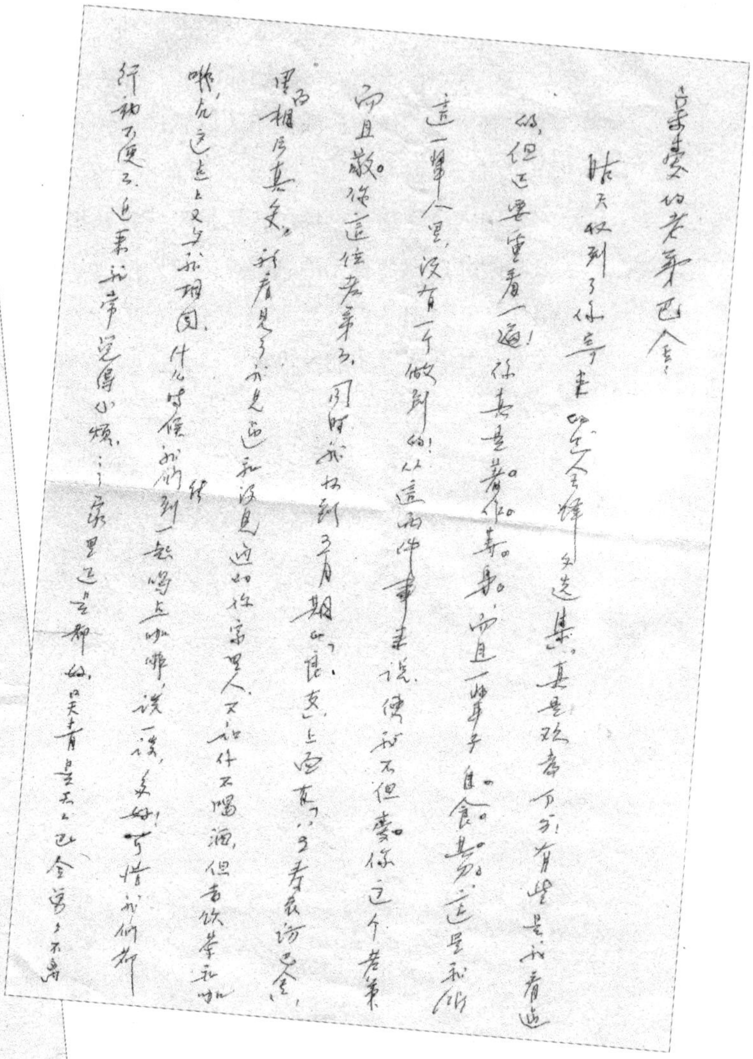
亲爱的老弟巴金：
昨天收到了你寄来的巴金译文选集，真是欢喜万分！有些是我看过的，但还要重看一遍！你真是著作等身，而且一本本都是自食其力，这是我们这一辈人里，没有一个做到的！从这两件事来说，使我不但爱你这个老弟，而且敬佩这位老弟了。同时我收到了3月期的《良友》，上面有一个专访巴金，里面相片真美。我看见了我未见过的你家里人，又知你不喝酒，但喜饮茶和咖啡，这点上又与我相同，什么时候我们能到一起喝点咖啡，谈一谈，多好！可惜我们都行动不便了。近来我常觉得心烦……家里还是都好的，吴青是去巴金家了，不要

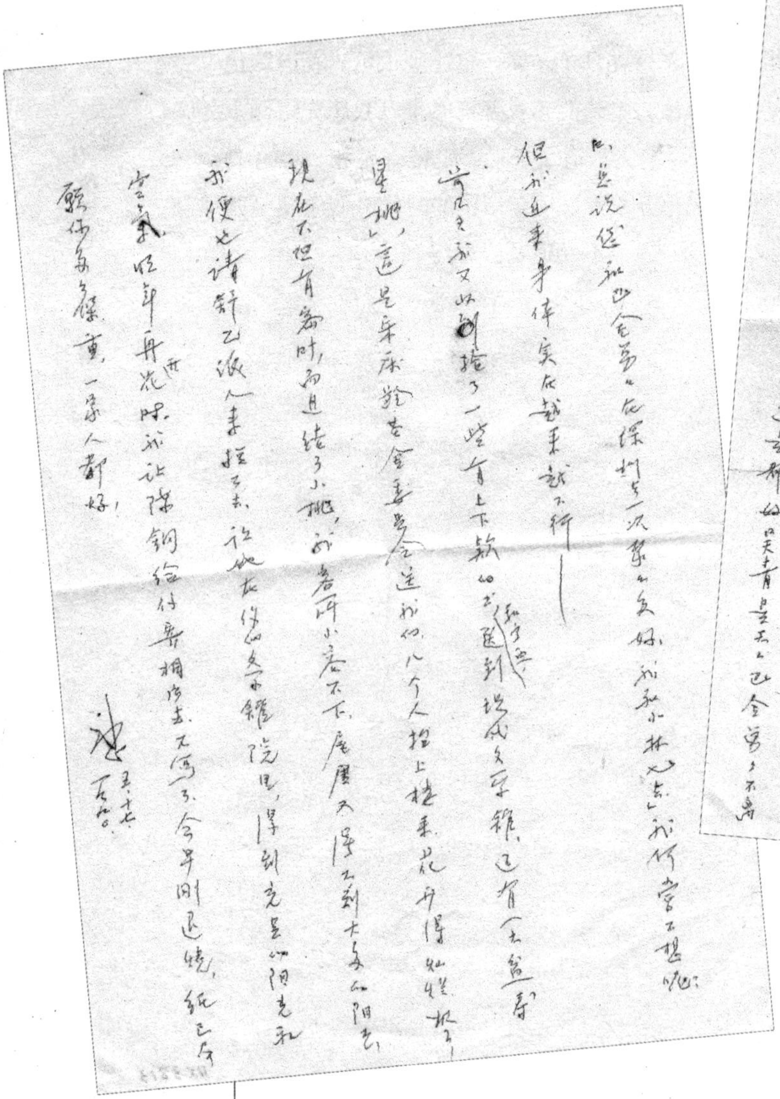
的。要说我也曾梦见在深圳与一次聚会多好，我和小林也去，我们何尝不想呢？
但我近来身体实在越来越不行了！
前几天我又收到一些有上下款的书，送到现代文学馆，还有一大盆寿星桃，这是朱承琰送我的，八个人抬上楼来，花开得如此好，现在不但有寿桃，而且结了小桃，我房间小容不下，屋里又得不到大家的阳光，我便也请舒乙派人来搬了去，让他放在你的文学馆院里，得到充足的阳光和空气，明年开花时我让陈钢给你寄相片去。不写了，今早刚退烧，纸已尽
愿你多多保重，一家人都好！
冰心 五·廿七 夜

文物编号
DX003813

亲爱的老弟巴金：

昨天收来了你寄来的《巴金译文选集》，真是欢喜万分！有些是我看过的，但还要重看一遍！你真是著作等身，而且一辈子自食其力，这是我们这一辈人里，没有一个做到的！从这两件事来说，使我不但爱你这个老弟，而且敬你这位老弟了。同时我想到五月期的《良友》上面有《八五寿辰访巴金》，里面相片真多，我看见了我见过和没见过的你家里人，又知你不喝酒，但却饮茶和咖啡，在这点上又与我相同。什么时候我们能到一起喝点咖啡，谈一谈，多好！

可惜，我们都行动不便了。近来我常觉得心烦……家里还是都好，吴青是天天巴金舅舅不离口，总说“您和巴金舅舅在深圳去一次聚聚多好，我和小林也去”。我何尝不想呢？但我近来身体实在越来越不行……

前几天我又收拾了一些有上下款的书和字画，送到现代文学馆，还有一大盆“寿星桃”，这是宋庆龄基金委员会送我的，八个人抬上楼来，花开得灿烂极了！现在不但有密叶，而且结了小桃，我客厅小容不下，屋里又得不到太多的阳光，我便也请舒乙派人来拉了去，让她在你们文学馆院里，得到充足的阳光和空气，明年再开花时，我让陈钢给你寄相片去。不写了，今早刚退烧，纸已尽，愿你多多保重，一家人都好！

冰 心

一九九〇·五·十七

冰心致巴金（之二）

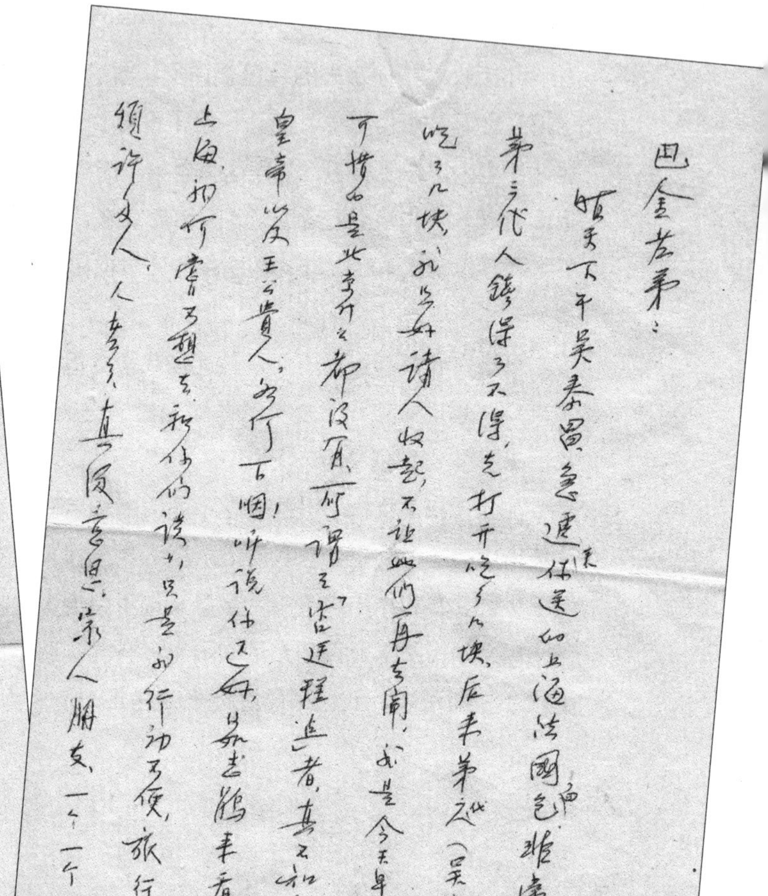

巴金老弟：

昨天下午吴泰昌急速送来你送的上海法国面包，非常之新鲜，第三代人馋得了不得，先打开吃了几块，后来第二代（吴青她们）又吃了几块，我只好请人收起，不让她们再吃了，我是今天早上才吃的，可惜的是北京什么都没有，可谓之"落后"者，真不知当年那些皇帝少爷王公贵人，为什么下江南！听说你还好，苏志鹤来看我要我去上海，我何尝不想去和你们谈谈，只是我行动不便，旅行更要麻烦许多人，人老了，真没意思，家人朋友，一个一个地离开了你，

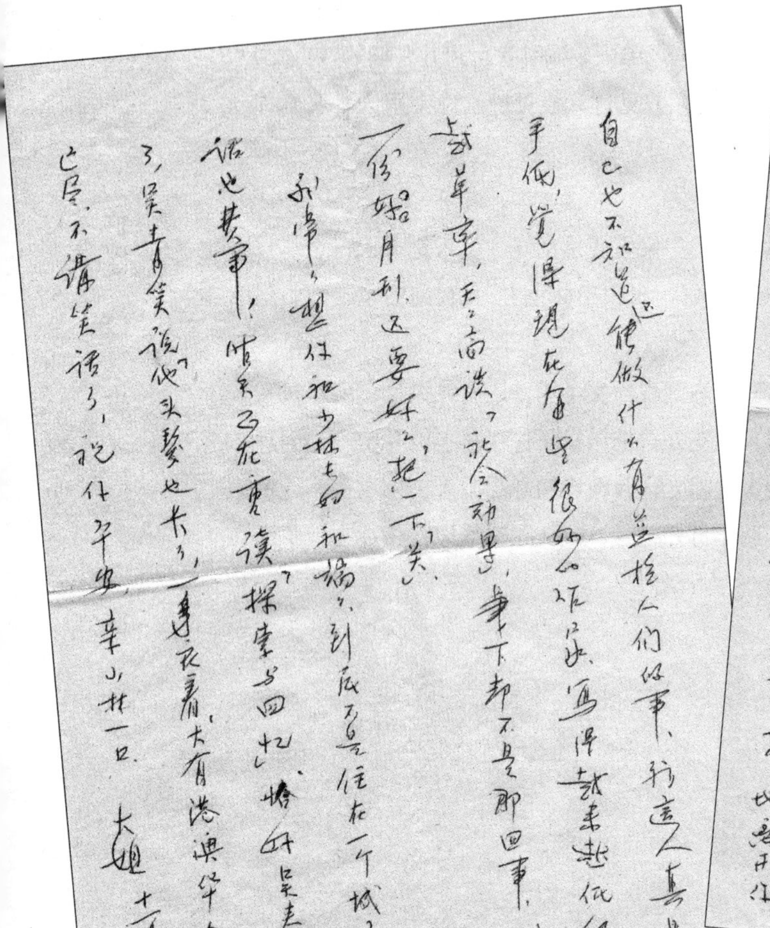

自己也不知道还能做什么有益于人们的事，我这人真是眼高手低，觉得现在有些很好的作家，写得越来越低级，越来越单薄，天天高谈"社会效果"，事下却不是那回事，"收获"是一份好月刊，还要好好地把一下关，

我常常想你和小林母女和端端，到底不是住在一个城市，通个电话也费事！昨天又在重读"探索与回忆"，特好！吴泰昌来了，吴青笑说他头发也长了，一身衣着，大有港澳华人意味，纸已尽，不讲笑话了，祝你平安，并小林一家。

大姐 十一月八下

文物编号
DX003820

巴金老弟：

昨天下午吴泰昌[①]急递来你送的上海法国面包，非常之新鲜，第三代人馋得了不得，先打开吃了几块；后来第二代人（吴青她们）又吃了几块，我只好请人收起，不让她们再去闹，我是今天早餐时才吃的。可惜的是北京什么都没有，所谓之“宫庭糕点”者，真不知当年那些皇帝以及王公贵人，如何下咽！听说你还好，茹志鹃[②]来看我，要我去上海，我何尝不想去和你们谈谈，只是我行动不便，旅行更要麻烦许多人。人老了，真没意思，家人朋友一个一个地离开你，自己也不知道还能做什么有益于人们的事。我这人真是眼高手低，觉得现在有些很好的作家，写得越来越低级，越来越草率，天天高谈“社会效果”，笔下却不是那回事。《收获》是一份好月刊，还要好好“把”一下“关”。

我常常想你和小林夫妇和端端。到底不是住在一个城市，通个电话也费事！昨天正在重读《探索与回忆》，恰好吴泰昌就来了。吴青笑说“他头发也长了，一身衣着，大有港澳华人意味”。纸已尽，不讲笑话了，祝你平安，亲小林一口。

大姐

十一月八日

①吴泰昌（1937— ）：作家。安徽当涂人。著有《艺文轶话》、《书山偶涉》、《文学情思》等作品。曾任《文艺报》副主编。

②茹志鹃（1925—1998）：作家。笔名阿如、初旭。浙江杭州人。著有《百合花》、《静静的产院》、《剪辑错了的故事》等作品。曾任中国作家协会上海分会副主席。

C

蔡楚生[①]致巴金

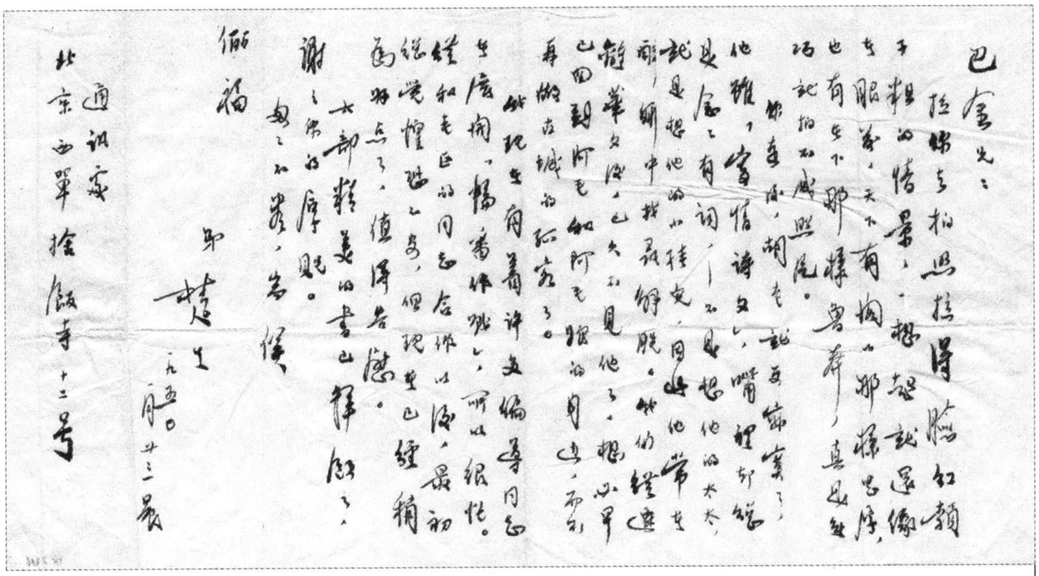

文物编号
DX002836

巴金兄：

拉你去拍照拉得脸红脖子粗的情景，一想起就还像在眼前，天下有阁下那样忠厚，也有在下那样鲁莽，真是无巧就拍不成照片。

你走后，胡老就更寂寞了，他虽“寄情诗文”，嘴里却总是念念有词——不是想他的太太，就是想他的小桂儿，因此他常在醉乡中找寻解脱。我们从迁龙华之后，已久不见他了，想必早已回到阿毛和阿毛娘的身边，而不再做古城的孤客了。

我现在有着许多编导同志在展开“轮番作战”，所以很忙。从和老区的同志合作以后，最初总觉惶恐不安，但现在已经稍为好点了，值得告慰。

大部精美的书已拜领了，谢谢你的厚赐。

匆匆不尽，专候

福

弟 楚生

一九五〇年一月廿三 晨

通讯处：北京西单舍饭寺十二号

①蔡楚生（1906—1968）：电影艺术家。广东潮阳人。编导有《渔光曲》、《一江春水向东流》（与郑君里合作）等影片。曾任文化部电影局艺委会主任、电影局副局长，中国影协主席，中国文联副主席等职。

曹葆华[1]致巴金

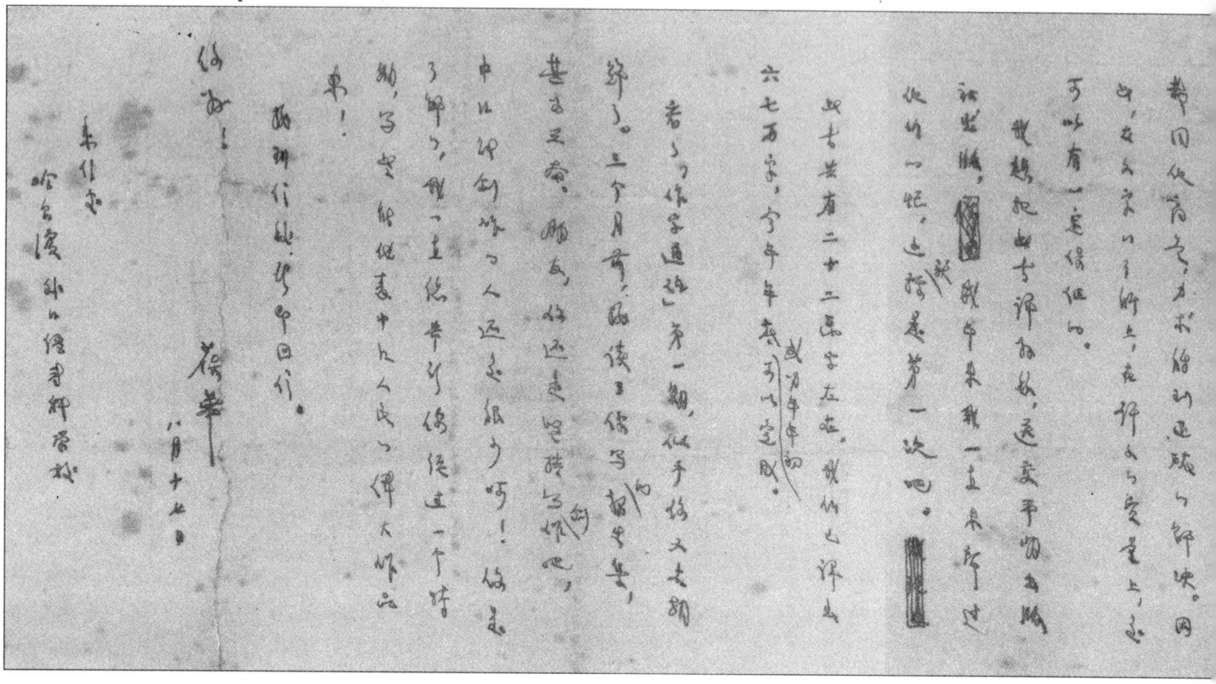

巴金兄：

今年三月我从北京到了哈尔滨外国语专科学校来学习俄文。本来我曾向组织上要求到苏联去，但因为在苏联读大学至少要四年，组织上认为时间太长，不让我去，同时我身体也不大好，所以结果才到这里来。

我在这里有一个俄国教员每天到我屋里教我两个钟头，同时我又去研究班听课。我是住在外国教员宿舍里，每天都可以和他们讲话。

我在这里已五个月，普通话能讲一些了，见到俄国人不害怕了。我在这里的计划是住两年，预备一九五五年二月回北京去。

我准备在这里学俄国语言和文学。这半年主要是学口语，今后将注重学俄国文学。

这个暑假期间，我同这里研究室一个负责同志合译高尔基的《俄国文学史》，此书是高尔基生前所写，死后由高尔基世界文学院整理出版的。我翻译这本书，是想藉此把俄国文学

①曹葆华（1906—1978）：作家、翻译家。四川乐山人。著有《寄诗魂》、《落日颂》等诗集，有《马恩列斯论文艺》、《文学论文选》（合译）、《论艺术》等译作。曾任中国社科院外国文学研究所研究员。

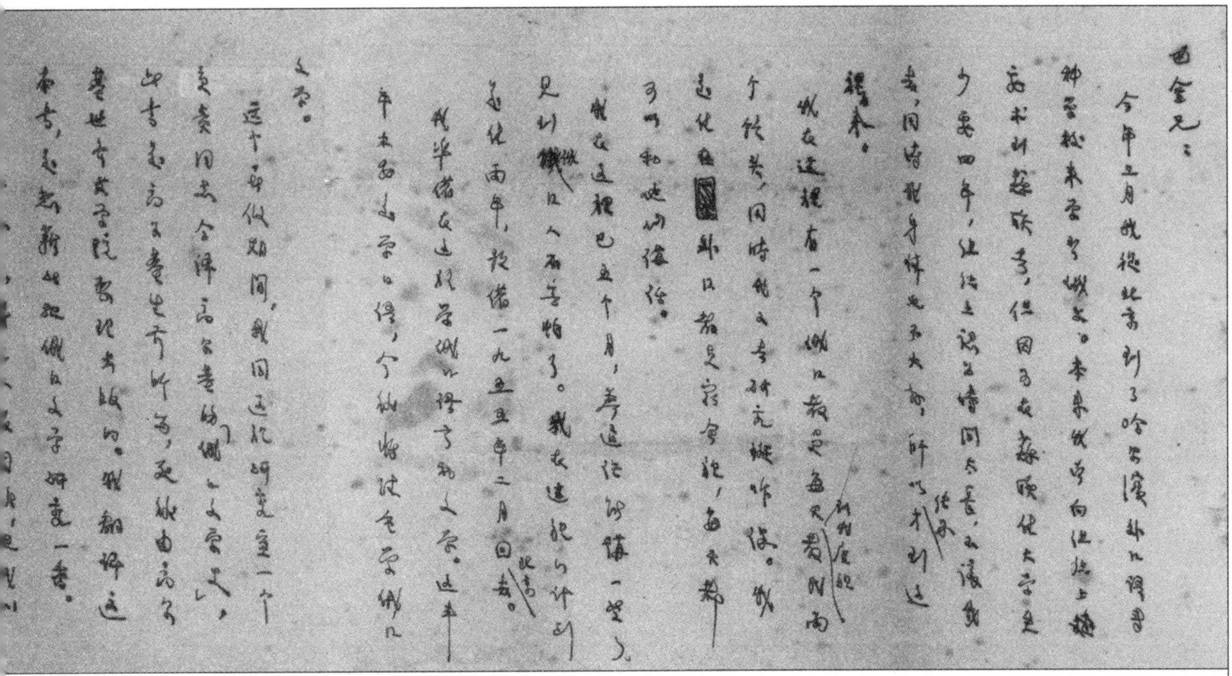

文物编号
DX002819

研究一番。此书引证很多，译起来很困难，但我们这里有一个研究俄国文学的俄国老教员，他很热心帮助我们，凡是大小问题，我们都同他商量，力求得到正确的解决。因此，在文字的了解上，在译文的质量上，是可以有一定保证的。

我想把此书译为稿，送交平明出版社出版，几年来我一直未帮过他们的忙，这就算是第一次吧。

此书共有二十二万字左右，我们已译出六七万字，今年年底或明年年初可以完成。

看了《作家通讯》第一期，似乎你又去朝鲜了。三个月前，接读了你写的报告集，甚为兴奋。朋友，你还是坚持写创作吧，中国能创作的人还是很少呵！你是了解的，我一直总希望你经过一个时期，写些能代表中国人民的伟大作品来！

接到信后望即回信。

你好！

葆 华

八月十七日

来信交：哈尔滨外国语专科学校

曹靖华[1]致巴金

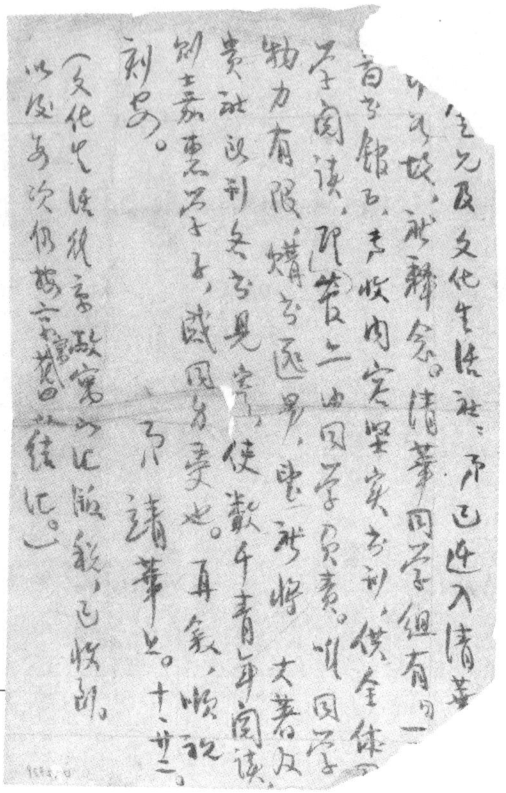

文物编号
DX002979

巴金兄及文化生活社：

弟已迁入清华□□□切如故，祈释念。清华同学组有“一□□图书馆”，专收内容坚实书刊，供全体同学阅读，管理上由同学负责。唯同学物力有限，购书匪易，望祈将大著及贵社所刊各书见寄，使数千青年阅读，则嘉惠学子，感同身受也。再叙，顺祝

刻安。

弟 靖华上

十·廿二

（文化生活往京敝寓所汇版税，已收到。以后每次仍按京寓旧址结汇。）

①曹靖华（1897—1987）：作家、翻译家。河南卢氏人。著有《春城飞花》、《飞花集》等作品，有《铁流》、《保卫察里津》等译作。曾任北京大学教授、俄语系主任、中国作家协会书记处书记、《世界文学》主编等职。

草明[1]致巴金

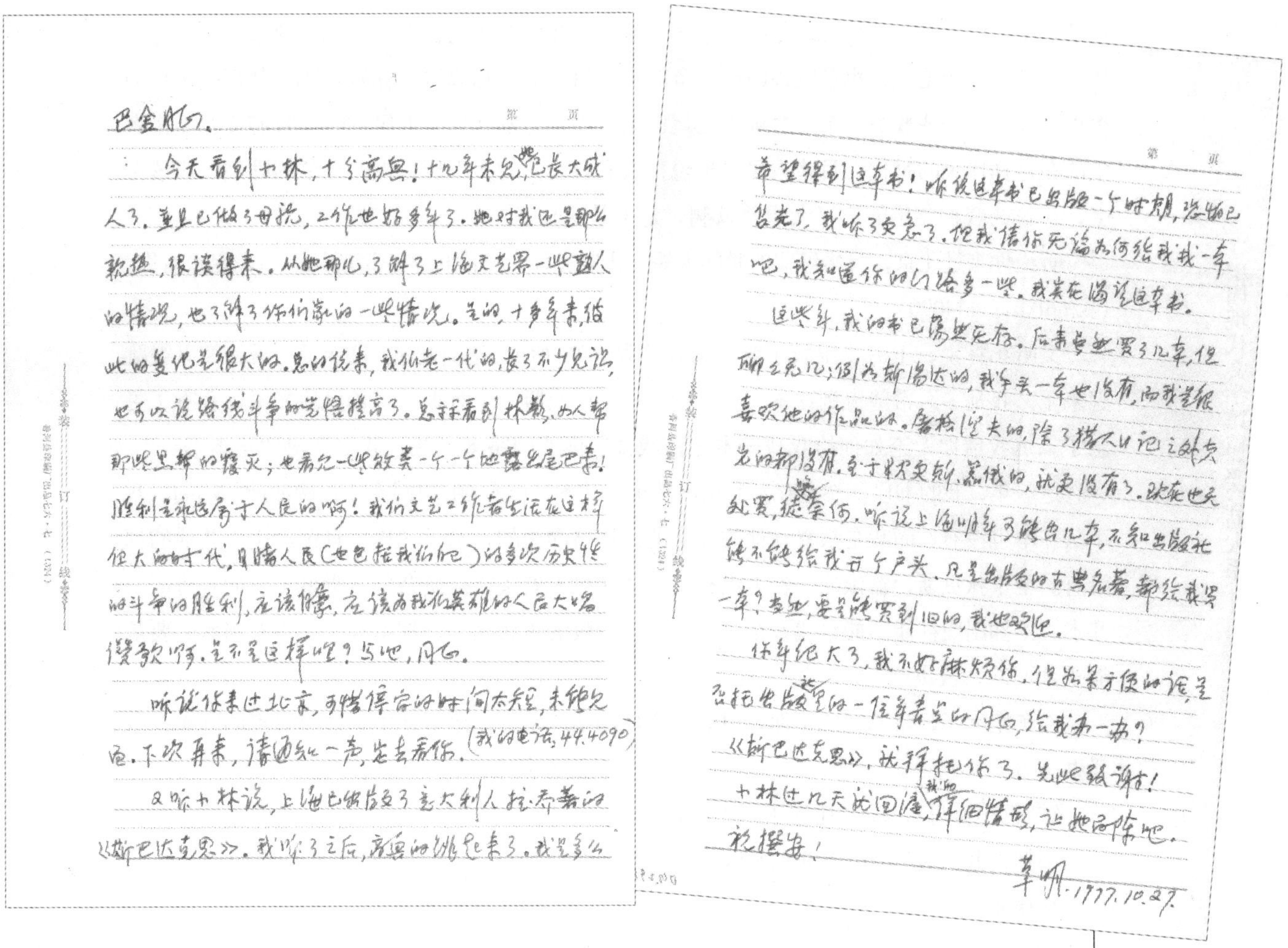
巴金同志：

今天看到小林，十分高兴！十几年未见，她已长大成人了。并且已做了母亲，工作也好多年了。她对我还是那么亲热，很谈得来。从她那儿，了解了上海文艺界一些熟人的情况，也了解了你们家的一些情况。是的，十多年来，彼此的变化是很大的。总的说来，我们老一代的，老了不少，死的，也可以说给战斗争加速结束了。总算看到林彪、四人帮那些黑帮的覆灭；也看见一些被关一个一个地露出尾巴来！胜利是永远属于人民的啊！我们文艺工作者生活在这样伟大的时代，目睹人民（也包括我们自己）的多次历史性的斗争的胜利，应该作画，应该为我们英雄的人民大唱赞歌啊。是不是这样呢？写吧，同志。

听说你来过北京，可惜停留的时间太短，未能见面。下次再来，请通知一声，当去看你。（我的电话：44.4090）

又听小林说，上海已经出版了意大利人拉·乔万尼奥里的《斯巴达克思》。我听了之后，高兴的跳起来了。我是多么希望得到这本书！听说这本书已出版一个时期，恐怕已卖完了，我听了更急了。但我相信无论如何给我找一本吧，我知道你们门路多一些。我实在渴望这本书。

这些年，我的书已荡然无存。后来曾经买了几本，但那本几？例如新编出的，我手头一本也没有，而我是很喜欢他的作品的。屠格涅夫的，除了猎人日记之外，其他的都没有。至于契诃夫、高尔基的，就更没有了。现在也无处买，想麻烦你。听说上海明年了能出几本，不知出版社能不能给我留个户头，凡是出版的古典名著，都给我留一本？当然，要是能买到旧的，我也欢迎。

你年纪大了，我不好麻烦你，但为了方便的话，是否托出版社的一位年青些的同志，给我办一办？

《斯巴达克思》，就拜托你了。先此致谢！

小林过几天就回沪，详细情形，让她面陈吧。

祝撰安！

草明 1977.10.27

文物编号
DX002924

巴金同志：

今天看到小林，十分高兴！十几年未见，她已长大成人了。并且已做了母亲，工作也好多年了。她对我还是那么亲热，很谈得来。从她那儿，了解了上海文艺界一些熟人的情况，

①草明（1913—2002）：作家。原名吴绚文。广东顺德人。著有《原动力》、《乘风破浪》、《火车头》等作品。曾任东北区文艺协会副主席，鞍钢第一炼钢厂、北京第一机床厂党委副书记，全国政协委员。

也了解了你们家的一些情况。是的，十多年来，彼此的变化是很大的。总的说来，我们老一代的，长了不少见识，也可以说路线斗争的觉悟提高了。总算看到林彪、四人帮那些黑帮的覆灭；也看见一些败类一个一个地露出尾巴来！胜利是永远属于人民的啊！我们文艺工作者生活在这样伟大的时代，目睹人民（也包括我们自己）的多次历史性的斗争的胜利，应该自豪，应该为我们英雄的人民大唱赞歌啊，是不是这样哩？写吧，同志。

听说你来过北京，可惜停留的时间太短，未能见面。下次再来，请通知一声，定去看你。(我的电话：444090)

又听小林说，上海已出版了意大利人拉乔著的《斯巴达克思》。我听了之后，高兴得跳起来了。我是多么希望得到这本书！听说这本书已出版一个时期，恐怕已售光了，我听了更急了。但我请你无论如何给我找一本吧，我知道你的门路多一些。我实在渴望这本书。

这些年，我的书已荡然无存。后来虽然买了几本，但聊聊[廖廖]无几；例如斯汤达的，我手头一本也没有，而我是很喜欢他的作品的。屠格涅夫的，除了《猎人日记》之外其他的都没有。至于狄更斯，嚣俄的，就更没有了。现在也无处买，徒唤奈何。听说上海明年可能出几本，不知出版社能不能给我开个户头，凡是出版的古典名著，都给我买一本？当然，要是能买到旧的，我也欢迎。

你年纪大了，我不好麻烦你，但如果方便的话，是否托出版社里一位年青点的同志，给我办一办？

《斯巴达克思》，就拜托你了。先此致谢！

小林过几天就回沪，我的详细情形，让她面陈吧。

祝撰安！

草　明

1977.10.27

沉樱[1]致巴金（之一）

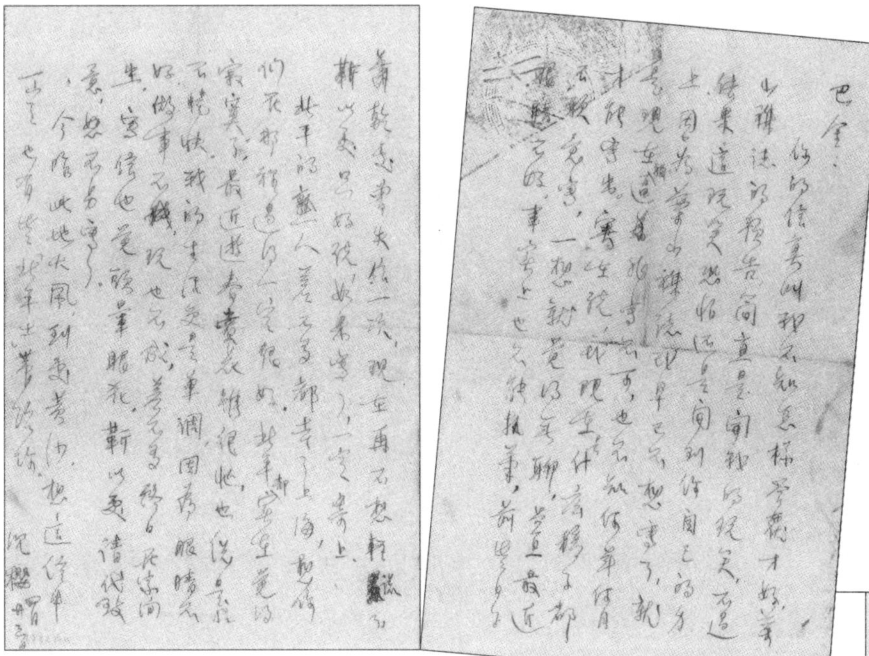

文物编号
DX002809

巴金：

你的信真叫我不知怎样答覆[复]才好，《叶山杂志》的预告，简直是开我的玩笑，不过结果这玩笑恐怕还是开到你自己的身上，因为《叶山杂志》我早已不想写了，就是现在被逼着非写不可，也不知何年何月才能写出。实在说，我现在是什么稿子都不愿意写，一想就觉得无聊，并且最近眼睛不好，事实上也不能执笔，前些日子萧乾处曾失信一次，现在再不想轻诺了。靳以处，只好说，如果写了，一定寄上。

北平的熟人差不多都去了上海，想你们在那里过得一定很好。北平却实在觉得寂寞了，最近游春赏花虽很忙，也总是怪不畅快。我的生活更是单调，因为眼睛不好，做事不成，玩也不成，差不多终日在家闲坐。写信也觉头晕眼花，靳以处请代致意，恕不另写了。

今昨此地大风，到处黄沙，想这信中一定也有些“北平土”带给你。

沉 樱

四月廿三日

①沉樱（1907—1988）：作家、翻译家。原名陈锳。山东潍县人。著有《我们的海》、《欲》、《喜筵之后》、《春的声音》等作品，有《一位陌生女子的来信》、《毛姆小说选》等译作。

沉樱致巴金（之二）

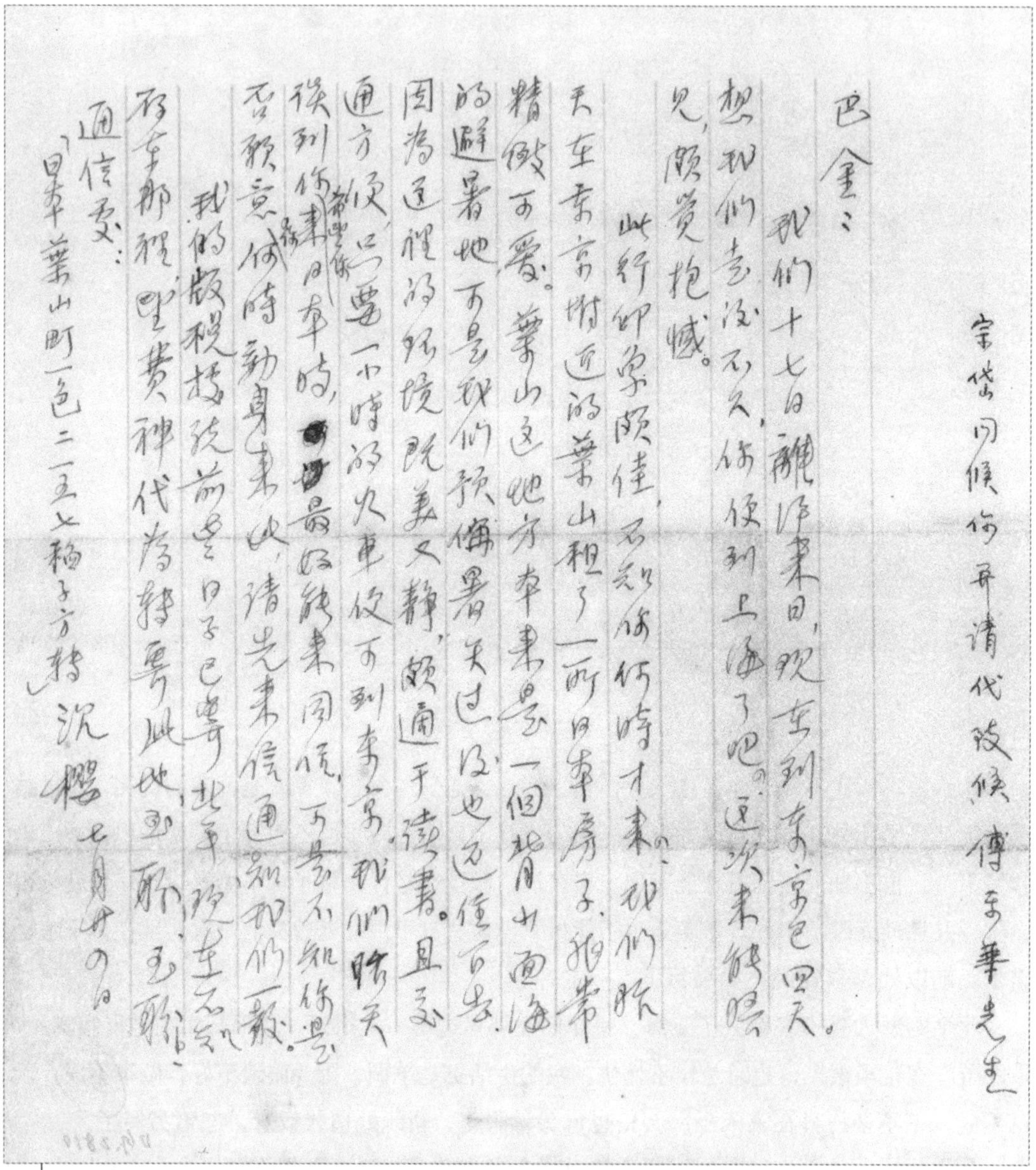
宗岱同候你并请代致候傅东華先生

巴金：

我们十七日離北京来日，现在到东京已四天。想我们走後不久，你便到上海了吧。这次未能晤见，颇觉抱憾。

此行印象颇佳，不知你何时才来。我们昨天在东京附近的葉山租了一所日本房子，非常精緻可愛。葉山这地方本来是一個背山面海的避暑地，可是我们預備暑天过後也还住下去，因為這裡的环境既美又靜，頗適于讀書。且交通方便，只要一小時的火車便可到东京。我们盼望你到你来日本时，最好能来同住，可是不知你是否願意，何時動身来此，請先来信通知我们一聲。

我的散稿接续前寄，日子已寄北平，现在是否已存在那裡。望费神代為轉寄此地为盼。

通信處：

「日本葉山町一色二一五七稲子方轉」沈櫻 七月廿四日

文物编号
DX002810

巴金：

我们十七日离沪来日，现在到东京已四天。想我们走后不久，你便到上海了吧？这次未能晤见，颇觉抱憾。

此行印象颇佳，不知你何时才来？我们昨天在东京附近的叶山租了一所日本房子，非常精致可爱。叶山这地方本来是一个背山面海的避暑地，可是我们预备暑天过后也还住下去。因为这里的环境既美又静，颇适于读书。且交通方便，只要一小时的火车便可到东京。我们昨天谈到你，希望你来日本时，最好能来同住。可是不知你是否愿意，你何时动身来此，请先来信通知我们一声。

我的版税据说前些日子已寄北平，现在不知存在哪里，望费神代为转寄此地，至盼！至盼！

通信处：日本叶山町一色二一五七稻子方转

沉 樱

七月廿四日

宗岱[①]问候你并请代致候傅东华[②]先生。

①宗岱，即梁宗岱（1903—1983）：作家，学者。笔名岳泰。广东新会人。著有《晚祷》、《芦笛风》、《蒙田试笔》等诗、词、散文作品。曾先后任职于南开、复旦、中山等大学外语系。

②傅东华（1893—1971）：翻译家。笔名伍实、郭定一、黄约斋。浙江金华人。有《唐·吉诃德》、《伊利亚特》、《飘》等译著及《李清照》、《李白与杜甫》等学术专著。曾任中国文字改革委员会研究员，《辞海》编辑委员会委员、语辞学科主编。

沉樱致巴金（之三）

巴金：

昨天收到来信，知道已到上海，那么来日之期想也不远了，我们真盼望你能早来。

日本我相信准能使你欢喜，如果现在就来并且还可以玩些日子海。这真海比那假海（北海）是好玩多了，而且一样可以划船（比北海的船即[既]好租费又低）。我们这里本来是四个人同住的，现在那两位回国了，一所房子内只剩了两个人，清静固然清静，但有时也觉得寂寞一点，你如能来同住，那真再好不过了。即不能常住，在这暑期间暂住海边玩玩也好。

你来的时候有同行的人吗？如果没有，我们可到神户去接你。我们来时因为什么也不知道，多花了许多冤钱，多找了许多麻烦。你来时最好在神户上岸，坐火车到东京，那里有专招待中国留学生的日华学会，初到时住在那里最为方便（如果你要住东京的话）。再者，我们想请你给带一只火腿一元钱的松花来（即皮蛋，冠生园卖），如能带点四川辣酱来更好。这

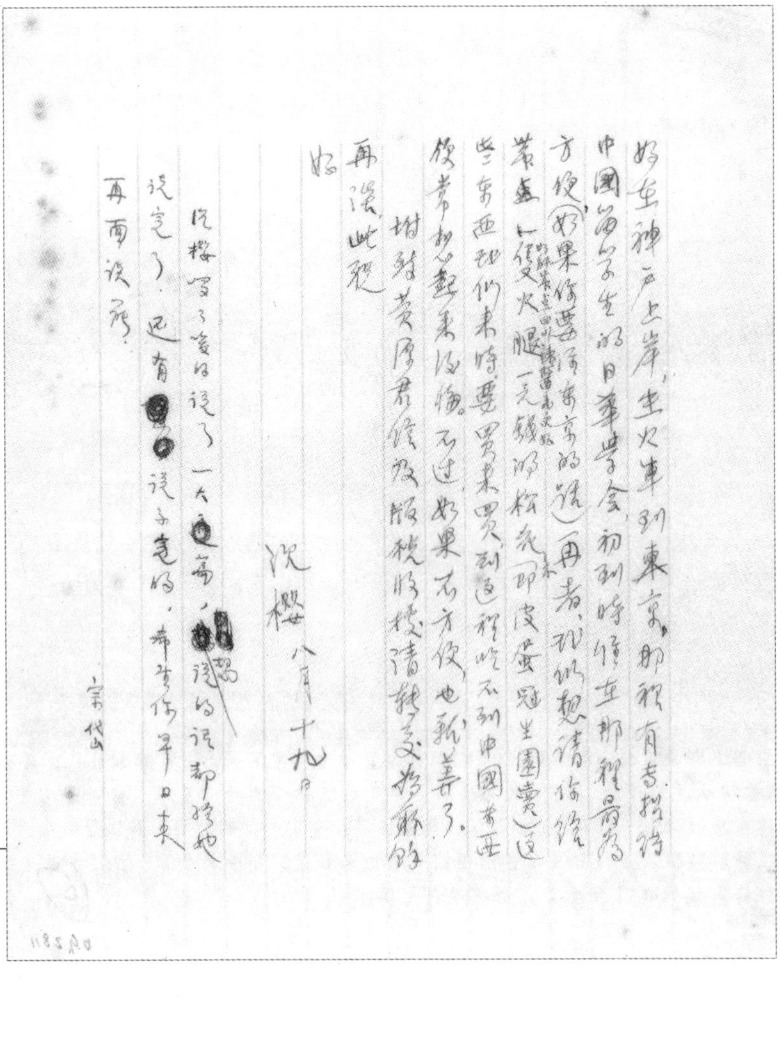
好在神户上岸，坐火车到东京，那里有专招待中国留学生的日华学会，初到时住在那里最为方便（如果你要住东京的话）。再者，我们想请你给带一只火腿（如能带点四川辣酱来更好）一元钱的松花（即皮蛋，冠生园卖）。这些东西他们来时要买来，到这里吃不到中国东西，[illegible]想起来[illegible]。不过如果不方便也就算了。

谢谢黄源君[illegible]

再谈，此祝

好

沈樱 八月十九日

沈樱写了一大篇，说了一大通，[illegible]说的话都给她说完了。还有[illegible]说不完的，希望你早日来再面谈罢。

宗岱

文物编号

（DX002811）

些东西我们来时要买未买，到这里吃不到中国东西，便常想起来后悔。不过如果不方便，也就算了。

附致黄源君信及版税收据，请转交为盼。余再谈。

此祝

好！

沉　樱

八月十九日

沉樱啰啰嗦嗦说了一大篇，想说的话都给她说完了。还有说不完的，希望你早日来再面谈罢。

宗　岱

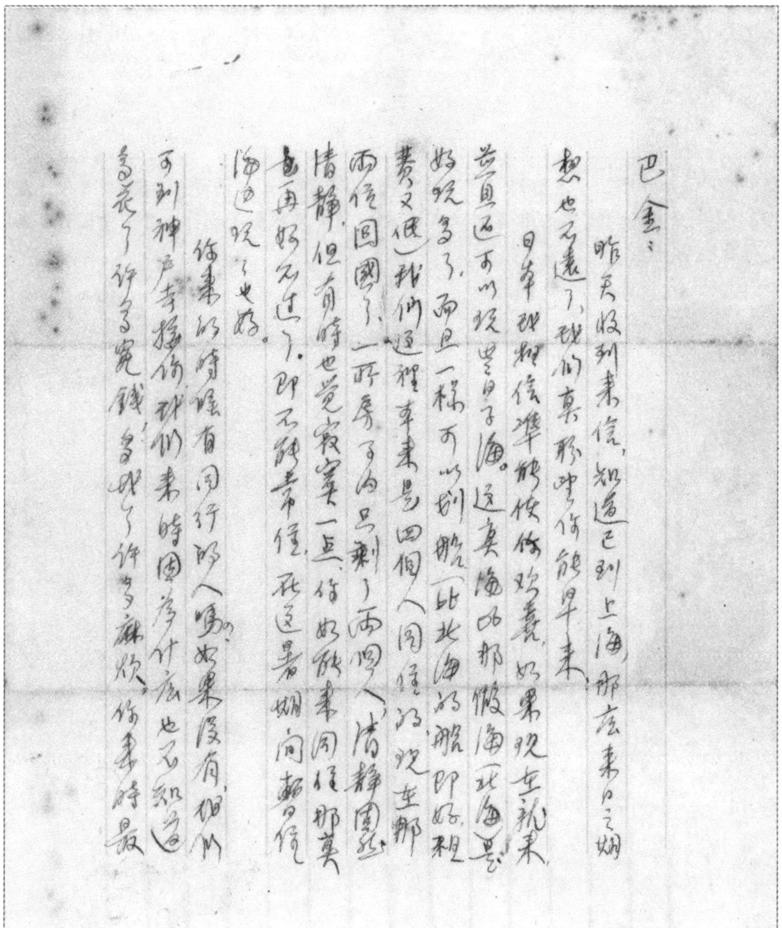
巴金：

昨天收到來信，知道已到上海，那麽來日之期想也不遠了，我們真希望你能早來。

日本現在的信準能使你歡喜，如果現在就來，並且還可以玩些日子海。這裏海比那假海（北海）是好玩多了，而且一樣可以划船（比北海的船即好，租費又低）我們這裏本來是四個人（同住的），現在那兩位回國了，一所房子內只剩了兩個人，清靜固然清靜，但有時也覺寂寞一點。你如能來同住那真是再好也沒有了。即不能常住，在這暑期間到海邊玩玩也好。

你來的時候有同行的人嗎？如果沒有，我們可到神戶來接你。我們來時因為什麽也不知道，多花了許多冤錢，多吃了許多麻煩。你來時最

陈白尘[①]致巴金

巴金同志：

今年在全国工农业生产大跃进的形势下，文学创作有很大的进展，作家同志们深入到群众中去，及时地反映火热的生活，创作了许多短篇作品，受到广大读者的欢迎。明年，是我们祖国更大跃进的一年，全国人民都满怀信心，准备以更大的干劲，在生产上大放卫星，迎接伟大的建国十周年，文学工作者也都在计划明年如何更好地创作反映这沸腾生活的作品。《人民文学》准备的明年刊物卫星计划，其中一项就是从一月份起刊物上要不断地发表一定数量的短篇小说作品。要完成这个计划，必须得到作家同志的大力支持。我们诚恳地要求你在1959年上半年至少要为《人民文学》写一篇短篇小说，以满足读者迫切的需要，为短篇小说创作放射卫星！希望您的稿件能在3月10日以前寄到。等候您的回信。

此致

敬礼！

陈白尘

11月22日

①陈白尘（1908—1994）：作家。原名陈增鸿、陈征鸿，笔名墨沙、江浩等。江苏淮阴人。著有《结婚进行曲》、《岁寒图》、《升官图》、《乌鸦与麻雀》、《宋景诗》、《大风歌》等剧作。曾任中国作家协会秘书长、上海戏剧电影工作者协会主席。

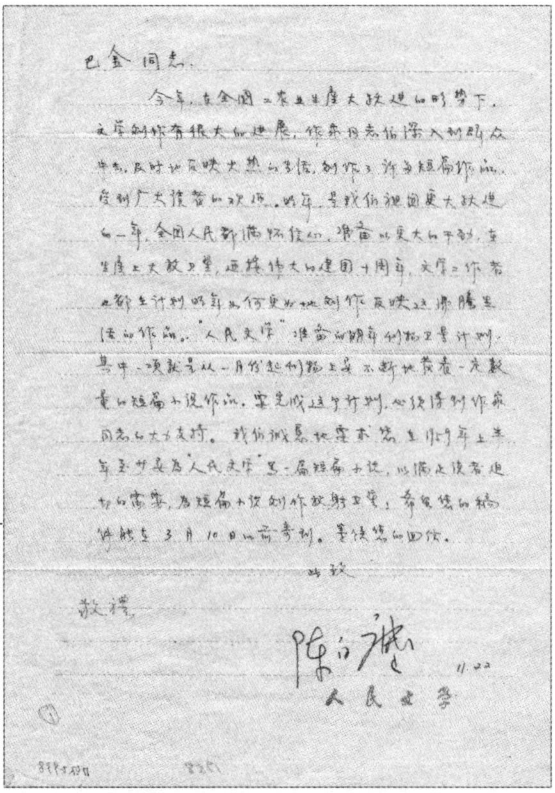

巴金同志：

今年，在全国工农业生产大跃进的形势下，文学创作有很大的进展，作家同志们深入到群众中去，及时地反映火热的生活，创作了许多短篇作品，受到广大读者的欢迎。明年，是我们祖国更大跃进的一年，全国人民都满怀信心，准备以更大的干劲，在生产上大放卫星，迎接伟大的建国十周年，文学工作者也都在计划明年如何更好地创作反映这沸腾生活的作品。"人民文学"准备的明年刊物卫星计划，其中一项就是从一月份起刊物上要不断地发表一定数量的短篇小说作品。要完成这个计划，必须得到作家同志的大力支持。我们诚恳地要求您在1959年上半年至少要为"人民文学"写一篇短篇小说，以满足读者迫切的需要，为短篇小说创作放射卫星！希望您的稿件能在3月10日以前寄到。等候您的回信。

此致

敬礼

陈白尘 11.22

人民文学

文物编号

DX002938

陈瑜清[①]致巴金

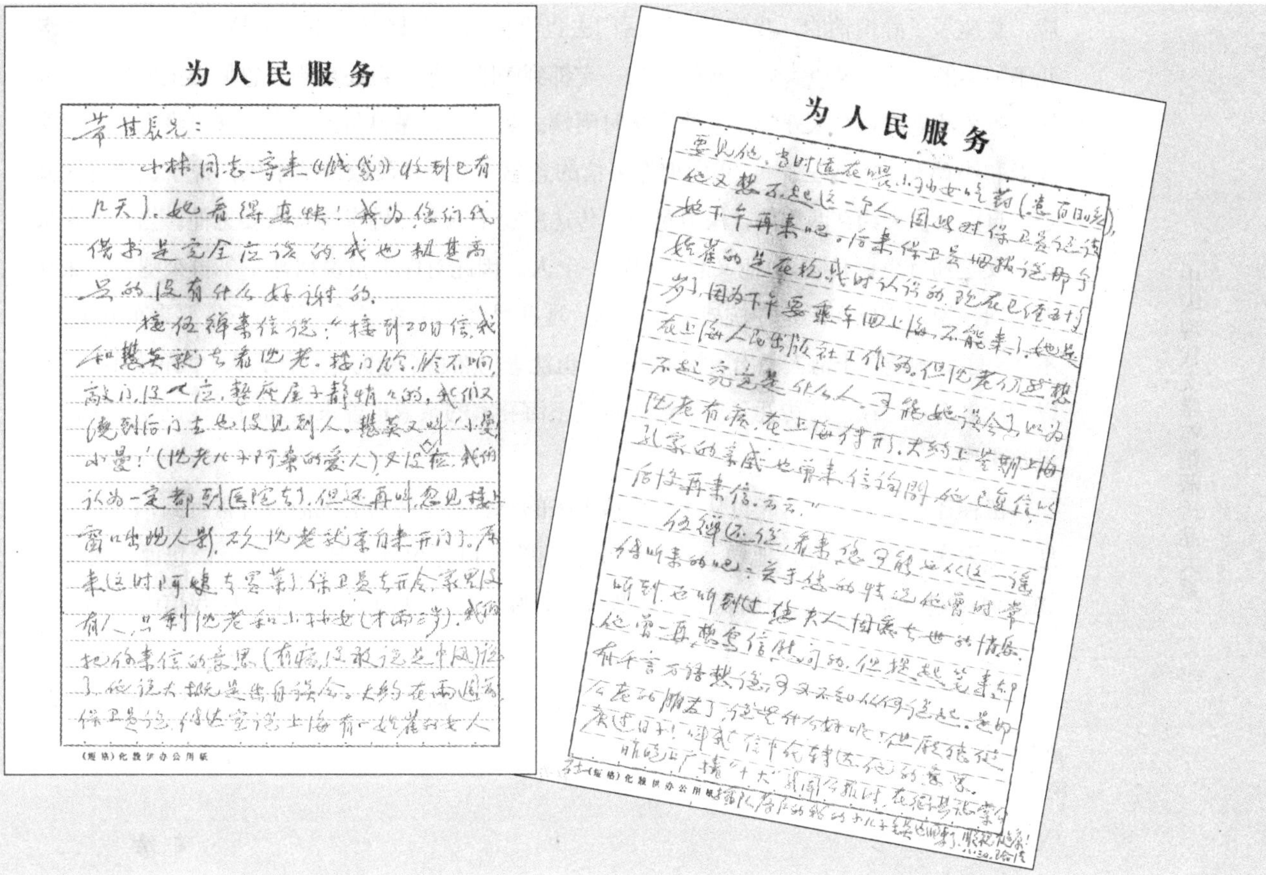

文物编号
DX002974

芾甘长兄：

小林[②]同志寄来《钱袋》收到已有几天了。她看得真快！我为您们代借书是完全应该的，我也极其高兴的，没有什么好谢的。

接伍禅[③]来信说："接到20日信，我和慧英就去看沈老。按门铃，铃不响。敲门，没人

①陈瑜清（1908—1992）：浙江桐乡人，巴金友人。曾任浙江图书馆副研究馆员。

②小林，即李小林（1945—　）：巴金之女。历任《浙江文艺》编辑，《收获》编辑、文学副主编、编审，上海文学发展基金会副会长，上海市作家协会理事等职。

③伍禅（1904—1988）：文化生活出版社创立者之一。广东海丰人。曾任中国致公党中央副主席，全国人大代表。

应，整座屋子静悄悄的。我们又绕到后门去也没见到人。慧英又叫‘小曼，小曼！’（沈老儿子阿桑的爱人）又没人应。我们认为一定都到医院去了，但还再叫。忽见楼上窗口出现人影，不久沈老就亲自来开门了。原来这时阿姨去买菜了，保卫员去开会，家里没有人，只剩沈老和小孙女（才两三岁）。我们把你来信的意思（有病，没敢说是中风）说了，他说大概是出自误会。大约在两周前，保卫员说，传达室说上海有一姓崔的女人要见他。当时适在喂小孙女吃药（患百日咳），他又想不起这一个人，因此对保卫员说请她下午再来吧。后来保卫员回报说那个姓崔的是在抗战时认识的，现在已经五十多岁了，因为下午要乘车回上海，不能来了。她是在上海人民出版社工作的。但沈老仍然想不起究竟是什么人。可能她误会了，以为沈老有病，在上海传开了。大约上星期上海孔家的亲戚也曾来信询问，他已复信，以后没再来信。云云。”

伍禅还说，看来您可能也从这一谣传听来的吧？关于您的情况他曾时常听到，也听到过您夫人因病去世的消息，他曾一直想写信慰问的，但提起笔来却有千言万语想说，可又不知从何说起。是那么老的朋友了，说些什么好呢？但愿您健康过日子！叫我信中代转达他的意思。

昨晚上广播“十大”新闻公报时，在衢县志棠公社插队落户的我的小儿子毛英也回来了。顺祝健康！

瑜 清

八·三〇

D

丁玲[1]致巴金（之一）

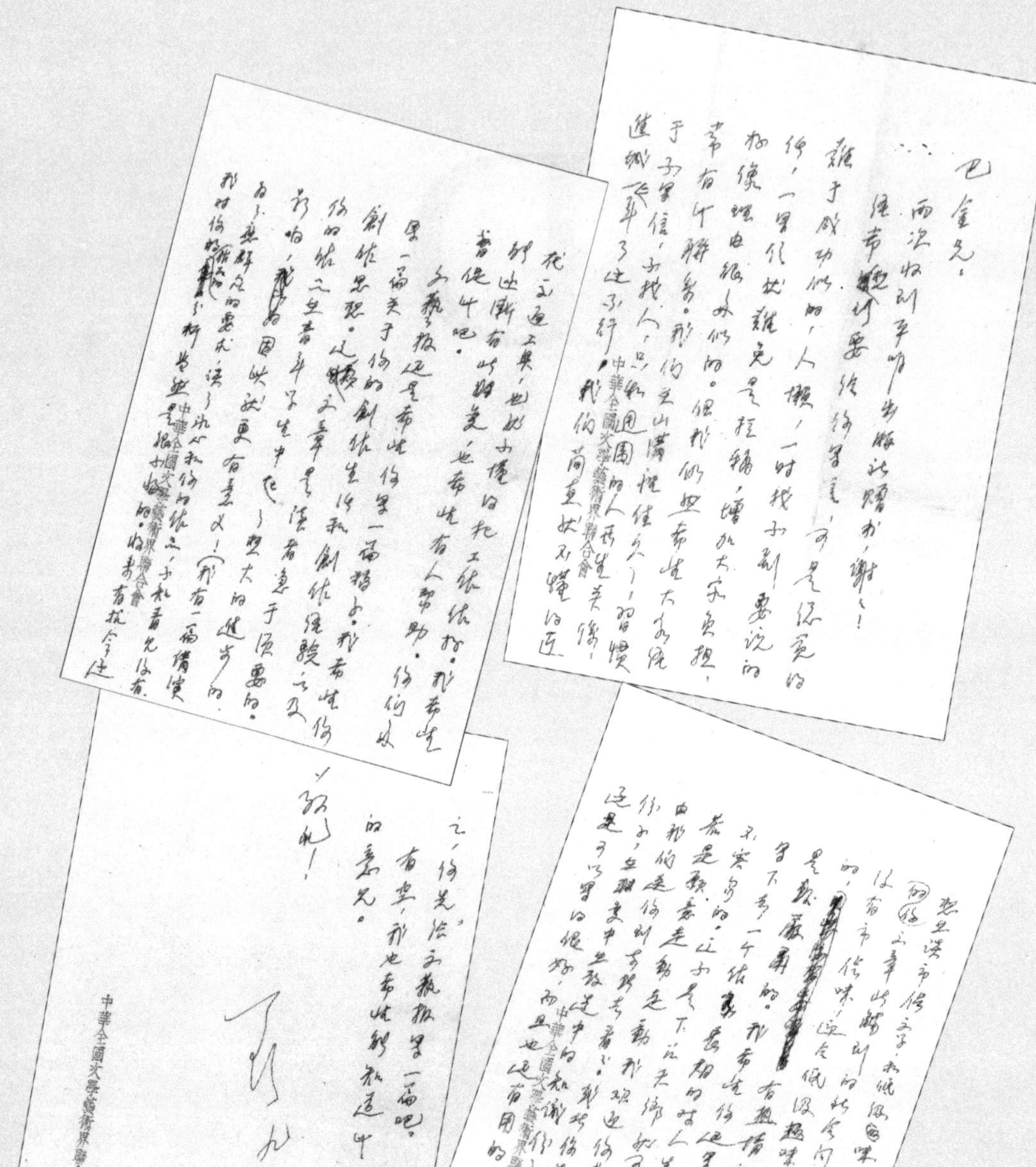

文物编号
DX002790

①丁玲（1904—1986）：作家。原名蒋　，字冰之。湖南临澧人。著有《莎菲女士的日记》、《太阳照在桑干河上》等作品。曾任中共中央宣传部文艺处处长，中国作家协会党组书记、副主席，中央文学研究所所长等职。

巴金兄：

两次收到平明出版社赠书，谢谢！

经常想到要给你写信，可是总觉得难于成功似的。人懒，一时找不到要说的话，一写信就难免是拉稿，增加大家负担，好像理由很多似的。但我仍然希望大家经常有个联系，我们在山沟里住久了，习惯于不写信，不找人，只和周围的人发生关系，进城一二年了还不行。我们简直就不懂得近代交通工具，也就不懂得把工作作[做]好。我希望能逐渐有些转变，也希望有人帮助。你们多督促些吧。

《文艺报》还是希望你写一篇稿子。我希望你写一篇关于你的创作生活和创作经验以及创作思想。这类文章是读者急于须[需]要的。你的作品在青年学生中起了极大的进步的影响，因此，就更有意义！（我有一篇讲演为了应群众的要求，谈了冰心和你的作品，不知看见没有。）我对你的作品的分析当然是很不够的。将来有机会还想在谈市侩文学，和低级趣味中再谈到。因为我觉得你的文章所触到的社会问题虽不够深刻，但却没有市侩味、迎合低级趣味的东西，而是有理想的，有热情的，写作的态度也是较严肃的。我希望你还写下去，我鼓励你写下去。一个作家长期的对人生有着透视是不容易的。这不是下几天乡就可以获得的。你若是愿意走动走动，我欢迎你来北京，或者由我们送你到东北去看看。或者你先写点知识份[分]子，在转变中在改造中的知识[分]子。我以为这还是可以写得很好，而且也还有用的！如何？总之，你先给《文艺报》写一篇吧。

有空，我也希望能知道些你对我文章的意见。

敬礼！

丁 玲

九日

丁玲致巴金（之二）

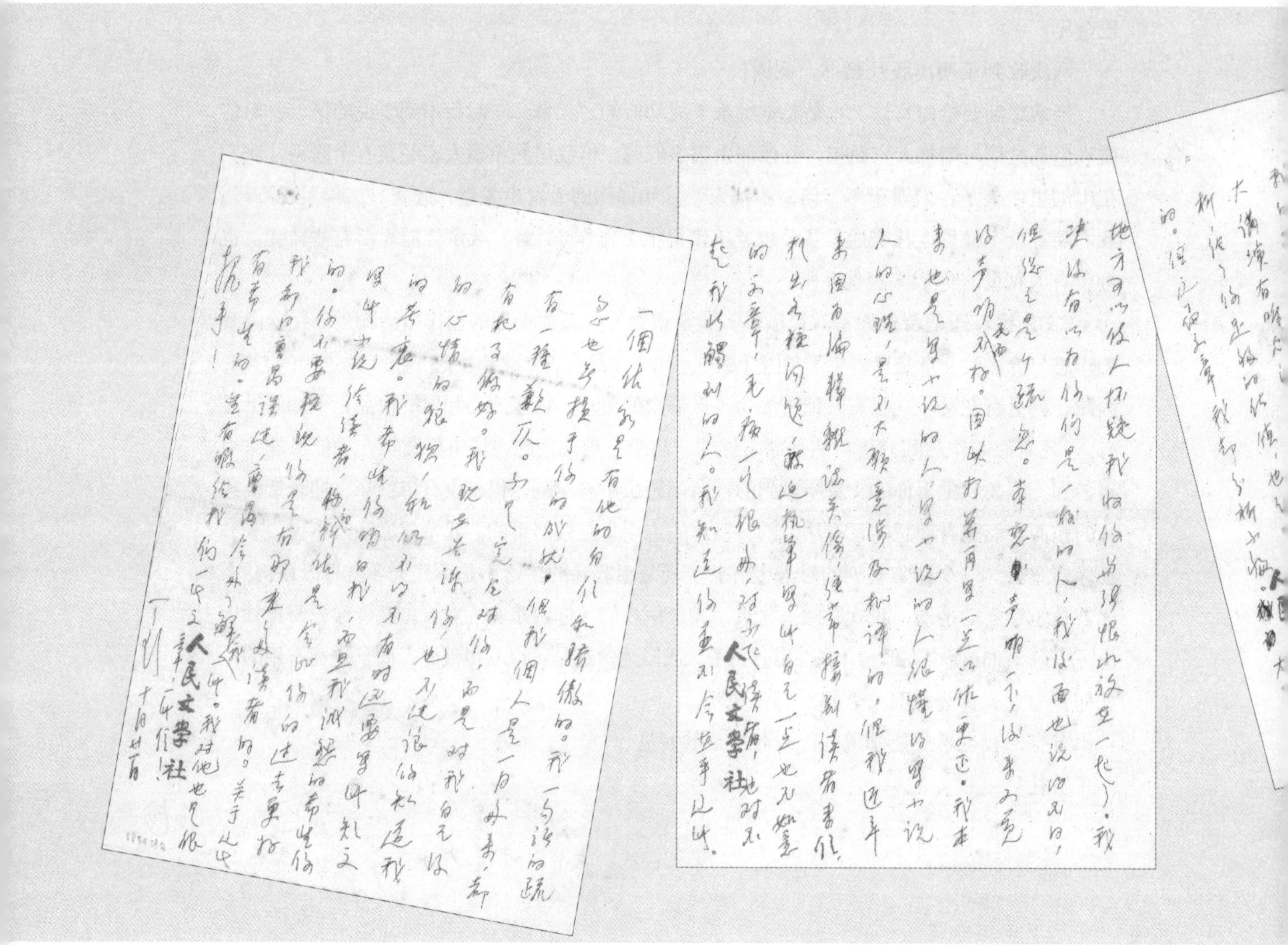

巴金同志：

你的来信收到许久了，到今天才回信，我不愿解释，只请你原谅好了。

你的那位朋友所关心的问题，我想告诉你一些情况，文学研究所基本是自学与互助，主要培养一群年轻的有希望的作家。你的那位朋友如果她有生活，而又有写作才能，我们当然是欢迎的。那末请她将自传、历史、工作经历、文学程度、作品（如无也要了解她一般的文字能力），请地方或团体（如学联也可）介绍到中央文化部审查。合格后即可来所。旁听生

文物编号
DX002791

制度现在还没有。因为不是如一般学校以授课为主。同时住宿问题也难解决。它的编制是有一定的。你如果觉得她行的话，也可以请文联介绍她，按手续做正式生较好。但总要有一些经验才好，完全只属于兴趣，则来了受益也会较少的。

上月我曾有一篇文章又提到你，这篇文章不知你看过没有？名字叫：《跨到新的时代来》。这里有点疏忽，我想将来再找机会写篇文章弥补。我个人觉得你的文章是好的，是起了桥梁的作用，是起了进步的作用的。即使在现在也还有它的作用的。因为中国的读者层是很多的，而你的读者也还有许多许多。但我以为很多读者满足于你过去的作品的思想水平，那就是不够的了。但这也不是重要的事，我们今天还应该有你的作品，而且分析你的作品的社会意义。还应该鼓励你写新的作品，用你新的作品去提高你的读者。我的确是这样的想，而且诚恳的希望你。我在华大讲演有听众问起你，我是做了比较妥贴[帖]的分析，给了你足够的估值，也说明了我对你的尊敬的。但这篇文章我却分析不够。尤其有一个地方可以使人怀疑我将你与张恨水放在一起了。我决没有以为你们是一样的人，我后面也说得不白，但总是个疏忽。本想声明一下，后来又觉得声明反而不好。因此打算再写一点以作更正。我本来也是写小说的人，写小说的人很懂得写小说人的心理，是不大愿意涉及批评的。但我近年来因为编辑杂志关系，经常接到读者来信，提出各种问题，被迫执笔写些自己一点也不如意的文章，毛病一定很多，对不起读者，也对不起我所触到的人。我知道你并不会在乎于此。一个作家是有他的自信和骄傲的。我一句话的疏忽也无损于你的成就，但我个人是一月多来，都有一种歉疚。不是完全对你，而是对我自己没有把事做好。我现在告诉你，也不过让你知道我的心情的狼狈，和仍不得不有时还需写些短文的苦衷。我希望你明白我，而且我诚恳的希望你写些小说给读者，你的新作是会比你的过去更好的。你不要轻视你是有那么多读者的。关于这些我都同曹禺谈过，曹禺会多了解我一些。我对他也是很有希望的。望有暇给我们一些文章，一些信！

握手！

丁 玲

十月廿一日

丁玲致巴金（之三）

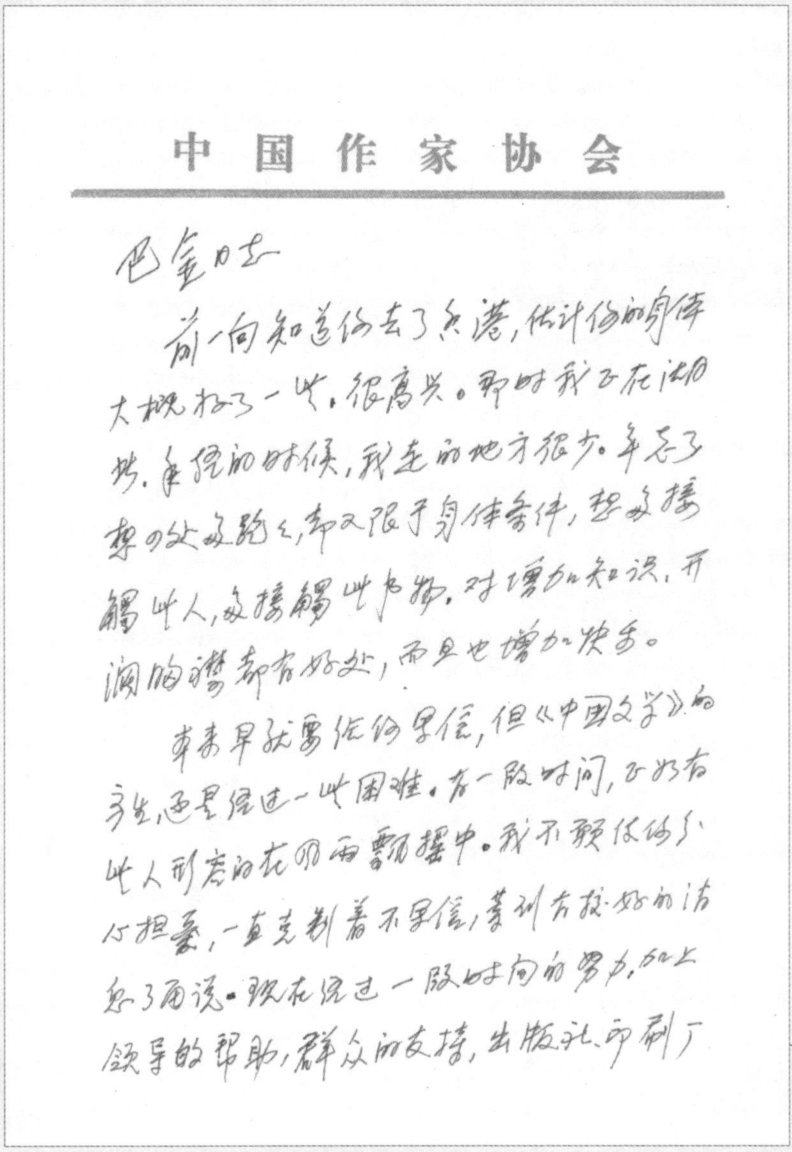
中国作家协会

巴金同志

前一向知道你去了香港，估计你的身体大概好了一些，很高兴。那时我正在湖北。年轻的时候，我走的地方很少。年老了想四处多跑跑，却又限于身体条件，想多接触些人，多接触些事物，对增加知识，开阔胸襟都有好处，而且也增加快乐。

本来早就要给你写信，但《中国文学》的产生，还是经过一些困难。有一段时间，正如有些人形容的在风雨飘摇中。我不愿使你多些担忧，一直克制着不写信，等到有较好的消息了再说。现在经过一段时间的努力，加上领导的帮助，群众的支持，出版社、印刷厂

文物编号
DX002792

巴金同志：

前一向知道你去了香港，估计你的身体大概好了一些，很高兴。那时我正在湖北。年轻的时候，我走的地方很少。年老了想四处多跑跑，却又限于身体条件，想多接触些人，多接触些物，对增加知识，开阔胸襟都有好处，而且也增加快乐。

本来早就要给你写信，但《中国文学》的产生，还是经过一些困难。有一段时间，正如

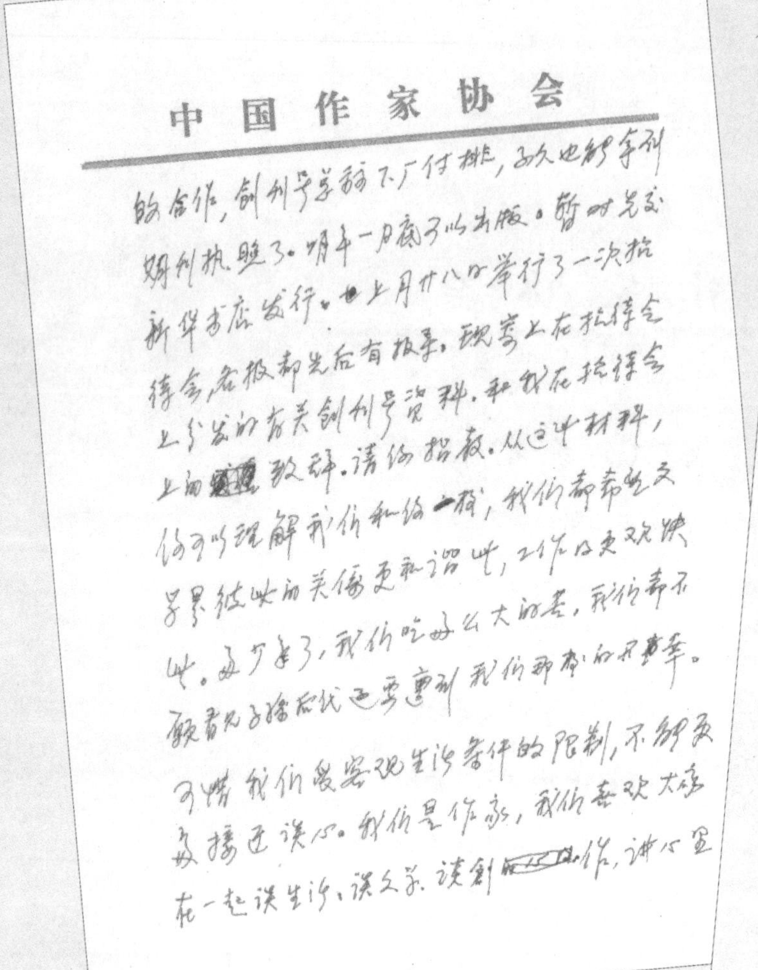

中国作家协会

的合作，创刊号定稿下厂付排，不久也能拿到期刊执照了。明年一月底可以出版。暂时先交新华书店发行。上月廿八日举行了一次招待会，各报都先后有报导。现寄上在招待会上分发的有关创刊号资料，和我在招待会上的~~[illegible]~~致辞，请你指教。从这些材料，你可以理解我们和你一样，我们都希望文学界彼此的关系更和谐些，工作得更欢快些。[illegible]，我们吃过那么大的苦，我们都不愿看见子孙后代还要重到我们那样的不幸。

可惜我们受客观生活条件的限制，不能更多接近谈心。我们是作家，我们喜欢大家在一起谈生活、谈文学、谈创作，谈心里

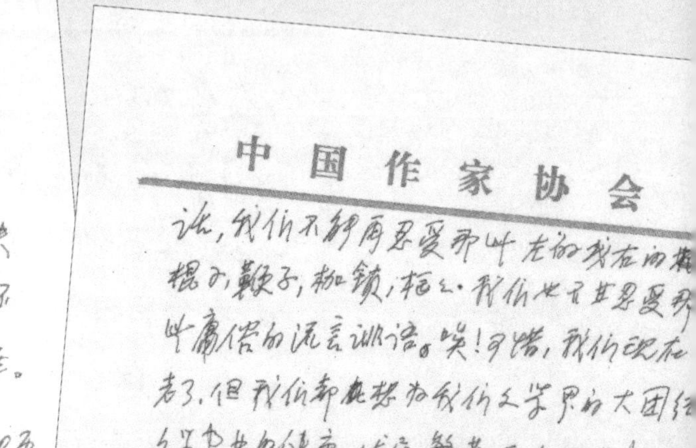

中国作家协会

话，我们不能再忍受那些左的或右的棍子、鞭子、枷锁、框框。我们也不甘忍受那些庸俗的流言诽谤。唉！可惜，我们现在老了，但我们都热望为我们文学界的大团结，文学事业的健康、发展、繁荣，再多做些事。向

这也很难了。我讲这些，都是相信你是一个老朋

友才谈的。

我说我们都老了，但你的来信，却仍是童心未泯，语重心长，热情依旧，头脑清醒。你的诚朴的感情给我们《中国文学》的编辑部全体同志以莫大的鼓舞。他们大家和我一起向你致谢。祝愿你健康长寿！我们也希望，如有可能，请随时再给我们来信来稿。谈心，或出之以政事之评，之以便三言两语，也是非常珍贵的。专此顺颂

文安！

冯 十二月二日

有些人形容的在风雨飘摇中。我不愿使你分心担忧，一直克制着不写信，等到有较好的消息了再说。现在经过一段时间的努力，加上领导的帮助，群众的支持，出版社、印刷厂的合作，创刊号总算下厂付排，不久也能拿到期刊执照了。明年一月底可以出版。暂时先交新华书店发行。上月廿八日举行了一次招待会，各报都先后有报导。现寄上在招待会上分发的有关创刊号资料，和我在招待会上的致辞，请你指教。从这些材料，你可以理解我们和你一样，我们都希望文学界彼此的关系更和谐些，工作的更欢快些。多少年了，我们吃多么大的苦，我们都不愿看见子孙后代还要遭到我们那样的不幸。可惜我们受客观生活条件的限制，不能更多接近谈心。我们是作家，我们喜欢大家在一起谈生活，谈文学，谈创作，讲心里话，我们不能再忍受那些左的或右的棍子，鞭子，枷锁，框框。我们也不甘忍受那些庸俗的流言诽[蜚]语。唉！可惜，我们现在都老了，但我们都想为我们文学界的大团结，文学事业的健康、发展、繁荣，再多做点事，的确，这也很难了。我讲这些，是把你当一个老朋友才谈的。

我说我们都老了，但你的来信，却仍是显得语重心长，热情依旧，头脑清晰。你的诚朴的感情给我们《中国文学》的编辑部全体同志以莫大的鼓舞。他们大家和我一起向你致谢。祝愿你健康长寿！我们还希望，如有可能，请随时再给我们来信来稿，谈谈心，或兴之所致，笔之所之，即便三言两语，也是非常珍贵的。

专此颂

文安！

丁 玲

十二月二日

丁玲致巴金（之四）

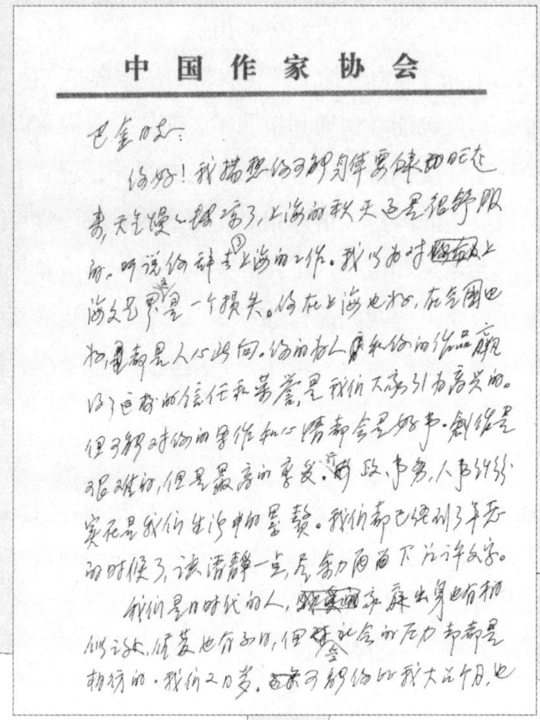
中国作家协会

巴金同志：

你好！我揣想你可能身体要健康些了吧？这几天天气慢慢地凉了，上海的秋天还是很舒服的。听说你辞去了上海的工作。我以为这对上海文艺界是一个损失。你在上海也好，在全国也好，都是人心所向。你的为人和你的作品赢得了读者的信任和荣誉，是我们大家引为高兴的。但了解对你的写作和心情都会是好事。创作是很难的，但是最高的享受。行政、事务、人事纠纷实在是我们生活中的累赘。我们都已经到了年老的时候了，该清静一点，尽余力留下点好文字。

我们是同时代的人，[illegible]家庭出身也有相似，经历也有不同，但社会的压力却都是相仿的。我们之间，[illegible]了解你比我大几个月，也

文物编号
DX002974

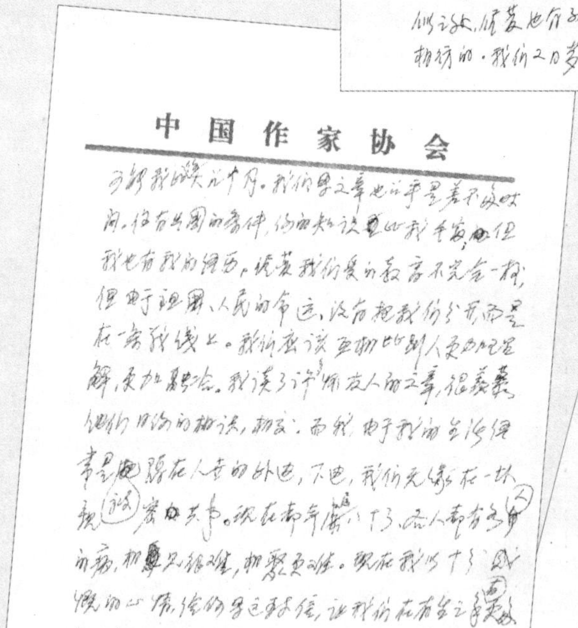
中国作家协会

了解我比你小几个月。我们写文章也似乎是差不多时间。但有出国的条件，你的知识要比我丰富，但我也有我的经历。虽然我们受的教育不完全一样，但由于祖国、人民的命运，没有把我们分开，而是在一条战线上。我们应该互相比别人更加理解，更加融洽。我读了许多朋友人的文章，很羡慕他们同你的相识，相交。而我由于我的生活经常是在人去的外边，下边，我们无缘在一块较（深）密的交往。现在都年届八十了，老人都有各自的病，相见很难，相聚更难。现在我以十分感慨的心情，给你写这封信，让我们在有生之年更好的了解和彼此的尊重。请接受我这一点心意吧。

另寄上一份[illegible]稿[illegible]。这份杂志是几个在[illegible]的青年[illegible]（的）[illegible]一定会热爱的。我实在

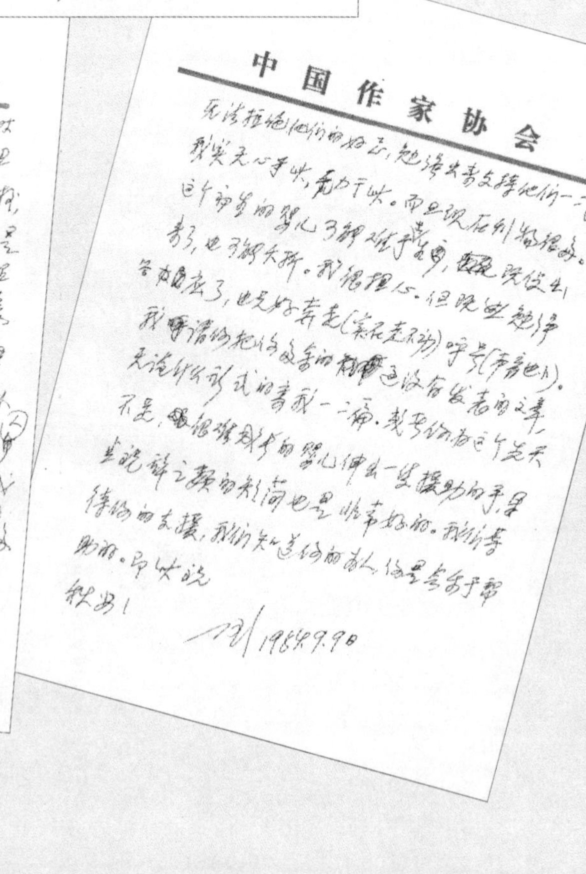
中国作家协会

无法拒绝他们的好意，勉强出来支持他们一下。我实在无心于此，无力于此。而且现在外面很乱。这个刊物的努力了解难于生存，[illegible]也了解大概。我很担心。但现在[illegible]答应了，也只好奔走（实在走不动）呼号（声音也小）。我想请你把你近来的[illegible]还没有发表的文章，无论什么形式的，寄我一二篇。我要你为这个老头子不是，[illegible]伸出一只援助的手，是[illegible]你的支援，我们知道你的为人，你是乐于帮助的。即此祝

秋安！

丁玲 1985.9.9日

巴金同志：

你好！我揣想你可能身体要健旺起来，天气慢慢转凉了，上海的秋天还是很舒服的。听说你辞去了上海的工作，我以为对上海文艺界这是一个损失。你在上海也好，在全国也好，都是人心所向。你的为人和你的作品赢得了这样的信任和荣誉，是我们大家引为高兴的。但可能对你的写作和心情都会是好事。创作是艰难的，但是最高的享受。行政、事务、人事纠纷实在是我们生活中的累赘。我们都已经到了年老的时候了，该清静一点，尽余力再留下几许文字。

我们是同时代的人，家庭出身也有相似之处，尽管也有不同，但受社会的压力却都是相仿的。我们又同岁，可能你比我大几个月，也可能我比你大几个月。我们写文章也几乎是差不多时间。你有出国的条件，你的知识比我丰富；但我也有我的经历，尽管我们受的教育不完全一样，但由于祖国、人民的命运，没有把我们分开，而是在一条战线上。我们应该互相比别人更加理解，更加融洽。我读了许多怀友人的文章，很羡慕他们同你的相识、相交。而我，由于我的生活经常是被隔在人世的外边、下边，我们无缘在一块亲密共事。现在都年届八十了，各人都有各人的病，相见很难，相聚更难。现在我以十分感慨的心情，给你写这封信，让我们在有生之年有更多的了解和彼此慰藉。请接受我这一点心意吧。

另寄上一张约稿公函。这份杂志是几个在京的老同志，愿意发挥一点余热筹办的。我实在无法拒绝他们的好意，勉强出来支持他们一二年；我实无心于此、无力于此。而且现在刊物很多。这个初生的婴儿可能难于出生，既[即]使出来了，也可能夭折。我很担心。但既然勉强答应了，也只好奔走（实在走不动）呼号（声音也小）。我请你把你多余的还没有发表的文章，无论什么形式的寄我一二篇。或者你为这个先天不足、很难成长的婴儿伸出一只援助的手，写点祝辞之类的短简也是非常好的。我们等待你的支援，我们知道你的为人，你是会乐于帮助的。即此祝

秋安！

丁 玲

1984·9·9日

F

冯至[①]致巴金（之一）

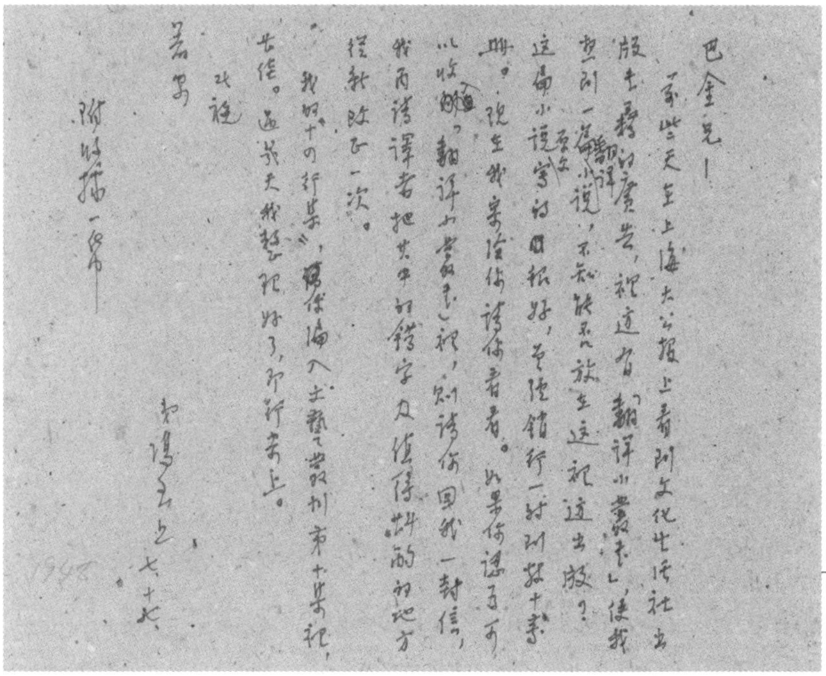

文物编号
DX002776

巴金兄：

前些天在上海《大公报》上看到文化生活社出版书籍的广告，里边有《翻译小丛书》，使我想到一篇翻译小说，不知能否放在这里边出版？这篇小说原文写得很好，曾经销行一时到数十万册。现在我寄给你请你看看。如果你认为可以收入《翻译小丛书》里，则请你回我一封信，我再请译者把其中的错字及值得斟酌的地方从新改正一次。

我的《十四行集》，你编入《文艺丛刊》第十集里，甚佳。过几天我整理好了，即行寄上。

此祝

著安

弟 冯至上

七·十七

附收据一纸

①冯至（1905—1993）：作家、学者。原名冯承植，字君培。河北涿州人。有《伍子胥》、《十四行集》、《山水》、《东欧杂记》、《杜甫传》等著作和《海涅诗选》、《德国，一个冬天的童话》等译作。曾任中国作家协会副主席、中国社会科学院外国文学研究所所长等职。

冯至致巴金（之二）

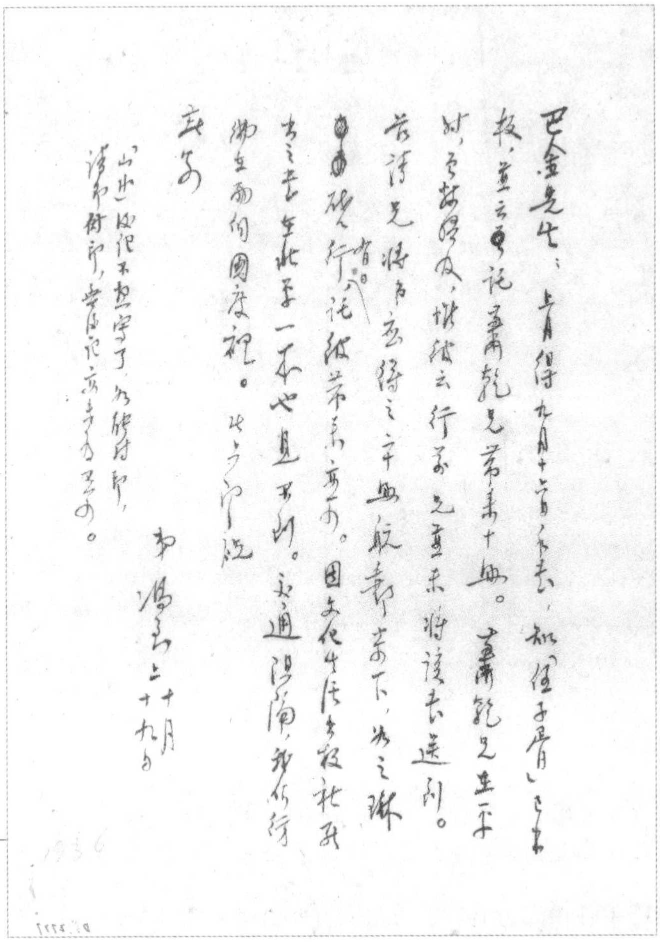

文物编号
DX002777

巴金先生：

上月得九月十六日手书，知《伍子胥》已出版，并云托萧乾兄带来十册。萧乾兄在平时，曾经提及，惟彼云行前兄并未将该书送到。兹请兄将弟应得之二十册航邮寄下，如之琳启行有日，托彼带来亦可。因文化生活出版社所出之书在北京一本也见不到。交通阻隔，我们仿佛在两个国度里。此上即祝

著安

弟 冯至上

十月十九日

《山水》后记不想写了，如能付印，请即付印，无后记亦未为不可。

傅雷[1]致巴金

巴金先生：

兹另邮挂号寄上杨必译《剥削世家》，约共四万余字。除钟书[2]夫妇代为校阅外，弟亦通篇浏览一遍，略为[微]改动数字，并已征求译者本人同意。该书内容与杨绛所译《小癞子》异曲同工，鄙见将来不妨将该书重版与本书初版同时发行。又译者希望能早出，因与其本人将来出处有关（详情容面陈）。好在字数不多，轻而易举，可否请宗臣兄一查平明本年春间出版计划是否可能早出。

又倘尊意认为《剥削世家》译文标准够得上列入“文学译林”，则排版格式可与巴尔扎克各书一律。红笔批注均出弟笔，冒昧处乞当谅为幸。

正文前“小引”请先生细阅一过，若有问题，务请见示，以便修改。匆此□□

礼绥□

弟 傅雷拜启

一月廿一夜

①傅雷（1908—1966）：翻译家。字怒安，号怒庵。上海南汇人。有《高老头》、《欧也妮·葛朗台》、《贝姨》、《邦斯舅舅》、《夏倍上校》、《搅水女人》、《幻灭》、《约翰·克利斯朵夫》等译作。曾任中国作家协会上海分会书记处书记等职。

②钟书，即钱钟书（1910—1998）：作家，学者。字默存，号槐聚。江苏无锡人。有《围城》、《写在人生边上》、《管锥编》等小说、散文、文论作品。曾任北京大学文学研究所研究员、中国社会科学院副院长等职。

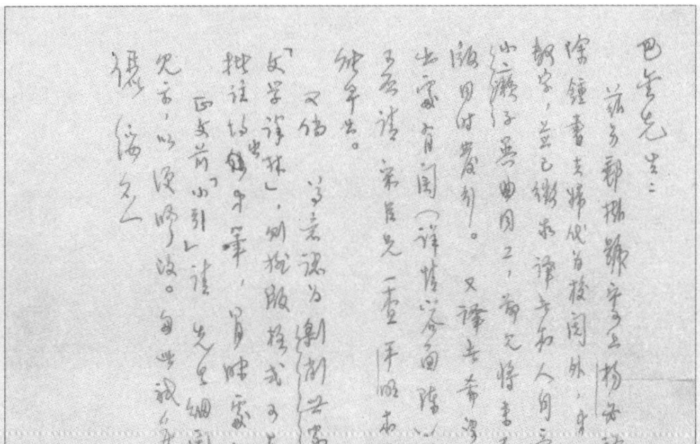

文物编号
DX002748

G

高缨[1]致巴金

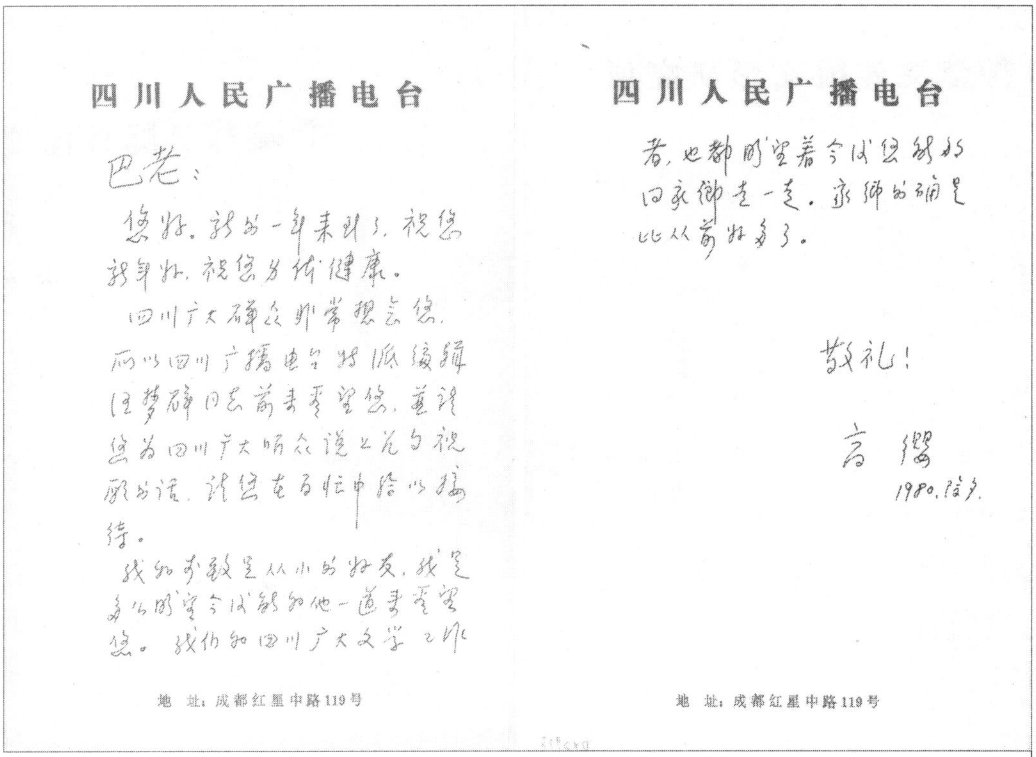
四川人民广播电台

巴老：

您好。新的一年来到了，祝您新年好，祝您身体健康。

四川广大群众非常想念您，所以四川广播电台特派编辑汪梦群同志前来看望您，并请您为四川广大听众说上几句祝愿的话，请您在百忙中给以接待。

我和李致是从小的好友，我是多么盼望今后能和他一道来看望您。我们和四川广大文学工作

地　址：成都红星中路119号

四川人民广播电台

者，也都盼望着今后您能够回家乡走一走。家乡的确是比从前好多了。

敬礼！

高缨

1980.除夕

地　址：成都红星中路119号

文物编号
DX002973

巴老：

您好。新的一年来到了，祝您新年好，祝您身体健康。

四川广大群众非常想念您，所以四川广播电台特派编辑汪梦群同志前来看望您，并请您为四川广大听众说上几句祝愿的话，请您在百忙中给以接待。

我和李致[2]是从小的好友，我是多么盼望今后能和他一道来看望您。我们和四川广大文学工作者，也都盼望着今后您能够回家乡走一走。家乡的确是比从前好多了。

敬礼！

高缨

1980·除夕

①高缨（1929－　）：作家。原名高洪仪。天津人。有《丁佑君之歌》、《达吉和他的父亲》等作品。曾任中国作家协会四川分会副主席。

②李致（1929－　）：李尧枚之子，巴金之侄。原名李国辉。四川成都人。历任四川人民出版社副社长、总编辑，四川省出版局副局长，四川省文联主席等职。

戈宝权①致巴金

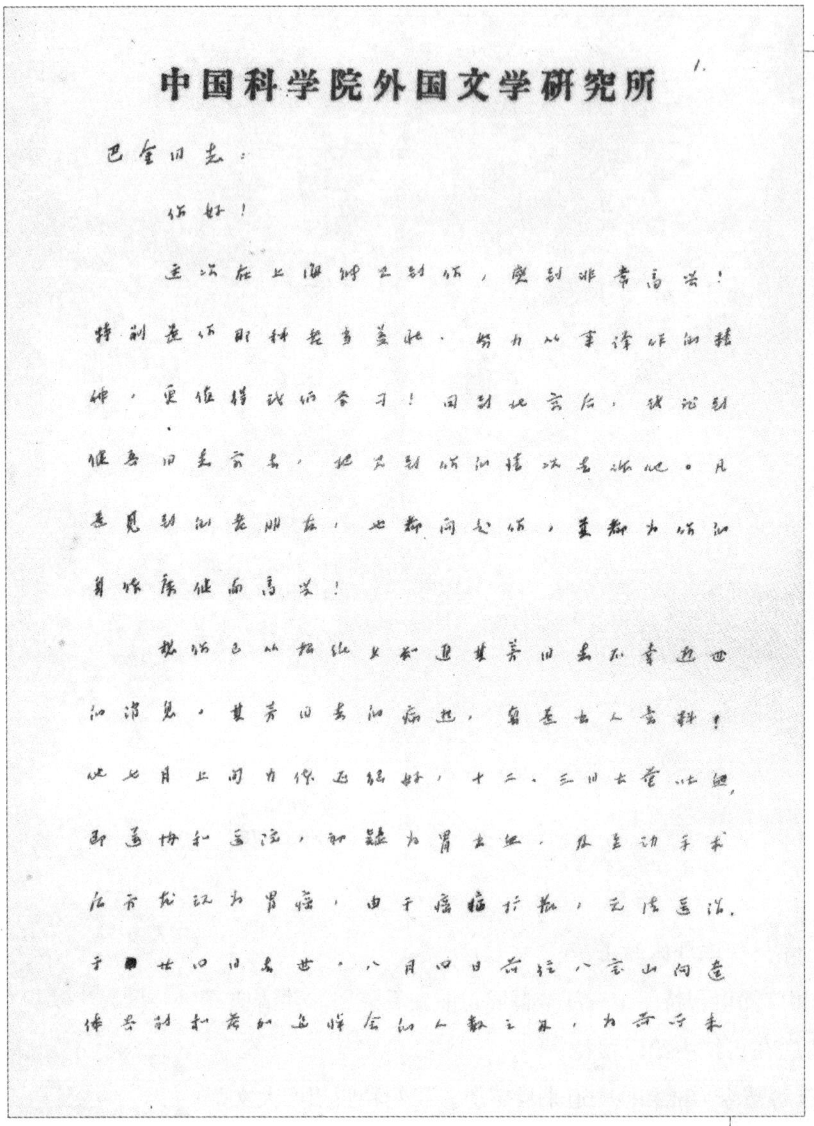

中国科学院外国文学研究所　1.

巴金同志：

你好！

这次在上海得见到你，感到非常高兴！特别是你那种老当益壮、努力从事译作的精神，更值得我们学习！回到北京后，我见到健吾同志等，把见到你的情况告诉他。凡是见到的老朋友，也都问候你，并都为你的身体康健而高兴！

想你已从报纸上知道其芳同志不幸逝世的消息。其芳同志的病逝，真是出人意料！他七月上旬身体还很好，十二、三日左右吐血，即进协和医院，初疑为胃出血，后来动手术后方发现为胃癌，由于癌症扩散，无法医治，于廿四日去世。八月四日在八宝山开追悼会，参加追悼会的人数之多，为近年来

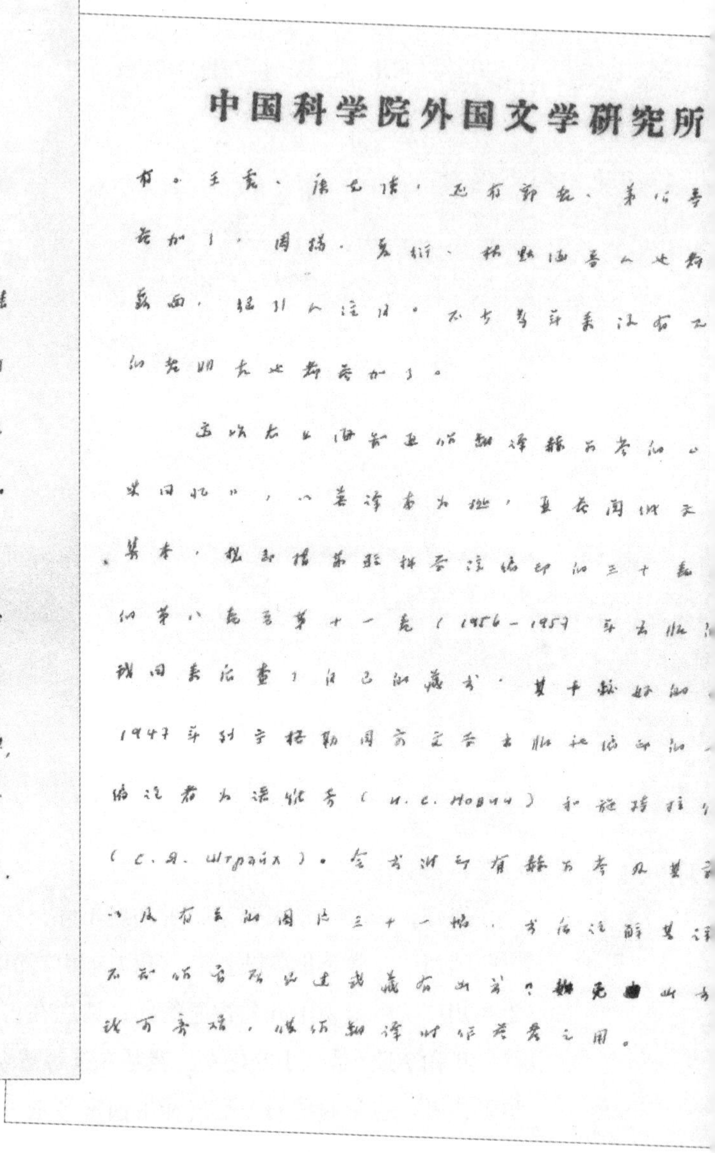

中国科学院外国文学研究所

有：王震、陈丹晨，还有郭老、茅公等参加了，周扬、夏衍、林默涵等人也都露面，很引人注目。不少多年未见面的老朋友也都参加了。

这次在上海曾见你翻译赫尔岑的《往事与回忆》，以苏译本为蓝本，并参阅英译本。我知道苏联科学院编印的三十卷本的第八卷至第十一卷（1956—1957年出版）……我回来后查了自己的藏书，其中缺好的1947年列宁格勒国家文学出版社编印的……编注者为涅维多夫（И.С.Новин）和斯特拉赫（С.Я.Штрайх）。全书附印有赫尔岑及其家人及有关的图片三十一幅，书后注释甚详。不知你有没有这套书？如无此书我可奉赠，供你翻译时作参考之用。

①戈宝权（1913—2000）：翻译家、外国文学研究家。笔名葆荃、北泉等。江苏东台人。有《高尔基传》、《普希金诗选》、《马雅科夫斯基诗选》等译作。曾任中国驻苏联大使馆临时代办和参赞，中苏友协副秘书长、中国社会科学院文学研究所和外国文学研究所研究员等职。

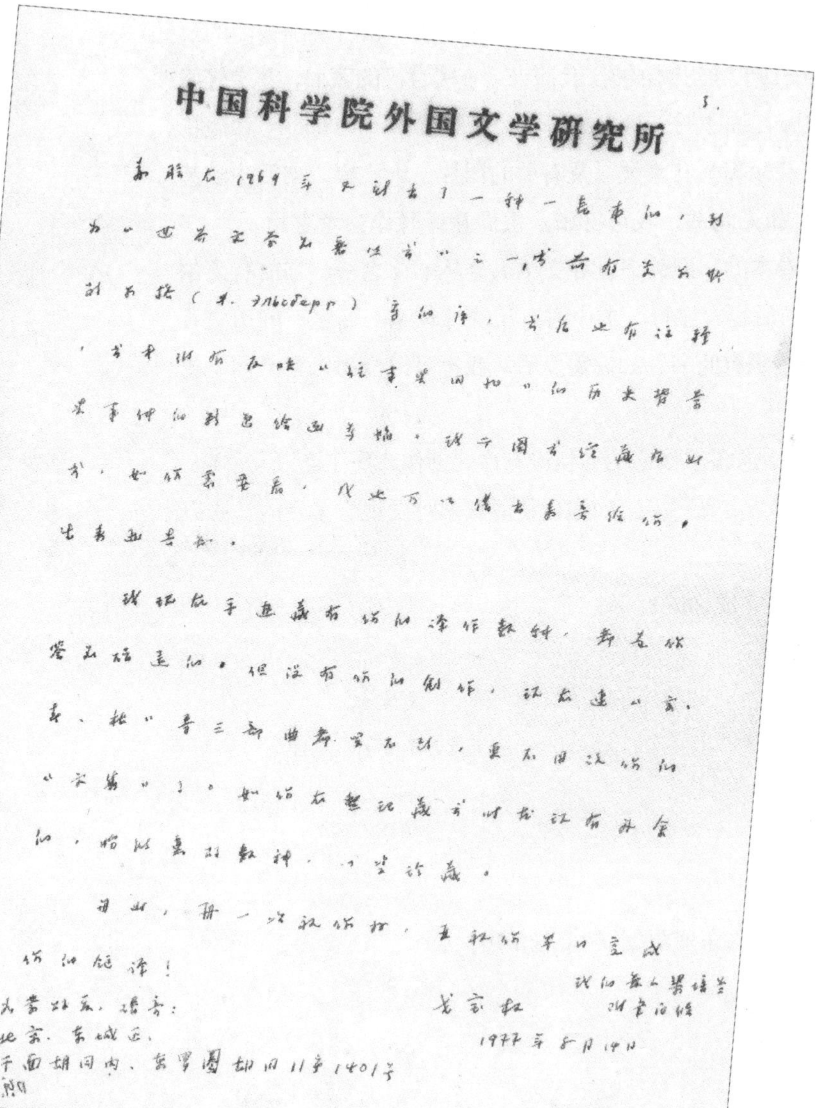
中国科学院外国文学研究所

文物编号
DX002981

巴金同志：

你好！

这次在上海能见到你，感到非常高兴！特别是你那种老当益壮、努力从事译作的精神，更值得我们学习！回到北京后，我就到健吾同志家去，把见到你的情况告诉他。凡是见到的老朋友，也都问起你，并都为你的身体康健而高兴！

想你已从报纸上知道其芳[①]同志不幸逝世的消息。其芳同志的病逝，真是出人意料！他七月上旬身体还很好，十二、三日大量吐血，即送协和医院，初疑为胃出血，及至动手术后方发现为胃癌。由于癌症扩散，无法医治，于廿四日去世。八月四日前往八宝山向遗体告别和参加追悼会的人数之多，为前所未有。王震、康克清，还有郭老、茅公等人都参加了。周扬、夏衍、林默涵三人也都初次露面，很引人注目。不少多年来没有见到过的老朋友也都参加了。

这次在上海知道你翻译赫

①其芳，即何其芳（1912—1977）：作家。原名何永芳。四川万县人。著有《画梦录》、《西苑集》、《关于现实主义》、《文学艺术的春天》等作品。曾任中国社会科学院文学研究所所长、中国作家协会书记处书记等职。

尔岑的《往事与回忆》，以英译本为据，并参阅俄文的会集本，想即指苏联科学院编印的三十卷本中的第八卷至第十一卷（1956—1957年出版的）。我回来后查了自己的藏书，其中较好的，是1947年列宁格勒国家文学出版社编印的一种，编著者为诺维奇（и·с·нович)和施特拉伊赫（с·я·штраих）。全书附印有赫尔岑及其家属以及有关的图片三十一幅，书后注解甚详，不知道你曾否见过或藏有此书？如无此书，我可寄赠，供你翻译时作参考之用。

苏联在1969年又新出了一种一卷本的，列为“世界文学名著丛书”之一，书前有艾尔斯别尔格（я·эльсберг）写的序，书后也有注释，书中附有反映《往事与回忆》的历史背景与事件的彩色绘画多幅。或者图书馆藏有此书，如你需要看，我也可以借出来寄给你，望来函告知。

我现在手边藏有你的译作数种，都是你签名赠送的，但没有你的创作，现在连《家·春·秋》等三部曲都买不到，更不用说你的“文集”了。如你在整理藏书时发现有多余的，盼以惠赐数种，以资珍藏。

匆此，再一次祝你好，并祝你早日完成你的巨译！

戈宝权

1977年8月14日

我的爱人梁培兰附笔问候！

如蒙赐复，请寄北京东城区干面胡同内东罗圈胡同11号1401号

顾均正[1]致巴金（之一）

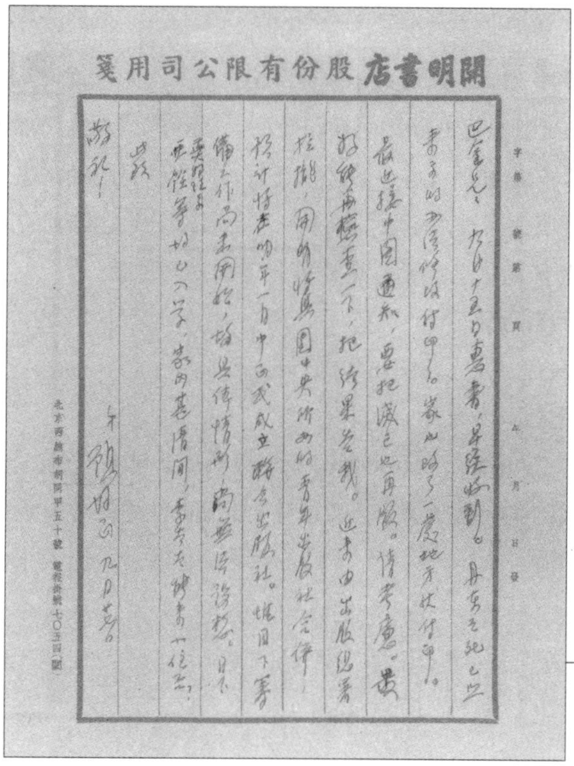

文物编号
DX010592

巴金兄：

九月十五日惠书，早经收到。《丹东之死》已照来示的办法修改付印了。《家》也改了一处地方就付印。最近接中图通知，要把《灭亡》也再版。请考虑。最好能再检查一下，把结果告我。近来由出版总署拉拢，开明将与团中央所办的青年出版社合并，预计将在明年一月中正式成立联合出版社。惟目下筹备工作尚未开始，故具体情形尚无法设想。日下亚铨[2]等均已入学华大物理系，家内甚清闲，李太太能来小住否？

此致

敬礼！

弟 顾均正

九月廿七日

①顾均正（1902—1980）：科普文艺作家、翻译家。浙江嘉兴人。有《在北极底下》、《安徒生传》、《科学趣味》、《宝岛》等译作。曾任中国青年出版社副社长兼副总编辑。

②亚铨，顾均正之子。

顾均正致巴金（之二）

巴金兄：

《尼谢德林全集》卷四一册，已购就，于前日寄出，想不久即可收到。版税已经结出，兄之名下约为二千三百余万元。最近开明因书籍印数增大（《语文学习》杂志印十万册，《语法修词讲话》印四十万册），资金积压太多，致经济奇窘，此次结付版税，达二亿九千余万。顷领导上商量，拟征得与开明关系较密而版税较多（二千万以上）之作者的同意，作分期支付之临时处置，并嘱弟代为征询兄之意见，是否可照下列期间付款。

十二月五日—— 付八百万元

一月十五日—— 付八百万元（在阴历年内）

二月十五日—— 付七百八十万元

请即示知为感。事实上超过二千万元者仅茅公与兄及弟三人而已。其余都在一千万以下。弟在前两期已非正式的实行此办法矣。又兄对于上开办法中的时间数目如有困难，亦请表示意见。此致即颂

文安

弟 顾均正

廿九日

又：《高尔基全集》第十卷如尚未购得，请告知，听说国际书店有全集也。高尔基资料和研究售缺。

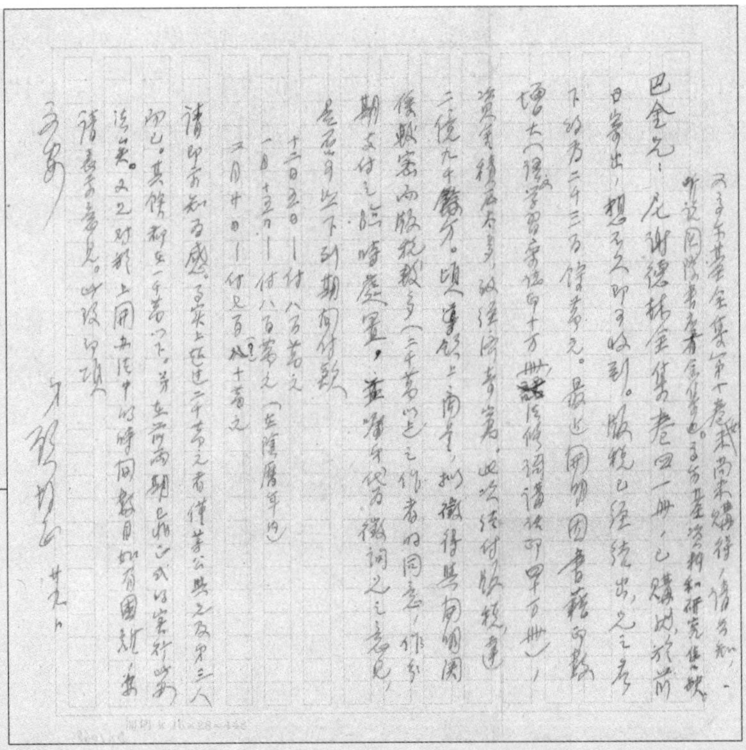

文物编号
DX010693

郭沫若[1]致巴金、靳以

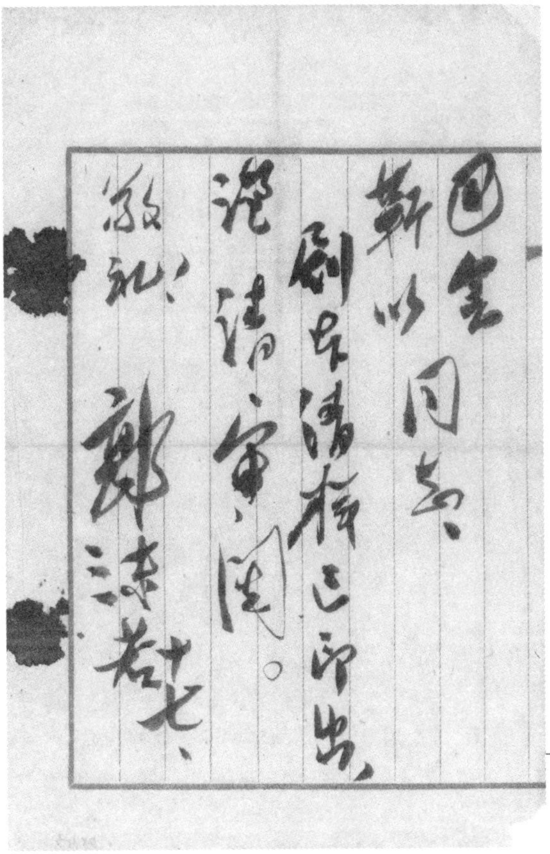

文物编号
DX000353

巴金
靳以　同志：

　　剧本清样已印出，望请审阅。

敬礼！

郭沫若

十七

①郭沫若（1892—1978）：作家、翻译家、学者。原名郭开贞，字鼎堂。四川乐山人。有《女神》、《棠棣之花》、《屈原》、《虎符》、《中国古代社会研究》、《青铜时代》、《十批判书》、《甲骨文字研究》、《少年维特之烦恼》等创、著、译作。曾任政务院副总理兼文化教育委员会主任、全国人大常委会副委员长、全国政协副主席、中国科学院院长、全国文联主席等职。

H

何其芳致巴金（之一）

芾甘兄：

有一点小事情想麻烦你一下。

有时还有人向我要《预言》看。因此，我最近抽空把它改编了一下，主要是删去了那些有悲观色彩的东西。我一共删去了十四首，还留下了二十首。按原来的版式计算，一共还有五十四面（不包括目录），这实在是一个很薄的小册子了。现在想和你商量一下，是否文化生活出版社或平明出版社还愿意重印它？如愿意重印，请通知我，定当寄上。如果你觉得无重印必要，或者估计无销路，书店有顾虑，都望不客气地告诉我。重印这个小册子，实在也近于翻古董了。改编的动机实在起于有人向我要，而现在书摊上找不到。另外，我抗战以前写的东西全部不足存，这二十首诗或者勉强可以留作一点纪念，这也是一个促成我改编它的想法。

再谈。

你和蕴珍女士都好！

其 芳

一月九日

回信仍寄马列学院。

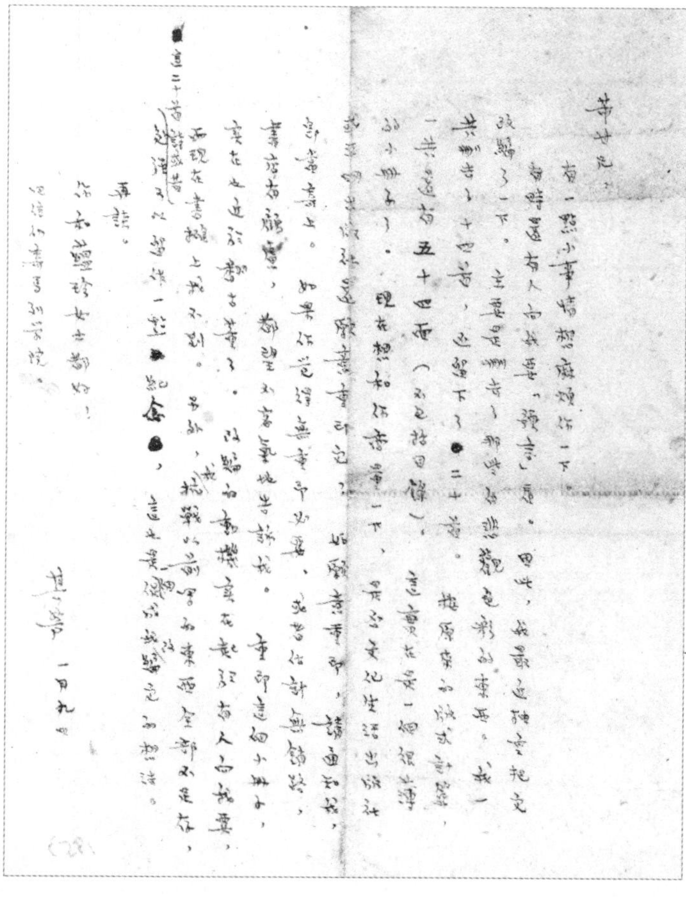

文物编号
DX002778

何其芳致巴金（之二）

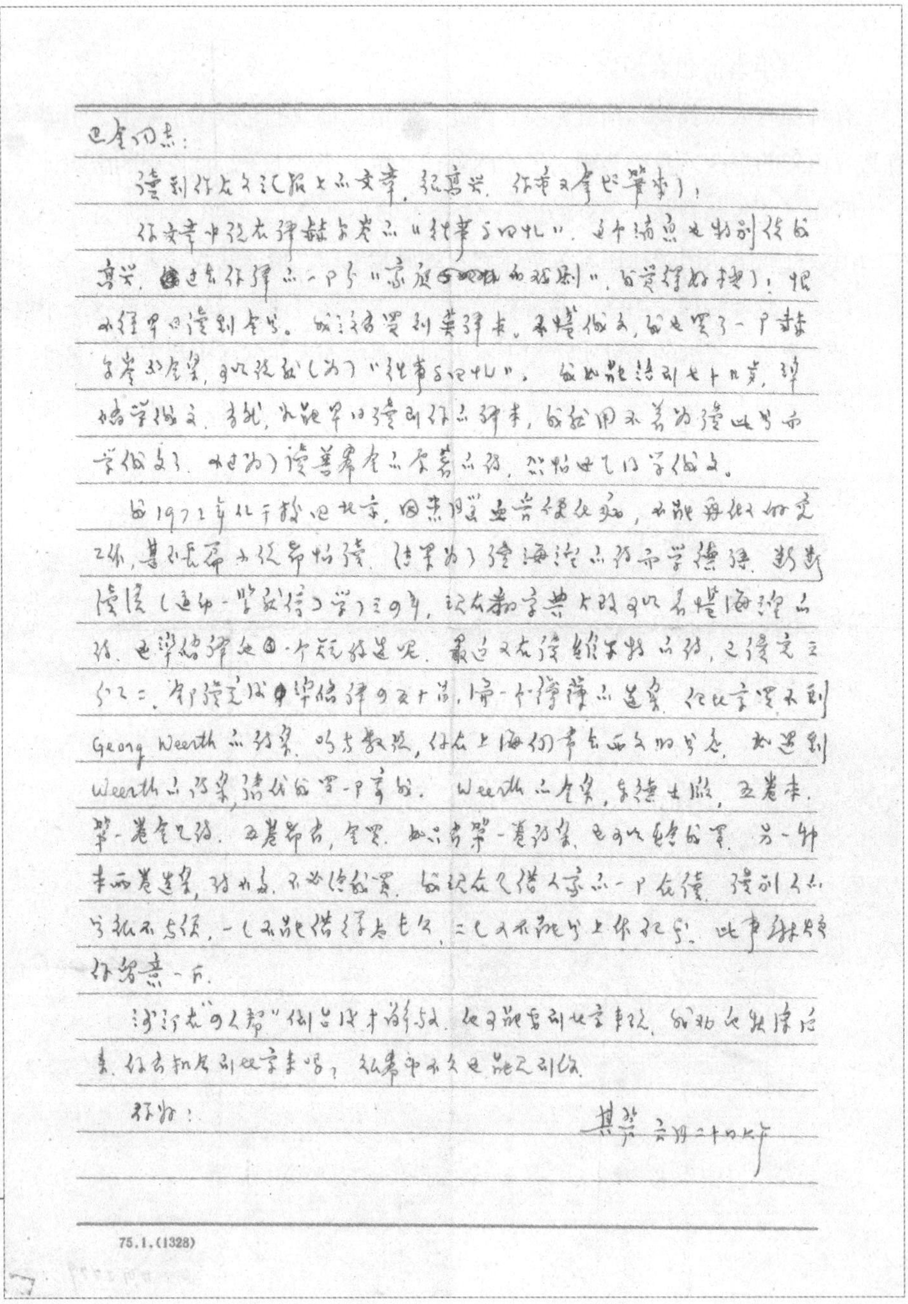
巴金同志：

读到你在文汇报上的文章，很高兴。你又拿起笔来了！

你文章中说在译赫尔岑的《往事与回忆》。这个消息也特别使我高兴。过去你译的一卷《家庭的戏剧》，我觉得好极了！但我还未读到全书。我记得买到英译本，本想做个，我也买了一个赫尔岑的全集，可以说是为了《往事与回忆》。我如能活到七十九岁，准备学俄文。当然，如能早日读到你的译本，我就用不着为读此书而学俄文了。又我为了读普希金的原著的诗，开始也学了俄文。

我1972年从干校回北京，因患眼病尚待治疗，不能再做研究工作，甚至长篇小说都怕读。但是为了读海涅的诗而学德语，断断续续（连中间一些没停）学了三四年，现在勉强可以看懂海涅的诗，也学德译本的一个短篇选呢。最近又在读维尔特的诗，已读完三分之二。都读完后还准备译四五十首，编一个薄薄的选集。但北京买不到Georg Weerth的诗集，明年我想，你在上海新华书店西文部如果见到Weerth的诗集，请代我买一本寄我。Weerth的全集，东德出版，五卷本，第一卷全是诗。五卷都有，全买。如只有第一卷诗集，也可以给我买。另一种本两卷选集，诗也有，不必代我买。我现在是借人家的一个在读。读到了不知可能不多读，一是不能借得太长久，二是又不能写上你记号。此事麻烦你留意一下。

所谓"四人帮"倒台以后才有转机。但可能要到北京来的，我也很想你能来北京。你有机会到北京来吗？什么时候也能见到你。

敬礼！

其芳 六月二十四日

75.1.(1328)

文物编号
DX002779

巴金同志：

读到你在《文汇报》上的文章，很高兴。你重又拿起笔来了！

你文章中说在译赫尔岑的《往事与回忆》，这个消息也特别使我高兴。过去你译的一部分《家庭的戏剧》，我觉得好极了！恨不得早日读到全集。我没有买到英译本。不懂俄文，我也买了一部赫尔岑的全集，可以说就是为了《往事与回忆》，我如能活到七十几岁，准备学俄文。当然，如能早日读到你的译本，我就用不着为读此书而学俄文了，不过为了读普希金的原著的诗，恐怕还是得学俄文。

我1972年从干校回北京，因患脑血管硬化病，不能再做的原工作，甚至长篇小说都怕读，结果为了读海涅的诗而学德语，断断续续（运动一紧就停）学了三四年，现在翻字典大致可以看懂海涅的诗。还准备译他一个短诗选呢。最近又在读维尔特的诗，已读完三分之二，全部读完后准备译四五十首，编一个薄薄的选集。但北京买不到Georg Weerth的诗集，听方敬①说，你在上海仍常去西文旧书店，如遇到Weerth的诗集，请代我买一部寄我。Weerth的全集，东德出版，五卷本。第一卷全是诗。五卷都有，全买。如果只有第一卷诗集，也可以给我买。另一种本两卷选集，诗不多，不必给我买。我现在是借人家的一部在读，读别人的书很不方便，一是不能借得太长久，二是不能书上作[做]记号。此事麻烦你留意一下。

沙汀在“四人帮”倒台后才解放，他可能要到北京来玩。我劝他秋凉后来。你有机会到北京来吗？很希望不久还能见到你。

你好！

其芳

六月二十日上午

①方敬（1914—1996）：诗人。重庆万州人。著有《雨景》、《声音》、《保护色》、《记忆与忘却》等诗歌、散文集。曾任中国作家协会四川分会副主席。

何其芳致巴金（之三）

芾甘兄：

出版社补寄来的《夜歌》五本收到了。但收到后胡风却又已经回上海了，结果还是没有送他。如出版社方面方便，是否仍可在上海就近替我送一本给他？但这类小事情实在麻烦你麻烦得太多了，我很觉不应该似的。《夜歌》一月份版税收据也附寄在这里，因为我想你大概还是住在出版社里面的，就不另寄了。不知道是不是又要多花费你的工夫？因为从结单上知道《夜歌》只剩下几本了，想可能不久就再版，我今天自己又校勘了一遍，写了一个勘误表。错落的字很少，多数是标点不对。除了这以外，我过去写“年轻”这个字眼不统一，前面写“年青”，后面又写作“年轻”，（五九面、六六面、七二面、七三面、二四三面等都写

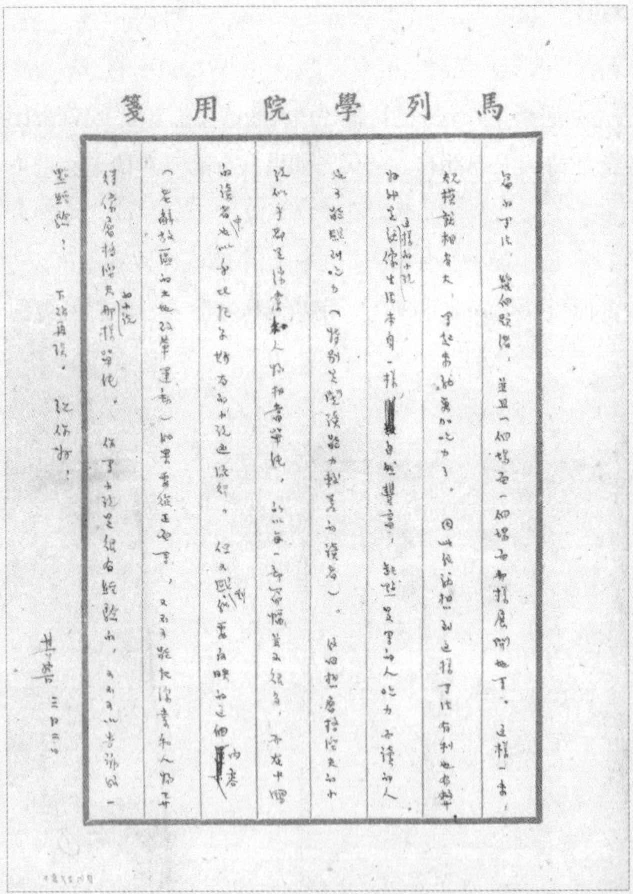

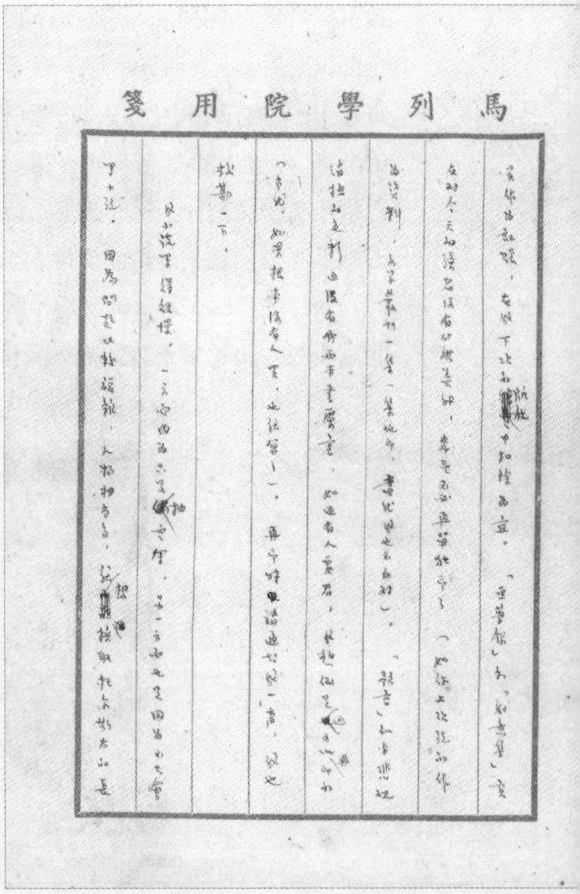

作“年青”)，我没有列入勘误表中。不知你觉得是不是也要统一一下？似乎一般还是写作“年轻”。不过中国文字在这种地方也没有什么一定，我想就不管它也可以了吧？

你在北京的时候曾说可以送一点出版社自己出的书给我，但后来并未收到书目，似乎也没有选择。最近因为我在学写小说，倒想读一读屠格涅夫的六大名著，托尔斯太[泰]的《复活》，普式庚和果戈理的小说。另外，沙汀的近著《还乡记》我也还没有读过。是否可以要出版社就把这样几种书寄我一份好了。我想出版社方面恐怕也困难，不必作为送，还是作为记账，在我下次的版税中扣除为宜。《画梦录》和《刻意集》实在对今天的读者没有

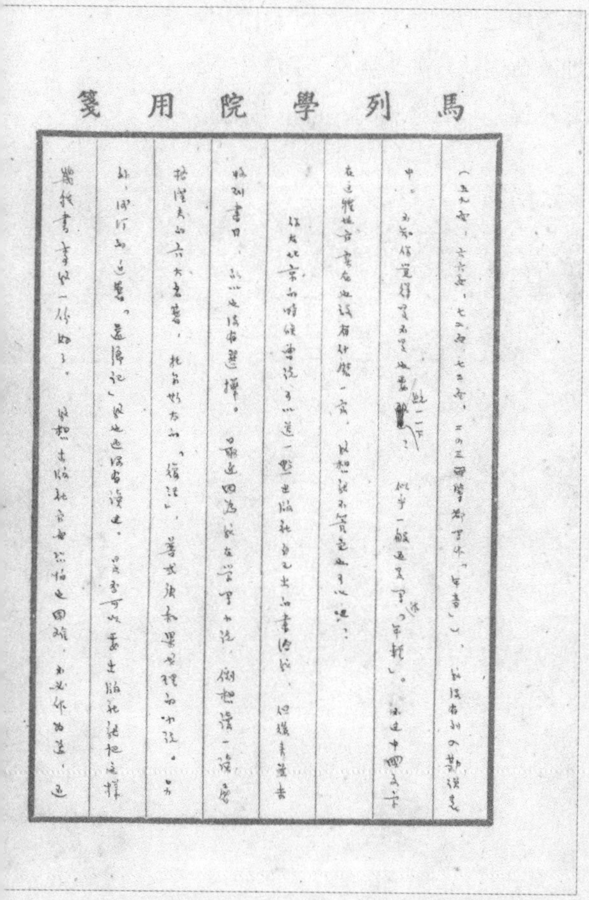

馬列學院用箋

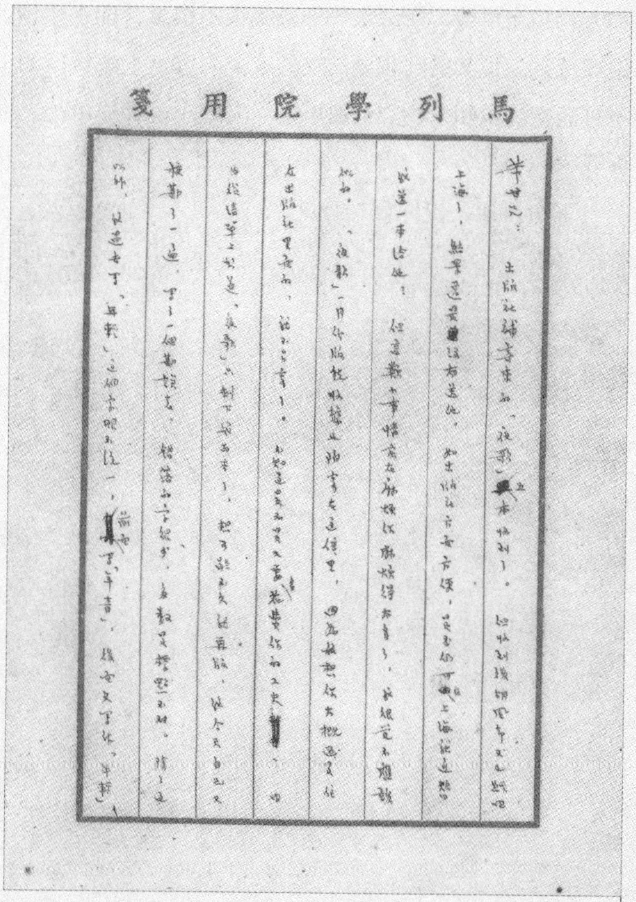

馬列學院用箋

文物编号
DX002780

什么益处，希望不必再单独印了（如你上次说的作为资料，《文学丛刊》一集一集地印，当然我也不反对）。《预言》似乎悲观消极的色彩还没有那两本书厉害，如还有人要看，我想倒是还可以再印的。（当然，如果根本没有人买，也就算了。）再印时请通知我一声，我也校勘一下。

我小说写得很慢。一方面因为只是抽空写，另一方面也是因为不大会写小说，因为问题比较复杂，人物相当多，就想采取托尔斯太[泰]的长篇的写法，几个头绪，并且一个场面一个场面那样展开地写。这样一来，规模就相当大，写起来就更加吃力了，因此我就想到这样写法有利也有弊，好处是这样的小说就像生活本身一样，自然丰富，缺点是写的人吃力而读的人也可能感到吃力（特别是阅读能力较差的读者）。我回想屠格涅夫的小说似乎都是线索和人物相当单纯，所以每一部篇幅量不很多，而在中国的读者中也似乎比托尔斯太[泰]的小说还流行。但又感到我要反映的这个内容（老解放区的土地改革运动）如果要从下面写，又不可能把线索和人物弄得像屠格涅夫的小说那样单纯。你写小说是很有经验的，可不可以告诉我一点经验？

下次再谈，祝你好！

其芳

三月二日

何其芳致巴金（之四）

芾甘兄：

一月六日信和《夜歌》十二册早收到。想把杨朔[①]地址打听清楚后再给你写信，就拖到了现在。我很久没有进城参加文艺界活动，所以就闹不清楚杨朔到底在那[哪]里。最近问文联一位同志，才知道他已到湖南衡阳去搜集材料去了，但也不清楚他的通信处，大约要半年后才回京。《夜歌》错字很少，标点有几处不对，容以后再列一个勘误表寄上。寄来的十二册还不够送人，所以胡风那里还没有送。如方便烦告诉书店再寄五册来就够了。你说的那篇文章，实在是《文艺报》硬逼出来的，写得枯燥无味，小说最近才动手，因为不能集中精力去写，就写得很慢，可能一年多或两年才写得完。《人民文学》缺稿，希望你为它常写一点什么，并代约上海的朋友们也支持一下。有稿子寄艾青即可。方敬还在相辉学院吧？不知为什么至今尚未收到他的信。

专此。

祝你好！

其芳

二月八日夜

①杨朔（1913—1968）：作家。原名杨毓瑨，字莹叔。山东蓬莱人。著有《东风第一枝》、《海市》、《三千里江山》、《锦绣山河》、《生命泉》、《茶花赋》等作品。曾任中国作家协会外国文学委员会主任、中国保卫世界和平委员会副秘书长、亚非人民团结理事会书记处书记等职。

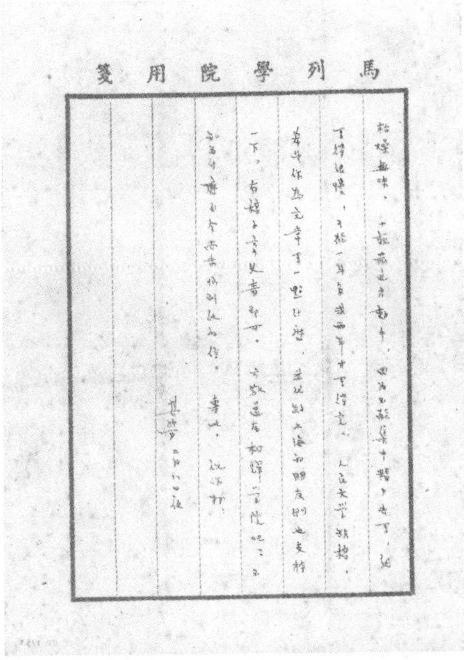
馬列學院用箋

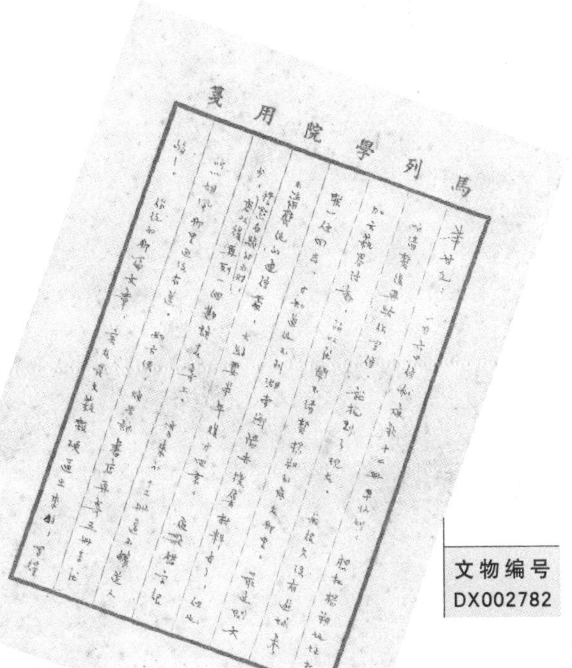
馬列學院用箋

文物编号
DX002782

何为[1]致巴金

中国作家协会福建分会

巴金同志：

　　不久前收到徐迟同志寄来的湖北画报，看到您伏案写作的照片，仔细看了书桌上的小物件，似乎我也走进了您的书房里，霎时间受到极大感动。日昨又從邮局领回您寄赠的十卷选集，这真是一笔精神财富的赠予，而且是巨大的一笔精神财富！這十大卷排列在我的书架，如同一座辉煌的文学碑，使我感到生命充实，精神振发，我将從中汲取无穷的力量。为此我向您深深致谢！

　　去年我出版一本小集子，一直不敢寄上求正，现在收到您寄赠的十大卷之后，再寄上我这本小书，

中国作家协会福建分会

简直是太不相称了，但我还是鼓起勇气付邮寄呈，主要是因为该书下辑有一文谈到您编选的画册[illegible]的《婚姻》，这是一篇小学生的作文，我想大师是不会见笑的。

　　去年我在上海拜访您的时候，意外地听说您受伤住院，因为怕您干扰太多，影响休息，终于没有去探望您。但我通过遇到的每一个熟人，请代为带去我对您的衷心问候。最近听说您已渐趋康复，并已出院，感到莫大欣慰。祝愿您不但在八十大庆前完成预定计划，并制订另一个十年计划，正如徐迟在画报中著文所说，您是我们时代的一位说真话的大勇者，在上海时您也对我说过这句话。愿您不断引领我们在文学道路上前进，更重要的是在人生大道上前进。

敬祝

健康长寿

何为

一九八三年四月十一日

文物编号
DX010614

---

①何为（1922－　）：作家。原名何振业。浙江定海人。著有《第二次考试》、《青弋江》、《临窗集》、《小树与大地》等作品。曾任中国作家协会福建分会副主席。

巴金同志：

不久前收到徐迟[2]同志寄来的《湖北画报》，看到您伏案工作的照片，仔细看了书桌上的小物件，似乎我终于进入您的书房里，霎时间受到极大感动。昨日又从邮局领回您寄赠的十卷选集，这真是一笔精神财富的赠予，多么巨大的一笔精神财富！这十大卷排列在我的书桌前，如同一座辉煌的文学碑，使我感到生命充实，精神奋发，我将从中汲取无穷的力量，为此，我向您深深致谢！

去年我出版一本小集子，一直不敢寄上求正，现在收到您惠赠的十大卷之后，再寄上我这本小书，简直是太不相称了，但我还是鼓起勇气付邮奉呈，主要是因为该书下辑有一文谈到您编选的画册《西班牙的黎明》，这是一篇小学生的作文，我想大师是不会见笑的。

去年我在上海拜访您以后，意外地听说您受伤住院，因为怕您干扰太多，影响休息，终于没有去探望您。但我通过遇到的每一个熟人，请代为带去我对您的衷心问候。最近听说您已渐趋康复，并已出院，感到莫大欣慰。祝愿您不但在八十大庆前完成预定计划，并制订另一个十年计划，正如徐迟在画报中著文所说，你是“我们时代的一位说真话的大勇者”，在上海时他也对我说过这句话。愿您不断引领我们在文学道路上前进，更重要的是在人生大道上前进。

敬祝

健康长寿！

何为

一九八三年四月十一日

②徐迟（1914—1996）：作家。原名商寿。浙江吴兴人。有《武装的农村》、《最强音》、《一个春天的旅行》、《哥德巴赫猜想》等小说、诗歌、散文、报告文学等作品集留世。曾任《诗刊》副主编。

胡风[1]致巴金（之一）

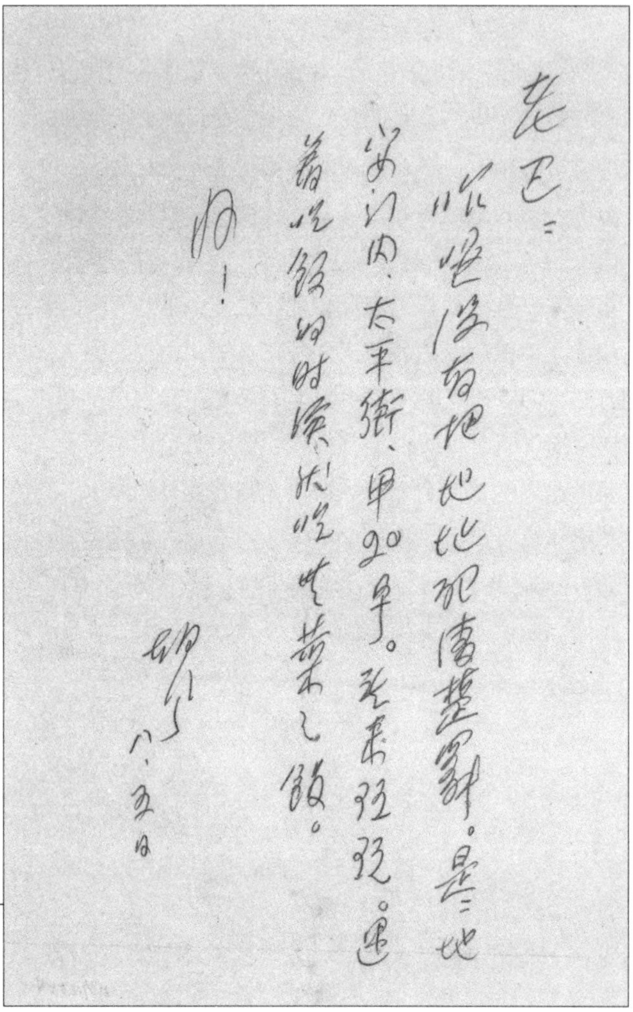
老巴：
昨晚没有把地址记清楚罢。是：地安门内、太平街、甲20号。望来玩玩。遇着吃饭的时候，就吃无菜之饭。
好！
胡风
八·五日

文物编号
DX002754

老巴：

昨晚没有把地址记清楚罢。是：地安门内太平街甲20号。望来玩玩。遇着吃饭的时候，就吃无菜之饭。

好！

胡 风

八·五日

[1]胡风（1902–1985）：作家、翻译家。原名张光人。笔名谷非、高荒。湖北 蕲春人。著译有《野花与箭》、《棘源草》、《文艺笔谈》、《山灵》等作品。曾任中国艺术研究院和中国作家协会顾问。

胡风致巴金（之二）

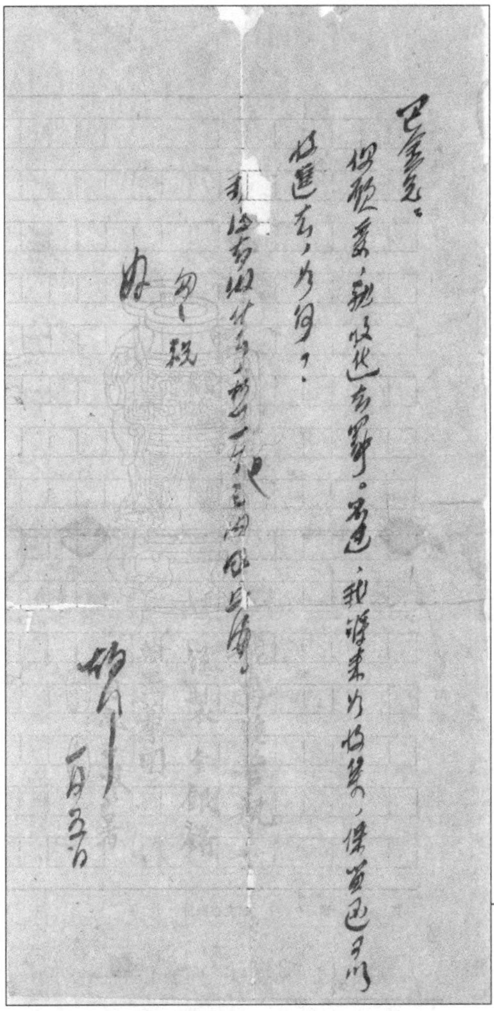

文物编号
DX002755

巴金兄：

你愿要，就收进去罢。不过，我将来如收集，保留还可以收进去，如何？

我没有做什么，想一个月之内回上海。

匆祝

好！

胡 风

一月五日

黄裳致巴金

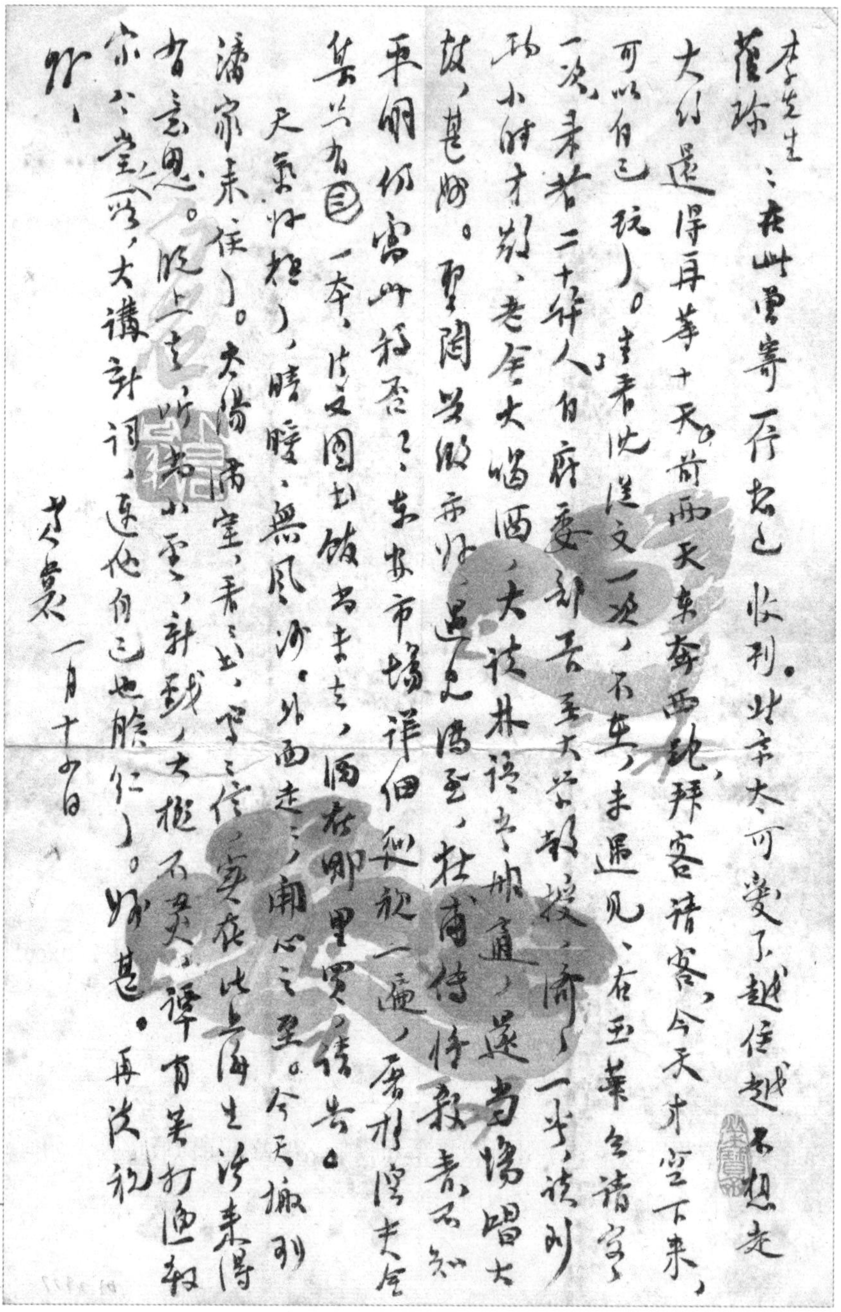

文物编号
DX002977

李先生
蕴　珍：

在此曾寄一信想已收到。北京太可爱了，越住越不想走，大约还得再等十天。前两天东奔西跑，拜客请客，今天才空下来，可以自己玩了。去看沈从文一次，不在，未遇见。在玉华台请客一次，来者二十许人；自府委部长至大学教授，济济一堂，谈到两小时才散，老舍①大喝酒，大谈林语堂②、胡适③，还当场唱大鼓，甚妙。圣陶④兴致亦好，遇见冯至。《杜甫传》将杀青，不知平明仍需此稿否？东安市场详细巡视一遍，《屠格涅夫全集》只有一本，法文图书馆尚未去，酒在哪里买，请告。

天气好极了，晴暖，无风沙，外面走走，开心之至。今天搬到潘家来住了。太阳满室，看看书，写写信，实在比上海生活来得有意思。晚上去听尚小云⑤，新戏，大概不灵，谭富英⑥打渔杀家公堂一段，大讲新词，连他自己也脸红了。妙甚。再谈

祝
好！

黄　裳
一月十四日

①老舍（1899—1966）：作家。原名舒庆春，字舍予。满族。北京人。著有《骆驼祥子》、《离婚》、《四世同堂》、《鼓书艺人》、《龙须沟》、《茶馆》等作品。曾任中国文联副主席、中国作家协会副主席、北京市文联主席等职。

②林语堂（1895—1976）：作家，学者。原名和乐，笔名毛驴、宰予、岂青等。福建漳州人。著有《京华烟云》等名作。

③胡适（1981—1962）：学者。原名胡洪（马辛），字适之。安徽绩溪人。以倡导“五四”文学革命名闻于世。著作有《中国哲学史大纲》、《白话文学史》、《尝试集》等。曾任北京大学校长、台湾中央研究院院长等职。

④圣陶，即叶圣陶（1894—1988）：作家、教育家。原名叶绍钧。江苏苏州人。著有《隔膜》、《倪焕之》、《剑鞘》、《雪朝》、《未厌集》、《古代英雄的石像》等作品。曾任中华全国文艺界协会总务部主任、国家出版总署副署长、教育部副部长、人民教育出版社社长、全国政协副主席、中央文史馆馆长、中国民主促进会主席等职。

⑤尚小云（1900—1976）：京剧表演艺术家。名德泉，字绮霞。河北南宫人。著名的四大名旦之一。擅长剧目有《昭君出塞》、《秦良玉》、《战金山》等。

⑥谭富英（1906—1967）：京剧表演艺术家。名豫升，小名升格。湖北江夏人。著名的四大须生之一。擅长剧目有《失空斩》、《定军山》、《击鼓骂曹》、《四郎探母》、《群英会》、《将相和》等。曾任北京京剧团副团长。

黄源致巴金（之一）

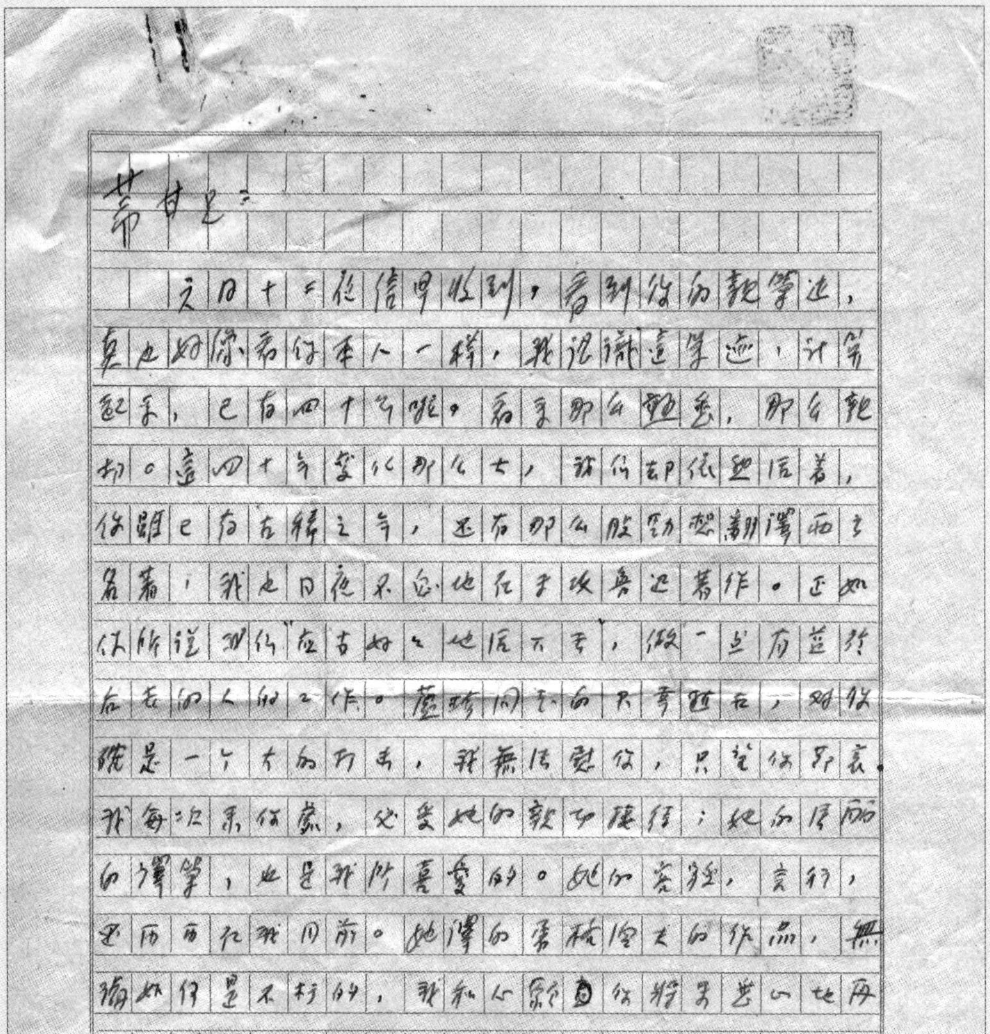

芾甘兄：

　　六月十六日信早收到，看到你的亲笔迹，真也好像看你本人一样。我认识这笔迹，计算起来，已有四十多年了。看了那么熟悉，那么亲切。这四十年变化那么大，我们却依然活着，你虽已有古稀之年，还有那么殷勤地翻译和写着，我也日夜不息地在手改鲁迅著作。正如你所说我们应当好好地活下去，做一点有益于后来的人的工作。蕴珍同志的不幸逝去，对你就是一个大的打击，我无法慰你，只望你节哀。我每次来你家，总受她的款切接待；她的简丽的译笔，也是我所喜爱的。她的容貌，言行，还历历在我目前。她译的屠格涅夫的作品，无论如何是不朽的，我私心寄望你将来些小也再为她校阅，加工，保留下来，后来的人们依然会喜阅的。（[illegible]）

　　我的孩子黄明明今天下午来沪，我叫他来拜访你，以后我再自己来问候你。言不尽意，将来面谈吧。祝你好！

[illegible]

七月六日

杭州教育文化用品商店制　20×20＝400

文物编号
DX003013

芾甘兄：

六月十二夜信早收到，看到你的亲笔迹，真也好像看你本人一样，我认识这笔迹，计算起来，已有四十年啦。看来那么熟悉，那么亲切。这四十年变化那么大，我们却依然活着。你虽已有古稀之年，还有那么股劲想翻译西方名著，我也日夜不息地在专攻鲁迅著作。正如你所说我们“应当好好地活下去”，做一点有益于后世的人的工作。蕴珍同志的不幸逝世，对你确是一个大的打击，我无法慰你，只望你节哀。我每次来你家，必受她的亲切接待；她的清丽的译笔，也是我所喜爱的。她的容貌、言行，还历历在我目前。她译的屠格涅夫的作品，无论如何是不朽的，我私心愿你将来悉心地再为她校阅、加工，保留下来，后世的人们依然会喜阅的。

我的孩子黄明明今天下午来沪（他是食品厂的工人，来沪交流技术经验的），我叫他来拜访你，以后我再自己来问候你。言不尽意，将来面谈吧。祝你好！

河清

七月一日

黄源致巴金（之二）

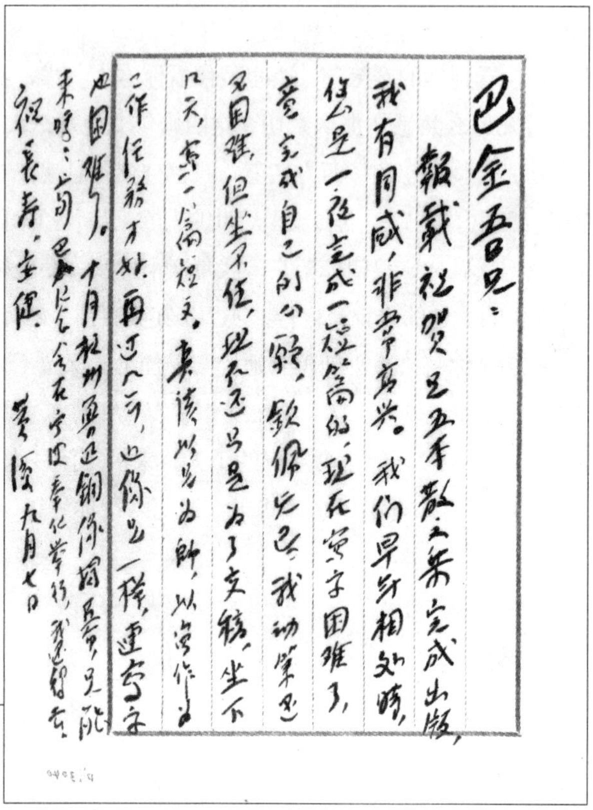

文物编号
DX003040

巴金吾兄：

报载祝贺兄五本散文集完成出版，我有同感，非常高兴。我们早年相处时，您是一夜完成一短篇的，现在写字困难了，竟完成自己的心愿，钦佩无已。我动笔还不困难，但坐不住，现在还只是为了交稿，坐下几天，写一篇短文。真该以兄为师，以写作为工作任务才好。再过几年，也像兄一样，连写字也困难了。十月杭州鲁迅铜像揭幕，兄能来吗？上旬巴人①纪念会在宁波奉化举行，我还得去。

祝长寿、安健。

黄 源

九月七日

①巴人（1901—1972）：作家。原名王任叔。浙江奉化人。在小说、诗歌、杂文、剧本创作和文艺理论研究方面均有建树。曾任驻印度尼西亚大使、人民文学出版社社长等职。

J

江林[1]致巴金

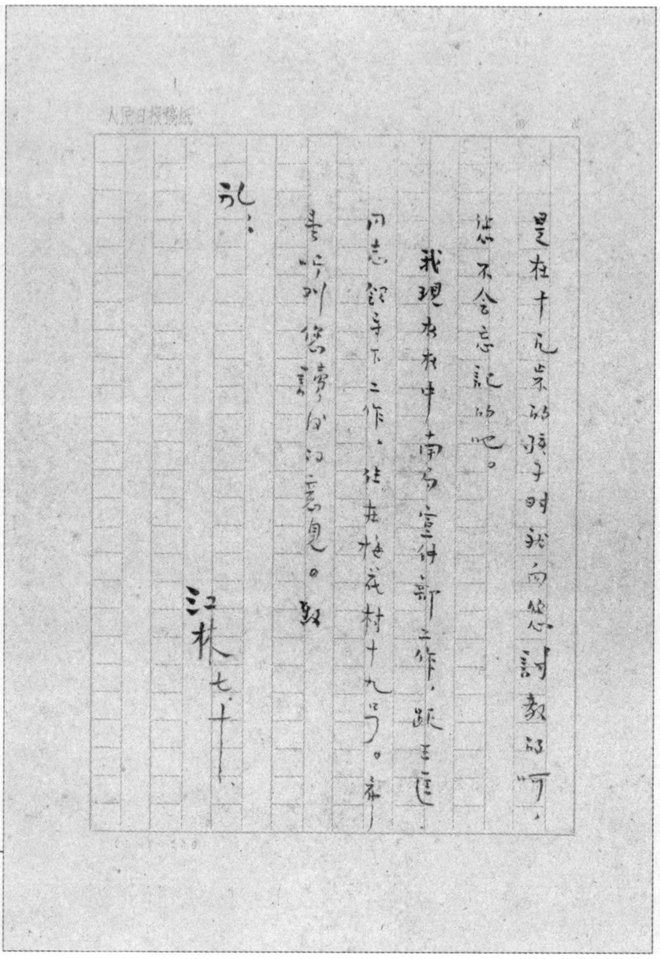
人民日报稿纸

是在十几岁的孩子时就向您讨教的呵，您不会忘记的吧。

我现在在中南局宣传部工作，跟王匡同志领导下工作，住在梅花村十九号。希望听到您读后的意见。致

礼！

江林

七.十一.

文物编号
DX002826

巴金同志：

您两次到广州，都没有机会见到你，真遗憾。我近几年用林遐的笔名，学着写了一些散文，作家出版社给出了一本小册子叫《山水阳光》，给您寄上一册，是由菡子[2]同志转的，她来信说在乡下，不知道什么时候才能转到您的手里。我很希望您能抽暇看看，给我提点意见。我是在十几岁的孩子时就向您讨教的呵，您不会忘记的吧。

①江林（1921—1970）：作家。原名刘才洲。笔名江林、林遐。河北束鹿人。著有《风雷小记》、《山水阳光》、《林遐散文选》等作品。曾任《南方日报》副刊主任，《羊城晚报》秘书长。

②菡子（1921—2003）：作家。原名方晓。江苏溧阳人。有《群像》、《前线的颂歌》等作品集。曾任中国作家协会上海分会副主席。

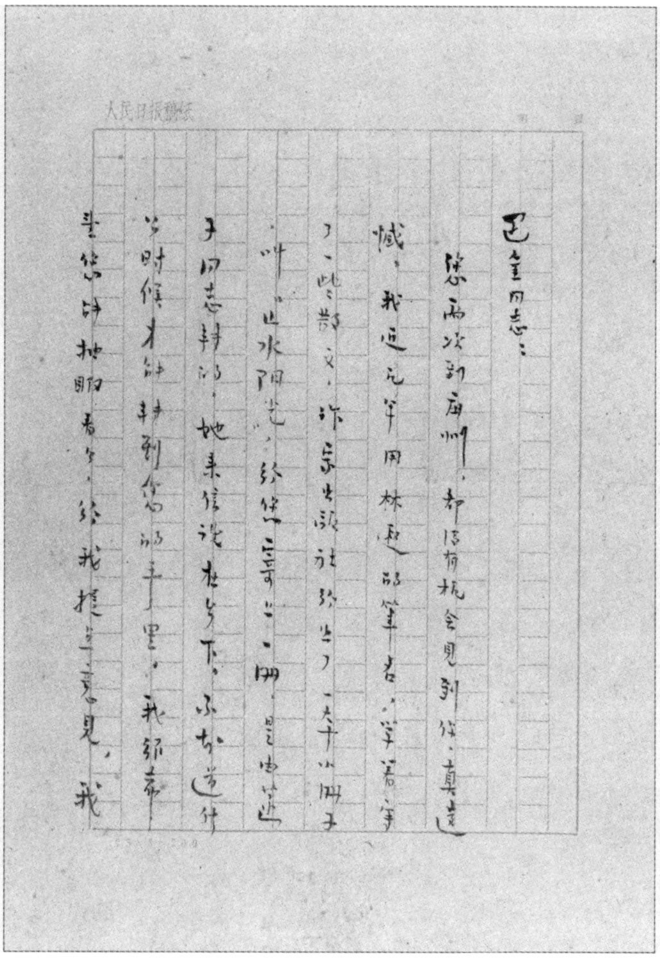
人民日报稿纸

巴金同志：

您两次到广州，都没有机会见到你，真遗憾。我这几年用林遐的笔名，写着写了一些散文，作家出版社给出了一本小册子叫《山水阳光》，给您寄上一册，是由[illegible]子同志转的。她来信说在乡下，不知道什么时候才能转到您的手里。我却希望您能抽暇看看，给我提些意见，我

我现在在中南局宣传部工作，跟王匡同志领导下工作。住在梅花村十九号。希望听到您读后的意见。

致

礼！

江林

七·十

蒋牧良[1]致巴金

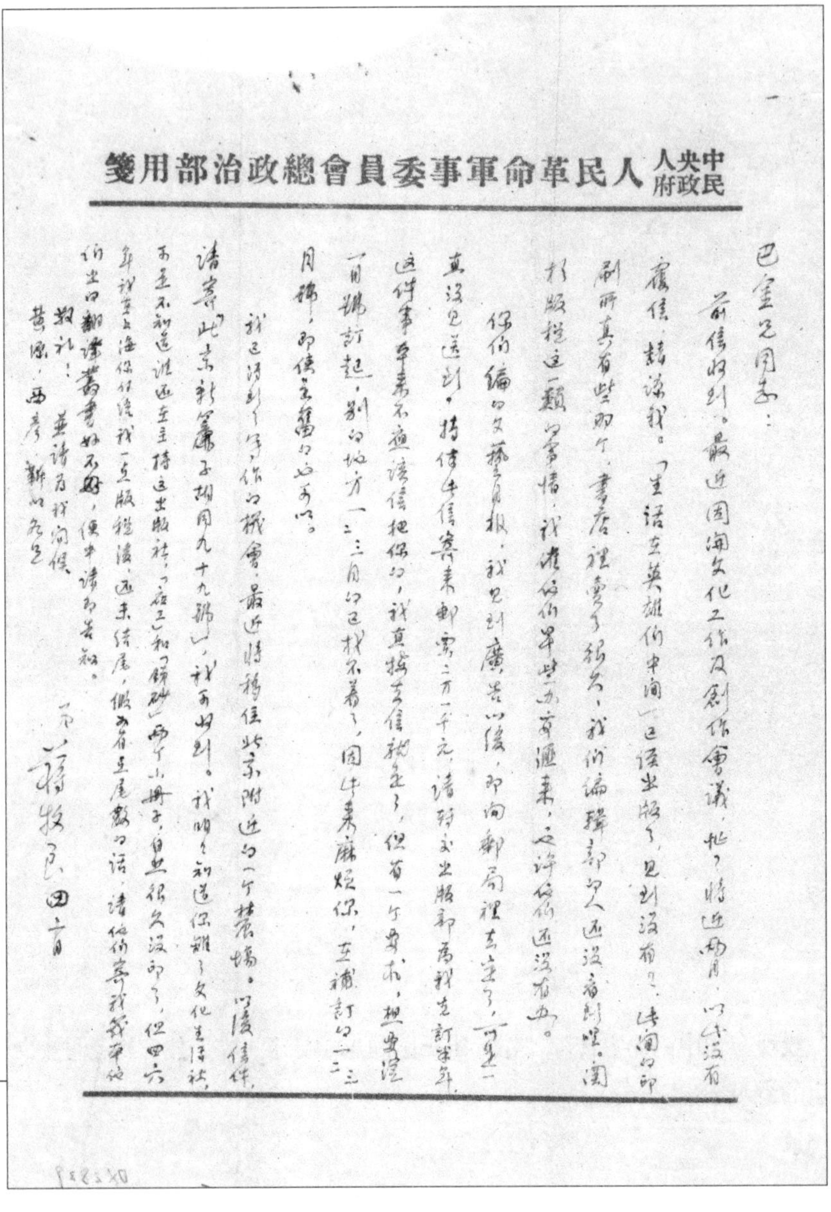

中央人民政府人民革命軍事委員會總政治部用箋

巴金兄同志：

前信收到。最近因開文化工作及劇作會議，忙了將近兩月，以致沒有覆信，請諒我。《生活在英雄們中間》已經出版了，見到沒有？漢口的印刷所真有些那個，書店裡賣了很久，我們編輯部的人還沒有到哩。關於增版這一類的事情，我準備你們早些出個匯集，也許你們還沒有出。

你們編的文藝月報，我見到廣告以後，即向郵局裡去定了，可是一直沒見送到。特將此信寄來郵票二万一千元，請轉交出版部，為我去訂半年。這件事本來不應該這樣麻煩你的，我直接去信就是了，但有一個要求，想要從一月號訂起，別的地方一二三月的已找不著了，因此來麻煩你，並補訂的一二三月號，即使是舊的也可以。

我還得到了寫作的機會，最近將移住北京附近的一個林場。以後信件，請寄北京新箋子胡同九十九號。我明了知道你離了文化生活社，而且不知道誰還在主持這出版社，《在土》和《鐵砂》兩個小冊子，自然很久沒印了，但四六年我在上海你曾答應我再版，從前繼續，還未結底，假如有存底數的話，請他們寄我幾本。他們出的翻譯書好不好，便中請為告知。

敬禮！並請為我問候

蕴珍、西彦、靳以兄

弟 蔣牧良 四 六日

文物编号
DX002829

①蒋牧良（1901—1973）：作家。原名蒋希仲。湖南涟源人。著有《夜工》、《强行军》、《铁流在西线》、《老秀才》等作品。曾任中国作家协会湖南分会主席、湖南省文联副主席等职。

巴金兄同志：

前信收到。最近因开文化工作及创作会议，忙了将近两月，以此没有复信，请谅我。《生活在英雄们中间》已经出版了，见到没有？此间的印刷所真有些那个，书店里卖了很久，我们编辑部的人还没看到哩。关于版税这一类的事情，我催他们早些办妥汇来，也许他们还没有办。

你们编的《文艺月报》，我见到广告以后，即向邮局里去定[订]了，可是一直没见送到，特伴此信寄来邮票二万一千元，请转交出版部为我先订半年。这件事本来不应该信把你的，我直接去信就是了，但有一个要求，想要从一月号订起，别的地方一二三月的已找不着了，因此来麻烦你，在[再]补订的一二三月号，即使是旧的也可以。

我已得到了写作的机会，最近将移住北京附近的一个农场。以后信件，请寄“北京新帘子胡同九十九号”我可收到。我明明知道你离了文化生活社，可是不知道谁还在主持这出版社，《夜工》和《锑砂》两个小册子，自然很久没印了，但四六年我在上海你付给我一点版税后，还未结尾，假如有点尾数的话，请他们寄我几本他们出的翻译丛书好不好，便中请即告知。

敬礼！

并请为我问候黄源、西彦、靳以各兄。

弟 蒋牧良

四·一日

焦菊隐[①]致巴金（之一）

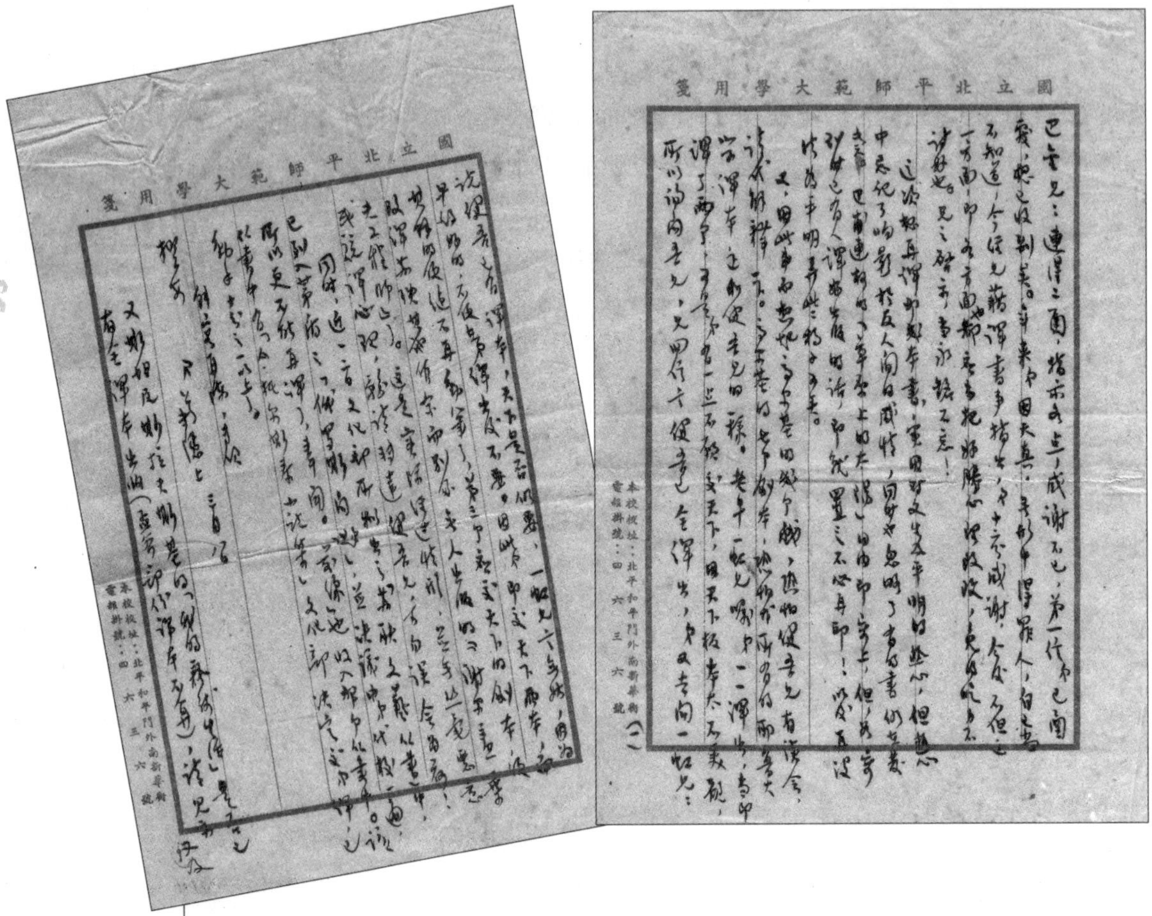

國立北平師範大學用箋

國立北平師範大學用箋

文物编号
DX002901

巴金兄：

连得二函，指示各点，感谢不已。第一信弟已函覆[复]，想已收到矣。年来弟因天真，无形中得罪人，自己尚不知道，今经兄藉译书事指出，弟十二分感谢。今后不但这一方面，即各方面也都应当把好胜心理改改，免得吃力不讨好也。兄之启示，当永铭不忘！

①焦菊隐（1905—1975）：导演艺术家、戏剧理论家、翻译家。原名焦承志。天津人。导演有《雷雨》、《上海屋檐下》、《龙须沟》、《茶馆》、《蔡文姬》、《武则天》等剧作，著有《论戏剧批评》、《戏剧运动在今天》等论文，有《安魂曲》、《万尼亚舅舅》、《樱桃园》、《娜娜》等译作。曾任北京人民艺术剧院第一副院长、总导演。全国政协委员。

这次想再译那几本书，实因对文生及平明的热心，但热心中忘记了影响于友人间的感情，同时也忽略了有的书仍在发此文。巴甫连柯的《草原上的太阳》日内即寄上，但，如寄到时已有人译好出版的话，即就置之不必再印！以后再设法为平明弄些稿子可矣。

又，因此事而想起高尔基的几个戏，恐怕健吾兄有误会，请代解释一下。高尔基的七个剧本，恐怕我所有的耶鲁大学译本，正和健吾兄的一样。老早一虹①兄嘱弟一一译出，当即译了两个，可是弟有一点不愿交天下，因天下板[版]本太不美观，所以询问吾兄，兄回信言健吾已全译出，弟又去问一虹兄：说健吾已有译本，天下是否仍要，一虹兄言无妨，因为早约好的，不便在弟译出后不要。因此弟即交天下两本，而其余的便绝不再动笔了。第三个应交天下的剧本，便改译苏联其它[他]作家而别处无人出版的《谢尔盖叶夫工程师》了。这是实际经过情形，并无丝毫恶意或竞译心理，务请转达健吾兄，万勿误会为荷！

同时，近一二日文化部所拟出之“苏联文艺丛书”中，已列入茅盾之《俄罗斯问题》，并决议由弟代校一遍，所以更不能再译了，奉闻。《前线》也收入那个丛书中。该丛书有《A．托尔斯泰小说集》，文化部决定交弟译，已动手十分之一以上了。

余容再陈，专颂

撰安

弟 菊隐上

三月八日

又：斯坦尼斯拉夫斯基的《我的艺术生活》是否已有全译本出版（孟斧部份[分]译本不算），请见示。又及

①一虹，即葛一虹（1913—2005）：戏剧理论家。原名葛曾济，字作舟，号巨川。上海嘉定人。有《五四运动后中国现代话剧的创作与发展》等专著和《作家与社会》、《列宁论文艺》等译作。曾任中国艺术研究院顾问、外国文艺研究所所长、话剧研究所所长等职。

焦菊隐致巴金（之二）

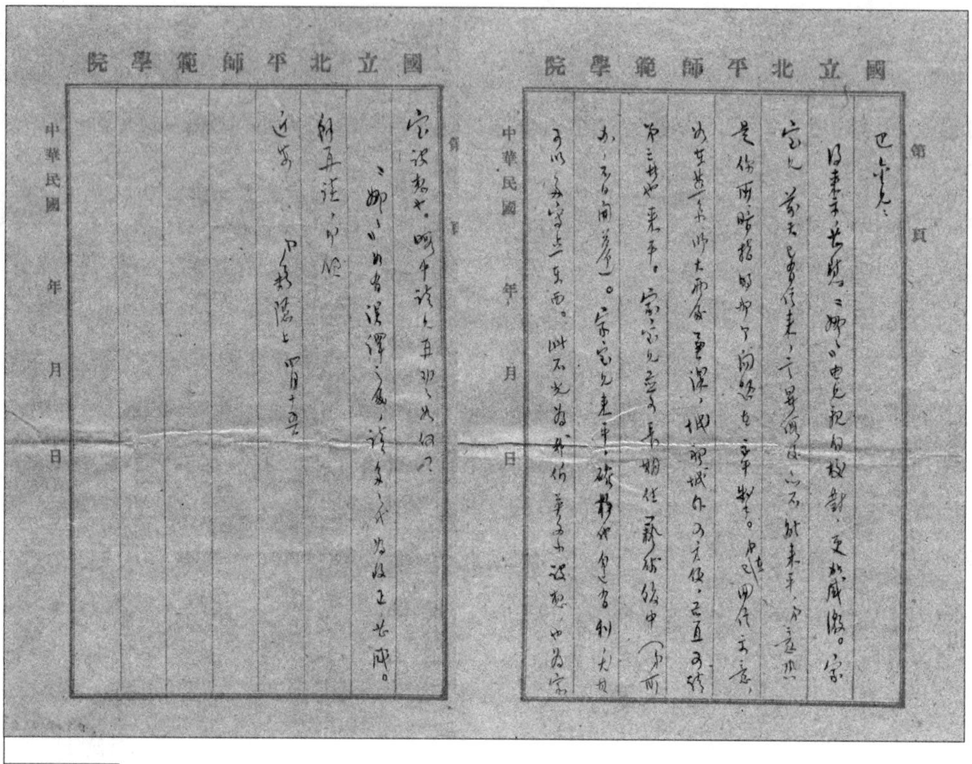

文物编号
DX002904

巴金兄：

得来示，甚慰。《娜娜》由兄亲自校对，更加感激。家宝兄前天已有信来，言暑假后亦不能来平，弟意恐是你所暗指的那个问题在牵掣。弟已在回信示意，如在燕京师大两处兼课，城里城外不方便，并且可请弟三者也来平。家宝兄应可长期住艺术馆中（弟所办，不日开幕）。家宝兄来平，确于他自己有利。尤其可以多写点东西。此不光为我们华文系设想，也为家宝设想也。暇中请兄再劝劝如何？

《娜娜》如有误译之处，请多多代为改正，甚感。余再谈。

即颂

近安

弟　菊隐上

四月十五日

焦菊隐致巴金（之三）

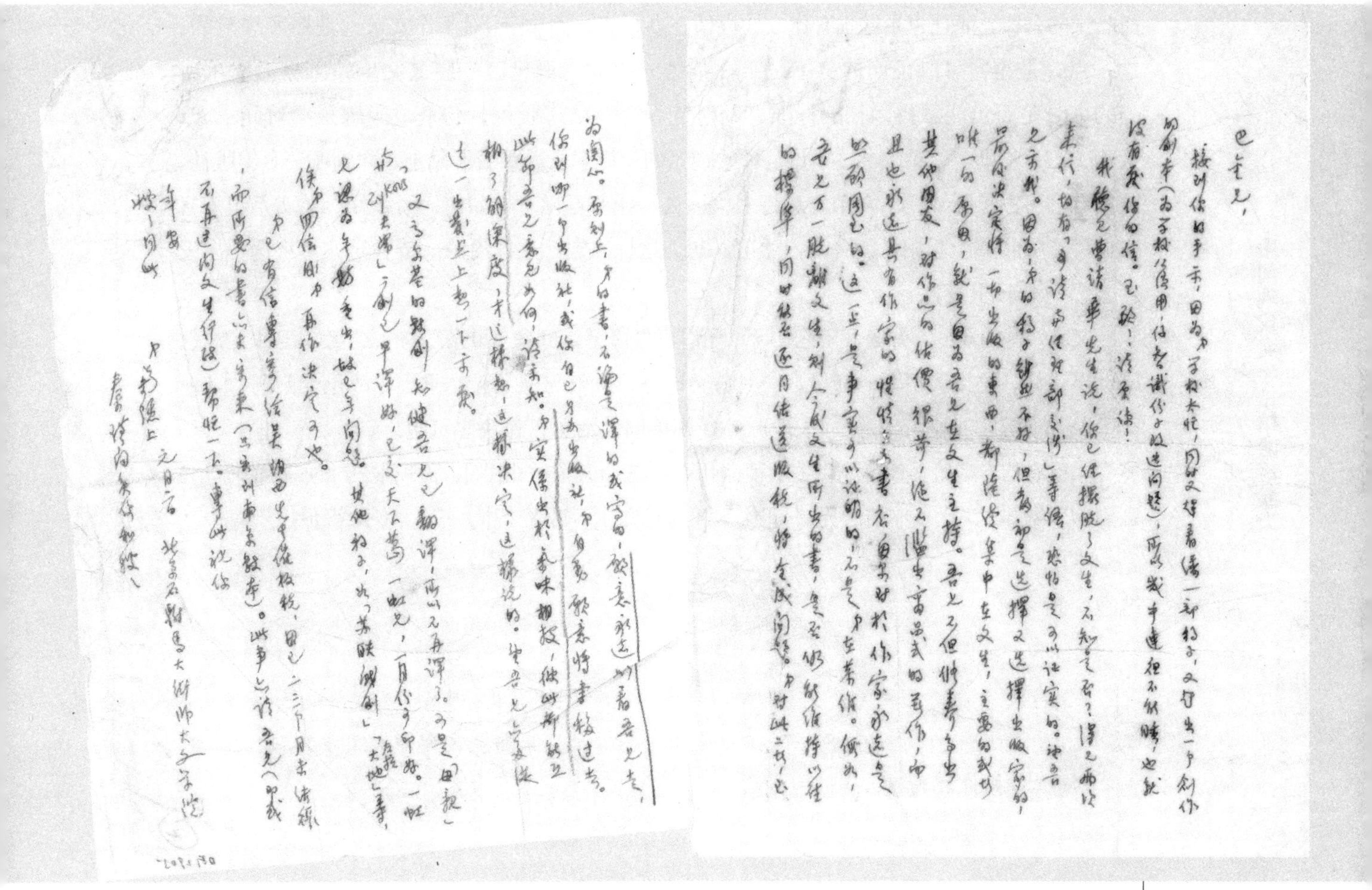

文物编号
DX002905

巴金兄：

接到你的手示，因为弟学校太忙，同时又赶着翻一部稿子，又赶出一个创作的剧本（为学校公演用，系知识分子改造问题），所以几乎连夜不能睡，也就没有覆[复]你的信。至歉！请原谅！

我听见曹靖华先生说，你已经摆脱了文生，不知是否？得兄两次来信，均有“请与经理部交涉”等语，恐怕是可以证实的。望吾兄示我。因为，弟的稿子虽然不好，但当初是选择又选择出版家的，最后决定将一切出版的东西，都陆续集中在文生，主要的或者唯一的原因，就是因为吾兄在文生主持。吾兄不但修养高出其它[他]朋友，对作品的估价很苛，绝不滥出商品式的著作，而且也永远具有作家的性情在办书店，因尔[而]对于作家永远是照顾周至的。这一点，是事实可以证明的，不是弟在恭维。假如，吾兄万一脱离文生，则今后文生所出的书，是否仍能维持以往的标准，同时能否逐月结送版税，将全成问题。弟对此二者，至为关心。原则上，弟的书，不论是译的或写的，愿意永远跟着吾兄走，你到哪一个出版社，或你自己另办出版社，弟自动愿意将书移过去。此节吾兄意见如何，请示知。弟实系出于气味相投，彼此都能互相了解深度，才这样想，这样决定，这样说的。望吾兄亦多从这一出发点上想一下示覆[复]。

又高尔基的戏剧，知健吾兄已翻译，所以不再译了。可是《母亲》与《ZYKOVS 夫妇》之剧已早译好，已交天下葛一虹兄，一月份可印好。一虹兄认为无妨重出，故已无问题，其他稿子，如《苏联戏剧》、左拉《大地》等，俟弟回信后弟再作决定可也。

弟已有信专寄给吴朗西先生催版税，因已二三个月未结帐[账]，而所要的书亦未寄来（只寄到南京数本）。此事亦请吾兄（即或不再过问文生行政）帮忙一下。专此祝你

平安

嫂嫂同此

弟 菊隐上

元月二日

北京石附马大街师大文学院

秦瑾[1]问候你和嫂嫂。

①秦瑾，焦菊隐夫人。

焦菊隐致巴金（之四）

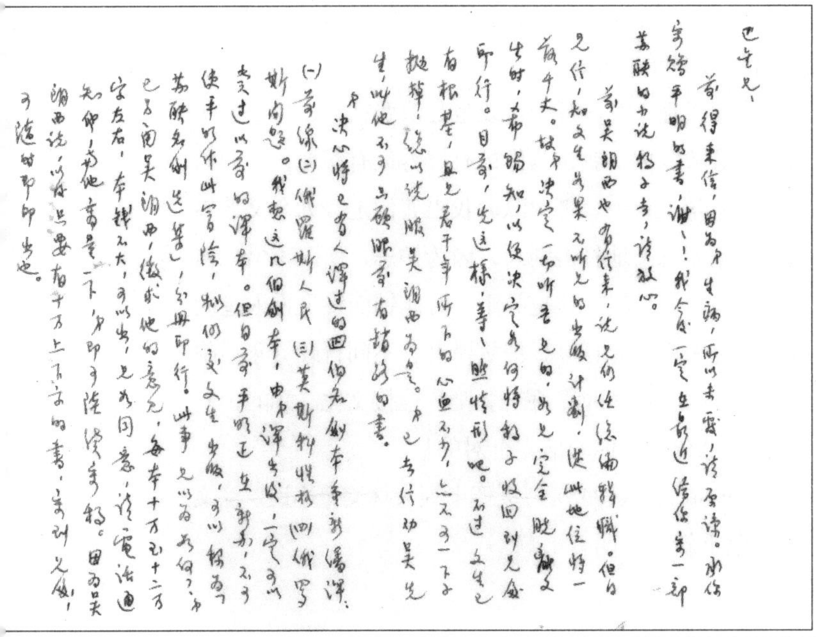

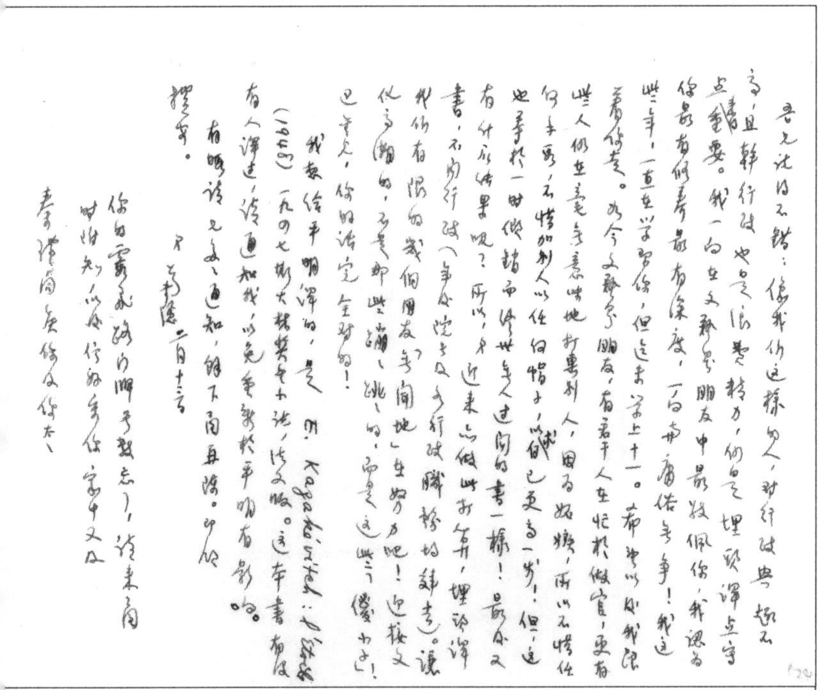

文物编号
DX002906

巴金兄：

前得来信，因为弟生病，所以未覆[复]，请原谅。承你寄赠平明的书，谢谢！我今后一定在最近给你寄一部苏联的小说稿子去，请放心。

前吴朗西也有信来，说兄仍任总编辑职。但得兄信，知文生如果不听兄的出版计划，从此地位将一落千丈。故弟决定一切听吾兄的，如兄完全脱离文生时，希赐知，以便决定如何将稿子收回到兄处印行。目前，先这样，等等瞧情形吧。不过文生已有根基，且兄若干年所下的心血不少，亦不可一下子抛掉，总以说服吴朗西为是。弟已去信劝吴先生，叫他不可只顾眼前有销路的书。

弟决心将已有人译过的四个名剧本重新翻译：（一）《前线》、（二）《俄罗斯人民》、（三）《莫斯科性格》、（四）《俄罗斯问题》。我想这几个剧本，由弟译出后，一定可以卖过以前的译本。但目前平明正在新办，不可使平明作此冒险，拟仍交文生出版，可以称为《苏联名剧选集》，分册印行。此事兄以为如何？弟已另函吴朗西，征求他的意见。每本十万至十二万字左右，本钱不大，可以出，兄如同意，请电话通知他，与他商量一下，弟即可陆续寄稿。因为吴朗西说，以后只要有十万上下的书，寄到兄处，可随时即印出也。

吾兄说得不错，像我们这样的人，对行政兴趣不高，且干行政也是浪费精力，仍是埋头译点写点来得重要。我一向在文艺界朋友中最敬佩你，我认为你最有修养最有深度，一向与庸俗无争！我这些年，一直在学习你，但迄未学上十一。希望以后我跟着你走。如今文艺界朋友，有若干人在忙于做官，更有些人仍在毫无意义地打击别人，因为妒忌，所以不惜任何手段，不惜加别人以任何帽子，以求自己更高一步！但，这也等于一时倾销而终世无人过问的书一样！最后又有什么结果呢？所以，弟近来亦做此打算，埋头译书，不问行政（年后院长及各行政职务均辞去）。让我们有限的几个朋友“无闻地”在努力吧！迎接文化高潮的，不是那些蹦蹦跳跳的，而是这些“傻小子”！巴金兄，你的话完全对的！

我想给平明译的，是E.kagake vrfeh:I storle (1948),一九四七斯大林奖金小说，法文版。这本书有没有人译过，请通知我，以免重新于平明有影响。

有暇请兄多多通知，余下函再陈。即颂

撰安。

弟 菊隐

二月十三日

你的霞飞路门牌号数忘了，请来函时附知，以后信好寄你家中。又及

秦　问候你及你太太。

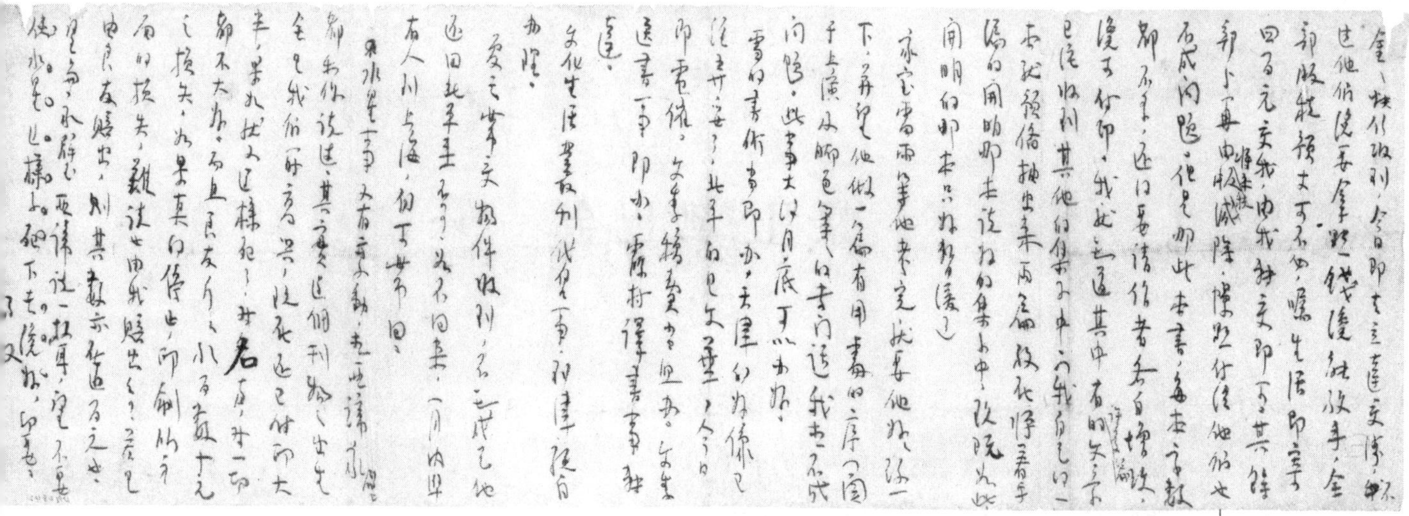

文物编号
DX002842

靳以致巴金

金：

快信收到，今日即去立达交涉，不过他们说要拿点钱才能放手，全部版税预支可不必，嘱“生活”即寄四百元交我，由我转交即可。其余部分再由将来版税减除，慢点付给他们也不成问题。但是那些本书，每本字数都不多，还得要请作者各自增改，才可付印。我就知道其中有许多篇的文章已经收到其他的集子中。（我自己的一本就预备抽出来两篇放在将着手编的开明那本说好的集子中，现既如此，开明的那本只好暂缓了。）

家宝《雷雨》等他考完就要他好好改一下，并望他做一篇有用处的序（关于上演及脚[角]色等等的专门话），我想不成问题。此事大约月底可以办好。

《雪》的书价当即办，天津的好像已经弄妥了，北平的是文华，今日即电催。《文季》稿费当照办。《文季》送书事即办。霞村译书事转达。

《文化生活丛刊》代售事，到津亲自办理。

夏天带交物件收到，不知成己他还回北平来否？如不回来，一月内准有人到上海，自可带回。

《水星》事又有变动，想西谛[①]、家璧[②]都和你说过，其实这个刊物之出生，全是我们一时高兴，现在还已付印大半，果如就又这样死了，对名声，对一切都不大好。而且《良友》斤斤于百数十元之损失，如果真的停止，印刷所方面的损失，难说也由我赔出么？若是由《良友》赔出，则其数亦在近百元也。望与家璧、西谛说一声，望不要使《水星》这样子死下去才好，切要。

方叙

①西谛，即郑振铎。

②家璧，即赵家璧（1908—1997）：出版家、编辑家。笔名筱延。上海松江人。主编、出版了《一角丛书》、《良友文学丛书》，1936 年组织郑振铎等著名作家编选了《中国新文学大系》。1947 年与老舍在上海创建晨光出版公司，编辑出版了《晨光文学丛书》和《晨光世界文学丛书》等。

景凡[1]致巴金

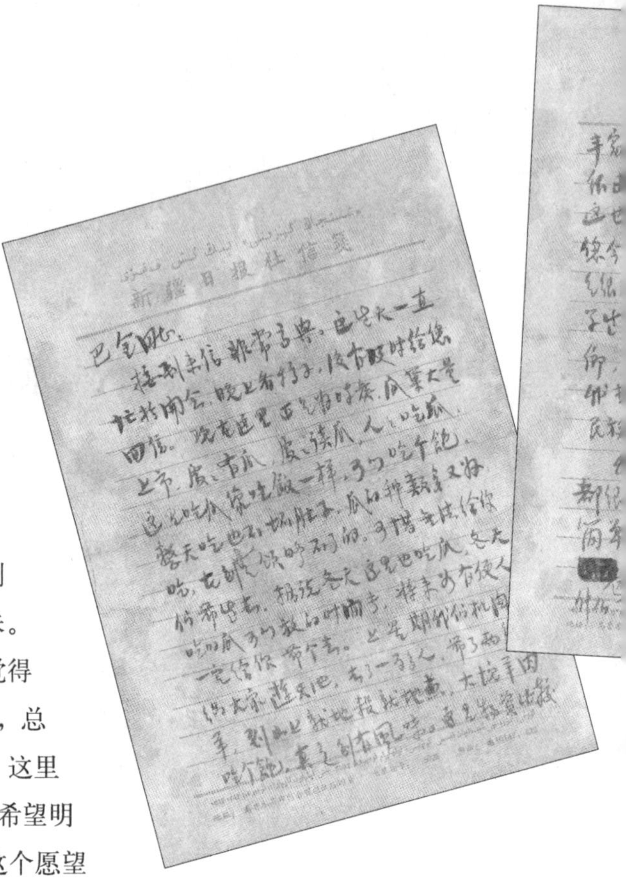
新疆日报社信笺

巴金同志：

接到来信非常高兴。这些天一直忙于开会，晚上看稿子，没有及时给您回信。现在这里正是好时候，瓜果大量上市，处处有瓜，处处谈瓜，人人吃瓜。这里吃瓜像吃饭一样，可以吃个饱，整天吃也不坏肚子，瓜的种类多，又好吃，在别处是领略不了的。可惜无法给你们带些去。据说冬天这里也吃瓜，冬天吃的瓜可以放的时间长，将来如有便人一定给你带个去。上星期我们机关组织大家游天池，去了一百多人，带了两只活羊，到山上就地杀就地煮，大坨羊肉吃个饱，真是别有风味。这里物资比较丰富，生活形式似乎有点粗放，但我觉得很过瘾，有时还觉得比江南够味一些。这也许是偏见，总之这里的确不错，您今年不能来，明年一定来一趟，这里是很值得看看值得领略领略的。我已决心学些维语，希望明年您来时，我陪您下乡，至少生活上不另找翻译，这个愿望我想是可能实现的。在这里工作不学民族语言也是不好的。

我在这里除工作忙些外，生活身体都很好。孩子还在北京，我在这里生活简单，也没有多少去处，无事就多看看稿子，还要做些领导工作，自己更写不成什么了。最近想写点通讯，也不能集中时间，最近又要我去北京调干部，可能日内动身，拟十月初回来，不知您国庆前后去不去北京，如去京，还可能在京见面。我约十五日到京，你如去京，望告诉我一下，信仍交《人民日报》文艺部转我。

前几天我在图书馆看到你们在靳以同志去世后不久为他编的一个集子——《热情的赞歌》(由于去年我在乡里劳动，许多新书都没看见)，读了几篇，非常亲切，引起许多怀念。读他的文章，又像见到了他，像和他面谈一样。您给这本书取名为“热情的赞歌”太恰当了。这中间有许多文章在没有发表之前，我都看过，有的是我经手编的。《上海颂》那一

①景凡，即夏景凡。生卒年月不详。记者。原名夏宗禹。河南禹县人。1947 年从重庆《商务日报》调至解放区，参加了《石家庄日报》的创建。后曾担任《人民日报》副刊编辑、《新疆画报》主编等职。

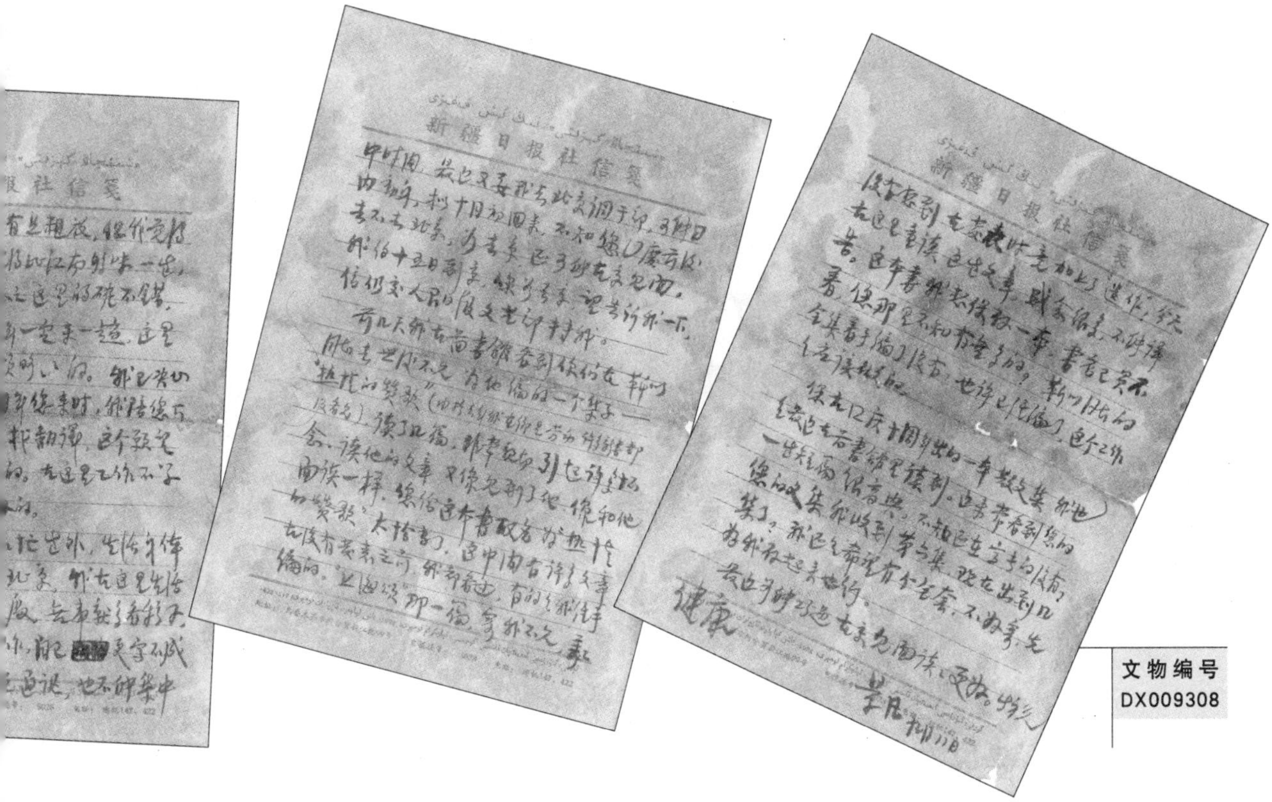

文物编号
DX009308

篇，寄我不久，万万没有想到在发表时竟加上了“遗作”！今天在这里重读这些文章，感念很多，不能详告。这本书我想保存一本，书店已买不着，您那里不知有无多的？靳以同志的全集着手编了没有？也许已经编了，这个工作是应该做的。

您在国庆十周年出的一本散文集，我也是最近在图书馆里读到。近来常看到您的一些短篇，很高兴。不知还在写长的没有？您的文集我收到第六集，现在出到几集了？我还是希望有个全套。不好寄，先为我存起来也行。

最近如能巧遇在京，见面谈谈更好。祝兄

健康

景 凡

九月八日

K

孔罗荪致巴金（之一）

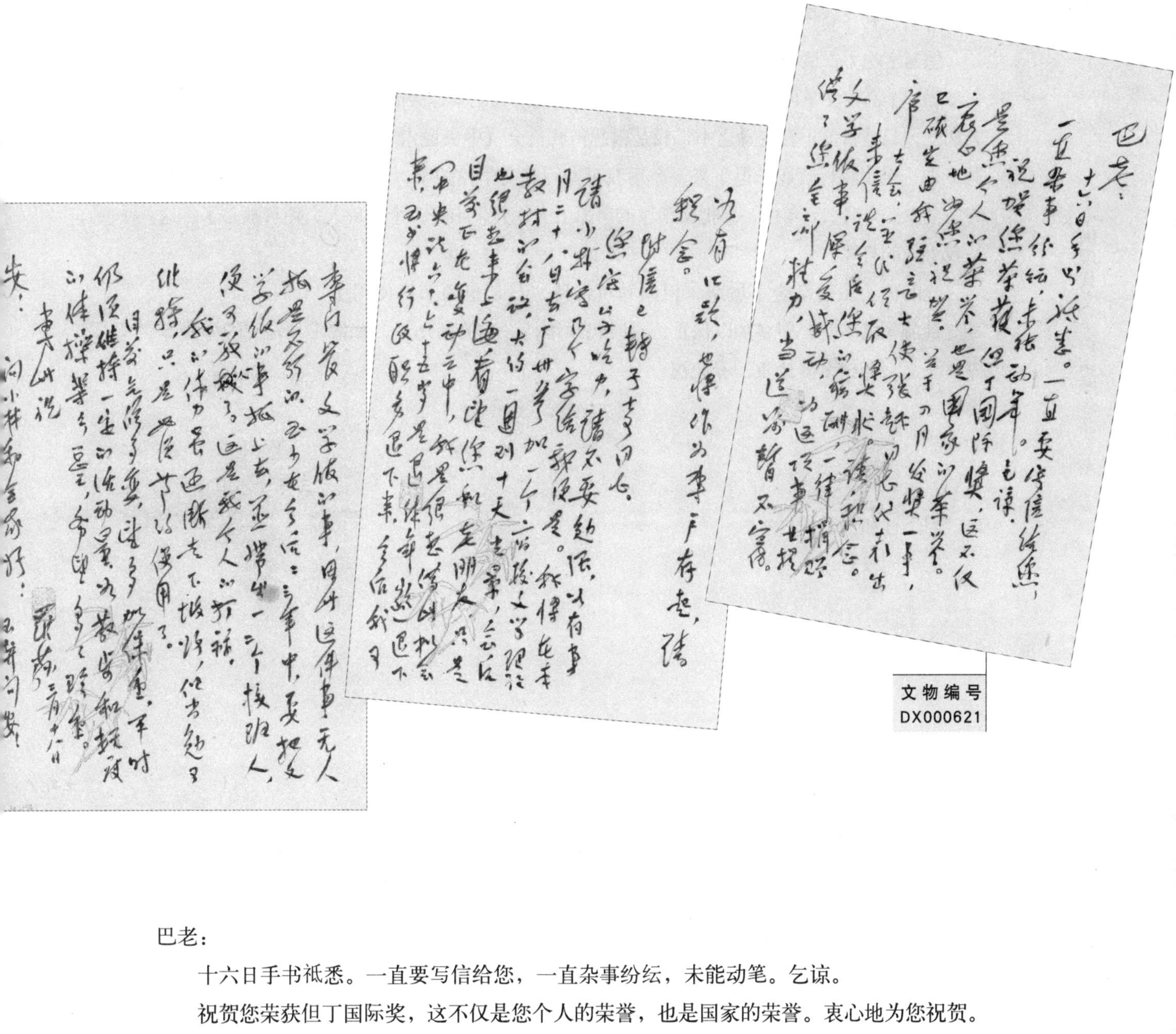

文物编号
DX000621

巴老：

十六日手书祗悉。一直要写信给您，一直杂事纷纭，未能动笔。乞谅。

祝贺您荣获但丁国际奖，这不仅是您个人的荣誉，也是国家的荣誉。衷心地为您祝贺。关于四月发奖一事，已确定由我驻意大使张越同志代表出席大会，并代领取奖状。请释念。

来信说今后您的稿酬，一律捐赠文学馆事，深受感动，为这项事业提供了您全部精力，当遵嘱暂不宣传。

如有汇款，也将作为专户存起，请释念。

附信已转子奇①同志。

您写字吃力，请不要勉强，如有事请小林写几个字给我便是。我将在本月二十八日去广州参加一个高校文学理论教材的会议，大约一周到十天光景，会后也很想来上海，看望您和老朋友，只是目前正在变动之中，我是很想借此机会（中央说六十、六十五岁是退休年龄）退下来，至少将行政职务退下来，今后我可专门管文学馆的事，因此这件事无人抓是不行的，至少在今后二三年中，要把文学馆的事抓上去，并带出一二个接班人，便可放心了。这是我个人的打算。

我的体力虽逐渐走下坡路，但尚勉可维持，只是也须节约使用了。

目前气候多变，望多加以保重。平时仍须维持一定的活动量，如散步和轻度的体操等等，总之，务望多多珍重。专此祝

安！

罗 荪

三月十八日

问小林和全家好！

玉屏问安！

①子奇，即朱子奇（1920—2008）：诗人。曾用名朱智麒，笔名贲格娜、大可、朱文。湖南汝城人。有《怒吼吧，醒狮！》等作品。曾任中国作家协会书记处常务书记、党组副书记，中外文学交流委员会主任等职。

孔罗荪致巴金（之二）

巴老：

您好。

两信均拜悉。知道您返沪后仍在咳嗽，健康情况不大好，十分惦念，这里的同志也都关怀您的健康情况，务祈多加保重，冬季，最好请老中医配点进补的药，银耳对老年人特有效益，最好坚持每天能食用。

读了您的信深受感动，多次提到文学馆能早日实现，我在作协的书记处会上也一再提出。现在是领导上十分重视，除了胡耀邦①同志、习仲勋②同志、乔木③同志外，冯文彬④同志也很重视。他具体提出将北京市原国际俱乐部拨给文学馆作为过渡之用，但是阻力很大。原来那个俱乐部，被北京市委的领导同志作为办公之用。其实市委有那么一座大楼，却要占据这么个俱乐部，实在也是属于不正之风。尽管报纸上宣传不讲面子要讲真理，但是"面子"还是那么值价，这些有权势的人就是碰不得。昨天书记处会上光年越讲越气，主[说]要非碰一碰不可。所以不正之风，要从那[哪]里改起呢，光拍几个苍蝇，介[解]决不了什么问题。唉，我总是在想如果总理在的话，住了五年大板房的问题，早就介[解]决了。口头上讲精神文明，实际上又是另一回事，实在令人气短。会上决定还要继续进行斗争，否则这种事永远介[解]决不了。

关于您答应担任评奖主委一事，大家十分高兴，保证不请您来开会，尽一切可能要保证您休息。

附来的信很好，我的想法出几份简报，把这些信也发表在上面，包括您的来信，目的是为了造舆论，唤起大家的重视。

这几天我想和朱子奇一同去找一下乔木同志，另外由延泽民⑤同志去找习仲勋同志，千方百计先弄个过渡场所。现在的事，领导讲了话，下边照样不理，实在是太不正常了。要扭

①胡耀邦（1915—1989）：湖南浏阳人。曾任中共中央主席、中共中央总书记。

②习仲勋（1913—2002）：陕西富平人。曾任全国人民代表大会常务委员会副委员长，中共中央政治局委员、书记处书记等职。

③乔木，即胡乔木（1912—1992）：江苏盐城人。有《中国共产党的三十年》、《胡乔木文集》留世。曾任中国社会科学院院长，国务院学位委员会主任，《中国大百科全书》总编辑委员会主任，中共中央政治局委员，中共中央顾问委员会常委等职。

④冯文彬（1911—1997）：浙江诸暨人。曾任新民主主义青年团中央书记，青年团中央书记处书记，中共中央党校副校长等职。

⑤延泽民（1921—1999）：作家。曾用名张树、家畔、延泽良。陕西绥德人。著有《无定河》、《雷声千里》、《寻找到的脚印》、《我唱过的歌》等小说、散文作品。曾任中国作家协会书记处常务书记、文学讲习所所长等职。

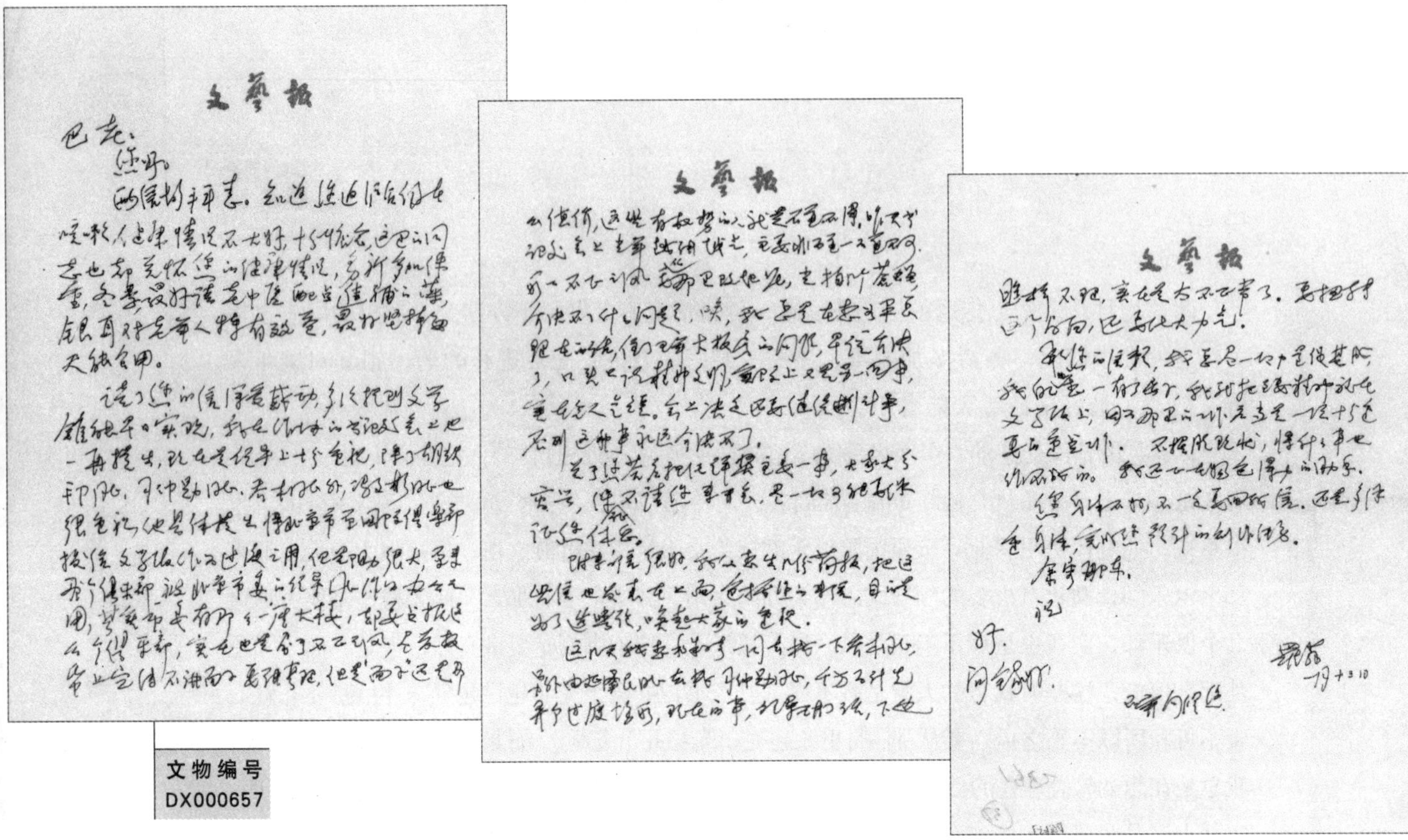

文物编号
DX000657

转这个局面，还要花大气力。

承您的信赖，我总尽一切力量促其成。我自己也想一有了房子，我就把主要精神放在文学馆上，因为那里的工作应当是一项十分重要的重点工作。不摆脱现状，将什么事也作[做]不成的。我还正在物色得力的助手。

您身体不好，不一定要回我信。还是多保重身体，完成您预计的创作任务。

余容再陈。

祝

好。

罗 荪

一月十三日

问全家好。

玉屏问候您。

L

老舍致巴金

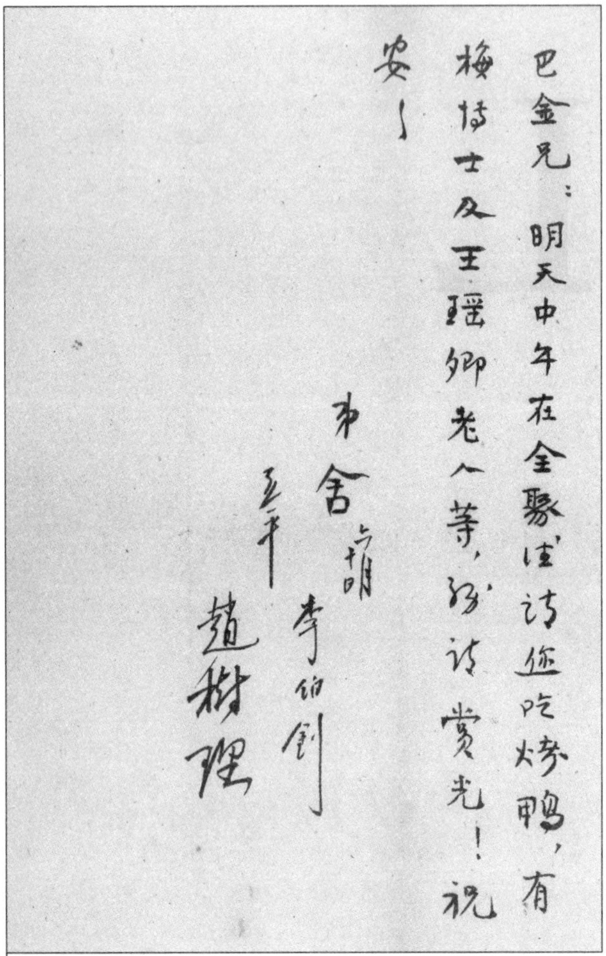

文物编号
DX002795

巴金兄：

明天中午在全聚德请您吃烤鸭，有梅博士及王瑶卿①老人等，务请赏光！祝安！

弟 舍
六月十日

亚 平②
李伯钊③
赵树理④

①王瑶卿（1881–1954）：京剧表演艺术家。原名王瑞臻，字稚庭，号菊痴。江苏清江人。有《玉堂春》、《穆柯寨》等代表剧目传世。

②亚平，即王亚平（1905–1983）：诗人。原名王全福。笔名罗伦、李荫等。河北威县人。创作有《都市的冬》、《海燕的歌》、《生活的谣曲》等诗集和《百鸟朝凤》曲艺集。曾任中国作家协会理事、中国曲艺研究会副主席兼秘书长等职。

③李伯钊（1911–1985）：戏剧家。曾用名戈丽。四川重庆人。有话剧《母亲》、歌剧《长征》等作品。曾任北京人民艺术剧院院长、中央戏剧学院副院长、中国戏剧家协会副主席等职。

④赵树理（1906–1970）：作家。原名赵树礼。山西沁水人。著有《小二黑结婚》、《李有才板话》、《李家庄的变迁》等作品。曾任《说说唱唱》、《曲艺》主编、中国文联常委、中国作家协会理事等职。

黎烈文[1]致巴金

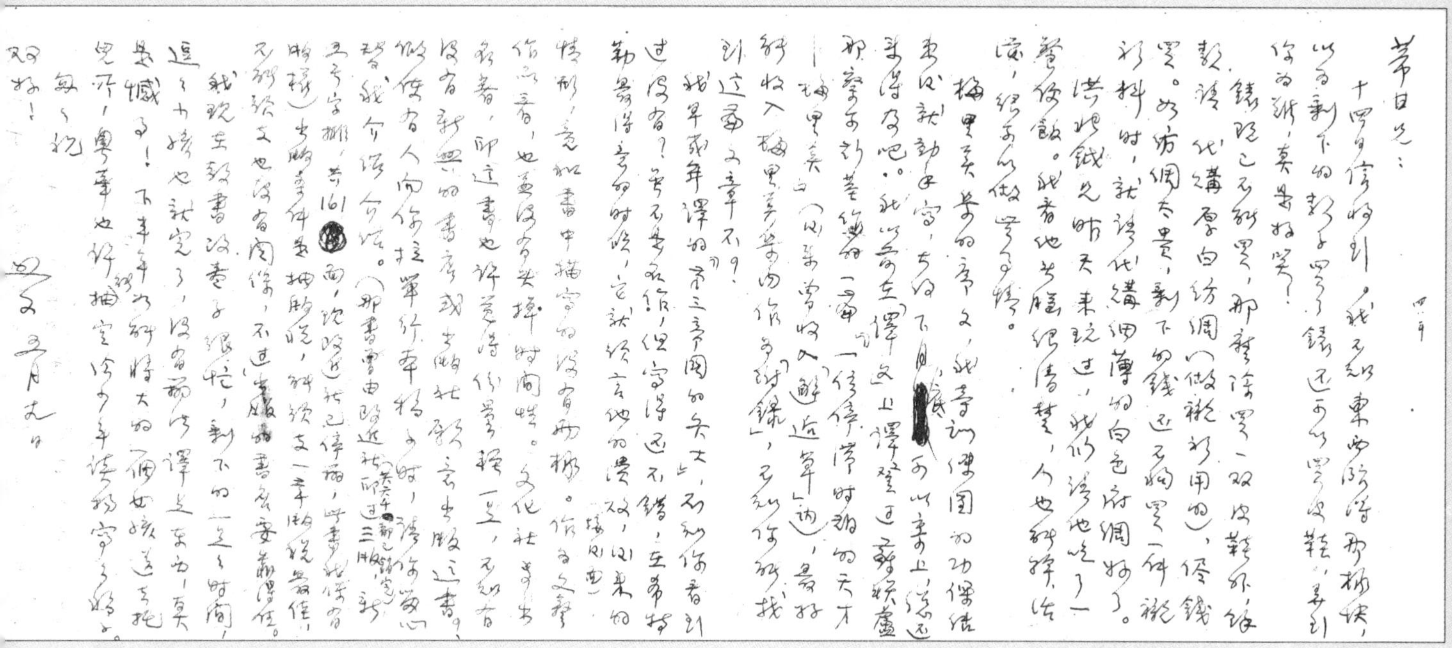
芾甘兄：

十四日信收到。我不知东西涨得那样快，以为剩下的款子买了表还可以买皮鞋，弄到你为难，真是好笑！

表既已不能买，那么除买一双皮鞋外，余款，请代购厚白纺绸（做衬衫用的），尽钱买。如纺绸太贵，剩下的钱还不够买一件衬衫料时，就请代购细薄的白色府绸好了。

洪兆钺兄昨天来玩过，我们请他吃了一餐便饭。我看他头脑很清楚，人也能干，活泼，很可以做些事情。

梅里美集的序文，我等训练团的功课结束后就动手写，大约下月底可以寄上，总还来得及吧。

文物编号
DX002746

芾甘兄：

十四日信收到。我不知东西涨得那样快，以为剩下的款子买了表还可以买皮鞋，弄到你为难，真是好笑！

表既已不能买，那么除买一双皮鞋外，余款请代购厚白纺绸（做衬衫用的），尽钱买。如纺绸太贵，剩下的钱还不够买一件衬衫料时，就请代购细薄的白色府绸好了。

洪兆钺[2]兄昨天来玩过，我们请他吃了一餐便饭。我看他头脑很清楚，人也能干，活泼，很可以做些事情。

梅里美集的序文，我等训练团的功课结束后就动手写，大约下月底可以寄上，总还来得

①黎烈文（1904—1972）：作家、翻译家。湖南湘潭人。著有《舟中》、《崇高的母性》、《胜利的曙光》等作品，有《冰岛渔夫》、《企鹅岛》、《两兄弟》、《红与黑》等译作。曾任《申报·自由谈》主编、台湾大学外文系教授。

②洪兆钺，巴金友人。生卒年不详。抗战期间在桂林任《旅行杂志》编辑，后去台湾。

及吧。我以前在《译文》上译登过苏联卢那察尔斯基作的一篇《一位停滞时期的天才——梅里美》（后来曾收入《邂逅草》内），最好能收入梅里美集内作为“附录”，不知你能找到这篇文章不？

我早几年译的《第三帝国的兴亡》，不知你看到过没有？虽不是名作，但写得还不错。在希特勒最得意的时候，它就预言他的溃败，后来的情形，竟和书中描写的没有两样。作为文艺作品看，也并没有失掉时间性。文化社专出名著，印这书也许觉得份[分]量轻一点，不知有没有新兴的书店或出版社愿意出版这书？假使有人向你拉单行本稿子时，请你留心替我介绍介绍。（那书曾由改进社印过三版，新五号字排，共161面，共六千都已销完。现改进社已停办，此书我保留版权。）出版条件是抽版税，能预支一年版税最佳，不能预支也没有关系，不过出版的书店要靠得住。

我现在教书改卷子很忙，剩下的一点点时间，逗逗小孩也就完了，没有办法译点东西，真是憾事！下半年如能将大的一个女孩送去托儿所，粤华也许能抽空给《少年读物》写写稿子。

匆匆祝

双好！

烈 文

五月十九日

李广田①致巴金（之一）

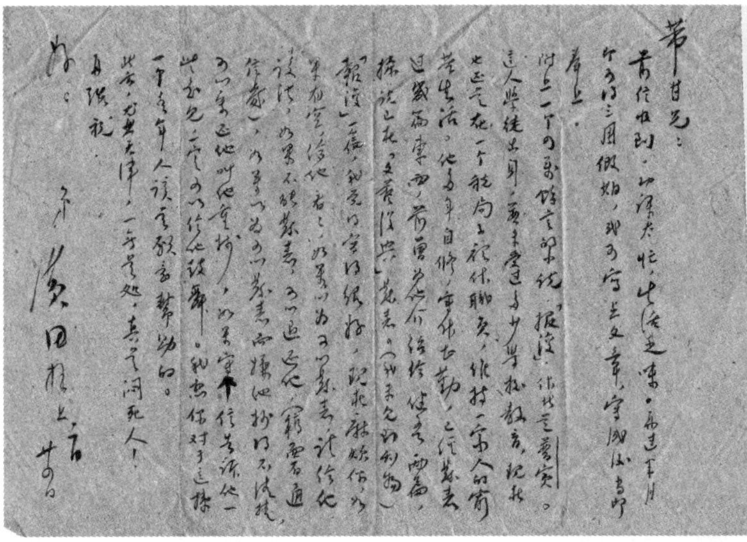

文物编号
DX002741

芾甘兄：

前信收到。功课太忙，生活乏味。再过半月即可得三周假期，或可写点文章，写成后当即奉上。

附上一个四万余言的小说《报复》，作者是普实。这人学徒出身，并未受过多少学校教育，现在也还是在一个税局子里作[做]职员，维持一家人的穷苦生活。他多年自修，写作甚勤，已经发表过几篇东西，前曾为他介绍给健吾两篇，据说已在《文艺复兴》发表（我未见到刊物）。《报复》一篇，我觉得写得很好，现在麻烦你，如果有空，给他看看。如果以为可以发表，请给他设法；如果不能发表，可以退还他（稿面有通讯处）；如果以为可以发表而嫌他抄得不清楚，可以寄还他叫他重抄。如果写个信告诉他一些意见，一定可以给他鼓舞。我想你对于这样一个青年人该是愿意帮助的。

北京，尤其天津，一无是处，真是闷死人！

再谈，祝

好！

弟 广田拜上

二月廿四日

①李广田（1906—1968）：作家。山东邹平人。著有《画廊集》、《银狐集》、《雀蓑集》、《回声》、《灌木集》、《引力》等作品。曾任清华大学副教务长、云南大学校长、中国作家协会云南分会副主席等职。

李广田致巴金（之二）

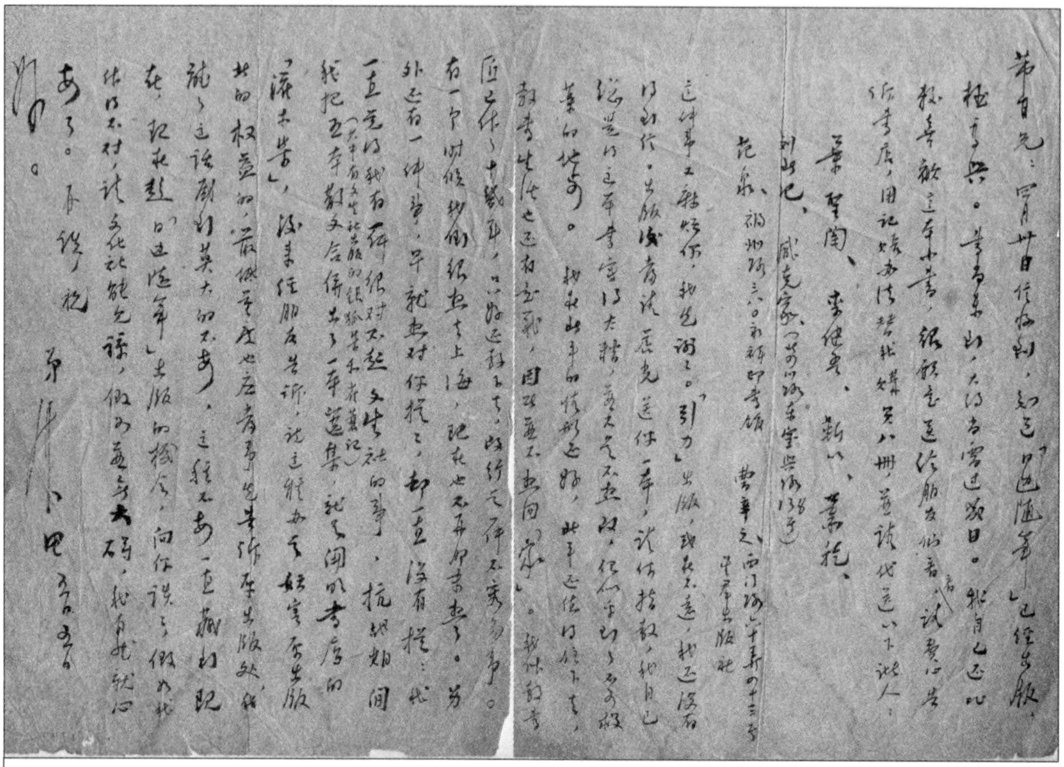

文物编号
DX002742

芾甘兄：

四月卅日信收到。知道《日边随笔》已经出版，极高兴。书尚未到，大约尚需过几日。我自己还比较喜欢这本小书，很愿意送给朋友们看看，请费心告诉书店，用记账办法替我购买八册，并请代送以下诸人：叶圣陶、李健吾、靳以、萧乾、刘北汜、臧克家[1]（北四川路东宝兴路138号）、范泉[2]（福州路三八〇永祥印书馆）、曹辛之[3]（西门路六十弄四十三号星群出版社）。

①臧克家（1905—2004）：作家。山东诸城人。著有《烙印》、《罪恶的黑手》、《从军行》、《古城的春天》、《生命的秋天》、《一颗新星》等作品。曾任中国作家协会书记处书记、《诗刊》主编、全国政协常委等职。

②范泉（1916—2000）：作家。原名徐炜。上海金山人。有《浪花》、《绿的北国》、《创世纪》等作品及《鲁宾逊漂流记》等译作。曾任上海书店总编辑。

③曹辛之（1917—1995）：诗人。笔名杭约赫。江苏宜兴人。有《最初的蜜》、《恋歌》、《黎明的呼唤》等诗集。曾供职于人民美术出版社。

这件事又麻烦你，我先谢谢。《引力》出版，或者不远，我还没有得到信。出版后当请晨光送你一本，请你指教，我自己总觉得这本书写得太糟，并不是不想改，但似乎到了不可救药的地步。我在北平的情形还好，北平还值得住下去，教书生活也还有意义，因此并不想回“家”。我作[做]教书匠已作[做]了十几年，只好还教下去，改行是件不容易事。有一个时候我倒很想去上海，现在也不再那末想了。另外还有一件事，早就想对你提提，却一直没有提：我一直觉得我有一件很对不起文生社的事，抗战期间，我把五本散文合并出了一本选集（其中有文生社出版的《银狐集》和《雀蓑记[集]》），就是开明书店的《灌木集》，后来经朋友告诉，说这种办法是妨害原出版者的权益的，最低量度也应当事先告诉原出版处，我听了这话感到莫大的不安，这种不安一直藏到现在，现在趁《日边随笔》出版的机会，向你谈谈，假如我作[做]得不对，请文化[生]社能见谅，假如并无大碍，我自然就心安了。再谈，祝

好。

弟　广田

五月五日

李广田致巴金（之三）

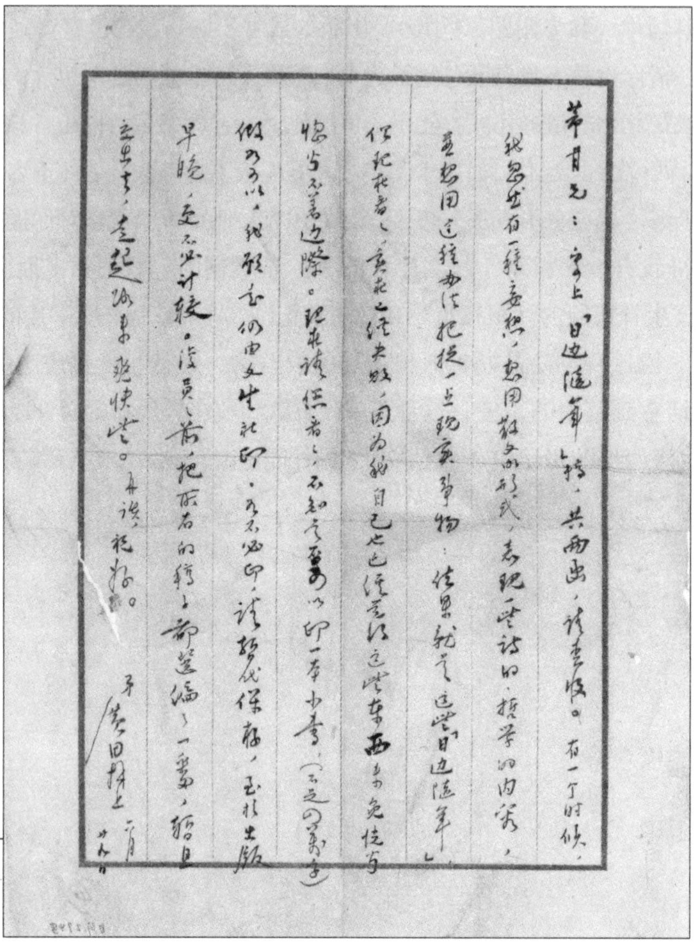

文物编号
DX002743

甘兄：

寄上《日边随笔》稿，共两函，请查收。有一个时候，我忽然有一种妄想，想用散文的形式，表现一些诗的、哲学的内容，并想用这种办法把握一点现实事物：结果就是这些“日边随笔”，但现在看看，实在已经失败，因为我自己也已经觉得这些东西未免恍兮惚兮不着边际。现在请你看看，不知是否可以印一本小书（不足四万字）。假如可以，我愿意仍由文生社印。如不必印，请暂代保存，至于出版早晚，更不必计较。复员之前，把所有的稿子都选编了一番，暂且交出去，走起路来爽快些。再谈，祝好。

弟 广田拜上

六月廿九日

李季①致巴金

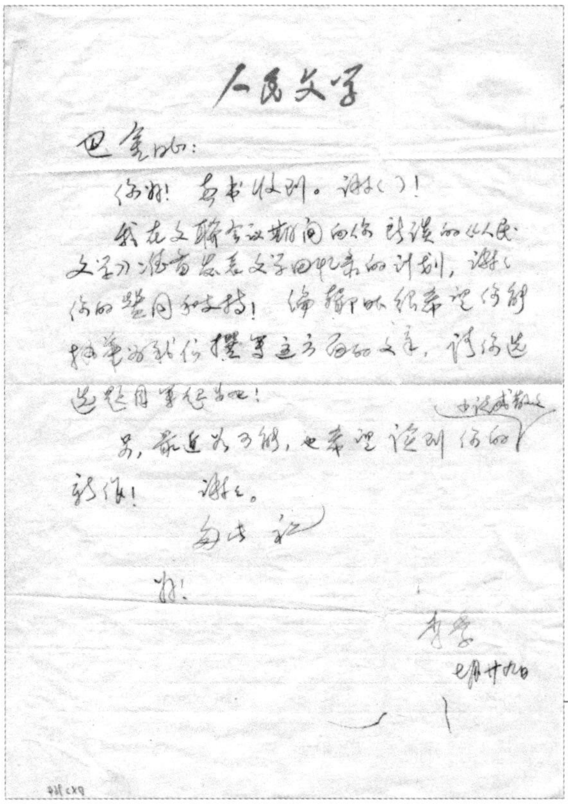

文物编号
DX002964

巴金同志：

你好！惠书收到。谢谢了！

我在文联会议期间向你所谈的《人民文学》准备发表文学回忆录的计划，谢谢你的赞同和支持！编辑部同志很希望你能执笔为我们撰写这方面的文章，请你选选题目写起来吧！

另，最近如可能，也希望读到你的小说或散文新作！谢谢。

匆此　祝

好！

李　季

七月二十九日

①李季（1922—1980）：作家。原名李振鹏。河南唐河人。著有《王贵与李香香》、《玉门诗抄》、《杨高传》、《菊花石》、《石油之歌》等作品。曾任中国作家协会副主席、书记处常务书记等职。

李健吾致巴金（之一）

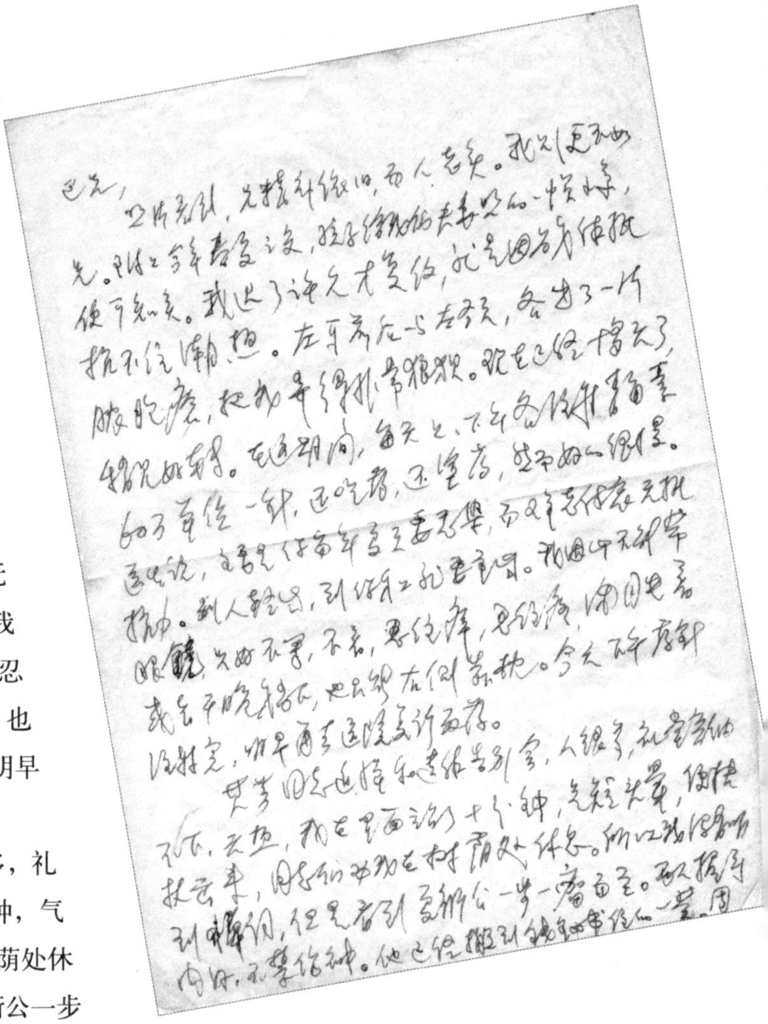

巴兄：

照片看到，兄精神依旧，而人老矣。我则更不如兄。附上今年春夏之交，孩子给我们夫妻照的一帧小象[相]，便可知矣。我迟了许久才复信，就是因为身体抵抗不住潮热。左耳前后与左颈，各出了一片脓胞疮，把我弄得非常狼狈。现在已经十多天了，稍见好转。在这期间，每天上、下午各注射青霉素60万单位一针，还吃药，还涂药，然而好的[得]很慢。医生说，主要是你每年夏天要感染，而又年老体衰无抵抗力。别人轻些，到你身上就要重些。我因此不能带[戴]眼镜，只好不写，不看。忍住痒，忍住疼，闭目坐着或者干脆躺下，也只能右侧靠枕。今天下午药针注射完，明早再去医院复诊取药。

其芳同志追悼和遗体告别会，人很多，礼堂容纳不下。天热，我在里面站了十分钟，气短头晕，便扶杖出来。同志们劝我在树荫处休息。所以我没有听到悼词，但是看到夏衍公一步一瘸而至。两人握手问好，不禁伤神。他已经搬到钱钟书住的一带。周扬[①]同志据说也来了。我没有看见。他已经第二次在公众场合出面。第一次是在马克音乐会。据说中央已为他们做了结论（有执行王明、刘少奇路线的错误），等待分配工作。周公可能也住那一带副部长级的宿舍。

①周扬（1908—1989）：作家、文艺理论家。原名周起应。湖南益阳人。有《周扬文集》存世。曾任延安鲁迅艺术学院院长，中共中央宣传部副部长，文化部党组书记，中国科学院副院长，中国文联副主席、党组书记，中国作家协会副主席等职。

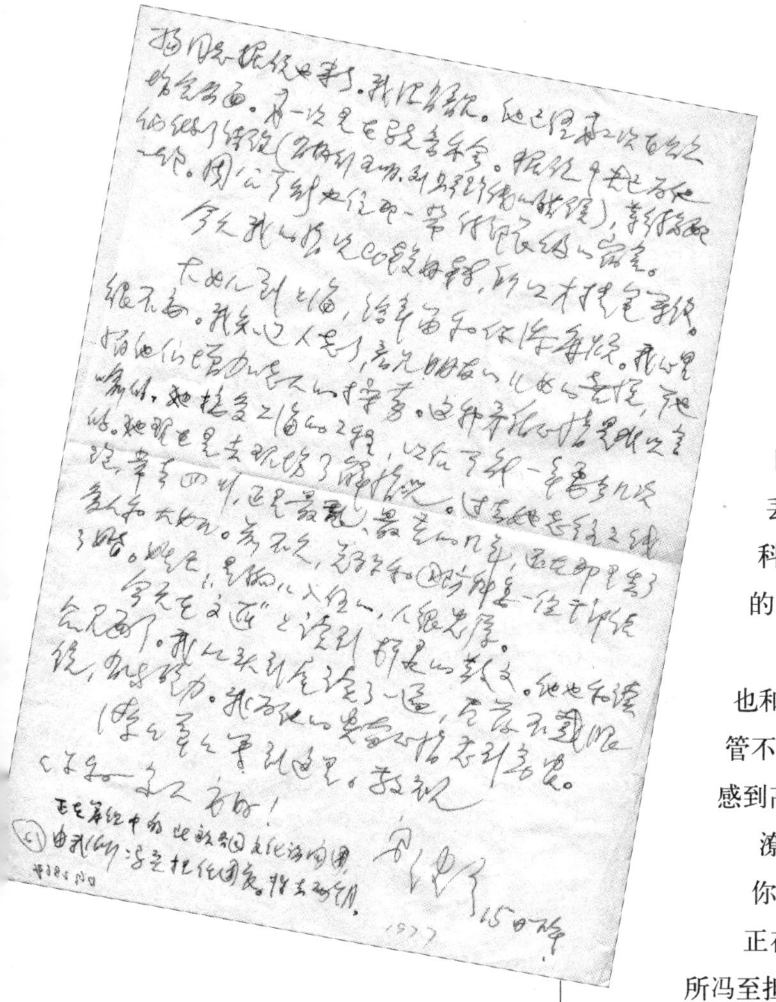

文物编号
DX002864

今天我的情况比较好转，所以才提笔写信。

大女儿到上海，给辛笛和你添麻烦。我心里很不安。我知道人老了，看见朋友的儿女的喜悦，可也怕他们增加老人的操劳。这种矛盾心情是难以言喻的，她接受上海的工程，以后可能一年要去几次的。她现在是去现场了解情况。过去她老往三线跑，常去四川。正是最乱、最重的几年，还在那里丢了爱人和大女儿。前不久，总算和国防科委一位干部结了婚。姓王，是孤儿入伍的，人很忠厚。

今天在《文汇》上读到柯灵的散文。他也和读者见面了。我从头到尾读了一遍，尽管不戴眼镜，有些吃力。我为他的兴奋心情感到高兴。

潦潦草草写到这里。敬祝

你和一家人安好！

正在筹组中的北欧各国文化访问团，由我所冯至担任团长，将去两个月。

弟 健吾

15 日下午

李健吾致巴金（之二）

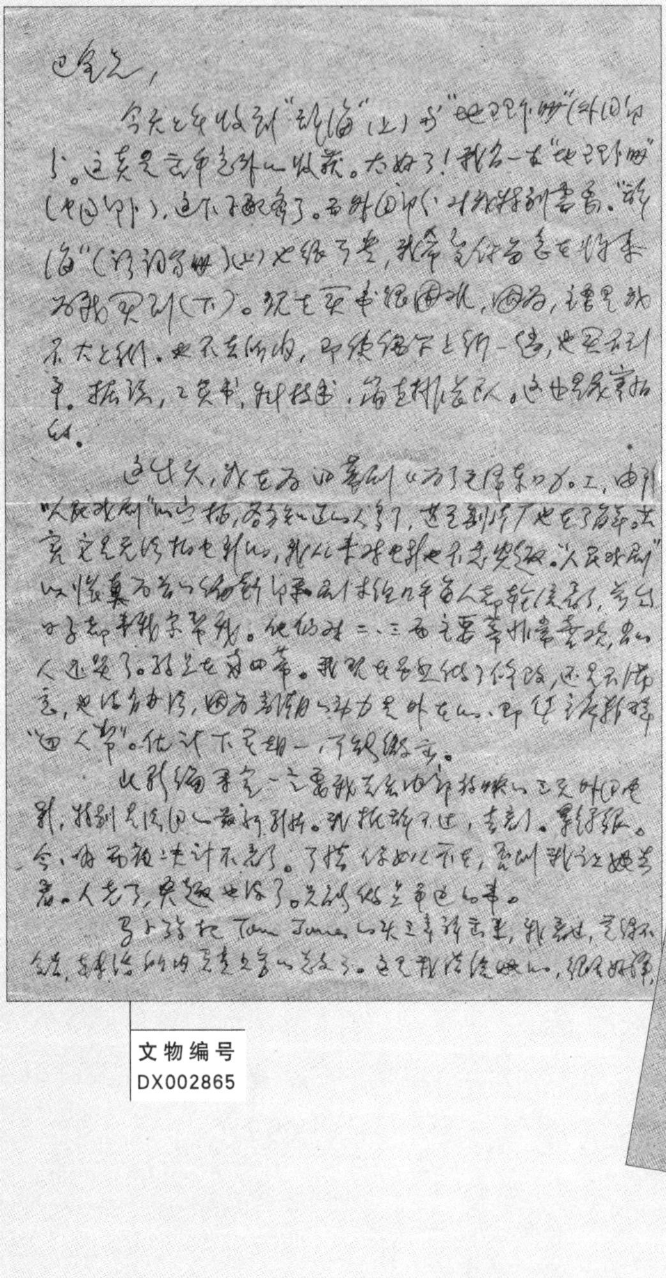

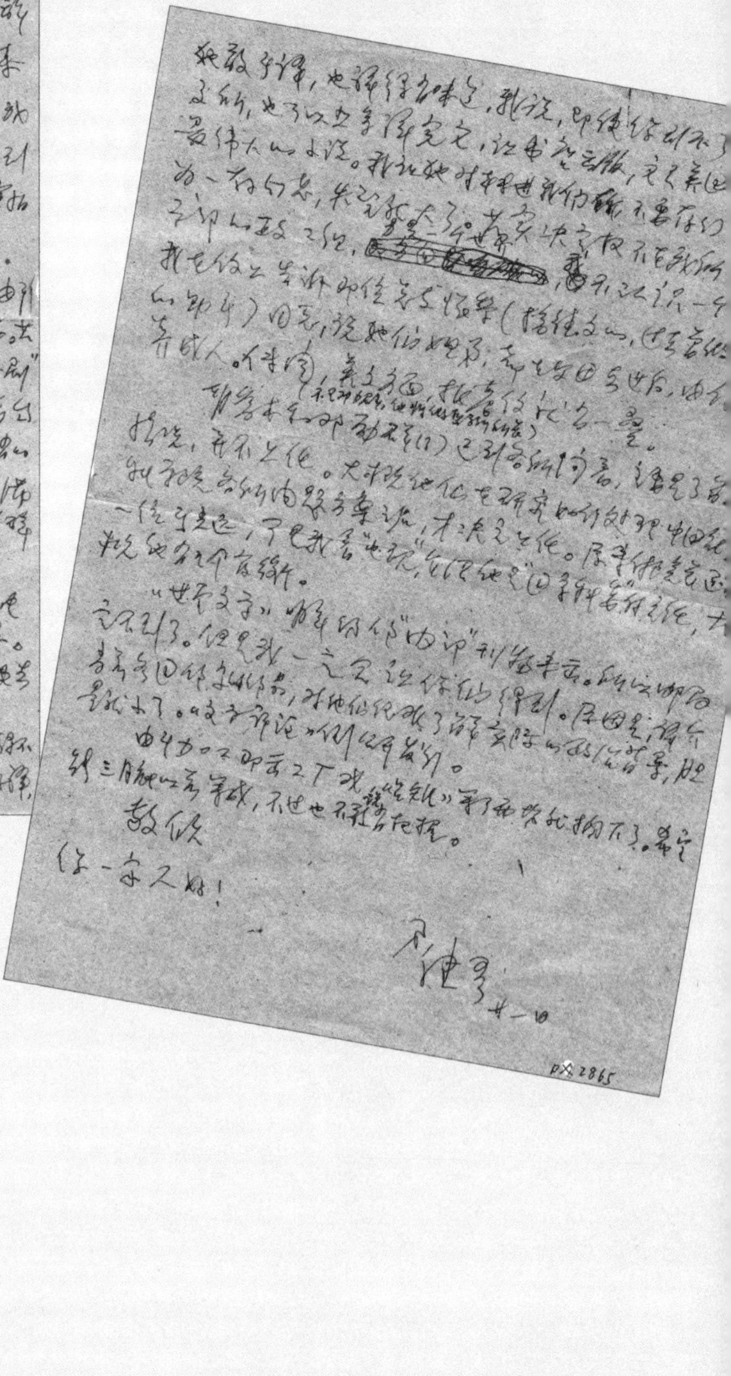

文物编号
DX002865

巴金兄：

今天上午收到《辞海》（上）与《地理分册》（外国部分），这真是出乎意外的收获。太好了！我有一本《地理分册》（中国部分），这下子配齐了。而外国部分对我特别需要。《辞海》（语词分册）（上）也很可贵，我希望你留意在将来为我买到（下）。现在买书很困难，因为，主要是我不大上街，也不去所内，即使偶尔上街一趟，也买不到手。据说，工具书、科技书，简直排长队。这也是我害怕的。

这些天，我在为四幕剧《为了毛泽东》加工，由于《人民戏剧》的宣扬，各方面知道的人多了，甚至制片厂也在了解。其实它是无法拍电影的，我从来对电影也不感兴趣。《人民戏剧》以张真①为首的编辑部剧本组几乎每人都轮流看了，前些日子都来我家帮我。他们对二、三两主要幕非常喜欢，有的人还哭了。弱点在四幕。我现在虽然做了修改，还是不满意，也没有办法，因为高潮的动力是外在的，即华主席粉碎“四人帮”。估计下星期一，可能缴[交]出。

北影编写室一定要我去看内部放映的三天外国电影，特别是法国的最新影片。我推辞不过，去看了。累得很。今、明两夜决计不看了。可惜你女儿不在，否则我让她去看。人老了，兴趣也没了。只能做点手边的事。

马小弥②把Tom Jane的头三章译出来，我看过，觉得不错，转给所内负责业务的总支了。这是我借给她的，很不好译，她敢于译，也译得有味道。我说，即使你到不了我们外文所，也可以业余译完它，让书店出版，它是英国十八世纪最伟大的小说。我让她对转进我们所不要存幻想。因为一存幻想，失望就大了。其实决定权不在我所，而在学部的政工组，另是一个世界，我不认识一个人。我在信上告诉那位总支张黎③（搞德文的，过去曾做过我的助手）同志，说她们姐弟，都在父母去世后，由你抚养成人。传闻，英文方面，报喜信就有一叠。

胡乔木和邓励群（？）（不是邓力群④，他将做哲学所所长）已到各所问看，主要是了解情况，并不上任。大概他们在研究如何处理中国社会科学院各所问题方案之后，才决定上

①张真（1917－　）：学者。山西临汾人。有《戏剧人物散论》、《古为今用及其他》等著作。曾任《剧本》、《戏剧报》副主编。

②马小弥（1930－　）：文学工作者。巴金友人马宗融与罗世弥之女。

③张黎（1933－　）：学者。河北沧县人。有《德国文学随笔》、《汉堡剧评》等专著和《表现主义论争》等译著。曾任中国社会科学院外国文学研究所研究室主任，中国翻译家协会理事。

④邓力群（1915－　）：湖南桂东人。曾任中国社会科学院副院长、党组书记，中共中央办公厅副主任，中共中央宣传部部长，中共中央书记处书记等职。

任。原来付[副]院长还有一位于光远①，可是我看“电视”，介绍他是“国家科委”付[副]主任，大概他有几个官衔。

《世界文学》明年仍作“内部”刊物来出，所以邮局定[订]不到了。但是我一定会让你们得到。原因是，译介当前各国作家的作品，对他们很难了解实际的政治背景，胆量就小了。《文学评论》倒公开发行。

由于加工那出工厂戏，《吕雉》写了两场就搁下了。希望能三月底以前写成，不过也不敢说有把握。

敬候

你一家人好！

弟 健吾

廿一日

①于光远（1915— ）：经济学家。原名郁钟正。上海人。中国社会科学院学部委员。曾任国家科学委员会副主任，中国社会科学院副院长兼马列主义毛泽东思想研究所所长，中共中央顾问委员会委员，《中国大百科全书》总编辑委员会副主任等职。

李健吾致巴金（之三）

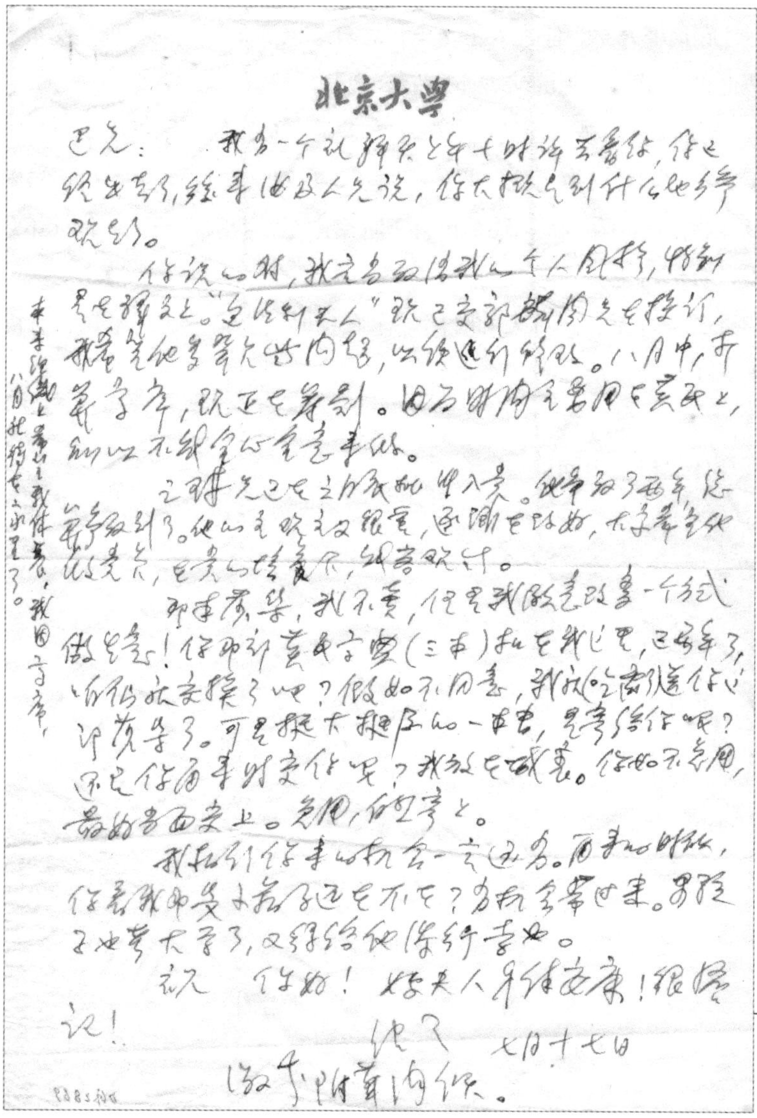

文物编号
DX002869

巴兄：

我有一个礼拜天上午十时许去看你，你已经出去了，后来汝及人兄说，你大概是到什么地方参观去了。

你说的对，我应当取消我的个人风格，特别是在译文上。《包法利夫人》现已交郭　同兄在校订，我希望他多发见些问题，以便进行修改。八月中，打算写序，现正在筹划。因为时间主要用在莫氏上，所以不能全心全意来做。

之琳兄已在三月底批准入党。他争取了两年，总算争取到了。他的主观主义很重，逐渐在改好，大家希望他做党员，在党的培养下，能客观些。

那本“莎集”，我不卖，但是我愿意改变一个方式做生意！你那部莫氏字典（三本）扣在我这里，已两年了，咱们就交换了吧？假如不同意，我就（吃亏）送你这部“莎集”了。可是挺大挺厚的一本书，是寄给你呢？还是你再来时交你呢？我放在城里。你如不急用，最好当面交上。急用，自然寄上。

我相信你来的机会一定还有。再来的时候，你看我那只小箱子还在不在？有机会带过来。男孩子也考大学了，又得给他添行李也。

祝

你好！嫂夫人身体健康！很惦记！

健 吾

七月十七日

淑芬附笔问候。

本来组织上希望我休养，我因写序，八月就待在家里了。

李劼人[1]致巴金（之一）

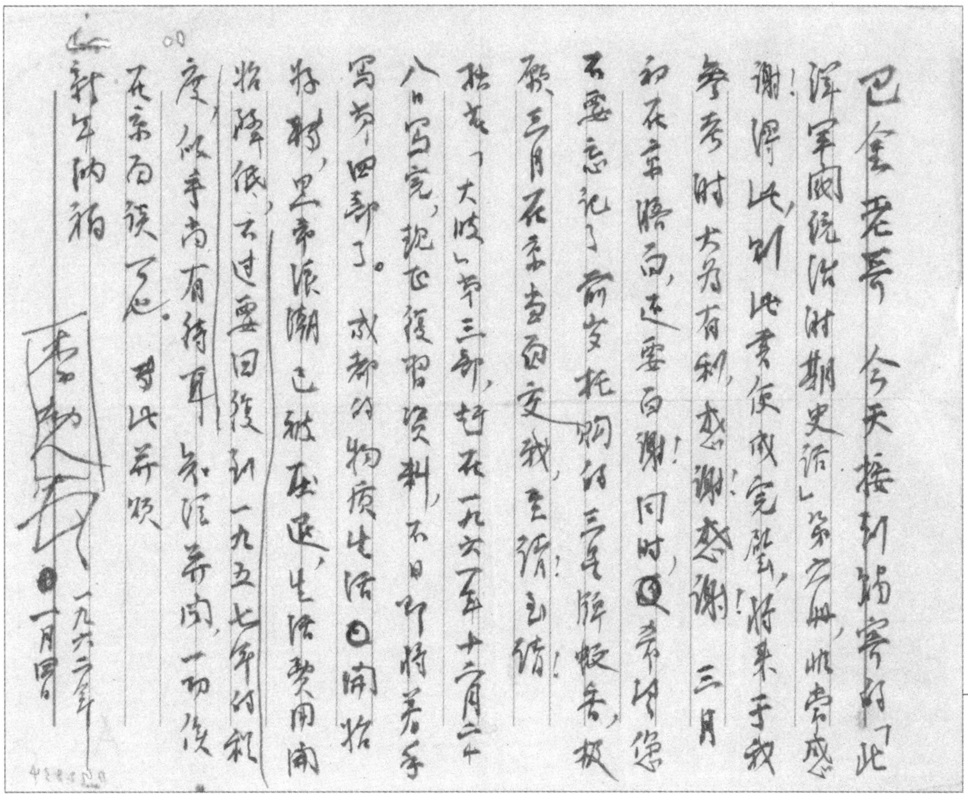

文物编号
DX002834

巴金老哥：

今天接到赐寄的《北洋军阀统治时期史话》第六册，非常感谢！得此，则此书便成完璧，将来于我参考时大为有利，感谢！感谢！三月初在京晤面，还要面谢！同时，希望您不要忘记了前岁托购的三星牌蚊香，极愿三月在京当面交我，至请！至请！

拙著《大波》第三部，赶在一九六一年十二月二十八日写完，现正复习资料，不日即将着手写第四部了。成都的物质生活开始好转，黑市浪潮已被压退，生活费用开始降低，不过要回[恢]复到一九五七年的程度，似乎尚有待耳！知□并闻，一切候在京面谈可也。专此并颂

新年纳福

李劼人 拜

一九六二年一月四日

①李劼人（1891—1962）：作家。原名李家祥。笔名老懒、菱乐。四川成都人。著有《死水微澜》、《暴风雨前》、《大波》等作品，有《人心》、《马丹波娃利》等译作。曾任成都市副市长，西南大学工作者协会副主席，四川省文联、中国作家协会四川分会副主席等职。

李劼人致巴金（之二）

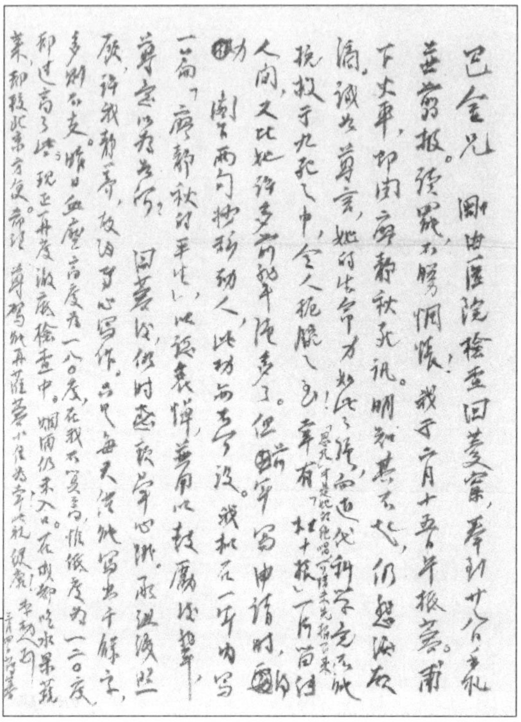

文物编号
DX002835

巴金兄：

刚由医院检查回菱窠，奉到廿八日手札并剪报。读罢，不胜惆怅！我于二月十五日午抵蓉，甫下火车，即闻廖静秋①死讯。明知其不起，仍悲泪欲滴。诚如尊言，她的生命力如此之强，而近代科学竟不能挽救于九死之中，令人扼腕之至！幸有《杜十娘》一片留传人间，又比她许多前辈强多了。《思凡》才是她的绝唱，可惜未先拍下来！但前年写申请时，得力阁下两句妙辞动人，此功亦不可没。我拟在一年内写一篇《廖静秋的平生》，以志哀悼，并用以鼓励后辈，尊意以为如何？

回蓉后，仍时感头晕心跳，承组织照顾，许我静养，故改专心写作。只是每天仅能写出千余字，多则不支。昨日血压高度为一八〇度，在我不算高，惟低度为一二〇度，却过高了些，现正在彻底检查中。烟酒仍未入口。在成都吃水果蔬菜，都较北京方便。希望尊驾能再莅蓉小住为幸！此祝健康！

李劼人拜

三月四日薄暮

①廖静秋（1925—1958）：川剧表演艺术家。艺名桂蕊。重庆潼南人。其主演的《梁红玉》、《昭君出塞》、《思凡》、《杜十娘》等剧目，影响颇大。

李蕤[1]致巴金（之一）

巴金先生：

仰慕十多年，却一直没有拜访的机会。刻在平帮萧乾兄为《新路》文艺部分集稿，该刊大约五月初可问世，我们非常希望先生于百忙中为刊物写稿，因为今日北方无一文艺刊物。台托萧兄带上拙稿一束，这是拙作中的理论及专评部分，大约都是过去在杂志或副刊上发表过的，因抗战期间一直在内地，在前线，始终无集印机会。今日翻视，似仍尚有其意义。希望先生于百忙中抽暇翻阅一遍，并斟酌有无集印之价值与可能。先生如此忙迫，而今日出版条件又如此困难，后学个人又仅系文艺界一散兵游勇，上面的要求都有些不揣冒昧不自量力。因先生对人热情，奖掖后进，所以才敢大胆献丑。但耗损先生许多宝贵的时间，总是颇感不安。如有来示，请寄北平东直门大街98号。谨此敬颂

笔健

李蕤上

三月八日

附稿十一篇。

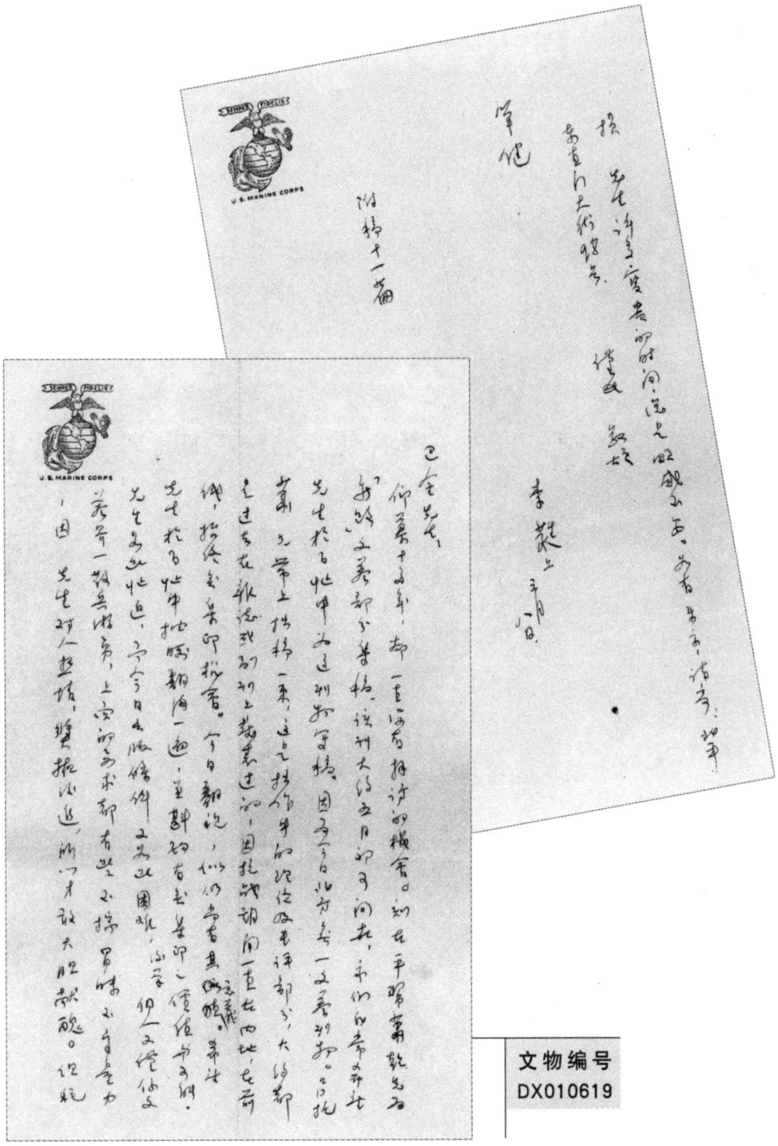

文物编号
DX010619

①李蕤（1911－1998）：作家。原名赵鸿恩，曾用名赵悔深，笔名赵初、华云。河南荥阳人。著有《土的故事》、《水终必到海》、《难忘的会见》等作品。曾任河南省文联副主席、武汉市作家协会主席等职。

李蕤致巴金（之二）

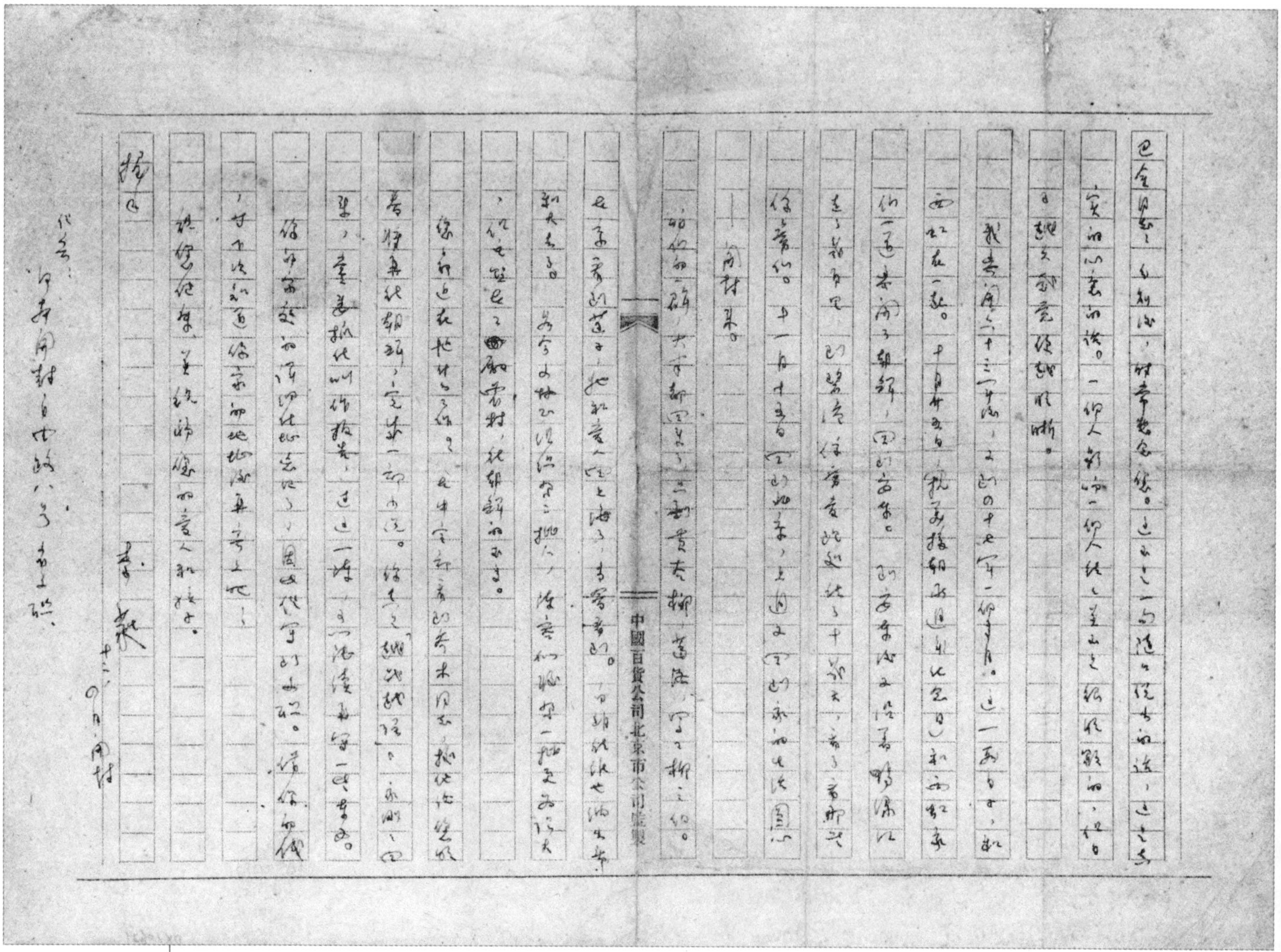

文物编号
DX010621

巴金同志：

分别后，时常想念您。这不是一句随口说出的话，这是真实的心里的话。一个人影响一个人往往并不是很情愿的，但日子越久感觉便越明晰。

我离开六十三军后，又到四十七军一个多月。这一段日子，和西虹[①]在一起。十月廿五日（抗美援朝两周年纪念日），和西虹家们一道离开了朝鲜，回到安东。到安东后又沿着鸭绿江走了几百里，到碧港俘虏管理处住了十几天，看了看那些俘虏们。十一月十五日回到北京，上周又回到家的生活圆心——开封来。

咱们的一群，大半都回来了，只剩黄谷柳[②]、葛洛[③]、罗工柳[④]三个。

在京看到菡子，她和爱人回上海了，当会看到。白朗[⑤]往维也纳出席“和大”去了。如今文协正组织第二批人，阵容似较第一批更为强大，但主题在工厂农村。往朝鲜的不多。

您最近在忙什么工作？在中宣部看到乔木同志，据他说您明春将再往朝鲜，完成一部小说。你真是“越战越强”。家刚刚回来，党委抓住叫作报告，过这一阵，可以陆续再写一些东西。

你的家庭的详细住址忘记了，因此信写到了文联。借你的钱，等下次知道你家的地址后再寄上吧！

祝您健康，并祝福您的爱人和孩子。

握手

李蕤

十二月四日开封

代寄：河南开封自由路八号省文联

①西虹（1921－　）：作家。原名宁保禄。山西原平人。著有《在零下四十度》、《海上旗手》、《山城》等作品。

②黄谷柳（1908－1977）：作家。原籍广东梅县，祖居越南，生于越南海防市。1949年参加中国人民解放军。有《虾球传》、《渔港新事》、《生命的呼唤》等作品。

③葛洛（1920－1994）：作家。笔名常础。河南汝阳人。有《雇工》等作品集。曾任《诗刊》副主编，《小说选刊》主编。

④罗工柳（1916－2003）：画家。广东开平人。代表作有油画《地道战》、《整风报告》、《毛泽东同志在井冈山》等。曾主持二、三、四套人民币的设计工作。

⑤白朗（1912－1994）：作家。原名刘东兰。辽宁沈阳人。有《月夜到黎明》、《伊瓦鲁河畔》、《为了幸福的明天》等作品。曾任东北文艺家协会副主席。

凌叔华[①]致巴金（之一）

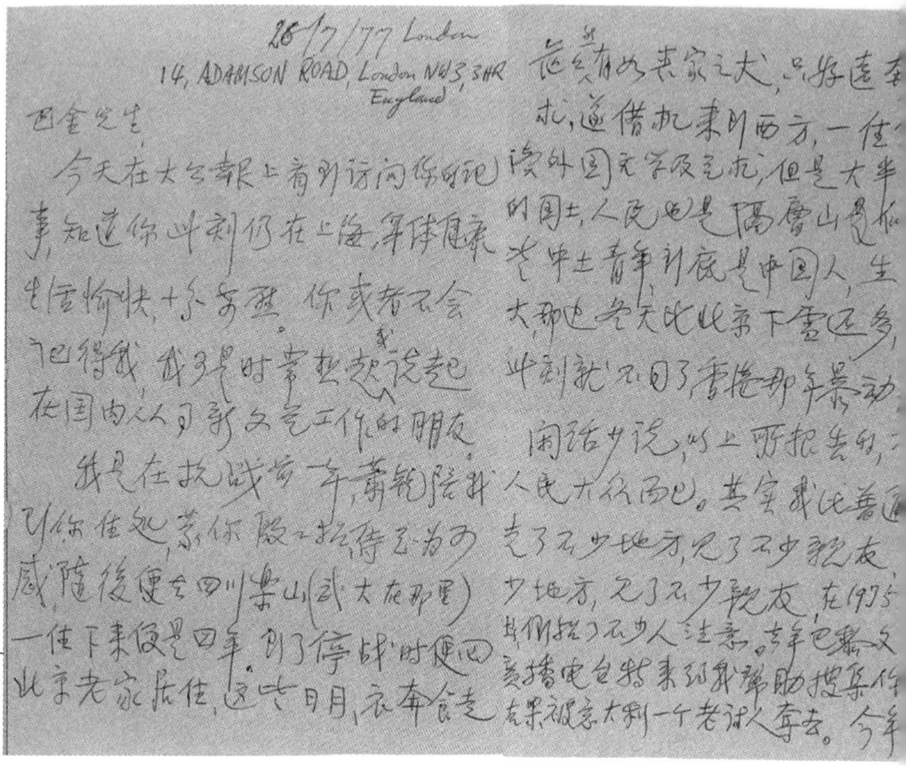
26/7/77 London
14, ADAMSON ROAD, London NW3, 3HR
England

巴金先生，

今天在大公报上看到访问你的记事，知道你此刻仍在上海，身体健康，生活愉快，十分安慰。你或者不会记得我，我可是时常想起或说起在国内从事新文艺工作的朋友。

我是在抗战前一年，萧乾陪我到你住处，蒙你殷殷招待，至为可感，随后便去四川乐山（武大在那里）一住下来便是四年。到了停战时便回北京老家居住，这些日月，衣奔食走

文物编号
DX000831

巴金先生：

今天在《大公报》上看到访问你的记事，知道你此刻仍在上海，身体健康，生活愉快，十分安慰。你或者不会记得我，我可是时常想起或说起在国内从事新文艺工作的朋友。

我是在抗战前一年，萧乾陪我到你住处，蒙你殷殷招待，至为可感，随后便去四川乐山（武大在那里），一住下来便是四年。到了停战时便回北京老家居住。这些日月，衣奔食走，茫茫然有如丧家之犬，只好远奔英国（把小孩带去交丈夫），那时恰巧比利时大学约请前去讲中国艺术，遂借机来到西方，一住便是十年二十年的过下去了。

到了西方，我倒是努力读外国文学及艺术，但是大半时光，自己都感到十分寂寞与无聊，

①凌叔华（1900—1990）：作家、画家。原名凌瑞棠，笔名瑞唐、素心等。广东番禺人。著有《花之寺》、《女人》、《小孩》、《小哥儿俩》等作品。曾任教于武汉大学、燕京大学。1947年出国旅居英、法等国，并从事中外文化交流工作。

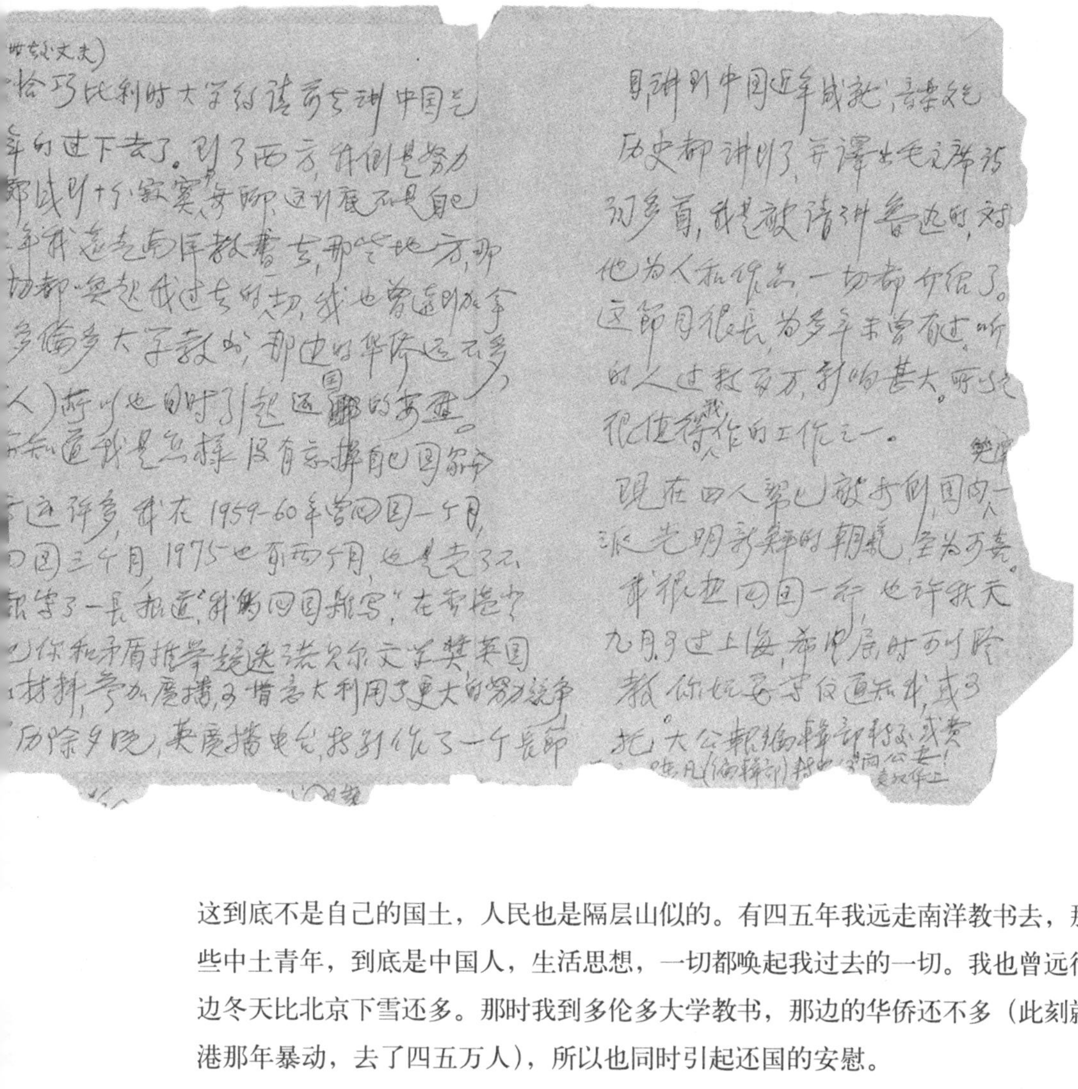
恰巧比利时大学的请求去讲中国
年的过下去了。到了西方，我们是努力
五年我远走南洋教书去，那些地方，那
切都唤起我过去的一切，我也曾远行加拿
多伦多大学教书，那边的华侨还不多
人）所以也同时引起还国的安慰。
知道我是怎样没有忘掉自己国家
运许多，我在1959-60年曾回国一个月，
回国三个月，1975也有两个月，也是走了不
写了一长报道《我的回国杂写》，在香港登
把你和茅盾推举竞选诺贝尔文学奖英国
材料，参加广播，可惜意大利用了更大的努力竞争
历除夕晚，英广播电台特别作了一个长节
目，讲到中国近年成就，音乐文艺
历史都讲到了，并译出毛主席诗
词多首，我是被请讲鲁迅的，对
他为人和作品，一切都介绍了。
这节目很长，为多年未曾有过。听
的人达数百万，影响甚大。所以是
很值得我作的工作之一。
现在四人帮已被打倒，国内一
派光明新鲜的朝气，至为可喜。
我很想回国一行，也许秋天
九月间过上海，希望届时可以趋
教，你如要写信通知我，或可
托大公报编辑部转交我。

这到底不是自己的国土，人民也是隔层山似的。有四五年我远走南洋教书去，那些地方，那些中土青年，到底是中国人，生活思想，一切都唤起我过去的一切。我也曾远行加拿大，那边冬天比北京下雪还多。那时我到多伦多大学教书，那边的华侨还不多（此刻就不同了，香港那年暴动，去了四五万人），所以也同时引起还国的安慰。

闲话少说，以上所报告的，不过想让你知道我是怎样没有忘掉自己国家与人民大众而已。其实我比普通的华侨幸运许多。我在1959—60年曾回国一个月，走了不少地方，见了不少亲友。在1972又回国三个月，1975也有两个月，也是走了不少地方，见了不少亲友。在1975年我在《大公报》写了一长报道《我的回国杂写》，在香港登出，倒招了不少人注意。

去年巴黎文艺团体想把你和茅盾推举竞选诺贝尔文学奖，英国广播电台特来约我帮助搜集你和茅盾作品材料，参加广播，可惜意大利用了更大的努力竞争，结果被意大利一个老诗人夺去。今年二月间在农历除夕晚，英广播电台特别作了一个长节目，讲到中国近年成就，音乐、文艺、历史都讲到了，并译出毛主席诗词多首。我是被请讲鲁迅的，对他为人和作品，一切都介绍了。这节目很长，为多年未曾有过，听的人过数百万，影响甚大。所以是很值得我作[做]的工作之一。

现在四人帮已被打倒，国内笼罩一派光明新鲜的朝气，至为可喜。我很想回国一行，也许秋天九月，可过上海，希望届时可以 教。你如要写信通知我，或可托《大公报》编辑部转交或费□□□陈凡[①]（编辑部）转也可。专问公安！

凌叔华上

16/7/77

①陈凡（1915— ）：作家。笔名周为。广东三水人。有《海沙》、《无华草》、《转徙西南天地间》等作品。曾任香港《大公报》副总编辑。

凌叔华致巴金（之二）

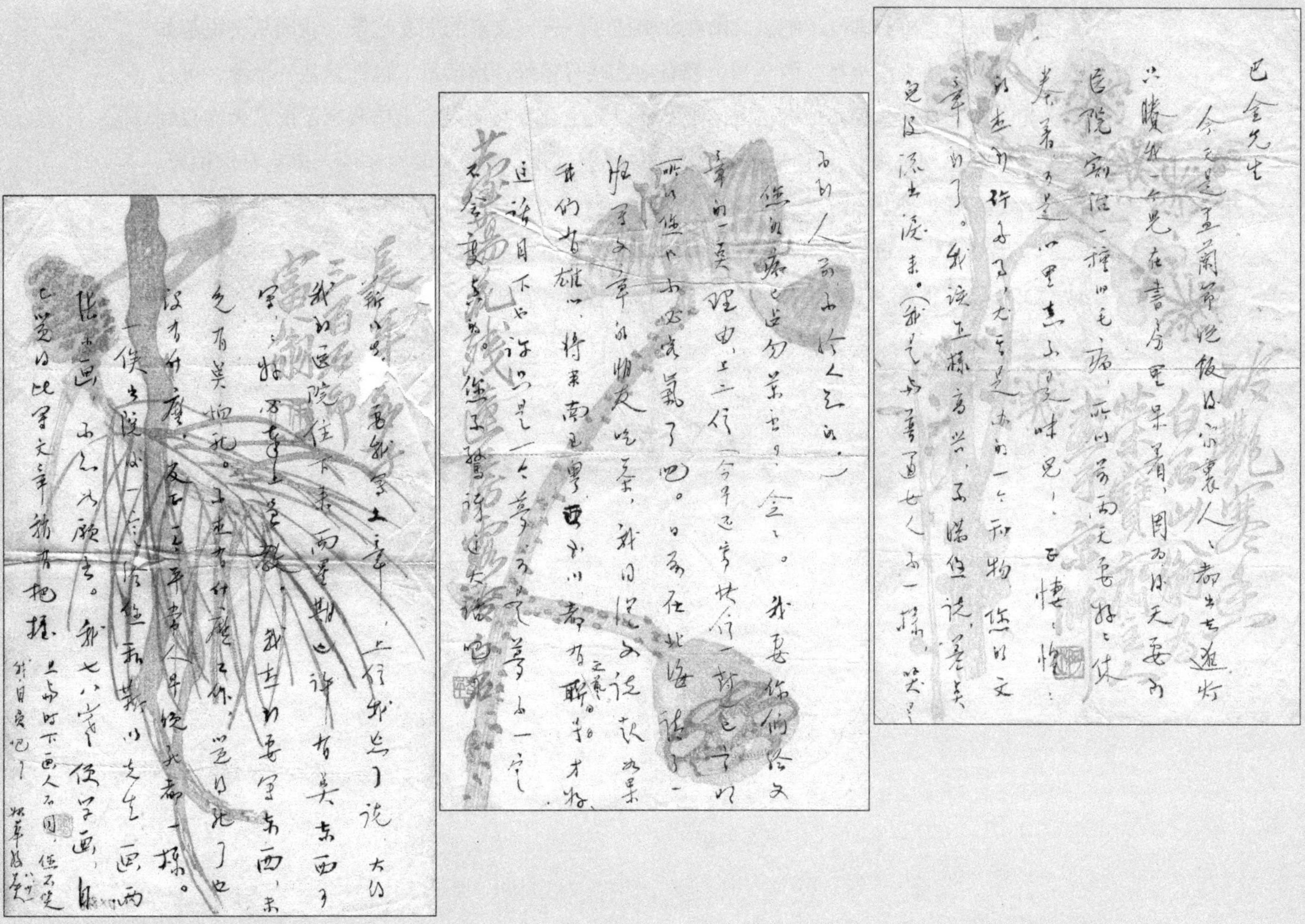

文物编号
DX000835

巴金先生：

今天是盂兰节，晚饭后家里人人都出去逛灯，只剩我一个儿在书房里呆着，因为后天要到医院割治一种旧毛病，所以前两天要好好休养着，可是心里真不是味儿！正凄凄惶惶的想到许多事，尤其是办的一个刊物，您的文章到了。我该怎样高兴，不瞒您说，差点儿没流出泪来。（我是与普通女人不一样，哭是不到人前，不给人见的。）

您的病已□□□否？念念。我要你们给文章的一点理由，上二信（今早还写快信一封）已言明，所以您也不必客气了吧。日前在北海请了一班写文章的朋友吃茶，我同从文说起如果我们有雄心，将来南至粤，西至川，都有文艺联号才好。这话目下也许只是一个梦，可是梦不一定不会变真的。您不惊讶这大话吧？靳以先生要我写文章，上信我忘了说，大约我到医院住下来两星期也许有点东西可写，写好必奉上呈教。我想到要写东西，未免有点怕死。不想有什么工作，觉得死了也没有什么。反正一个平常人早晚死都一样。

一俟出院后，一定给您和靳以先生画两张小画，不知如愿否。我七八岁便学画，自己觉得比写文章稍有把握。且与时下画人不同，您不笑我自负吧？

叔华致候！

八·卅一

凌叔华致巴金（之三）

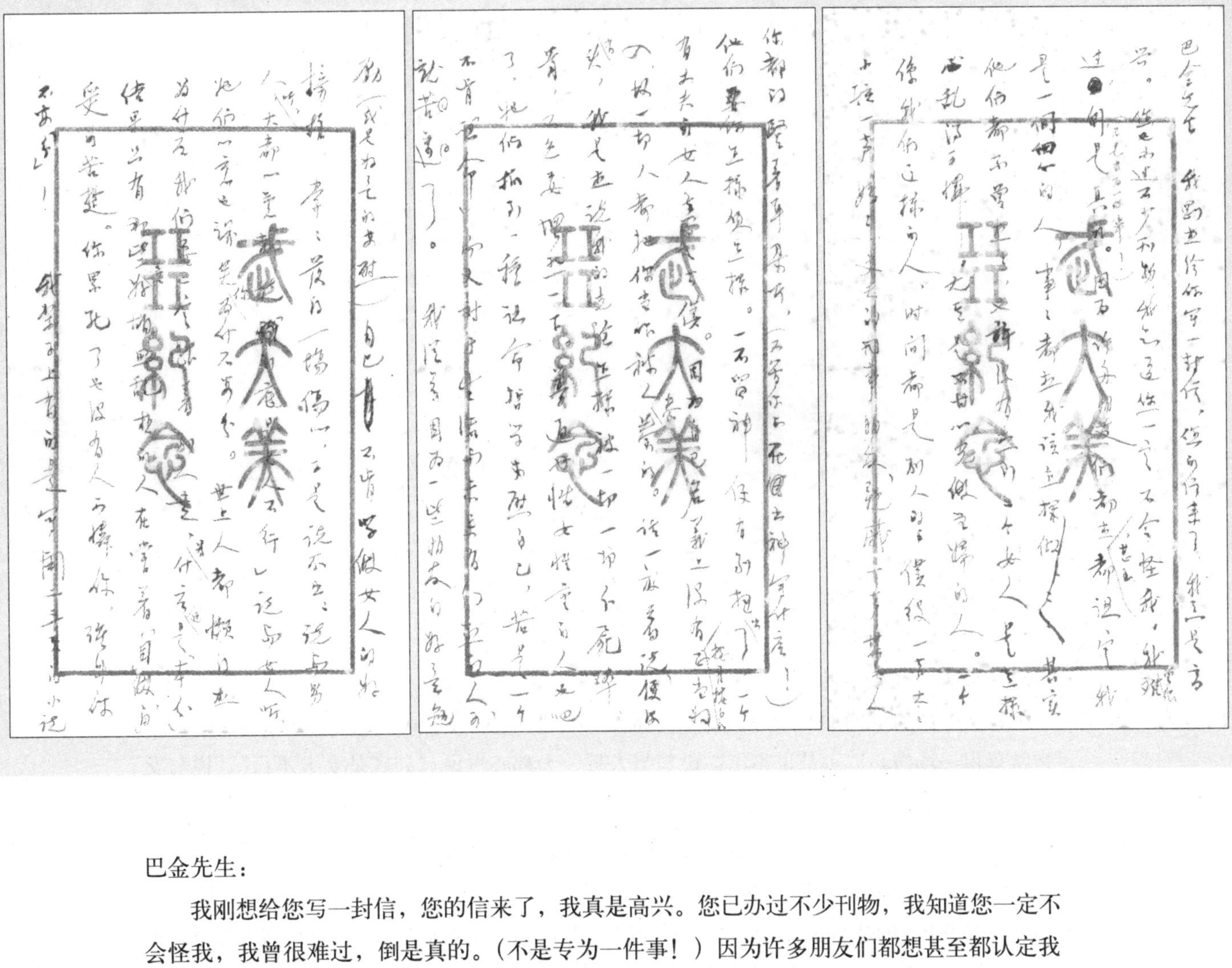

巴金先生：

我刚想给您写一封信，您的信来了，我真是高兴。您已办过不少刊物，我知道您一定不会怪我，我曾很难过，倒是真的。（不是专为一件事！）因为许多朋友们都想甚至都认定我是一个细心的人，事事都想我该怎样做，其实他们都不曾想想，也许没有想到一个女人是怎样心乱得可怜。尤其是不甘心光做主妇的人。一个像我们这样的人，时间都是别人的，仆役一声“太太”，小孩一声“妈妈”，丈夫的同事、朋友、亲戚一声“某夫人”，你都得竖着耳朵听（不管你正在出神写什么！），他们要你怎样你怎样，一不留神便有别扭出了。一个有丈夫的女人真是公仆。因为自己名义上没有按月按日的正当收入，故一切人都把你当作被人豢养的。话一放着说便没有头，我是想说我的光阴怎样被一切一切分尸碎骨，不免要埋怨一下。普通女性里的人也吧[罢]了，她们抓到一种认命哲学安慰自己，若是一个不肯“认命”而

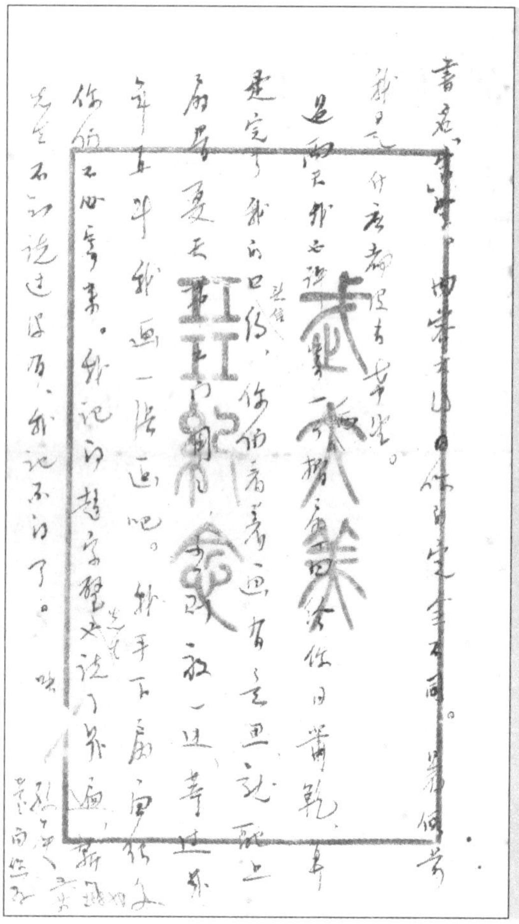

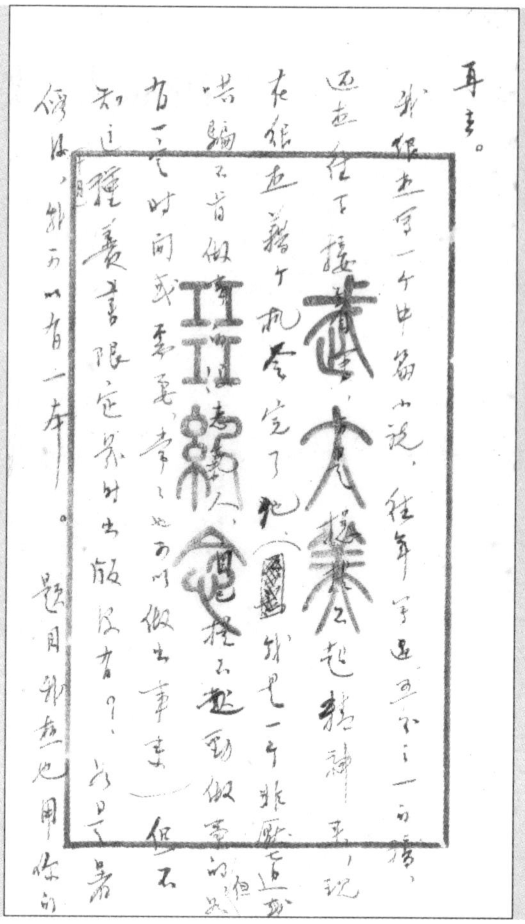

又对于生活与未来有幻想的人就苦透了。

我从前因为一些朋友的好意勉励（或是好意的安慰），自己不肯学做女人的好榜样，常常落得一场伤心，可是说不出：说与男人听，大都心里说“到底是女人不行”；说与女人听，她们心里也讥笑你为什么不安分。世上人都懒得想：为什么我们要一定跟着别人走，为什么这是“本分”？结果只有那些喜好胡思乱想的人在尝着“自作自受”的苦楚。你累死了也没有人可怜你，谁叫你不安“分”！

我架子上有的是写开二三页的小说与画开一半的画，这都是我的时间任贵贱人等分尸碎骨的成绩。我在朋友前因为我暂时得以聚精会神听一些爱听的高论，胡扯一些不等[顶]用的话，故常常显得是个细心人。可是一遇到时间不够用，我与现实妥协不来，就变得非常粗心的人了。这是我自己很伤心的一种事实。我常常想，“这样的做人做什么，终日自己没有一样做得遂心的！”我只怕这与现实妥协不来，有一天我会变成一个性气非常烦燥[躁]的人，那便更糟了。

我因为感念你信上的厚意，不自觉的写了一大片，我想你是喜欢认识“人”的人，我也很想我们在这茫茫大地上多认识几个真朋友，所以没有觉得自己这封信过分罗嗦[啰嗦]。可

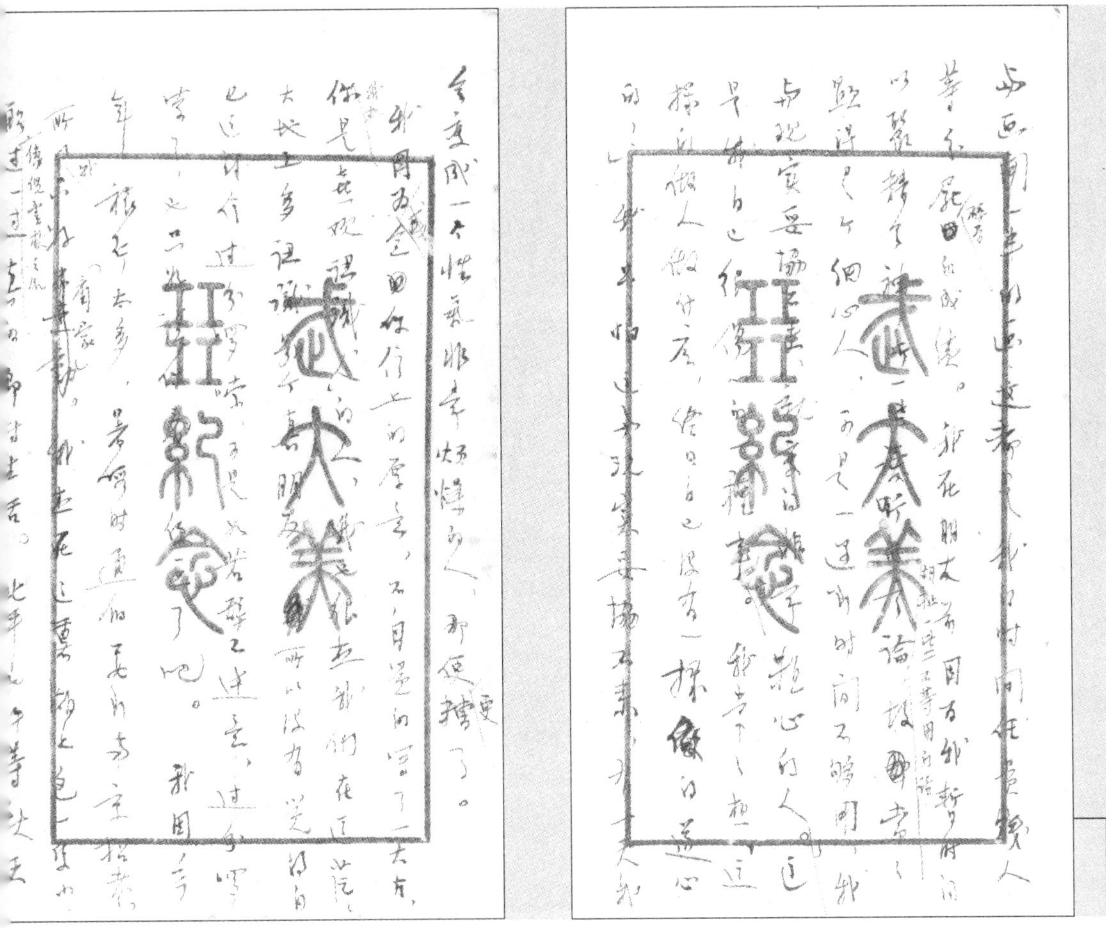

文物编号
DX000836

是如若辞[词]不达意，过分罗嗦[啰嗦]了，也只好请你看了，你□了吧。

我因今年旅行太多，暑假时通伯要到南京招考，所以我只好“看家”。我想在这薰湖上包一只小船，像倪云林之流过一过真的乡村生活。北平也许等秋天再去。

我很想写一个中篇小说，往年写过五分之一的稿，还想往下接着写，可是，总提不起精神来，现在很想籍[藉]个机会完了它（我是一个非压迫或哄骗不肯做事的没志气人，自己提不起劲做事的，但如有一定时间或需要，常常也可以做出事来）。但不知这种丛书限定几时出版没有？如是暑假后，我可以有一本。题目我想也用你的书名《家》罢。内容大约同你的完全不同。暑假前我是什么都没有希望。

过两天我也许寄一两个折扇面给你同萧乾，算是完了我的口头信约，你们看着画有意思，就配上扇骨夏天带出门用用，否则放一边，等过罢年再叫我画一张画吧。我手下扇面很多，你们不必寄来。我记得赵家璧先生也说了几遍，靳以先生不知说过没有，我记不得了。

敬候

叔华

三·廿四

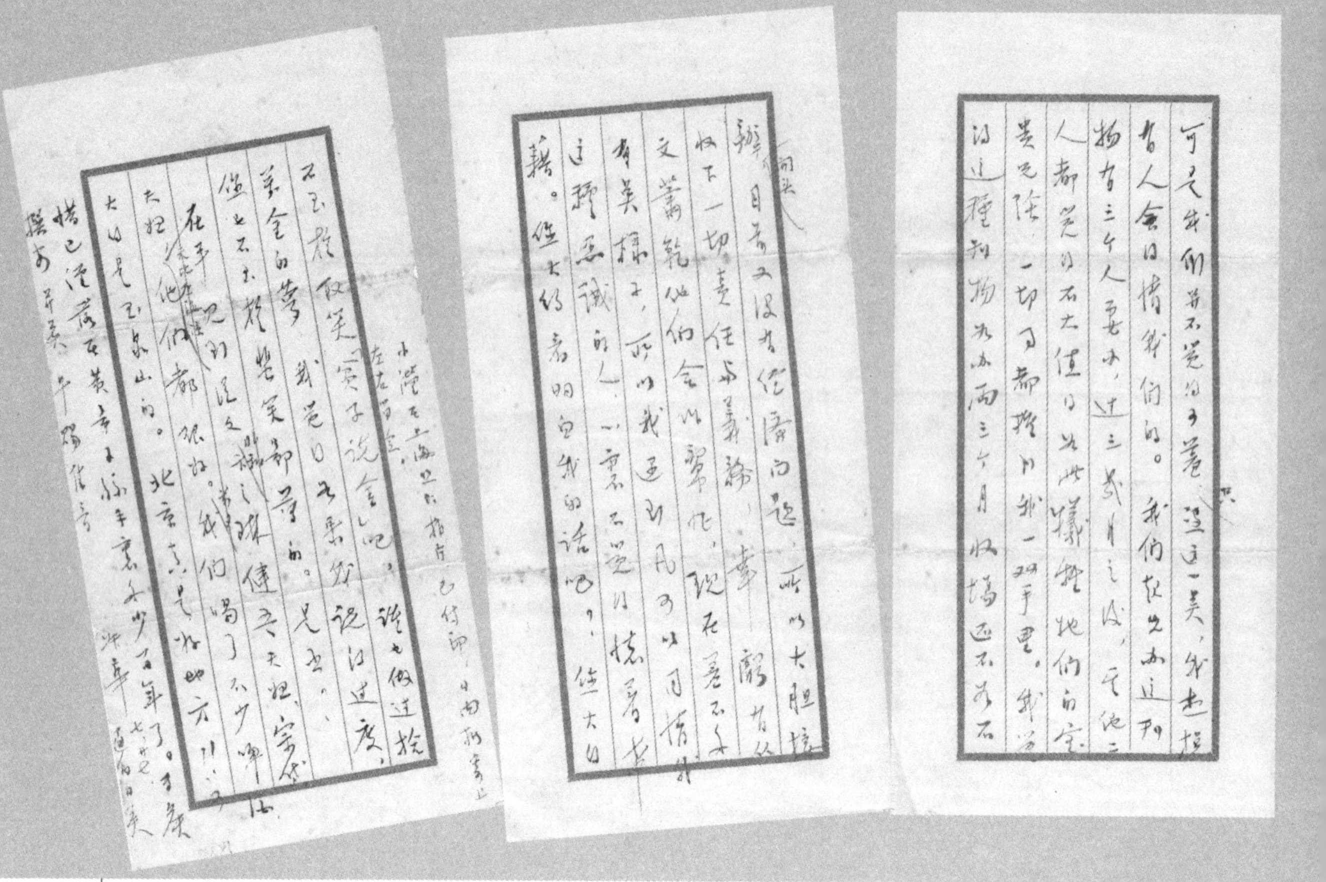

文物编号
DX000837

凌叔华致巴金（之四）

巴金先生：

我们离开上海后又到无锡及南京玩了几天方到北平。到平后又因俗务交集，未能执笔写信，直到今日，始能稍稍 挡一切做点正事。

我说的正事，便是重复说我们的愿望——求您早日赏一篇文章。我似乎在沪时向您说过，那边文章倒是有不少诚恳的读者，不光是青年人，中年人也有不少。原因是那边向来没有像点样的文艺刊物，有一个便占不少便宜。我并不敢向外人吹牛说这种刊物会有多大效果，多大影响，不过我相信（这也许是一种信仰）华中这地方实在需要这一种刊物，有许多年青[轻]人需要这刊物而已。至于需要到何种程度，我也不清楚，也不大要明白。也许十分明白了，倒使自己胆怯起来。这一种自信自觉，笨得有点可怜，可是我们并不觉得可羞。只凭这一点，我想总有人会同情我们的。

我们起先办这刊物有三个人要办，过三几月之后，其他二人都觉得不大值得如此牺牲他们的宝贵光阴，一切事都推到我一双手里。我觉得这种刊物如办两三个月收场，还不如不办开头，目前又没有经济问题，所以大胆接收下一切责任与义务。幸亏有从文萧乾他们合作帮忙，现在差不多有点样子，所以我遇到凡可以同情我这种愚诚的人，心里不觉得怀着希藉

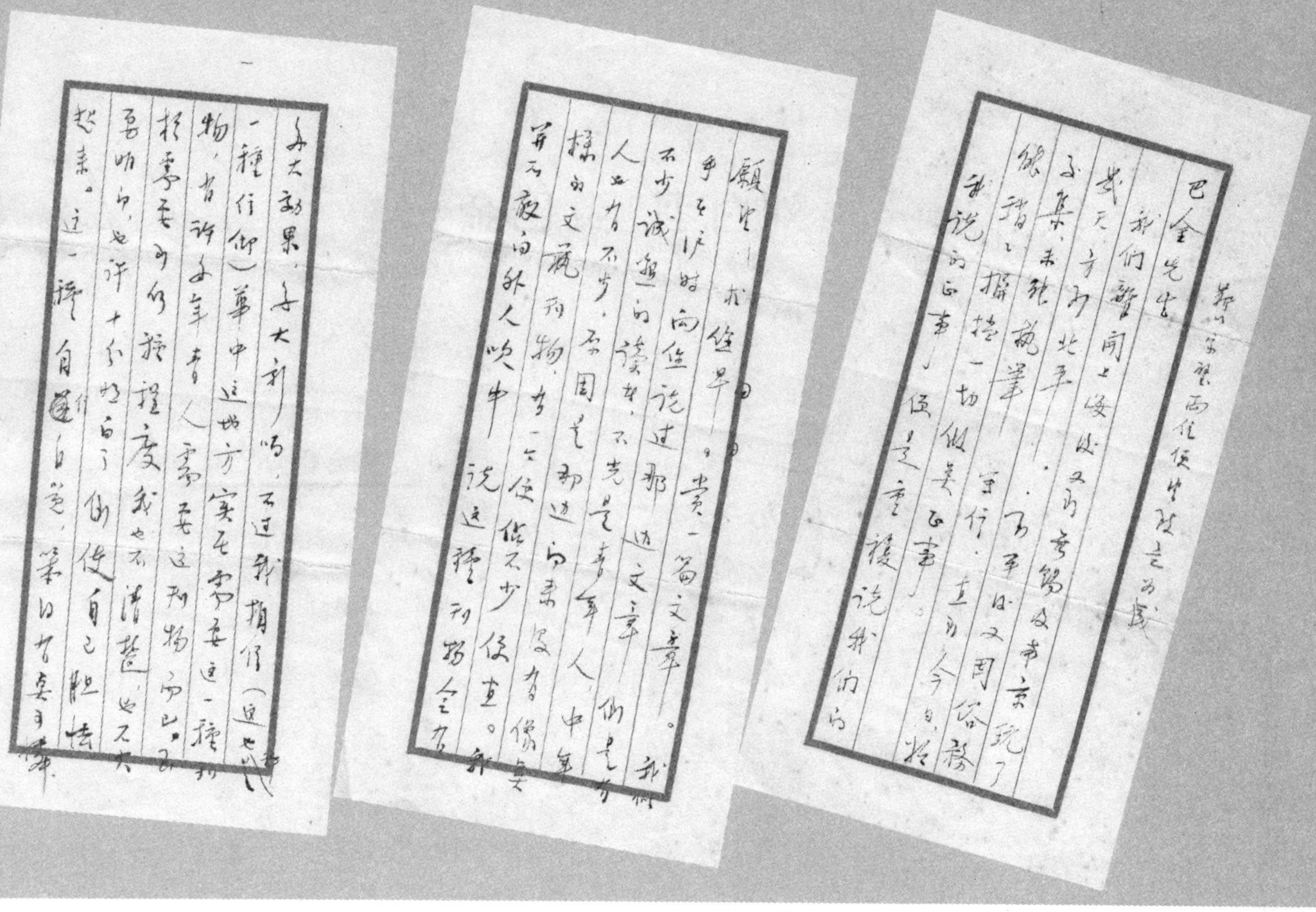

[冀]。您大约看明白我的话吧？您大约不至于取笑“贫子说金”吧。谁也做过拾万金的梦，我觉得如果我说得过度，您也不至于蜚笑鄙薄的。是否？

在平见到从文、兆和、卞之琳、健吾夫妇、宗岱夫妇，天比上海凉，他们都很好。前日我们喝了不少啤酒，大约是玉泉山的。北京真是好地方！！可惜已经落在黄帝子孙手里多少百年了。专候撰安。并候早赐佳音。

小滢在上海照的相片，已付印，日内拟寄上左右留念。

叔华

七·廿七

通伯①问候。

靳以、家璧两位便望致意为感

①通伯，即陈西滢（1896—1970）：作家、学者。本名陈源，字通伯，笔名西滢。江苏无锡人。有《西滢闲话》等著作。曾任《现代评论》文艺部主编、北京大学英文系主任、武汉大学文学院院长。

刘白羽[①]致巴金

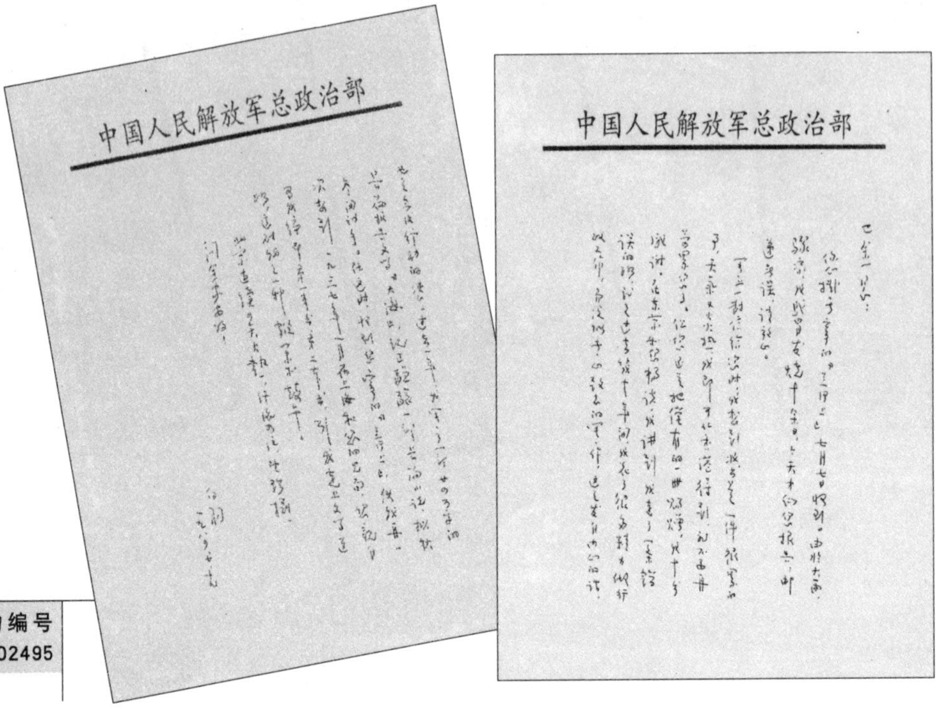

文物编号
DX002495

巴金同志：

您挂号寄的《兰河上》七月七日收到。由于大雨，骤凉，我感冒发烧十余日，今天才向您报告：邮递无误，请放心。

写上一封信给您时，我想到找书是一件很累的事，天气又炎热，我即可从香港得到，就不要再劳累您了。但您还是把仅有的一册赐赠，我十分感谢。在东京和您畅谈，我讲到我走了一条错误的路，就是过去几十年间，我花了很多精力做行政工作，而没能专心致志的写作，这是发自内心的话，也是今后行动的决心。过去一年，我写了一部廿四万字的长篇报告文学《大海》，现正酝酿一部长篇小说，拟秋冬间动手。在这时，收到您写的《兰河上》，使我再一次想到一九三七年一月在上海和您的见面，您亲自为我编印第一本书、第二本书，引我走上文学道路，这对我是一种鞭策和鼓午[舞]。

北京连续四天大热。汗流如注，望珍摄。

问全家安好！

白 羽

一九八四 · 七 · 十九

①刘白羽(1916—2005)：作家。北京通州人。著有《火光在前》、《第二个太阳》、《伟大的战斗》、《大海》等作品。曾任中国作家协会副主席、文化部副部长、总政文化部部长、《人民文学》主编等职。

刘忠[1]致巴金

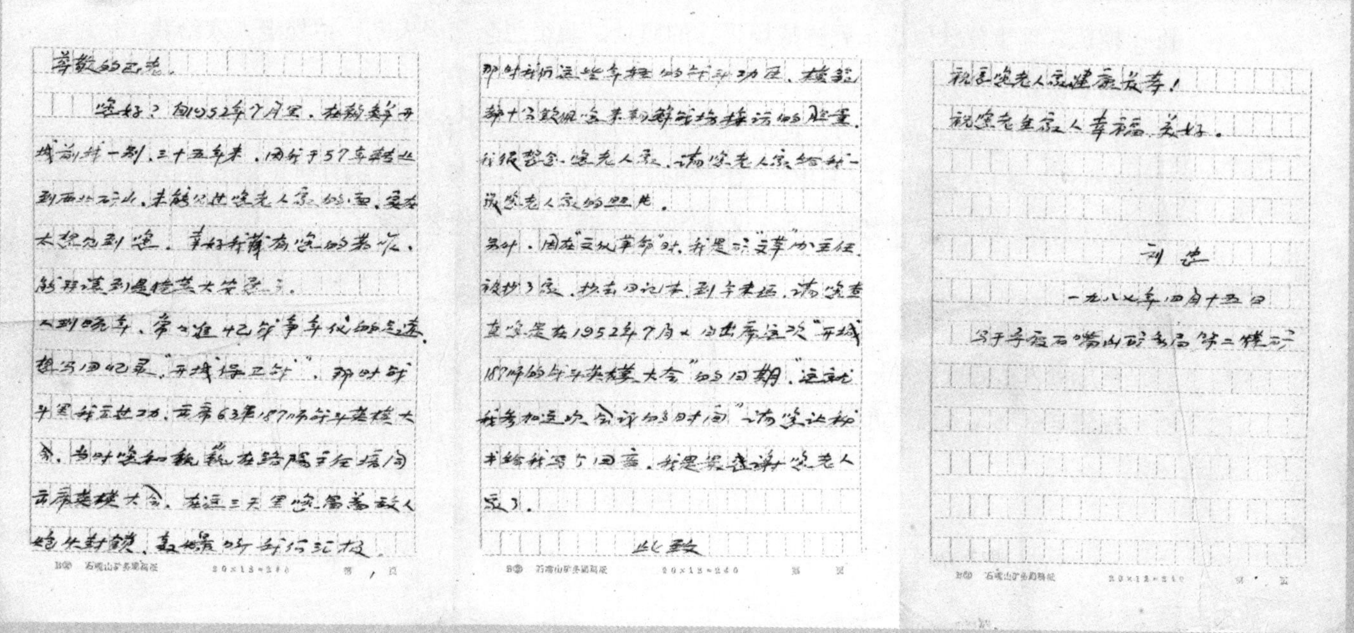

尊敬的巴老：

您好？自1952年7月里，在朝鲜开城前线一别，三十五年来，因我于57年转业到西北矿山，未能见过您老人家的面。实在太想见到您。幸好我藏有您的著作，能拜读到是俺莫大安慰了。

人到晚年，常常追忆战争年代的足迹。想写回忆录："开城保卫战"，那时战斗里我立过功，出席63军187师战斗英模大会。当时您和魏巍在路阳主任陪同出席英模大会。在这三天里您冒着敌人炮火封锁，来战场听我们汇报。

那时我们这些年轻的战斗功臣，都十分钦佩您来朝鲜战场采访的胆量。我很想念您老人家，请您老人家给我一张您老人家的照片。

另外，因在"文化革命"时，我是矿"文革"办主任，被抄了家，抄去日记本，到今未还。请您查查您是在1952年7月×日出席这次"开城187师的战斗英模大会"的日期，这就是我参加这次会议的时间。请您让秘书给我写个回音。我是实在谢谢您老人家了。

此致

祝您老人家健康长寿！

祝您老全家人幸福、美好。

刘忠

一九八七年四月十五日

写于宁夏石嘴山矿务局第二煤矿

石嘴山矿务局稿纸 20×13=260 第1页

文物编号
DX010610

尊敬的巴老：

您好？自1952年7月里，在朝鲜开城前线一别，三十五年来，因我于57年转业到西北矿山，未能见过您老人家的面。实在太想见到您。幸好我藏有您的著作，能拜读到是俺莫大安慰了。

人到晚年，常常追忆战争年代的足迹。想写回忆录：《开城保卫战》，那时战斗里我立过功，出席63军187师战斗英模大会。当时您和魏巍[2]在路阳主任陪同[下]出席英模大会。

①刘忠：1952年7月曾作为志愿军战斗英雄，在朝鲜开城出席英模大会，见过前来战场采访的巴金。后转业到宁夏矿山工作。

②魏巍（1920—2008）：作家。原名魏鸿杰。河南郑州人。有《谁是最可爱的人》、《黎明风景》等散文、诗歌集及《地球的红飘带》、《东方》、《火凤凰》等长篇小说。曾任北京军区政治部宣传部副部长、文化部部长。

在这三天里，您冒着敌人炮火封锁、轰爆[炸]听我们汇报。那时我们这些年轻的战斗功臣、模范，都十分钦佩您来朝鲜战场采访的胆量。我很想念您老人家，请您老人家给我一张您老人家的照片。

另外，因在“文化革命”时，我是矿“文革”办主任，被抄了家，抄去日记本，到今未还。请您查查您是在1952年7月×日出席这次“开城187师的战斗英模大会”的日期（这就[是]我参加这次会议的时间）。请您让秘书给我写个回音。我是最感谢您老人家了。

此致

敬礼

祝您老人家健康长寿！

祝您老全家人幸福、美好。

刘忠

一九八七年四月十五日

写于宁夏石嘴山矿务局第二煤矿

楼适夷[①]致巴金（之一）

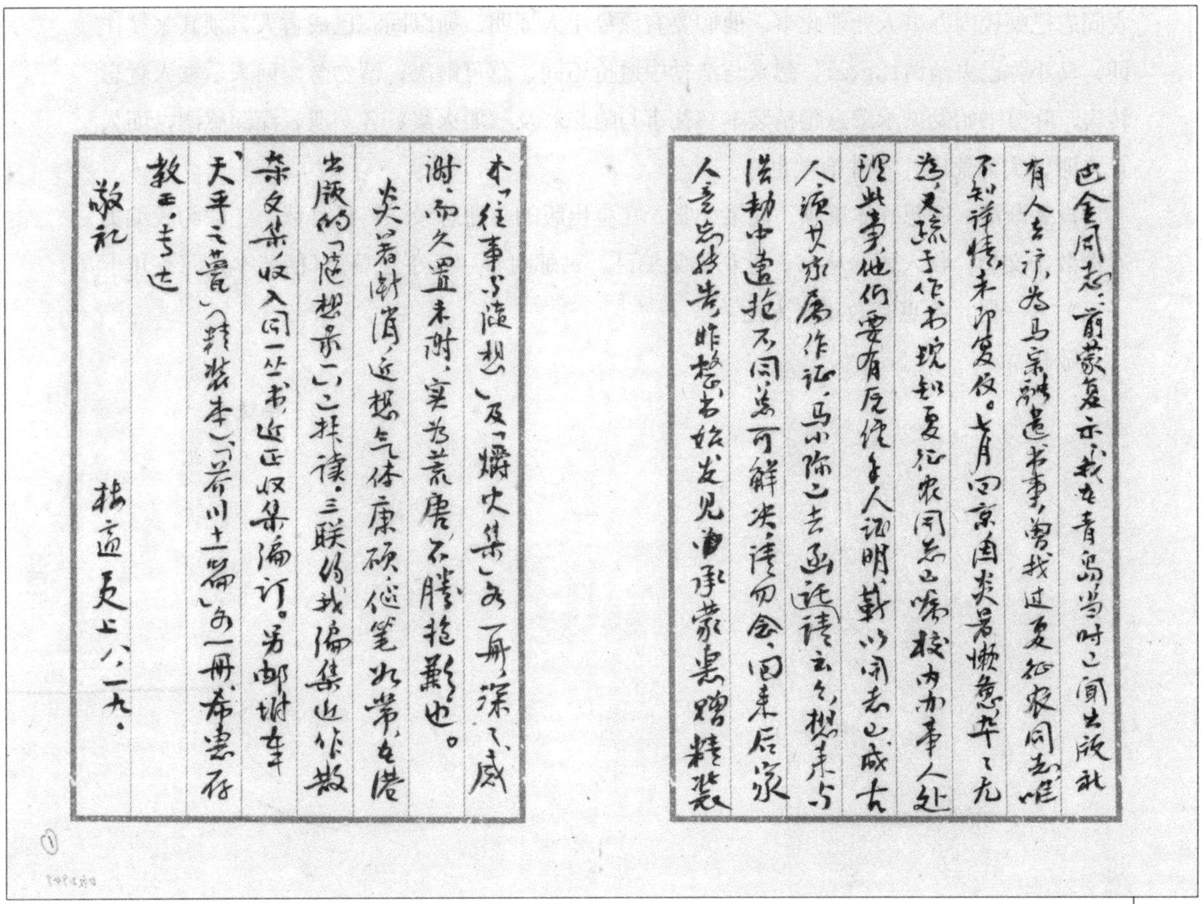
巴金同志：前蒙复示，我在青岛，当时已闻出版社有人去沪，为马宗融遗书事，曾找过夏征农同志，唯不知详情，未即复信。七月回京，因炎暑懒惫，卒卒无为，又疏于作书，现知夏征农同志已嘱校内办事人处理此事，他们要有底稿等人证明，载明同志已成古人，须其家属作证，马小弥已去函送请云云，想来亦在活动中，遗稿不同当可解决，请勿念。回来后家人忘转告，昨检书始发见曾承蒙惠赠精装本《往事与随想》及《爝火集》各一册，深深感谢，而久置未谢，实为荒唐，不胜抱歉也。炎暑渐消，近想气体康硕，健笔如常，在港出版的《随想录》之二拜读，三联约我编集近作散杂文集，收入同一丛书，近正收集编订。另邮附奉《天平之甍》（精装本）、《芥川小品》各一册，希惠存教正，专达
敬礼
楼适夷上 八、一九。

文物编号
DX002949

巴金同志：

前蒙复示，我在青岛，当时已闻出版社有人去沪，为马宗融[②]遗书事，曾找过夏征农[③]同志，唯不知详情，未即复信。七月回京，因炎暑懒惫，卒卒无为，又疏于作书，现知夏征

①楼适夷（1905–2001）：作家、翻译家。原名楼锡春。笔名楼建南。浙江余姚人。著有《挣扎》、《病与梦》、《四明山杂记》、《话雨录》等作品，有《在人间》等译作。曾任国家出版总署编译局副处长、人民文学出版社副社长兼副总编辑等职。

②马宗融（1892–1949）：翻译家。字仲昭。回族。四川成都人。作品有《春潮》、《法国革命史》等。先后供职于复旦大学、广西大学、台湾大学。

③夏征农（1903–2008）：江西丰城人。1927年参加南昌起义。曾任复旦大学党委书记、上海市委书记、中央顾问委员会委员、《中国大百科全书》总编、《辞海》主编等职。

农同志已嘱校内办事人处理此事，他们要有原经手人证明，靳以同志已成古人，须其家属作证，马小弥已去函请托云云，想来与浩劫中遭抢不同，总可解决，请勿念。回来后家人竟忘转告，昨整书始发见承蒙惠赠精装本《往事与随想》及《爝火集》各一册，深深感谢，而久置未谢，实为荒唐，不胜抱歉也。

炎暑渐消，近想气体康硕，健笔如常，在港出版的《随想录一》已拜读，三联约我编集近作散杂文集，收入同一丛书，近正收集编订。另邮附奉《天平之甍》（精装本）、《芥川十一篇》各一册，希惠存教正，专达

敬礼

楼适夷上

八・一九

楼适夷致巴金（之二）

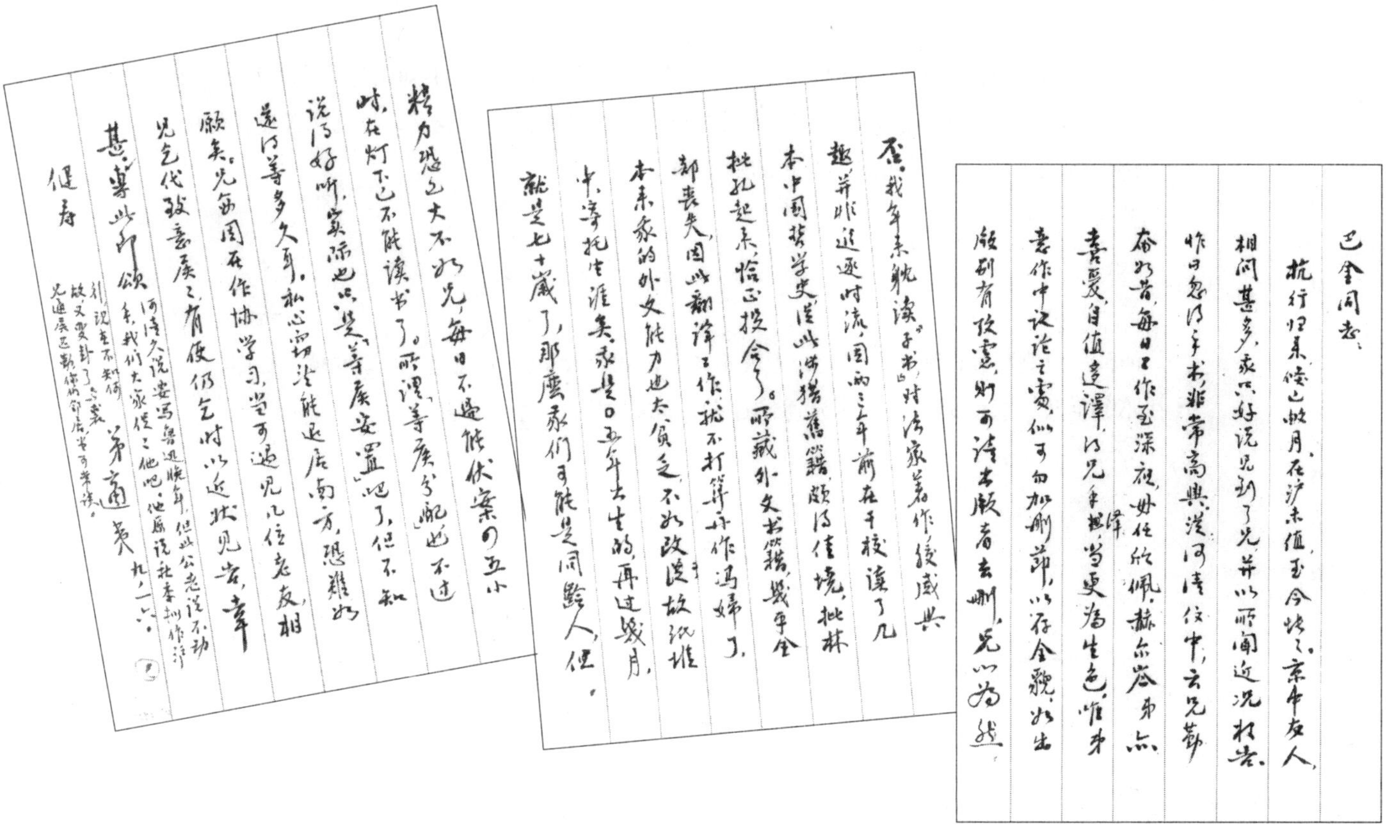
巴金同志：杭州归来，倏已数月，在沪未值，至今怅怅。京中友人相问甚多，我只好说见到了兄，并以所闻近况相告。昨日忽得手书，非常高兴。从河清信中，云兄勤奋如昔，每日工作至深夜，毋任欣佩。赫尔岑弟亦喜爱，自值迻译，得兄手泽当更为生色，唯弟意作中议论之处，似可勿加删节，以存全貌，如出版别有考虑，则可请出版者去删，兄以为然否？我年来耽读子书，对法家著作较感兴趣，并非追逐时流，因两三年前在干校读了几本中国哲学史，从此涉猎旧籍，颇得佳境。批林批孔起来，恰正投合了。所藏外文书籍，几乎全部丧失，因此翻译工作就不打算再作冯妇了。本来我的外文能力也太贫乏，不如改从故纸堆中，寄托生涯矣。我是〇五年出生的，再过几月，就是七十岁了，那么我们可能是同龄人，但精力恐已大不如兄，每日不过能伏案四五小时，在灯下已不能读书了。所谓"等身著作"，不过说得好听，实际也只是"等身安置"吧了，但不知还得等多久耳。私心所切望能返居南方，恐难如愿矣。兄在国内作协学习，当可遇见几位老友，相见乞代致意。有便仍乞时以近状见告，幸甚幸甚。此叩
健康
弟 适夷

巴金同志：

杭州归来，倏已数月，在沪未值，至今怅怅。京中友人，相问甚多，我只好说见到了兄，并以所闻近况相告。昨日忽得手书，非常高兴。从河清[1]信中，云兄勤奋如昔，每日工作至深夜，毋任欣佩。赫尔岑弟亦喜爱，自值移译，得兄手泽当更为生色，唯弟意作中议论之处，似可勿加删节，以存全貌，如出版别有考虑，则可请出版者去删，兄以为然否？

我年来耽读《子书》，对法家著作较感兴趣，并非追逐时流，因两三年前在干校读了几本中国哲学史，从此涉猎旧籍，颇得佳境。批林批孔起来，恰正投合了。所藏外文书籍，几乎全部丧失，因此翻译工作就不打算再作[做]冯妇了。本来我的外文能力也太贫乏，不如改从故纸堆中，寄托生涯矣。我是〇五年出生的，再过几月，就是七十岁了，那么我们可能是

①河清，即黄源。

同龄人，但精力恐已大不如兄，每日不过能伏案四五小时，在灯下已不能读书了。所谓“等候分配”也不过说得好听，实际也只是“等候安置”吧[罢]了，但不知还得等多久耳。私心窃望能退居南方，恐难如愿矣。兄每周在作协学习，当可遇见几位老友，相见乞代致意㑊㑊，有便仍乞时以近状见告，幸甚。专此即颂

健寿

弟 适夷

九 · 一六

河清久说要写鲁迅晚年，但此公老说不动手，我们大家促促他吧。他原说秋季拟作沪行，现在不知何故，又变卦了。与裘兄通候还勤，你们邻居，当可常谈。

楼适夷致巴金（之三）

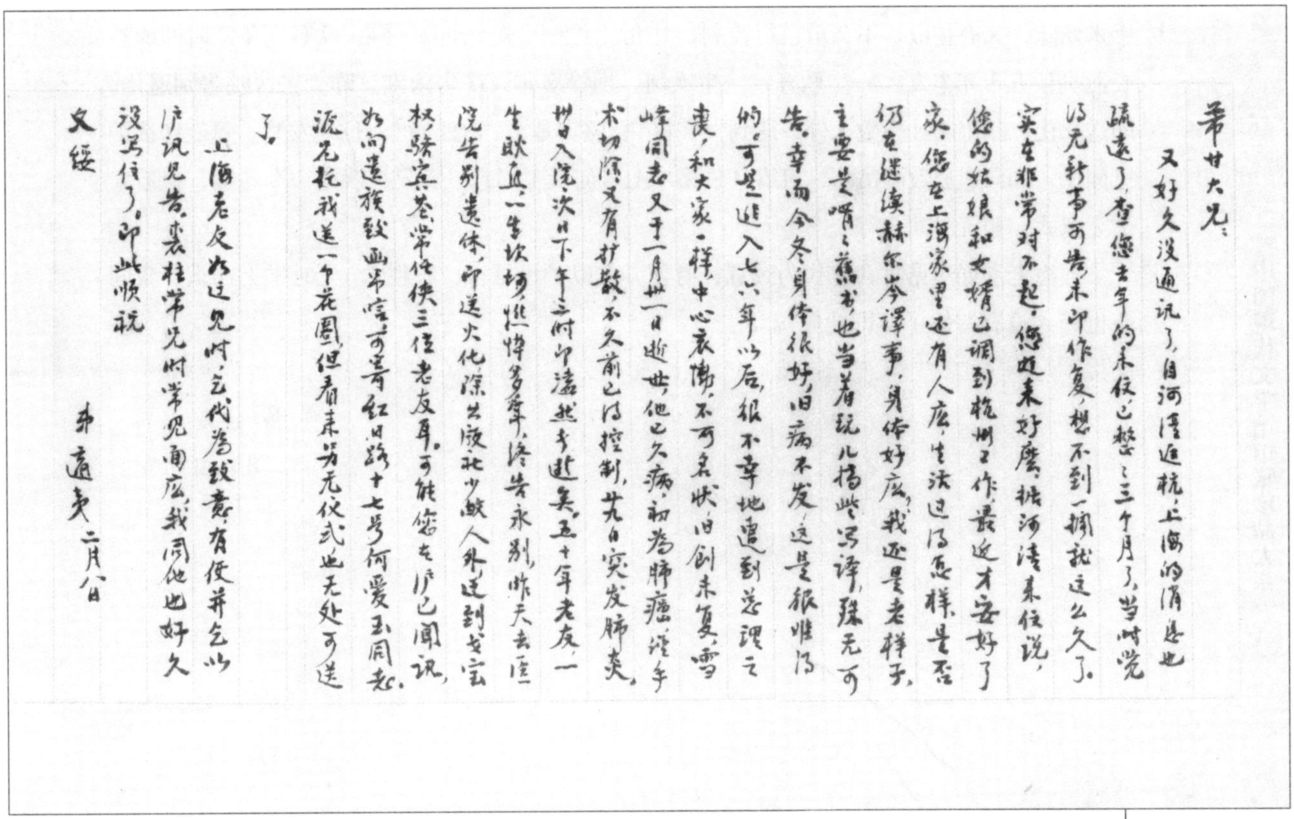

文物编号
DX002952

芾甘大兄：

又好久没有通讯[信]了，自河清返杭，上海的消息也疏远了，查您去年的来信，已整整三个月了，当时觉得无新事可告，未即作复，想不到一搁就这么久了。实在非常对不起。您近来好么？据河清来信说，您的姑娘和女婿已调到杭州工作，最近才安好了家。你在上海家里还有人么，生活过得怎样，是否仍在继续赫尔岑译事，身体好么？

我还是老样子，主要是啃啃旧书，也当着玩儿搞些写译，殊无可告。幸而今冬身体很好，旧病不发，这是很难得的。可是进入七六年以后，很不幸地遭到总理之丧，和大家一样，中心哀恸，不可名状。旧创未复，雪峰[①]同志又于一月卅一日逝世，他已久病，初为肺癌，经

①雪峰，即冯雪峰（1903—1976）：诗人、文艺理论家。原名福春，笔名雪峰、画室洛扬等。浙江义务人。有《真实之歌》、《雪峰的诗》、《雪峰寓言》、《鲁迅论及其他》等著作。曾任人民文学出版社社长兼总编辑、中国作家协会副主席等职。

手术切除，又有扩散，不久前已得控制，廿九日突发肺炎，卅日入院，次日下午三时即溘然长逝矣！五十年老友，一生耿直，一生坎坷，憔悴多年，终告永别。昨天去医院告别遗体，即送火化，除出版社少数人外，遇到戈宝权[①]、骆宾基[②]、常任侠[③]三位老友耳。可能您在沪已闻讯，如向遗族致函吊唁，可寄红日路十七号何爱玉同志。源兄托我送一个花圈，但看来另无仪式，也无处可送了。

上海老友如遇见时，乞代为致意，有便并乞以沪讯见告。裘柱常[④]兄时常见面么，我同他也好久没有写信了。即此顺祝

文绥

弟 适夷

二月八日

①戈宝权（1913—2000）：翻译家。笔名葆全等。江苏东台人。通晓俄、日、英、法等多种外语。主要译作有《普希金诗选》、《高尔基年刊》等。曾任中苏友好协会副秘书长、中国作家协会理事等职。

②骆宾基（1917—1994）：作家。原名张璞君。吉林珲春人。著有《边陲线上》、《吴非有》、《少年》、《罪证》等作品。曾任山东省文联主席、中国作家协会北京分会副主席等职。

③常任侠（1904—1996）：学者。笔名牧原、长征等。安徽颍上人。有《汉画艺术研究》、《中国古典艺术》、《丝绸之路与西域文化艺术》、《东方艺术丛谈》等著作。曾长期任职于中央美术学院。

④裘柱常（1906—1990）：翻译家。浙江余姚人。译有《海狼》、《毒日头》、《金融家》等作品。曾任中华书局上海编辑所编审、中国翻译家协会理事等职。

楼适夷致巴金（之四）

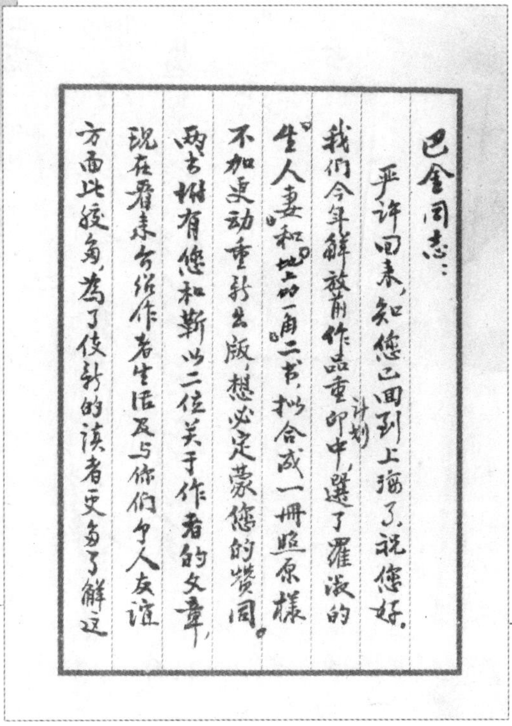

巴金同志：
严许回来，知您已回到上海了，祝您好。我们今年解放前作品重印计划中，选了罗淑的生人妻和地上的一角二书，拟合成一册照原样不加更动重新出版，想必定蒙您的赞同。两书附有您和靳以二位关于作者的文章，现在看来介绍作者生活及与你们个人友谊方面比较多，为了使新的读者更多了解这

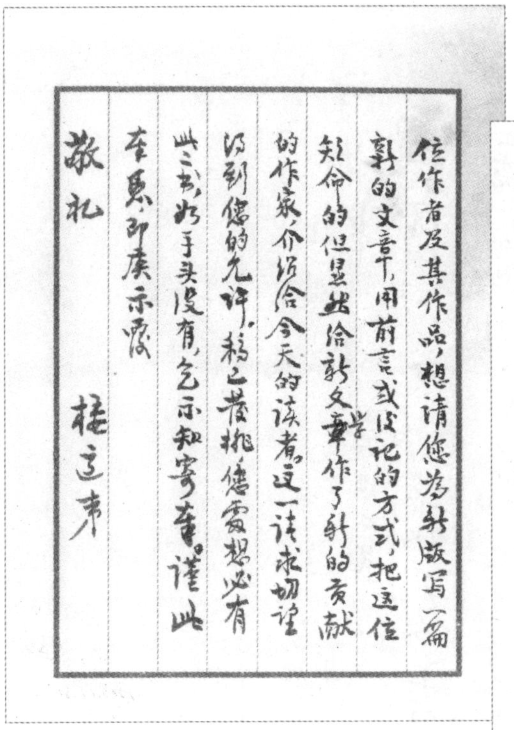

位作者及其作品，想请您为新版写一篇新的文章，用前言或后记的方式，把这位短命的但显然给新文学作了新的贡献的作家，介绍给今天的读者。这一请求切望得到您的允许，稿已发排，您处想必有此二书，如手头没有，乞示知寄奉。谨此奉恳，即候示覆
敬礼
楼适夷

文物编号
DX002960

巴金同志：

严许回来，知您已回到上海了，祝您好。我们今年解放前作品重印计划中，选了罗淑的《生人妻》和《地上的一角》二书，拟合成一册照原样不加更动重新出版，想必定蒙您的赞同。两书附有您和靳以二位关于作者的文章，现在看来介绍作者生活及与你们个人友谊方面比较多，为了使新的读者更多了解这位作者及其作品，想请您为新版写一篇新的文章，用前言或后记的方式，把这位短命的但显然给新文学作了新的贡献的作家，介绍给今天的读者。这一请求切望得到您的允许，稿已发排，您处想必有此二书，如手头没有，乞示知寄奉。谨此奉恳，即候示覆[复]

敬礼

楼适夷

罗寄梅[1]致巴金

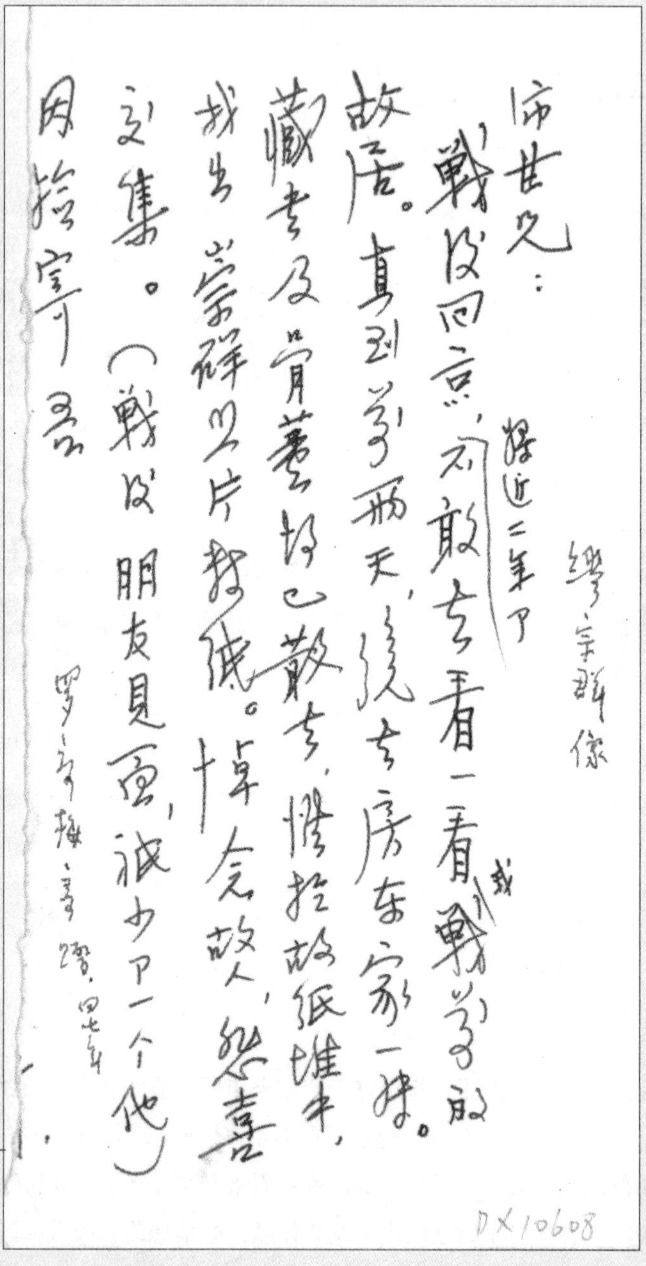

文物编号
DX010608

①罗寄梅：记者。抗战时期担任重庆国民政府中央通讯社摄影部主任，是全国美术界抗敌协会理事。曾为莫高窟拍摄2500多帧照片，为敦煌文化留下了宝贵资料。新中国成立前去国赴美，任教于普林斯顿大学。所拍莫高窟图片，赠予了该大学的东亚图书馆。

沛[芾]甘兄：

战后回京，将近二年了。不敢去看一看我战前的故居。直到前两天，才去房东家一转。藏书及骨董均已散去，惟于故纸堆中，找出崇群[①]照片数纸。悼念故人，悲喜交集（战后朋友见面，只少了一个他）。因捡寄。

五日

罗寄梅寄赠[②]

四七年[③]

①崇群，即缪崇群（1907—1945）：作家。江苏泰县人。著有《晞露集》、《废墟集》、《夏虫集》、《眷眷草》、《石屏随笔》、《归客与鸟》等作品，译有《日本小品文选》。早年留学日本，回国后在南京编辑杂志。抗战开始后在重庆从事编译工作。

②③此为巴金补注手迹。

罗烽[①]、舒群[②]致巴金

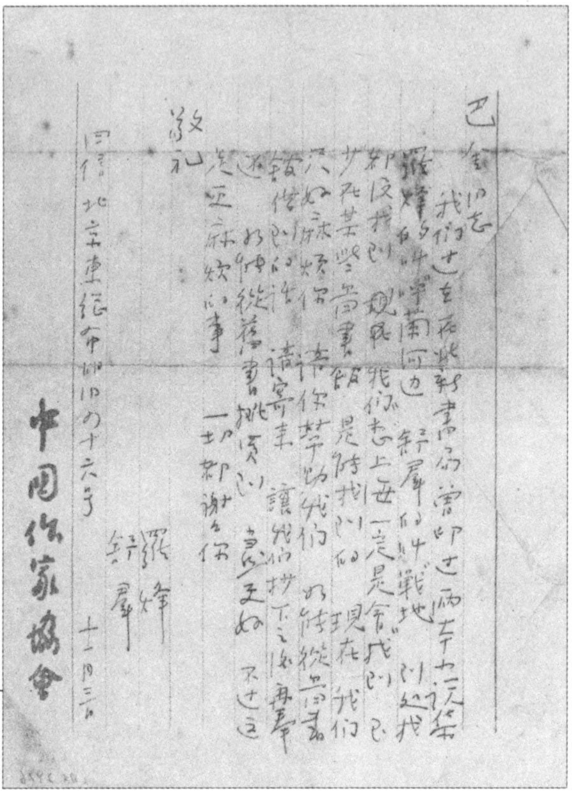

文物编号
DX002761

巴金同志：

我们过去在北新书局曾印过两本小说集，罗烽的叫《呼兰河边》、舒群的叫《战地》，到处找都没找到。我们想上海一定是会找到，至少在某些图书馆是能找到的。现在我们只好麻烦你，请你帮助我们。如能从图书馆借到的话，请寄来，让我们抄下之后再奉还。如能从旧书摊买到，当然更好。不过这是更麻烦的事。一切谢谢你。

敬礼

罗烽　舒群

十一月三日

回信北京东总布胡同四十六号

①罗烽（1909—1991）：作家。原名傅乃琦。辽宁沈阳人。著有《呼兰河边》、《横渡》、《粮食》、《归来》等作品。曾任东北人民政府文化部副部长、东北文联副主席、中国作家协会东北分会副主席等职。

②舒群（1913—1989）：作家。原名李书堂，笔名黑人、舒群。黑龙江哈尔滨人。著有《第三战役》、《这一代人》、《战地》等作品。曾任东北大学副校长、东北电影制片厂厂长、中国文联副秘书长等职。

罗洪[1]致巴金

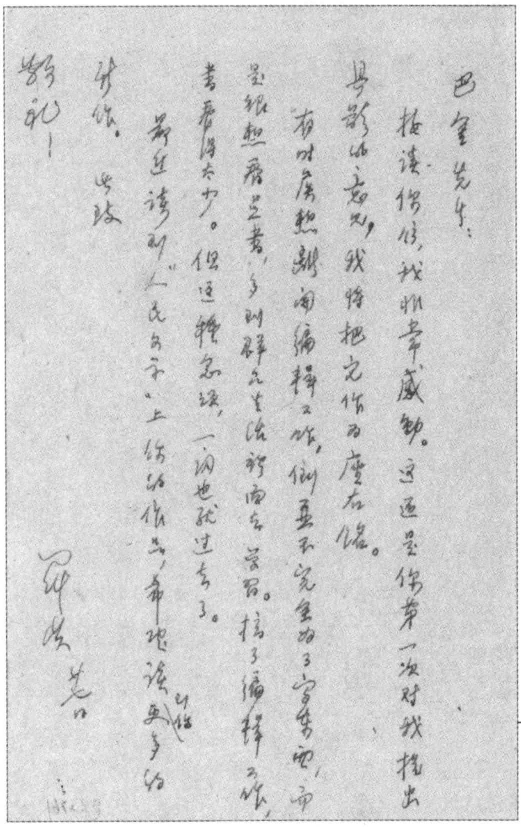

文物编号
DX002926

巴金先生：

接读你信，我非常感动。这还是你第一次对我提出具体的意见，我将把它作为座右铭。

有时候想离开编辑工作，倒并不完全为了写东西，而是很想看点书，多到群众生活里面去学习。搞了编辑工作，书看得太少。但这种念头，一闪也就过去了。

最近读到《人民文学》上你的作品，希望读到你更多的新作。

此致

敬礼！

罗 洪

廿七日

①罗洪（1910－　）：作家。原名姚自珍。上海松江人。著有《春王正月》、《孤岛时代》等作品。曾任《文艺月报》、《上海文学》、《收获》编辑。

罗淑[①]致巴金（之一）

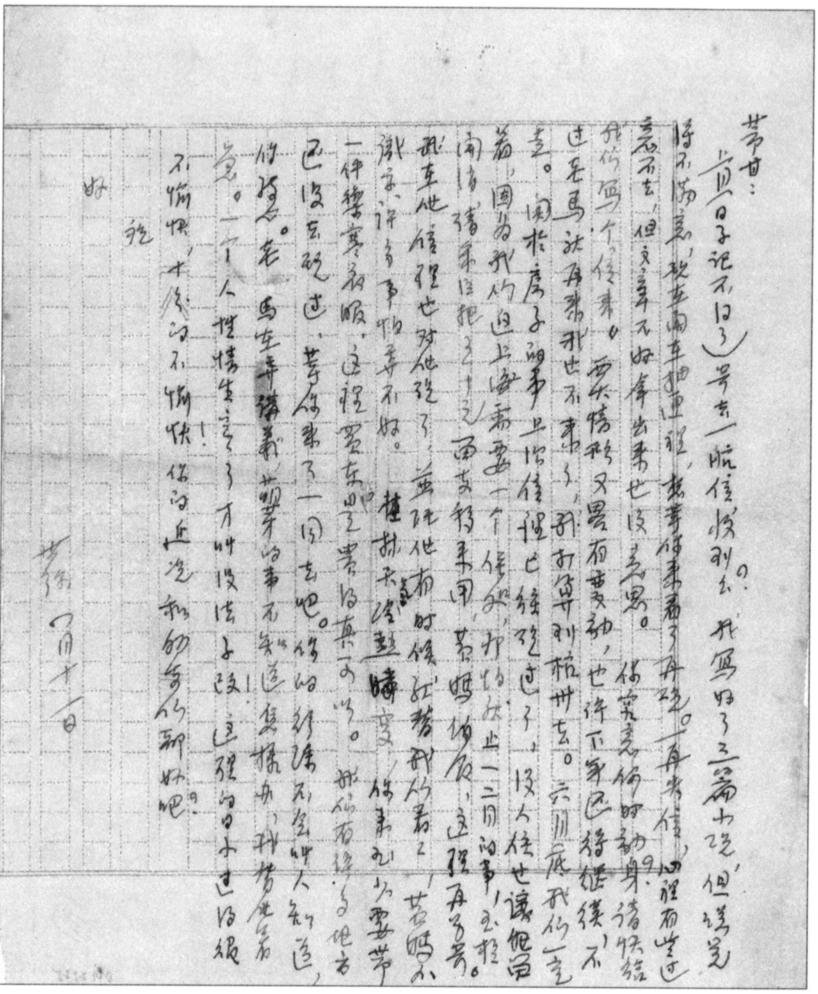

文物编号
DX002725

芾甘：

上月（日子记不得了）寄去一航空信，收到么？我写了三篇小说，但总是觉得不满意，现在关在抽匣里，想等你来看了再说。一再失信，心里有些过意不去，但文章不好，拿出来也没意思。你究竟何时动身？请快给我们写个信来。西大情形又略有变动，也许下年还得继

①罗淑（1903—1938）：作家。原名罗世弥。四川简阳人。著有《生人妻》、《地上的一角》、《鱼儿坳》等作品，有《何为》等译作。

续，不过老马[①]就再来我也不来了，我打算到杭州去。六月底我们一定走。关于房子的事上次信里已经说过了，没人住也让留着，因为我们返上海需要一个住处，那[哪]怕就止一二月的事；至于开消[销]，请采臣[②]把五十元留支移来用，黄妈饷银，这里再另寄。我在他信里也对他说了，并托他有时候就替我们看看。黄妈不识字，许多事怕弄不好。

桂林天气冷热瞬变，你来至少要带一件御寒衣服，这里买东西是贵得真可以。我们有许多地方还没去玩过，等你来了一同去吧。你的行踪不会叫人知道，你放心。老马在弄讲义，《萌芽》的事不知道怎样办，我替他着急。一个人性情生定了才叫没法子改！这里的日子过得很不愉快，十分的不愉快！你的近况和朋友们都好吧？

祝

好

世 弥

四月十一日

①老马，即马宗融（1890—1949）：翻译家。罗淑之夫。回族。四川成都人。译有屠格涅夫《春潮》等作品。曾任教于复旦大学、广西大学、四川大学、台湾大学。

②采臣，即李采臣（1913—2007）：出版家。四川成都人，巴金之弟。曾跟随巴金在文化生活出版社工作多年，后又创办平明出版社并担任总经理。

罗淑致巴金（之二）

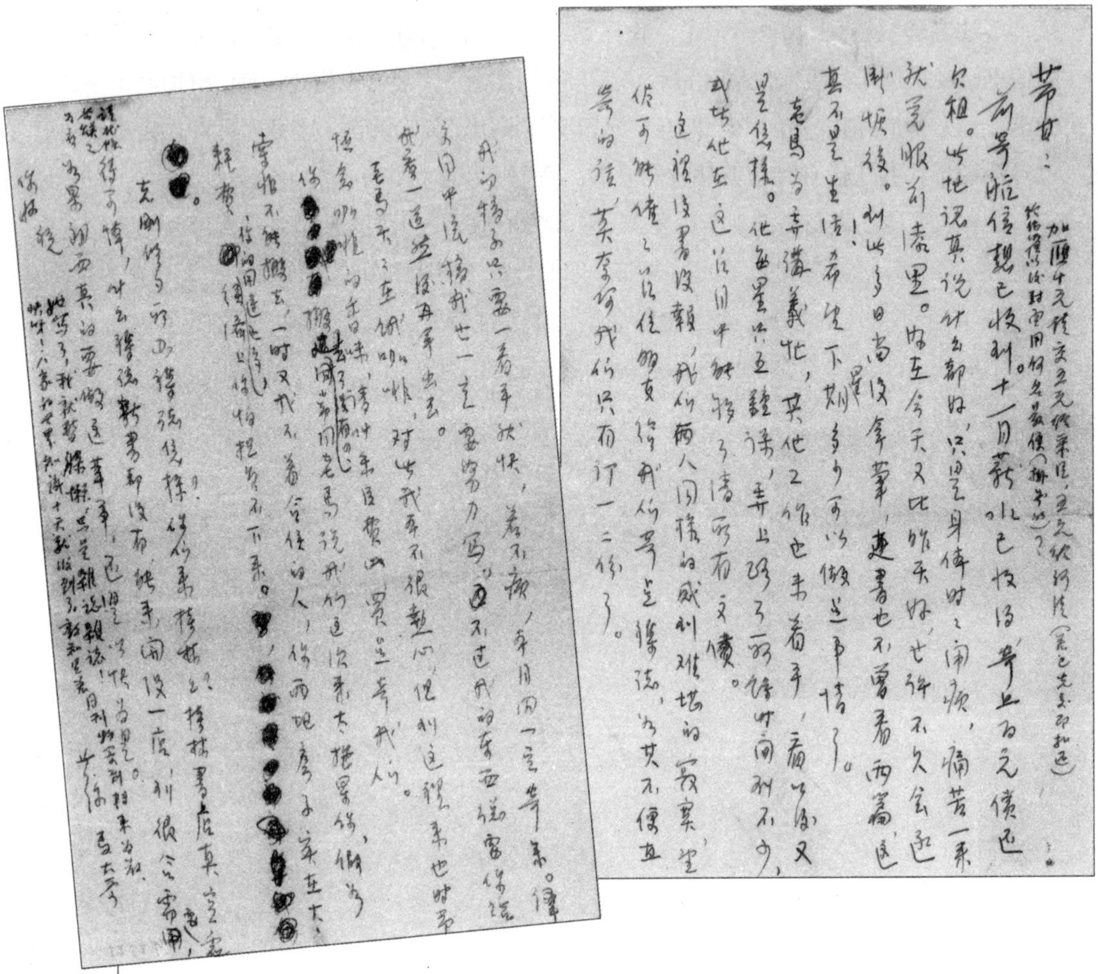

文物编号
DX002727

芾甘：

前寄航信想已收到。十一月薪水已收得，寄上百元偿还欠租。此地认真说什么都好，只是身体时时闹病，痛苦一来就觉眼前漆黑。好在今天又比昨天好，也许不久会逐渐恢复。到此多日尚没拿笔，连书也不曾看两篇，这真不是生活！希望下星期多少可以做点事情了。

老马为弄讲义忙，其他工作也未着手，看以后又是怎样。他每星[期]只五钟课，弄上路了所余时间倒不少，或者他在这几月中能够了清所有文债。

这里没书没报，我们两人同样的感到难堪的寂寞，望尽可能催催几位朋友给我们寄点杂志，如其不便直寄的话，莫奈何我们只有订一二份了。

我的稿子只要一着手就快，若不病，本月内一定寄来。译文同《中流》稿我也一定要努力写。不过我的东西总要你给我看一遍然后再拿出去。

老马天天在饿咖啡，对此我本不很热心，但到这里来也时常怀念咖啡的香味，请叫采臣费心买点寄我们。

你搬过去了没有？因常同老马说我们这次来太拖累你，假如索非不能搬去，一时又找不着合住的人，你两地房子实在太耗费，你的用途也多，经济上你怕担负不下来。

克刚①、修勺②所办杂志怎样？你们来桂林么？桂林书店真空虚得可怜，什么杂志新书都没有，能来开设一店，倒很合需要，如果朗西真的要做这笔事，还望以快为是。

祝

你好

世弥

她写了，我就暂躲懒，只是杂志！杂志！快呀！人家的《世界知识》十天就收到了。孰知是若月刊物寄到转来为荷。

马大哥

请代候岳焕③兄为荷

加汇十元，请交五元给采臣，五元给河清（若已先交即扣还）。给你的信以后封面用何名最便（挂号的）？

①克刚，即吴克刚。巴金友人。曾与巴金合著《无政府主义与实际问题》一书。

②修勺，即毕修勺（1902—1992）：翻译家。笔名碧波、郑铁等。浙江临海人。有《给妮侬的故事》、《薄尔上尉》、《崩溃》、《萌芽》、《四福音书》等译著。

③岳焕，即沈岳焕，沈从文的本名。

骆宾基致巴金

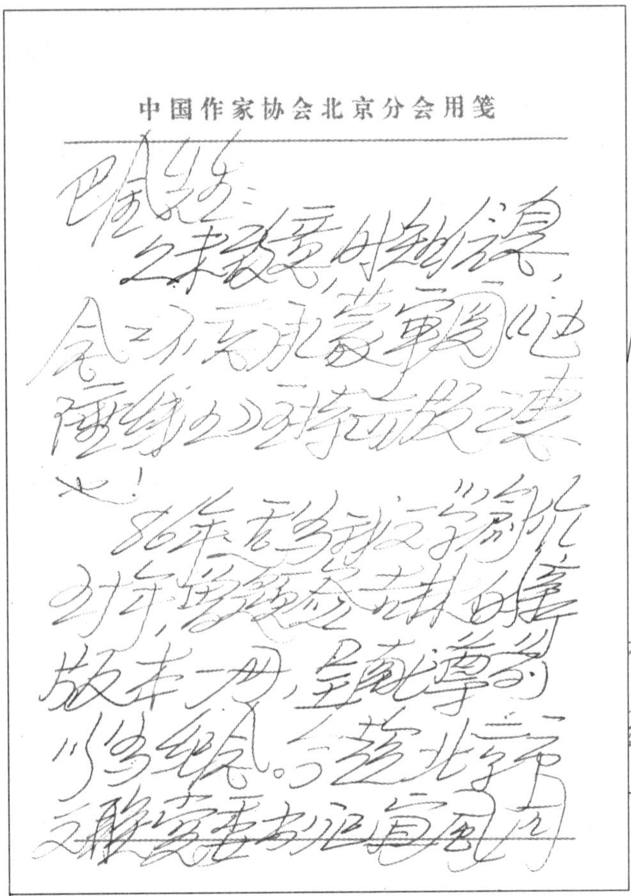
中国作家协会北京分会用笺

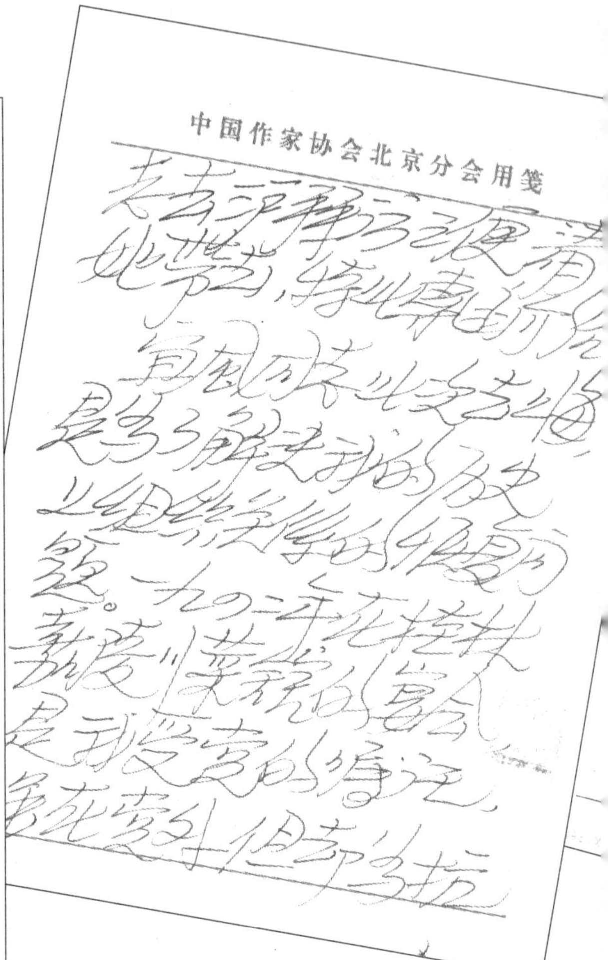
中国作家协会北京分会用笺

文物编号
DX010642

中国作家协会北京分会用笺

巴金先生：

久未致意，时知信息，念念不忘承蒙审阅《边线上》主持出版之惠也！

86 年适为我文学创作五十年，曾题签吉林的新版本一册，呈献尊前以为纪念。今趁北京市文联党委书记宜风同志去沪拜访之便，请她带去，特此专函介绍。

宜风同志此次去上海，是为了解决我的历史上组织关系的恢复问题。一九四二年在桂林嘉陵川菜馆的宴会，是我受党的嘱托，虽在党外，但却为抗日统一战线工作搭桥，您的傍[旁]证是珍贵的！实在是麻烦了！谢谢！谢谢！

祝

寿比苍松青春常在

弟 骆宾基上

87 年 2 月 2 日

M

茅盾致巴金（之一）

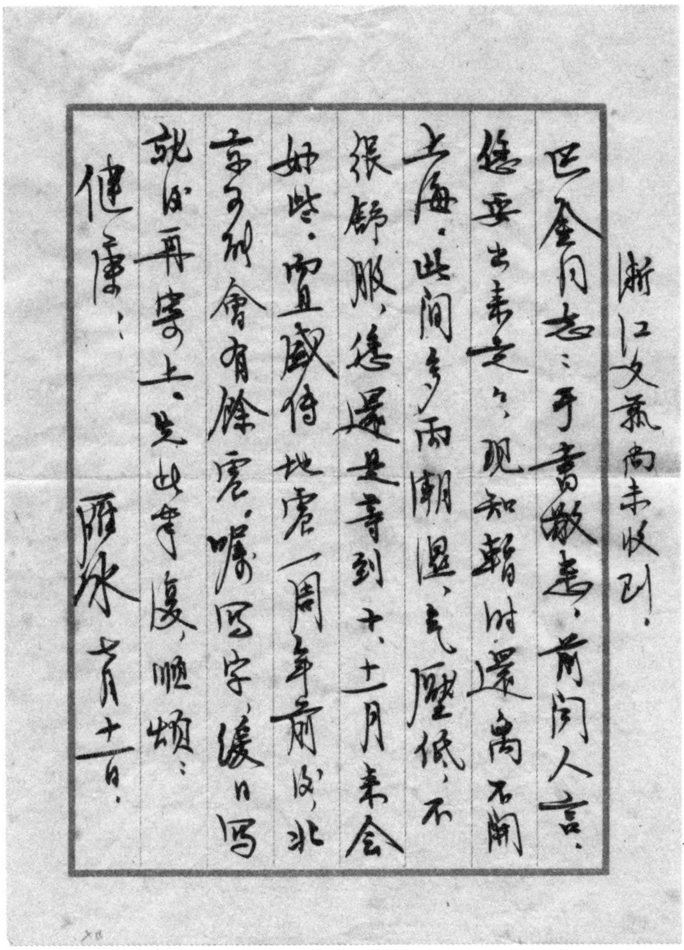

文物编号
DX010126

巴金同志：

手书敬悉，前闻人言，您要出来走走，现知暂时还离不开上海。此间多雨潮湿，气压低，不很舒服，您还是等到十、十一月来会好些。而且盛传地震一周年前后，北京可能会有余震。嘱写字，缓日写就后再寄上。先此奉复，顺颂：

健康！

雁冰

七月十一日

《浙江文艺》尚未收到。

茅盾致巴金（之二）

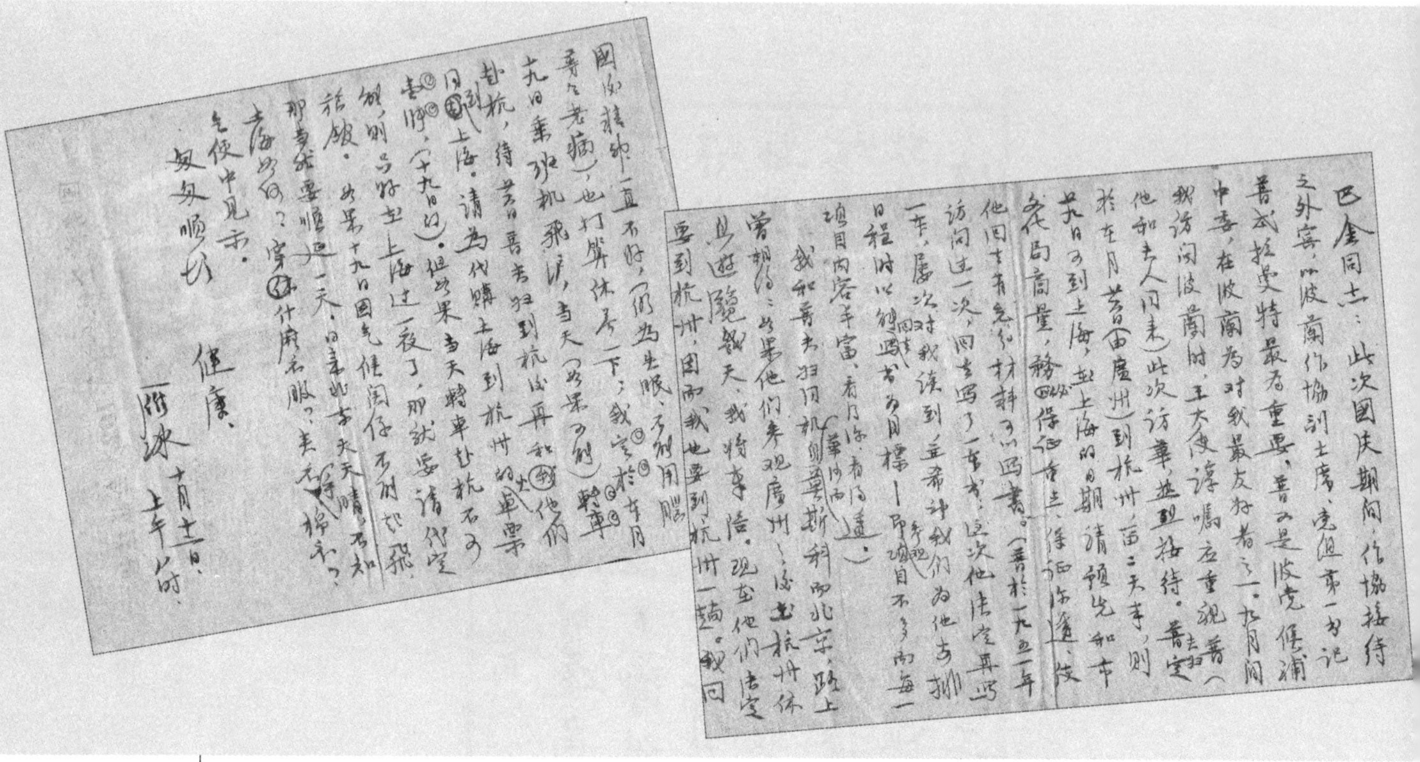

文物编号
（无）

巴金同志：

此次国庆期间，作协接待之外宾，以波兰作协副主席、党组第一书记普式拉曼特最为重要。普又是波党候补中委，在波兰为对我最友好者之一。九月间我访问波兰时，王大使谆嘱应重视普（他和夫人同来）此次访华，热烈接待。普夫妇定于在[本]月廿六日（由广州）到杭州，留二天半，则廿九日可到上海。在上海的日期请预先和市文化局商量，务必保证重点，保证深透，使他回去有充分材料可以写书。（普于一九五一年访问过一次，回去写了一本书。这次他决定再写一本，屡次对我谈到，并希望我们为他安排日程时以能回去写书为目标——即参观项目不多而每一项目的内容丰富、看得深、看得透。）

我和普夫妇同机自华沙而莫斯科而北京，路上曾相约：如果他们参观广州之后在杭州休息游览几天，我将奉陪。现在他们决定要到杭州，因而我也要到杭州一趟。我回国后精神一直不好（仍为失眠，不能用脑等等老病），也打算休养一下；我定于本月十九日乘班机飞沪，当天（如果可能）转车赴杭，待廿六日普夫妇到杭后再和他们同到上海。请为代购上海到杭州的火车票一张（十九日的）。但如果当天转车赴杭不可能，则只好在上海过一夜了，那就要请代定旅馆。如果十九日因气候关系不能起飞，那当然要顺延一天。日来北京天天晴，不知上海如何？穿什么衣服？夹衣乎棉衣？乞便中见示。匆匆顺颂

健康。

雁冰

十月十二日上午八时

缪崇群致巴金

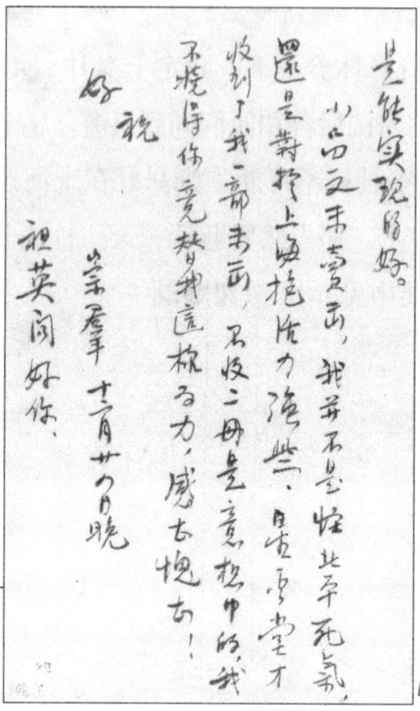

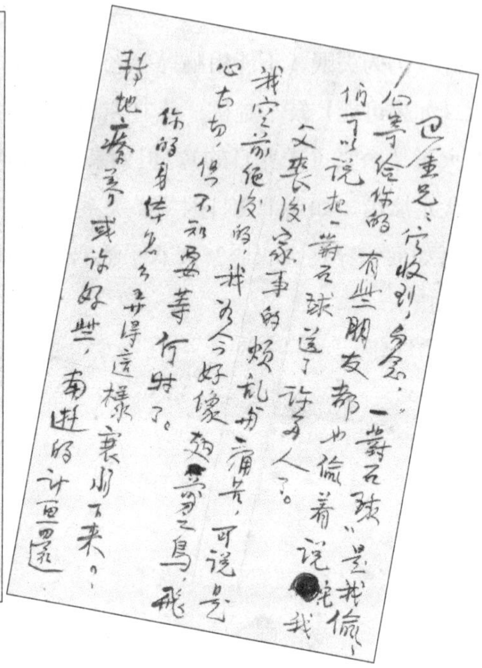

文物编号
DX010841

巴金兄：

信收到，勿念。《一对石球》是我偷偷地寄给你的，有些朋友都也偷着说它，我们可以说把一对石球送了许多人了。

父丧后家事的烦乱与痛苦，可说是我空前绝后的，我如今好像翅剪之鸟，飞心甚切，但不知要等何时了。

你的身体怎么弄得这样衰弱下来？转地疗养或许好些，南迁的计划还是能实现的好。

小品文未卖出，我并不是怪北平死气，还是对于上海抱活力强些，星云堂才收到了我一部未出，不收二册是意想中的，我不晓得你竟替我这样为力，感甚愧甚！

祝

好

崇群

十二月廿四日晚

祖英[1]问好你[你好]。

①祖英，缪崇群之妻。

P

浦伯①致巴金

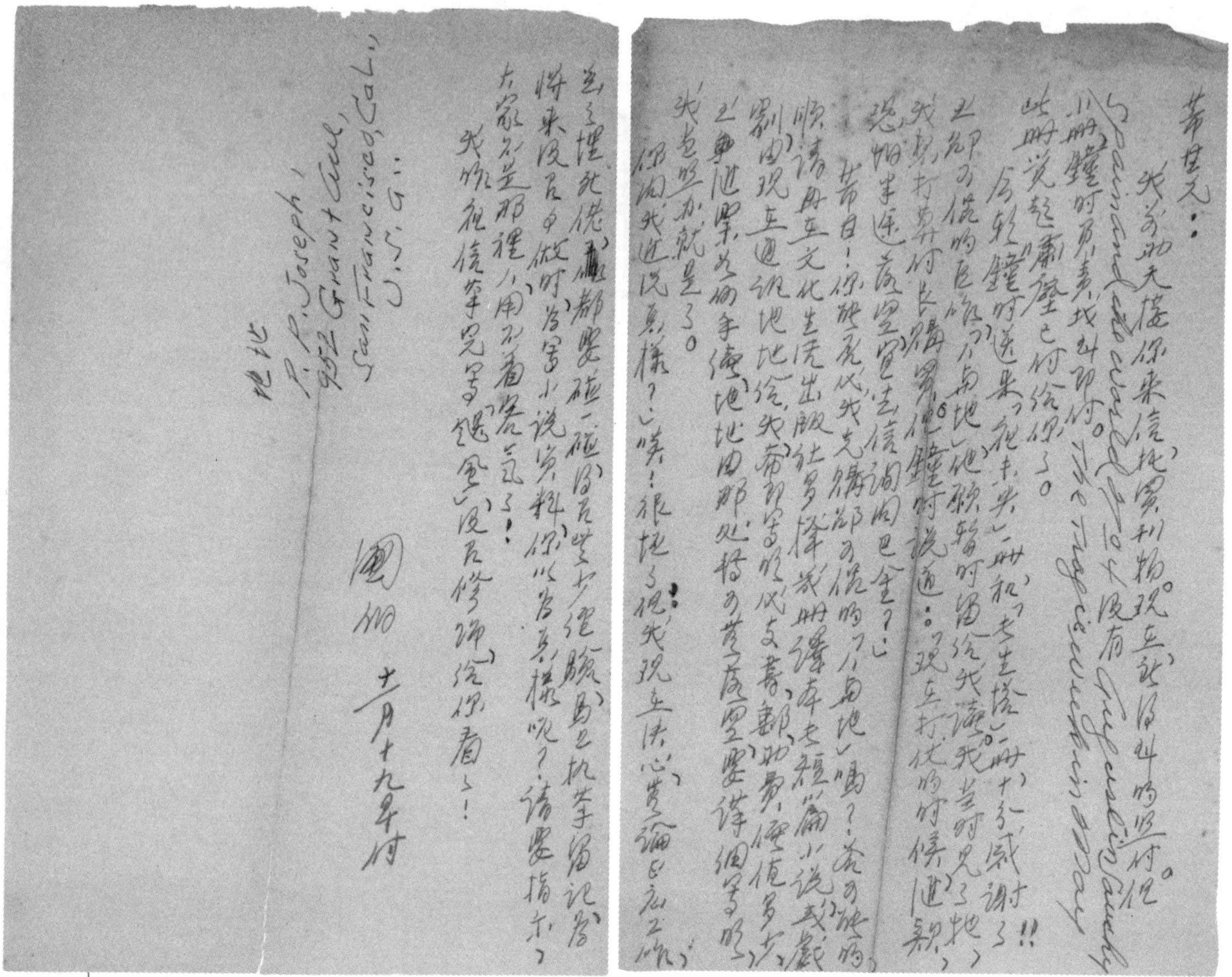

文物编号
DX010650

芾甘兄：

我前两天接你来信，托买刊物。现在所得到的照付。但Spain and The Waild No.4没有，Gugdilin Sauchy小册钟时负责，找到此即付。The Tiagic weekin May此册觉起啸尘已付给你了。

①浦伯，巴金友人，旅居美国。

今朝钟时送来《夜未央》一册和《长生塔》一册，十分感谢了！！至邵可侣[1]的巨作《人与地》，他愿暂时留给我读。我当时见了他，我想打算付银购买。但钟时说道："现在打仗的时候汇款，恐怕半途落空，宜去信询问巴金？"

芾甘！你能否代我先购邵可侣的《人与地》吗？若可能的，顺请再在文化生活出版社多择几册译本长短篇小说或戏剧，由现在通讯地址给我，希即写明代支书、邮、□费，价值多少，至汇票如何手续、地址由那[哪]处转可无落空，要详细写明，我当照办就是了。

你问我近况怎样？唉，很坏了！但我现在决心无论甚么工作，总之埋死佬，都要碰一碰，得有些少经验，马上执笔留记，为将来没有事做时，为写小说资料，你以为怎样呢？请要指示，大家不是那里人，用不着客气了！

我昨夜信笔完写《飓风》，没有修饰，给你看了！

浦 伯

十一月十九早时

地址：P.P.Joseph，

952 GrantAue，

San Francisco，CaL.，

U.S.A

①邵可侣（1894—1984）：法国汉学家。1928年5月来到中国，先后在昆明、北京中法大学执教，并翻译了中国古典文学作品《浮生六记》和《九命奇冤》。

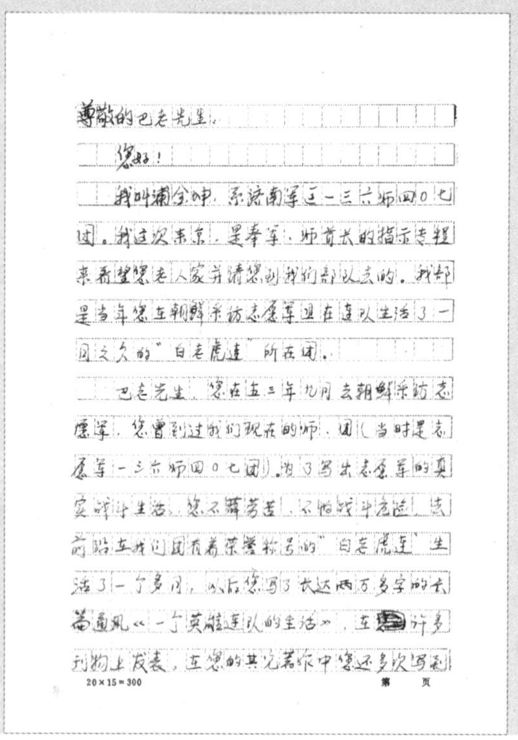

尊敬的巴老先生：

您好！

我叫浦金坤，系济南军区一三六师四〇七团。我这次来京，是奉军、师首长的指示专程来看望您老人家并请您到我们部队去的。我部是当年您在朝鲜采访志愿军且在连队生活了一月之久的"白老虎连"所在团。

巴老先生，您在五三年九月去朝鲜采访志愿军，您曾到过我们现在的师、团（当时是志愿军一三六师四〇七团），为了写出志愿军的真实战斗生活，您不辞劳苦，不怕战斗危险，去前沿在我们团有着荣誉称号的"白老虎连"生活了一个多月，以后您写了长达两万多字的长篇通讯《一个英雄连队的生活》，在许多刊物上发表，在您的其他著作中您还多次写到

20×15=300　第　页

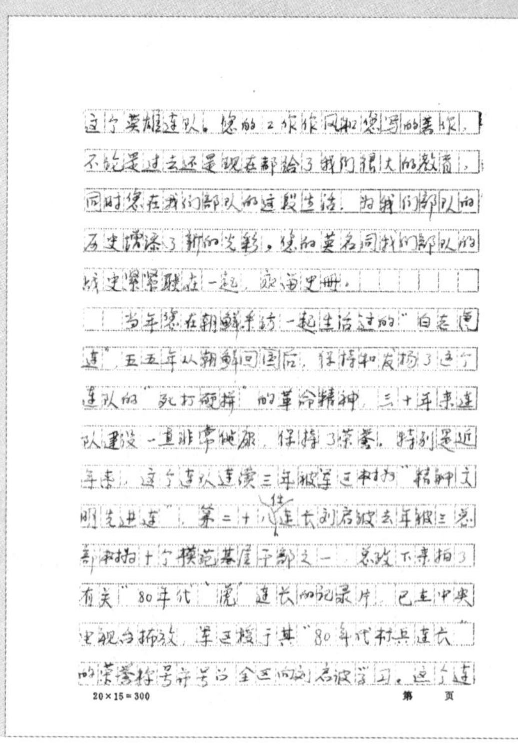

这个英雄连队。您的工作作风和您写的著作，不论是过去还是现在都给了我们很大的教育，同时您在我们部队的这段生活，为我们部队的历史增添了新的光彩，您的英名同我们部队的战史紧紧联在一起，永留史册。

当年您在朝鲜采访一起生活过的"白老虎连"，五五年从朝鲜回国后，保持和发扬了这个连队的"死打硬拼"的革命精神，三十年来连队建设一直非常健康，保持了荣誉。特别是近年来，这个连队连续三年被军区树为"精神文明先进连"，第二十八任连长刘启波去年被三总部树为十个模范基层干部之一，总政下来拍了有关"80年代'虎'连长"的记录片，已在中央电视台播放，军区授予其"80年代标兵连长"的荣誉称号并号召全区向他学习。这个连

20×15=300　第　页

浦金坤①致巴金

尊敬的巴老先生：

您好！

我叫浦金坤，系济南军区一三六师四零七团。我这次来京，是奉军、师首长的指示专程来看望您老人家并请您到我们部队去的。我部是当年您在朝鲜采访志愿军且在连队生活了一月之久的"白老虎连"所在团。

巴老先生，您在五三年九月去朝鲜采访志愿军，您曾到过我们现在的师、团（当时是志愿军一三六师四零七团）。为了写出志愿军的真实战斗生活，您不辞劳苦、不怕战斗危险，去前沿在我们团有着荣誉称号的"白老虎连"生活了一个多月，以后您写了长达两万多字的长篇通讯《一个英雄连队的生活》，在许多刊物上发表。在您的其他著作中您还多次写到这个英雄连队。您的工作作风和您写的著作，不论是过去还是现在，都给了我们很大的教育，同时你在我们部队的这段生活，为我们部队的历史增添了新的光彩，您的英名同我们部队的战史紧紧连在一起，永留史册。

当年您在朝鲜采访一起生活过的"白老虎连"，五五年从朝鲜回国后，保持和发扬了这个连队的"死打硬拼"的革命精神，三十年来连队建设一直非常健康，保持了荣誉。特别是近年来，这个连队连续三年被军区树为"精神文明先进连"，第二十八任连长刘启波去年被三总部树为十个模范基层干部之一，总政下来拍了有关"80年代'虎'连长"的记[纪]录

①浦金坤，20世纪50年代初为志愿军战士，后为济南军区136师407团干部。

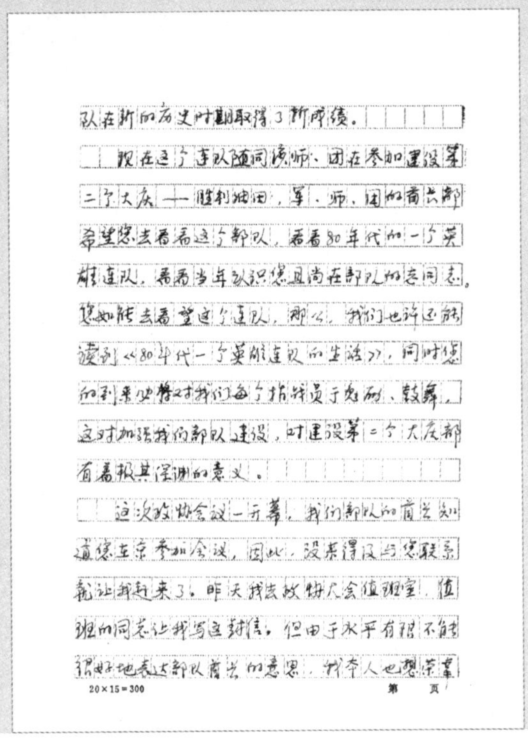

队在新的历史时期取得了新成绩。

现在这个连队随同该师、团在参加建设第二个大庆——胜利油田，军、师、团的首长都希望您去看看这个部队，看看80年代的一个英雄连队，看看当年认识您且尚在部队的老同志。您如能去看望这个连队，那么，我们也许还能读到《80年代一个英雄连队的生活》，同时您的到来必将对我们每个指战员于勉励、鼓舞，这对加强我们部队建设，对建设第二个大庆都有着极其深渊的意义。

这次政协会议一开幕，我们部队的首长知道您在京参加会议，因此，没来得及与您联系就让我赶来了。昨天我去政协大会值班室，值班的同志让我写这封信。但由于水平有限不能很好地表达部队首长的意思，我本人也想荣幸

20×15=300　第　页

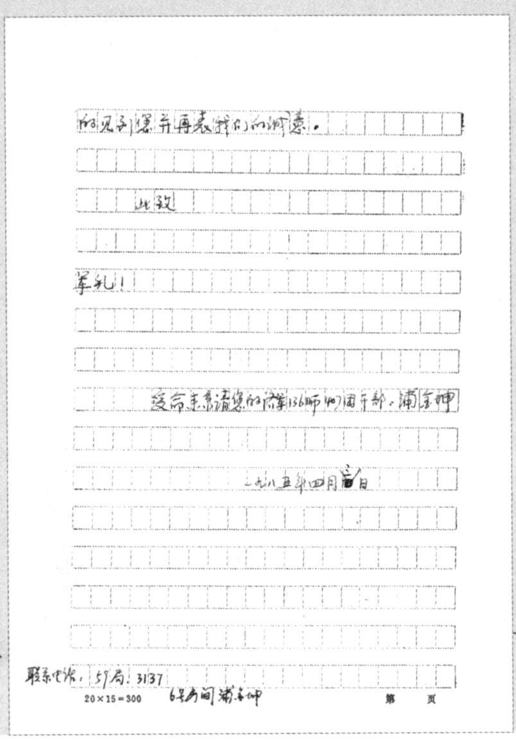

的见到您并再表我们的诚意。

此致

军礼！

受命来京请您的济军136师407团干部：浦金坤

一九八五年四月三日

联系电话：59局3137

6号房间 浦金坤

20×15=300　第　页

文物编号

DX010611

片，已在中央电视台播放。军区授予其“80年代标兵连长”的荣誉称号并号召全区向刘启波学习。这个连队在新的历史时期取得了新的成绩。

现在这个连队随同该师、团在参加建设第二个大庆——胜利油田，军、师、团的首长都希望您去看看这个部队，看看80年代的一个英雄连队，看看当年认识您且尚在部队的老同志。您如能去看望这个连队，那么，我们也许还能读到《80年代一个英雄连队的生活》，同时您的到来必将对我们每个指战员于勉励、鼓舞，这对加强我们部队的建设，对建设第二个大庆都有着极其深渊[远]的意义。

这次政协会议一开幕，我们部队的首长知道您在京参加会议，因此，没来得及与您联系就让我赶来了。昨天我去政协大会值班室，值班的同志让我写这封信。但由于水平有限不能很好地表达部队首长的意思，我本人也想荣幸的见到您并再表我们的诚意。

此致

军礼！

受命来京请您的济[南]军[区]136师407团干部：浦金坤

一九八五年四月三日

电话：59局3137 6号房间　浦金坤

Q

瞿白音[1]致巴金

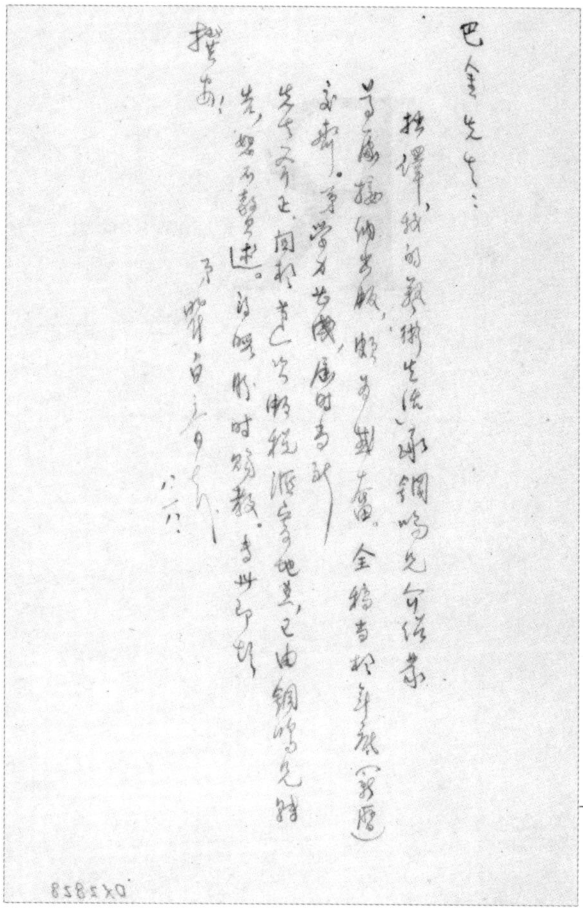

文物编号
DX002828

巴金先生：

拙译《我的艺术生活》承钢鸣[2]兄介绍，蒙贵处接纳出版，颇为感奋，全稿当于年底（新历）交齐。弟学历甚浅，届时当祈先生斧正。关于第一次版税汇寄地点，已由钢鸣兄转告，恕不赘述。得暇盼时赐教。专此即颂

撰安！

弟 瞿白音拜

八・一八

①瞿白音（1910—1979）：作家。原名瞿金驹。笔名白音、颜可风。上海人。著有《红日》、《南下列车》等电影文学剧本。曾任影协上海分会副主席，上海市电影局副局长、顾问等职。

②刚鸣，即周钢鸣（1909—1981）：作家。原名周刚明，笔名周达、康敏等。广西罗城人。有《论文艺改造》、《怎样写报告文学》、《从提班到烽火》等著作。曾任广西文化局副局长、中国作家协会广东分会副主席等职。

R

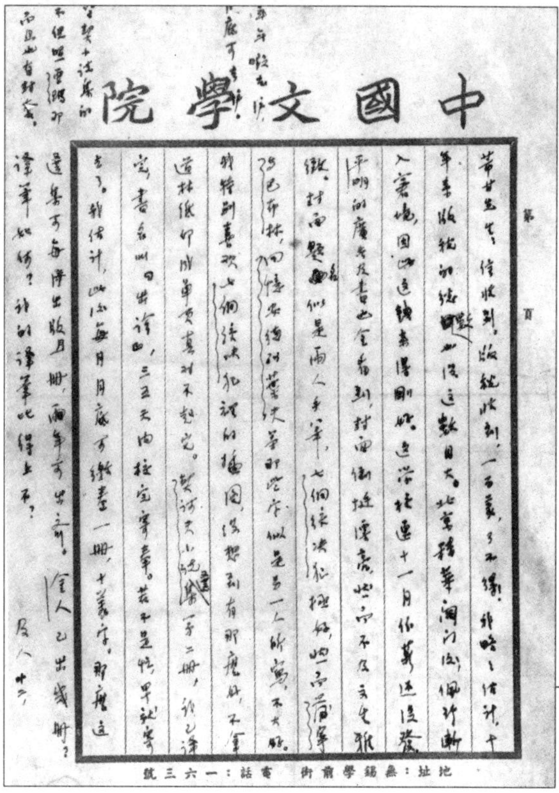

文物编号
DX002878

汝龙致巴金（之一）

芾甘先生：

信收到，版税收到，一百万，了不得！我略略估计，十年来版税的总数也没这数目大。北京精华关门后，佩珍①渐入窘境，因此这钱来得刚好。这学校连十一月份薪还没发。平明的广告及书也全看到，封面倒挺漂亮，然而不及文生雅致。封面题名似是两人手笔，《七个绞决犯》极好。然而《蒲宁与巴布林》、《回忆安德列叶夫》等那些字似是另一个人所写，不大好。我特别喜欢《七个绞决犯》里的插图，没想到有那么好，不拿道林纸印成单页真对不起它。《契诃夫小说选集》第二册，我已译完，书名叫《出诊》，三五天内校完寄奉。若不是忙，早就寄去了。我估计，此后每月月底可缴卷一册，十万字。那么这选集可每月出版一册，两年可出齐。金人②已出几册？译笔如何？我的译笔比得上不？

及人

十二

新年无暇去沪，一月底可去沪。

我希望契小说集的版式不但照《亚玛》那样大，而且也有封套。

①佩珍：文学翻译工作者。原名周文颖，汝龙夫人。

②金人（1910–1971）：翻译家。原名张君悌。河北南宫人。有《静静的顿河》、《绿野仙踪》、《斯大林时代的人》、《母亲》等译作。

汝龙致巴金（之二）

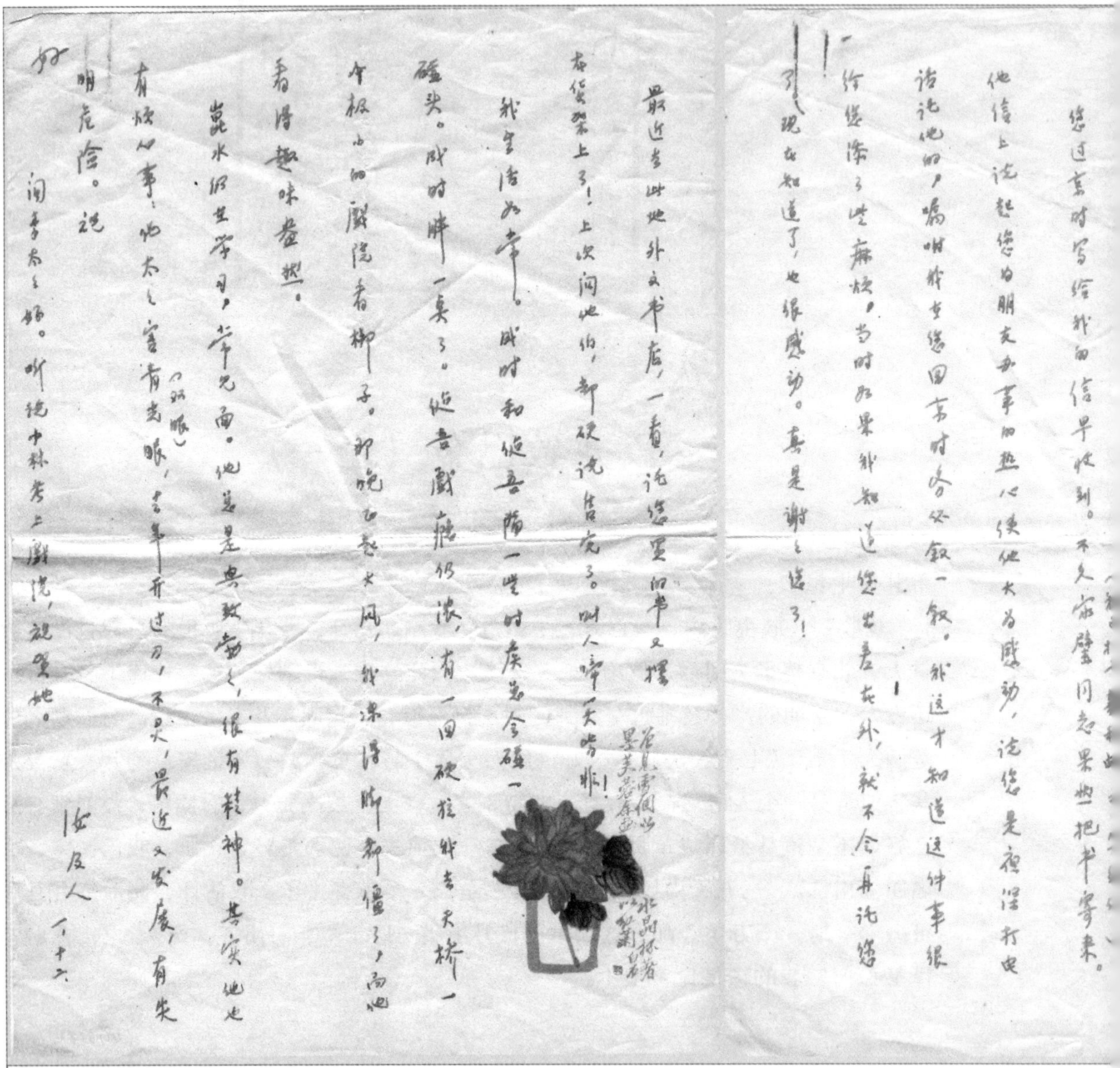

您近来时写给我的信早收到。不久家璧同志果然把书寄来。他信上说起您为朋友办事的热心，使他大为感动，说您是亲自打电话给他的，嘱咐我要您回京时务必叙一叙。我这才知道这件事很给您添了些麻烦，当时如果我知道您出差在外，就不会再托您了，现在知道了，也很感动。真是谢谢您了！

最近去些地外文书店，一看，说您要的书又摆在货架上了！上次问他们，都硬说售完了。叫人啼笑皆非！

我生活如常。成时和德音闹一些时候，总会碰一碰头。成时胖一点了。德音戏瘾仍浓，有一回硬拉我去天桥一个极小的戏院看梆子。那晚正刮大风，我冻得脚都僵了，而她看得趣味盎然。

崑水仍在学习，常见面。她总是兴致勃勃，很有精神。其实她也有烦心事：她太太害青光眼（双眼），去年开过刀，不见，最近又发展，有失明危险。祝

阖[illegible]好。听说小林考上戏院，祝贺她。

汝龙

十六

好

文物编号
DX003128

李先生：

您去日本后，我在电视上看见一次！《刘三姐》公演结束，您和一些人上台祝贺，笑容满面，神采焕发。原以为您回国后会回北京，我们还预备给您暖寿，现在看来，不会来了，

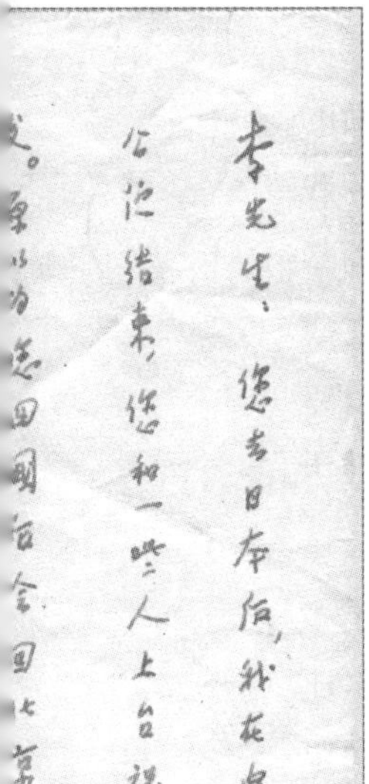
李先生：您去日本后，我在电视上看见一次：刘三姐公演结束，您和一些人上台祝贺，笑容满面，神采焕发。

颇为怅怅。

您过京时写给我的信早已收到。不久家璧同志果然把书寄来（我已把书款和邮费寄给他了）。他信上说起您为朋友办事的热心使他大为感动，说您是夜深打电话托他的，嘱咐我在您回京时务必叙一叙。我这才知道这件事很给您添了些麻烦，当时如果我知道您出差在外，就不会再托您了。现在知道了，也很感动。真是谢谢您了！

最近在此地外文书店一看，托您买的书又摆在货架上了！上次问他们，却硬说售完了。叫人啼笑皆非！

我生活如常。成时[①]和健吾隔一些时候总会碰一碰头。成时胖一点了。健吾戏瘾仍浓，有一回硬拉我去天桥一个极小的戏院看梆子。那晚正起大风，我冻得脚都僵了，而他看得趣味盎然。

昆水仍在学习，常见面。他总是兴致勃勃，很有精神。其实他也有烦心事：他太太害青光眼（双眼），去年开过刀，不灵，最近又发展，有失明的危险。

祝

好

及人

一·十二

问李太太好。听说小林考上戏院，祝贺她。

①成时，即徐成时（1922－ ）：翻译家。笔名成时。浙江嘉善人。有《六月的雪》、《白夜》、《白鲸》、《圣诞树和婚礼》等译作。曾任中国社会科学院研究生院新闻系教授、北京广播学院外语系教授。

汝龙致巴金（之三）

芾甘先生：

信收到。谢谢你译的注解，它们原使我大伤脑筋，现在算解决了。关于狄更斯的Little Dorut，我很愿意遵照你的吩咐，着手译它。原书倘能早点寄来最好，因为我说不定不久会离开此地，为吃饭问题到东北去，我们这儿的主官调东北了（这儿的学校派系森严，简直插不进脚去，到东北，公事清闲，可以偷空翻译，恐怕真会去成的）。我记得《小杜丽》篇幅跟《大卫》差不多，那么有八十多万字，译完它至少要一年。因此我又想此后索性选几本Diekens的东西译，译完Diekens以后再译一本《古董店》和Olin Jersr，你看可好？

昨天寄上朵氏传稿四本和原书一册，请收到后务必告诉我一声，好放心。差不多两年前，你叫我译它，这么久才译完，这因为去年停了一年。译得还是不流畅，但比自己意料中的坏，总算好一点。希望你跟以前一样，不客气的修正它。还有，我想跟你商量：这本书或《魔鬼》最近可否排印？照我自己的境况，我希望能出版一本。我虽在这儿是上校专员，拿简任官薪水，却窘得很，因为我家里有父母，有弟妹。希望

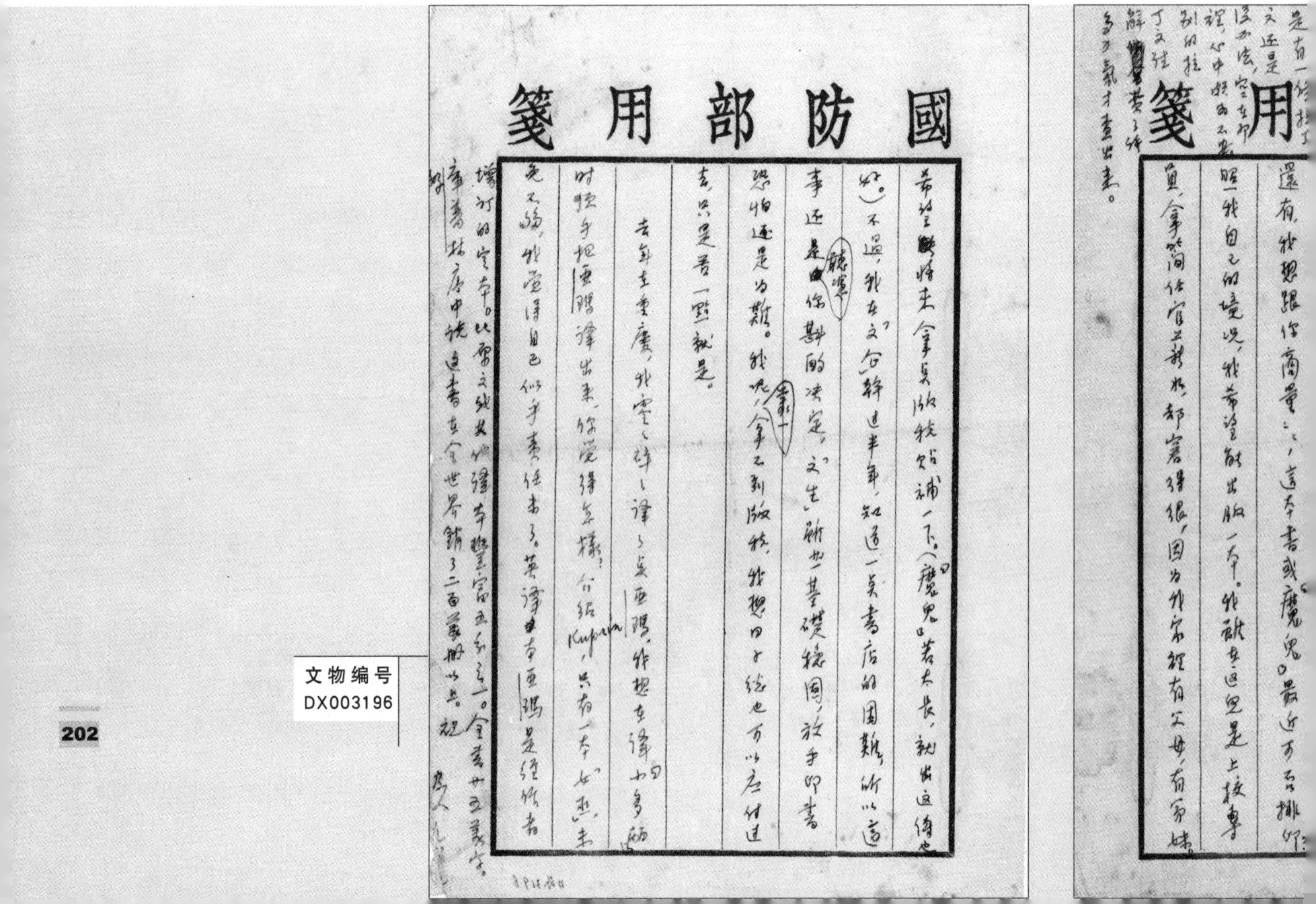
國防部用箋

文物编号
DX003196

将来拿点版税贴补一下。(《魔鬼》若太长，就出这传也好。)不过，我在“文□”干过半年，知道一点书店的困难，所以这事还是听凭你斟酌决定，“文生”虽然基础稳固，放手印书恐怕还是为难。我呢，万一拿不到版税，我想日子总也可以应付过去，只是苦一点就是。

去年在重庆，我零零碎碎译了点《亚玛》，我想在译《小多丽》时顺手把《亚玛》译出来，你觉得怎样？介绍Kupun，只有一本《女巫》，未免不够，我觉得自己似乎责任未了。英译本《亚玛》是经作者增订的定本。比原文或其他译本丰富五分之一。全书廿五万字。库普林序中说这书在全世界销了二百万册以上。祝

好

及人

九月

书中注解，经你帮忙和查百科全书大辞典后，大致齐全了。只是有一条拉丁文还是没办法，空在那里，心中颇为不安，别的拉丁文注解费了许多力气才查出来。

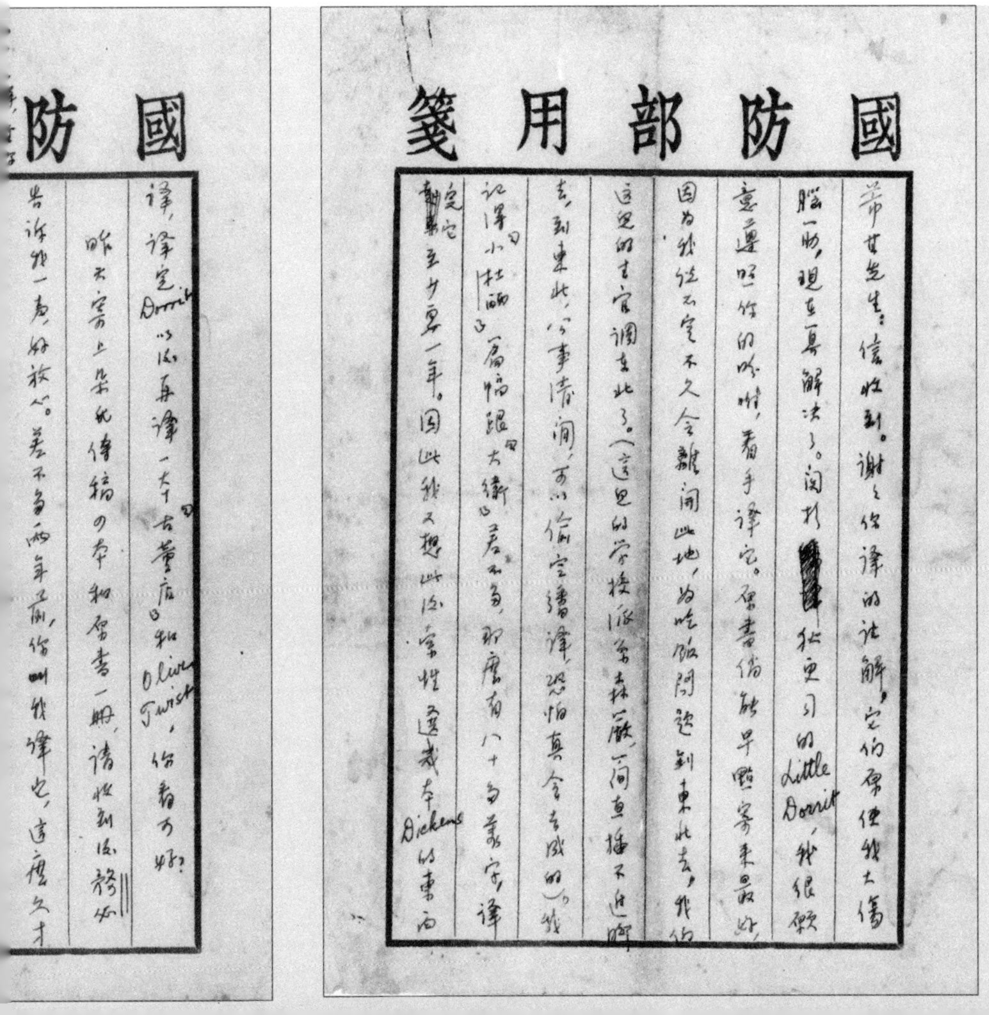

汝龙致巴金（之四）

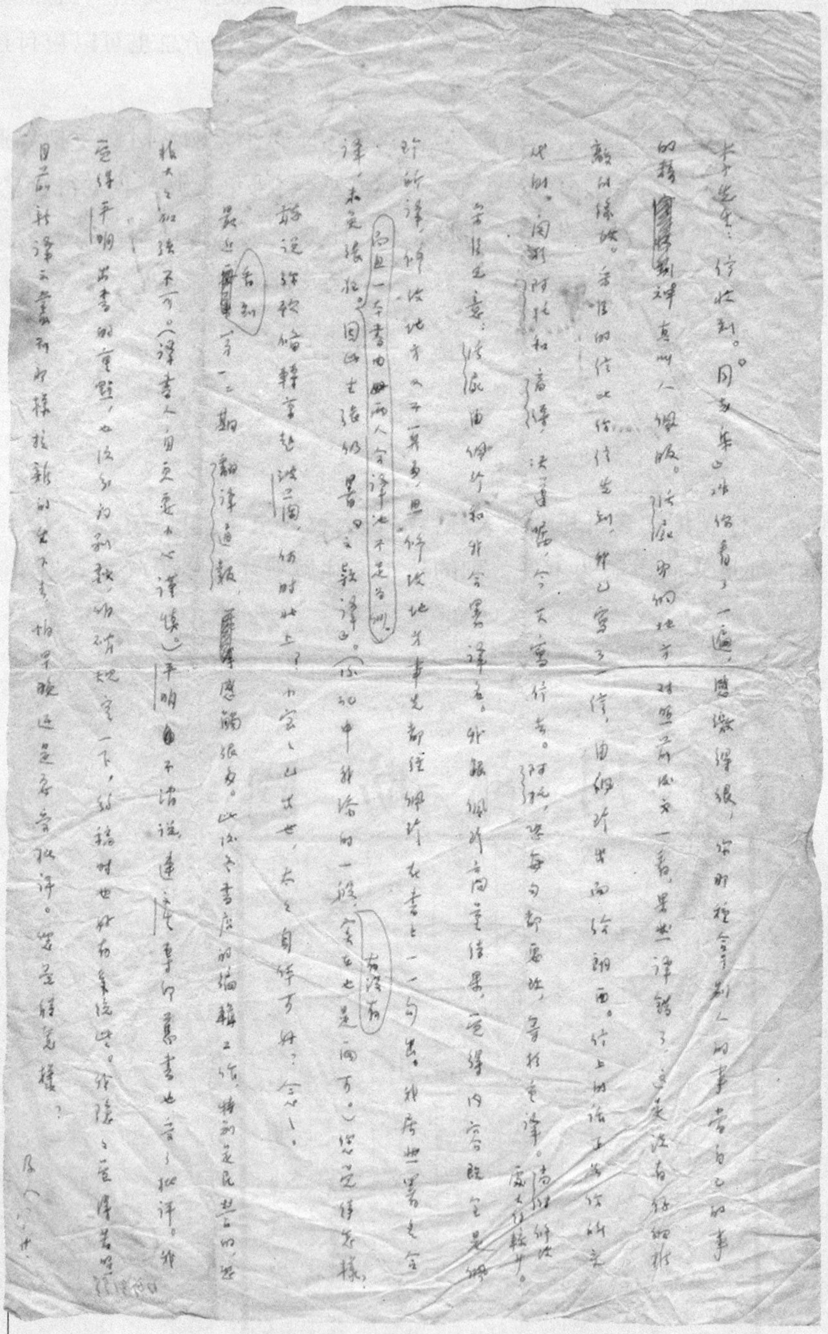

文物编号
DX03199

李先生：

信收到。《同志集》承你看了一遍，感激得很，你那种拿别人的事当自己的事的精神，真叫人佩服。《活尸》那个地方对照前后文一看，果然译错了，这是没有仔细推敲的缘故。采臣的信比你信先到，我已写了一信，由佩珍出面给朗西。信上的话正如你所交代的。关于《阿托》和《高传》，决遵嘱，今天写信去。《阿托》，恐每句都要改，等于重译。《高传》修改处大约较少。

采臣兄意：《活尸》由佩珍和我合署译名。我跟佩珍商量结果，觉得内容既全是佩珍所译，修改地方又不算多，且修改地方事先都经佩珍在书上一一勾出。我居然署名合译，未免张狂。而且一本书由两个人合译也不足为训。因此主张仍属"文颖译"(后记中我添的一段有没有实在也是两可)，您觉得怎样？

据说你预备转京赴波兰，何时北上？小宝宝已出世，太太身体可好？念念。

最近看到第一、二期《翻译通报》，感触很多。此后各书店的编辑工作，特别是民营的，恐非大大加强不可（译书人自更要小心谨慎）。平明不消说，连文生专印旧书也受了批评。我觉得平明出书的重点，也须分门别类，明确规定一下，约稿时也好有系统些。我隐隐觉得若照目前新译文丛刊那样拉杂的发下去，怕早晚还是要受批评。您觉得怎样？

及人

八·廿

汝龙致巴金（之五）

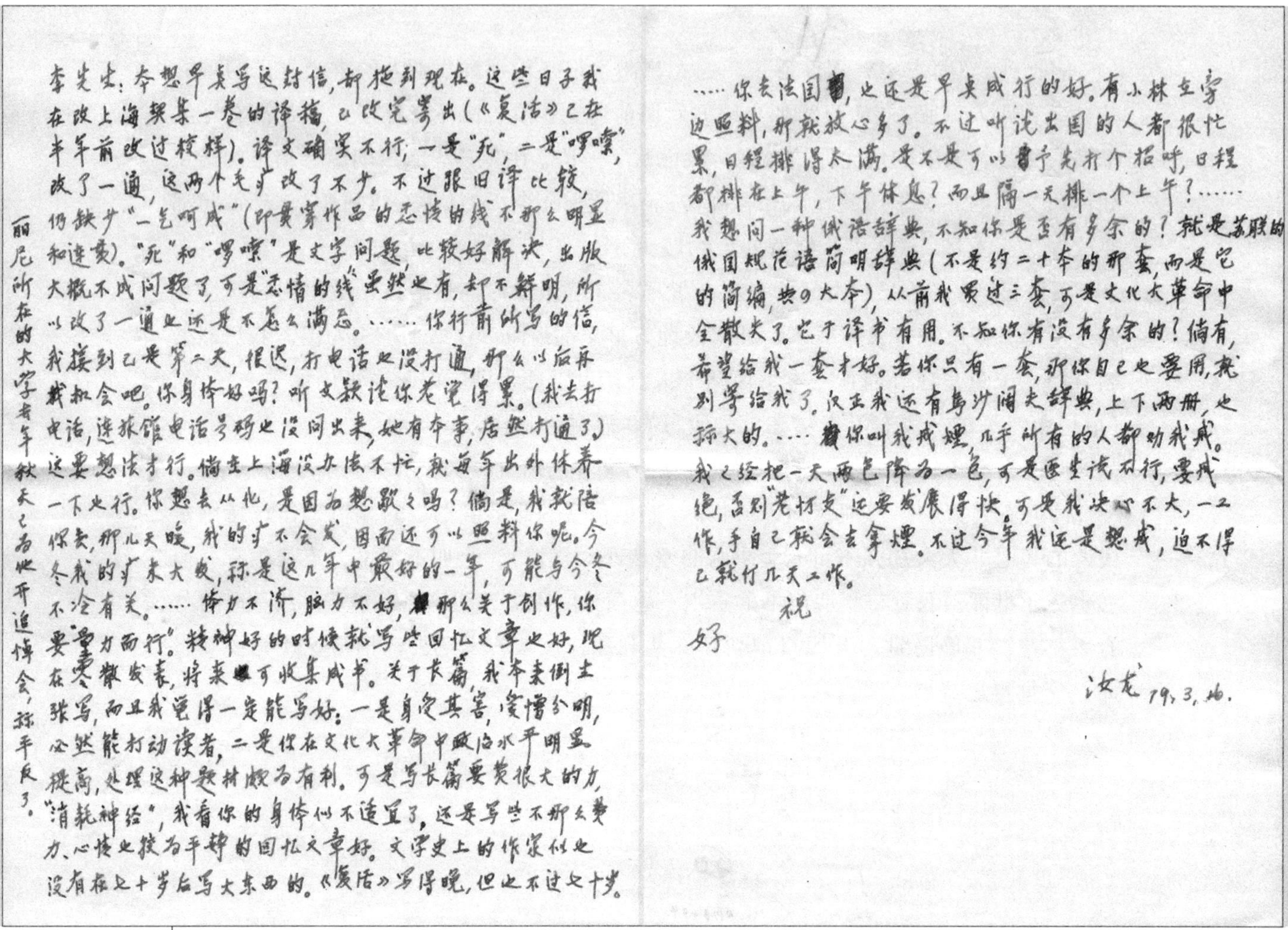

李先生：本想早点写这封信，却拖到现在。这些日子我在改上海契集一卷的译稿，已改完寄出（《复活》已在半年前改过校样）。译文确实不行，一是"死"，二是"啰嗦"，改了一通，这两个毛病改了不少。不过跟旧译比较，仍缺少"一气呵成"（即贯穿作品的感情的线不那么明显和连贯）。"死"和"啰嗦"是文字问题，比较好解决，出版大概不成问题了，可是"感情的线"虽然也有，却不鲜明，所以改了一通也还是不怎么满意。……你行前所写的信，我接到已是第二天，很迟，打电话也没打通，那么以后再找机会吧。你身体好吗？听文颖说你老觉得累。（我去打电话，连旅馆电话号码也没问出来，她有本事，居然打通了。）还要想法才行。倘在上海没办法休息，我每年出外休养一下也行。你想去从化，是因为想歇歇吗？倘是，我就陪你去，那几天晚，我的病不会发，因而还可以照料你呢。今冬我的病未大发，算是这几年中最好的一年，可能与今冬不冷有关。……体力不济，脑力不好，[struck]那么关于创作，你要"量力而行"。精神好的时候就写些回忆文章也好，现在零散发表，将来可收集成书。关于长篇，我本来倒主张写，而且我觉得一定能写好：一是身受其害，爱憎分明，必然能打动读者，二是你在文化大革命中政治水平明显提高，处理这种题材较为有利。可是写长篇要费很大的力，"消耗神经"，我看你的身体似不适宜了，还是写些不那么费力、心情也较为平静的回忆文章好。文学史上的作家似也没有在七十岁后写大东西的。《复活》写得晚，但也不过七十岁。

丽尼所在的大学去年秋天已为他开追悼会，算平反了。

……你去法国[struck]，也还是早点成行的好。有小林在身边照料，那我就放心多了。不过听说出国的人都很忙累，日程排得太满。是不是可以事先打个招呼，日程都排在上午，下午休息？而且隔一天排一个上午？……我想问一种俄语辞典，不知你是否有多余的？就是苏联的俄国规范语简明辞典（不是约二十本的那套，而是它的简编，共四大本），从前我买过三套，可是文化大革命中全散失了。它于译书有用。不知你有没有多余的？倘有，希望给我一套才好。若你只有一套，那你自己也要用，就别寄给我了。反正我还有乌沙阔夫辞典，上下两册，也算大的。……[struck]你叫我戒烟，几乎所有的人都劝我戒。我已经把一天两包降为一包，可是医生说不行，要戒绝，否则"老慢支"还要发展得快，可是我决心不大，一工作，手自己就会去拿烟。不过今年我还是想戒，迫不得已就停几天工作。

祝

好

汝龙 79.3.26.

文物编号
DX003204

李先生：

本想早点写这封信，却拖到现在。这些日子我在改上海契集一卷的译稿，已改完寄出（《复活》已在半年前改过校样）。译文确实不行，一是“死”，二是“罗嗦[啰嗦]”，改了一通，这两个毛病改了不少。不过跟旧译比较，仍缺少“一气呵成”（即贯穿作品的感情的线不那么明显和连贯）。“死”和“罗嗦”[啰唆]是文字问题，比较好解决，出版大概不成问题了，可是“感情的线”虽然也有，却不鲜明，所以改了一通也还是不怎么满意。……

你行前所写的信，我接到已是第二天，很迟，打电话也没打通，那么以后再找机会吧。你身体好吗？听文颖说你老觉得累。(我去打电话，连旅馆电话号码也没问出来，她有本事，居然打通了。)这要想法才行。倘在上海没办法，不忙，就每年出外休养一下也行。你想去从化，是因为想歇歇吗？倘是，我就陪你去，那儿天暖，我的病不会发，因而还可以照料你呢。今冬我的病未大发，算是这几年中最好的一年，可能与今冬不冷有关。……

体力不济，脑力不好，那么关于创作，你要“量力而行”。精神好的时候就写些回忆文章也好，现在零散发表，将来可收集成书。关于长篇，我本来倒主张写，而且我觉得一定能写好：一是身受其害，爱憎分明，必然能打动读者；二是你在文化大革命中政治水平明显提高，处理这种题材颇为有利。可是写长篇要费很大的力，“消耗神经”，我看你的身体似不适宜了，还是写些不那么费力、心情也较为平静的回忆文章好。文学史上的作家似也没有在七十岁后写大东西的。《复活》写得晚，但也不过七十岁。……

你去法国，也还是早点成行的好。有小林在旁边照料，那就放心多了。不过听说出国的人都很忙累，日程排得太满。是不是可以予[预]先打个招呼，日程都排在上午，下午休息？而且隔一天排一个上午？……

我想问一种俄语辞典，不知你是否有多余的？就是苏联的《俄国规范语简明辞典》(不是约二十本的那套，而是它的简编，共四大本)，从前我买过三套，可是文化大革命中全散失了。它于译书有用。不知你有没有多余的？倘有，希望给我一套才好。若你只有一套，那你自己也要用，就别寄给我了。反正我还有《乌沙阔夫辞典》，上下两册，也算大的。……

你叫我戒烟，几乎所有的人都劝我戒。我已经把一天两包降为一包，可是医生说不行，要戒绝，否则“老慢支”还要发展得快。可是我决心不大，一工作，手自己就会去拿烟。不过今年我还是想戒，迫不得已就停几天工作。

祝

好

汝龙

79·3·16

丽尼所在的大学去年已为他开追悼会，算平反了。

汝龙致巴金（之六）

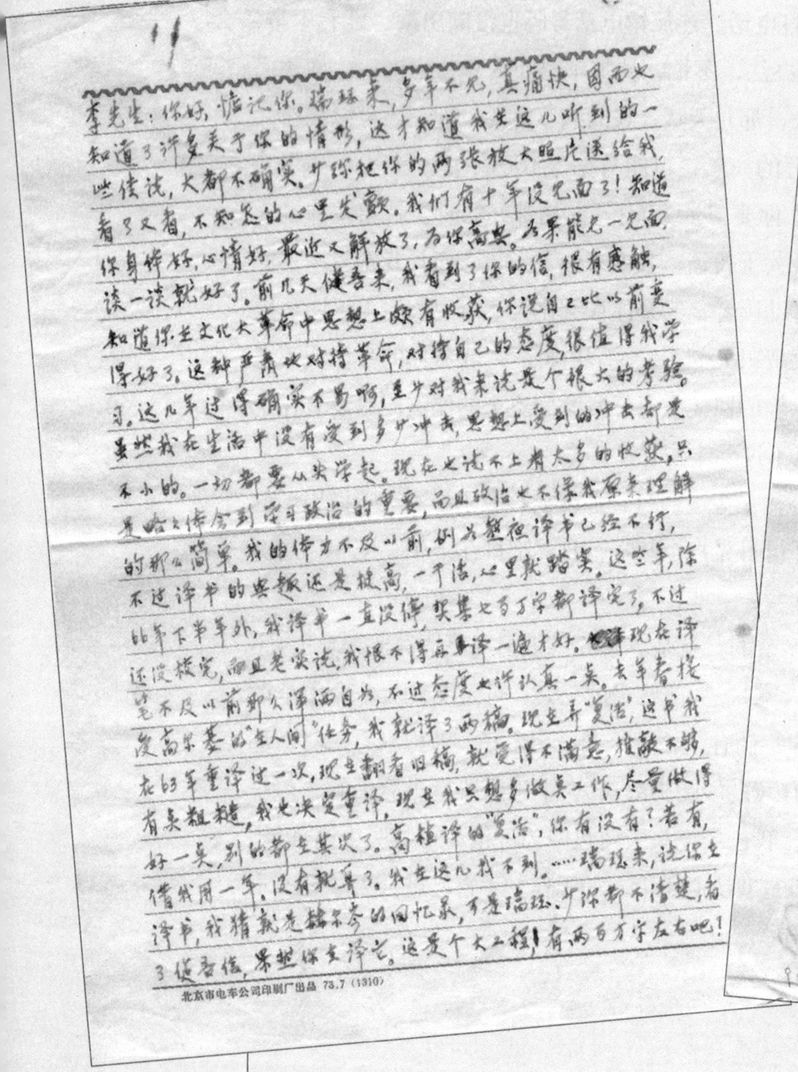

李先生：你好，惦记你。瑞珏来，多年不见，真痛快，同西也
知道了许多关于你的情形，这才知道我先这儿听到的一
些传说，大都不确实。少琛把你的两张放大照片送给我
看了又看，不知怎的心里发颤。我们有十年没见面了！知道
你身体好，心情好，最近又解放了，为你高兴。如果能见一见面，
谈一谈就好了。前几天健吾来，我看到了你的信，很有感触，
知道你在文化大革命中思想上颇有收获，你说自己比以前更
得好了。这种严肃地对待革命，对待自己的态度很值得我学
习。这几年过得确实不易啊，至少对我来说是个很大的考验。
虽然我在生活中没有受到多少冲击，思想上受到的冲击却是
不小的。一切都要从头学起。现在也谈不上有太多的收获，只
是略略体会到学习政治的重要，而且政治也不像我原来理解
的那么简单。我的体力不及以前，例如整夜译书已经不行，
不过译书的兴趣还是挺高，一干活，心里就踏实。这些年，除
头年下半年外，我译书一直没停，契集七百万字都译完了，不过
还没校完，而且老实说，我很不得再重译一遍才好。现在译
笔不及以前那么泼洒自如，不过态度也许认真一点。去年看校
样高尔基的"在人间"任务，我就译了两稿。现在弄"复活"，这书我
在63年重译过一次，现在翻看旧稿，就觉得不满意，推敲不够，
有点粗糙，我也决定重译。现在我只想多做点工作，尽量做得
好一点，别的都在其次了。高植译的"复活"，你有没有？若有，
借我用一下，没有就算了。我在这儿找不到。……瑞珏来，说你在
译书，我猜就是赫尔岑的回忆录，可是瑞珏、少琛都不清楚，看
了健吾信，果然你在译它。这是个大工程！有两百万字左右吧！

北京市电车公司印刷厂出品 73.7（1310）

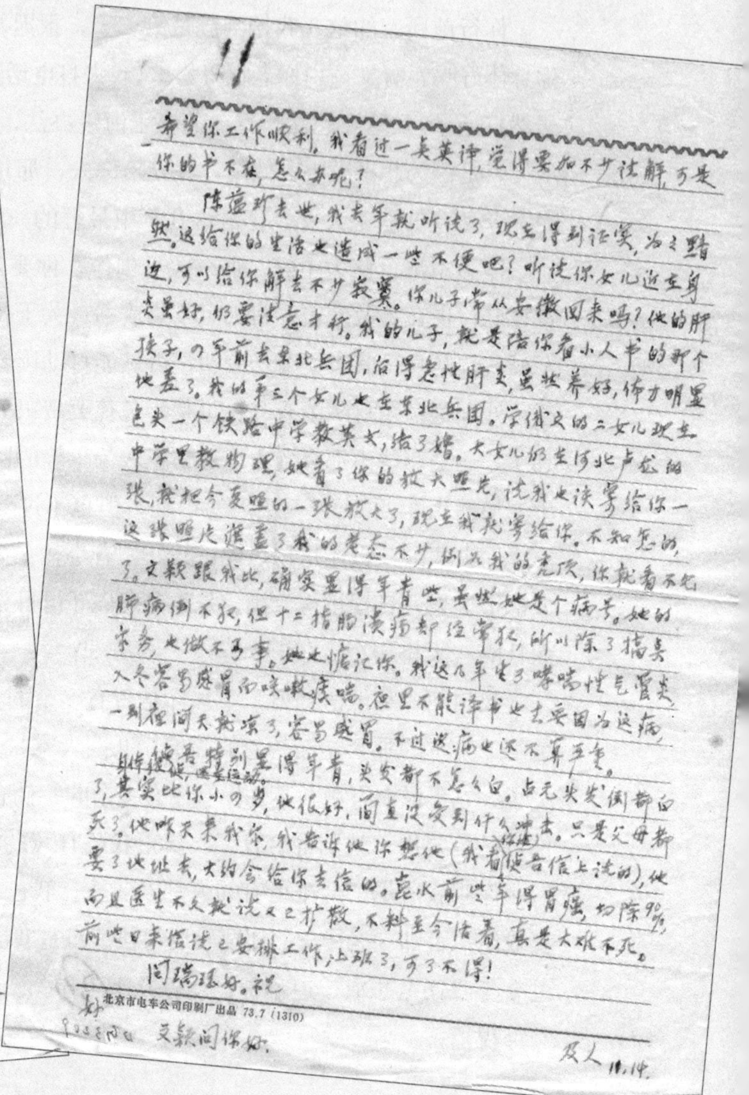

希望你工作顺利。我看过一点英译，觉得要加不少注解，可是
你的书不在，怎么办呢？
陈蕴珍去世，我去年就听说了，现在得到证实，为之黯
然。这给你的生活也造成一些不便吧？听说你女儿近在身
边，可以给你解去不少寂寞。你儿子常从安徽回来吗？他的肝
炎要好好，仍要注意才行。我的儿子，就是陪你看小人书的那个
孩子，四年前去东北兵团，后得急性肝炎，虽然养好，体力明显
地差了。我的第三个女儿也在东北兵团。学俄文的二女儿现在
包头一个铁路中学教英文，结了婚。大女儿仍在河北卢龙的
中学里教物理，她看了你的放大照片，说我也该寄给你一
张，我把今夏照的一张放大了，现在我就寄给你。不知怎的，
这张照片流露了我的老态不少，例如我的气色，你就看不见
了。文颖跟我比，确实显得年青些，虽然她是个病号。她的
肺病倒不犯，但十二指肠溃疡却经常犯，所以除了搞点
家务也做不了事。她也惦记你。我这几年害了哮喘性气管炎，
入冬容易感冒而咳嗽痰喘。夜里不能译书也主要因为这病，
一到夜间天就凉了，容易感冒。不过这病也还不算严重。
健吾特别显得年青，头发都不怎么白。卢元头发倒都白
了，其实比你小四岁，他很好，简直没受到什么冲击。只是父母都
死了。他昨天来我家，我告诉他你想他（我看你在信上说的），他
要了地址去，大约会给你去信的。袁水拍前些年得胃癌，切除90%，
而且医生不久就说又已扩散，不料至今活着，真是大难不死。
前些日来信说已安排工作，上班了，可了不得！
问瑞珏好。祝
好
北京市电车公司印刷厂出品 73.7（1310）
文颖问你好。
汝龙 11.14

文物编号
DX003209

李先生：

你好，惦记你。瑞珏[①]来，多年不见，真痛快，因而也知道了许多关于你的情形，这才知道我在这儿听到的一些传说，大都不确实。少弥把你的两张放大照片送给我，看了又看，不知怎的心里发颤。我们有十年没见面了！知道你身体好，心情好，最近又解放了，为你高兴。如果能见一见面，谈一谈就好了。

前几天健吾来，我看到了你的信，很有感触，知道你在文化大革命中思想上颇有收获，你说自己比以前变得好了。这种严肃地对待革命，对待自己的态度，很值得我学习。这几年过得确实不易啊，至少对我来说是个很大的考验。虽然我在生活中没有受到多少冲击，思想上受到的冲击却是不小的。一切都要从头学起。现在也说不上有太多的收获，只是略略体会到学习政治的重要，而且政治也不像我原来理解的那么简单。

我的体力不及以前，例如熬夜译书已经不行，不过译书的兴趣还是挺高。一干活，心里就踏实。这些年，除66年下半年外，我译书一直没停，契集七百万字都译完了，不过还没校完，而且老实说，我恨不得再译一遍才好。现在译笔不及以前那么挥洒自如，不过态度也许认真一点。去年春接受高尔基的《在人间》任务，我就译了两稿。现在弄《复活》，这书我在63年重译过一次，现在翻看旧稿，就觉得不满意，推敲不够，有点粗糙，我也决定重译。现在我只想多做点工作，尽量做得好一点，别的都在其次了。高植[②]译的《复活》，你有没有？若有，借我用一年。没有就算了。我在这儿找不到。……

瑞珏来，说你在译书，我猜就是赫尔岑的回忆录，可是瑞珏、少弥都不清楚，看了健吾信，果然你在译它。这是个大工程！有两百万字左右吧！希望你工作顺利，我看过一点英译，觉得要加不少注解，可是你的书不在，怎么办呢？

陈蕴珍去世，我去年就听说了，现在得到证实，为之黯然。这给你的生活也造成一些不便吧？听说你女儿近在身边，可以给你解去不少寂寞。你儿子常从安徽回来吗？他的肝炎虽好，仍然要注意才行。

我的儿子，就是陪你看小人书的那个孩子，四年前去东北兵团，后得急性肝炎，虽然养好，体力明显地差了。我的第三个女儿也在东北兵团。学俄文的二女儿现在包头一个铁路中学教英文，结了婚。大女儿仍在河北卢龙的中学里教物理，她看了你的放大照片，说我也该寄给你一张，就把今夏照的一张放大了，现在我就寄给你。不知怎的，这张照片遮盖了我的

---

①瑞珏，巴金之妹。

②高植（1911—1960）：翻译家。笔名高地。安徽合肥人。有《战争与和平》、《复活》、《安娜·卡列尼娜》等译作。

老态不少，例如我的秃顶，你就看不见了。文颖跟我比，确实显得年青[轻]些，虽然她是个病号。她的肺病倒不犯，但十二指肠溃疡却经常犯，所以除了搞点家务，也做不了事。她也惦记你。我这几年生了哮喘性气管炎，入冬容易感冒而咳嗽痰喘。夜里不能译书也主要因为这病，一到夜间天就凉了，容易感冒。不过这病也还不算严重。

健吾特别显得年青[轻]，头发都不怎么白。占元头发倒都白了，身体很健，还在运动。其实比你小四岁，他很好，简直没受到什么冲击。只是父母都死了。他昨天来我家，我告诉他你想他（我看你给健吾信上说的），他要了地址去，大约会给你去信的。昆水前些年得胃癌，切除90%，而且医生不久就说又已扩散，不料至今活着，真是大难不死。前些日来信说已安排工作，上班了，可了不得！

问瑞珏好。祝

好！

及人

11·14

文颖问你好。

汝龙致巴金（之七）

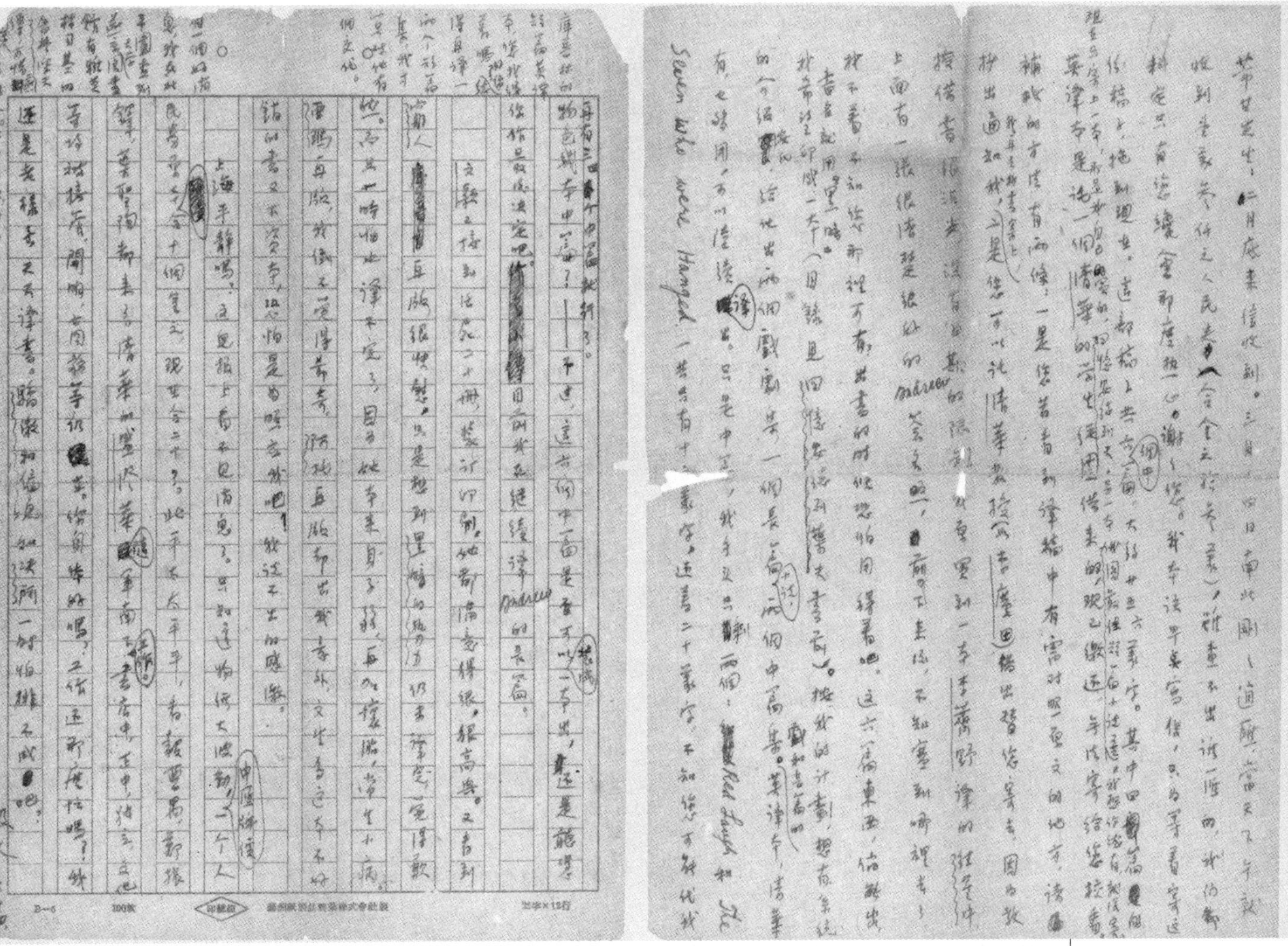

文物编号
DX003214

苇甘先生：

二月底来信收到。三月□四日南北刚刚通汇，当天下午就收到壹万叁仟元人民券（合金元拾叁万），虽查不出谁汇的，我们都料定只有您才会那么热心。谢谢您。我本该早点写信，只为等着寄这份稿子，拖到现在。这部稿子共六个中篇，大约廿五六万字。其中四篇的英译本是托一个清华的学生从图书馆借来的，现已缴还，无法寄给你校看。现在只寄上一本，那是我自己买的，《回忆安德列夫》，另一本《俄国最佳短篇小说选》，我想你总有，就没寄。补救的方法有两条：一是你若看到译稿中有需对照原文的地方，请抄出通知我，我再去抄书寄上；二是您可以托清华教授（如李广田）借出替您寄去，因为教授借书很沾光，没有日期的限制。我原买到一本李霁野[1]译的《德星中》，上面有一张很清楚很好的Andrew签名照，剪下来后，不知塞到哪里去了，找不着，不知您那里可有？出书的时候恐怕用得着吧。这六篇东西，倘能出，我希望印成一本，书名就用《黑暗》（目录见《回忆安德列叶夫》书前）。

按我的计划，想有系统的介绍安氏，给他出两个戏剧集，一个长篇小说，两个中篇集。戏和长篇的英译本，清华有，也够用，可以陆续译出。只是中篇，我手头只剩两个：Red Laugh和The Seven Who were Hanged一共只有十二万字，还差二十万字，不知您可能代我物色几本中篇？——再有三四个中篇就行了。不过，这六个中篇是否可以装成一本出，还是听凭你作[做]最后决定吧。目前我在继续译Andrew的长篇。

文颖已接到《活尸》二十册，装订印刷，她都满意得很，很高兴。又看到《穷人》再版，很快慰，只是想到《黑暗的势力》仍未译完，觉得歉然。而且一时怕也译不完了，因为她本来身子弱，再加怀胎，常生小病。《亚玛》再版，我倒不觉得希[稀]奇，《阿托》再版却出我意外，文生为这本不好销的书又下资本，恐怕是为照应我吧！我说不出的感激。

上海平静吗？这儿报上看不见消息了，只知道物价大波动，申汇牌价一个人民券原本合十个金元，现在合二十了。北平太太平平，看报曹禺、郑振铎、叶圣陶都来了。清华的盛澄华[2]随军南下工作。书店中，正中、独立、文化等均被接管，开明、商务等仍在。

你身体好吗？工作还那么忙吗？我还是老样子，天天译书。《骄傲和偏见》和《决斗》一时怕排不成吧？

及人

三·廿四

库普林的短篇英译本，您找得着吗？好像总得再译一两个短篇集，我才算对他有个交代。

有一个好消息，我在北平图书馆查到燕京大学图书馆有雅莫林司基的《屠格涅夫传》，可惜燕京大学我没熟人。

---

①李霁野（1904—1997）：作家。安徽霍邱人。有《似曾相识的杜鹃花》、《乡愁》等诗歌、散文作品以及《被侮辱的与被损害的》、《简·爱》等译作。曾任天津市文化局局长、中国作家协会名誉副主席等职。

②盛澄华（1912—1970）：学者。浙江萧山人。著作有《论纪德》、《新法兰西评论与法国现代文学》等多部。先后任教于西北大学、复旦大学、清华大学、北京大学，并曾担任清华大学外国语言文学系主任。

汝龙致巴金（之八）

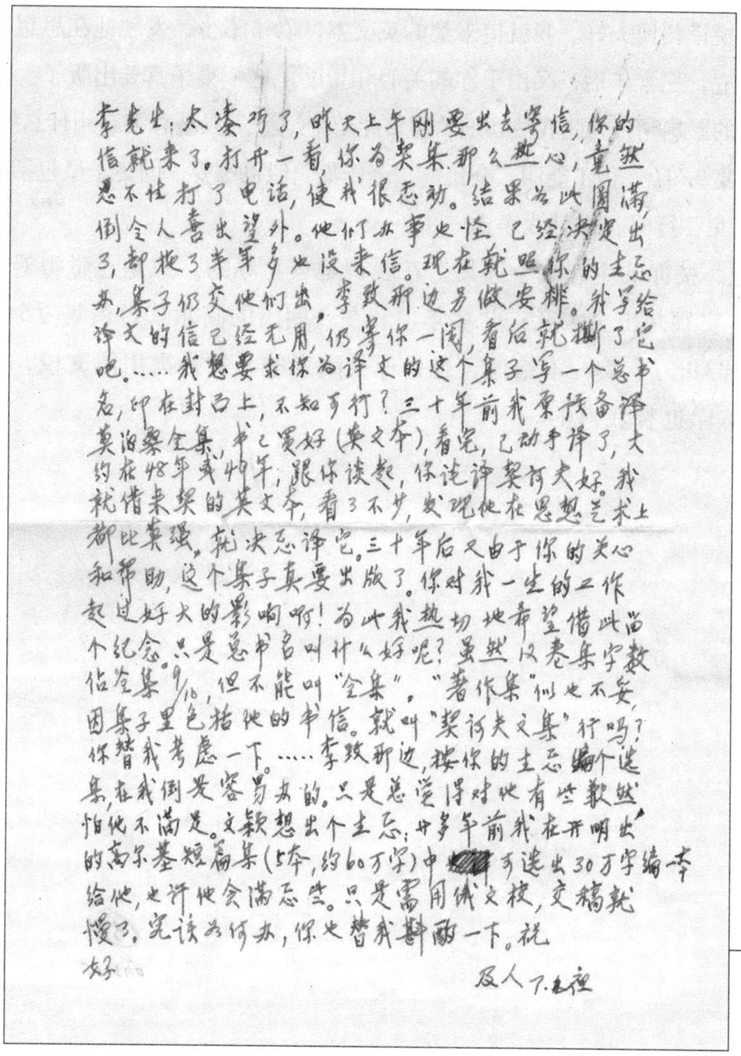

李先生：太凑巧了，昨天上午刚要出去寄信，你的信就来了。打开一看，你为契集那么热心，竟然忍不住打了电话，使我很感动。结果如此圆满，倒令人喜出望外。他们办事也怪，已经决定出了，却拖了半年多也没来信。现在就照你的主意办，集子仍交他们出，李致那边另做安排。我写给译文的信已经无用，仍寄你一阅，看后就撕了它吧。……我想要求你为译文的这个集子写一个总书名，印在封面上，不知可行？三十年前我原预备译莫泊桑全集，书已买好（英文本），看完，已动手译了。大约在48年或49年，跟你谈起，你说译契诃夫好。我就借来契的英文本，看了不少，发现他在思想艺术上都比莫强。就决定译它。三十年后又由于你的关心和帮助，这个集子真要出版了。你对我一生的工作起过好大的影响啊！为此我热切地希望借此留个纪念。只是总书名叫什么好呢？虽然从卷集字数估全集9/10，但不能叫"全集"，"著作集"似也不妥，因集子里包括他的书信。就叫"契诃夫文集"行吗？你替我考虑一下。……李致那边，按你的主意编个选集，在我倒是容易办的。只是总觉得对他有些歉然，怕他不满足。文颖想出个主意：廿多年前我在开明出的高尔基短篇集（5本，约60万字）中可选出30万字编一本给他，也许他会满意些。只是需用俄文校，交稿就慢了。究该如何办，你也替我斟酌一下。祝

好

友人 汝龙

文物编号

DX003215

李先生：

太凑巧了，昨天上午刚要出去寄信，你的信就来了。打开一看，你为契集那么热心，竟然忍不住打了电话，使我很感动。结果如此圆满，倒令人喜出望外。他们办事也怪，已经决定出了，却拖了半年多也没来信。现在就照你的主意办，集子仍交他们出，李致那边另做安排。我写给"译文"的信已经无用，仍寄你一阅，看后就撕了它吧。……

我想要求你为"译文"的这个集子写一个总书名，印在封面上，不知可行？三十年前我原预备译莫伯桑全集，书已买好（英文本），看完，已动手译了。大约在48年或49年，

跟你谈起，你说译契诃夫好。我就借来契的英文本，看了不少，发现他在思想艺术上都比莫强，就决意译它。三十年后，又由于你的关心和帮助，这个集子真要出版了。你对我一生的工作起过好大的影响啊！为此我热切地希望借此留个纪念。只是总书名叫什么好呢？虽然12卷集字数占全集9/10，但不能叫“全集”，“著作集”似也不妥，因集子里包括他的书信。就叫“契诃夫文集”行吗？你替我考虑一下。……

李致那边，按你的主意编个选集，在我倒是容易办的。只是总觉得对他有些歉然，怕他不满足。文颖想出个主意：廿多年前我在开明出的高尔基短篇集（5本，约60万字）中可选出30万字编一本给他，也许他会满意些。只是需用俄文校，交稿就慢了。究竟如何办，你也替我斟酌一下。祝

好

及人

7·1夜

S

沙汀致巴金（之一）

芾甘兄：

自去冬离家作[做]客，至今未归。此后恐怕还会有个长时间的流浪。好在家的情况还算不错，因为处此乱世，我一直认为我的遭际是无可避免的。只是家小的生计问题，和内人的悲伤绝望，不免随时使人十分难受。我的大儿十六岁了，去年缀[辍]学后，即交涉好到嘉乐纸厂去作[做]艺徒，但因铺盖、盘川问题，现在还未成行！其窘状由此可见一般[斑]。

因在客中，家小又不时来信诉苦，今年二月赶了一个短篇以后，便无法再写了！这真使人痛苦，但愈痛苦可愈写不出。两三月来投入已经等于零了。《还乡记》不知最近可出版否？至以为念！因为今年生计的解决，我把希望都搁在这本书上。还有，短篇集《巡官》，在目前出版界的困难情形下，不知今年是否可能有一出版希望？若果由于种种实际困难，遥遥无期，我打算和《播种者》编在一起，作为我在抗战期中所写的短篇小说集，另外找一可靠书店印行。交涉的事，并要求你便中帮一帮忙。其中《老烟》、《风波》两篇，为审慎计，或者可以不必编入。我只有两个条件，一、赶快出版，二、看看清样。如果有人肯出适宜价钱，卖版样也可商量。有甚么办法呢？要活命啦！为了这个同一理由，我想你定肯原谅我，并且帮我进行这件事的。复示请仍交原址，当可转到无误。匆祝

著祺。

青拜上

四月六日

又《还乡记》出版，请寄之琳一本。

又，文讯上那篇《怀旧》，你看过没有？记得五年前你在成都，我写信向你提过，还有点意思吧？

青又及。

芾甘兄：自去冬離家作客，至今未歸。此間恐怕還會有個長時期的流浪。為在家的情緒還算不錯，因為處此亂世，我一直認為家中遭陷是無可避免的。祇是家小的生計問題，和內人的悲傷絕望，不免時時使人十分難受。我的大兒子十六歲了，去年綴學後，即要送他到嘉樂紙廠去作藝徒，但因舖保、盤川問題，現在還未成行。其窘狀由此可見一般。因在客中，家小又不時來信訴苦，今年二月趕了一個短篇以後，便無法再寫了！這真使人痛苦，但愈痛苦可愈寫不出。而三月來收入已經等於零了。還鄉記不知最近可出版否？至以為念！因為今年生計的解決，我把希望大部都擱在這本書上。還有短篇集巡官，在目前出版界的困難情形下，不知今年是否有機會出版希望？若果由於種種實際困難，還得等候，我打算和播種去編在一起，作為我在抗戰期中所寫的短篇小說集，另外加一兩篇新作來印行。交涉的事並要求從中抽出一部份，其中老煙、風波兩篇，為審慎計，我意可以不必編入。我祇有兩個條件，一，趕快出版，二，有々這樣。如果有人肯出適宜價錢，要版權也可商量。有甚麼顧慮呢？要請你確，為了這個一理由，我想你定肯原諒我，並且幫我進行這件事的。最近請你交涉地，當可轉到岸漢負紀

著祺。

青林上 四月六日

又還鄉記出版，請寄王琳一本。

又文觀出那篇懷舊，你看過沒有？記的五年前你在成都，我曾有內你想過，也有點意思吧？

惠又及。

沙汀致巴金（之二）

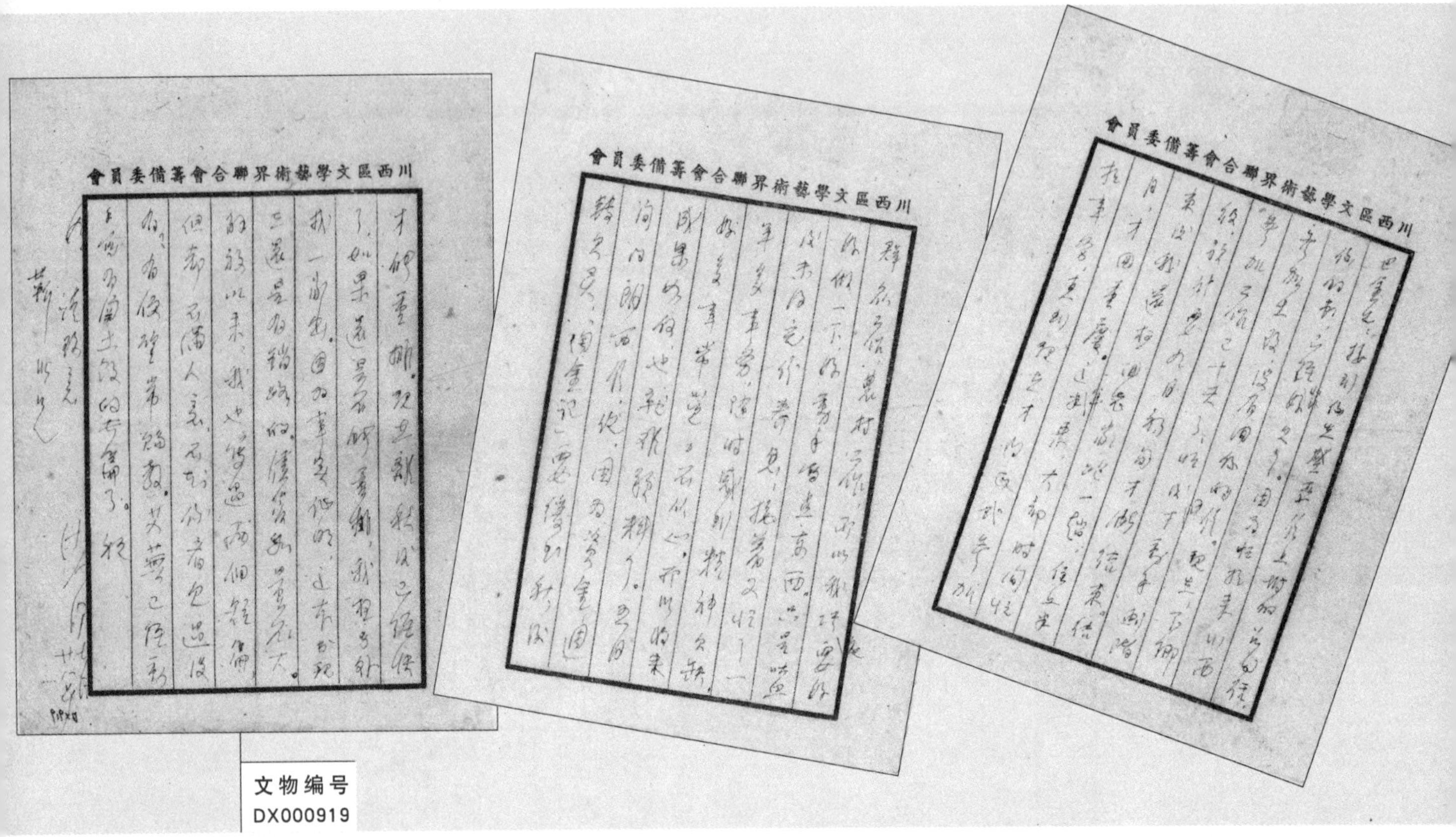
川西區文學藝術界聯合會籌備委員會

文物编号
DX000919

巴金兄：

接到你在盛亚[①]信上附的几句话，你的书，已经收到好久了。因为忙于来川西参加土改，没有回你的信。现在下乡参加工作已十天了，明后日才动手划阶级，预计要九月初旬才能结束。结束后我还想回老家一趟，住上半月，才回重庆。这一年半来，大部[分]时间忙于事务，直到现在才得正式参加群众工作，农村工作，所以我决定要好好做一下，好动手写点东西。只是吐血后未得充分养息，接着又忙了一年多事务，随时感到精神欠缺，好多事常觉力不从心，所以将来成果如何，也就难预料了。

①盛亚，即刘盛亚（1915—1960）：作家。笔名轼俞、成敏亚等。四川重庆人。有《夜雾》、《幼年》、《水底捞船》、《歌德诗选》、《海涅诗选》等著、译作品。

五月间得朗西信说，因为资金周转欠灵，《淘金记》要缓到秋后才能重排。现在离秋后已经快了，如果还是不能重排，我想另外找一家出。因为事实证明，这本书现在还是有销路的，尽管数量不大。解放以来，我也写过两个短篇，但都不满人意，不知你看见过没有？

有便望常赐教。艾芜已经动手写有关土改的长篇了。祝

好！

沙 汀

七月廿八号

请致意靳以兄

沙汀致巴金（之三）

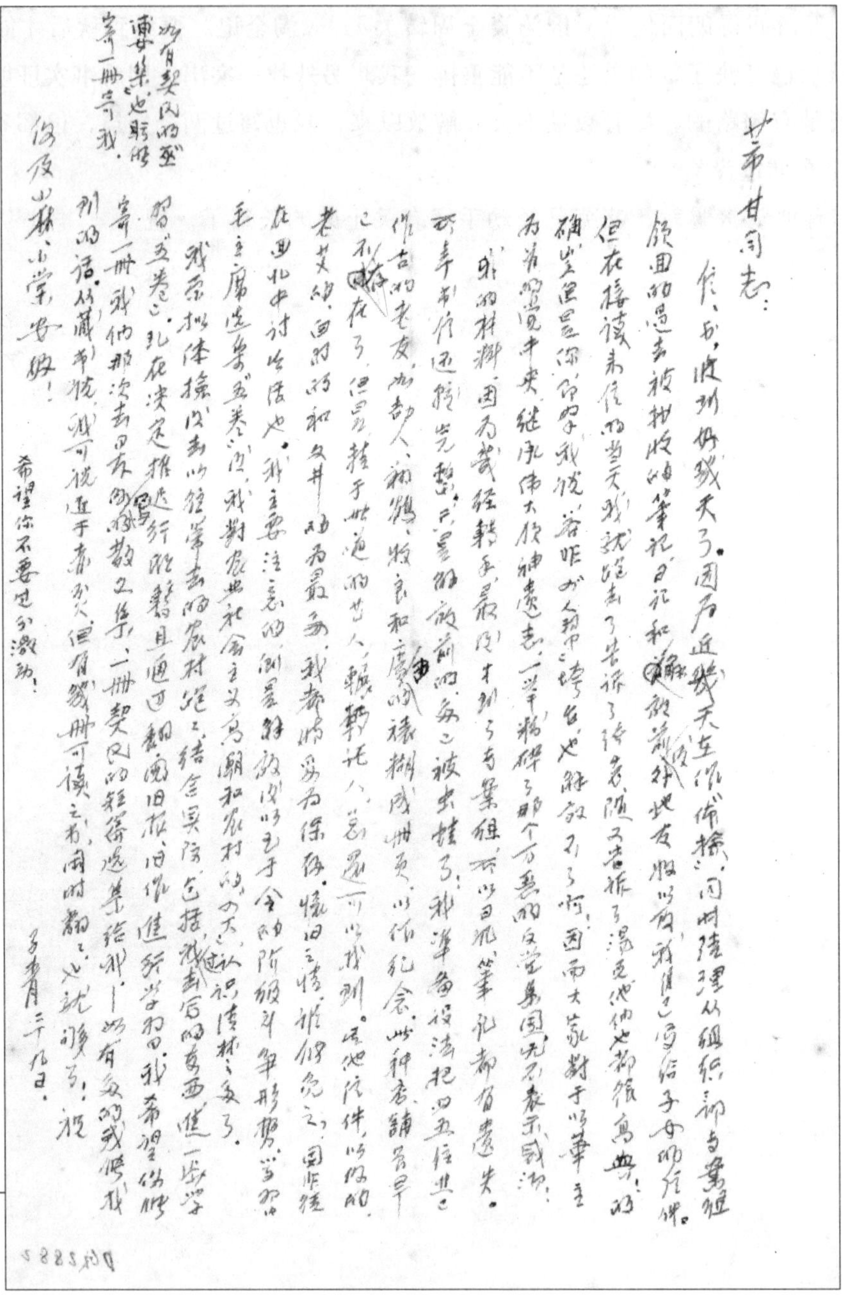

芾甘同志：

信、书，收到好几天了。因为近几天在作检查，同时清理从组织部[illegible]领回的过去被抄收的笔记、日记和[illegible]前的文件、信件，所以[illegible]写信给你作伴。

但在接读来信的当天，我就跑去告诉了[illegible]，随又告诉了[illegible]，他们也都很高兴！的确，[illegible]你[illegible]我们，[illegible]，也[illegible]不了啊。因而大家对于以华主席为首的党中央继承伟大领袖遗志，一举粉碎了那个万恶的反党集团，无不表示感激。

我的材料，因为几经转手，最后才到了专案组，所以日记、笔记都有遗失。[illegible]年前作过检查，[illegible]前的[illegible]被出佳了；我准备设法把四五位[illegible]作古的老友如[illegible]人、[illegible]、[illegible]和[illegible]的[illegible]成册，以作纪念。此种[illegible]早已不[illegible]在了。但它[illegible]于[illegible]的艺人，辗转托人，总还可以找到。[illegible]老艾、白[illegible]和[illegible]为最多，我都将要为保存。怀旧之情，[illegible]免之。[illegible]在四[illegible]中[illegible]也。我主要注意的，倒是解放以来全面阶级斗争形势，[illegible]。毛主席选集第五卷之后，我对农业和社会主义高潮和农村的[illegible]认识[illegible]了。

我需[illegible]检查以前写的农村作品，结合实际包括过去写的东西进一步学习五卷之后，正在决定挑选[illegible]且通过翻阅旧[illegible]，旧作进行学习。我希望你能寄一册我们那次去日本的[illegible]散文集，一册契[illegible]的短篇选集给我。[illegible]别的话，从藏书[illegible]说，我可说近于赤贫[illegible]，但有几册可读之书，闲时翻翻，也就够了！祝

你及小林、小棠安好！

[illegible]五月二十九日。

希望你不要过分激动！

如有契[illegible]的[illegible]集，也请[illegible]寄一册给我。

文物编号 DX002882

芾甘同志：

信、书，收到好几天了。因为近几天在作[做]“体检”，同时清理从组织部专案组领回的过去被抄收的笔记、日记和解放前后外地友好以及我自己写给子女的信件。但在接读来信的当天，我就跑去了告诉了张老[1]，随[后]又告诉了汤兄，他们也都很高兴！的确，岂但是你，即拿我说，若非“四人帮”垮台，也解放不了啊！因而大家对于以华主[席]为首的党中央继承伟大领袖遗志，一举粉碎了那个万恶的反党集团，无不表示感沏[激]！

我的材料，因为几经转手，最后才到了专案组，所以日记、笔记都有遗失。所幸书信还较完整，只是解放前的，多已被虫蛀了！我准备设法把四五位业已作古的老友，如劼人、翔鹤[2]、牧良和广田的裱糊成册页，以作纪念。此种店铺虽早已不存在了，但是精于此道的艺人，辗转托人，总还可以找到。其他信件，以你的、老艾[3]的、白羽的和文井[4]的为最多，我都将妥为保存。怀旧之情，谁能免之？固非徒在回忆中讨生活也。我主要注意的，倒是解放后以至于今的阶级斗争形势。学习毛主席选集“五卷”后，我对农业社会主义高潮和农村的“四大”认识清楚多了。

我曾拟体检后去以往常去的农村跑跑，结合实际，包括我过去写的东西，进一步学习“五卷”，现在决定推迟行期，暂且通过翻阅旧报、旧作进行学习。我希望你能寄一册我们那次去日本所写的散文集，一册契氏的短篇选集给我——如有多的或能找到的话。从藏书说，我可说近乎赤贫，但有几册可读之书，闲时翻翻，也就够了！祝

你及小林、小棠安好！

子 青

二十九日

希望你不要过分激动！

如有契氏的《巫婆集》也盼能寄一册寄我。

①张老，即张秀熟（1895—1994）：教育家。四川平武人。中共四川绵阳地方党组织创始人之一。后曾任四川省副省长兼教育厅厅长，四川省政协副主席、人大常委会副主任等。有著作《二声集》留世。

②翔鹤，即陈翔鹤（1901—1969）：作家。重庆人。有《不安定的灵魂》、《独身者》等著作留世。曾任四川省文联副主席，中国作家协会古典文学部副部长等职。

③老艾，即蹇先艾（1906—1994）作家。笔名萧然、罗辉等。贵州遵义人。有《朝雾》、《酒家》、《城下集》等小说、散文作品。曾任贵州省文化局局长，中国作家协会贵州分会、中国文联贵州分会主席等职。

④文井，即严文井（1915—2005）：儿童文学作家。原名严文锦。湖北武昌人。著有《丁丁的一次奇怪旅行》、《蚯蚓和蜜蜂的故事》、《唐小西在“下一次开船”港》等作品。曾任中国作家协会党组副书记、书记处书记、作家出版社社长、人民文学出版社社长、全国人大代表和政协委员等职。

沙汀致巴金（之四）

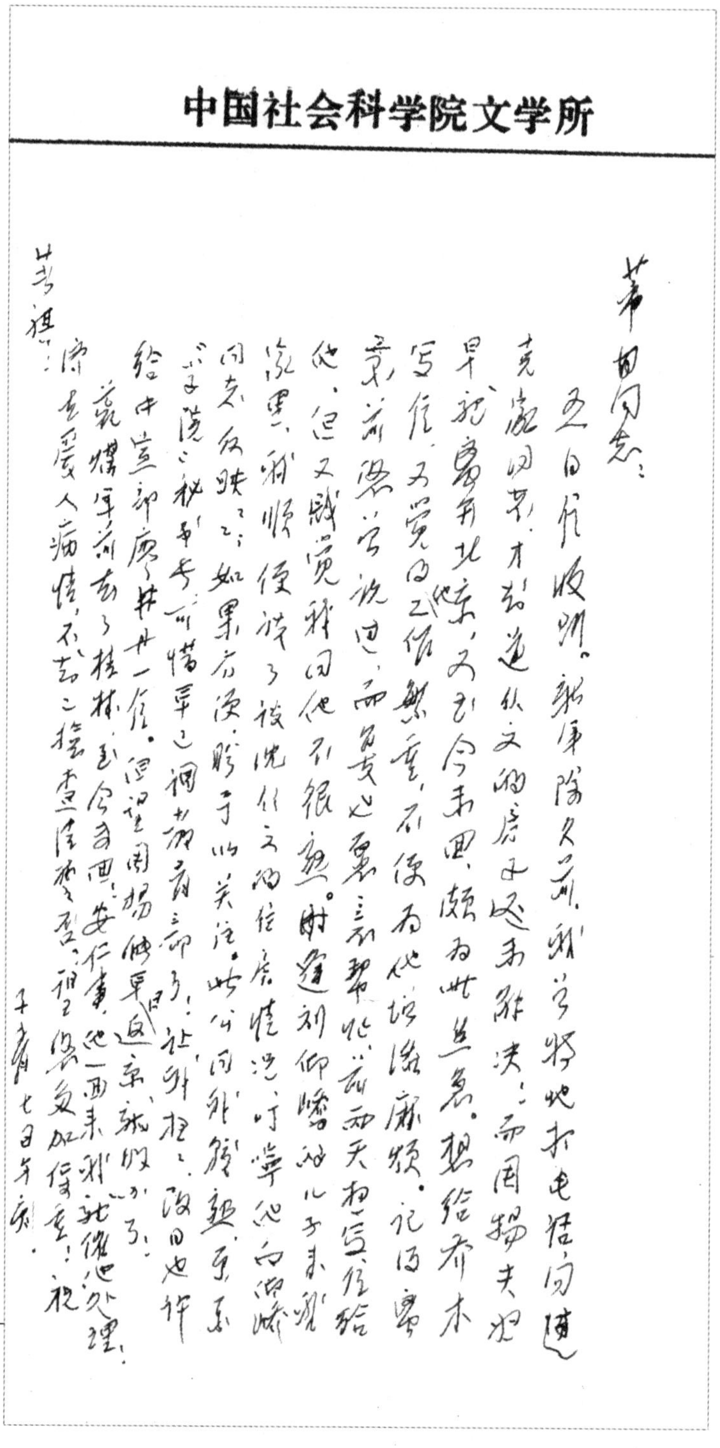

中国社会科学院文学所

芾甘同志：

五日信收到。新年假期前，我曾将此打电话向[illegible]克家同志，才知道他父亲的房子还未解决；而因杨夫人[illegible]早就离开北京，又至今未回，颇为此焦急。想给乔木写信，又觉得已经无望，不便为他增添麻烦。记得[illegible]前几年说过，而且也愿意帮忙，前两天想写信给他，但又感觉我同他不很熟。附寄刘仰峤的儿子来信[illegible]，我顺便读了[illegible]的信后情况，对学他向[illegible]同志反映一下；如果方便，略予以关注。此外，你[illegible]秋早先可惜早已调离前去部了！社科院[illegible]日后也许给中宣部廖井丹一信。但仍望同杨女早日返京，就好办了。

最新年前去了桂林，至今未回！要仁事，他一回来我就催他处理。

陈去受人病情，不甚稳定，请您多加保重！祝

著祺！

沙汀 七日午前

文物编号

DX002897

芾甘同志：

五日信收到。新年除夕前，我曾特地打电话问过克家同志，才知道从文的房子还未解决！而周扬夫妇早就离开北京，又至今未回，颇为此焦急。想给乔木写信，又觉得他工作繁重，不便为他增添麻烦。记得离京前您曾说过，而复也愿意帮忙，前两天想写信给他，但又感觉我同他不很熟。时逢刘仰峤[①]的儿子来我家里，我顺便谈了谈沈从文的住房情况，叮咛他向仰峤同志反映……

如果方便，盼予以关注。此公同我较熟，原系“学院”秘书长，可惜早已调教育部了！让我想想，改日也许给中宣部廖井丹[②]一信，但望周扬能早日返京，就好办了！

荒煤年前去了桂林，至今未回！安仁事，他一回来我就催他处理！济生[③]爱人病情，不知已检查清楚否？望您多加保重！祝

著祺！

子 青

七日午刻

①刘仰峤（1911—1980）：山西岢岚人。曾任中国社会科学院秘书长，交通部副部长、教育部副部长，中共湖北省委、河南省委书记等职。

②廖井丹（1914—2006）：曾用名剑鸣、晨野。四川长寿人。曾任长江日报社社长、新华日报社社长、中共中央宣传部副部长、国家文物委员会主任等职。

③济生，即李济生（1917—　　）：学者。笔名纪申、文慧等。四川成都人，巴金之弟。译有《两个骠骑兵》、《一个地主的早晨》等作品。曾任上海新文艺出版社编审、上海文史研究馆馆员。

沙汀致巴金（之五）

芾甘兄：

我是二月十日离开北京的，到今天快要二十天了。我先到成都休息了将近十天。这一个时期的休息，自然恢复了旅途中的疲劳，但也更加感觉身体太不行，太糟糕了！

这是常有的情形：当你打起精神工作时还觉得可以支持，一停下来，这才认真感觉到了不行。

我本来不想到重庆的，但大家一定要我来传达主席团扩大会议的内容和精神，带领参加解决一些分会工作中存在的各种具体问题。我一日来的，大约还得两天才能回去。自来这里后，几乎连夜失眠，身体又拖坏了。因为近两年来我养成了一个不好的习惯：一遇重大问题就很紧张。

这当然也同自己的能力、健康有关；但我总是担心把工作搞坏了。这是个致命伤，非好好医治不可。

我究竟何时下去深入生活，要到七八月才能定。因为不把身体整治一下，下去显然很难持久。我真羡慕你那么健康！而我最担心的就是身体。

我准备在治病和休息期间，多读点书。这几年来好多名著都未读过，这也该补补课。

我的通讯处：成都布后街二号。望常来信。

敬礼

沙 汀

十日

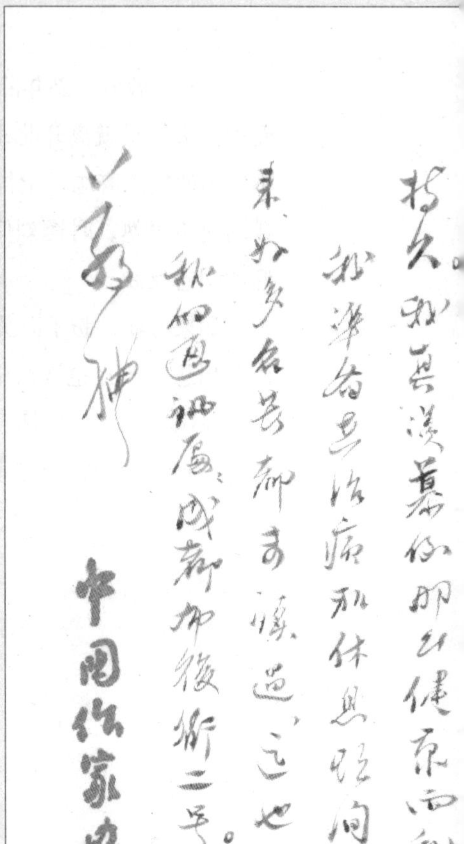
持久。我真羡慕你那么健康而我最担心的就是身体。
我准备在治病和休息期间多读点书。这几年
来好多名著都未读过，这也该补补课。
我的通讯处，成都布后街二号。望常来信。
敬礼
中国作家协会重庆分会 十日

第廿九之二 我是二月十日离开北京的，到今天快要二十天了。我先到成都休息了将近十天。这一个时期的休息，自然恢复了旅途中的疲劳，但也更加感觉身体太不行，太糟糕了！

这几年来的情形：当你打起精神工作时，还很可以支持，一停下来，这才真感觉到了不行。

我本来不想到重庆的，但大家一定要我来传达主席团扩大会议的内容和精神。并便参加解决一些分会工作中存在的若干具体问题。我一月来的，大约还得两天才能回去。自来这里后，几乎每天都出跑，身体又拖垮了。因为近两年来都养成了一个不好的习惯：一遇重大的活动就很吃力。

这当然也同自己的性格、健康有关；但我总是想似把身体搞坏了。这是个致命伤，非好好医治不可。

文物编号
DX002898

沙汀致巴金（之六）

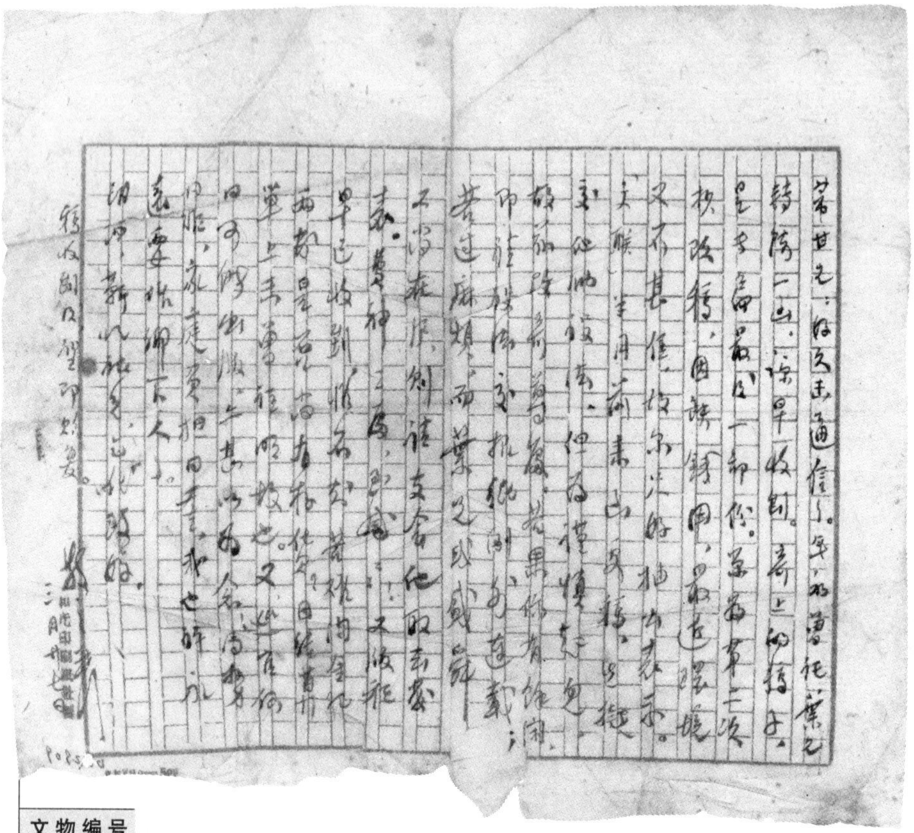

文物编号
DX002909

芾甘兄：

好久未通信了。年初曾托叶兄转陈一函，谅早收到。寄上的稿子，是长篇最后一部份[分]。原为第二次抄改稿，因缺钱用，最近环境又不甚佳，故尔只好抽出表示。“文联”半月前来函要稿，先拟交他们设法，但为谨慎起见，故前改寄尊处，若果你有余闲，即请设法交报纸例行连载；若过麻烦，而叶兄或盛舜又尚在沪，则请支会他取去发表。费神之处，至感，至感！又，版税早已收到，惟不知《苦难》、《淘金记》两书是否尚有存货？因结算单上未曾注明故也。又，《巡官》何日可能出版，亦甚以为念！局势日非，家庭负担日重，我也许永远要作[做]乡下人了。

朗西、靳以诸兄，乞代致好！

稿收到后望即赐复。

敬之长拜

三月廿七日

沙汀致巴金(之七)

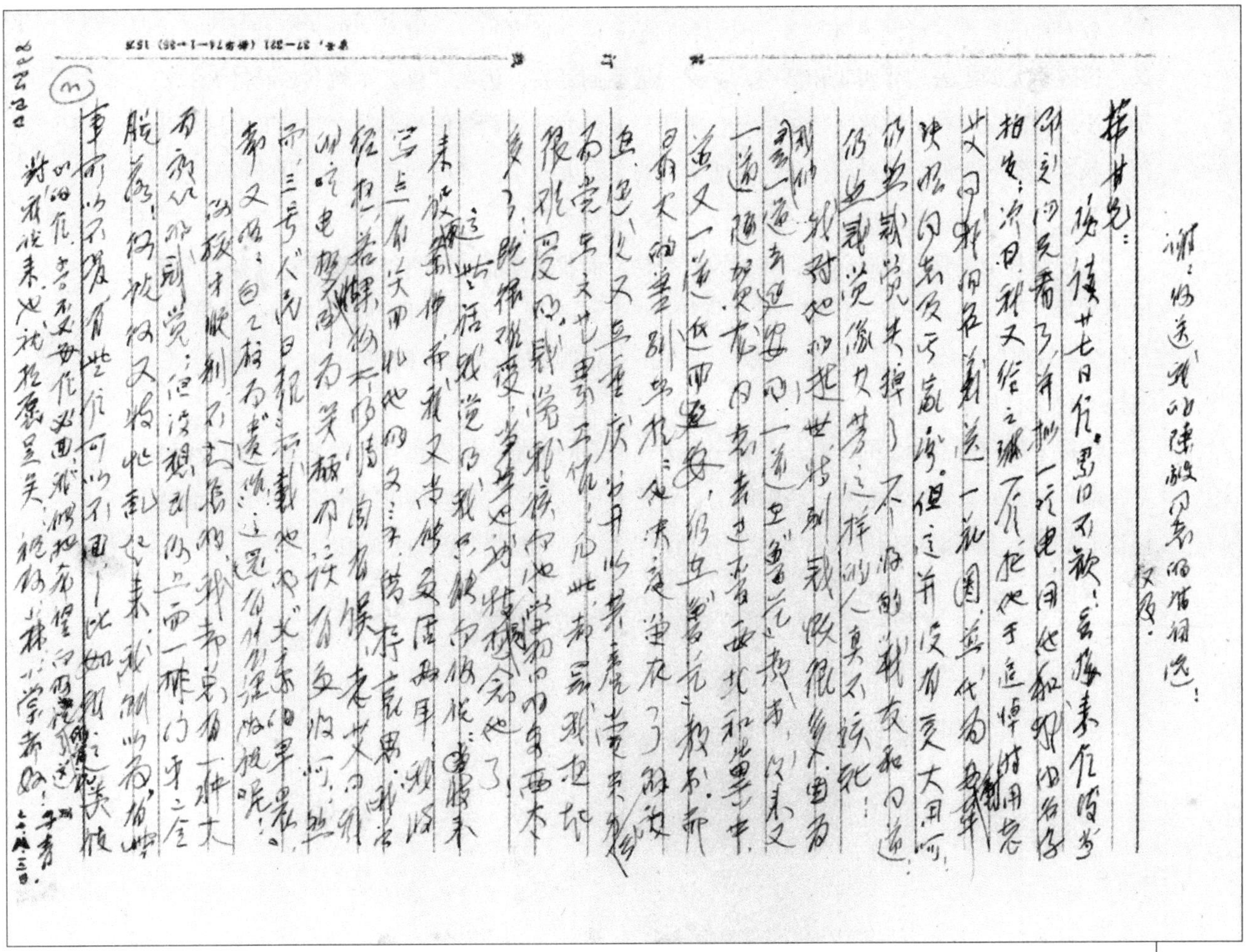

文物编号
DX002968

芾甘兄：

接读廿七日信，累日不欢！岳梅来信后，当即交汤兄[①]看了，并拟一唁电，用他和我的名字拍发；次日我又给之琳一信，托他于追悼会时用老艾同我的名义送一花圈，并代为安慰牟决明同志及其家属。但这并没有多大用呵！仍然感觉失掉了一个好的战友和同道！仍然感觉像其芳这样的人真不该死！

①汤兄，即艾芜。

我对他的逝世，特别感慨很多，因为我们是一道去延安的，一道在“鲁艺”教书。后来又一道随贺龙同志去过晋西北和冀中，并又一道返回延安，仍在“鲁艺”教书。而最大的差别在于：他决定留在了解放区，过后又在重庆公开以共产党员身份为党在文艺界工作！凡此都是我想起很难受的。我觉[得]我该向他学习的东西太多了！既很难受，当然也就特别想念他了！

这些话我觉得我只能向你说：将来设有条件，而我又尚能多活两年，我将写点有关回忆他的文章，借抒哀思。我曾经想，若果你所得的传闻有误，老艾同我的唁电事情成为笑柄，那该有多好呵！然而，三号《人民日报》所载他的《北京的早晨》却又明明白白标为“遗作”！这还有什么话好说呢！

你拔牙顺利，不知怎的，我却总有一种大为痛心的感觉；但没想到，你上面一排门牙已全脱落！你说你又将忙乱起来，我则以为，有些事可以不管，有些信可以不回——比如我这类谈心的信，务不必每信必回，我能把希望向你说了，这对我说来也就相愿足矣！

祝你、小林、小棠都好！

子 青

七七·八·三

谢谢你送我的陈毅同志的诗词选！　　又及。

沈从文致巴金(之一)

巴金：

得小龙由北京转来你的信，深谢厚意。上月地震，北京险达五级（早都有熟人把经验所及种种相告，才分详细。)，且正值半夜，来得突然。幸因邢台、海城多次震动已敲警钟，人人心中有数，因此我等一惊醒即时外出，得告无事。后据报告，死亡百四十人中，通州达九十多，北京只四十余人。坍圮房屋七千，兆和等住处大致也算在内。兆和与小龙和二孙女住小羊宜宾五号，所住正屋山墙亦坍，有砖瓦数立方亦压[在]小龙所住侧屋，部分纷堕当路处。此侧屋幸于年前曾经翻修，并未坍倒。幸彼等早数秒钟已逃出屋外，若稍迟少许，不免大小都将受伤。天津一部分受灾比较大，水源断绝区更困难些。

事后，我转移到小羊[宜]宾五号，大小六人同在廊子下住过当夜。又因还有新的预报，街道上通知全胡同住户改移附近一军官大花园里空地，各自搭盖棚帐露宿。因此在临时帐棚中又同过当夜（本院计廿六个床铺）。考古所方面有小友来相看，觉得持久恐不大妥当。力促南行，以为俟比较稳定后再北返，大家也放心。其中一人和车站中人相熟，可以解决车票。因此下午匆促决定，五时即将车票送来，所以当天八点老幼四人即上车南行矣。四号到苏，暂住九如巷三号张寰和①家中。初来被炎热和蚊子围困，一礼拜内，都胡胡涂涂，为适应新环境而作种种调整，来不及写个信相告一切。

目前正将二孙女分别疏散，小虎的十一岁女儿，(已五年级，画得很好，作诗则和报刊上的差不多，长得已和奶奶同高。）已交由其小舅舅带过昆山姥姥家暂住。小龙的四岁女儿，也将让她的妈妈带过清江工作处暂住。二小将一安排，就只剩我和兆和两人，轻松方便得多了。俟九月稍凉，或可过上海、南京看看亲友。估计九月中旬以后，北方震动或已告一段落，即将谋北归矣。目下北京多个住处，还由小龙一人料理。我的住处，文件图书乱成一堆。房子即再经一次五级震，总还不至于全部倒下，因住屋一排五间，正在中间。

临动身前，得知北京熟人均无事故。只到办好后才知老友左恭②，于此十天内因心脏梗阻故去，为本年故去熟人之第十五位。文化革命时即“受保护”关押某处，无音信将近十年。于去年国庆前夕方无事释出还家。一脚已毁，失去行动能力。曾为邀相熟富生林、苏骆同志看过数次，得知好转已不容易。但身体还是上好。不意数面之后，即成古人。彼因

①张寰和：沈从文夫人张兆和之弟。

②左恭（1905—1976)：字胥之。湖南湘阴人。长期从事党的秘密工作，曾任国民党中央宣传部总干事。解放后曾任北京图书馆副馆长，主持编写了《全国中文期刊联合目录》、《全国西文期刊联合目录》等书。

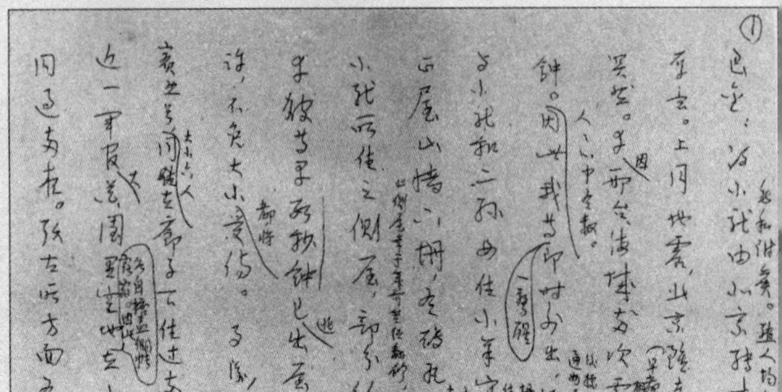

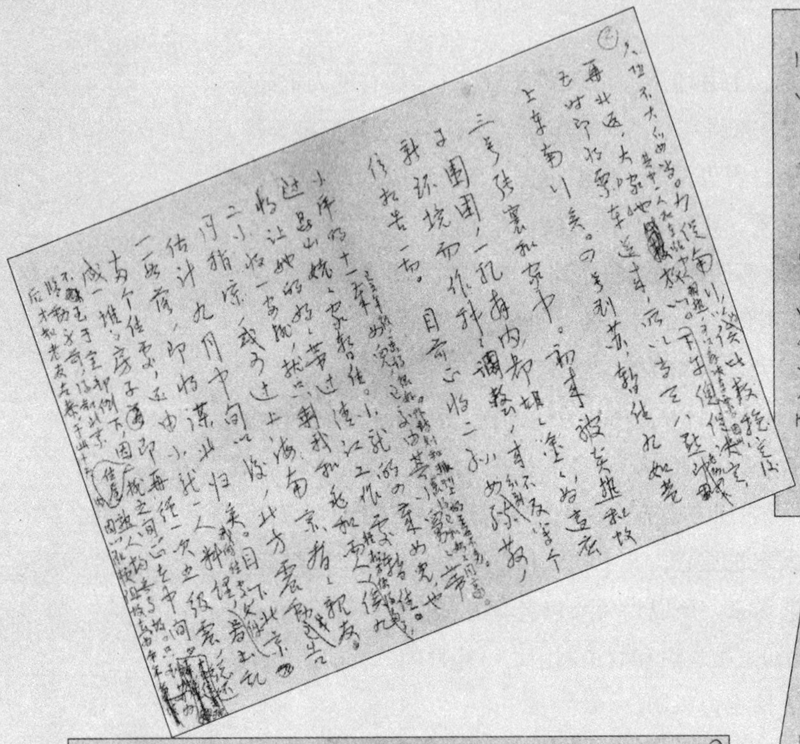

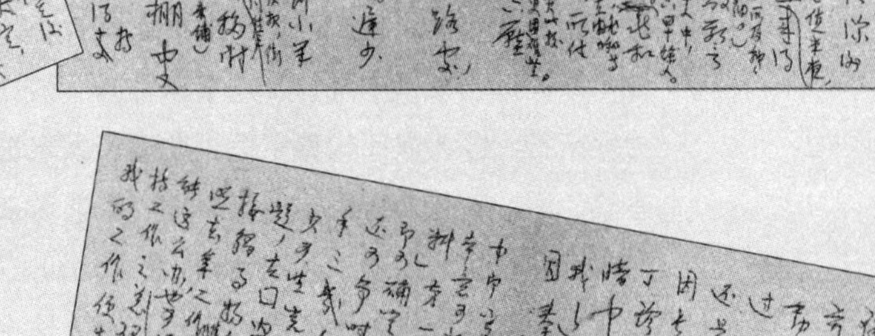

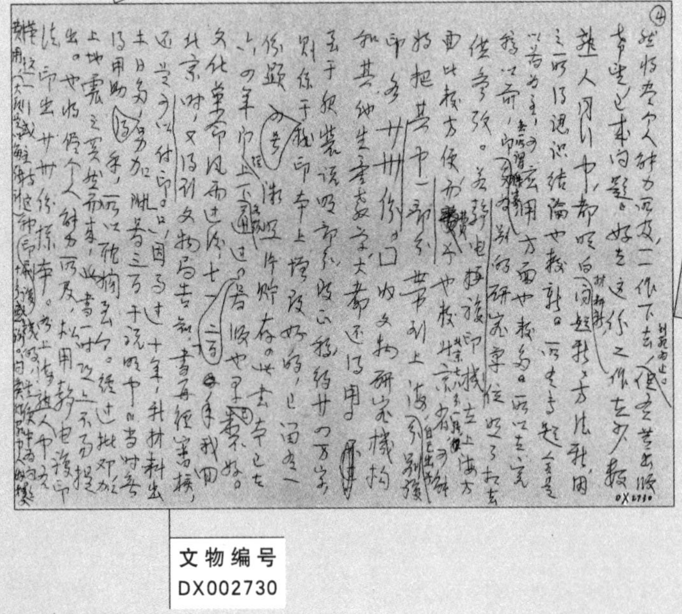

文物编号
DX002730

长时期潜伏于国民党内部，也频[①]丁玲二人先后被捕后，多方营救，左在暗中出力特别多。良友□亡□□□也。

我这一年来身体似乎大有好转。去年因凑巧得二青年友人相助，绘图，半年中即完成八个以图为主的文物研究小专题（只是迷到工作里，把写信能力几几乎全失去了，一年中所有亲友的信都不作复，写来也无头绪！）。本意可将业已把说明改好之《中国服装资料》第一试点本，连同八个专题送交总理，即可确定下一步四年内工作行动。因为照个人估计，至多还可争时间工作[做]四五年，到八十岁再作别计。只要有适当得力助手三几人，则预定之《服装资料》十本中至少可望完成一半。至于近于附产物之文物专题，在国内还始终属于研究中“空白点”的，约四十个。我接触事物多，综力[合]能力又较强，若照去年工作进展情况，至少可望完成三十个左右。能这么办，也可说不虚生此解放后三十年！不意支持工作之总理与审定工作之康老先后故去，我的工作便失去了“支柱”，也失去了意义。虽仍然将尽个人能力所及一一作[做]下去，到死为止。但有无出版希望，已成问题。

好在这份工作在少数熟人同行中，都明白材料新、问题新、方法新，因之所得认识结论也较新。所有专题全是以图为主，可应用方面也较多。所以在完稿以前，即无所谓保密，多为别的研究单位照了相去供参考。若静电复印机在上海方面比较方便，而费钱也较北京省（北京七八分一张），可能将把其中一部分带到上海，自己出钱分别复印各廿卅份。国内文物研究室机构和其他生产教学大都还得用。至于服装说明部分改正稿，约廿四万字，则系于四号排印本上增改好的，已留有一份显□照片贮存。此书本已在六四年即经上下各级通过，二百图版也早已制好。文化革命风雨过后，七一年我回北京时，又得到文物局告知，书再经审核，还是可以付印。只因事过十年，新材料出土日多，得另加附图三百于说明中。当时无得用助手，所以耽搁至今。经过批邓，加上地震之突然而来，此书一时恐亦不易提出。也将尽个人能力所及，拟用静电复印法印出廿卅份样本。如上海熟人中有懂这一行或主持这种复印机的，望便中为问问费用（大致是以每张计），十分感谢。问候你家中人好。

从文

兆和附笔，熟人均望致意。

①也频，即胡也频（1903—1931）：作家。原名胡崇轩，笔名也频、白丁等。福建福州人。“左联”五烈士之一。有《圣徒》、《消磨》、《到莫斯科去》等著作留世。

沈从文致巴金（之二）

芾甘：

年初见黎丁①，谈及各方面熟人情形，方证实蕴珍已于去年秋天，即因喉病遽尔故去。得此消息，我们均觉得十分难过。因为四十年熟人，本已不多，衰老谢世，日有所闻。蕴珍正当盛年，还能为国家好好工作廿年！记得去年七月来信，还只说因病，你将返回。当以为今年春夏间如能和兆和南来看看亲友，必可重到你家作[做]客。她前信说，孩子还在西双版纳，不知是否已能返回上海？大女儿在身边，有没有外孙？人到一定年纪，有个孩子在身边，生活上必可得到些照顾，可减少许多麻烦。

我家小虎，随工厂迁川中自贡，和爱人一道同去已七八年，有个八岁孙女，却留在昆山姥姥家，已到二年级，分开三处，想见见也不容易。幸得小龙还在西郊原学校作[做]工，每星期可回城办办杂务，但爱人却在清江作[做]工。兆和去年八月退休，从湖北丹江返回北京，在家也闲不住。近因文学可能复刊，又约她去尽点义务，帮帮忙，不限定办公，一星期去个几次。她倒极高兴。事实上今年也到了六十三岁，精力虽还好，新要求已大不相同，能尽的力也有限。我则今年已过七十，从表面看，一切还像过得去，事实上已不大济事。心脏血管硬化到一定程度，随时可以恶化，意外故障一来，报废是迟早间事。因此近廿年所搞的杂学，特别是花花朵朵知识，在今后大致还相当有用，大致能争时间，用上一小部分，也就不错了。去年冬天，因流感转肺炎，延缠经月，才脱困境，仍不免“元气大丧”，因此南行打算，纵能成行，大致也将在秋冬间矣。

这里熟人多如常，春节中正值大雪，因之除健吾，余多未见到。健吾家中亦大不幸，大女婿和一过十岁外孙，在川中坐民船牺牲，小女儿似因妈病在开刀后在家中住，亦不免相当狼狈。肖乾似已调回原工作，孩子铁柱已廿六，还在江西农村中，升学入工厂均不可能。熟人中子弟在相同情况亦还不少，一二年间或难望改变，因大事待处理的实在还相当多。

并祝大小健康。

从文 兆和

二月十日

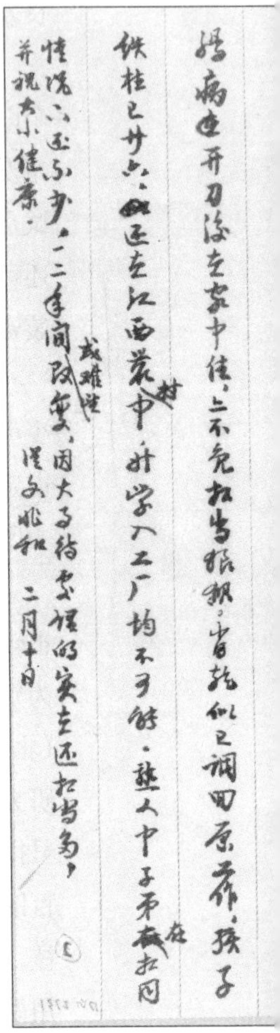
妈病在开刀后在家中住，亦不免相当狼狈。肖乾似已调回原工作，孩子
铁柱已廿六，还在江西农村中，升学入工厂均不可能。熟人中子弟在相同
情况亦还不少，一二年间或难望改变，因大事待处理的实在还相当多。
并祝大小健康。
从文 兆和 二月十日
（2）

①黎丁（1917- ）：作家。原名黄恢复。福建泉州人。曾任《光明日报》副刊主编。

一

第廿二年初见絮丁，谈及各方面熟人情形，方知实藤先生已於去年秋天

即因喉病逝世故去。得此消息，我们都觉得十分难过。因为四十年熟人，

本已不多，象这样逝世，日益增多。藤先生当年，还能为门家好好商量

年年记得去年七月来信，还只说因病，你将返回。当以为今年春夏间也

能和那和南来香港亲友，必可重到你家作客。她前信说，孩子还在西

双版纳，不知是否已能返回上海，大女儿在身边，今後在分办了人到重

年纪，这个孩子在身边，生活上必可得到些照顾，可减少许多麻烦。我家小

康，随工厂迁川中自贡，和家人一起，因在已七八年，今年八岁孙女都留

二

在昆山姥姥家，已到上学年级（今年三岁），拟见之也不容易。幸得小孩还在西部原

学校作工，每星期可回城办办杂务，但家人都在清江作工。惟和去

年八月退休，从湖北丹江返回北京，在家也闲不住，近因大学子弟缺乏科，

又约她去居民委员会，帮帮忙，不很空如兴头，一星期去个几次。她倒极高

兴。于实上今年也到了六十三（岁），精力尚还好，新要求已大不如同，能尽的

力也有限。我则今年已过七十，从表面看，一切还像过得去，事实上已

不大济事。以膝血管硬化到一定程度，随时可以恶化，意外报陈一来，很

虞是遥早间了。因此近两年所务的杂学，特别是花花草草，知识，在今（缘）

三

大致还想出书用，大致能多时间，用上一小部分，也就不错了。去年有

一因流感转肺炎，延续经月，才获困境，仍不免元气大丧，因此前订

打算，已能减少，大致也将在秋冬间矣。

文物编号
DX002731

沈从文致巴金(之三)

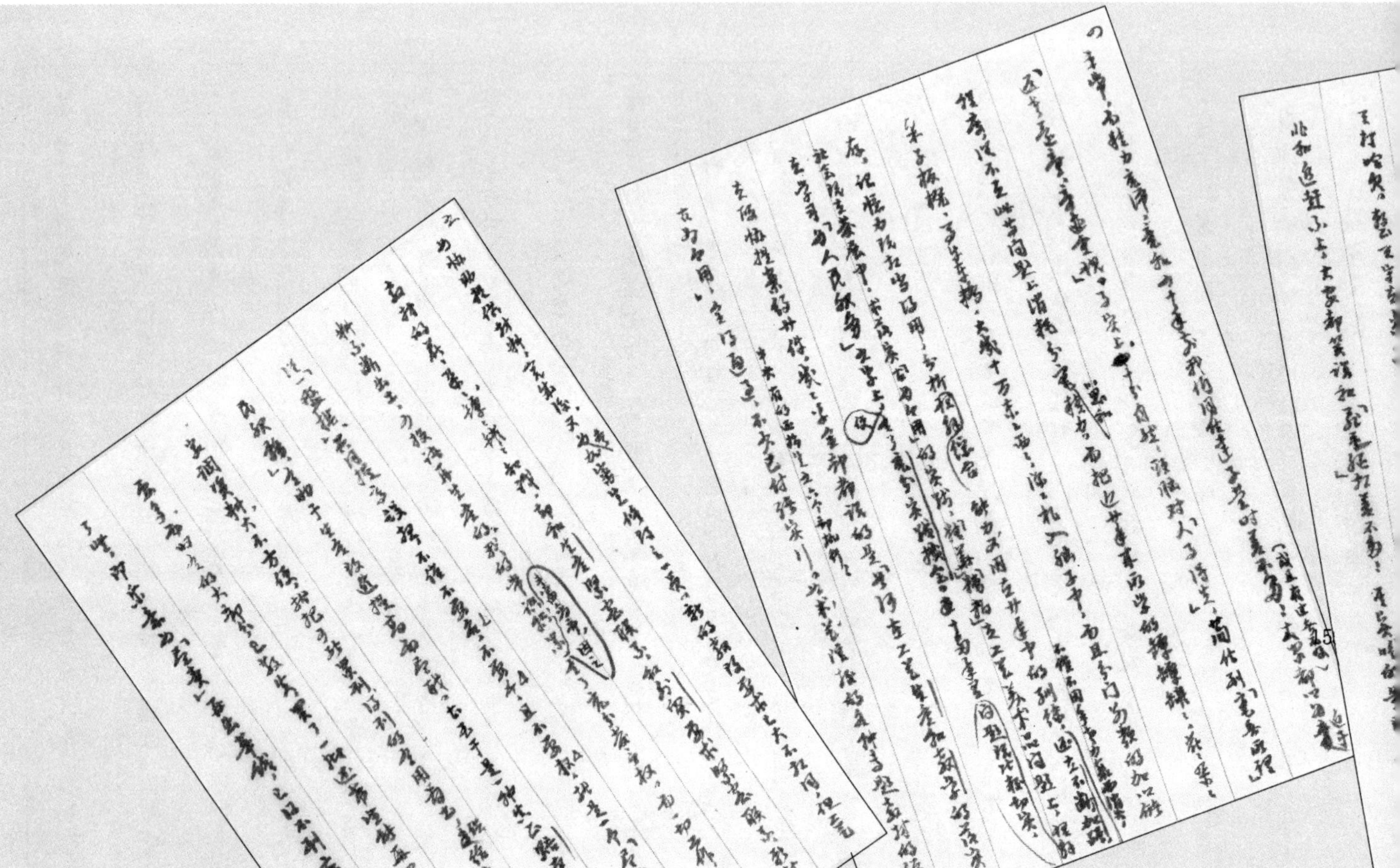

芾甘：

张梅溪[1]回来，说曾到过你家中拜望事，得略知近来情形，精神情绪都相当好，十分放心！社会变动大，人事代谢多，有不少事，种种情形实在过于复杂，我们始终难于理解，必不可免。因为还有不少熟人，还是从井冈山跟来的，也会在不自觉中“犯错误”。又还有些

①张梅溪，沈从文表侄黄永玉之妻。

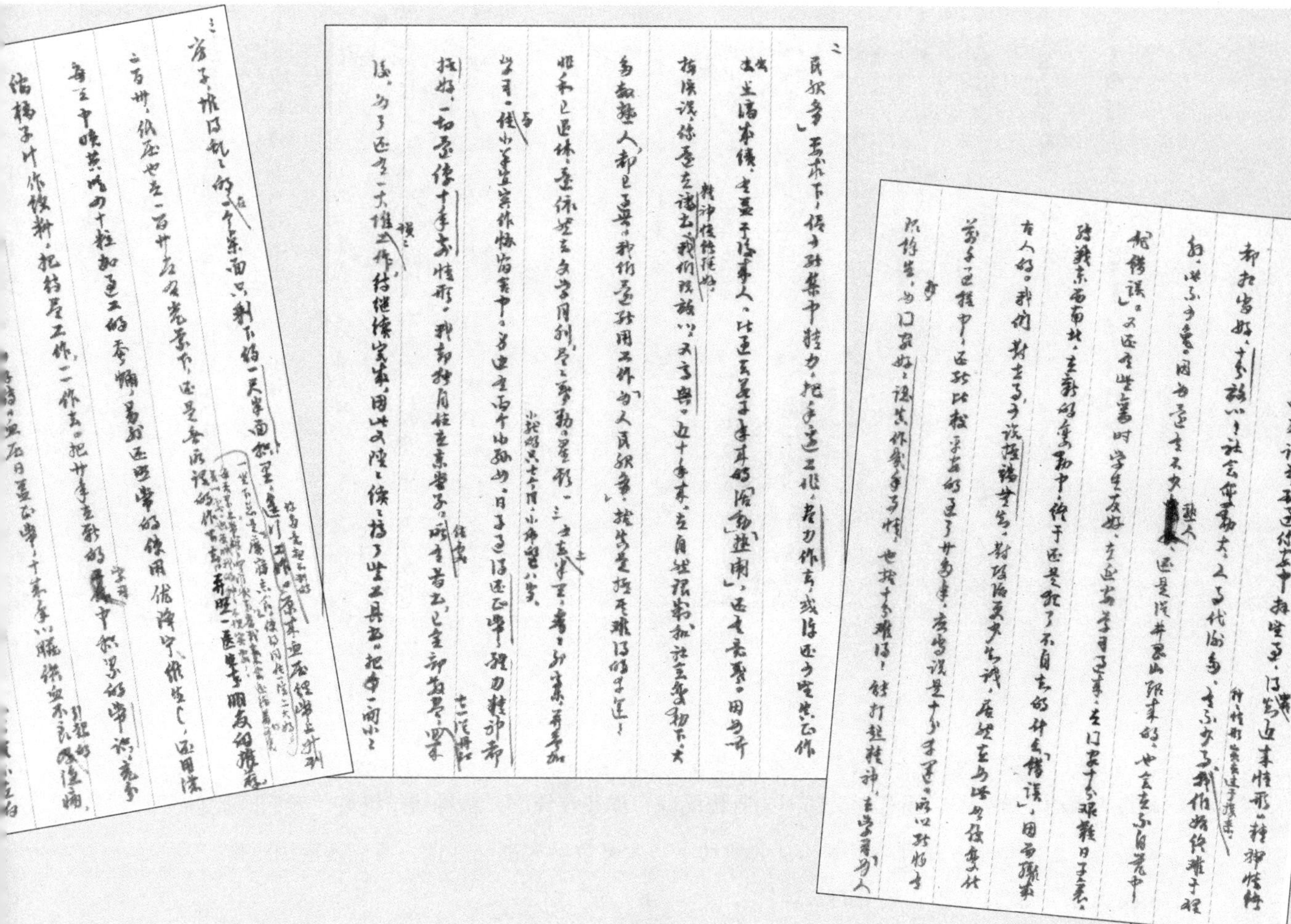

文物编号
DX002734

旧时学生友好，在延安学习过来，在国家十分艰难[的]日子里，转战东西南北，在新的变动中，终于还是犯了不自知的什么“错误”，因而骤成古人的。

我们对世事，可说极端无知，对政治更少知识，居然在如此各种变化万千过程中，还能比较平安的过了廿多年，应当说是十分幸运。所以能将有限余生，为国家好好认真作[做]几年事情，也就十分难得！能打起精神，在学习“为人民服务”要求下，尽可能集中精力，把手边工作，尽力作[做]去，或将还可望真正作[做]出点滴成绩，有益于后来人。比过去万千年

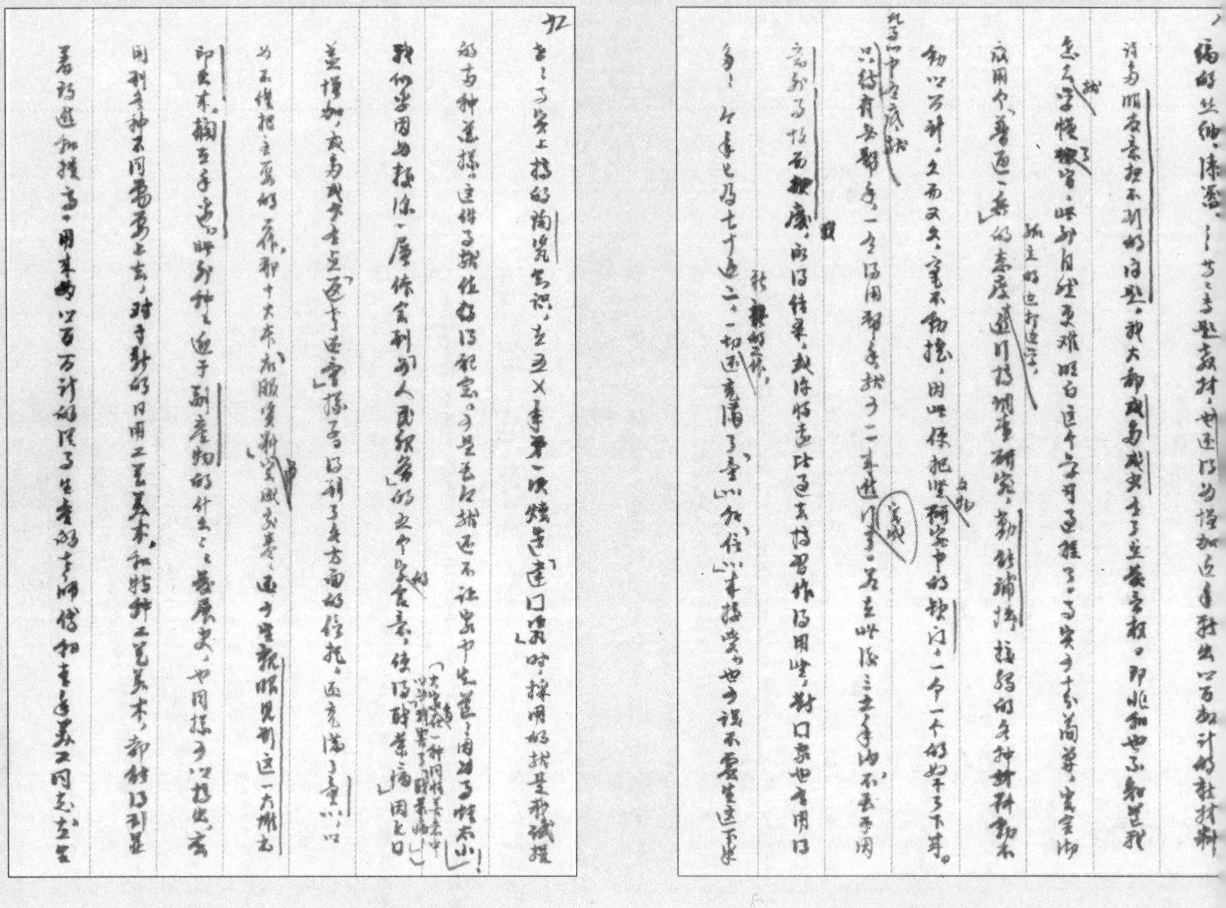

来的“活动”“热闹”，还有意义。因为听梅溪说，你还在译书，精神情绪挺好，我们既放心，又高兴。近十年来，在自然限制和社会变动下，大多数熟人都已过世，我们还能用工作“为人民服务”，就真是极其难得的幸运！

兆和已退休，还依然在文学月刊“尽尽义务”。星期一三五去上半天，看看外案，并参加学习。另住小羊宜宾作协宿舍中。身边有两个小孙女。小龙的只七个月，小虎的整八岁。日子过得还正常，体力精神都极好，一切还像十年前情形。我却独自住在东堂子。住处所有图书，已全部散尽。七一[年]从丹江回来后，为了还有一大堆琐琐[碎]工作待继续完成，因此又陆陆续续搞了些工具书，把一间小小房子，堆得乱乱的，在一个桌面只剩下约一尺半面积里，进行许多意想不到的工作。一坐下总是“废寝忘食”，使得同住一院的二大妈每天早上常轻轻叩门几下，看我会不会还活着，可见关心处。也反映我的种种不现实处！

原来血压经常升到二百卅，低压也在一百廿左右光景下，还是无所谓的作[做]下去。并照一医生老朋友的推荐，每天中晚共吃四十粒加过工的蚕蛹，另外还照常的使用优降宁、维生C，还用浓缩桔子汁作[做]饮料，把待尽工作，一一作[做]去。把廿

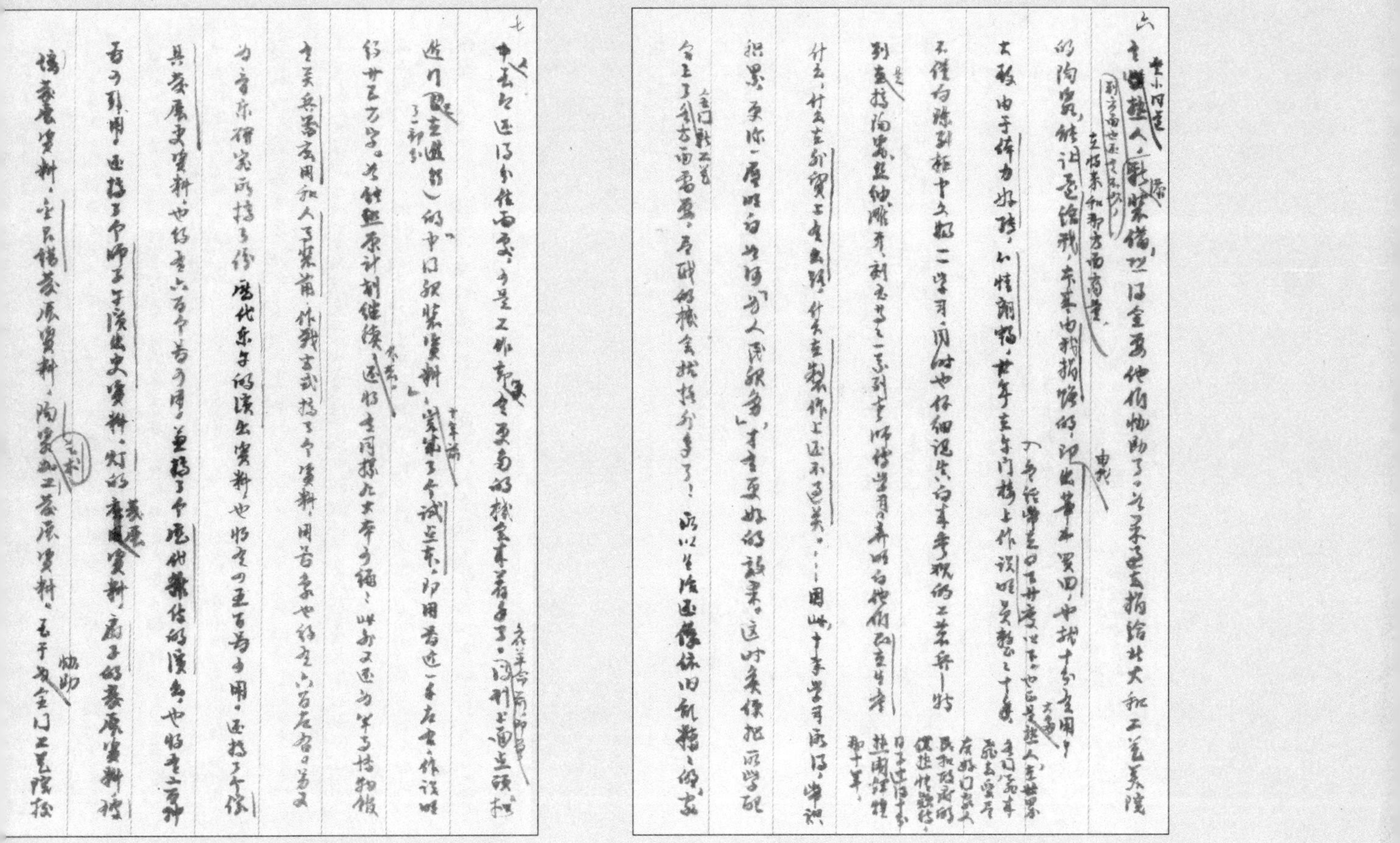

年在新的学习中积累的常识，充分使用到各方面去，于是居然一切好转。血压日益正常，十来年心脏供血不良引起的隐痛，和头部晕玄[眩]，也几几乎全部消失。一天睡眠至多四小时，还是不觉疲倦，从不在白天打哈欠。整天守在桌边，写豆子大毛草字，也不感到吃力。一出外，总还使得兆和追赶不上，大家都笑谈和“飞毛腿”相差不多！其实每天吃的量既不过二两，且极平常，而精力充沛，竟和四十年前我们同住达子营时差不多（或且有过无不及）！大家都以为近于“返老还童，奇迹重现”。

事实上十分自然，头脑对“人事得失”，简化到“毫无所理”程度，从不在此等问题上消耗分毫心思和精力。而把近廿年来所学的坛坛罐罐、花花朵朵、桌子板凳、万千杂物，大几十万东东西西，深深扎入脑子中，而且分门别类的加以储存，记忆力现在相当得用，分析综合理解能力，又因在廿年中的训练，不仅不因年老力衰而消失，还在不断加强。社会现在发展中，求落实“古为今用”的实践，“精华”“糟粕”在工艺美术品问题上，理解问题现比较切实，在学习“为人民服务”五字上，便有了充分实践机会。十多年里，在政协提案约廿件，几乎全部都说的是“如何在工艺生产和教学的落实古为今用”，全得通过，不少已付诸实行。中央有的还指定五六个部执行！如艺术院校的各种专题教材的编写为协助提供材料，

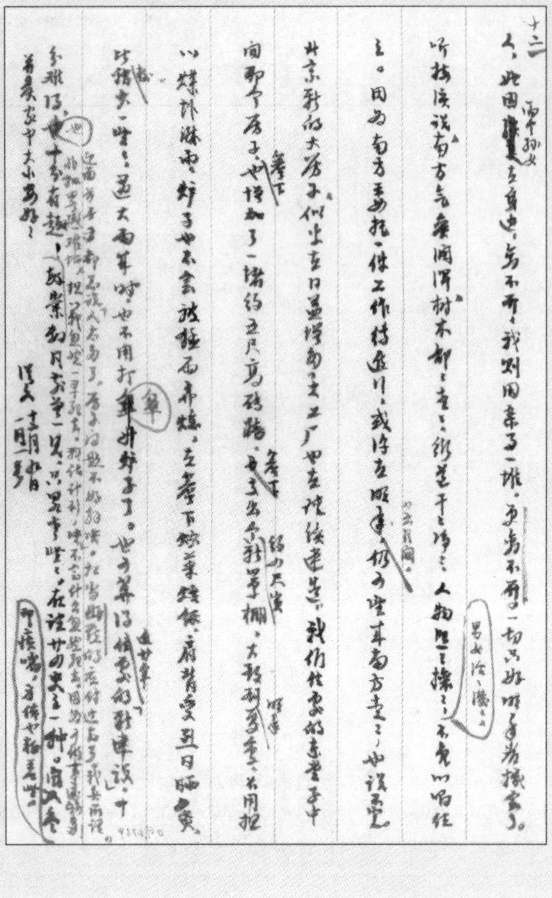

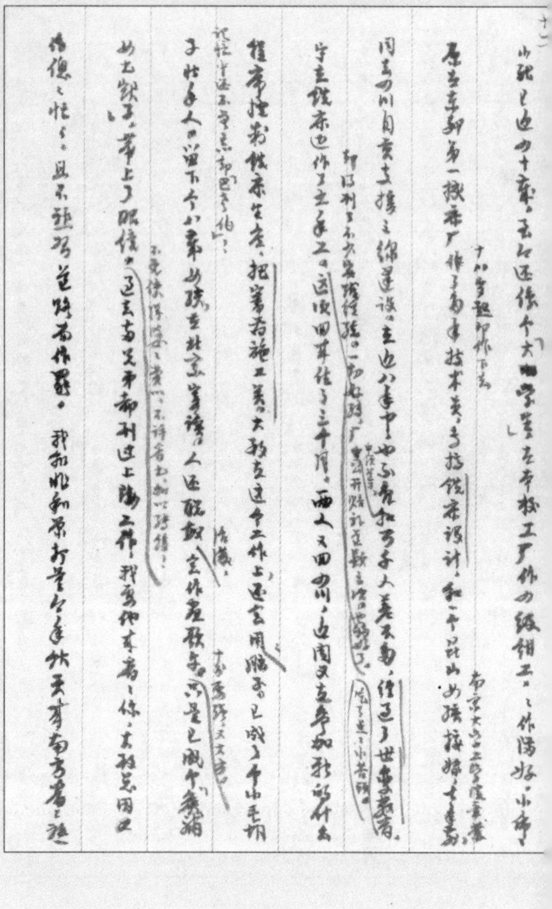

完成后又为参加审定修改之一员。新的教改要求已大不相同，但工艺教材的花花朵朵、坛坛罐罐知识，却和生产紧密联系，和外贸要求紧密联系，新材料不断出土，可投诸再生产的，我的常识积累丰富□□，因之有了充分发言权。而一切工作，又总是从“一盘棋”、共同提高设想，不仅不要名，不要千[钱]，且不要权，就是一个“尽职”，从“为人民服务”有助于生产改进提高而尽职。甚至于是一种真正赔本义务，因为公家调资料，大不方便，就把可能买到、得到的有用图书，供给有需要方面共同使用。原为本市，且及多处，需要多，而旧有的大部分已散失，买了一批还希望再买一批。可是时间或许迟了些，即乐意为“尽责”再出笔钱，已得不到应用图册了。幸好科学院考古所方面，还有金小同是熟人，别方面也还有不少新添装备，想得全要他们协助了。如果过去捐给北大和工艺美院的陶瓷，能在将来和那方面商量让还给我，本来由我捐赠的，即由我出笔钱买回，也就十分有用了。

大致由于体力好转，心情朗畅，廿年在午门楼上作[做]说明员整整十年，入冬经常在零下廿度以下，也正是大多熟人在世界各国飞来飞去，受尽友好国家人民和政府的热情款待，日子过得十分热闹辉煌那十年，不仅向陈列柜中文物一一学习，同时也仔细认真向来参观的工农兵——特别是搞陶瓷、丝绸、雕牙、刻玉等等一系列老师傅学习，弄明白他们正在生产什么，什么在外贸上有出路，什么在制作上还不过关……因此，十年来学习所得，常识积累，

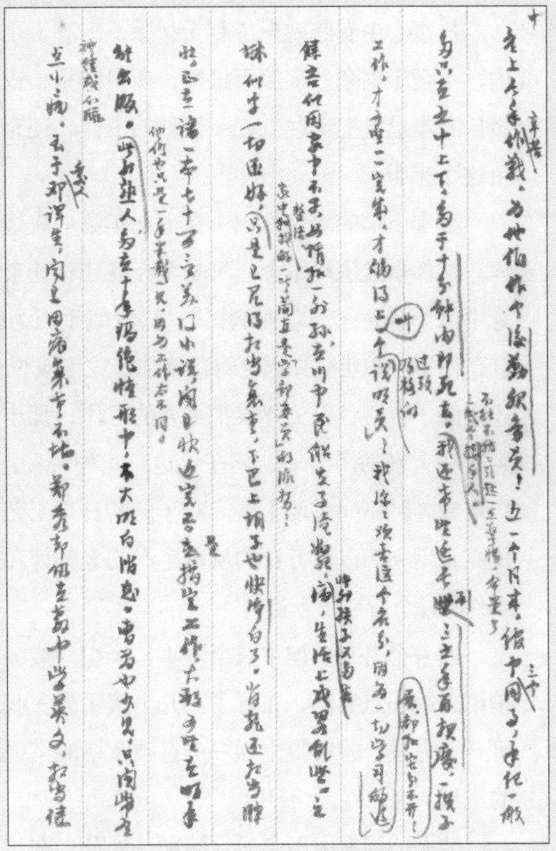

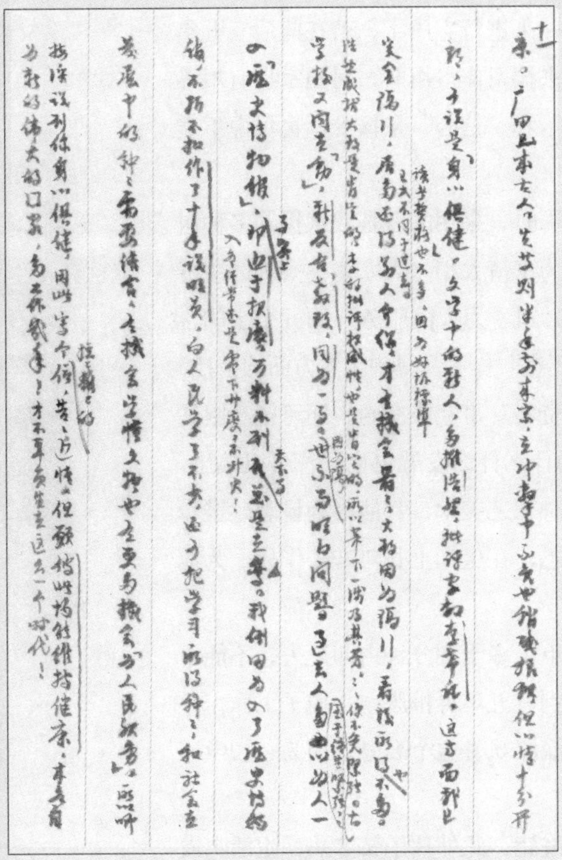

更深一层明白如何“为人民服务”，才有更好的效果。这时候便把所学配合上了全国新工艺各方面需要，尽职的机会就格外多了！所以生活还像依旧乱糟糟的，家中人至今还得分住两处，可是工作却又有更多机会来着手了。文化革命前即曾得到上面点头，拟进行（现在进行了一部分）的“中国服装资料”，十年前完成了个试点本，即用图近一千左右，作说明约廿五万字。如能照原计划继续下去，还将有同样九大本可编；此外又还为军事博物馆有关兵器应用和人员装备、作战方式搞了个资料，用图象[像]也约有六百左右；另又为音乐研究所搞了份历代乐午[舞]的演出资料，也将有四五百图可用；还搞了个家具发展史资料，也约有六百个图可用。并搞了个历代杂伎的演出，也将有二百种图可引用。还搞了个师[狮]子午[舞]演出史资料，灯的发展史资料，扇子的发展资料，玻璃发展资料，金银锡发展资料，陶瓷艺术加工发展资料。至于协助全国工艺院校编的丝绸、漆器……等等专题教材，十年前即在试教，也还得为增加近年新出以万数计的新材料。许多朋友意想不到的问题，我大都或多或少有了点发言权。即兆和也不知道我怎么就学懂了它，此外自然更难明白这个学习过程了，事实可十分简单，其实彻底用个“普通一兵”的态度，孤立的边打边学，进行搞调查研究，勤能补拙，接触的各种材料动不动以万计，久而又久，毫不动摇，因此便把□文物研究中的缺门，一个一个的拿了下来。

凡事心中有底就只待有无帮手，一有得用帮手就可一一来进行完成了。若在此后三五年内，不至于因意外事故而报废，所得结果，或许将远比过去搞习作得用些，对国家也有用得多！今年已及七十过二，一切新的工作，还充满了“童心”和“信心”来接受，也可说不虚生这下半世！

事实上搞的陶瓷知识，在五七年第一次烧造“建国瓷”时，采用的就是我试提的多种送样。这件事就值得纪念。可是至今就还不让家中知道！因为事情太小（大家多在一种同情善意中以为我害了“职业病！”）！我似乎因为较深一层体会到“为人民服务”的五个字的含意，使得“职业病”因之得益增加，或多或少有点“返老还童”样子。得到了各方面的信托，还充满了童心，以为不仅把主要的工作，那十大本“衣服资料”事完成交卷，还可望亲眼见到这一大堆书印出来，搁在手边。此外种种近于副产物的什么什么发展史也同样可以搞出，应用到各种不同需要上去，对于新的日用工艺美术，和特种工艺美术，都能得到显著改进和提高。用来为以百万计的从事生产的老师傅和青年美工同志，在生产上长年辛苦作战，为他们作[做]个后勤服务员！

近一个月来，馆中三个同事，年纪一般多只在五十上下，多于十分钟内即死去，不能不稍稍引起一点警惕，布置了三几个接手人。我还希望延长到三五年再报废，一揽子工作，才可一一完成。才够得上叫一个过硬及格的“说明员”！我深深欢喜这个名分，因为一切学习的进展，都和它分不开！

健吾似因家中不幸，女婿和一外孙，在川中民船发事淹毙。此外孩子又多病，生活上或略乱些。之琳似乎一切还好，家中整洁和我的一比，简直是“学部委员”的派势！只是已见得相当衰老，下巴上胡子也快净白了。肖[萧]乾还相当胖壮，正在译一本七十万言美国小说，闻已快近完工。是指定工作，大致可望在明年能出版。他们也只是一年半载一见，因为工作太不同。此外熟人，多在十年隔绝情形中，不大明白消息。曹禺也少见，只闻精神和心脏常有点小病。至于爱人邓泽生，闻已因病身重不堪。郑秀却仍在教中学英文，相当健康。广田已成古人。先艾则半年前来京，在冲击中不免也稍成狼狈，但心情十分开朗，可说是“身心俱健”。文学中的新人，多推浩然[①]，批评当数李希凡[②]，这方面我已完全隔行，读者资格也不多，因为好坏标准已大不同于过去。居多还得别人介绍，才有机会看看，大约因为隔行，看后所得也不多。浩然成就大致是肯定的。李的批评权威性，也是肯定的，所以笔下一涉及其芳，其芳便不免紧张。甚至于终生紧张。学校又闻在“动”，新反右、教改，同为一事。因为隔[行]，也不易明白问题。

过去人多以为人一入“历史博物馆”，事实上即近于报废。万料不到天下事总是在变。我

①浩然（1932—2008）：作家。本名梁金广。河北宝坻人。著有《艳阳天》、《金光大道》、《苍生》等作品。曾任北京市作家协会主席，北京市文联副主席。

②李希凡（1927—　）：红学家。原名李锡范，字畴九。浙江绍兴人。主编《红楼梦大辞典》、《中华艺术通史》，并著有《红楼梦艺术世界》、《〈呐喊〉、〈彷徨〉的思想与艺术》等学术专著。曾任中国艺术研究院常务副院长、全国艺术科学规划领导小组副组长等职。

倒因为入了历史博物馆，不折不扣作[做]了十年说明员，（入冬经常还是零下廿度不升[生]火。）向人民学了不少，还可把学习所得种种，和社会在发展中的种种需要结合，有机会学懂文物，也有更多机会“为人民服务”。所以听梅溪说到你身心俱健，因此写个拉拉杂杂的信，告之近情，但愿彼此均能维持健康，来各自为新的伟大的国家，多工作几年！才不辜负生在这么一个时代！

小龙已近四十岁，至今还像个“大学生”，在本校工厂作[做]四级钳工，工作满好。小虎原在东郊第一机床厂，十八岁起即作[做]下去，作[做]了多年技术员，专搞铣床设计，和一个昆山女孩结婚，七年前南京大学工学院毕业，同去四川自贡支援三线建设。在边八年中，也不免和万千人差不多，经过了世变教育，吃了点小苦头，守在铣床边作[做]了五年工，却得到了不少实践经验。一切好转，厂中领导公开赔礼道歉三次，也够好了。这次回来住了三个月，两人又回四川，近闻又在参加新的什么程序控制铣床生产，把审图施工关。大致在这个工作上，还会用用脑子。已成了个小毛胡子壮年人，记忆中还不曾忘记“巴老伯”！留下个八岁女孩，在北京寄读。人还聪敏活泼，会作画、歌午[舞]。十分要强，又大方。只是已成个“候补女书呆子”，带[戴]上了眼镜，不免使得婆婆费心，不许看书，加以转移！过去与兄弟都到过上海工作，我要他来看看你，大致总因工作匆匆忙忙，且不熟习[悉]道路而作罢。

我和兆和原打量今年秋天来南方看看熟人，她因两个孙女在身边，离不开，我则因杂事一堆，更离不开。一切只好明年看机会了。听梅溪说南方气候润湿，树木郁郁青青，街道干干净净，人物熙熙攘攘，男女活活泼泼，不免心向往之。因为南方委托一件工作待进行，或许在明年四五月间，仍可望来南方走走，也说不定。

北京新的大房子似乎在日益增多。大工厂也在继续建造，我们住处的东堂子中间那个房子檐下也增加了一堵约五尺高砖墙，檐下支出个约四尺宽新罩棚。大致到明年夏季，不用担心煤块淋雨。炉子也不会被猛雨弄熄，在檐下炒菜烧饭，肩背受烈日晒炙比较稍少一些！遇大雨来时，也不用打伞升[生]炉子了。也可算得近廿年住处的“新建设”。十分难得，也十分有趣！迎面□□□都总说“人太多了，房子问题不好解决”，相当幽默的应付过去了。我无所谓。兆和略感难堪，担心我忽然一早死去。我估计到，决不会什么忽然死去。因为可做事这样多！毓棠数月前曾一见，只是略老些，在注廿四史之一种。自入冬即痰喘，身体也稍差些。

并候家中大小安好！

从文

十二月九日

一月一号

师陀[1]致巴金（之一）

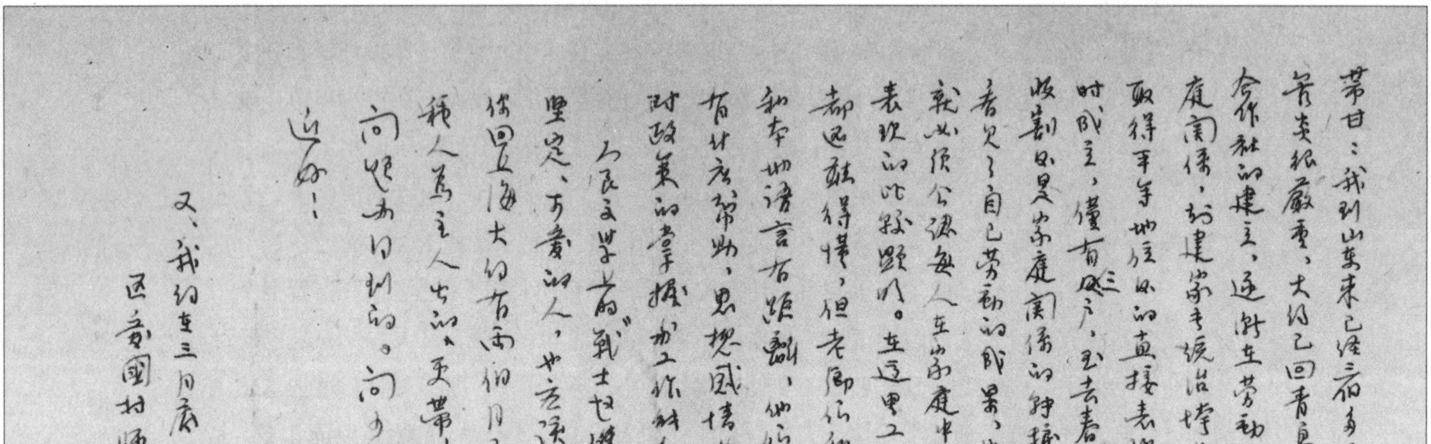

芾甘：我到山东来已经二个多月。在济南时看见王剑三，据来信说最近气管炎很严重，大约已回青岛养病。生产合作社是一种新的事业，随着合作社的建立，在这劳动过程中产生了新的人物，建立了新的家庭关系，封建家长统治垮台了，出现的是民主家庭。这是妇女在经济上取得平等地位的直接表现。吕鸿宾合作社成立的比较晚，前年秋种时成立，仅有三户，去年春增到八户，去秋种麦增到五十九户。第一次收割以后是家庭关系的转换点，因为参加劳动的人——特别是妇女和青年见了自己劳动的成果，家长也看见了他们劳动的成果。这样大家就必须公认每人在家庭中都有份，他们胜利了。这种情形在前八户中表现的比较显明。在这里工作也有困难，首先是言语方面，老乡们的话都还听得懂，但老乡们和外面接触的少，我说北方话，于言上和本地语言有距离，他们往往听不懂。只听不懂，他们总为对自己没有什么帮助，思想感情上便很难联系。我想这应该归罪我对政策的掌握和工作能力都欠缺吧！

人民文学前载战士也像仁已经看过了。我们看过[illegible]样书、未识里定、可爱的人，也应该有这种表现他们的可爱的作品。按时间算，你回上海大约有两个月了，希望你写——也许你已在写一部以这种人为主的、更带综合性的长篇。我想这在你是毫无问题的。问小妹妹及萧珊好。即颂

近好！

长简

一九五三年

一月十六

又，我约在三月底回沪，来信请速寄——山东莒县十三区安国村师陀收。

文物编号

DX002764

芾甘：

我到山东来已经三个多月。在济南时看见王剑三[①]，据来信说最近气管炎很严重，大约已回青岛养病。生产合作社是一种新事业，随着合作社的建立，逐渐在劳动过程中产生了新的人物，建立了新的家庭关系，封建家长统治垮台了，出现的是民主家庭。这是妇女子弟在经济上取得平等地位后的直接表现。

吕鸿宾合作社成立的比较晚，前年秋种时成立，仅有三户，至去春增至八户，去秋种麦增至五十九户。第一次收割后是家庭关系的转折点，因为参加劳动的人——特别是妇女子弟看见了自己劳动的成果，家长也看见了他们劳动的成果。这样大家就必须公认每人在家庭中都有一份权利了。这种情形在前八户中表现得比较显明。

在这里工作也有困难，首先是言语方面，老乡们的话都还听得懂，但老乡们和外面接触的少，我虽然讲北方话，字音上和本地语言有距离，他们往往听不懂。只听不讲，他们认为对自己没有什么帮助，思想感情上便很难发生联系。我想这应该归罪[于]我对政策的掌握与工作能力都欠缺吧！

《人民文学》上的《战士赵杰仁》已经看过了。我们有无数这样年青[轻]、乐观、坚定、可爱的人，也应该有这种表现他们的可爱的作品。按时间算，你回上海大约有两个月了，希望你写——也许你正在写一部以这种人为主人公的、更带综合性的长篇。我想这在你是毫无问题办得到的。问小妹妹及蕴贞[珍]好。即颂

近好！

长 简

一九五三年一月十二日

又：我约在三月底回上海，来信请径寄——山东莒县十三区爱国村师陀收。

①王剑三，即王统照（1897—1957）：作家。字剑三。山东诸城人。有《黄昏》、《山雨》、《雪潮》等作品。曾任山东省文联主席、山东大学中文系主任、山东省文化局局长等职。

师陀致巴金（之二）

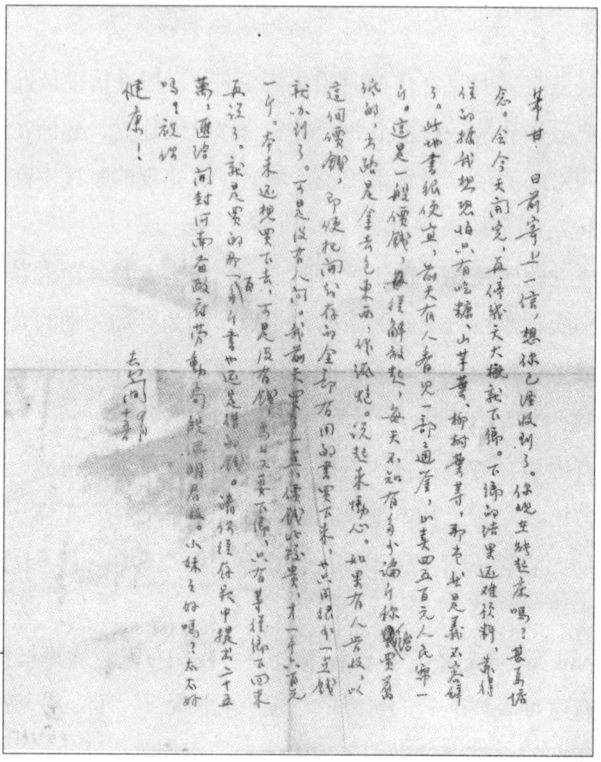

文物编号
DX002765

芾甘：

日前寄上一信，想你已经收到了。你现在能起床吗？甚为惦念。会今天开完，再停几天大概就下乡。下乡的结果还难预料，靠得住的据我想恐怕只有吃糠、山芋叶、柳树叶等，那当然是义不容辞了。此地书很便宜，前天有人看见一部通鉴，止[只]卖四五百元人民币一斤。这是一般价钱，从解放起，每天不知有多少论斤称给买旧纸的，出路是拿去包东西，作[做]纸炮。说起来恸心。如果有人肯收，以这个价钱，即使把开封存的全部有用的书买下来，也只用很少一点钱就办到了。可是没有人问。我前天买了一点，价钱比较贵，才一千六百元一斤。本来还想买下去，可是没有钱，马上又要下乡，只有等从乡下回来再说了。就是买的那一百多斤书也还是借的钱。请你从存款中提出二十五万，汇给开封河南省政府劳动局段佩明君收。小妹妹好吗？太太好吗？祝你

健康！

长简

四月十五日

师陀致巴金（之三）

芾甘：

我们廿七夜间到开封，第二天即开会，大约还有十多天才能结束。再接着即跟此地文联的朋友们下乡，大概去许昌附近的什么地方，预计总得两个月。自然，假使可能，我预备在乡下住半年。可是家里要钱吃饭，这也还是希望罢了。

这里的变化非常明显，过徐州时曾到街上看了一趟，举目怆凉，此地也正不下于徐州。但从此也看出了进步，无论如何，前朝的那种乌烟瘴气总算一扫而光了。据我想，再过半年，上海也会成这个样子的罢。

你现在起床了没有？太太和小妹妹都好吗？颇为想念。我们都很好。即此敬颂

健康！

长简

四月一日

来信寄——开封三圣庙街八号河南省文联苏金伞转　师陀收

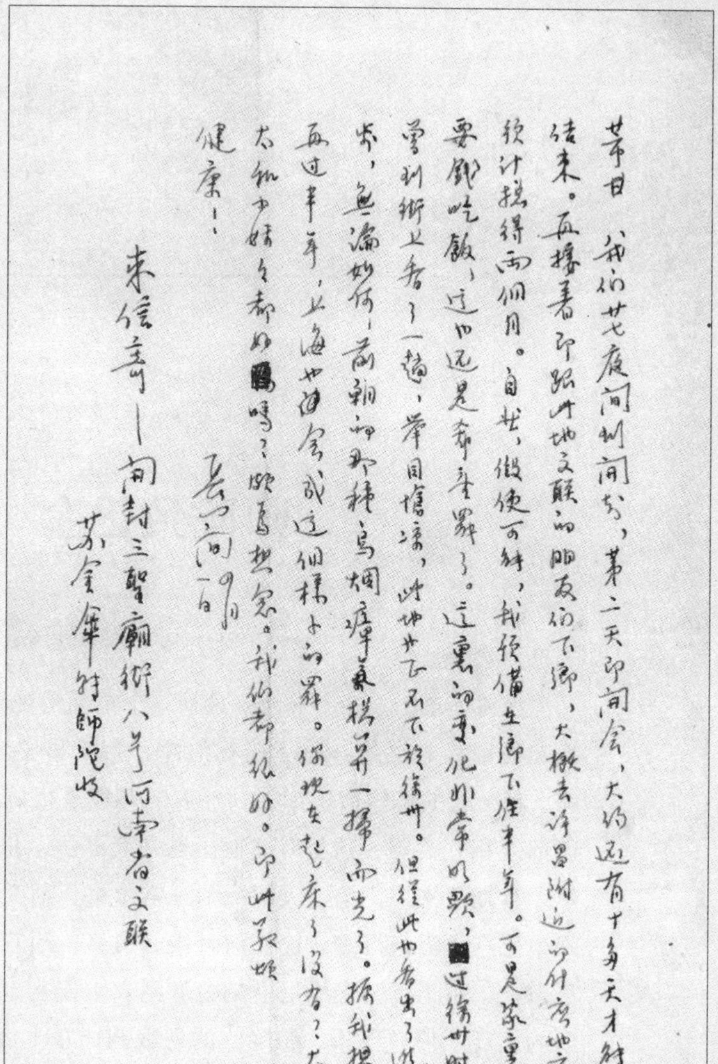
芾甘

我们廿七夜间到开封，第二天即开会，大约还有十多天才能结束。再接着即跟此地文联的朋友们下乡，大概去许昌附近的什么地方，预计总得两个月。自然，假使可能，我预备在乡下住半年。可是家里要钱吃饭，这也还是希望罢了。这里的变化非常明显，过徐州时曾到街上看了一趟，举目怆凉，此地也正不下于徐州。但从此也看出了进步，无论如何，前朝的那种乌烟瘴气总算一扫而光了。据我想，再过半年，上海也会成这个样子的罢。你现在起床了没有？太太和小妹妹都好吗？颇为想念。我们都很好。即此敬颂

健康！

长简 四月一日

来信寄—开封三圣庙街八号河南省文联苏金伞转师陀收

文物编号

DX002766

文物编号
DX002767

师陀致巴金（之四）

老巴：

我到华东疗养院十来天，最初一个星期是观察阶段，只给药吃，不采取治疗措施。现在的治疗方法是：除了药物治疗，每天早上学太极拳，上午上高血压操。

我个人的具体情况如下：疗养的环境是很好的，医护工作人员是很好的，病员一般都能相互关心。这里对高血压有一套办法，例如戏剧学院的吴仞之[①]，他在我到这里一星期后来院，第三天即降到正常水平，前天已转为低血压，不敢吃药了，而且睡眠也比在上海好得多，比任何时候好得多。而我则恰恰相反，每天早晚测量二次，低压总在一百上下，上操后立刻会低到六十或七十。不如在上海时的情况是：心脏又频繁的出现了停顿现象，每晚吃的安眠药比在上海多一倍，而睡眠反而不如在上海时，每天到两点钟即醒来，有时十二点即醒，以后再也不能入睡，即起来呆坐至天亮。据医生说，我这种高血压虽与一般不同，但仍旧是高血压，他们经验过这种病例，仍旧可以治好的。据疗养院说，这里空气中含有“因离子”或者什么别的东西，对治疗胆固醇过高的人特别有效，甚至不用药物也能立刻恢复正常，以后的工作是血压固定下来，以及减低体重。

①吴仞之（1902—1995）：话剧导演。原名吴翔。江苏常州人。曾任上海科学教育电影制片厂副厂长、中国戏剧家协会理事。

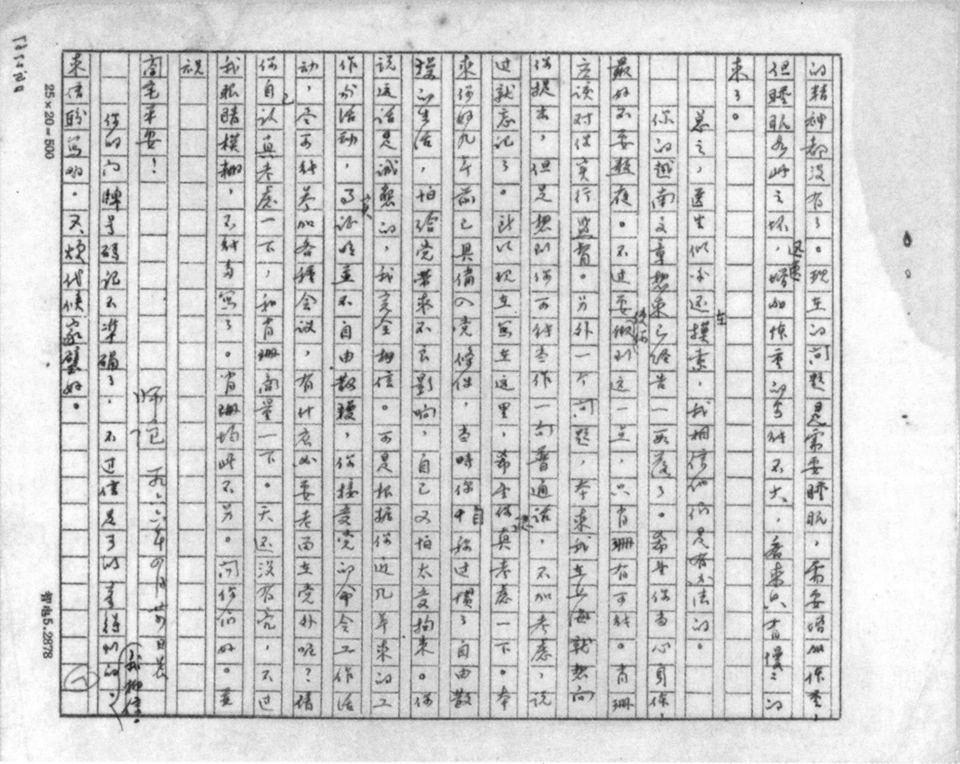

我则相反，现在的体重是八十五斤，所以连看书读报的精神都没有了。现在的问题是需要睡眠，需要增加体重，但睡眠如此之坏，迅速增加体重的可能不大，看来只有慢慢的来了。

总之，医生似乎还在摸索，我相信他们是有办法的。

你的越南文章想来已经告一段落了。希望你当心身体，最好不要熬夜。不过要使你做到这一点，只肖[萧]珊有可能。肖[萧]珊应该对你实行监督。另外一个问题，本来我在上海就想向你提出，但是想到你可能当作一句普通话，不加考虑，说过就忘记了。所以现在写在这里，希望你认真考虑一下。本来你好几年前已具备入党条件，当时你自称过惯了自由散漫的生活，怕给党带来不良影响，自己又怕太受拘束。你说这话是诚恳的，我完全相信。可是根据你近几年来的工作与活动，事实证明并不自由散漫，你接受党的命令工作活动，尽可能参加各种会议，有什么必要老留在党外呢？请你自己认真考虑一下，和肖珊商量一下。天还没有亮，不过我眼睛模糊，不能多写了。肖珊均此不另。问你们好并祝

阖宅平安！

师陀

一九六六年四月廿四日

你的门牌号码记不准确了，不过信是可以寄得到的，我相信，来信盼写明。

又烦代候家璧好。

师陀致巴金（之五）

老巴：

你十一月一日的信当然已经寄到郑州很久，那时我正在跑来跑去，爬爬山，看见不少好的措施——多半在原是穷苦的地方，食量大增，精神上很愉快，只是有时候在火车上不免挨饿。

我原说过向记者学习，但是写的结果，远不如记者。因为知识差，抓不住关键问题，同时也没有他们那种耐性。他们写一篇稿子，光采访材料就要好几天，往往是集体干，写了又要对证材料，又要当地领导提意见，一改再改。我光凭印象，随便谈谈，当然不行了。这不是替自己开脱的话，其实即使多花点时间自己单干，看问题不尖锐，写了也不一定有用。在豫东时写了四篇，都不好，有一篇寄给《上海文学》，肖珊和魏老看过后退了回来，都提出很宝贵的意见，特别是肖珊的意见比较具体，可以帮助我改进。

因为时间关系，也是鉴于写豫东的失败，以后跑豫西、北、南，便不立刻动手，等脑子放松一下，想想再写。这中间肖珊来一封信，问为什么不再给《上海文学》寄稿子，另外虽然没有说什么，心里头大概犯嘀咕，以为她得罪我了吧。其实完全不是那么回事，我当初寄稿子时就向她说过：稿子不能用请退还我，别为难，但是对老朋友不许撒谎，提意见要具体，不许说“大体还好呀，只是……”之类。她的确是提了一个老朋友的意见，我对她很感激。现在正另外给他们写一篇，也许两篇。

随信寄上的两篇都是在豫东时写的，干涩无味，将来想改。大众化学报馆改过，我只好凭记忆改回去。你看过后留着不会有用，有空请简单的提些意见，仍旧寄还我吧。

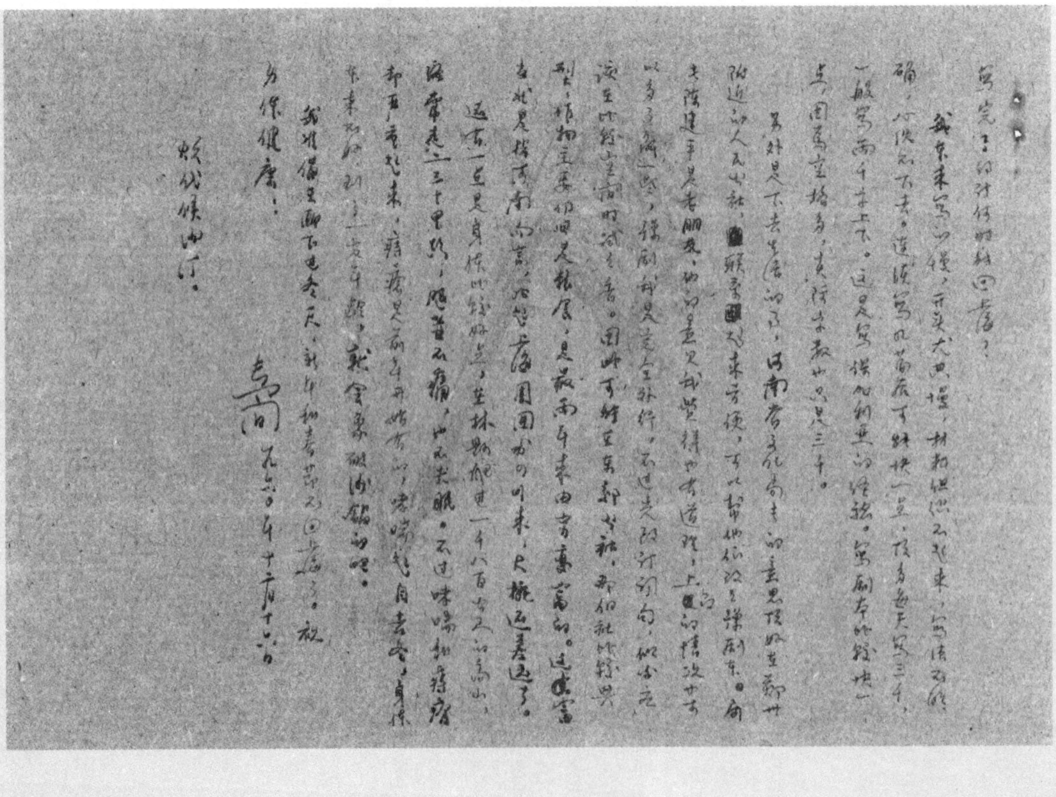

老太太去世不知道影响你工作没有？小说到春节以前能否写完？约计何时能回上海？

我本来写的慢，开头尤其慢，材料组织不起来，写法不明确，心沈[沉]不下去。连续写几篇后可能快一点，顶多每天写三千，一般写两千字上下。这是写保加利亚的经验。写剧本比较快一点，因为空格多，实际字数也只是三千。

另外是下去生活的事，河南省文化局长的意思，顶好在郑州附近的人民公社，联系起来方便，可以帮他们改改豫剧本。局长陈建平是老朋友，他的意见我觉得也有道理，上面的情况也可以多了解一些。豫剧我是完全外行，不过光改订词句，似乎应该在比较空闲时试试看。因此可能在东郊公社，那个社比较典型，作物主要仍旧是粮食，是最[近]两年来由穷变富的。这富当然是指河南而言，比起上海周围与四川来，大概还差远了。

还有一点是身体比较好点，在林县爬过一千八百公尺的高山，经常走二三十里路，腿并不疼，也不失眠。不过哮喘和痔疮却严重起来，痔疮是前年开始有的，哮喘起自去冬，身体本来不好，到了一定年龄，就会像破沙锅的吧。

我准备在乡下过冬天，新年和春节不回上海了。祝

身体健康！

长 简

一九六〇年十二月十六日

烦代候沙汀。

文物编号
DX002770

师陀致巴金（之六）

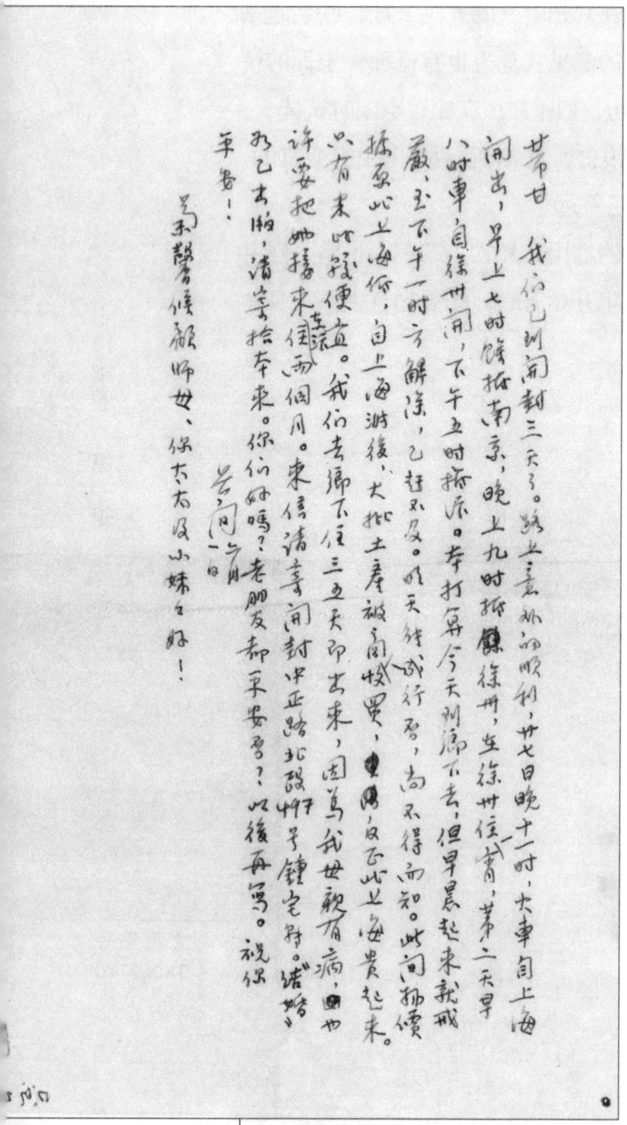

文物编号
DX002772

芾甘：

我们已到开封三天了。路上意外的顺利，廿七日晚十一时，火车自上海开出，早上七时余抵南京，晚上九时抵徐州，在徐州住一宵，第二天早八时车自徐州开，下午五时抵汴。本打算今天到乡下去，但早晨起来就戒严，至下午一时方解除，已赶不及。明天能成行否，尚不得而知。

此间物价据[说]原比上海低，自上海涨后，大批土产被商人收买，反正[倒]比上海贵起来。只有米比较便宜。我们去乡下住三五天即出来，因为我母亲有病，也许要把她接来在汴住两个月。

来信请寄开封中正路北段497号钟宅转。《结婚》如已出版，请寄拾本来。

你们好吗？老朋友都平安否？以后再写。祝你

平安！

长简

二月一日

菊馨候顾师母、你太太及小妹妹好！

师陀致巴金（之七）

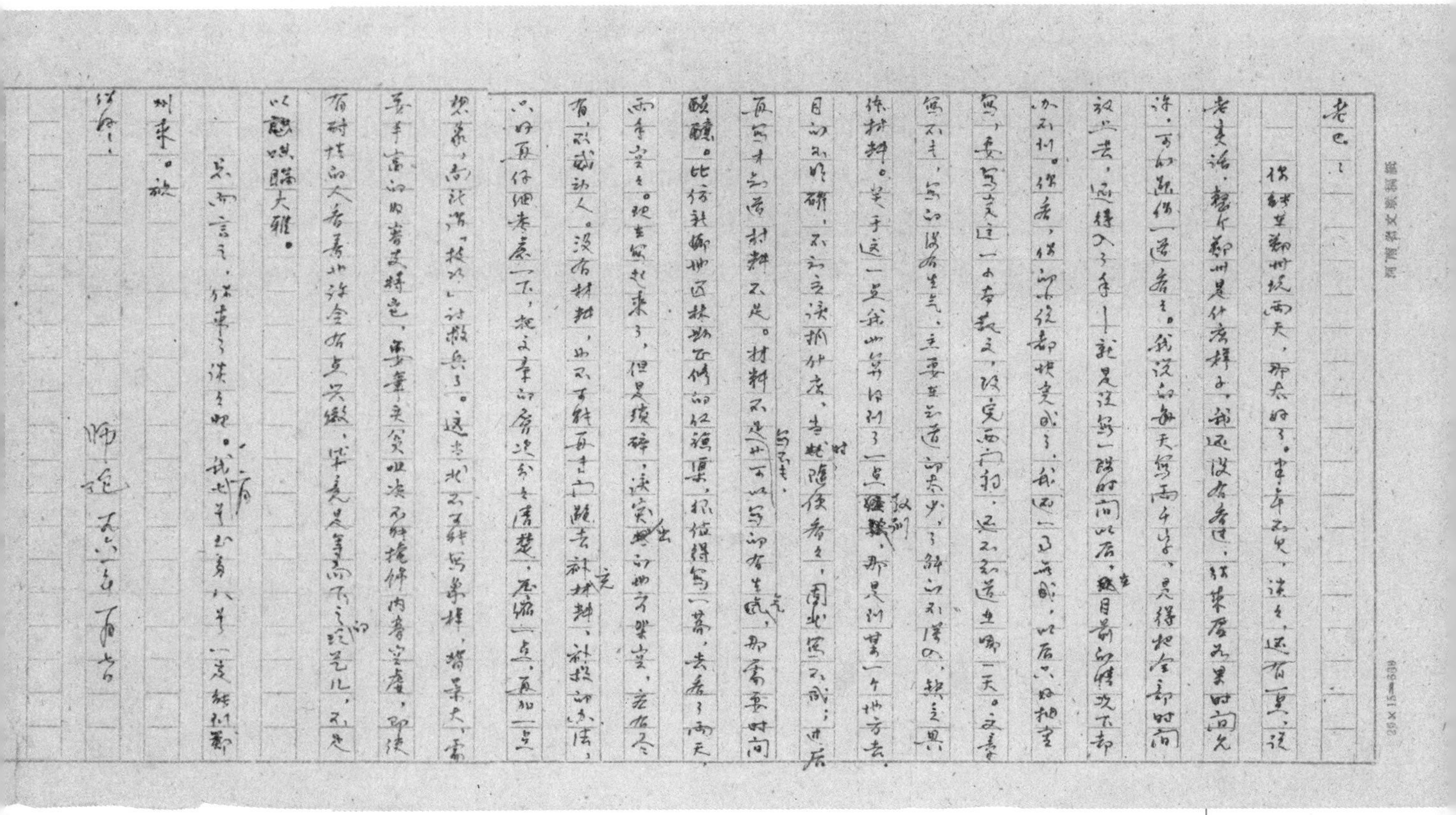

文物编号
DX002774

老巴：

你能在郑州玩两天，那太好了。半年不见，谈谈。还有一点，说老实话，整个郑州是什么样子，我还没有看过，你来后如果时间允许，可以跟你一道看看。

我说的每天写两千字，是得把全部时间放上去，还得入了手——就是说写一段时间以后，在目前的情况下却办不到。你看，你的小说都快完成了，我还一事无成，以后只好抽空写，要写完这一小本散文，改完两门稿，还不知道在哪一天。文章写不长，写得没有生气，主要在知道的太少，了解的不深入，缺乏具体材料。

关于这一点我也算得到了一点教训，那是到某一个地方去，目的不明确，不知应该抓什么，当时随便看看，固然写不成；过后再写才知道材料不足。材料不足写不长也可以写的有生气，那需要时间酝酿。比仿[方]新乡地区林县正修的红旗渠，很值得写一篇，去看了两天，两手空空。现在写起来了，但是琐碎，该突出的地方架空，应有尽有，不感动人。没有材料，也不可能再专门跑去补充材料，补救的办法，只好再仔细考虑一下，把文章的层次分分清楚，压缩一点，再加一点想象，向所谓“技巧”讨救兵了。这当然不可能写象[像]样，背景大，需要丰富的内容支持它，耍笔头贫咀[嘴]决不能掩饰内容空虚，即使有耐性的人看着，也许会有点兴致，毕竟是等而下之的玩艺儿，不足以哄瞒大雅。

总而言之，你来了谈谈吧。我二月七号至多八号一定能到郑州来。祝
你好！

师陀

一九六一年一月七日

苏金伞①致巴金

巴金先生：

在北京仓卒[促]见了两面，未得详谈，颇以为憾！现在我回到开封来了，任务是筹备省文联，架子已经搭好，工作正待展开。

文化生活社最近印不印新书？目前文艺书藉[籍]销路虽不甚好，但较之国统时期总要好得多，现在有好多书店在拉稿子，已有些新书店在开张。文生社过去虽对文学界有不少的供[贡]献，今后更应该在为人民服务的目标下大量刊印新书，不知你们有新计划否？

我的诗集《窗外》，曾在杂志上看到一些还算不错的评论。可惜出版晚了些，未能引起

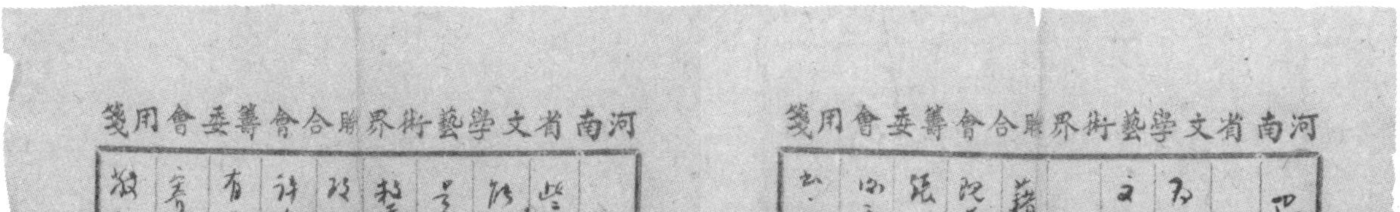
河南省文學藝術界聯合會籌委會用箋

河南省文學藝術界聯合會籌委會用箋

文物编号
DX002934

①苏金伞（1906—1997）：作家。原名苏鹤田。河南睢县人。著有《地层下》、《窗外》、《鸫鸪鸟》等诗集。曾任河南省文联主席。

大的注意，不知现在销的[得]怎样了，是否再版？如果再版，我想重新整理一下，加进一些，淘汰一些，内容上更一致些。请你问书店目前还存有多少。开封有许多朋友和青年都想看这本诗集，只有[是]没有卖的。能否把我应抽的版税，折合成书藉[籍]寄来？盼复，即致

敬礼

苏金伞

十二·廿一

T

唐弢致巴金（之一）

巴金兄：

北来以后，很少通闻，近况如何？时在念中。听说你曾几次到外地旅行，并正努力赶写小说，闻之不胜羡佩。我自来京，工作进行尚算顺手，所内同志，相处极好，因此十分愉快。只是比在上海时更忙，而身体大不如前，糖尿病倒不严重，上月医断肝功能不好，后来发现尚轻微。只是心脏不好，胆固醇高，而血压暴跌，由175度跌至110度，高度比原来的低度还低，不知何故。一度曾感觉不舒服，似已稍好。

周扬同志要我参加编教材，抓二本，一本是《现代文学史》，一本是《现代散文杂文选》。目前全力在赶前一本，大约明年暑假才能完工，明春起，兼搞第二本。自八月起，我就搬到

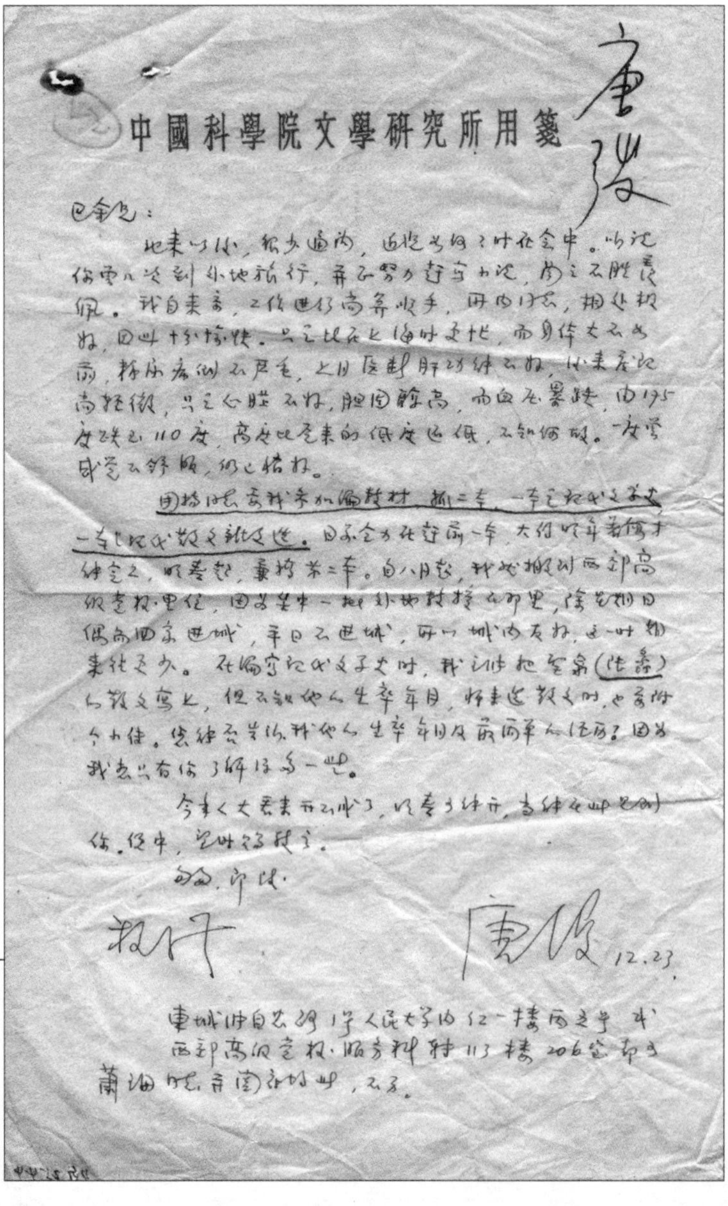

中國科學院文學研究所用箋

唐弢

巴金兄：

北来以后，很少通问，近况如何？时在念中。听说你曾几次到外地旅行，并正努力赶写小说，闻之不胜羡佩。我自来京，工作进行尚算顺手，所内同志，相处极好，因此十分愉快。只是比在上海时更忙，而身体大不如前，糖尿病倒不严重，上月医断肝功能不好，后来发现尚轻微，只是心脏不好，胆固醇高，而血压暴跌，由175度跌至110度，高度比原来的低度还低，不知何故。一度曾感觉不舒服，似已稍好。

周扬同志要我参加编教材，抓二本，一本是现代文学史，一本是现代散文杂文选。目前全力在赶前一本，大约明年暑假才能完工，明春起，兼搞第二本。自八月起，我就搬到西郊高级党校里住，[illegible]，除星期日偶而回家进城，平日不进城，所以城内友好，这一时期来往更少。在编写现代文学史时，[illegible]

[illegible]

匆匆，即候

撰祺

唐弢 12.23

[illegible]

西郊高级党校里住。因为集中一批外地教授在那里，除星期日偶而[尔]回京进城，平日不进城，所以城内友好，这一时期来往更少。在编写现代文学史时，我主张把圣泉（陆蠡①）的散文写上，但不知他的生卒年月，将来选散文时，也要附个小传。您能否告诉我他的生卒年月及最简单的经历？因为我想只有你了解得多一些。

今年人大看来开不成了，明春可能开，当能在此见到你，便中，望时赐教之。

匆匆，即致

敬礼

唐弢

12·23

东城张自忠路1号人民大学内红1楼丙五号或

西郊高级党校服务科转113楼206室都可。

萧珊同志并阖府均此，不另。

①陆蠡（1908—1942）：作家。原名陆考源，字圣泉。浙江天台人。有《海星》、《竹刀》、《囚绿记》等作品和《罗亭》等译作。因爱国而惨遭日寇杀害，解放后被追认为革命烈士。

唐弢致巴金（之二）

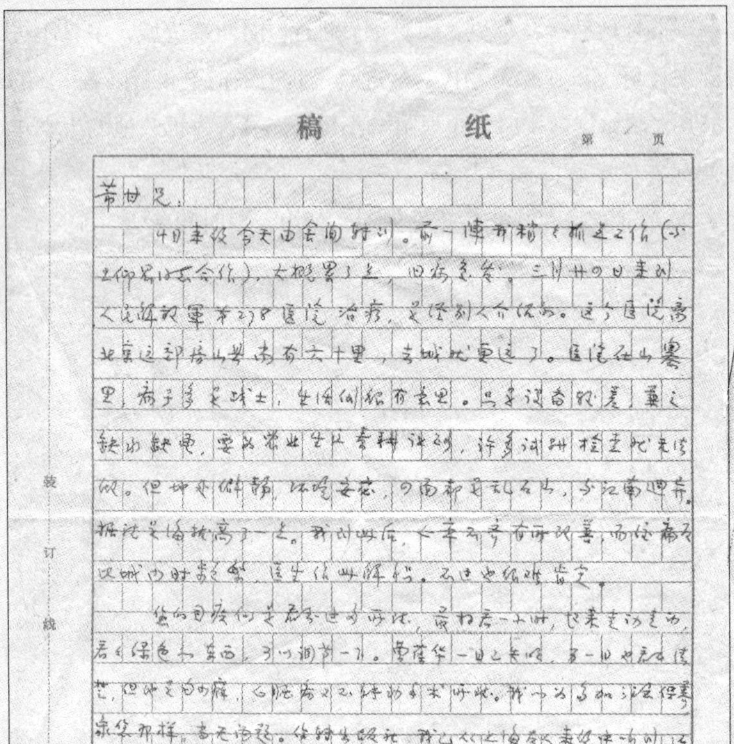

文物编号
DX002545

芾甘兄：

4日来信今天由会间转到。前一阵我稍稍抓点工作（与王仰晨[①]同志合作），大概累了点，旧病复发。三月廿四日来到人民解放军第278医院治疗，是经别人介绍的。这个医院离北京远郊房山县尚有六十里，去城就更远了。医院在山蚴[坳]里，病号多是战士，生活倒很有意思。只是设备较差，兼之缺水缺电，要为农业生产春耕让路，许多试验检查就无法做。但地处僻静，环境安宓，四面都是乱石山，与江南迥异。据说是海拔高了一点。我到此后，心率不齐有所改善，而绞痛反比城内时频繁，医生作此解释，不过也很难肯定。

您的目疾似是看书过多所致，最好看一小时，起来走动走动，看看绿色的东西，可以调节一下。曹葆华一目已失明，另一目也看不清楚，但他是白内障，心脏病又不能动手术所致。我以为多加注意保养，像您那样，当无问题。你转出版社，我已从上海友人来信中听到，还听说孩子调杭州工作了，是吗？陈丹晨[②]同志我还是评《水浒》时见过一面，已多时未遇，不知道他到上海去了。

年龄不饶人。但我真想不到自己这几年来衰老得那么快，记忆力衰退，这且不说，我还刚过63岁，说话已经口齿不清，没有条理，时而结结巴巴，颠颠倒倒，自己没有办法控制。

《词综》事当代办，已写信到城里托代留一本，如其不行，回城后当直接向中华书局购取。我因为几天来绞痛频繁，暂时再住一下。稍稍控制住后，即当出院，因为交通太不方便，虽然部队同志非常热情，但事情越积越多，也非养病的办法耳。回城后再给您去信，恐悬念，先此急上。

即致

敬礼

唐弢

76·4·12

此内通信较不便，有事仍可与会内联系，交沈絜云即可。沈絜云嘱笔致意。

---

①王仰晨（1921— 2005）：编辑出版家。上海人。人民文学出版社编审、鲁迅著作编辑室主任。曾主编《鲁迅全集》、《茅盾文集》、《瞿秋白文集》、《巴金全集》、《巴金译文全集》等书。

②陈丹晨（1931— ）：作家。原名陈安康。浙江宁波人。有《巴金评传》、《艺术的妙谛》、《水流何处》等著作。曾任《文艺报》副主编。

唐弢致巴金（之三）

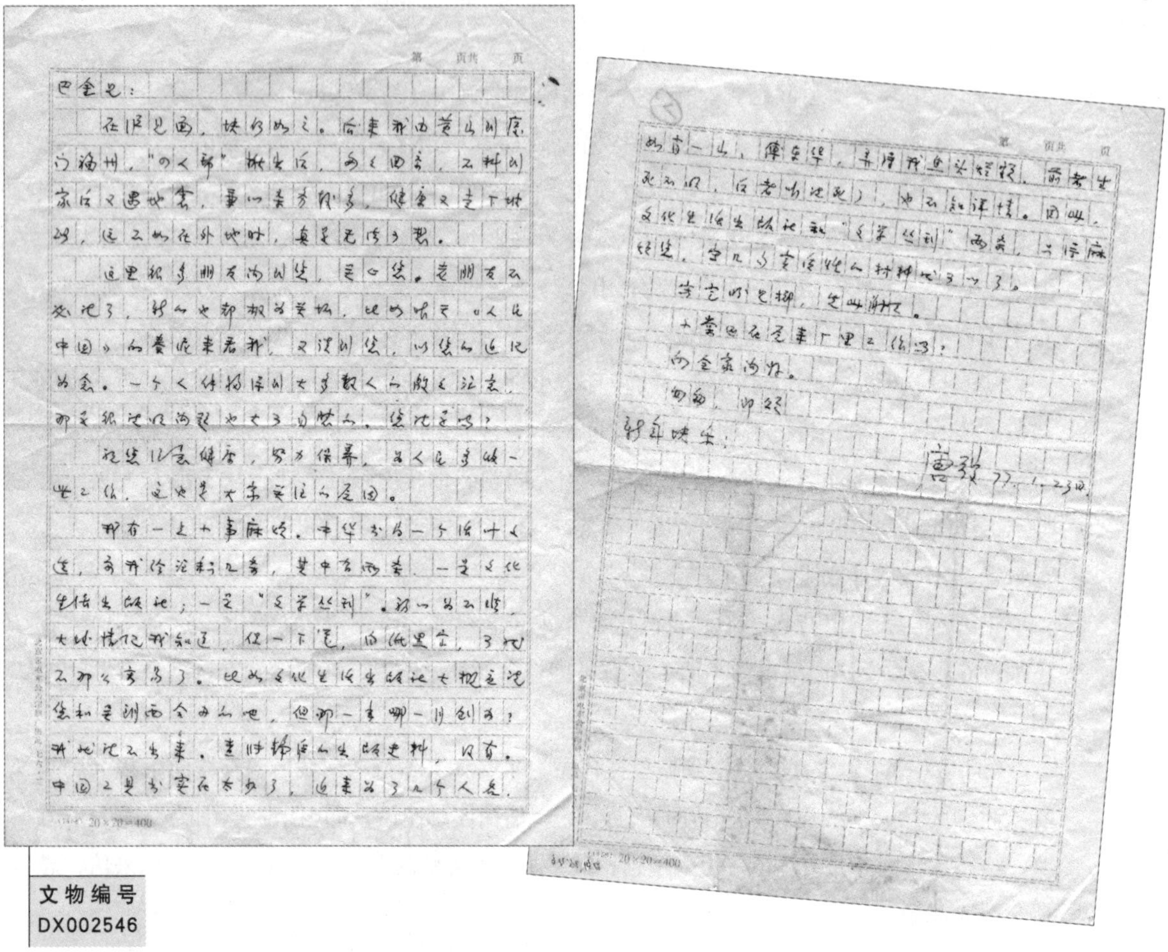

文物编号
DX002546

巴金兄：

在沪见面，块[快]何如之。后来我由黄山到厦门、福州，“四人帮”揪出后，匆匆回京，不料到家后又遇地震，兼以杂务较多，健康又走下坡路，远不如在外地时，真是无法可想。

这里很多朋友问到您，关心您。老朋友不必说了，新的也都极为关怀，比如昨天《人民中国》的秦泥①来看我，又谈到您，以您的近况为念。一个人能得到大多数人

①秦泥（1919－　）：作家。原名秦光荣，笔名林夏、林向。广西桂林人。有《古诗之旅》、《汉诗之旅》、《晨歌与晚唱》等作品。曾先后在中央人民广播电台、新华通讯社、国际新闻局等单位任编辑、记者。

的殷殷注意，那是很说明问题，也大可自慰的，您说是吗？

祝您注意健康，努力保养，为人民多做一些工作，这也是大家关注的原因。

我有一点小事麻烦。中华书局一个活叶文选，要我给注释几条，其中有两条，一是文化生活出版社；一是“文学丛刊”。初以为不难，大致情况我知道，但一下笔，白纸黑字，可就不那么容易了。比如文化生活出版社大概应说您和吴朗西合办的吧，但哪一年哪一月创办？我就说不出来。查张静庐①的出版史料，没有。中国工具书实在太少了，近来为了几个人名，如萧一山②、傅东华，弄得我焦头烂额。前者生死不明，后者听说死了，也不知详情。因此，文化生活出版社和“文学丛刊”两条，只得麻烦您，写几句实质性的材料就可以了。

写完盼见掷，先此谢谢。

小棠还在原来厂里工作吗？

向全家问好。

匆匆，即颂

新年快乐！

唐弢

77·1·23日

①张静庐（1898—1969）：出版家。浙江慈溪人。先后创办光华书局、现代书局、上海联合书店、上海杂志公司。新中国成立后，曾任中央人民政府出版总署专员、古籍出版社编审等职。主要编著有《中国近代出版史料》、《中国新闻记者和新闻纸》等。

②萧一山（1902—1978）：历史学家。原名桂森，字一山。江苏徐州人。有《太平天国丛书》、《民族文化概论》、《清代通史》等著作。1948年去台湾。

唐弢致巴金（之四）

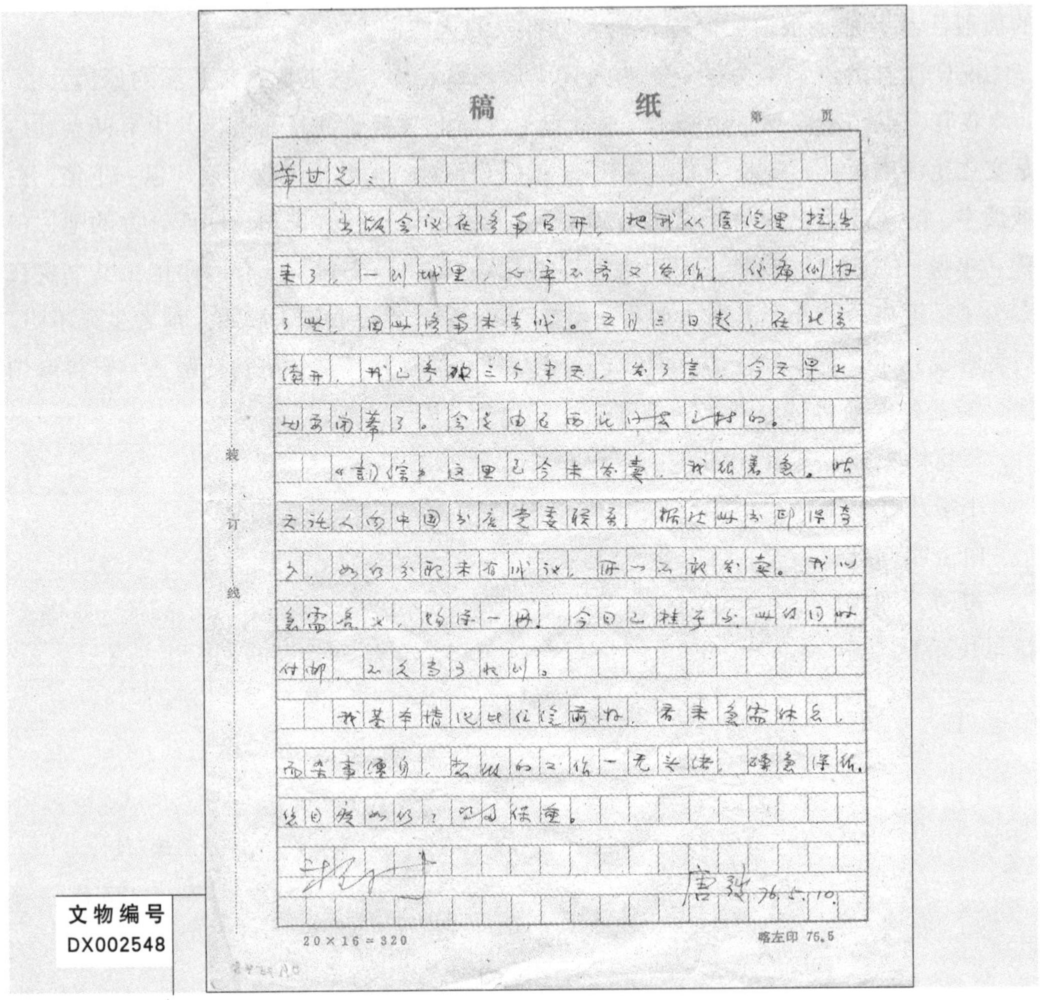

文物编号
DX002548

芾甘兄：

出版会议在济南召开，把我从医院里拉出来了，一到城里，心率不齐又发作，绞痛倒好了些，因此济南未去成。五月三日起，在北京续开，我已参加三个半天，发了言，今天早上就要闭幕了。会是由石西民[①]同志主持的。

《词综》这里至今未发卖，我很着急，昨天托人向中国书店党委联系，据说此书

①石西民（1912—1987）：笔名石东夫、栖民等。浙江浦江人。有《时代鸿爪》等著作。曾任新华日报社社长、江苏省委宣传部部长、文化部副部长、出版局局长等职。

印得奇少，如何分配未有成议，所以不敢发卖。我以急需名义，购得一册。今日已挂号与此信同时付邮，不久当可收到。

我基本情况比住院前好，看来，急需休息，而杂事缠身，想做的工作一无头绪，躁急得很。您目疾如何？望多保重。

敬礼

唐弢

76·5·10

唐弢致巴金（之五）

巴金兄：

今日收到赠书一包，内计大著五本，谢谢。我也刚刚寄出《中国现代文学史》教材上中两册。因为是教材，需集体讨论，吸收各种意见，学术价值反而小了。我虽名为主编，并未能真正尽责。另有个人写的《回忆·书简·散记》一册，因纸袋封不下，另封在给魏绍昌[①]

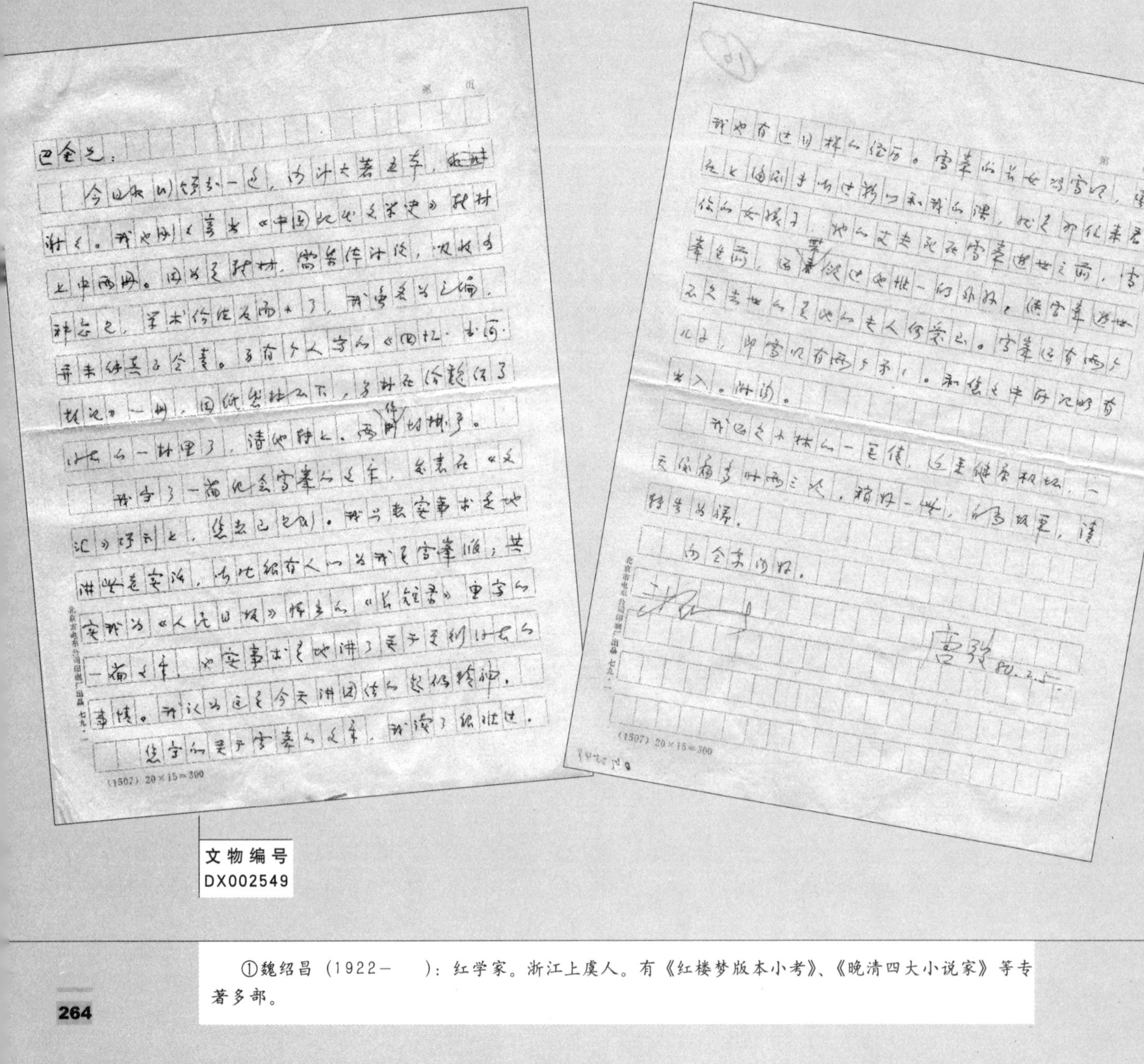

文物编号
DX002549

①魏绍昌（1922－　）：红学家。浙江上虞人。有《红楼梦版本小考》、《晚清四大小说家》等专著多部。

同志的一封里了，请他转上。两件均挂号。

我写了一篇纪念雪峰的文章，发表在《文汇》增刊上，您想已见到。我只想实事求是地讲些老实话，以致很有人以为我是雪峰派；其实我为《人民日报》将出的《长短录》里写的一篇文章，也实事求是地讲了关于夏衍[①]同志的事情。我认为这是今天讲团结的起码精神。

您写的关于雪峰[②]的文章，我读了很难过。我也有过同样的经历。雪峰的长女冯雪明，曾在上海剧专听过靳以和我的课，就是那位来看你的女孩子，她的丈夫死在雪峰逝世之前。雪峰生前，还带领过他惟一的外孙。继雪峰逝世不久去世的是他的夫人何爱玉。雪峰还有两个儿子，即雪明有两个弟弟。和您文中所记略有出入。附闻。

我还欠小林的一笔债。近来健康极坏，一天绞痛多时两三次。稍好一些，自当执笔，请转告为祷。

向全家问好。

敬礼

唐弢

80·2·5

①夏衍（1900—1995）：作家。原名沈乃熙，字端先。河南开封人。有《赛金花》、《上海屋檐下》、《法西斯细菌》等剧作及《母亲》等译作。曾任文化部副部长，对外友协副会长，中国文联副主席，中国电影家协会主席。

②雪峰，即冯雪峰（1903—1976）：诗人、文艺理论家。原名冯福春，笔名雪峰、画室、洛扬等。浙江义乌人。有《真实之歌》、《雪峰寓言》等著作。曾任人民文学出版社社长兼总编辑。

唐弢致巴金（之六）

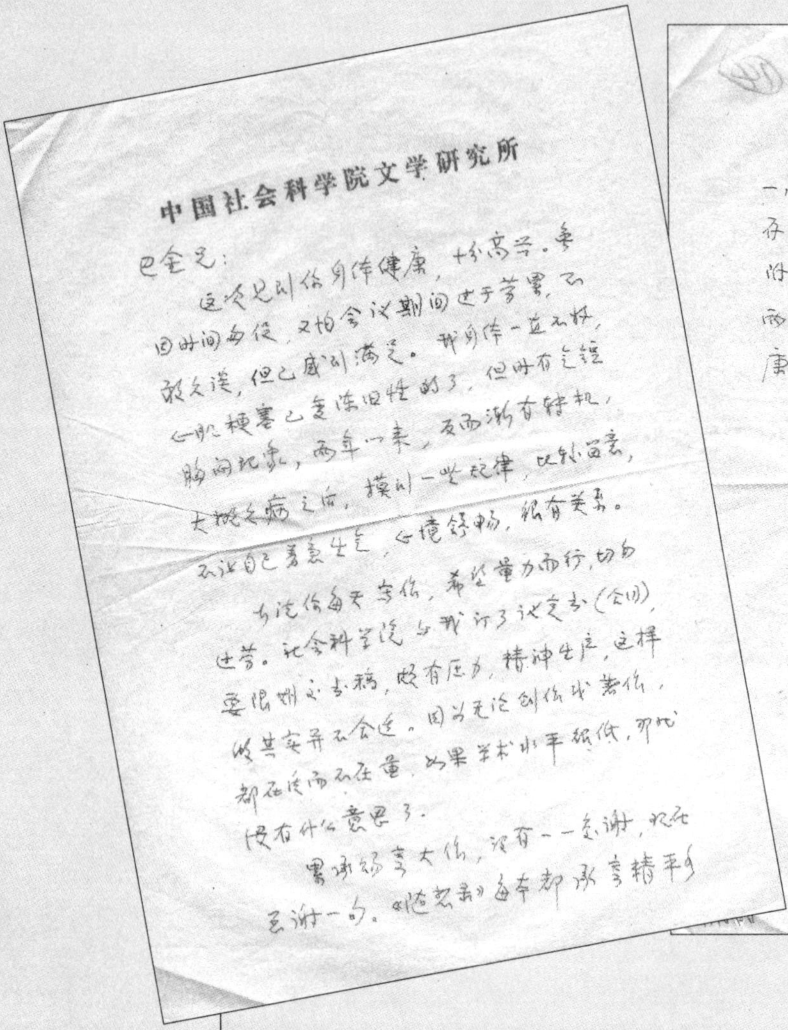

中国社会科学院文学研究所

巴金兄：

这次见到你身体健康，十分高兴。虽因时间仓促，又怕会议期间过于劳累，不敢久谈，但已感到满足。我身体一直不好，心肌梗塞已变陈旧性的了，但时有气短胸闷现象，两年以来，反而渐有转机，大概久病之后，摸到一些规律，比较留意，不让自己着急生气，心境舒畅，很有关系。

听说你每天写作，希望量力而行，切勿过劳。社会科学院向我订了计划书（个人），要限期交书稿，颇有压力，精神生产，这样的要求并不合适。因为无论创作或著作，都在质而不在量，如果学术水平很低，那就没有什么意思了。

累承赐寄大作，没有一一道谢，现在总谢一句。《随想录》每本都承寄精平

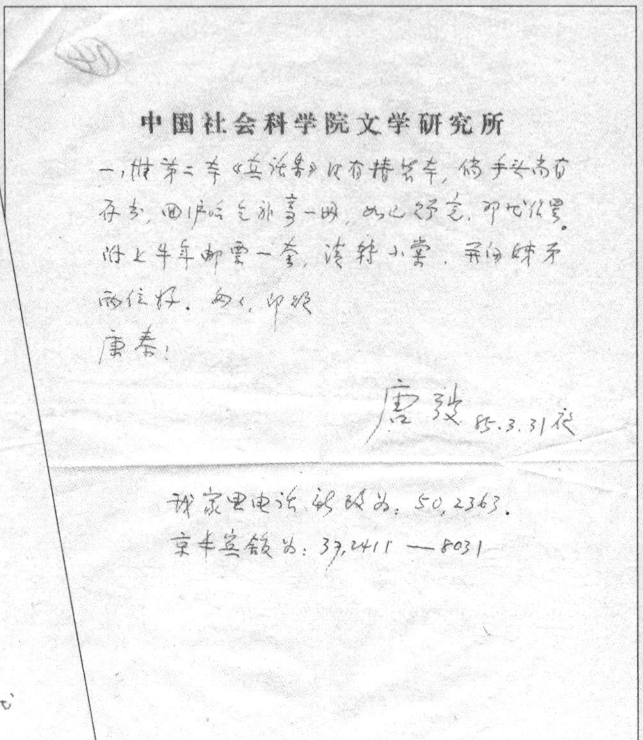

中国社会科学院文学研究所

一册，第二本《真话集》只有精装本，倘手头尚有存书，回沪后乞补寄一册，如已寄完，那也作罢。附上半年邮票一套，请转小棠，并问姊弟两位好。匆匆，即颂

康泰！

唐弢 85.3.31夜

我家里电话新改为：50.2363.

京中直拨为：37.2411—8031

文物编号
DX002719

巴金兄：

这次见到你身体健康，十分高兴。虽因时间仓促，又怕会议期间过于劳累，不敢久谈，但已感到满足。我身体一直不好，心肌梗塞已变陈旧性的了，但时有气短胸闷现象，两年以来，反而渐有转机，大概久病之后，摸到一些规律，比较留意，不让自己着急生气，心

境舒畅，很有关系。

听说你每天写作，希望量力而行，切勿过劳。社会科学院与我订了议定书（合同），要限期交书稿，颇有压力。精神生产，这样做其实并不合适。因为无论创作或著作，都在质而不在量。如果学术水平很低，那就没有什么意思了。

累承赐寄大作，没有一一复谢，现在总谢一句。《随想录》每本都承寄精平各一，惟第二本《真话集》没有精装本，倘手头尚有存书，回沪后乞补寄一册。如已赠完，那就作罢。附上牛年邮票一套，请转小棠，并问姊弟两位好。匆匆，即颂

康泰！

唐弢

85·3·31夜

我家电话新改为：502363

京丰宾馆为：372411—8031

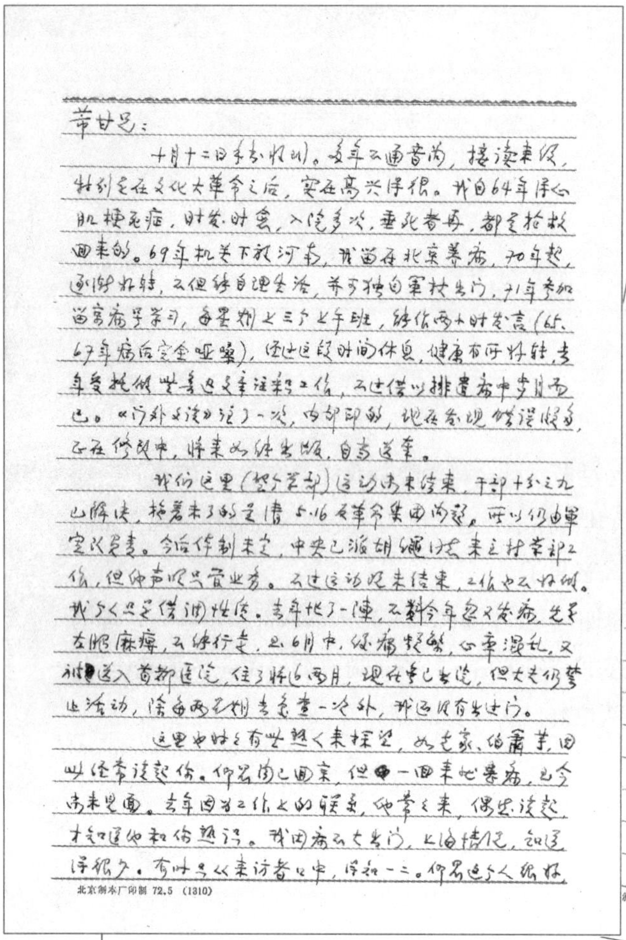

芾甘兄：

十月十二日手书收到。多年不通音问，接读来信，特别是在文化大革命之后，实在高兴得很。我自64年得心肌梗死症，时发时愈，入院多次，垂死者再，都是抢救回来的。69年机关下放河南，我留在北京养病，70年起，逐渐好转，不但能自理生活，并可独自策杖出门，71年参加留京病号学习，每星期上三个上午班，能作两小时发言（65、67年病后完全哑嗓）。经过这段时间休息，健康有所好转，去年受托做些鲁迅文章注释工作，不过借以排遣病中岁月而已。《门外文谈》注了一次，内部印的，现在发现错误颇多，正在修改中，将来如能出版，自当送奉。

我们这里（整个学部）运动尚未结束，干部十分之九已解决，揪着未了的是清5.16反革命集团问题。所以仍由军宣队负责。今后体制未定，中央已派胡绳同志来主持学部工作，但他声明只管业务。不过运动既未结束，工作也不好做。我个人只是借调性质。去年忙了一阵，不料今年忽又发病，先是左腿麻痹，不能行走，至6月中，组病转剧，心率混乱，又被送入首都医院，住了将近两月，现在虽已出院，但大夫仍禁止活动，除每两星期去复查一次外，我还很少出门。

这里也时时有些熟人来探望，如克家、伯箫等，因此经常谈起你。仰若闻已回京，但一回来也养病，至今尚未见面。去年因为工作上的联系，他常常来，偶然谈起，才知道他和你熟识。我因病不大出门，上海情况，知道得很少。有时只从来访者口中，得知一二。仰若这个人很好，

北京制本厂印制 72.5 （1310）

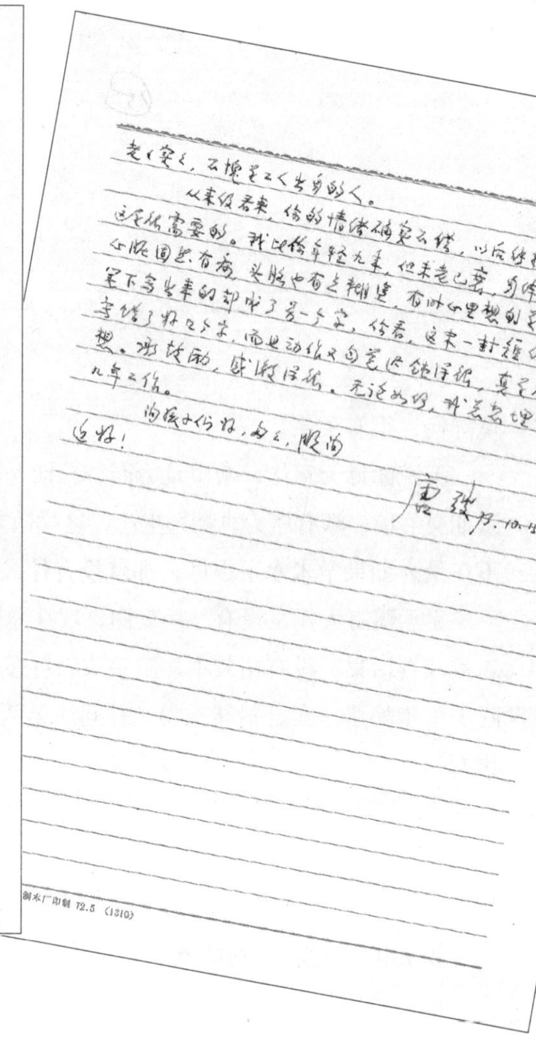

老老实实，不愧是工人出身的人。

从来信看来，你的情绪确实不错，这是很需要的。我比你年轻九岁，但未老已衰，身体实在不行，心脏固然有病，头脑也有点糊涂，有时心里想到是这个字，笔下写出来的却成了另一个字，往往写错了好几个字，而且动作又自觉迟钝得很，真是无法可想。谢谢鼓励，感激得很。无论如何，我总当埋头作些工作。

向孩子们好，匆匆，顺问

近好！

唐弢 73.10.15.

北京制本厂印制 72.5 （1310）

文物编号
DX002720

唐弢致巴金（之七）

芾甘兄：

十月十二日手书收到。多年不通音问，接读来信，特别是在文化大革命之后，实在高兴得很。我自 64 年得心肌梗死症，时发时愈，入院多次，垂死者再，都是抢救回来的。69 年机关下放河南，我留在北京养病。70 年起，逐渐好转，不但能自理生活，并可独自策杖出门。71 年参加留京病号学习，每星期上三个上午班，能作两小时发言（65、67 年病后完全哑嗓）。经过这段时间休息，健康有所好转，去年受托做些鲁迅文章注释工作，不过借以排遣病中岁月而已。《门外文谈》注了一次，内部印的，现在发现错误颇多，正在修改中，将来如能出版，自当送奉。

我们这里（整个学部）运动尚未结束，干部十分之九已解决，拖着未了的是清“5·16”反革命集团问题，所以仍由军宣队负责。今后体制未定，中央已派胡绳①同志来主持学部工作，但他声明只管业务。不过运动既未结束，工作也不好做。我个人只是借调性质。去年忙了一阵，不料今年忽又发病，先是左腿麻痹，不能行走，至6月中，绞痛频繁，心率混乱，又被送入首都医院，住了将近两月，现在虽已出院，但大夫仍禁止活动，除每两星期去复查一次外，我还没有出过门。

这里也时时有些熟人来探望，如克家、伯箫②等，因此经常谈起你。仰晨闻已回京，但一回来就患病，至今尚未见面。去年因为工作上的联系，他常常来，偶然谈起，才知道他和你熟识。我因病不大出门，上海情况，知道得很少，有时只从来访者口中，得知一二。仰晨这个人很好，老老实实，不愧是工人出身的人。

从来信看来，你的情绪确实不错，以后能搞些翻译，这是很需要的。我比你年轻九年，但未老已衰，身体实在不行，心脏固然有病，头脑也有点糊涂，有时心里想的是这个字，笔下写出来的却成了另一个字。你看，这末[么]一封短信，就写错了好几个字，而且动作又自觉迟钝得很，真是无法可想。承鼓励，感激得很。无论如何，我总想埋头再做几年工作。

问孩子们好，匆匆，顺问

近好！

唐弢

73·10·15

①胡绳（1918—2000）：历史学家、哲学家。江苏苏州人。有《帝国主义与中国政治》、《从鸦片战争到五四运动》、《理性与自由》等著作。曾任中国社会科学院院长、国务院学位委员会副主任、全国政协副主席等职。

②伯箫，即吴伯箫（1906—1982）：作家。原名吴熙成。山东莱芜人。有《黑红点》、《北极星》、《忘年》等作品集留世。曾任人民教育出版社副社长、副总编辑，中国社会科学院文学研究所副所长等职。

唐向清[1]致巴金

巴老：

上次由小祝同志带来的《高尔基的文学思想》及这次寄来的大作都先后收到，十分谢谢！

淡秋[2]同志自车祸后，已恢复，但还不够健康，目前对他总算落实，搬了家。

浙省自文联恢复活动后，由于办公地点及干部集中都较困难，工作进展不大。

我在想目前正春暖花开，你是否想来浙江过几天较消散一点的生活？

听说你将出国，如成行，更应该事前把身体养好。来浙过几天，倒是适宜的。

你的大作也将在五月份《东海》刊出，因浙江限于印刷条件，五月份稿目前正在编辑。

即祝

撰安！

小林小祝好！

向 青

3．22

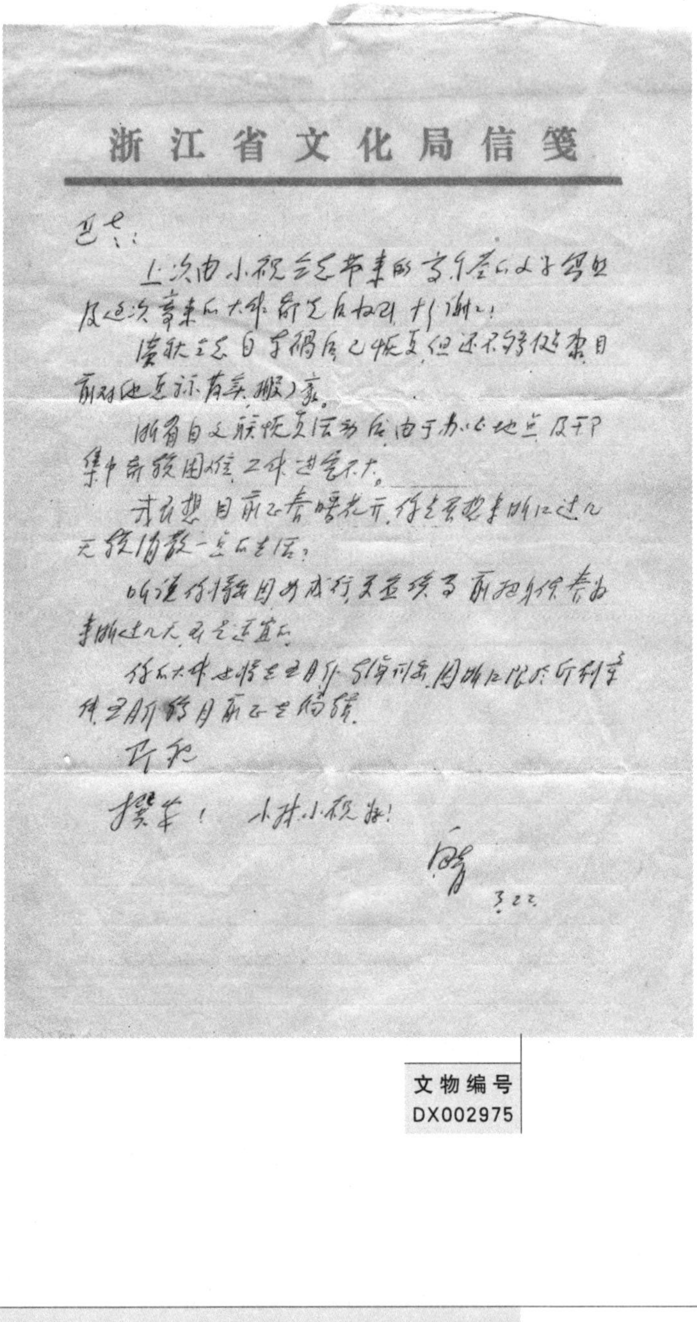

文物编号
DX002975

①唐向清（1915—1994）：作家。原名唐荄，笔名向青、青子。浙江兰溪人。著有《白杨花飘落的时候》、《岁暮天寒》等作品。曾任杭州市文化局副局长，浙江省文联秘书长、党组书记、副主席等职。

②淡秋，即林淡秋（1906—1981）：作家。浙江三门人。有《黑暗与光明》、《雪》等著作及《大饥饿》、《巧克力》等译作。曾任《人民日报》副总编辑，杭州大学副校长，浙江省文联主席等职。

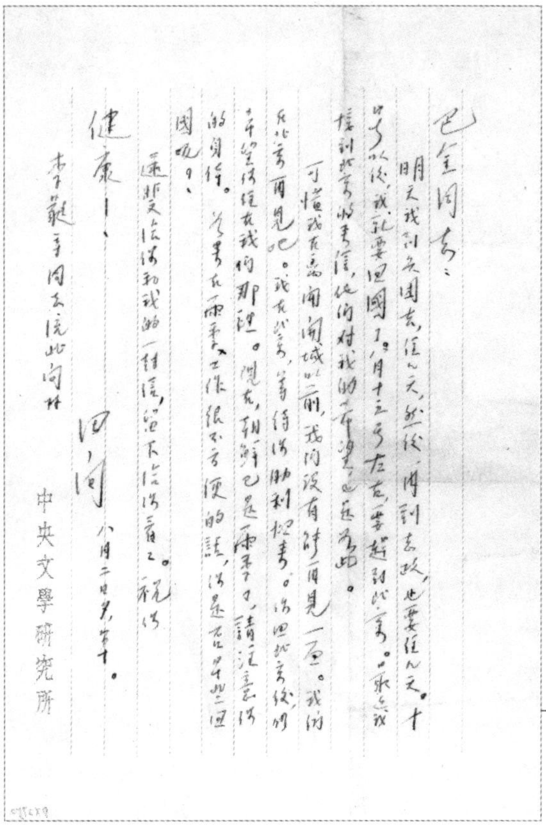

文物编号
DX002750

田间[①]致巴金

巴金同志：

明天我到兵团去，住几天，然后，再到志政，也要住几天。十号以后，我就要回国了。八月十五号左右，要赶到北京。最近我接到北京的来信，他们对我的希望也是如此。

可惜我在离开开城以前，我们没有能再见一面。我们在北京再见吧。我在北京，等待你胜利归来。你回北京后，仍希望你住在我们那里。现在，朝鲜已是雨季了，请注意你的身体。如果工作在雨季很不方便的话，你是否早些回国呢？

逯斐[②]给你和我的一封信，留下给你看看。祝你

健康！

田 间

八月二日夕草

李蕤等同志统此问好。

①田间（1916—1985）：诗人。原名童天鉴。安徽无为人。著有《中国牧歌》、《抗战诗抄》、《板门店纪事》、《青春中国》等作品。曾任中国作家协会党组成员、河北省文联主席等职。

②逯斐（1917—1994）：作家。原名王松黛。江苏无锡人。有《解冻以后》、《第一场风雪》、《猎人小屋》等作品。曾任中国作家协会黑龙江分会理事。

W

汪曾祺[①]致巴金

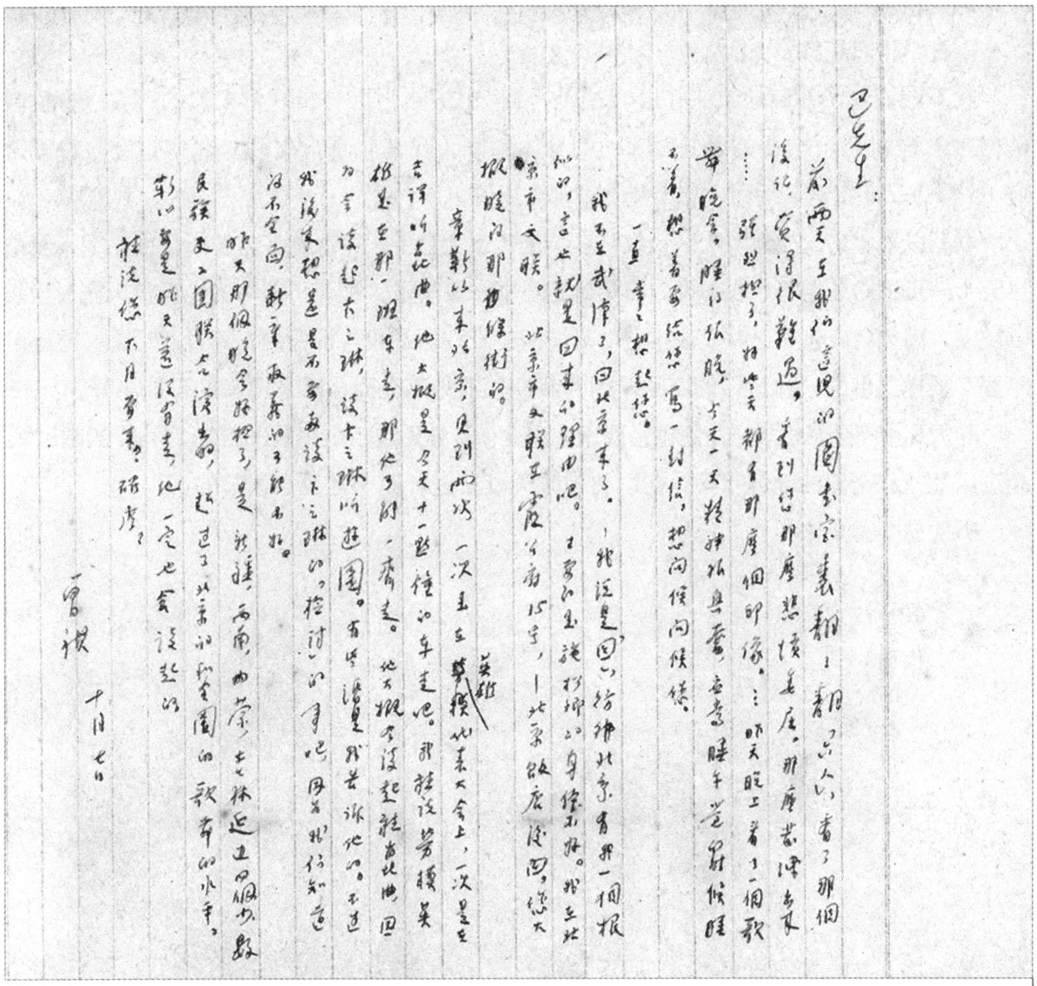

文物编号
DX002965

巴先生：

前两天在我们这儿的图书室里翻了翻《六人》，看了那个后记，觉得很难过，看到您那么悲愤委屈，那么发泄出来……强烈极了，好些天都有那么个印象。……昨天晚上看了一个歌舞晚会，睡得很晚，今天一天精神很兴奋，应当睡午觉时候睡不着，想着要给您写一封信，

①汪曾祺（1920—1997）：作家。江苏高邮人。有《羊舍的夜晚》、《寂寞与温暖》、《塔上随笔》、《大淖记事》等小说、散文集和《沙家浜》等剧本。曾任《北京文艺》编辑、北京京剧院编剧。

想问候问候您。

一直常常想起您。

我不在武汉了，回北京来了。我说是“回”，仿佛北京有我一个根似的，言[这]也就是回来的理由吧。主要的是施松卿[1]的身体不好。我在北京市文联。北京市文联在霞公府15号——北京饭店后面，您大概晓得那条街的。

章靳以来北京，见到两次。一次是在英雄代表大会上，一次是在吉祥听昆曲。他大概是今天十一点钟的车走吧。我听说劳模英雄是在那一班车走，那他可能一齐走。他大概会谈起听昆曲，因为会谈起卞之琳，谈卞之琳听游园。有些话是我告诉他的。不过我后来又想还是不要多谈卞之琳的“检讨”的事吧，因为我们知道得不全面，断章取义的可能不好。

昨天那个晚会好极了，是新疆、西南、内蒙、吉林延边四个少数民族文工团联合演出的，超过了北京和全国的歌舞水平，靳以要是昨天没有走，他一定也会谈起的。

听说您下月要来？确么？

曾祺

十月七日

①施松卿（1918—1998）：高级记者。福建长乐人。汪曾祺夫人。曾任北京大学教授。

王西彦[①]致巴金（之一）

芾甘先生：

我已来武汉大学教书，是上月底来的，快满一个月了。到这里后，便和丽尼兄弄得很熟，他由荒煤介绍到新华书店中南总分店编辑部工作，每周到武大兼教两点钟《世界文学史》。他的课排在礼拜六，但他总是礼拜五就到珞珈山来，和我在一张小床上挤一晚，第二天下午我又和他一起进城过江到汉口，在书店的编辑部和他在一张较大的床上挤一晚，然后我在礼拜天的下午回珞珈山。我们谈的很多，无所不谈，常常谈到您和文化生活出版社，自然也谈到平明出版社。

我们都有同样的感觉，便是，平明社除了出版旧俄作家的作品外，最好能再出版一些苏联作家的作品。我想，关于这一点，您自己自然也是想到的。我个人还想到，您为什么不写东西呢？暂时不写小说，散文之类的东西最好能写一些，您不写，人家会以为您太矜持的。这类话，我好像不该说。希望能接到您的信，更希望您能把平明社新书寄赐一二本拜读，您自己翻译的尤好。请恕我这非分的请求。祝

好！

王西彦上

一九五〇年四月廿五日

靳以先生见及时代问安。

信寄：武昌，武汉大学，第一区第二十七号。

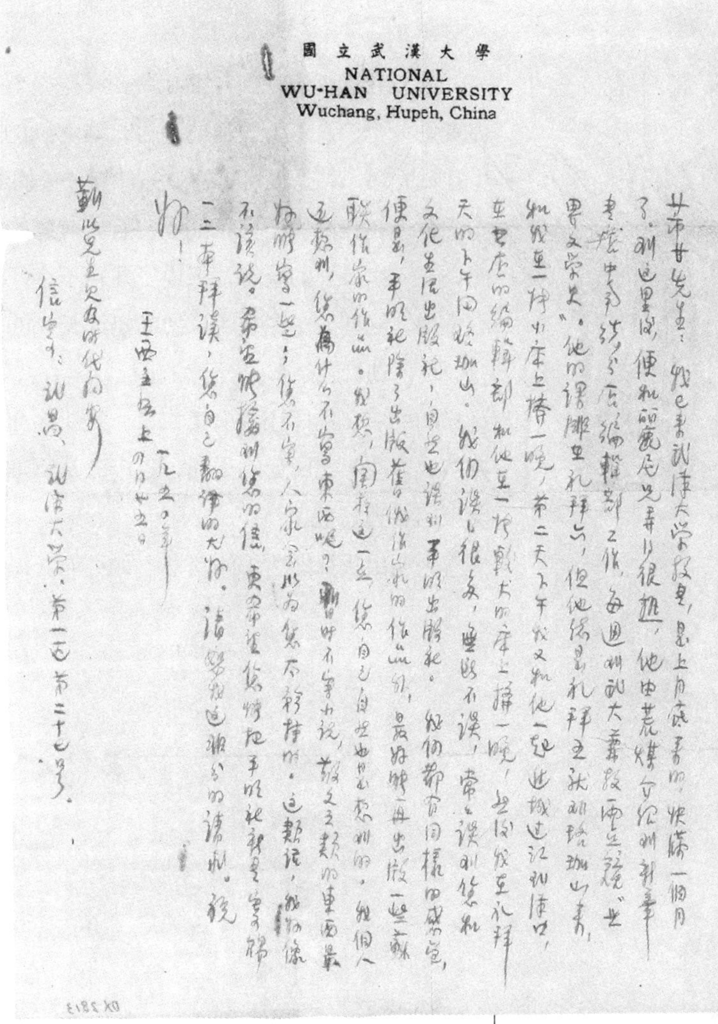

文物编号
DX002813

①王西彦（1914—1999）：作家。浙江义乌人。著有《古屋》、《风雪》、《春回地暖》、《在漫长的道路上》等作品。曾任湖南大学、武汉大学、浙江大学教授，中国作家协会上海分会副主席。

王西彦致巴金（之二）

芾甘先生：

上月廿五日信收到，很高兴。家璧先生一直就没有信来，也不知道晨光近情如何？长沙究竟是一个消息不大灵通的地方，新书到的[得]也迟，我又没有机会经常看京沪的报纸。文生社如弄坏了，是很可惜的。一种有分量的结实的工作，不论在什么时候，总之有它的价值。

最近在此间的一家报纸上，有人对您的作品作荒唐可笑的批评，我看了后非常气愤，因此，在一次公开的场合，很说了几句不客气的话。我知道我的话会引起有些人的不满，但我总觉得，这些人实在是喝了您的奶汁长大的，到这时却来说些不公平的话，藉以表示自己的“进步”，动机就卑鄙。至于文生社，一直就老老实实地出版着，不尚广告，不作[做]宣传。像这样的书店，中国还没有第二个。这十余年来，您在文生社上面所耗费的心血，有目共睹；自然，这些年您所受的委屈，也应该是不难想象的。在现在和将来，文生社的贡献，都不可磨灭，希望您能坚持下去。

平明出版社您所编的新书，如可能，渴望着能寄赐一份。见到靳以先生时，请告诉他一

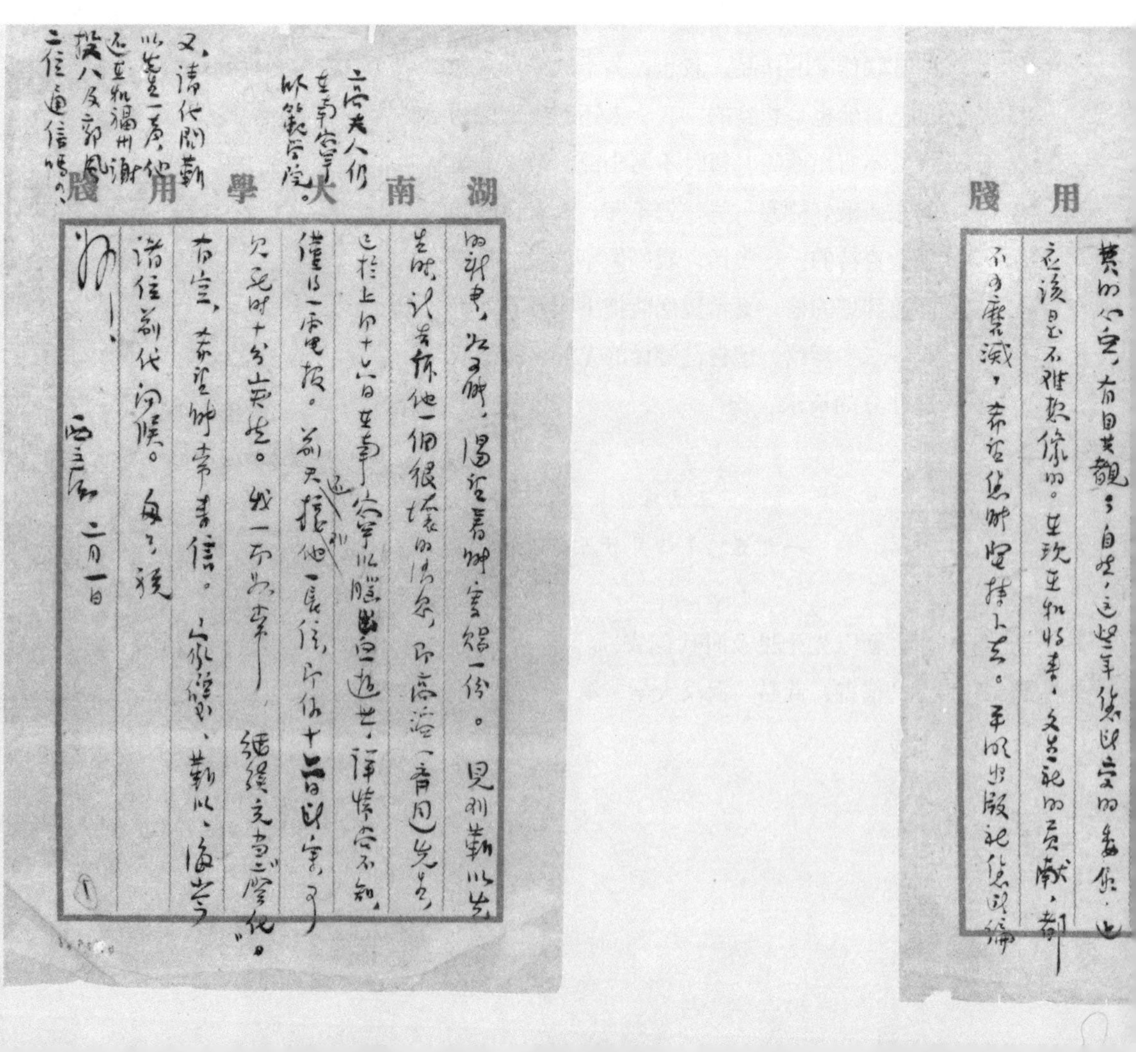

个很坏的消息，即高滔[①]（齐同）先生，已于上月十六日在南宁以脑溢血逝世，详情尚不知，仅得一电报，前天还接到他一长信，即系十二日所写，可见死时十分突然。

我一切如常，继续充当“廖化”。有空，希望能常来信。家璧、靳以、海岑诸位前代问候。匆匆祝

好！

西 彦

二月一日

高夫人仍在南宁师范学院。

又，请代问靳以先生一声，他还在和福州谢投八[②]及郭风[③]二位通信吗？

①高滔（1902—1950）：作家。原名高天行，笔名高滔、齐同。吉林省吉林市人。有《平凡的悲剧》、《炼》、《风波》等作品。

②谢投八（1902—1995）：美术家。原名谢万民，号跛公。福建厦门人。曾任中国美术家协会福建分会主席、福建省文联副主席、福建教育画院院长等职务。

③郭风（1919— ）：作家。原名郭嘉桂。福建莆田人。有《火柴盒的火车》、《搭船的鸟》、《会飞的种子》、《红菇的旅行》等儿童文学作品以及《开窗的人》、《避雨的豹》等诗歌、散文。曾任中国作家协会福建分会主席、福建省文联副主席。

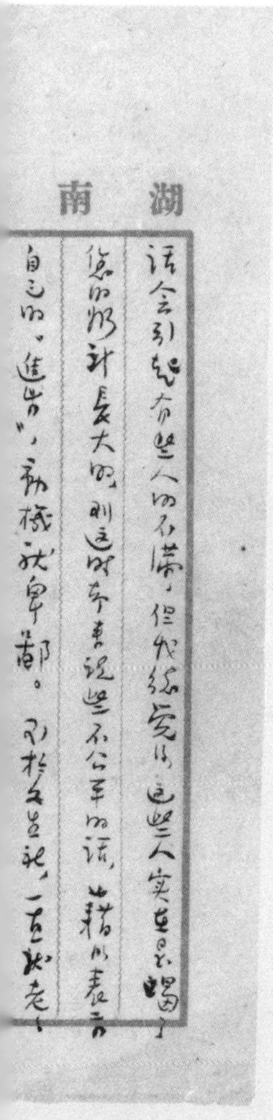

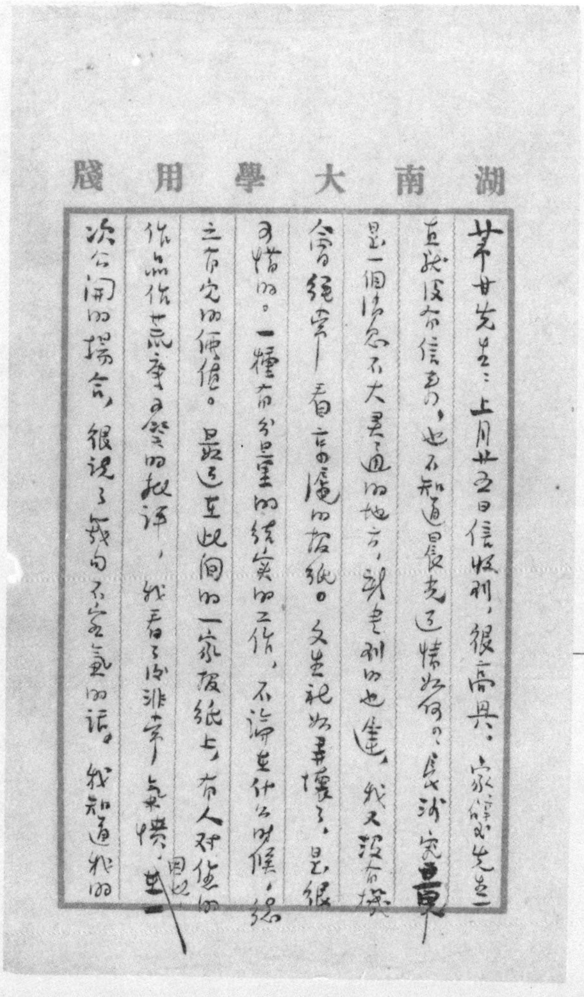

文物编号
DX002966

王西彦致巴金（之三）

芾甘先生：

约近两月前，那时大概您正在台湾旅行或刚从台湾回上海，我曾寄奉一本小书，《乡下朋友》，是您代为介绍给万叶钱君匋先生的，不知有没有收到？好久没有看到您的新作，今年夏天该很忙吧？

暑假中我原想到沪杭一带跑一跑，回浙江看看老家，但对于像我这样的人，这也不是一件轻而易举的事。直到现在，还是不能如愿，而且下学年也还得接下师专续聘，留在福州，内心很是苦闷。

《古屋》版税收到了，谢谢，现寄奉收据一张，请代转会计科。我曾把《古屋》几处重

要错字，列成一表，现也奉上。如这书能有再版机会，看看是否可以就纸型改正一下？《大公报》载《中国作家》又有出版消息了，确否？读报知政府节约办公，杂志篇幅限制极严，看样子只好让出版事业在中国绝灭了。

在中华书局出版的一本靳以先生散文集里，见到您也是参加编那个“中华文艺丛刊”的一位，能不能给我介绍一个短篇小说集？目下出版短篇集好像很不容易，或许像中华那样的书局还能够出吧？我因不知实际情形，这里只是偶而[尔]想到，随便问问的。

方敬兄好像到了四川，是吗？希望你能回我一书信！祝

近安

西彦上

九·七

文物编号
DX002967

X

萧军致巴金

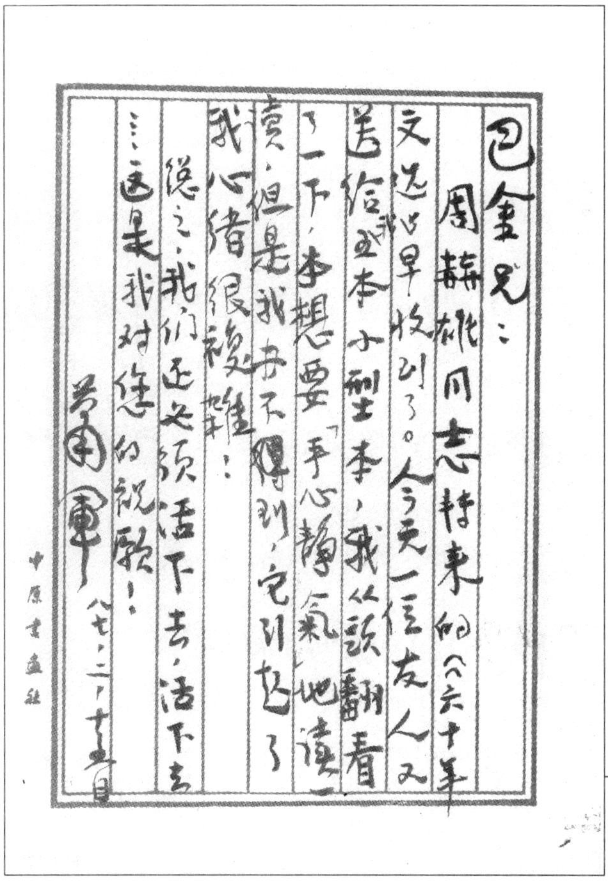

文物编号
DX010690

巴金兄：

周赫雄同志转来的《六十年文选》早收到了。今天一位友人又送给我五本小型本，我从头翻看了一下，本想要“平心静气”地读一读，但是我办不到，它引起了我心绪很复杂！

总之，我们还必须活下去，活下去……这是我对您的祝愿！

萧　军

八七·二·十五日

萧麦萍[1]致巴金

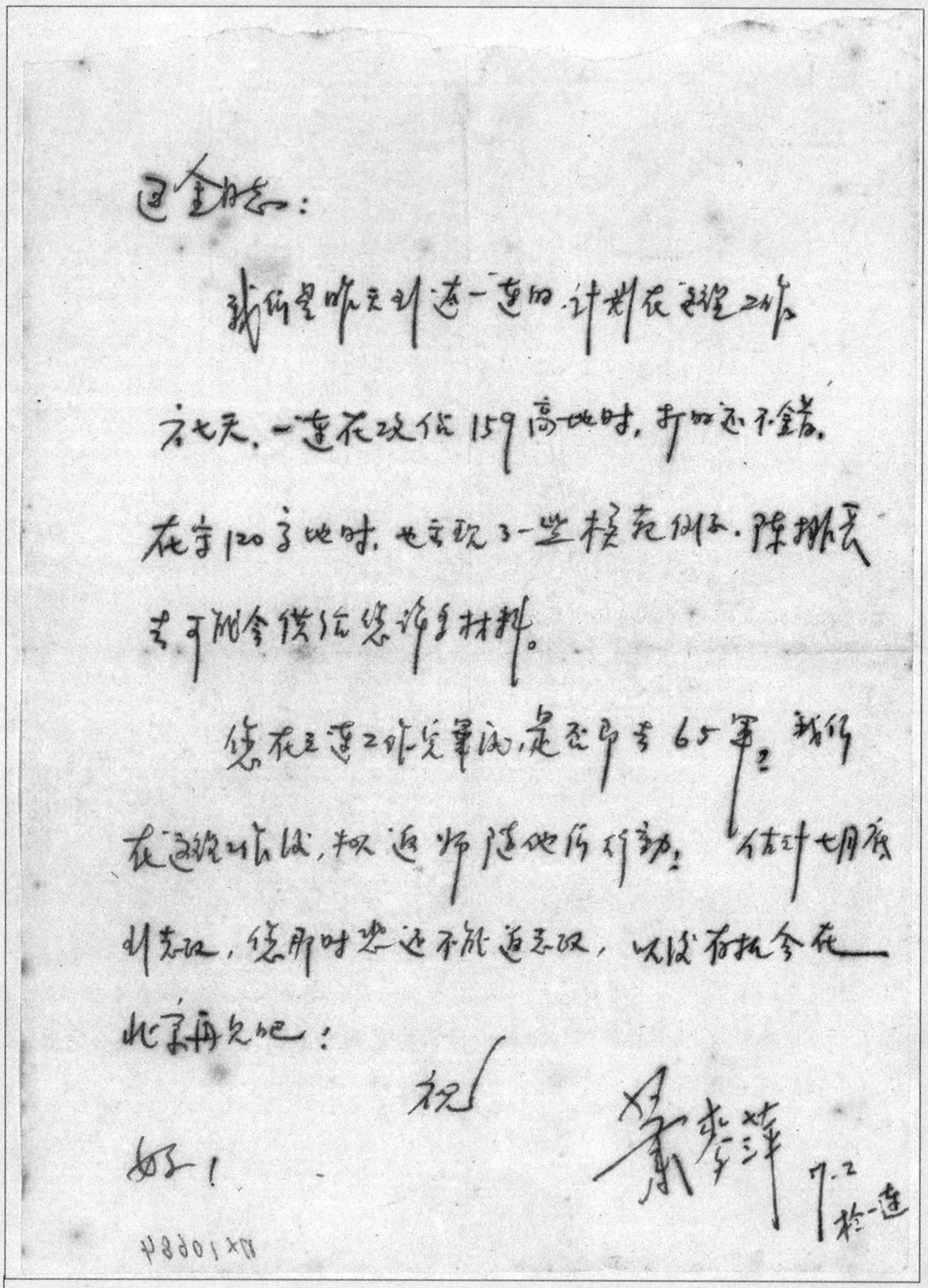
巴金同志：

我们是昨天到达一连的，计划在这里工作十七天。一连在攻占159高地时，打的还不错。在守120高地时，也表现了一些模范例子。陈排长等可能会供给您许多材料。

您在这连工作完毕后，是否即去65军？我们在这结束以后，拟随师随他们行动。估计七月底到开城，您那时恐还不能离开，以后有机会在北京再见吧！

祝

好！

萧麦萍
7.2
于一连

DX010684

文物编号
DX010684

①萧麦萍：曾与巴金一同赴朝鲜采访志愿军。

巴金同志：

我们是昨天到达一连的。计划在这里工作六七天。一连在攻占159高地时，打得还不错。在守120高地时，也出现了一些模范例子。陈排长去，可能会供给您许多材料。

您在三连工作完毕后，是否即去65军？我们在这里工作后，拟返师随他们行动！估计七月底到志政，您那时恐还不能返志政，以后有机会在北京再见吧！

祝

好！

萧麦萍

7.2于一连

萧乾致巴金（之一）

芾甘：

前信想已收到。我真不愿你为我这个房子问题分心，可是不幸，这几天，发生了想不到的变化，不但已答应给的房子不给了，而且还要把我们这个问题推出出版局范围之外，说要我们去找市革委会落实政策办公室，也即是退回到73年的状态。也不知什么人在中间作梗。我为此急得又犯了病。同洁若商量了两天，最后，我们想既然你那么关心我们这件事，又已同王匡同志谈了，他的表示又是那么好，如果就这么认了，太可惜太冤枉。所以就由洁若出面给你写这封信。你可否附一封恳托的信给王匡同志？原来分给我们的那套房子可能还没有被抢去，如果王匡同志过问一下也许还有可能给我们。即，这个主要矛盾解决后，我们的工作、学习、生活就大大改观了。当然，我们不了解你同王匡同志的交情可不可以这样做。如果你感到把文洁若的信转去为难，或者就请你再书面恳托一下吧。不过请告诉他，确实中途出现了阻力，出现了复杂状况。很抱歉给你添这么多麻烦。我也真是出于不得已。余再谈吧，祝

祚安

小林好

乾

1977·3·13

再：听说邓小平同志九号对刘西尧[①]同志有个讲话，其中谈到考试成绩不应保密。家长或本人可以要求看。望你帮小分分找出落第原因。如果是英语，我可以帮他补一补。这里口试之前，我给好几个孩子补过，有些只是一般同事的孩子。

＊王匡当时是出版局局长

①刘西尧（1916—　　）：湖南长沙人。曾任国家第二机械工业部部长，教育部部长，四川省委书记、副省长等职。

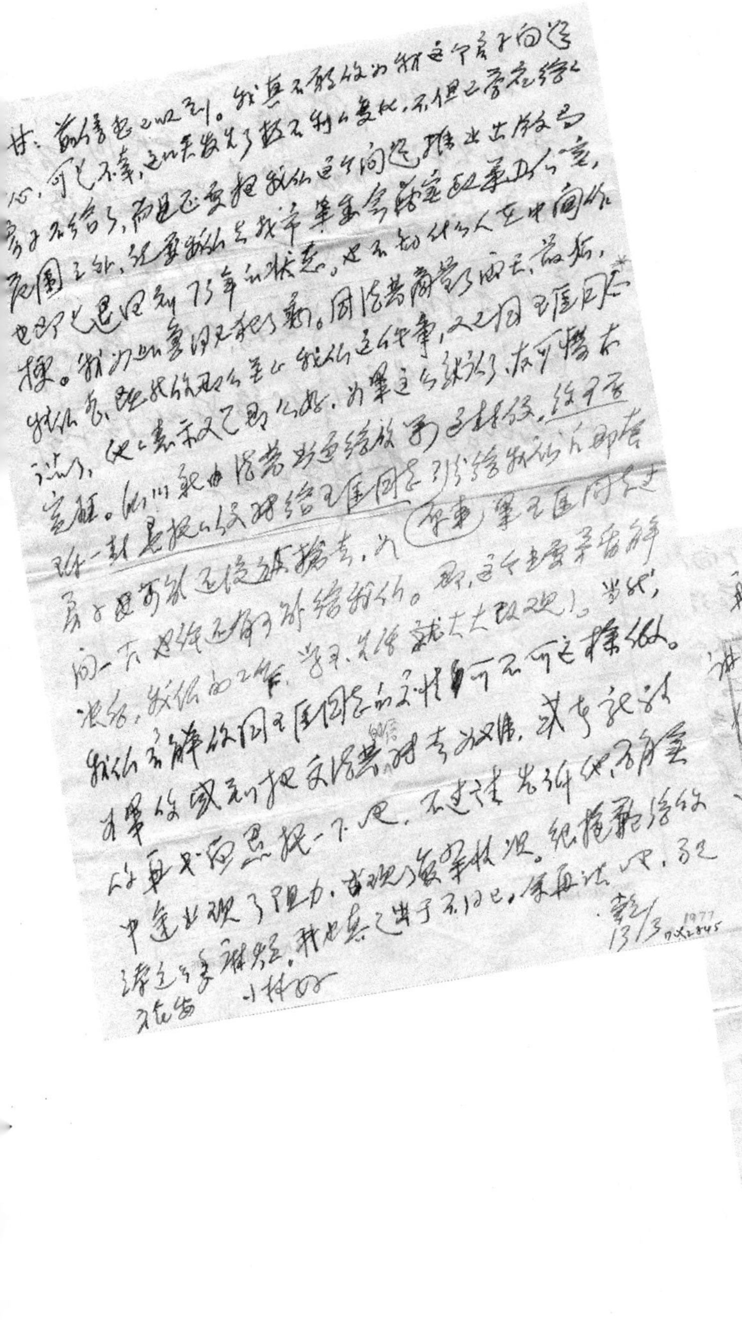

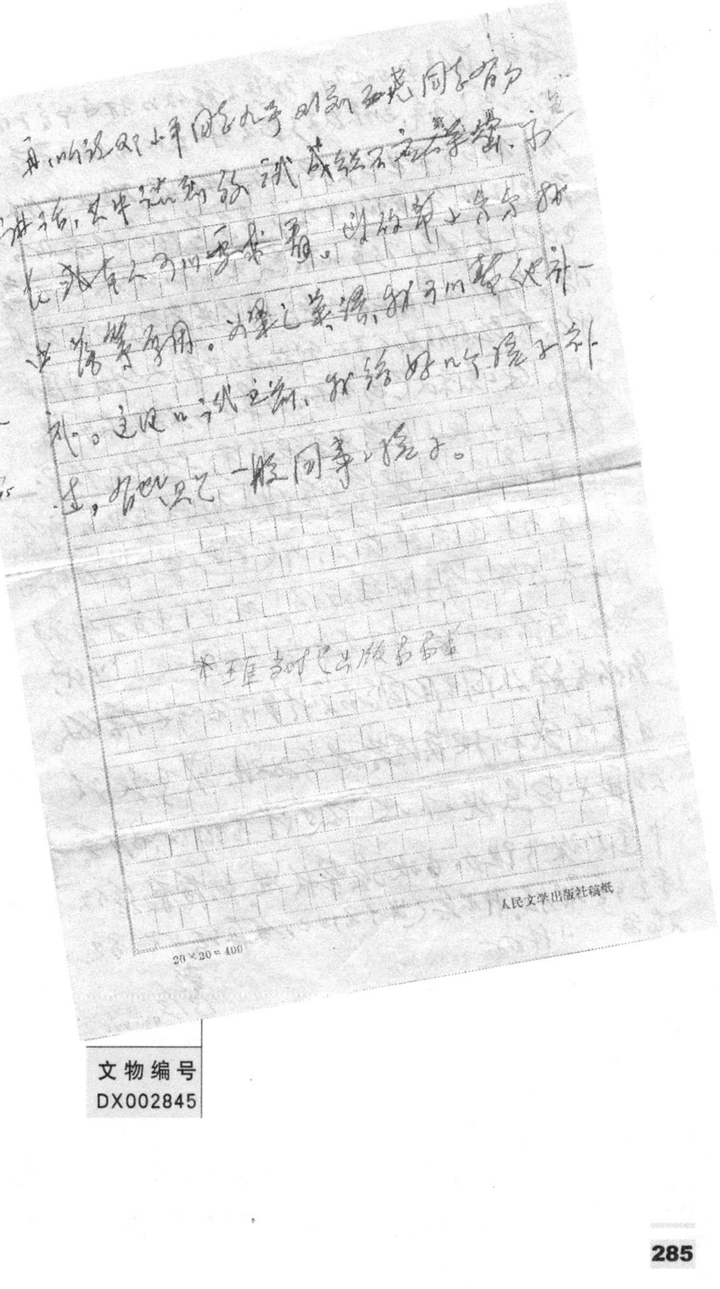

文物编号
DX002845

萧乾致巴金（之二）

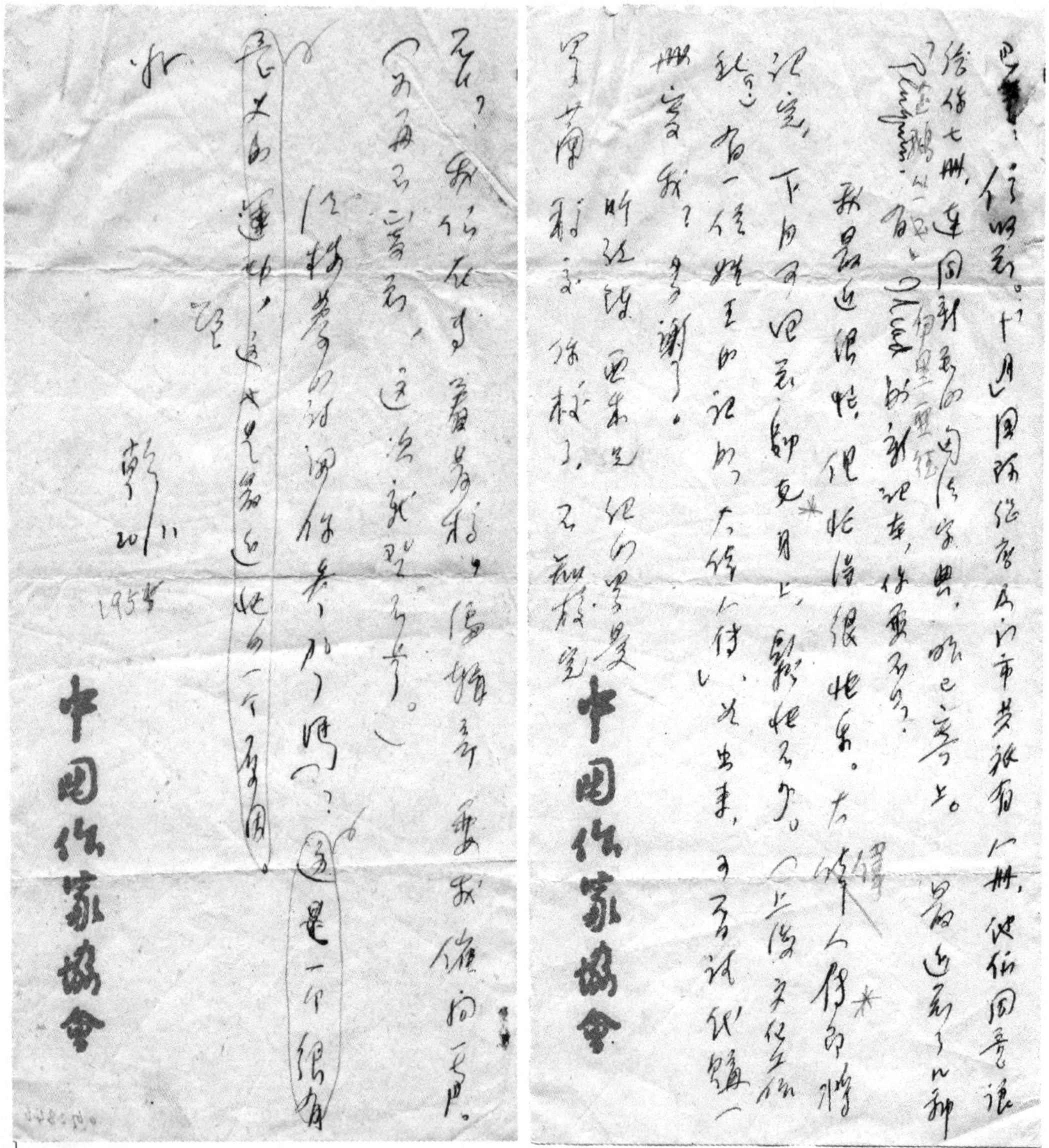

文物编号
DX002846

巴金：

信收到。《十月》国际总店及门市共只有八册，他们同意让给你七册，连同新出的《匈法字典》，昨已寄上。最近看了几种“企鹅丛书”，有伊里亚德的新译本，你要否？

我最近很忙，但忙得很快乐。《大伟人传》即将译完，下月可回到《帅克》身上，松快不少。（上海文化工作社？）有一位姓王的译的《大伟人传》如出来，可否请代购一册寄我？多谢了。

听说陈西禾兄译的《罗曼·罗兰》稿交你校了，不知校完否？我们在等着发稿，编辑部要我催问一声。（如再不寄到，这次就登不上了。）

《红楼梦》的讨论你参加了吗？

致

好

乾

1955·11·20

萧乾致巴金（之三）

芾甘：

几天来我都处于“升火待发”状态，每天把行踪预先告知洁若，以便你电话一来，她就能找着我。昨天，二十二年后，终于把握了。话，是说不完的。要不是我在陪洁若的姐姐（她腿有毛病），剧院前见到你们，很想跟到饭店去夜谈。估计你这回要看的人太多了，怕挤不出时间（万一挤得出，就电告吧）。总算见到了，握着你温暖的手，又见到了你同蕴珍的杰作之一——小林（我好像还有她小时的照片，52 年见过的），很满足了。

感谢你对我各方面的关怀。房子这个主要矛盾经你这么一促，估计会快一些的。今年估计会调整我的岗位——李荒芜①即找[我]谈了话，他回外文所继续研究美国小说了。这方面，

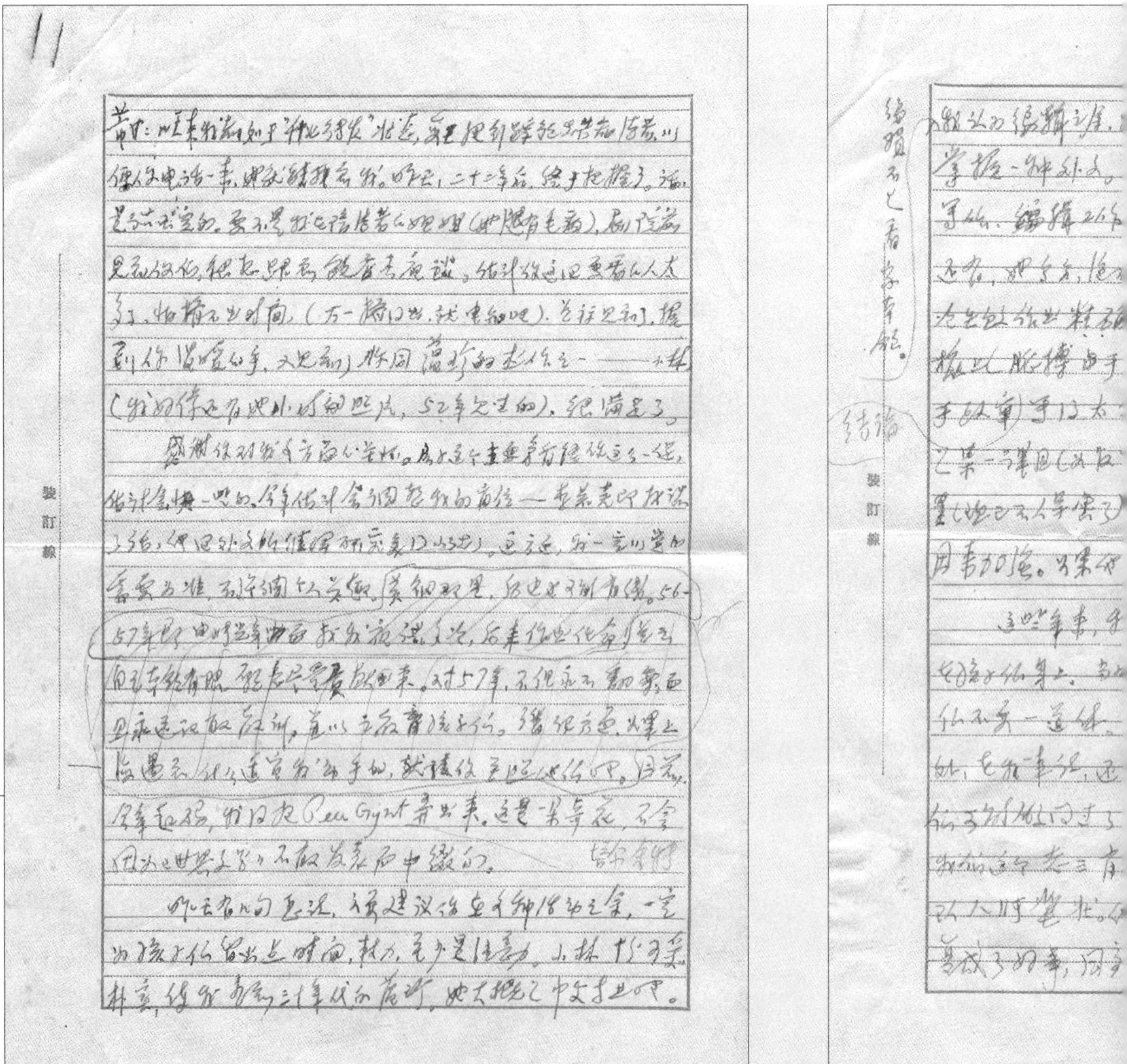

文物编号
DX002847

我一定以党的需要为准，不强调个人兴趣。目前，今年起码，我得把Geu Gyit（《培尔金传》）弄出来。这是一朵奇花，不会因为《世界文学》不敢发表而中缀[辍]的。

昨天有几句[话]想说，主要建议你在各种活动之余，一定为孩子们留出点时间、精力，至少是注意力。小林十分可爱，朴实，使我想到三十年代的蕴珍。她大概是中文专业吧。编辑不是看家本领。我认为编辑之余，她仍应争取多下去写点东西，也应当至少掌握一种外文。

①李荒芜，美国文学研究者。

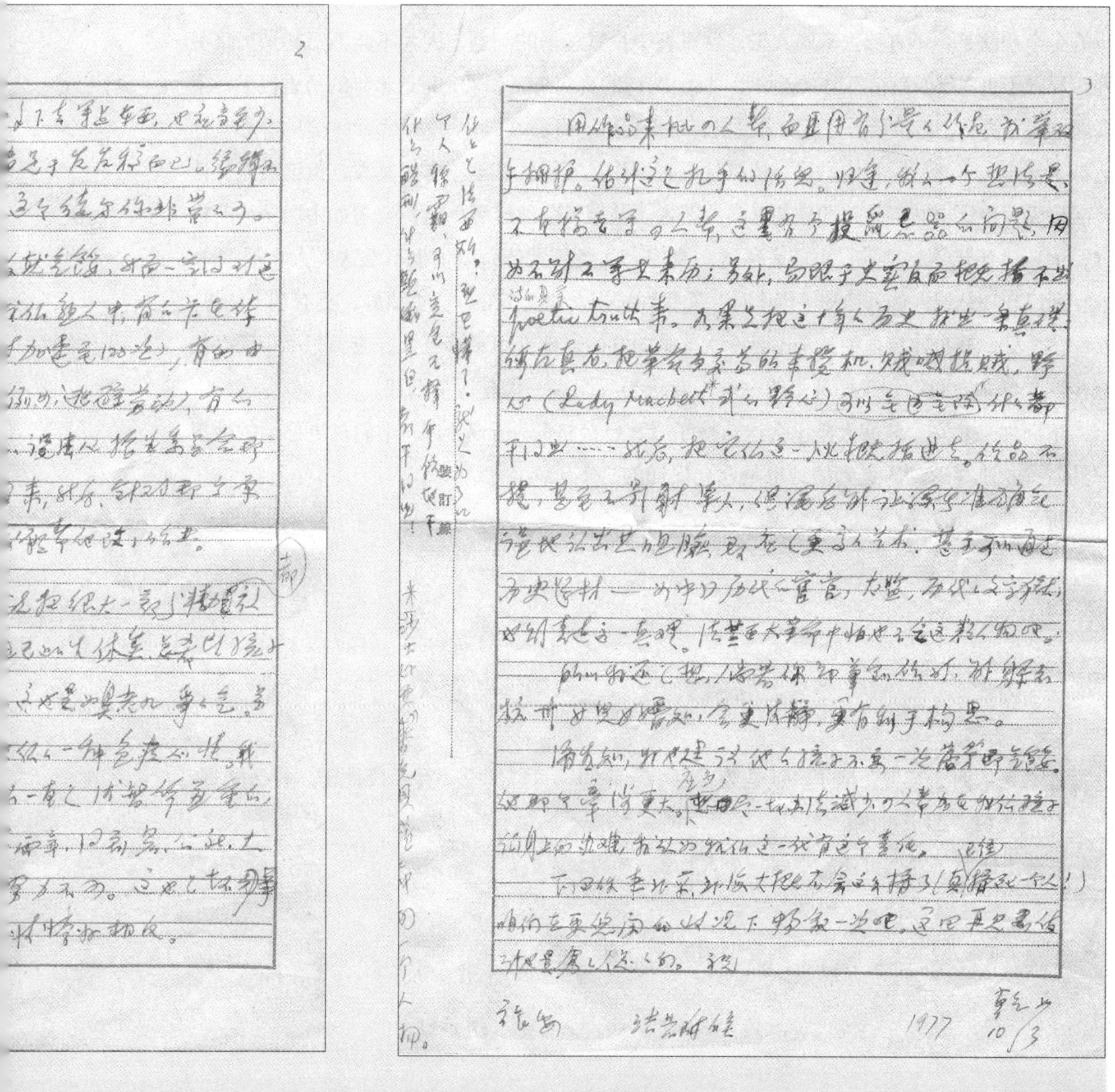

千万不要满足于发发稿而已。编辑不写作，编辑工作也提不高。这个徒弟你非带不可。还有，她□□，绝不可一次失败就气馁，然而一定得对这次失败作出精确的总结。我们熟人中，有的卡在体检上（脉博[搏]由于紧张临时加速至120次），有的由于政审结论写得太不像话（例如，逃避劳动），有的是某一课目（如数学）差。总之，设法从招生委员会那里（现已不保密了）找出原因来，然后，针对那个原因来加强。如果他[她]搞英语，我愿帮他[她]改改作业。

这些年来，我同洁若可以说把很大一部分精力都放在孩子们身上。当时来说，是自己此生休矣，总希望孩子们不要一道休。今天来说，这也是为臭老九争争气。另外，在我来说，还是出于对他们的一种负疚心情。我们可能做得过了火。但我们一直是德智体并重的，我们这个老三肖桐，插队两年，得到县、公社、大队八张奖状。他知道非努力不可。这也是坏事变成了好事，同高干子弟的心情恰好相反。

用作品来批四人帮，而且用有分量的作品，我举双手拥护。估计这是扎手的活儿。归途，我的一个想法是：不直接去写四人帮，这里有个投鼠忌器的问题，因为不能不写其来历；另外，局限于史实反而概括不出（Poetic truth)诗的真实来。如果先把这十年的历史找出一条真理：假左真右，把革命当交易所来投机，贼喊捉贼，野心（Lady Macbert* 式的野心）什么都干得出……然后，把它们这一伙概括进去。作品不提、甚至不影射某人，但读后能让读者准确无误地认出其嘴脸，即应是更高的艺术。甚至可以通过历史题材——如中国历代的宦官、太监、历代的文字狱，也能表达这一真理。法兰西大革命中怕也不乏这类人物吧。

所以我还是想，倘若你动笔创作时，能躲到杭州女儿女婿处，会更清静，更有利于构思。

济生处，我也建议他的孩子不要一次落第即气馁。他那里牵涉更大。应当想尽一切办法减少四人帮加在我们孩子们身上的灾难，我认为我们这一代有这个责任。

下回你来北京，北海大概不会这么挤了（真已经挤死一个人！）。咱们在更悠闲的情况下畅叙一次吧。这回再见到估计也是仓仓促促的。

祝

旅安

乾

1977·3·10

洁若附候

什么是法西斯？现在懂了。就是为了以个人称霸，可以完全不择手段地干。什么酷刑，什么颠倒黑白，都干得出！

* 莎士比亚《麦克贝茨》中间一个人物。

熊佛西[1]致巴金

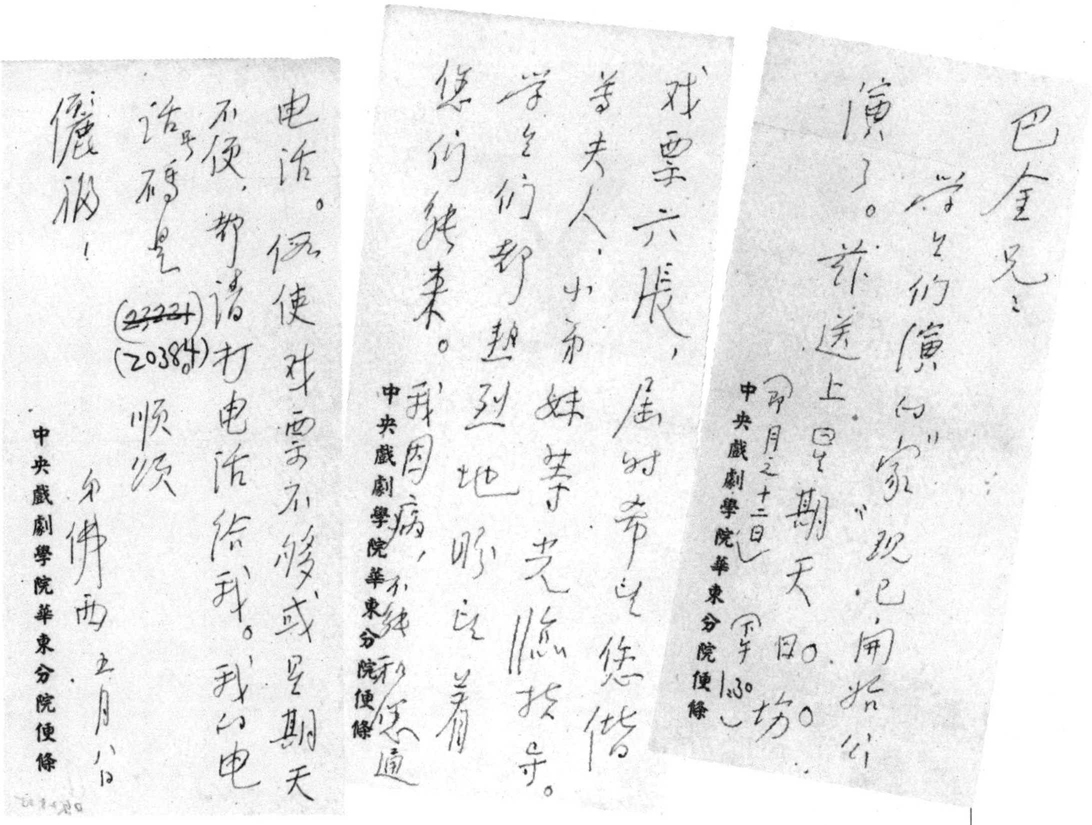

文物编号
DX002825

巴金兄：

学生们演的《家》现已开始公演了。兹送上星期天日场（即月之十二日，下午1：30）戏票六张，届时希望您偕尊夫人、小弟妹等光临指导。学生们都热烈地盼望着您们能来。我因病，不能和您通电话。假使戏票不够，或星期天不便，都请打电话给我。我的电话号码是（20384）。

顺颂

俪福！

弟 佛西

五月八日

①熊佛西（1900—1965）：作家。原名熊福禧，字化侬。江西丰城人。著有《赛金花》、《上海滩的春天》、《屠户》、《铁苗》、《铁花》、《佛西论剧》等作品。曾任上海戏剧学院院长、上海剧协主席、上海影协主席、全国人大代表、政协委员等职。

Y

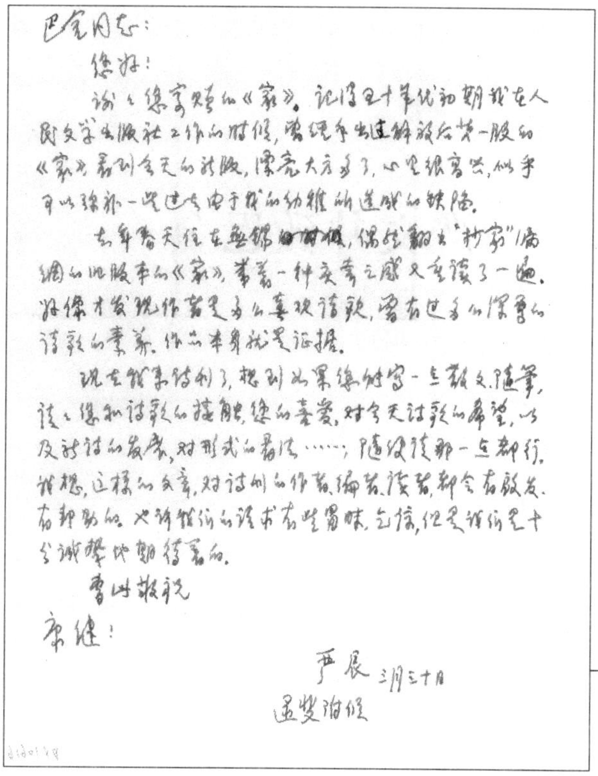
巴金同志：
您好！
谢谢您寄赠的《家》。记得五十年代初期我在人民文学出版社工作的时候，曾经手出过解放后第一版的《家》，看到今天的新版，漂亮大方多了，心里很高兴，似乎可以弥补一些过去由于我的幼稚所造成的缺陷。
去年春天住在无锡，偶然翻出“抄家”漏网的旧版本的《家》，带着一种庆幸之感又重读了一遍。好像才发现作者是多喜欢诗歌，曾有过多么深厚的诗歌的素养，作品本身就是证据。
现在我来《诗刊》了，想到如果您能写一点散文、随笔，谈谈您和诗歌的接触，您的喜爱，对今天诗歌的希望，以及新诗的发展，对形式的看法……随便谈哪一点都行。我想，这样的文章，对《诗刊》的作者、编者、读者，都会有启发、有帮助的。也许我们的请求有些冒昧，乞谅，但是我们是十分诚挚地期待着的。
专此敬祝
康健！
严辰 三月三十日
逯斐附候

文物编号
DX010616

严辰[①]致巴金

巴金同志：

您好！

谢谢您寄赠的《家》。记得五十年代初期我在人民文学出版社工作的时候，曾经手出过解放后第一版的《家》，看到今天的新版，漂亮大方多了，心里很高兴，似乎可以弥补一些过去由于我的幼稚所造成的缺陷。

去年春天住在无锡，偶然翻出“抄家”漏网的旧版本的《家》，带着一种庆幸之感又重读了一遍。好像才发现作者是多喜欢诗歌，曾有过多么深厚的诗歌的素养，作品本身就是证据。

现在我来《诗刊》了，想到如果您能写一点散文、随笔，谈谈您和诗歌的接触，您的喜爱，对今天诗歌的希望，以及新诗的发展，对形式的看法……随便谈哪一点都行。我想，这样的文章，对《诗刊》的作者、编者、读者，都会有启发、有帮助的。也许我们的请求有些冒昧，乞谅，但是我们是十分诚挚地期待着的。

专此敬祝

康健！

严 辰

三月三十日

逯斐附候

①严辰（1914—2003）：诗人。原名严汉民，笔名厂民。江苏武进人。著有《唱给延河》、《最好的玫瑰》、《春满天涯》、《繁星集》等作品。曾任《人民文学》编辑部主任、人民文学出版社现代文学部主任、中国作家协会黑龙江分会副主席、中国作家协会理事等职。

严文井致巴金

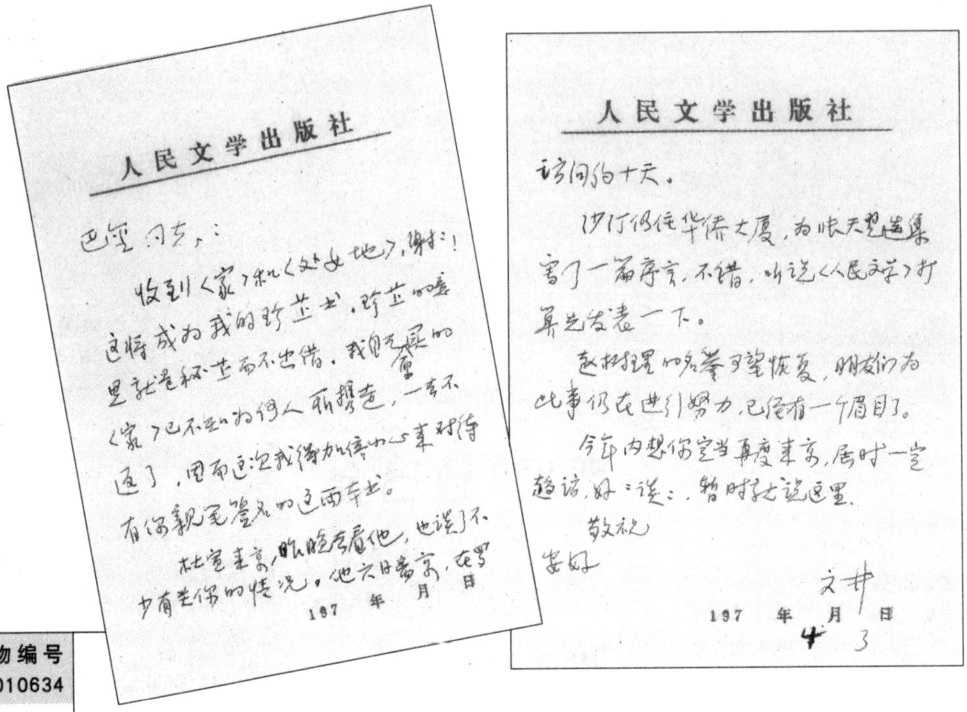

文物编号
DX010634

巴金同志：

收到《家》和《处女地》，谢谢！这将成为我的珍藏书。珍藏的意思就是秘藏而不出借。我自己原买的《家》已不知为何人所携走，一去不返了，因而这次我得加倍小心来对待有你亲笔签名的这两本书。

杜宣来京，昨晚去看他，也谈了不少有关你的情况。他六日离京，在罗访问约十天。

沙汀仍住华侨大厦，为《张天翼选集》写了一篇序言，不错，听说《人民文学》打算先发表一下。

赵树理的名誉可望恢复，朋友们为此事仍在进行努力，已经有一个眉目了。

今年内想你定当再度来京，届时一定趋访，好好谈谈，暂时就说[到]这里。

敬祝

安好

文井

4月3日

阳翰笙①致巴金

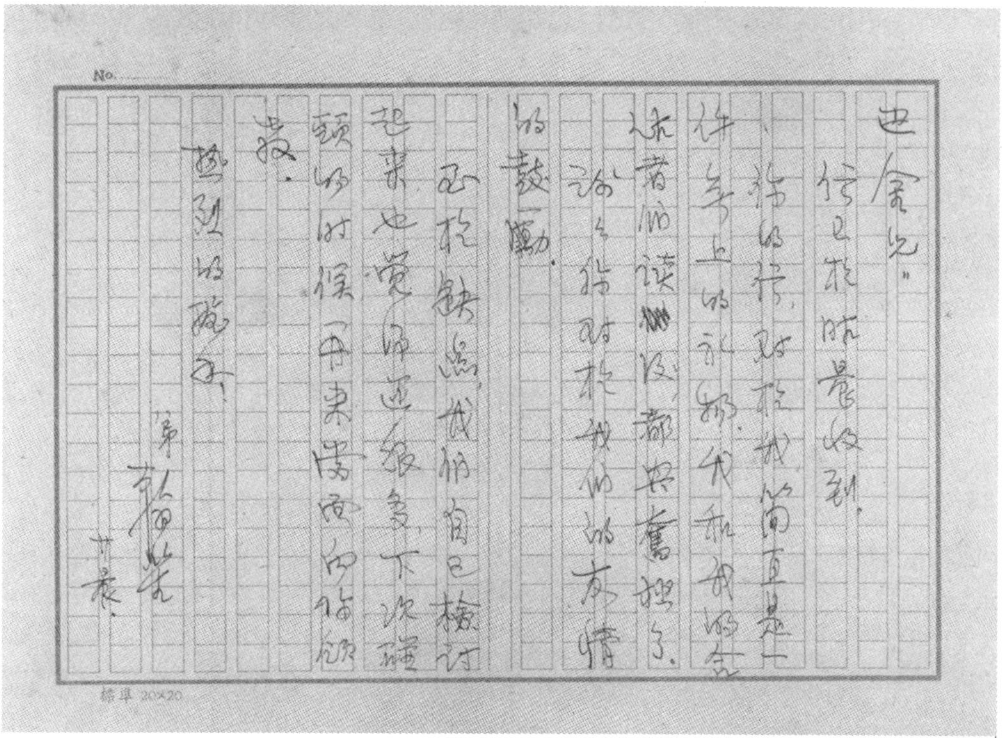
No.

巴金兄：

信已于昨晨收到。

你的信，对于我简直是一件无上的礼物，我和我的合作者们读后，都兴奋极了。

谢谢你对于我们的友情的鼓励。

至于缺点，我们自己检讨起来，也觉得还很多，下次碰头的时候再来当面向你领教。

热烈的握手，

弟 翰笙

廿晨

標準 20×20

文物编号
DX002920

巴金兄：

信已于昨晨收到。

你的信，对于我简直是一件无上的礼物，我和我的合作者们读后，都兴奋极了。

谢谢你对于我们的友情的鼓励。

至于缺点，我们自己检讨起来，也觉得还很多，下次碰头的时候再来当面向你领教。

热烈的握手！

弟 翰笙

廿晨

①阳翰笙（1902—1993）：作家。原名欧阳本义，字继修，本名华汉。四川高县人。著有《塞上风云》、《天国春秋》、《草莽英雄》等剧作。曾任中华全国电影艺术工作者协会主席、中国文联党组书记、全国政协常委等职。

杨犁[1]致巴金

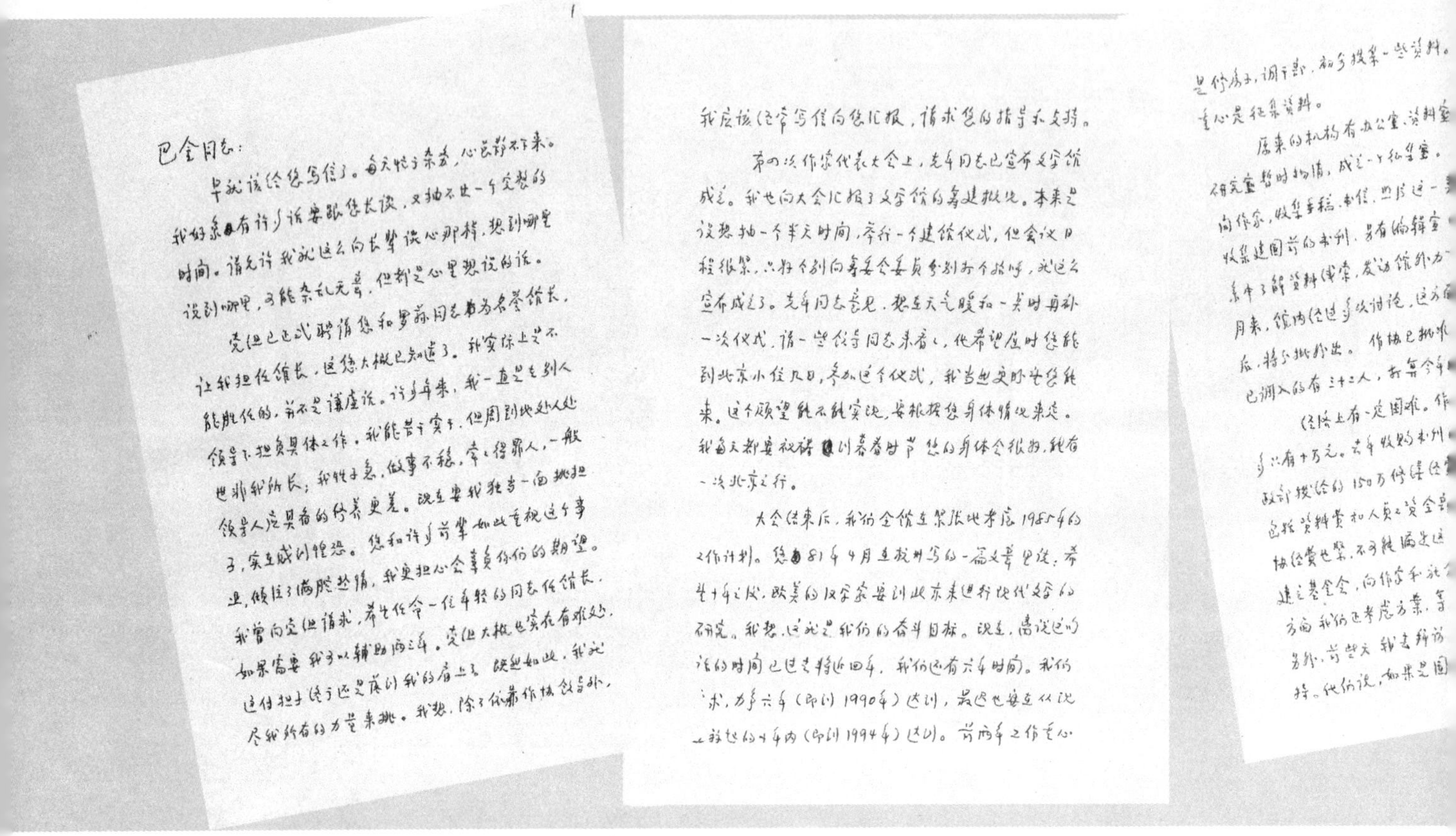
巴金同志：

早就该给您写信了。每天忙于杂务，心总静不下来。我好像有许多话要跟您长谈，又抽不出一个完整的时间。请允许我就这么向长辈谈心那样，想到哪里说到哪里，可能杂乱无章，但都是心里想说的话。

党组已正式聘请您和罗荪同志为名誉馆长，让我担任馆长，这您大概已知道了。我实际上是不能胜任的，并不是谦虚话。许多年来，我一直是在别人领导下担负具体工作，我能苦干实干，但周到地处人处世非我所长；我性子急，做事不稳，常常得罪人，一般领导人应具备的修养更差。现在要我独当一面挑担子，实在感到惶恐。您和许多前辈如此重视这个事业，倾注了满腔热情，我更担心会辜负你们的期望。我曾向党组请求，希望任命一位年轻的同志任馆长，如果需要，我可以辅助两三年。党组大概也实在有难处，这付担子终于还是落到我的肩上了。既然如此，我就尽我所有的力量来挑。我想，除了依靠作协党组外，

我应该经常写信向您汇报，请求您的指导和支持。

第四次作家代表大会上，克平同志已宣布文学馆成立。我也向大会汇报了文学馆的筹建概况。本来是设想抽一个半天时间，举行一个建馆仪式，但会议日程很紧，只好个别向委员会委员分别打个招呼，就这么宣布成立了。克平同志意见，想在天气暖和一些时再补一次仪式，请一些老作家同志来看看，他希望届时您能到北京小住几日，参加这个仪式，我当然更盼望您能来。这个愿望能不能实现，要根据您身体情况来定。我每天都要祝祷明春时节您的身体会很好，能有一次北京之行。

大会结束后，我们全馆连续开会考虑1985年的工作计划。您在81年4月来我处写的一篇文章里说：希望十年之后，欧美的汉学家要到北京来进行现代文学的研究。我想，这就是我们的奋斗目标。现在，离说这句话的时间已过去将近四年，我们还有六年时间。我们的要求，力争六年（即到1990年）达到，最迟也要在从说这话的十年内（即到1994年）达到。前两年工作重心

巴金同志：

早就该给您写信了。每天忙于杂务，心总静不下来。我好像有许多话要跟您长谈，又抽不出一个完整的时间。请允许我就这么向长辈谈心那样，想到哪里说到哪里，可能杂乱无章，但都是心里想说的话。

党组已正式聘请您和罗荪同志为名誉馆长，让我担任馆长，这您大概已知道了。我实际上是不能胜任的，并不是谦虚话。许多年来，我一直是在别人领导下担负具体工作，我能苦干实干，但周到地处人处世非我所长；我性子急，做事不稳，常常得罪人，一般领导人应具备的修养更差。现在要我独当一面挑担子，实在感到惶恐。您和许多前辈如此重视这个事业，倾注了满腔热情，我更担心会辜负你们的期望。我曾向党组请求，希望任命一位年轻的同志任馆长，如果需要，我可

①杨犁（1923—1994）：作家。江苏南京人。主编《胡适文萃》、《中国现代作家大辞典》等。曾任《文艺报》编辑部副主任，中国作家协会办公室副主任、研究室副主任，《新观察》副主编，中国现代文学馆馆长，《中国现代文学研究》丛刊主编等职。

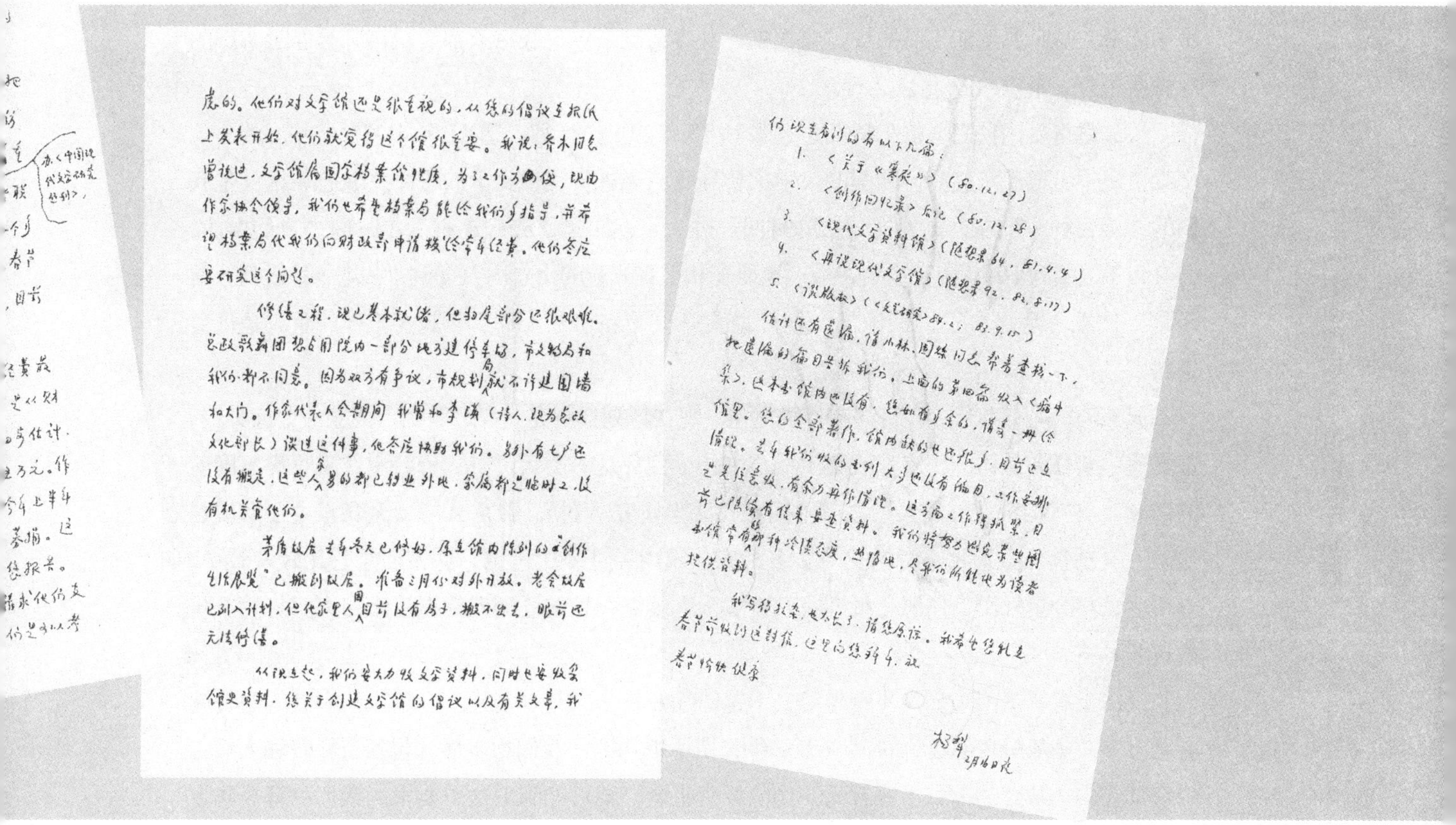

虑的。他们对文学馆还是很重视的，从您的倡议在报纸上发表开始，他们就觉得这个馆很重要。我说，乔木同志曾说过，文学馆属国家档案馆性质，为了工作方便，现由作家协会领导，我们也希望档案局能给我们多指导，并希望档案局代我们向财政部申请拨给专项经费。他们答应要研究这个问题。

修缮工程，现已基本就绪，但扫尾部分还很艰难。总政歌舞团想占用院内一部分地方建停车场，市文物局和我们都不同意。因为双方有争议，市规划局就不许建围墙和大门。作家代表大会期间，我曾和李瑛（诗人，现为总政文化部长）谈过这件事，他答应协助我们。另外有七户还没有搬走，这些人家男的都已转业外地，家属都是临时工，没有机关管他们。

茅盾故居去年冬天已修好，原在馆内陈列的"创作生活展览"已搬到故居，准备三月份对外开放。老舍故居已列入计划，但他家里人因目前没有房子，搬不出去，眼前还无法修缮。

从现在起，我们要大力收文学资料，同时也要收馆史资料。您关于创建文学馆的倡议以及有关文章，我

们现在看到的有以下几篇：

1. 〈关于《寒夜》〉（80.12.27）
2. 〈创作回忆录〉后记（80.12.28）
3. 〈现代文学资料馆〉（随想录64，81.4.4）
4. 〈再说现代文学馆〉（随想录92，82.8.17）
5. 〈说版权〉（〈文艺研究〉84.2；83.9.15）

估计还有遗漏，请小林、国煣同志帮着查核一下，把遗漏的篇目告诉我们。上面的第四篇收入〈病中集〉，这本书馆内也没有，您如有多余的，请寄一册给馆里。您的全部著作，馆内缺的也还很多。目前还在[illegible]借阅。去年我们收的书刊大多也没有编目，工作安排[illegible]也没有很好[illegible]，有余力再作借阅。这方面工作得抓紧，目前已陆续有人来要查资料。我们将努力避免某些图书馆常有的那种冷漠态度，热情地、尽我们所能地为读者提供资料。

我写得拉杂，也太长了，请您原谅。我希望您能在春节前收到这封信，这里向您拜年。祝

春节愉快 健康

杨犁

2月16日夜

以辅助两三年。党组大概也实在有难处，这付[副]担子终于还是落到我的肩上了。既然如此，我就尽我所有的力量来挑。我想，除了依靠作协领导外，我应该经常写信向您汇报，请求您的指导和支持。

第四次作家代表大会上，光年[①]同志已宣布文学馆成立。我也向大会汇报了文学馆的筹建概况。本来是设想抽一个半天时间，举行一个建馆仪式，但会议日程很紧，只好个别向筹委会委员分别打个招呼，就这么宣布成立了。光年同志意见，想在天气暖和一点时再补一次仪式，请一些领导同志来看看。他希望届时您能到北京小住几日，参加这个仪式，我当然更

①光年，即张光年（1913-　）：诗人。笔名光未然。湖北光化人。著有《黄河大合唱》、《革命人民的盛大节日》、《英雄钻井队》等诗篇。曾任《剧本》、《文艺报》、《人民文学》主编，中国作家协会书记处书记、党组书记、副主席，中共中央顾问委员会委员等职。

盼你能来。这个愿望能不能实现，要根据您身体情况来定。我每天都要祝祷到暮春时节您的身体会很好，能有一次北京之行。

大会结束后，我们全馆在紧张地考虑1985年的工作计划。您81年4月在杭州写的一篇文章里说：希望十年之后，欧美的汉学家要到北京来进行现代文学的研究。我想，这就是我们的奋斗目标。现在，离说这句话的时间已过去将近四年，我们还有六年时间。我们要求，力争六年（即到1990年）达到，最迟也要在从现在算起的十年内（即到1994年）达到。前两年工作重心是修房子，调干部，初步搜集一些资料。从1985年起，工作的重心是征集资料。

原来的机构有办公室、资料室、研究室。现在计划把研究室暂时撤销，成立一个征集室。征集室主要任务是访问作家，收集手稿、书信、照片这一类活资料；资料室着重收集建国前的书刊，另有编辑室（三人）办《中国现代文学研究丛刊》，着重从与读者联系中了解资料线索，发动馆外力量收集资料。一个多月来，馆内经过多次讨论，这方面思想比较一致了。春节后，将分批外出。作协已批准我们有五十人编制，目前已调入的有三十二人，打算今年内逐步补齐。

经济上有一定困难。作协每年给文学馆的经费最多只有十万元。去年收购书刊的经费就有七万多，是从财政部拨给的150万修缮经费中挪用的。我们初步估计包括资料费和人员工资全部在内，每年约需二十五万元。作协经费也紧，不可能满足这个要求。我们打算今年上半年建立基金会，向作家和社会各界、中外友好人士募捐。这方面我们正考虑方案，等有初步意见后再向您报告。另外，前些天，我去拜访国家档案局局长，请求他们支持。他们说，如果是国家档案馆性质，他们是可以考虑的。他们对文学馆还是很重视的，从您的倡议在报纸上发表开始，他们就觉得这个馆很重要。我说，乔木同志曾说过，文学馆属国家档案馆性质，为了工作方便，现由作家协会领导，我们也希望档案局能给我们多指导，并希望档案局代我们向财政部申请拨给常年经费。他们答应要研究这个问题。

修缮工程，现已基本就绪，但扫尾部分还很艰难。总政歌舞团想占用院内一部分地方建停车场，市文物局和我们都不同意。因为双方有争议，市规划局就不许建围墙和大门。作家代表大会期间，我曾和李瑛（诗人，现为总政文化部长）谈过这件事，他答应协助我们。另外有七户还没有搬走，这些人家男的都已转业外地，家属都是临时工，没有机关管他们。

茅盾故居去年冬天已修好，原在馆内陈列的“创作生活展览”已搬到故居，准备三月份对外开放。老舍故居已列入计划，但他家里人因目前没有房子，搬不出去，眼前还无法修缮。

从现在起，我们要大力收[集]文学资料，同时也要收集馆史资料。您关于创建文学馆的倡议以及有关文章，我们现在看到的有以下几篇：

1.《关于〈寒夜〉》(80.12.27)

2.《创作回忆录》后记(80.12.28)

3.《现代文学资料馆》(《随想录》64,81.4.4)

4.《再说现代文学馆》(《随想录》92,82.8.17)

5.《谈版权》(《文艺研究》84.2,83.9.15)

估计还有遗漏,请小林、国栋同志帮着查核一下,把遗漏的篇目告诉我们。上面的第四篇收入《病中集》,这本书馆内还没有,您如有多余的,请寄一册给馆里。您的全部著作,馆内缺的也还很多,目前正在清理。去年我们收的书刊大多还没有编目,工作安排是先注意收,有余力再作[做]清理。这方面工作得抓紧,目前已陆续有信来要查资料。我们将努力避免某些图书馆常有的那种冷淡态度,热情地、尽我们所能地为读者提供资料。

我写得拉杂,也太长了,请您原谅。我希望您能在春节前收到这封信,这里向您拜年。

祝

春节愉快、健康

杨犁

2月16日夜

杨朔[1]致巴金

巴金兄：

适才从北京转来你寄来的一批新书（《最高勋章》等四册），正是我无书读的时候，非常高兴。一个月前，我从东北转回北京，接到你两批书，当时写了一封回信给你，并寄去我新印的两本小书（《北线》与《月黑夜》），当时是寄到文化生活社去。过不久，我就南下了。不知你能否收到？看样子，你另外去搞平明出版社了，我想，即使你离开文化生活社，他们也会把信转给你的。

现在我到了衡阳。一个月前即来此，目的是调查粤汗[汉]通车的情形，企图写一部小说。事件很动人，我正在深入调查，看样子，得三两个月后才能北上，因为我想去衡阳把书写成。前几天，我走了一趟广州，也到香港去了一趟，旧地重游，别有滋味。哥伦布建在沙面的房子全收回来了，只有几座国民党送给美国人的私财，一时未动。香港则变成畸形的繁华，一个小岛子挤了二百多万人，花天酒地，还是那么个劲！昔日《救亡日报》的一帮人，好象[像]都在广州，仍是搞文艺工作。现时，我将以衡阳为中心，围着粤汗[汉]路转，就是天气坏，天天下雨，弄得你啼笑皆非。物价也比北边贵。

几个月后，书写完，我将去上海一趟。并非特别去，而是搭沪粤通车，从那绕到北京。当然，就便可以看看上海。那时，必去找你。到那[哪]找呢？该是平明出版社了。在广州，特意喝了两次茶，上海也可以喝的。这只怕要等春末夏初才能办到。

到香港时，我到书店找了找，想发现《潼关之夜》，因为其中有几篇东西，我想保留一下。不幸又失败了。看样子，书是无法找的了。只有靠图书馆，但也许图书馆也并不一定有，那就糟了。不知你帮我设法的如何？

在衡阳，与各方消息隔断，从文艺工作及生活上来说，就是离群而索居了，你寄来的书，就是一滴甘露！让我从心里说一声谢谢。

这一阵，我的通讯处是：湖南衡阳铁路管理局第一招待股转。

盼写信来，并告我你的近况。

匆此

握手

杨　朔

三月六日

①杨朔（1913—1968）：作家。原名杨毓晋。山东蓬莱人。著有《疮庭》、《三千里江山》、《洗兵马》、《红石山》、《东风第一枝》、《海市》、《生命泉》等小说、散文作品。历任中国作家协会外委会副主任、理事全国，全国政协委员等职。

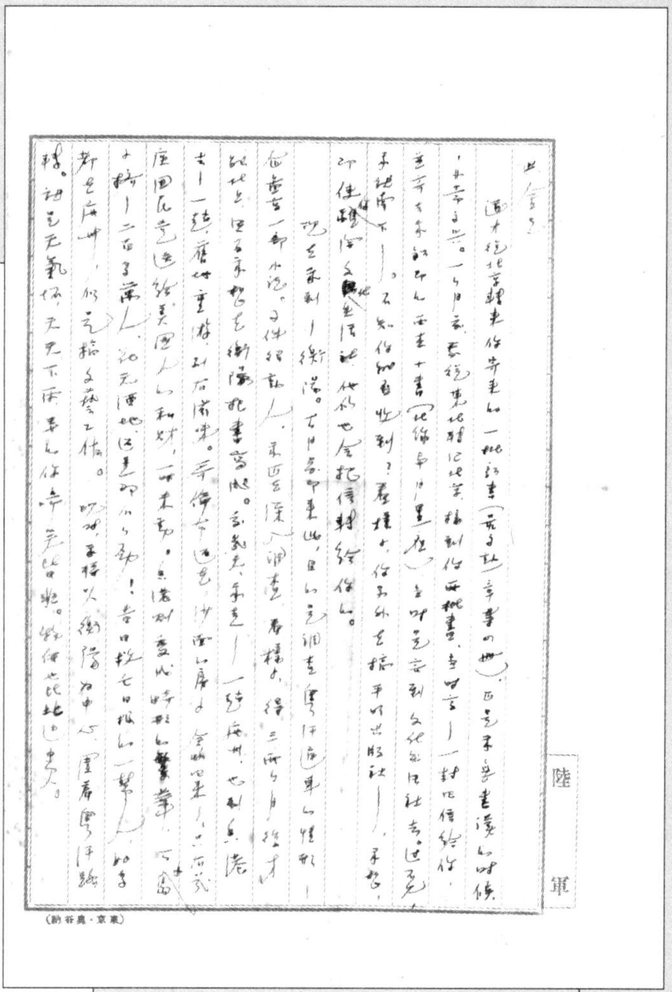

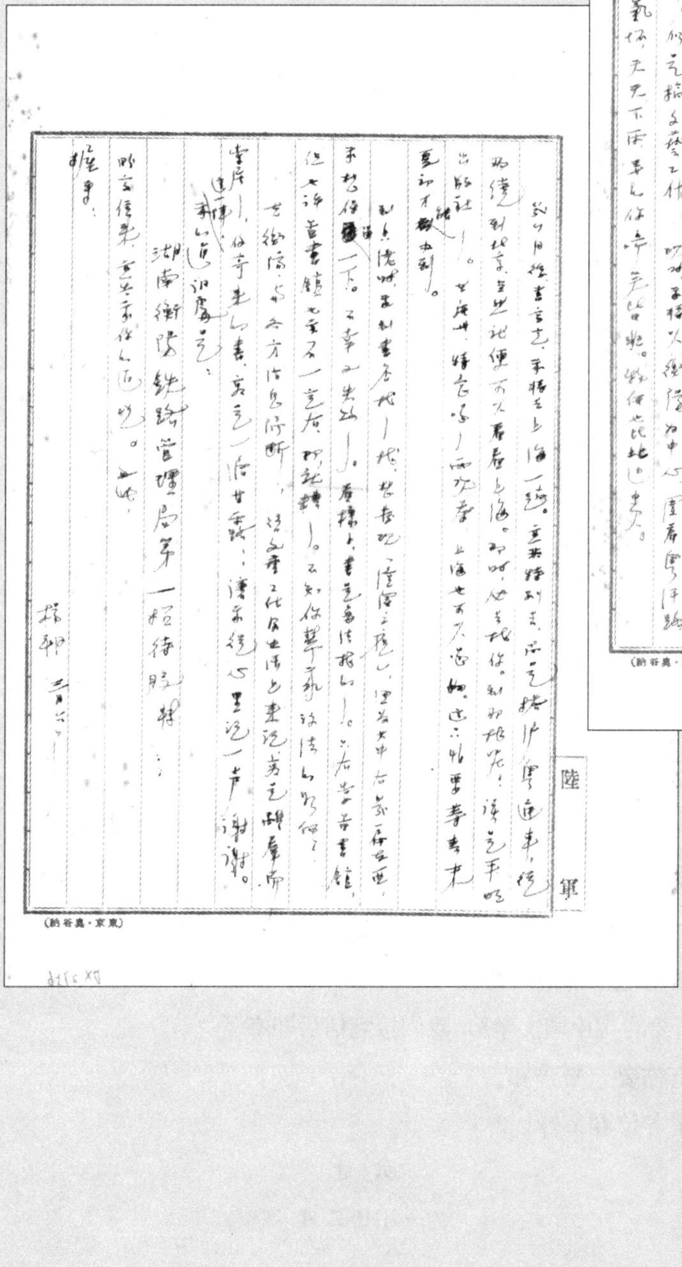

文物编号
DX002756

叶君健[1]致巴金（之一）

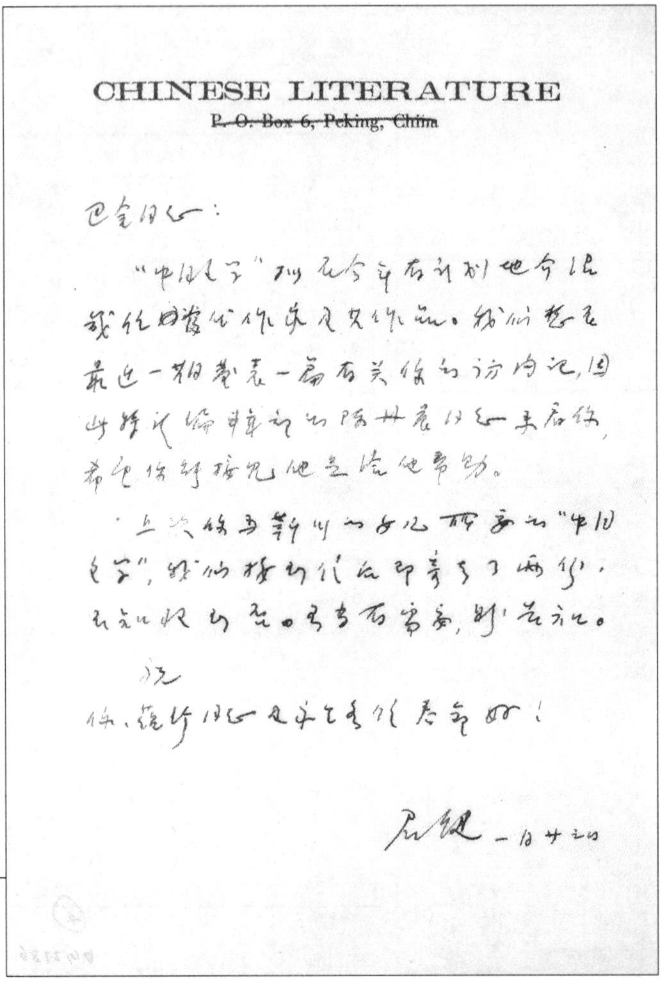
CHINESE LITERATURE

~~P. O. Box 6, Peking, China~~

巴金同志：

"中国文学"拟在今年有计划地介绍几位当代作家及其作品。我们想在最近一期发表一篇有关你的访问记，因此特请编辑部的陈丹晨同志来看你，希望你能接见他并给他帮助。

上次你为靳以的女儿所要的"中国文学"，我们接到信后即寄了两份，不知收到否。如尚有需要，盼告知。

祝

你、蕴珍同志及家里各位春节好！

君健 一月廿三日

文物编号

DX002786

巴金同志：

《中国文学》拟在今年有计划地介绍几位当代作家及其作品。我们想在最近一期发表一篇有关你的访问记，因此特请编辑部的陈丹晨同志来看你，希望你能接见他并给他帮助。

上次你为靳以的女儿所要的《中国文学》，我们接到信后即寄了两份，不知收到否。如尚有需要，盼告知。

祝你、蕴珍同志及家里各位春节好！

君 健

一月廿三日

①叶君健（1914－1999）：作家、翻译家。笔名马耳。湖北红安人。著有《火花》、《自由》、《曙光》、《在草原上》等作品。译有《安徒生童话全集》。曾任《中国文学》英文版副主编、中国作家协会书记处书记、中外文学交流委员会主任等职。

叶君健致巴金（之二）

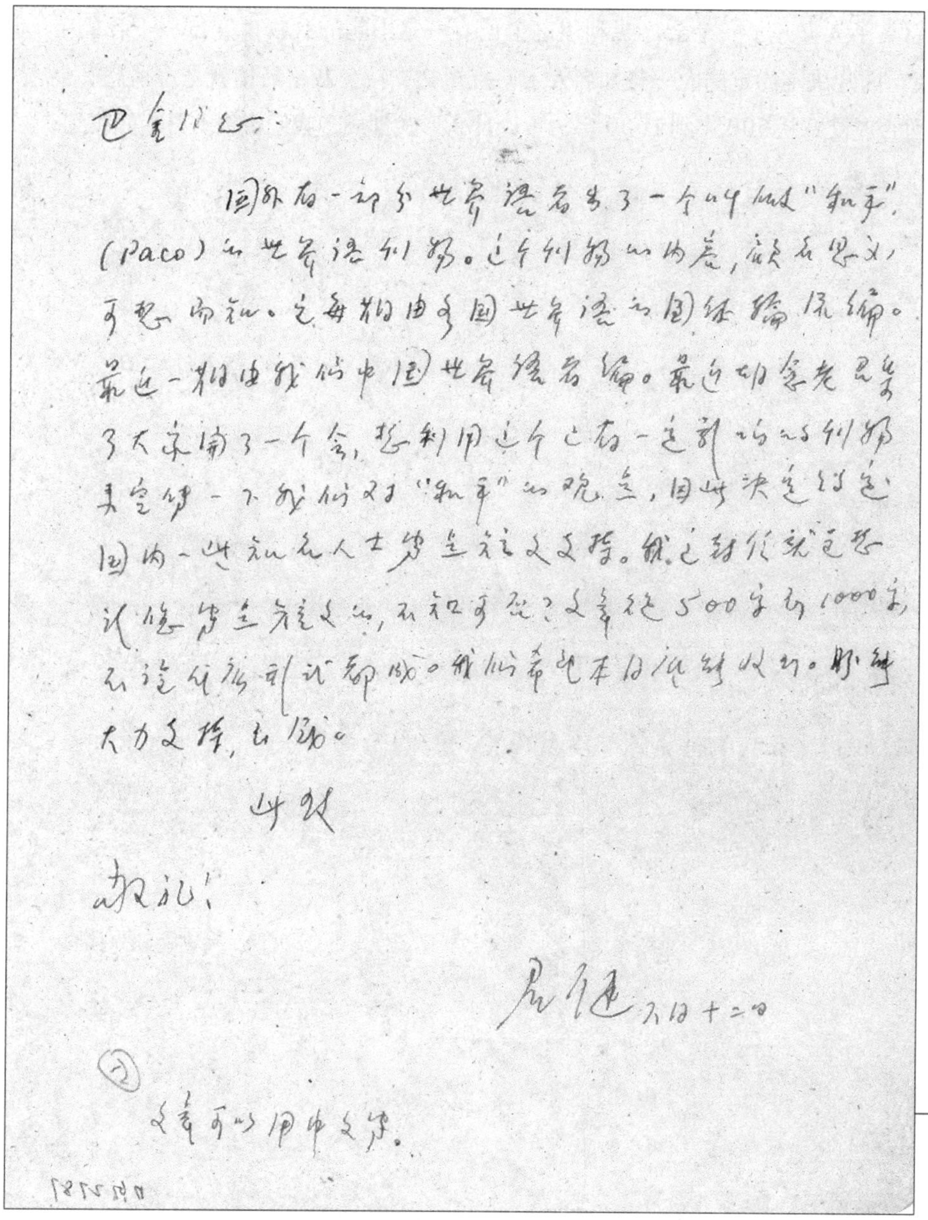

巴金同志：

国外有一部分世界语者出了一个叫做"和平"(Paco)的世界语刊物。这个刊物的内容，顾名思义，可想而知。它每期由各国世界语的团体轮流编。最近一期由我们中国世界语者编。最近胡愈老召集了大家开了一个会，想利用这个已有一定影响的刊物来宣传一下我们对"和平"的观点，因此决定约请国内一些知名人士写点短文支持。我已替你说定想请你写点短文，不知可否？文章在500字至1000字，不论什么形式都成。我们希望在本月底能收到。盼能大力支持，至盼。

此致

敬礼！

君健 六月十二日

(2)

文章可以用中文写。

DX002787

文物编号
DX002787

巴金同志：

国外有一部分世界语者出了一个叫做《和平》（Paco）的世界语刊物。这个刊物的内容，顾名思义，可想而知。它每期由各国世界语的团体轮流编。最近一期由我们中国世界语者编。

最近胡愈老[①]召集了大家开了一个会，想利用这个已有一定影响的刊物来宣传一下我们对“和平”的观点，因此决定约定国内一些知名人士写点短文支持。我这封信就是想请您写点短文的，不知可否？文章从500字到1000字，不论什么形式都成。我们希望本月底能收到。盼能大力支持，至感。

此致

敬礼！

君 健

八月十二日

文章可以用中文写。

①胡愈老，即胡愈之（1896—1986）：作家、政治活动家。原名学愚，字子如。浙江上虞人。著有《莫斯科印象记》等作品。曾任文化部副部长、国家出版总署署长、全国人大常委会副委员长、全国政协副主席等职。

叶圣陶致巴金

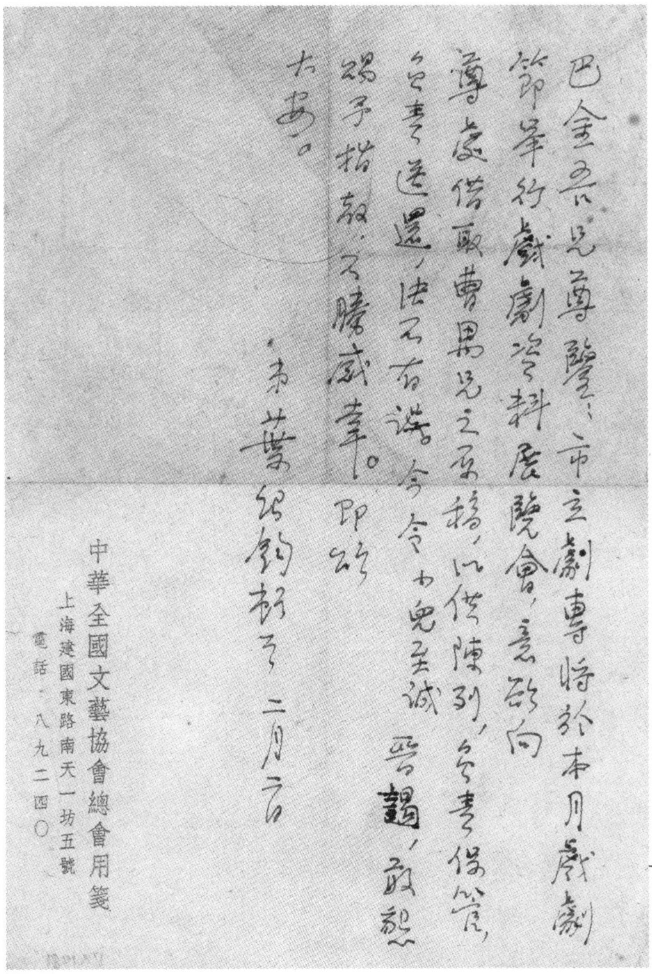

巴金吾兄尊鑒：市立劇專將於本月戲劇節舉行戲劇資料展覽會，意欲向尊處借取曹禺兄之原稿，以供陳列，負責保管，負責送還，決不有誤。今令小兒至誠晉謁，敢懇賜予指教，不勝感幸。即頌
大安。
弟葉紹鈞頓首 二月二日

中華全國文藝協會總會用箋
上海建國東路南天一坊五號
電話：八九二四〇

文物编号
DX001481

巴金吾兄尊鉴：

市立剧专将于本月戏剧节举行戏剧资料展览会，意欲向尊处借取曹禺兄之原稿，以供陈列，负责保管，负责送还，决不有误。今令小儿至诚晋谒，敢恳赐予指教，不胜感幸。即颂

大安。

弟 叶绍钧顿首

二月二日

Z

臧克家致巴金

巴金兄：

你离京次日，之琳来谈了与你及文井、沙汀会面情况。昨遇文井，也谈到了。你，身心双健，可惜发已全白，我则黑多白少，但精力不及你。

沙汀到京后，见过四五次，陪他去看了郭老。

我一切极好。旧体诗（歌颂干校战斗生活的）《忆向阳》将印行，正在写篇较长的序言。“人文”要我编本选集，正在着手搞，目录已交去。

《家》将出版，还有郭老、茅盾、家宝的著作。老舍问题已解决，也要出他的书。

听说你大忙，理所当然。唐弢身体尚好，有时见到。健吾大差。盼示近况。辛笛今日到京。

好！

克家上

10.12 日

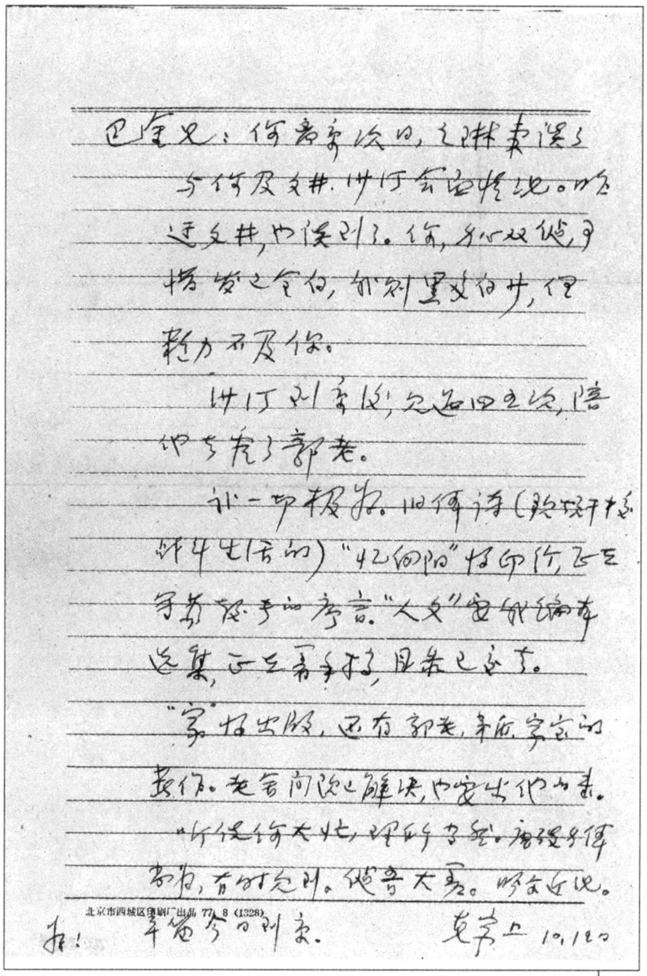
巴金兄：你离京次日，之琳来谈了与你及文井、沙汀会面情况。昨遇文井，也谈到了。你，身心双健，可惜发已全白，我则黑多白少，但精力不及你。
沙汀到京后，见过四五次，陪他去看了郭老。
我一切极好。旧体诗（歌颂干校战斗生活的）“忆向阳”将印行，正在写篇较长的序言。“人文”要我编本选集，正在着手搞，目录已交去。
“家”将出版，还有郭老、茅盾、家宝的著作。老舍问题已解决，也要出他的书。
听说你大忙，理所当然。唐弢身体尚好，有时见到。健吾大差。盼示近况。
好！ 辛笛今日到京。 克家上 10.12日
北京市西城区印刷厂出品 77.8 (1328)

文物编号
DX002804

曾敏之[1]致巴金

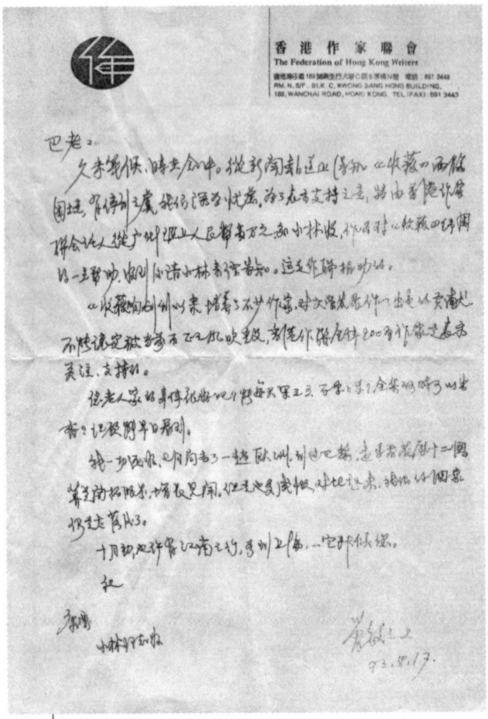
香港作家聯合
The Federation of Hong Kong Writers

文物编号
（无）

巴老：

久未笺候，时在念中。从新闻报道上得知《收获》面临困境，有停刊之虞，我们深为忧虑。为了表示支持之意，特由香港作家联[合]会托人从广州汇上人民币壹万元，交小林收，作为对《收获》纾困的一点帮助，收到后请小林来信告知。这是作联捐助的。

《收获》自创刊以来，培养了不少作家，对文学发展作了出色的贡献，不能让它被当前不正之风吹毁，香港作联全体200多作家是表示关注、支持的。

您老人家的身体很好吧？能每天写三五百字吗？全集何时可以出齐？但愿能早日看到。

我一切还好，七月间去了一趟欧洲，到过巴黎，走马看花历十二国，算是开拓眼界，增长见闻。但是也多感慨，对比起来，我们的国家仍是太落后了。

十月初，也许有江南之行，如到上海，一定拜候您。

祝

康乐

小林同志好

曾敏之上

93·8·17

①曾敏之（1917— ）：作家。笔名望云。广西罗城人。著有《拾荒集》、《观海录》、《诗的艺术》、《古典文学欣赏举隅》等作品。曾任香港《文汇报》代总编辑、香港作家联合会会长等职。

张十方[1]致巴金

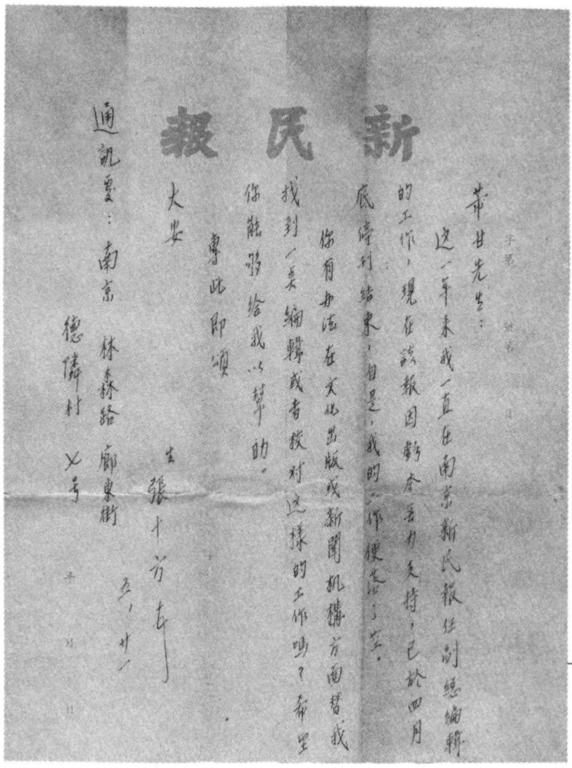
新民报

芾甘先生：

这一年来我一直在南京新民报任副总编辑的工作，现在该报因虧本无力支持，已於四月底停刊结束，自是，我的工作便落了空。

你有办法在文化出版或新聞机構方面替我找到一点编輯或者校对这样的工作吗？希望你能够给我以幫助。

專此即頌

大安

生 張十方 五，廿一

通訊处：南京 林森路 廊東街 德鄰村 七号

文物编号
DX009307

芾甘先生：

这一年来我一直在南京《新民报》任副总编辑的工作，现在该报因亏本无力支持，已于四月底停刊结束，自是，我的工作便落了空。

你有办法在文化出版或新闻机构方面替我找到一点编辑或者校对这样的工作吗？希望你能够给我以帮助。

专此即颂

大安

生 张十方□

五.廿一

通讯处：南京林森路廊东街德邻村七号

①张十方：巴金友人。

张文苑[1]致巴金

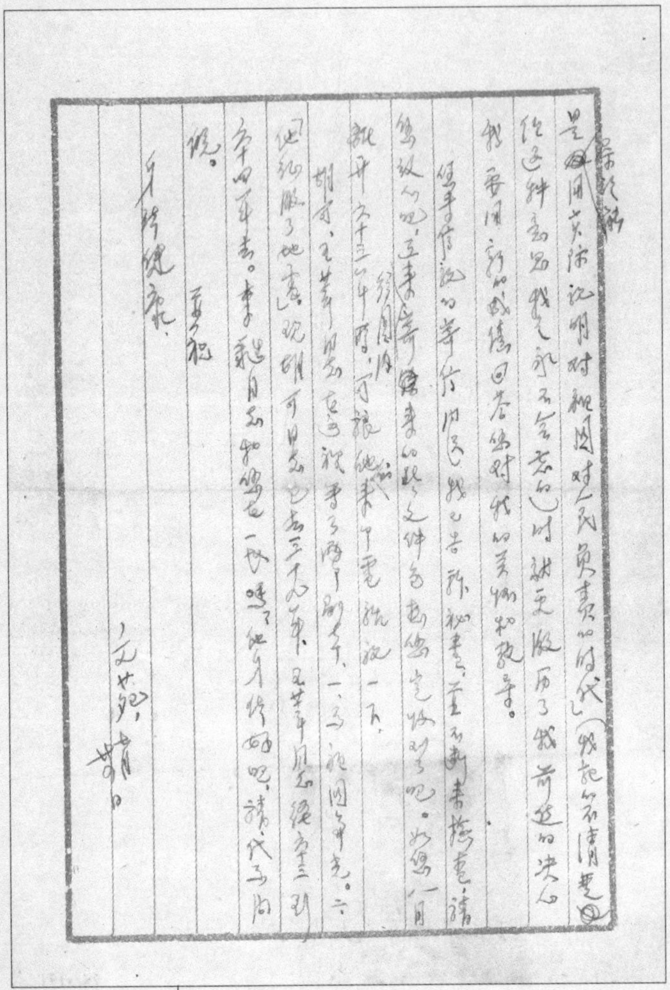

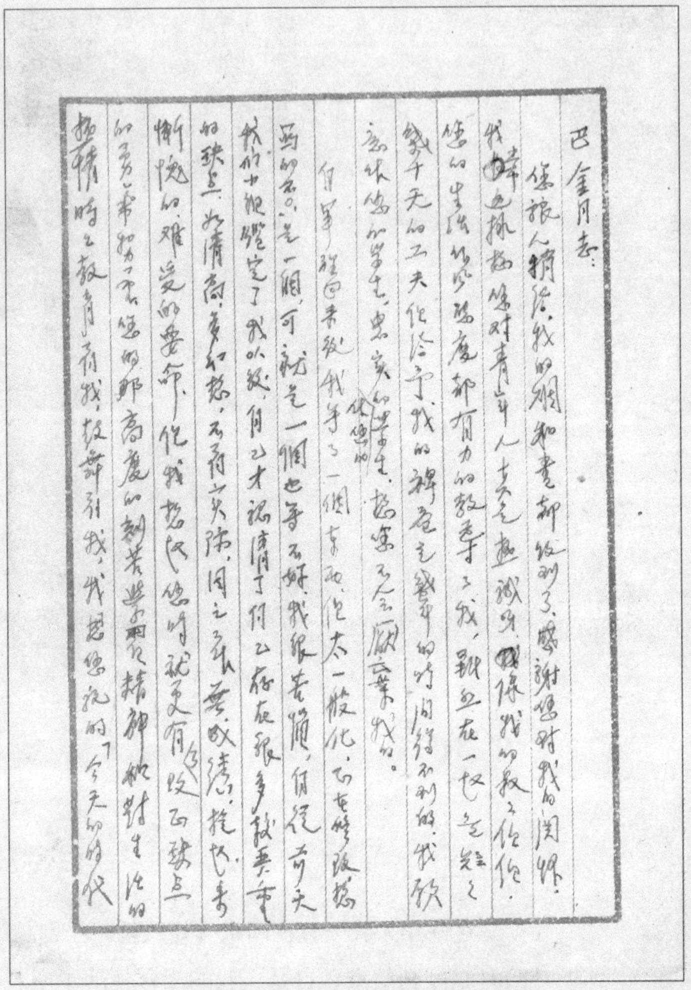

文物编号
DX010591

巴金同志：

您让人捎给我的烟和书都收到了。感谢您对我的关怀。我常这样想，您对青年人真是热诚呀，像我的叔叔伯伯。您的生活作风、态度都有力的[地]教导了我，虽然在一起是短短几

①张文苑（1926－　）：作家。笔名萧泉、周珊。河北深县人。有《记忆里的星火 记忆里的水》等作品。曾任解放军文艺出版社副社长。

十天的工夫，但给予我的裨益是几年的时间得不到的。我愿意作[做]您的学生，忠实的您的学生，想您不会厌弃我的。

自军里回来后我写了一个东西，但太一般化，正在修改。想写的不只是一个，可就是一个也写不好，我很苦恼。自从前天我们小组鉴定了我以后，自己才认清了自己存在很多较严重的缺点，如清高，多幻想，不看实际，因之工作无成绩，提起来惭愧的[得]、难受的[得]要命。但我想起你时就更有了改正缺点的勇气和力量。您的那高度的刻苦学习精神和对生活的热情，时时教育着我，鼓舞着我。我想您说的“今天的时代是属于能用实际说明对祖国对人民负责的时代”（我记得不清楚，但这种意思我是永不会忘记的）时，就更激厉[励]了我前进的决心。我要用新的成绩回答您对我的关怀和教导。

你来信说的寄信问题我已告诉秘书，并不断来检查，请您放心吧。近来从国内寄来的些文件包，想您定收到了吧。如您八月离开六十三军时，可让他们来个电话说一下。

胡可①、王莘②同志在这里写了两个剧本，一、《为祖国争光》。二、《他征服了地雷》。现胡可同志已去三十九军，王莘同志经六十三[军]到六十四军去。李蕤同志和您在一起吗？他身体好吧，请代为问候。

并祝

身体健康。

文苑

七月廿四日

①胡可（1921— ）：作家。山东益都人。著有《清明节》、《戎冠秀》、《战斗里成长》、《槐树庄》等剧作。曾任中国人民解放军总政治部文化部副部长、中国人民解放军艺术学院院长、中国戏剧家协会副主席等职。

②王莘（1918—2007）：音乐家。江苏无锡人。创作歌曲《歌唱祖国》。曾任天津市音乐家协会名誉主席、天津市文联荣誉委员、全国人大代表等职。

郑伯奇①致巴金

巴金同志：

京中一别，悠近半载，比惟起居佳适为颂。

兹者《延河》编辑部为了扩大稿源，提高质量，特派编辑路萌[2]同志前来晋谒，务希分神接见、指导，并祈拨冗赐稿，大力支持，不胜企祷。

此致

敬礼，恭候

撰祺！

郑伯奇

十一 ·一

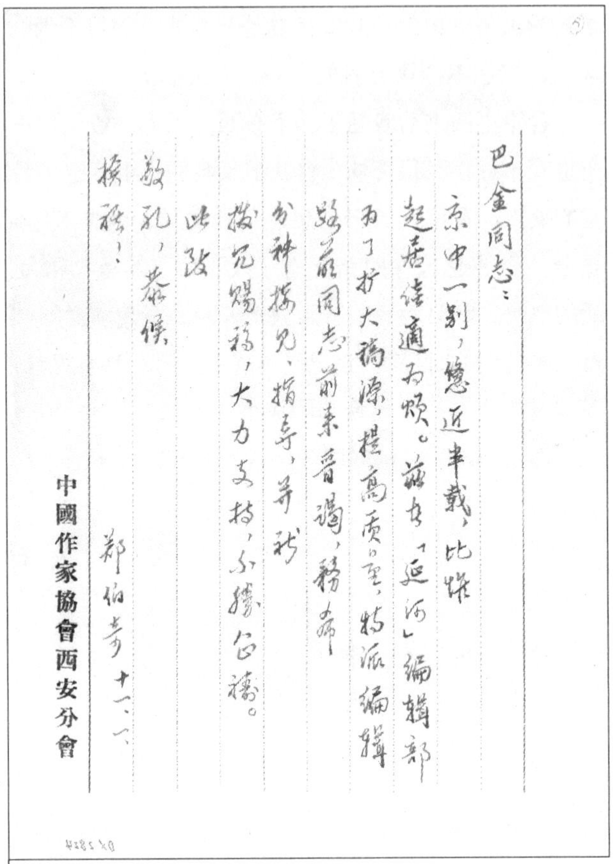

巴金同志：

京中一别，悠近半载，比惟起居佳適为颂。兹者《延河》编辑部为了扩大稿源，提高质量，特派编辑路萌同志前来晋谒，务希分神接见，指导，并祈拨冗赐稿，大力支持，不胜企祷。

此致

敬礼，恭候

撰祺！

郑伯奇 十一·一

中國作家協會西安分會

DX2824

文物编号
DX002824

①郑伯奇（1895—1979）：作家。原名郑隆谨，字伯奇。陕西长安人。著有《轨道》、《抗争》、《两栖集》、《戏剧论文集》等作品。曾任西北大学教授、西北文联副主席、中国作家协会西安分会副主席等职。

②路萌：作家、书法家。曾任陕西省作家协会名誉理事、陕西省实业书画院副院长、《延河》编辑部编审等职。

郑振铎致巴金

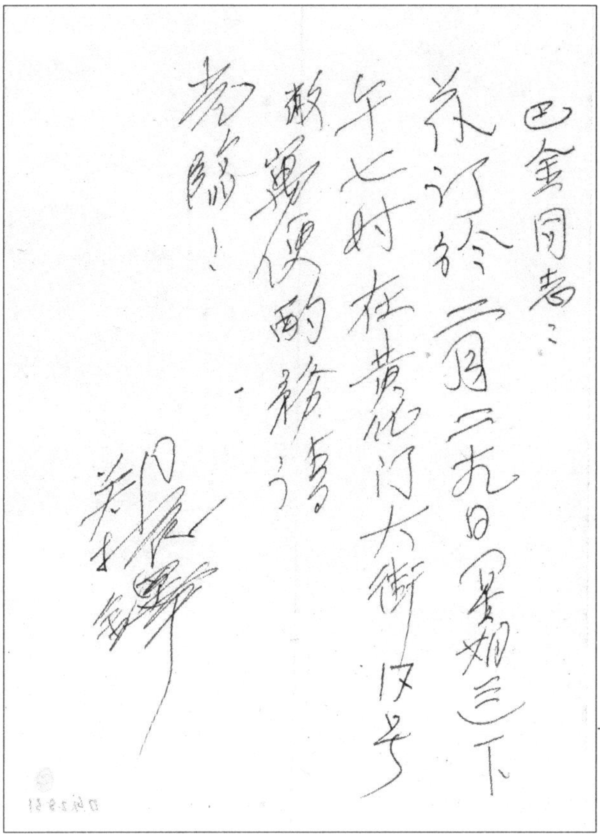

巴金同志：
兹订於二月二九日（星期三）下午七时在黄化门大街17号敝寓便酌，务请
光临！
郑振铎

文物编号
DX002831

巴金同志：

兹订于二月二十九日（星期三）下午七时在黄化门大街17号敝寓便酌，务请光临！

郑振铎

郑振铎致巴金等

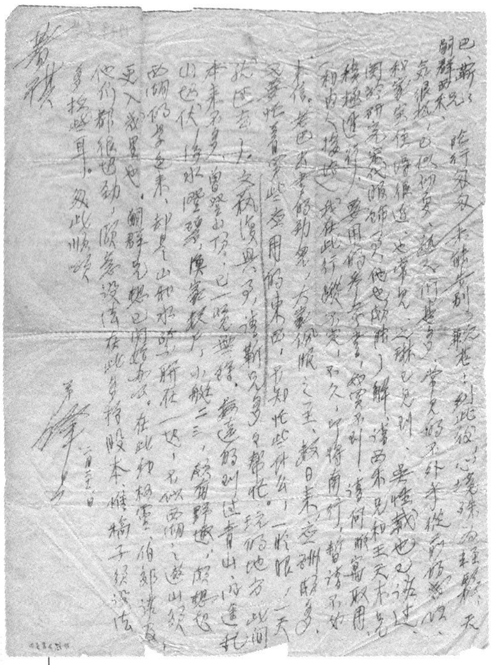

文物编号
DX002832

巴、靳、嗣群[1]、西禾[2]兄：

临行匆匆，未能告别，歉甚！到此后，心境殊为轻松！天气很热，已似初夏，熟人们甚多，常见的不外乎从前的几位，和家宝住得很近，也常见。之琳已见到，吴性裁[栽][3]也已谈过，关于研究宋代服饰事，他也颇能了解，请西禾兄和王天木[4]兄积极进行。要用的参考书，如买不到，请向敝寓取用（和内人接洽）。

我在此行踪不定。不久，即将南行，暂请不必来信。老巴出书的劲儿，大家佩服之至。数日来，应酬颇多，又要忙着买些应用的东西，不知忙些什么，一眨眼，一天就过去了。《文艺复兴》事，请靳兄多多帮忙。

玩的地方，此间本来不多，曾登山顶，已一览无余。最远的到过青山，沿途乱山起伏，流水澄碧，渔家数户，小艇二三，颇有野趣。颇想起西湖的景色来，却是山和水紧联在一起，不似西湖之游山须更入几里也。

嗣群兄想已开始办公。在此和柯灵、伯郊[5]谈及，他们都很起劲，愿意设法在此多投股本，惟稿子须设法多拉些耳。匆此顺颂

著祺

弟 铎上

二月二十六日

①嗣群，即康嗣群：1930—1940年代为上海四川美丰银行总经理、文化生活出版社总经理。

②西禾，即陈西禾（1912—1983）：电影编导。曾用名万岳。福建福州人。曾任上海电影制片厂导演，执导过《家》等电影。

③吴性栽：（1904—1979）：电影事业家。浙江绍兴人。1923年投资创立百合影片公司。1925年与大中华影片公司合并为大中华百合影片公司，任董事长。1946年8月，成立文华影片公司。1948年春与金山合作成立北平清华影片公司，6月又设立上海华艺影片公司。同年底迁居香港。

④王天木：文物学家。曾任职于南京博物院。

⑤伯郊：本名徐文埛。实业家。浙江吴兴人。曾任上海市银行经理、广东省银行香港分行经理。

周而复[1]致巴金

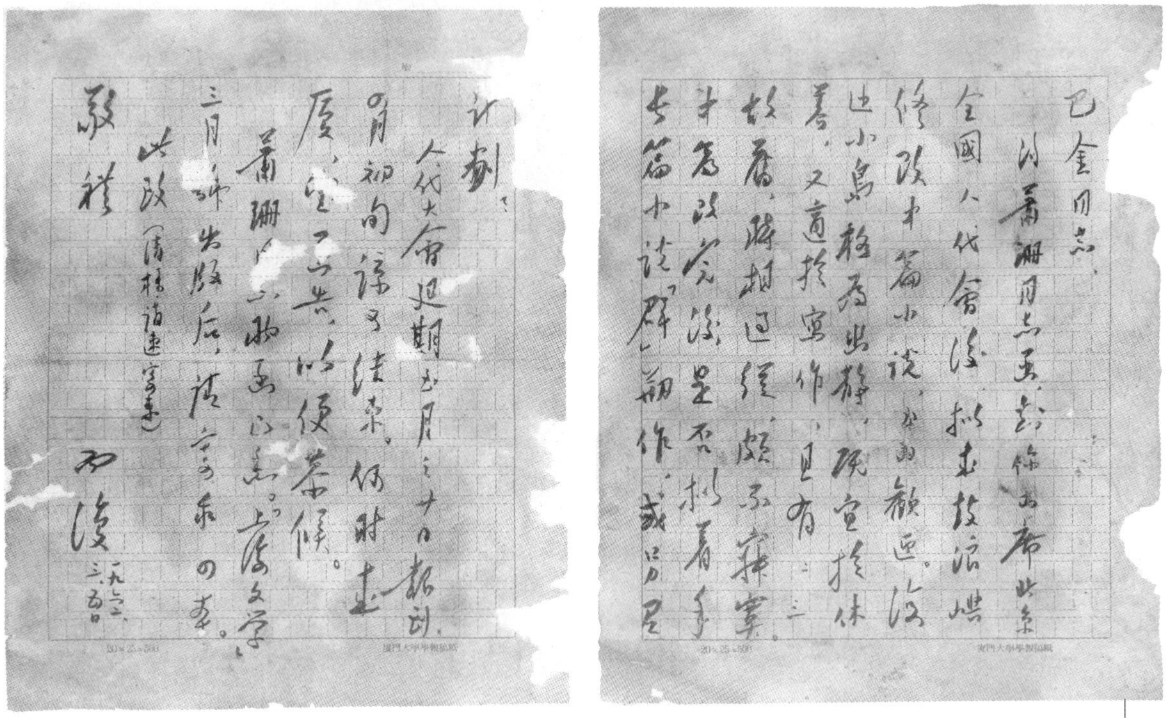

文物编号
DX002812

巴金同志：

得萧珊同志函，知你出席北京全国人代会后，拟来鼓浪屿修改中篇小说，至为欢迎。海边小岛，格外幽静，既宜于休养，又适于写作，且有二三故旧，时相过从，颇不寂寞。中篇改完后，是否拟着手长篇小说《群》□作，或另有计划。

人代大会延期至月三十日报到，四月初旬谅可结束。何时来厦，望函告，以便恭候。

萧珊同志两函已悉。《上海文学》三月号出版后，请寄我四本。

此致

敬礼

而复

一九六二·三·五日

（清样请速寄来）

①周而复（1914—2004）：作家。原名周祖式。安徽旌德人。著有《白求恩大夫》、《上海的早晨》、《长城万里图》、《燕宿崖》等作品。曾任上海市委统战部副部长、中国人民对外友好协会副会长、文化部副部长、中国作家协会上海分会副主席等职。

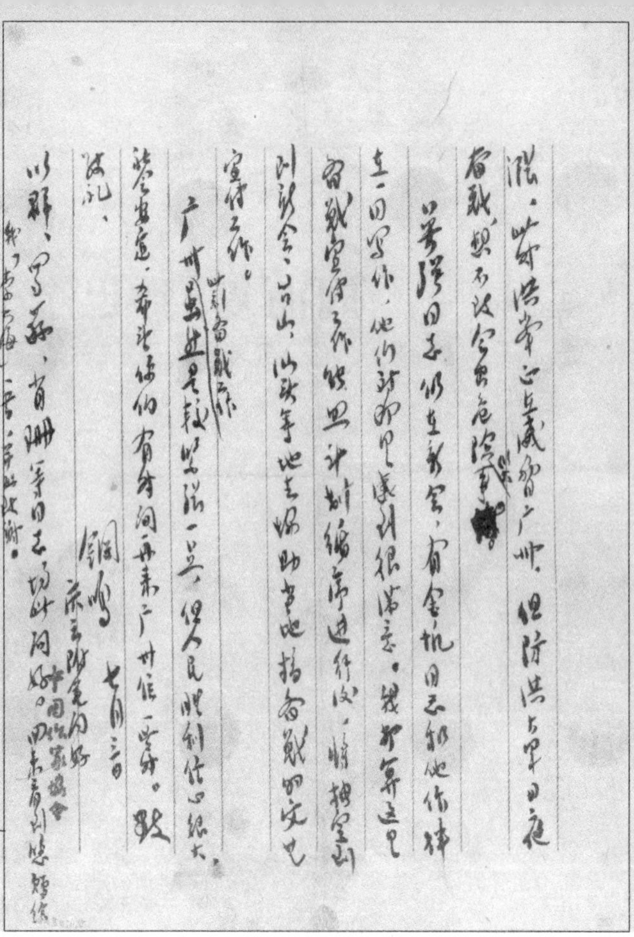

文物编号
DX002820

周钢鸣致巴金

巴金同志：

接到您的来信，谢谢您的关怀。回来后，肖殷同志轮着去休息，准备写作。我六月初就把工作接过来了。最近为了加强备战肃反的文艺宣传工作，所以非常忙碌。

上次过沪，多得你们在百忙中给与我们热情招待，非常感谢。我到杭州住了五晚六天，方令孺[①]同志还亲自陪我们玩了两天，真是心里非常感激。西湖很美，但是人情亦美，不知什么时候能再去一游？

广东这一个多月，连连下雨，近日西、北两江水涨，此时洪峰正在威胁广州，但防洪大军日夜奋战，想不致会出危险灾事。

①方令孺（1897—1976）：作家。安徽桐城人。著有《信》、《钟》等作品。曾任上海市妇联副主席、浙江省文联主席、全国人大代表等职。

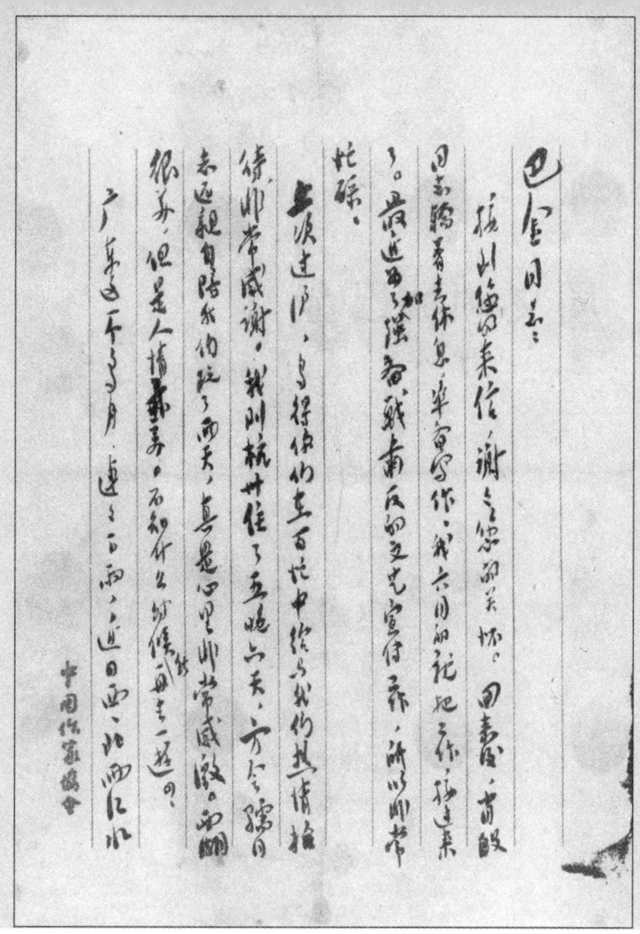
巴金同志：
接到您的来信，谢谢您的关怀。田寿、肖殷
同志都离着去休息，平常写作。我六月初就地工作，接连来
了。最近为了加强备战、南方的文艺宣传工作，许多事都帮
忙碌。
上次过沪，承得你们在百忙中给我们热情招
待，非常感谢。我们杭州住了五晚六天，今天到
去逛自由活动了两天，真是心里非常感激。西湖
很好，但是人情事多，不知什么时候能再去一趟呢。
广东这个多月，连连下雨，近日西、北两江水
中国作家协会

吴强同志仍在新会，有金近[1]同志和他作[做]伴在一同写作，他们对那里感到很满意。我打算这里备战宣传工作能照计划循序进行后，将抽空到新会、台山、汕头等地去协助当地搞备战的文艺宣传工作。

广州此刻备战工作虽然是较紧张一点，但人民胜利信心很大，社会安定，希望你们有时间再来广州住一些时。致
敬礼！

钢 鸣

七月三日

庆云[2]附笔问好

以群、罗荪、肖珊等同志均此问好。回来看到您赠给我《李大海》一书，并此致谢。

①金近（1915—1989）：儿童文学作家。原名金知温。浙江上虞人。著有《山村里的新事情》、《冬天的玫瑰》、《大毛和小快腿》、《春风吹来的童话》等作品。曾任中国作家协会理事、儿童文学创作委员会副主任、中国少年儿童出版社编审，《儿童文学》杂志主编等职。

②庆云，即黄庆云（1920— ）：作家。周钢鸣夫人。广东广州人。有《花儿朵朵开》、《金色的童年》、《奇异的红星》、《刑场上的婚礼》等作品。曾任中国作家协会广东分会副主席、国际笔会中国广州分会副会长等职。

周文颖致巴金

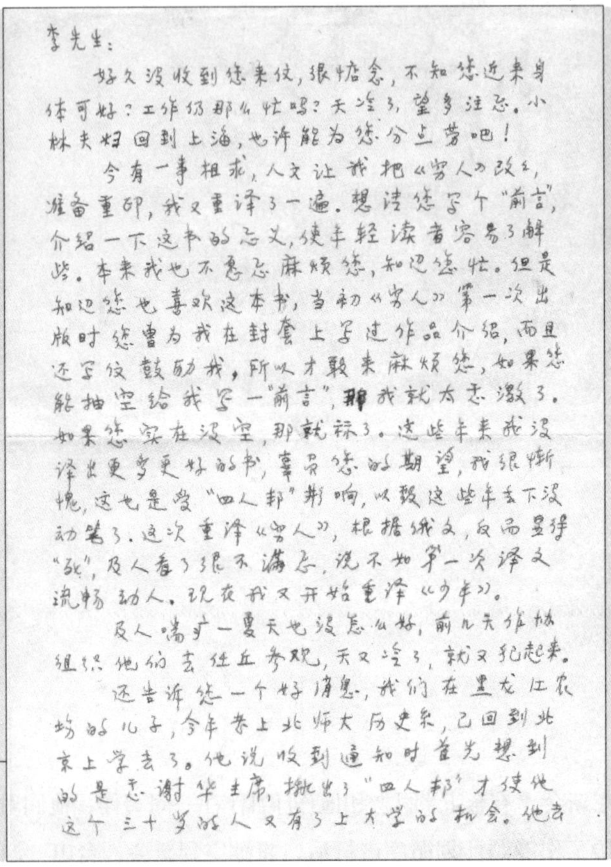
李先生：

好久没收到您来信，很惦念，不知您近来身体可好？工作仍那么忙吗？天冷了，望多注意。小林夫妇回到上海，也许能为您分点劳吧！

今有一事相求，人文让我把《穷人》改改，准备重印，我又重译了一遍。想请您写个“前言”，介绍一下这书的意义，使年轻读者容易了解些。本来我也不愿意麻烦您，知道您忙。但是知道您也喜欢这本书，当初《穷人》第一次出版时您曾为我在封套上写过作品介绍，而且还写信鼓励我，所以才敢来麻烦您，如果您能抽空给我写一“前言”，那我就太感激了。如果您实在没空，那就算了。这些年来我没译出更多更好的书，辜负您的期望，我很惭愧，这也是受“四人帮”影响，以致这些年丢下没动笔了。这次重译《穷人》，根据俄文，反而显得“死”，及人看了很不满意，说不如第一次译文流畅动人。现在我又开始重译《少年》。

及人喘病一夏天也没怎么好，前几天作协组织他们去任丘参观，天又冷了，就又犯起来。

还告诉您一个好消息，我们在黑龙江农场的儿子，今年考上北师大历史系，已回到北京上学去了。他说收到通知时首先想到的是感谢华主席，揪出了“四人帮”才使他这个三十岁的人又有了上大学的机会。他去

文物编号

DX003223

李先生：

好久没收到您来信，很惦念，不知您近来身体可好？工作仍那么忙吗？天冷了，望多注意。小林夫妇回到上海，也许能为您分点劳吧！

今有一事相求，人文让我把《穷人》改改，准备重印，我又重译了一遍。想请您写个“前言”，介绍一下这书的意义，使年轻读者容易了解些。本来我也不愿意麻烦您，知道您忙。但是知道您也喜欢这本书，当初《穷人》第一次出版时，您曾为我在封套上写过作品介绍，而且还写信鼓励我，所以才敢来麻烦您，如果您能抽空给我写一“前言”，那我就太感激了。如果您实在没空，那就算了。这些年来我没译出更多更好的书，辜负您的期望，我很惭愧。这也是受“四人帮”影响，以致这些年丢下没动笔了。这次重译《穷人》，根据俄文，反而显得“死”，及人看了很不满意，说不如第一次译文流畅动人。现在我又开始重译《少年》。

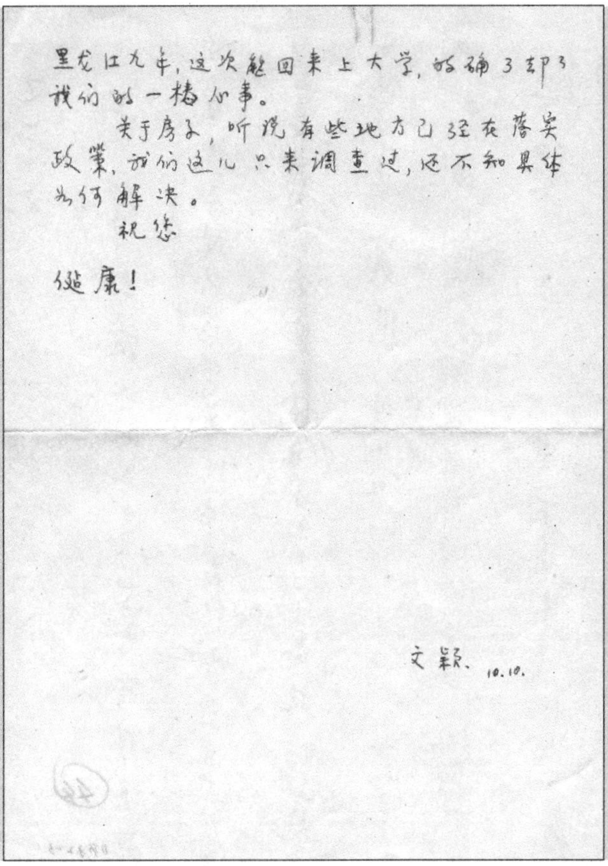
黑龙江九年，这次能回来上大学，的确了却了我们的一桩心事。

关于房子，听说有些地方已经在落实政策，我们这儿只来调查过，还不知具体如何解决。

祝您

健康！

文颖 10.10.

及人喘病一夏天也没怎么好，前几天作协组织他们去任丘参观，天又冷了，就又犯起来。

还告诉您一个好消息，我们在黑龙江农场的儿子，今年考上北师大历史系，已回到北京上学去了。他说收到通知时首先想到的是感谢华主席，揪出了“四人帮”，才使他这个三十岁的人又有了上大学的机会。他去黑龙江九年，这次能回来上大学，的确了却了我们的一桩心事。

关于房子，听说有些地方已经在落实政策，我们这儿只来调查过，还不知具体如何解决。

祝您

健康！

文 颖

10 · 10

左恭致巴金

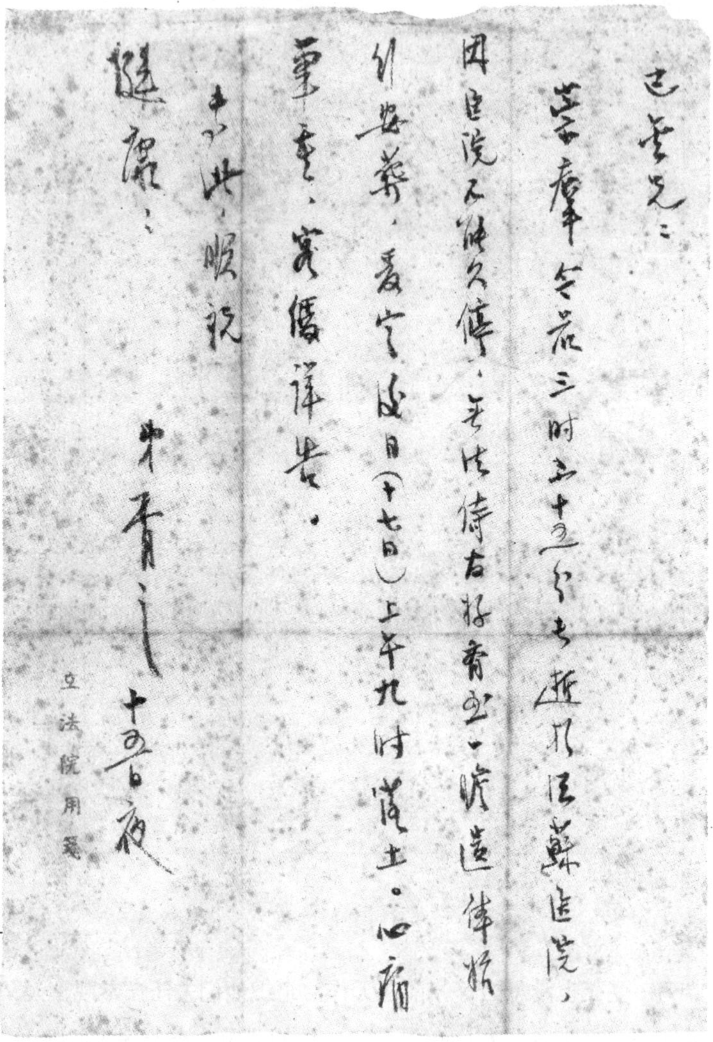

巴金兄：崇群今晨三时二十五分长逝于江苏医院，因医院不能久停，无法待友好齐至一瞻遗体始行安葬，爰定后日（十七日）上午九时落土。心痛笔重，容后详告。专此顺祝健康！弟胥之 十五日夜

文物编号
DX001824

巴金兄：

崇群今晨三时二十五分长逝于江苏医院，因医院不能久停，无法待友好齐至一瞻遗体始行安葬，爰定后日（十七日）上午九时落土。心痛笔重，容后详告。

专此顺祝

健康！

弟 胥之

十五日夜

附录一

李尧枚[1]致巴金

小弟弟：

连接你好几封信，知道你一切情形，但是实在没有空覆[复]你，很使你失望，实在对不起呵，望你原谅。

自从回来，再没有比去年冬月腊月忙的了。忙到腊月廿五，把我的胃病胃疼一切[起]发了，好不扫兴。但是，事实上不容许我安静，只好撑着病体与他[它]奋斗了。把么妹的事办完，年也完了。所以病仍没有好。这两天事情到[倒]少些，精神却萎顿了。所以你的信只是一封一封的接着，没有精神与你写回信，只怕你要疑我把你忘了。

读了你二月六日（邮局戳）的“我对于生活早就没有一点兴趣”一段，不觉使我异常悲痛。我也是陷于矛盾而不能自拔之一人，奈何？来函谓“哥来函……来信后弟痛苦于万一也”，此时暂不自辩，将来弟总知道兄非虚语。恐到那时，弟却忘记兄了。唉！

“春梦[2]”你要写，我很赞成，并且以我家人物为主人翁，尤其赞成。实在的，我家的历史很可以代表一切家族的历史。我自从得到《新青年》等书报，读过以后，我就想写一部书来，但是我实在写不出来。现在你想写，我简直喜欢得了不得！弟弟，我现在恭恭敬敬向（你）鞠躬致敬，希望你有余暇把他[它]写成罢！怕甚么罢，《块肉余生述》恐怕就写不出来了。

现在只好等着你快[写]成了，在《小说月报》上发表你尚没有取名的小说罢！

我一定寄点钱与你看电影，不过要稍缓几天，这两天有点窘。

代出版合作社收的帐[账]他们答应阴历年底交付。成都的习惯，卅晚上给钱都算漂亮的。那[哪]知到了初一都不给。问他们，他们反说我的怪话。现在，钱他们决定是不给的，我只好将收条寄上，请你转交并请代鉴[致]歉意。

你有空多吸点新空气，最好早上早一点起，走到小咖啡店，喝一杯热牛奶，于你很有益。希望你听我这一个小小的要求罢。

以后你写甚么东西，务请你将他[它]的名字告诉我，出版时由你签名给我一部。我把[它]汇存着，抚抱着，就当我的小弟弟与我摆龙门阵一样。这个要求，想来总可允许罢？我的小弟弟！

枚

三月四日

①李尧枚（1897-1931）：巴金长兄。小说《家》之主人公高觉新的人物原型。

②小说《家》在酝酿、写作过程中的暂定名。该小说于1931年4月18日以《激流》为名开始在上海《时报》连载，1933年由开明书店印制单行本时定名为《家》。

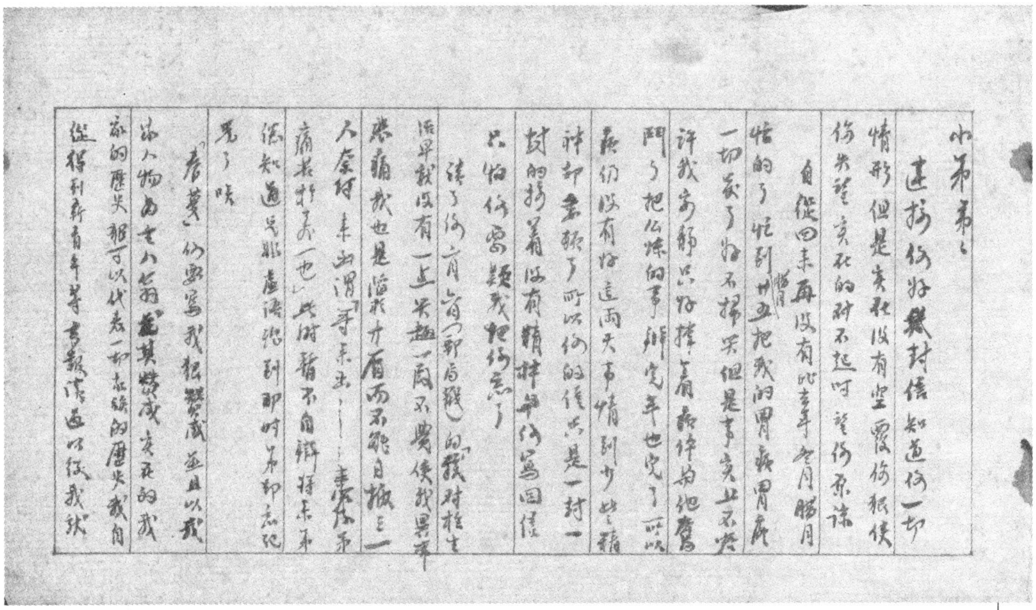

小弟弟：

连接你好几封信，知道你一切情形，但是我实在没有空暇，你祇使你失望，实在的对不起呀，望你原谅。

自从回来，再没有此[illegible]月[illegible]恼的了，忙到廿五把我的胃病胃[illegible]一切发了，[illegible]不掃兴，但是事实上不[illegible]许我安静，只好拚着病体[illegible]奋斗了，把你妹的事办完，年也完了，所以来你没有信，这两天事情到了些精神，却又接了，所以你的信只是一封一封的接着，没有精神和你写回信，只怕你要疑我把你忘了。

读了你前信「新居[illegible]」的，我对于生活卻没有一些兴趣，一[illegible]不[illegible]，使我异常苦痛，我也是陷于矛盾而不能自拔了，一人[illegible]来出谓『寻[illegible]』……[illegible]痛苦于『己』，此时[illegible]不自解[illegible]将来不得知道[illegible]到那时弟却不知觉了吧。

「荒[illegible]」你要写我很赞成，并且以我[illegible]的人物为大小说最其赞成，不过我家的历史，那可以代表一部家族的历史，我自从得到新青年等书报后，以后我就

文物编号
DX002828

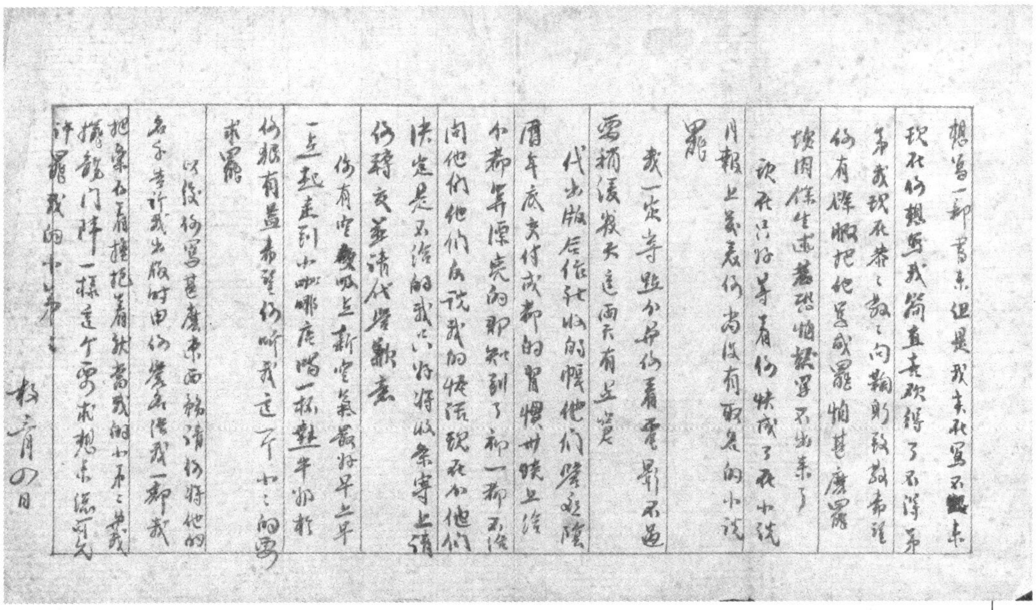

想写一部书，但是我实在写不出来，现在你想写，我简直喜欢得了不得，弟弟，我现在恭恭敬敬的向你鞠躬致敬，希望你有余暇把他写成罢，怕甚么罢。

[illegible]因[illegible]生活，尤恐怕写不出来了，现在只好等着你快成了，在小说月报上发表，你尚没有取名的小说罢。

我一定等些[illegible]你看电影，不过[illegible]这两天有些[illegible]代出版后你就收的版税，他们[illegible]年底支付成都的习惯，卅号上海小都等[illegible]那知到了初一都不给，向他们他们反说我的生活现在如他们决定是不给的，我只好将收条寄上，请你转交，并请代催款。

你有空[illegible]晚上新空气[illegible]早上早一点起来到小咖啡店喝一杯热牛奶，若你祇有[illegible]希望你听我这个小小的要求罢。

以后你写甚么东西，务请你将他的名字告诉我，出版时由你发表，使我一聊[illegible]把[illegible]我的小弟弟，我[illegible]许罢，我的小弟弟。

[illegible]青　四日

文物编号
DX002464

李尧林①致巴金

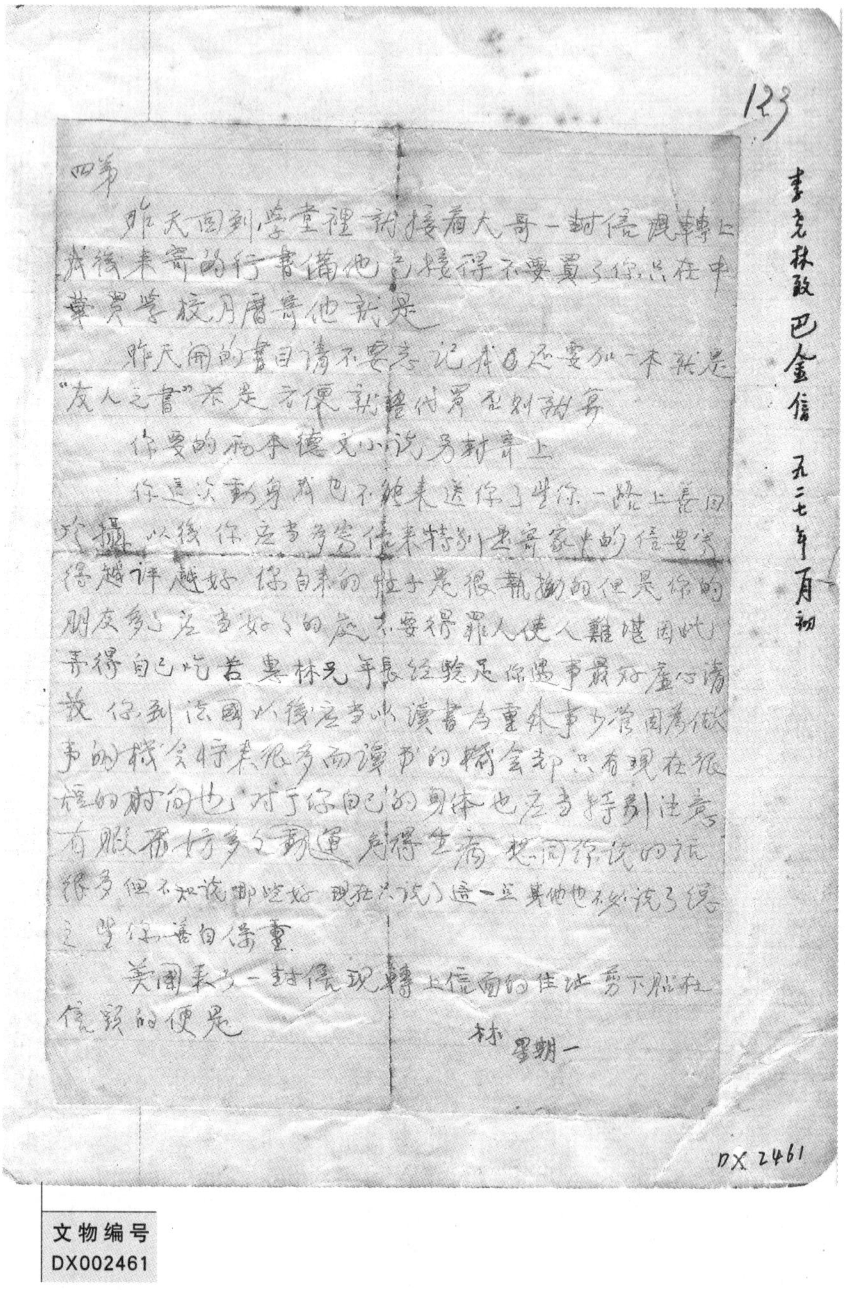
123

李堯林致巴金信　一九二七年一月初

四弟

昨天回到學堂裡就接着大哥一封信現轉上 我後來寄的行書備他已覺得不要買了你只在中華買學校用書寄他就是

昨天開的書目請不要忘記我自己還要加一本就是"友人之書"若是方便就請代買否則就算

你要的兩本德文小說另封寄上

你這次動身我也不能來送你了望你一路上自珍攝 以後你應當多寫信來特別是寄家中的信要寫得越詳越好 你自來的性子是很執拗的但是你的朋友多了應當好好的處 不要得罪人使人難堪因此弄得自己吃苦 吳林兄年長經驗足你遇事最好虛心請教 你到法國以後應當以讀書為重外事少管因為做事的機會將來很多而讀書的機會卻只有現在很短的時間也 對於你自己的身體也應當特別注意 有暇常好好的運動免得生病 想同你說的話很多但不知說那些好 現在只說了這一點 其他也不必說了 總之望你善自保重

美國來了一封信現轉上 信面的住址寫下貼在信頭的便是

林 [illegible]朔一

DX 2461

文物编号
DX002461

①李尧林（1903—1945）：学者。笔名李林。四川成都人。巴金胞兄，行二。译有《悬崖》等小说。以英文长期任教于天津南开中学。

四弟：

昨天一回到学堂里就接着大哥一封信，现转上。我后来寄的行书备他已接得，不要买了，你只在中华买学校月历寄他就是。

昨天开的书目请不要忘记，我还要加一本，就是《友人之书》，若是方便就望代买，否则就算。

你要的两本德文小说另封寄上。

你这次动身我也不能来送你了，望你一路上善自珍摄。以后你应当多写信来，特别寄家中的信要写得越详越好。你自来的性子是很执拗的，但是你的朋友多了，应当好好的处，不要得罪人，使人难堪，因此弄得自己吃苦。惠林兄年长，经验足，你遇事最好虚心请教。你到法国以后应当以读书为重，外事少管。因为做事的机会将来很多，而读书的机会却只有现在很短的时间也。对于你自己的身体也应当特别注意，有暇不妨多多运动，免得生病。想同你说的话很多，但不知说哪些好，现在只说了这一点，其他也不必说了，总之望你善自保重。

美国来了一封信，现转上。信面的住址剪下，贴在信头的便是。

林

星期一

附录二

凡宰特①致巴金②（之一）

我的亲爱的同志：

你的信接到了，这很使我感动。

你知道为什么在我致全体同志的信中，我要提到“沉默着的同志”呢？正因为我知道有许多像你那样年轻的人还有许多年老的男男女女，他们默默和我们的感情共鸣，防护我们的生命，力争我们的自由，证明我们的无罪，辩护我们的信仰，我们一直到死都是不会忘记他们的。

同志啊，我感谢你们大家不顾我们的时代的残酷和黑暗，竟为我们两个可怜的工人做了这许多的事，这样的事在从前一般人，只会为圣哲或帝王做的，我们想这一点，我们受着大的感动，我们的心也就宽慰了。

这毕竟证明出来人类平等的原理（这种权利是基础在人类的天性上面的，人人都应有，不分什么阶级和社会地位的）已为数百万的人承认而实行了。这一点是可以乐观的。

然而这也并不就是说我们的主义是命定了必胜的。不！我且和你谈谈这件事罢：人类的历史有两个基本的要素：个人的要素和宇宙的要素；这就是说人类大抵分为二类：一是专制，一是自由。个人或为专制的暴君或为争自由的战士，至于宇宙，我们是从那里来而且生活在其中的。在现在宇宙的要素还是要超过人类的意志和力量之上。除去宇宙的要素而论历史，那么历史可以说是完全由人意而定的。我们要他[它]如何他[它]便如何。像每一个现象一样，历史是“质”与“量”的结果，希腊哲学家毕达哥拉斯（Pythagoras）便是这样想的。所以要是我们无政府主义者知道如何可以得到争自由时所必须的“质”与“量”的方法，我们便可以得着胜利的。不然，我们便不能得胜。在我看来，人类和历史都不是预先决定了的。“自然”给了我们以无量的宝藏，使我们能够保证生活的安全和提高；他[它]燃起了我们心中渴望自由不能熄灭之火，而他[它]赋予我们以如此的能力，假若这能力能够自由发展起来，其结果一定是很可惊异的。然而在另一方面，衰灭的文明灭亡的民族又告诉我们历史的相反的一面。我们看：当机器和教化二者的进步使我们的生产力增加时，而工人们仍处在贫困缺乏的苦境中，而且工作愈不卫生愈加费力；当学术及物质条件大体的提高进步时而人民堕落的程度愈深，道德人格遂归消灭，体力亦逐渐败坏；最后看人类普通情形的两面：要不是革新我们自己而生活，便是灭亡。这些事实都是告诉我们而且向我们证明历史的另一面。这历史的消极的一面是很难明白而且更难解释的。然而就是

①凡宰特（？—1927）：又译樊塞蒂。意大利人，在美国被诬陷判处死刑。巴金参与国际救援行动，并给狱中的凡宰特写信。

②此信释文与注释见1996年第2期《中国现代文学研究》丛刊第223—225页。

这个，他[它]使得许多伟大的心灵如巴尔扎克（Balzac）、沙士比亚（Shakespeare）等等说人类是在一个紧密的圈子里走来走去，时常走回到以前的脚步上面去的。你也许会遇过或者将遇着更多的流氓、教徒、愚夫，（要不是三者兼而有之的话）他们会告诉你：（这一切又有什么用处呢？……世界永远是这样而且……）青年的同志呵，不要管他们，你仍然继续前进罢！为“无政府”而奋斗，（纵然有人说是愚蠢的举动），到底是度过生活的最美丽的方法——要是这个人是值得生活的话。

“无政府”的真意义就是在了解而且以解放生活，解放个人，废除人对人的压迫和掠夺等等方法，来消灭这种历史的消极结果。因此“无政府”便是我们所能处理的生活的唯一方法和道路。然而这是要由人们希望的，要由人们的努力来决定而且实现的。他自己不会自然实现。（中略）

请为我致意巴里的一切同志，并请致意中国同志和中国人民！

不要灰心罢，且快乐起来！我以兄弟般的心情拥抱你，我想尼克（指萨珂）也许会写

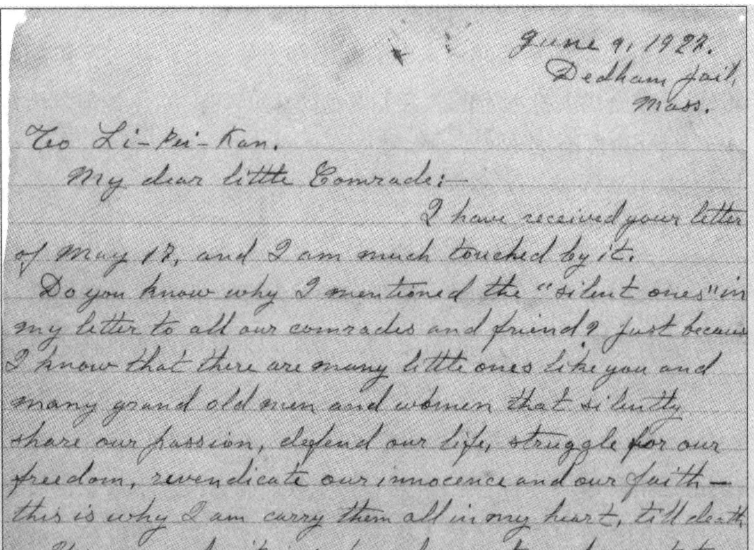

June 9, 1927.
Dedham Jail,
Mass.

To Li-Pei-Kan.

My dear little Comrade:—

I have received your letter of May 17, and I am much touched by it.

Do you know why I mentioned the "silent ones" in my letter to all our comrades and friend? Just because I know that there are many little ones like you and many grand old men and women that silently share our passion, defend our life, struggle for our freedom, revendicate our innocence and our faith—this is why I am carry them all in my heart, till death.

Yes, comrade, it is supremely great and sweet to us—our consciousness that you all, in spite of the dark and cruel times of our, have done and are doing for us, umble workers, what once would have only been done for saints and kings.

This proofs that, after all, the principle of equallity of the humans, the right based on the nature and individuallity of the man, and therefore alien to casts and classes and social stations, and equal to all—has been greatly acquired and quietely applied by millions of persons. This is one of the few bright sides of our case.

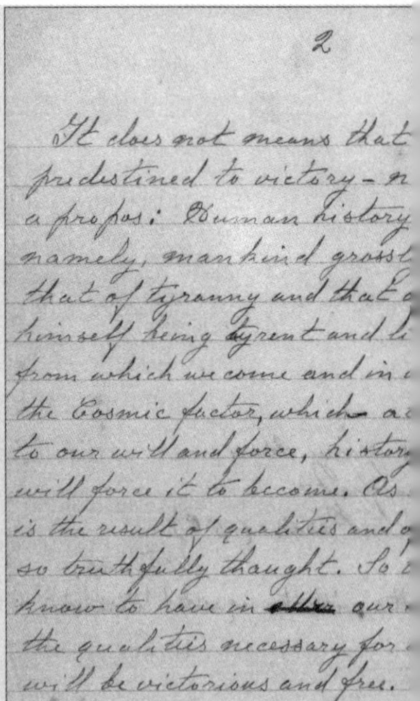

2

It does not means that
predistined to victory—n
a propos: Human history
namely, mankind gross
that of tyranny and that
himself being tyrent and l
from which we come and in
the Cosmic factor, which a
to our will and force, histor
will force it to become. As
is the result of qualities and
so truthfully thaught. So
know to have in ~~other~~ our
the qualities necessary for
will be victorious and free.
history, it seems to me, coul
Nature has gave us unphantom
and elevation of life; it bre
long of freedom, and it gifts
free and cultivated, whould
there is another side of this—i
the death nations and decaye
by the fact that while mecha

信与你；然而无论如何我在这封信里也已表示出了他的感情。我代他问候你和所有你的同志们。

“青年是人类的希望。”

凡宰特在死囚牢中所发出致黑浪同志第二信里的一句话。

[日]山口守　　整理

June 9, 1927 Dedham Jail Mass

此文原载于1927年10月《平等》月刊，第4期，《萨珂凡宰特专号》，巴金译；发表时未署名。此信按照原文发表，文中“中略”为译者省略。

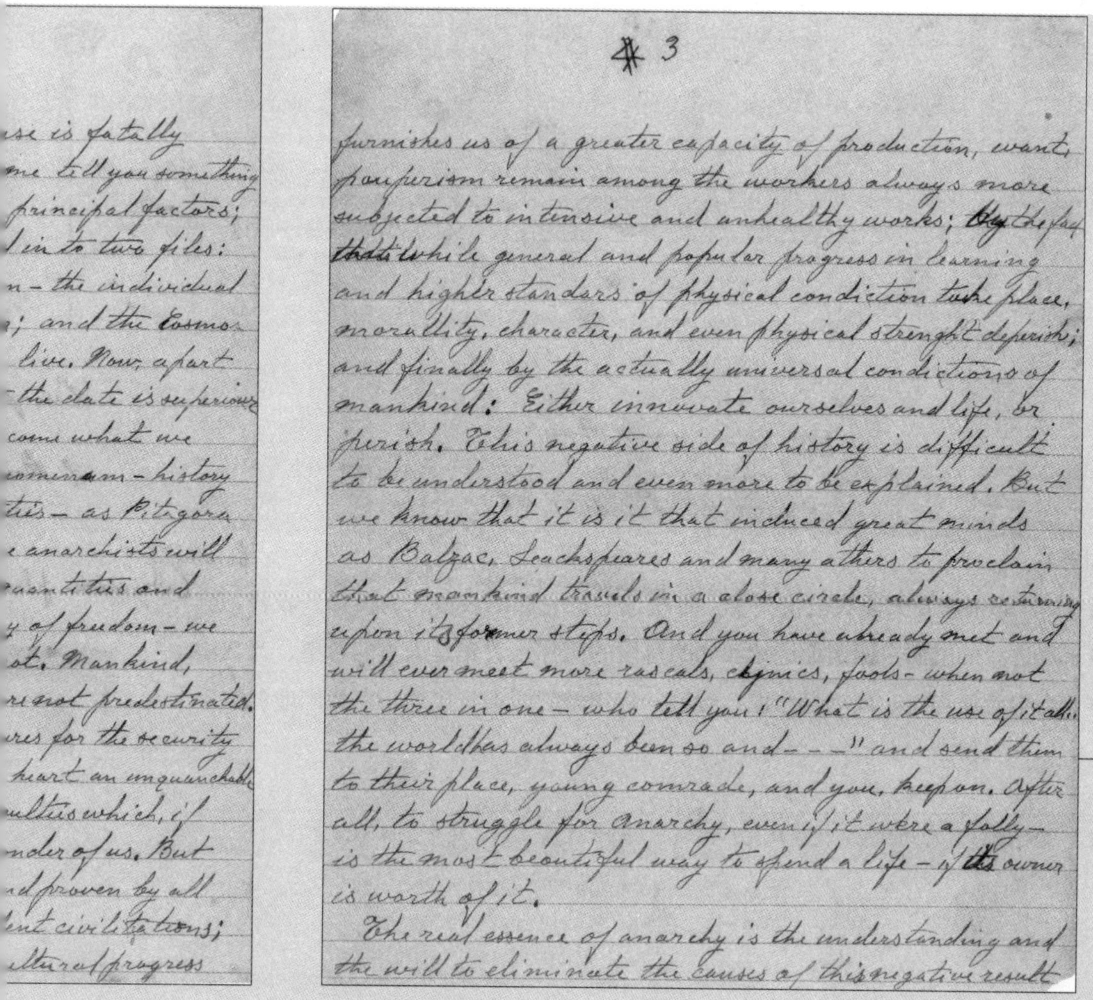
#3

furnishes us of a greater capacity of production, want, pauperism remain among the workers always more subjected to intensive and unhealthy works; ~~by~~ the fact ~~that~~ while general and popular progress in learning and higher standars of physical condiction take place, morallity, character, and even physical strenght deperish; and finally by the actually universal condictions of mankind: Either innovate ourselves and life, or perish. This negative side of history is difficult to be understood and even more to be explained. But we know that it is it that induced great minds as Balzac, Seackspeares and many others to proclaim that mankind travels in a close circle, always returning upon its former steps. And you have already met and will ever meet more rascals, cynics, fools— when not the three in one— who tell you: "What is the use of it all the world has always been so and———" and send them to their place, young comrade, and you, keep on. After all, to struggle for anarchy, even if it were a folly— is the most beautiful way to spend a life— if the owner is worth of it.

The real essence of anarchy is the understanding and the will to eliminate the causes of this negative result

文物编号
DX002929

凡宰特致巴金[1]（之二）

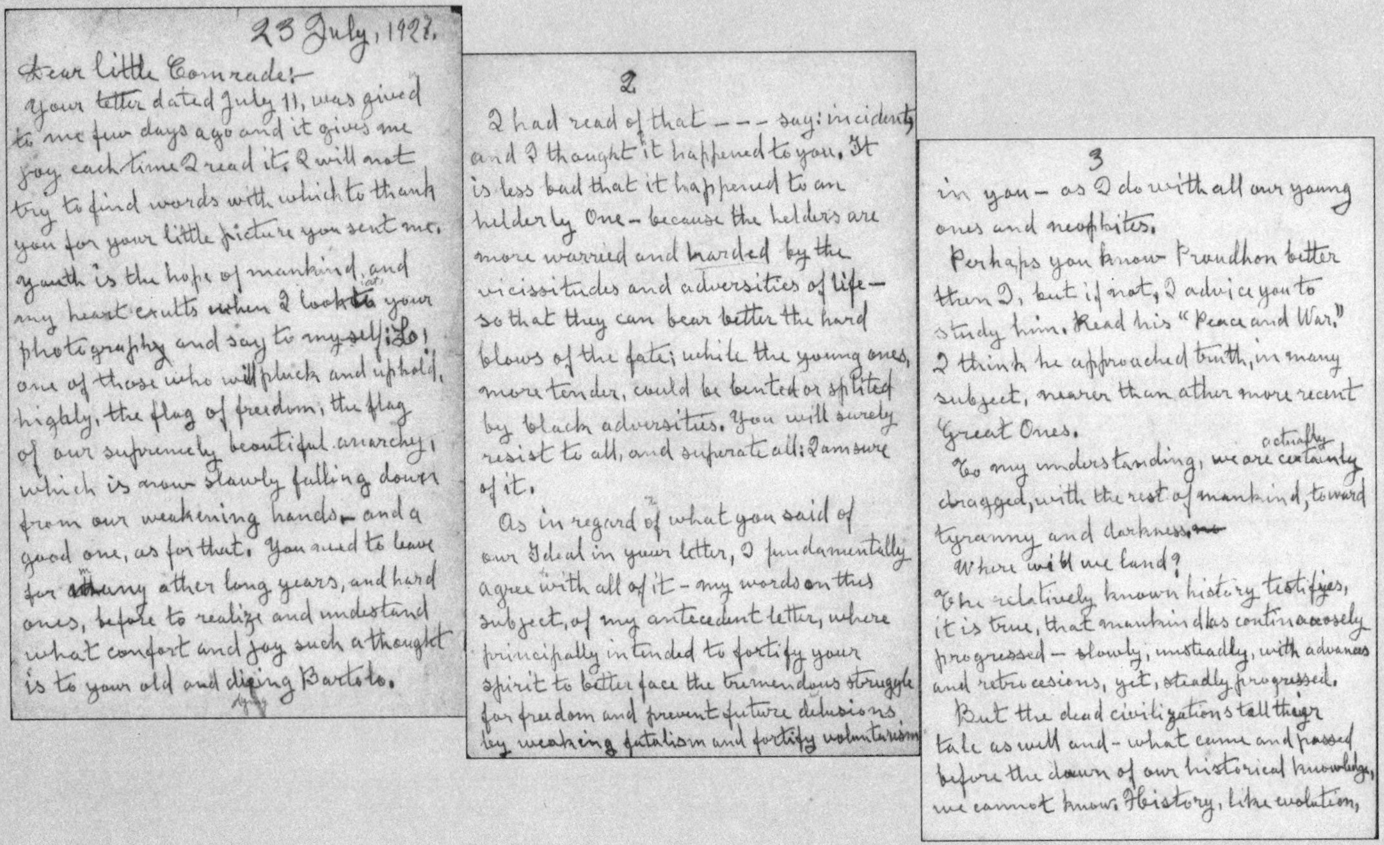

23 July, 1927.

Dear little Comrade:—

Your letter dated July 11, was gived to me few days ago and it gives me joy each time I read it. I will not try to find words with which to thank you for your little picture you sent me. Youth is the hope of mankind, and my heart exults when I look at your photography and say to myself: Lo! one of those who will pluck and uphold, highly, the flag of freedom, the flag of our supremely beautiful anarchy, which is now slowly falling down from our weakening hands — and a good one, as for that. You need to leave for many other long years, and hard ones, before to realize and understand what comfort and joy such a thought is to your old and dying Bartolo.

2

I had read of that — — — say: incidents and I thought it happened to you. It is less bad that it happened to an helderly One — because the helders are more warried and harded by the vicissitudes and adversities of life — so that they can bear better the hard blows of the fate; while the young ones, more tender, could be bented or splited by black adversities. You will surely resist to all, and superate all: I am sure of it.

As in regard of what you said of our Ideal in your letter, I fundamentally agree with all of it — my words on this subject, of my antecedent letter, where principally intended to fortify your spirit to better face the tremendous struggle for freedom and prevent future delusions by weaking fatalism and fortify volunterism

3

in you — as I do with all our young ones and neophites.

Perhaps you know Proudhon better than I, but if not, I advice you to study him. Read his "Peace and War." I think he approached truth, in many subject, nearer than ather more recent Great Ones.

To my understanding, we are actually certainly dragged, with the rest of mankind, toward tyranny and darkness.

Where will we land?

The relatively known history testifyes, it is true, that mankind has continacoosely progressed — slowly, unsteadly, with advances and retrocesions, yet, steadly progressed.

But the dead civilizations tall their tale as well and — what came and passed before the dawn of our historical knowledge, we cannot know. History, like evolution,

文物编号
DX002928

亲爱的小同志：

你7月11日的来信几天前我已收到了。每次读它，它都给我很大的快乐。我找不到合适的话语来表达我的感谢，谢谢你送给我你的可爱的照片。青年是人类的希望，当我看着你的照片，心中充满喜悦，我对自己说：看！一位年轻的同志将接过正在我们虚弱的手

①李今译、项龙校。见《中国现代文学研究》丛刊，1996年第2期。文中注释为译者作。

中缓缓倒下的旗帜，而把这面自由的旗帜，我们至高美丽的无政府的旗帜高高地举起！你真是一位好同志！你需要度过许多年，经过很多艰苦的岁月，你才能认识到，理解到，对于你年老的，快要死去的巴尔托罗①来说，想到这些该是多么大的宽慰和快乐啊！

那件事我已获悉，姑且称作“事”吧，我以为你是赶巧了。如果年长者遇上这件事会好些，因为经过生活的浮沉和磨难，他们更多困恼，更多坚强，所以能够更好地承受命运的沉重打击，而青年人更脆弱，或许会被大灾难压垮、撕裂。你肯定会抵抗这一切，摆脱这一切的。我坚信这一点。

你在信中谈到我们的理想，我基本上完全赞同，关于这个问题，我在上封信中所谈主要是为了坚定你的精神，更好地去迎接为自由而战所要进行的艰苦卓绝的斗争，以减少宿命观而摆脱对未来的幻想，加强你的意志力，正像我时时告诫我们所有的青年同志们和新的信奉者们一样。

也许你比我更了解蒲鲁东②，如果不了解，我劝你研究研究他，读一读他的《和平与战争》，我认为，他在很多方面比近代那些伟人更接近真理。

我认为毫无疑问，如今我们正和人类一起被拖向专制和黑暗。

我们将抵达何处？

比较为人所知的历史证明，人类确实不断进步了，尽管是缓慢的、不稳定的、时而前进、时而后退的，但还是稳步前进了罢。

但是，已经衰亡的文明也在讲述它们的往事，我们不能知道在建立历史学之前所发生的过去了的事情。如今所知，历史正像进化论一样，远远不能回答一个深刻的思想家的追问。

那么，跟随在这个倒退的专制的时代之后将是什么？又是一个不可避免的向另一个专制王朝投降的虚假民主吗？正如几千年来的历史至今仍然显示的那样吗？

只有无政府，只有我们无政府主义者才能打破这些恶性的循环，让生命自然地结合起来，这自然的结合正由事物的本性产生，而这个新秩序正是由事物的本性所创造的，更准确地说，是由它建立起来的——历史将奔向无限的自由的海洋——而不是回到前面所说的，似乎至今仍在继续的恶性循环之中。

这是一项巨大无比的任务——但并非人力所不能及，我们是否知道，当被误导而迷失

①巴尔托罗，即凡宰特，全称为巴尔托罗美·凡宰特（Bartolomeo Vanzetti）。

②蒲鲁东（1809—1865）：法国社会主义者，第一个自称为“无政府主义者”的人。他的思想对于俄国的民粹派，19世纪60年代意大利的激进民族主义者、法国工团主义运动等都有一定影响。

了方向，走向歧途的工人阶级和各个阶层的人民为了这历史最伟大的解放多半出于本能地加入我们的队伍中时，我们将会创造出那个自由而幸福的王国。但是即使到那时，我们仍然一定要为这一事业做出最大的努力，否则，新的专制势必又会取代现在的专制而导致极大的破坏。

青年同志啊！这就是我为什么要告诉你这些沉重而严酷的话的缘故，正像你青春的热心、热情和信仰赐福于我一样，我希望我的经验能使你更加完善、更加坚强。

我的朋友大概忘了邮给你《一个无产者底故事》，或许手头没书了，不过我希望在不久的将来能寄给你一本。拙作写得不好，聊作一读吧。这本书未经我同意已被修改，以适合美国人的口味，对于他们，你什么事都可以说，他们也什么事都喜欢听，就是不喜欢那些不掺杂的，赤裸裸的事实（当然，我说的是一般现象，不过也确实很少例外）。

委员会已结束了它不公正又不公开的调查，下星期一我的律师将亲自去委员会和他们辩论。

昨天州长与我们会谈，我谈了90分钟，不过没有讲完，他说他还会再来。

他的秘密调查将很快结束，援救委员会将当面向他陈述。

尽管他的表现与我对他的坏印象有出入，但我不知道他是否真能够了解，也想了解我们这个案件，新近给以适当的补救。

相反，就我所知所能了解的情况看，他们的行为的态度和以前迫害我们的人一样。他们不理解，或者说不想理解我们，或两者兼而有之，因为他们想以消灭我们来挽救残毒的赛叶（Thayer）①的面子，挽救马萨诸塞州的荣誉；最主要的原因是他们丧失理智地认为，烧毁我们的思想，烧毁寄寓我们思想的身体，这样就会永远地阻挡住历史的进程。我仍然能够嘲笑他们。

亲爱的李，现在让我以兄弟般的快乐的心情拥抱你。

你的巴尔托罗美·凡宰特

1927年7月23日

又及：向在你那里的所有同志们谨致问候。

我们和辩护律师已经要求委员会和州长在8月1日前做出决定，因为如果这决定不是致我们于死地的话，我们就不会被关进死囚牢。法律规定死囚犯于行刑周前要在死囚牢中关禁10天。这样，执行既是拖延到8月10日之后——如果决定相反，或者州长在8月1日前未作答复的话，根据法律我们就会被关入死囚牢，并在8月10日午夜过后被处决。

[日]山口守　　整理

23 July, 1927

①赛叶：萨珂、凡宰特案件裁判官。

饭塚朗①致巴金

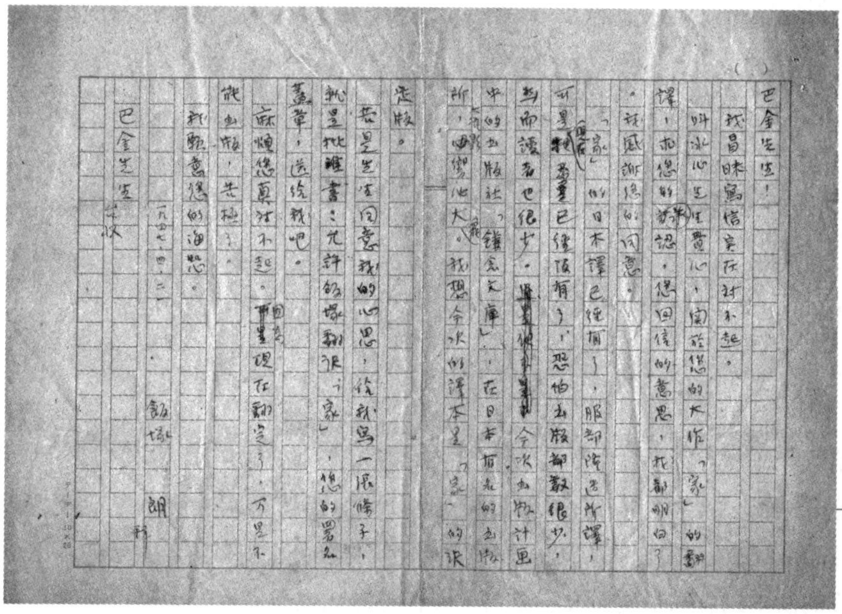

文物编号
DX002837

巴金先生！

我冒昧写信，实在对不起。

叫冰心先生费心，关于您的大作《家》的翻译，求您的许认，您回信的意思，我都明白了，我感谢您的同意。

《家》的日本译[本]已经有了，服部隆迷所译，可是现在已经没有了，恐怕出版部数很少，然而读者也很少。今次出版计划中的出版社“镰念文库”，在日本有名的出版所，大概影响必大吧。我想今次的译本是《家》的决定版。

若是先生同意我的心思，给我写一张条子，就是批准书：允许饭塚翻译《家》，您的署名盖章，送给我吧。

麻烦您。真对不起。因为现在翻完了，可是不能出版，苦极了。

我愿意您的海恕。

饭塚朗 拜

一九四七·四·二一

巴金先生台收。

①饭塚朗：日本汉学家、中国文学翻译家。译有《红楼梦》、《老残游记》，冰心的《繁星》，巴金的《家》、《灭亡》，老舍的《骆驼祥子》等作品。

后 记

1990年前后，中国现代文学馆曾经策划出版过《现代作家书简》系列，臆想中那该是卷帙浩繁的一套丛书，但目前馆藏中仅见《叶圣陶周颖南通信集》、《茅盾书信集》、《巴金书信集》、《萧乾书信集》、《柯灵书信集》等数种。将近二十年后，我们又编辑了这一套《中国现代文学馆馆藏珍品大系·信函卷》，从作家、学者们2006年年底之前捐赠的近两万封信中选出六百余件，分为三辑陆续推出。

作为"馆藏珍品大系"的主要内容之一，《信函卷》与《现代作家书简》的区别，最根本之点在于它是站在"文物"角度来面对那些信函，因而不是以写信人而是以收信人——即收藏者为核心来组织编辑的。以"巴金书信"为例，《现代作家书简》收录的是巴金致他人信，而本卷的基本内容则是他人致巴金信。同样是以名家作原点，如果说前者的网络体系呈发散形，那么后者则是凝聚式——围定收信人一个核心，众言一堂。"堂"之大小殊别，但"和而不同"之情状与氛围，却是编辑者自始至终的追求所在。

除此之外，如果说还有什么不同的话，大概就是人的心境了——《现代作家书简》阶段，书信还是寻常百姓家日常生活中不可或缺的重要内容；如今呢，它们已经无可奈何地走进了"故纸堆"中。电话的普及，压缩了书信的生存空间；手机的泛滥，实现了书信载体的革命。始于春秋时代的世界上最早的文字通信史悄然终止；三千多年的书写，仅用几个寒暑就画上了最后的句号。现代科技制造的这些"魔术"，放在二十年前是童话，二十年后的今天却成了不争的现实。时光流转，白驹过隙；沧海桑田，物非人非。此一时也彼一时也，览物之情，得无异乎？

不知道《现代作家书简》的运作经历了怎样的心路，只知道《信函卷》的编选常常让编选者浮想联翩思接千载。林琴南的一封家书，佐证了孔夫子的"德之流行速于置邮而传命"之说；俞平伯一张"秦淮初泛呈佩弦兄"的明信片，关联着白居易的"为向两州邮吏送，莫辞来去递诗筒"；面对蓝色的布面函套，简、笺、牍、札、素等一大堆初始信函载体在想象中纷至沓来；一札古色古香的"八行书"，维系着温庭筠的"千里梦，雁南飞"，维系着彩缣尺素鱼雁鳞鸿一类信函美称及其蕴含的寄托与憧憬……一万八千多封的库存里，最能激扬思绪的，当数意大利革命家凡宰特写给巴金先生的两封信——那是1927年的纸张，那是1927年的墨色，那是死囚牢里的呐喊，那是一个自由魂灵飞升前播洒下的最后一颗火种！巴金先生背负着它们，跋山涉水漂洋过海，从欧洲到亚洲，从青年到晚年，云路迢迢，长夜漫漫，无论怎样艰难困苦都决不言放弃，直到最后亲手把它们送进了中国现代文学馆。面对着这份无比珍贵的文物，我们叹服巴老的资料意识，我们更感动于巴老为之付出的那一份人间真情！

正是这一份和同时拥有的其他成千上万份感动，让《信函卷》的编辑工作进行得满怀激情而又小心翼翼。一件一件地阅读，一件一件地挑选，一件一件地誊抄，一件一件地校对……一年又七个半月的工作，无异于品味一顿颇耐咀嚼又颇有回味的美餐。因为绝大多数写信人没有想到日后其信件会公开发表，所以执笔时精神很放松，不矫饰不造作，而以真性真情随意挥洒纸上，读来便如促膝面对，坦荡而自然。又因为绝大部分信函都是为事而作或为情而发，言之有物故而言之有史——虽然最多不过是一鳞半爪之时光碎片，但飞鸿踏雪偏能留住历史的印痕。唯其如此，作为文物的信函才具有了史料与“新闻”的双重意义。史贵初文，更加之信函本身固有的私密性，一旦深入其中，便如探幽访胜，别有一番体验怡悦心神。

话到此处，忽然忆起曾见有学者文章谈到，古罗马的西塞罗把书信当做散文写，后来小普林尼承袭这种做法并制作成了传统，致使罗马的散文有很大一部分其实是书信。由此而想到世界的通邮历史，便仿佛远远望见有两座丰碑巍巍矗立于其上——一座是罗马，另一座则是实现了“车同轨”、“书同文”的中国。秦始皇的统一大业让我国的早期邮递事业敢与罗马帝国并驾齐驱，我们的文学老祖们则在把书信写成文学作品这一点上也与西塞罗氏不谋而合。专门以诗词为书信者姑且不论，只司马迁的一篇《报任安书》，就宣告了我们的“书信散文”曾经有过怎样的辉煌。虽然没有一个“小普林尼”刻意地予以传承，但是《信函卷》中这一大批出自作家、学者之手的文档，信笔游走便已文采斐然者本已不在少数，若再集体共努一把力，创建一个现当代“书简文学”门类，又有何难呢？

该结束了。不想再说什么“才疏学浅”、“遗珠之憾”云云，因为那简直是一定的。只希望读者看在编者恭敬与勤谨的工作态度上，原谅本卷编选中的所有缺漏——尤其是信函释文中可能出现的误读误抄，因为想完全准确地辨认出那些凤飘云逸龙飞凤舞的文字，的的确确是很不容易的。

许建辉

2008年8月1日

图书在版编目（CIP）数据

中国现代文学馆馆藏珍品大系：信函卷·第一辑／陈建功主编.北京：文化艺术出版社，2009.3

ISBN 978-7-5039-3638-8

Ⅰ.中…　Ⅱ.陈…　Ⅲ.①艺术－作品综合集－中国－②汉字－书法－作品集－中国－现代　Ⅳ.J121

中国版本图书馆CIP数据核字（2009）第000208号

中国现代文学馆馆藏珍品大系

信函卷·第一辑

主　　编　陈建功
执行主编　许建辉
责任编辑　斯　日
封面设计　赵维清
版式设计　雪　媛
责任校对　张　莉
责任印制　王敬华
出版发行　文化艺术出版社
地　　址　北京市朝阳区惠新北里甲1号　100029
网　　址　www.whyscbs.com
电子邮箱　whysbooks@263.net
电　　话　(010)64813345　64813346（总编室）
　　　　　(010)64813384　64813385（发行部）
经　　销　新华书店
印　　刷　国英印务有限公司
版　　次　2009年6月第1版
　　　　　2009年6月第1次印刷
开　　本　880×1230毫米　1／16
印　　张　21.25
字　　数　400千字
书　　号　ISBN 978-7-5039-3638-8/I·1645
定　　价　68.00元